БЕЛЫЙ КЛЫК.
МАЛЕНЬКАЯ ХОЗЯЙКА
БОЛЬШОГО ДОМА

Джек Лондон

Белый клык. Маленькая хозяйка Большого дома

Джек Лондон

Перевод: Наталья Альбертовна Волжина, Вера Оскаровна Станевич

Творчество американского писателя Джека Лондона не менее разнообразно, чем его жизнь, полная невзгод, приключений и опасностей.

Своей славой он обязан, прежде всего, выдающейся плеяде «северных» рассказов и повестей. Они привлекают мужеством своих героев, их дерзостью, силой духа. Одна из лучших «северных» повестей писателя – «Белый Клык». Это удивительная история братства человека и волка, повествующая о дружбе гордого и свободолюбивого животного с человеком, когда-то спасшим ему жизнь.

«Маленькая хозяйка большого дома», пожалуй, самое лирическое произведение Лондона. Роман, посвященный соперничеству в любви, непростым человеческим взаимоотношениям, сложившимся в любовном треугольнике, увидел свет в последний год жизни писателя. С тех пор эта книга – одно из самых любимых и читаемых произведений Дж. Лондона, а сам автор считал ее своим лучшим романом.

© Издательство Miller, 2025

Сайт издательства: www.miller-books.com

ISBN: 978-1-7638476-4-4

БЕЛЫЙ КЛЫК

Часть первая

Глава первая. Погоня за добычей

Темный еловый лес стоял, нахмурившись, по обоим берегам скованной льдом реки. Недавно пронесшийся ветер сорвал с деревьев белый покров инея, и они, черные, зловещие, клонились друг к другу в надвигающихся сумерках. Глубокое безмолвие царило вокруг. Весь этот край, лишенный признаков жизни с ее движением, был так пустынен и холоден, что дух, витающий над ним, нельзя было назвать даже духом скорби. Смех, но смех страшнее скорби, слышался здесь - смех безрадостный, точно улыбка сфинкса, смех, леденящий своим бездушием, как стужа. Это извечная мудрость - властная, вознесенная над миром - смеялась, видя тщету жизни, тщету борьбы. Это была глушь - дикая, оледеневшая до самого сердца Северная глушь.

И все же что-то живое двигалось в ней и бросало ей вызов. По замерзшей реке пробиралась упряжка ездовых собак. Взъерошенная шерсть их заиндевела на морозе, дыхание застывало в воздухе и кристаллами оседало на шкуре. Собаки были в кожаной упряжи, и кожаные постромки шли от нее к волочившимся сзади саням. Сани без полозьев, из толстой березовой коры, всей поверхностью ложились на снег. Передок их был загнут кверху, как свиток, чтобы приминать мягкие снежные волны, встававшие им навстречу. На санях стоял крепко притороченный узкий продолговатый ящик. Были там и другие вещи: одежда, топор, кофейник, сковорода; но прежде всего бросался в глаза узкий продолговатый ящик, занимавший большую часть саней.

Впереди собак на широких лыжах с трудом ступал человек. За санями шел второй. На санях, в ящике, лежал третий, для которого с земными трудами было покончено, ибо Северная глушь одолела, сломила его, так что он не мог больше ни двигаться, ни бороться. Северная глушь не любит движения. Она ополчается на жизнь, ибо жизнь есть движение, а Северная глушь стремится остановить все то, что движется. Она замораживает воду, чтобы задержать ее бег к морю; она высасывает соки из дерева, и его могучее сердце коченеет от стужи; но с особенной яростью и жестокостью Северная глушь ломает упорство человека, потому что человек – самое мятежное существо в мире, потому что человек всегда восстает против ее воли, согласно которой всякое движение в конце концов должно прекратиться.

И все-таки впереди и сзади саней шли два бесстрашных и непокорных человека, еще не расставшиеся с жизнью. Их одежда была сшита из меха и мягкой дубленой кожи. Ресницы, щеки и губы у них так обледенели от застывающего на воздухе дыхания, что под ледяной коркой не было видно лица. Это придавало им вид каких-то призрачных масок, могильщиков из потустороннего мира, совершающих погребение призрака. Но это были не призрачные маски, а люди, проникшие в страну скорби, насмешки и безмолвия, смельчаки, вложившие все свои жалкие силы в дерзкий замысел и задумавшие потягаться с могуществом мира, столь же далекого, пустынного и чуждого им, как и необъятное пространство космоса.

Они шли молча, сберегая дыхание для ходьбы. Почти осязаемое безмолвие окружало их со всех сторон. Оно давило на разум, как вода на большой глубине давит на тело водолаза. Оно угнетало безграничностью и непреложностью своего закона. Оно добиралось до самых сокровенных тайников их сознания, выжимая из него, как сок из винограда, все напускное, ложное, всякую склонность к слишком высокой самооценке, свойственную человеческой душе, и внушало им мысль, что они всего лишь ничтожные, смертные существа, пылинки, мошки, которые прокладывают свой путь наугад, не замечая игры слепых сил природы.

Прошел час, прошел другой. Бледный свет короткого, тусклого дня начал меркнуть, когда в окружающей тишине пронесся слабый, отдаленный вой. Он стремительно взвился кверху, достиг высокой ноты, задержался на ней, дрожа, но не сбавляя силы, а потом постепенно замер. Его можно было принять за стенание чьей-то погибшей души, если б в нем не слышались угрюмая ярость и ожесточение голода.

Человек, шедший впереди, обернулся, поймал взгляд того, который брел позади саней, и они кивнули друг другу. И снова тишину, как иголкой, пронзил вой. Они прислушались, стараясь определить направление звука. Он доносился из тех снежных просторов, которые они только что прошли.

Вскоре послышался ответный вой, тоже откуда-то сзади, но немного левее.

– Это ведь они за нами гонятся, Билл, – сказал шедший впереди. Голос его прозвучал хрипло и неестественно, и говорил он с явным трудом.

– Добычи у них мало, – ответил его товарищ. – Вот уже сколько дней я не видел ни одного заячьего следа.

Путники замолчали, напряженно прислушиваясь к вою, который поминутно раздавался позади них.

Как только наступила темнота, они повернули собак к елям на берегу реки и остановились на привал. Гроб, снятый с саней, служил им и столом и скамьей. Сбившись в кучу по другую сторону костра, собаки рычали и грызлись, но не выказывали ни малейшего желания убежать в темноту.

– Что-то они уж слишком жмутся к огню, – сказал Билл.

Генри, присевший на корточки перед костром, чтобы установить на огне кофейник с куском льда, молча кивнул. Заговорил он только после того, как сел на гроб и принялся за еду.

– Шкуру свою берегут. Знают, что тут их накормят, а там они сами пойдут кому-нибудь на корм. Собак не проведешь.

Билл покачал головой:

– Кто их знает!

Товарищ посмотрел на него с любопытством:

– Первый раз слышу, чтобы ты сомневался в их уме.

– Генри, – сказал Билл, медленно разжевывая бобы, – а ты не заметил, как собаки грызлись, когда я кормил их?

– Действительно, возни было больше, чем всегда, – подтвердил Генри.

– Сколько у нас собак, Генри?

– Шесть.

– Так вот... – Билл сделал паузу, чтобы придать больше веса своим словам. – Я тоже говорю, что у нас шесть собак. Я взял шесть рыб из мешка, дал каждой собаке по рыбе. И одной не хватило, Генри.

– Значит, обсчитался.

– У нас шесть собак, – безучастно повторил Билл. – Я взял шесть рыб. Одноухому рыбы не хватило. Мне пришлось взять из мешка еще одну рыбу.

– У нас всего шесть собак, – стоял на своем Генри.

– Генри, – продолжал Билл, – я не говорю, что все были собаки, но рыба досталась семерым.

Генри перестал жевать, посмотрел через костер на собак и пересчитал их.

– Сейчас там только шесть, – сказал он.

– Седьмая убежала, я видел, – со спокойной настойчивостью проговорил Билл. – Их было семь.

Генри взглянул на него с состраданием и сказал:

– Поскорее бы нам с тобой добраться до места.

– Это как же понимать?

– А так, что от этой поклажи, которую мы везем, ты сам не свой стал, вот тебе и мерещится бог знает что.

– Я об этом уж думал, – ответил Билл серьезно. – Как только она побежала, я сразу взглянул на снег и увидел следы; потом сосчитал собак – их было шесть. А следы – вот они. Хочешь взглянуть? Пойдем – покажу.

Генри ничего ему не ответил и молча продолжал жевать. Съев бобы, он запил их горячим кофе, вытер рот рукой и сказал:

– Значит, по-твоему, это...

Протяжный тоскливый вой не дал ему договорить. Он молча прислушался, а потом закончил начатую фразу, ткнув пальцем назад, в темноту:

– ...это гость оттуда?

Билл кивнул.

– Как ни вертись, больше ничего не придумаешь. Ты же сам слышал, какую грызню подняли собаки.

Протяжный вой слышался все чаще и чаще, издалека доносились ответные завывания, – тишина превратилась в сущий ад. Вой несся со всех сторон, и собаки в страхе сбились в кучу так близко к костру, что огонь чуть ли не подпаливал им шерсть.

Билл подбросил хвороста в костер и закурил трубку.

– Я вижу, ты совсем захандрил, – сказал Генри.

– Генри... – Билл задумчиво пососал трубку. – Я все думаю, Генри: он куда счастливее нас с тобой. – И Билл постучал пальцем по гробу, на котором они сидели. – Когда мы умрем, Генри, хорошо, если хоть кучка камней будет лежать над нашими телами, чтобы их не сожрали собаки.

– Да ведь ни у тебя, ни у меня нет ни родни, ни денег, – сказал Генри. – Вряд ли нас с тобой повезут хоронить в такую даль, нам такие похороны не по карману.

– Чего я никак не могу понять, Генри, это – зачем человеку, который был у себя на родине не то лордом, не то вроде этого и ему не приходилось заботиться ни о еде, ни о теплых одеялах, – зачем такому человеку понадобилось рыскать на краю света, по этой Богом забытой стране?..

– Да. Сидел бы дома, дожил бы до старости, – согласился Генри.

Его товарищ открыл было рот, но так ничего и не сказал. Вместо этого он протянул руку в темноту, стеной надвигавшуюся на них со всех сторон. Во мраке нельзя было разглядеть никаких определенных очертаний; виднелась только пара глаз, горящих, как угли.

Генри молча указал на вторую пару и на третью. Круг горящих глаз стягивался около их стоянки. Время от времени какая-нибудь пара меняла место или исчезала, с тем чтобы снова появиться секундой позже.

Собаки беспокоились все больше и больше и вдруг, охваченные страхом, сбились в кучу почти у самого костра, подползли к людям и прижались к их ногам. В свалке одна собака попала в костер; она завизжала от боли и ужаса, и в воздухе запахло паленой шерстью. Кольцо глаз на минуту разомкнулось и даже чуть-чуть отступило назад, но как только собаки успокоились, оно снова оказалось на прежнем месте.

– Вот беда, Генри! Патронов мало!

Докурив трубку, Билл помог своему спутнику разложить меховую постель и одеяло поверх еловых веток, которые он еще перед ужином набросал на снег. Генри крякнул и принялся развязывать мокасины.

– Сколько у тебя осталось патронов? – спросил он.

– Три, – послышалось в ответ. – А надо бы триста. Я бы им показал, дьяволам!

Он злобно погрозил кулаком в сторону горящих глаз и стал устанавливать свои мокасины перед огнем.

– Когда только эти морозы кончатся! – продолжал Билл. – Вот уже вторую неделю все пятьдесят да пятьдесят градусов. И зачем только я пустился в это путешествие, Генри! Не нравится оно мне. Не по себе мне как-то. Приехать бы уж поскорее, и дело с концом! Сидеть бы нам с тобой сейчас у камина в форте Мак-Гэрри, играть в криббедж... Много бы я дал за это!

Генри проворчал что-то и стал укладываться. Он уже задремал, как вдруг голос товарища разбудил его:

– Знаешь, Генри, что меня беспокоит? Почему собаки не накинулись на того, пришлого, которому тоже досталась рыба?

– Уж очень ты стал беспокойный, Билл, – послышался сонный ответ. – Раньше за тобой этого не водилось. Перестань болтать, спи, а утром встанешь как ни в чем не бывало. Изжога у тебя, оттого ты и беспокоишься.

Они спали рядом, под одним одеялом, тяжело дыша во сне. Костер потухал, и круг горящих глаз, оцепивших стоянку, смыкался все теснее и теснее.

Собаки жались одна к другой, угрожающе рычали, когда какая-нибудь пара глаз подбиралась слишком близко. Вот они зарычали так громко, что Билл проснулся. Осторожно, стараясь не разбудить товарища, он вылез из-под одеяла и подбросил хвороста в костер. Огонь вспыхнул ярче, и кольцо глаз подалось назад.

Билл посмотрел на сбившихся в кучу собак, протер глаза, вгляделся попристальнее и снова забрался под одеяло.

– Генри! – окликнул он товарища. – Генри!

Генри застонал, просыпаясь, и спросил:

– Ну, что там?

– Ничего, – услышал он, – только их опять семь. Я сейчас пересчитал.

Генри встретил это известие ворчанием, тотчас же перешедшим в храп, и снова погрузился в сон.

Утром он проснулся первым и разбудил товарища. До рассвета оставалось еще часа три, хотя было уже шесть часов утра. В темноте Генри занялся приготовлением завтрака, а Билл свернул постель и стал укладывать вещи в сани.

– Послушай, Генри, – спросил он вдруг, – сколько, ты говоришь, у нас было собак?

– Шесть.

– Вот и неверно! – заявил он с торжеством.

– Опять семь? – спросил Генри.

– Нет, пять. Одна пропала.

– Что за дьявол! – сердито крикнул Генри и, бросив стряпню, пошел пересчитать собак.

– Правильно, Билл, – сказал он. – Фэтти сбежал.

– Улизнул так быстро, что и не заметили. Пойди-ка сыщи его теперь.

– Пропащее дело, – ответил Генри. – Живьем слопали. Он, наверное, не один раз взвизгнул, когда эти дьяволы принялись его рвать.

– Фэтти всегда был глуповат, – сказал Билл.

– У самого глупого пса все-таки хватит ума не идти на верную смерть.

Он оглядел остальных собак, быстро оценивая в уме достоинства каждой.

– Эти умнее, они такой штуки не выкинут.

– Их от костра и палкой не отгонишь, – согласился Билл. – Я всегда считал, что у Фэтти не все в порядке.

Таково было надгробное слово, посвященное собаке, погибшей на Северном пути, – и оно было ничуть не скупее многих других эпитафий погибшим собакам, да, пожалуй, и людям.

Глава вторая. Волчица

Позавтракав и уложив в сани свои скудные пожитки, Билл и Генри покинули приветливый костер и двинулись в темноту. И тотчас же послышался вой – дикий, заунывный вой; сквозь мрак и холод он долетал до них отовсюду. Путники шли молча. Рассвело в девять часов.

В полдень небо на юге порозовело – в том месте, где выпуклость земного шара встает преградой между полуденным солнцем и страной Севера. Но розовый отблеск быстро померк. Серый дневной свет, сменивший его, продержался до трех часов, потом и он погас, и над пустынным безмолвным краем опустился полог арктической ночи.

Как только наступила темнота, вой, преследовавший путников и справа, и слева, и сзади, послышался ближе; по временам он раздавался так близко, что собаки не выдерживали и начинали метаться в постромках.

После одного из таких припадков панического страха, когда Билл и Генри снова привели упряжку в порядок, Билл сказал:

– Хорошо бы они на какую-нибудь дичь напали и оставили нас в покое.

– Да, слушать их малоприятно, – согласился Генри.

И они замолчали до следующего привала.

Генри стоял, нагнувшись, над закипающим котелком с бобами и подкладывал туда колотый лед, когда за его спиной вдруг послышался звук удара, возглас Билла и пронзительный визг собак. Он выпрямился и успел разглядеть только неясные очертания какого-то зверя, промчавшегося по снегу и скрывшегося в темноте. Потом Генри увидел, что Билл не то с торжествующим, не то с убитым видом стоит среди собак, держа в одной руке палку, а в другой хвост вяленого лосося.

– Половину все-таки утащил! – крикнул он. – Зато я всыпал ему как следует. Слышал визг?

– А кто это? – спросил Генри.

– Не разобрал. Могу только сказать, что ноги, и пасть, и шкура у него имеются, как у всякой собаки.

– Ручной волк, что ли?

– Волк или не волк, только, должно быть, действительно ручной, если является прямо к кормежке и хватает рыбу.

Этой ночью, когда они сидели после ужина на ящике, покуривая трубки, круг горящих глаз сузился еще больше.

– Хорошо бы они стадо лосей где-нибудь спугнули и оставили нас в покое, – сказал Билл.

Его товарищ пробормотал что-то не совсем любезное, и минут двадцать они сидели молча: Генри – уставившись на огонь, а Билл – на круг горящих глаз, светившийся в темноте, совсем близко от костра.

– Хорошо было бы сейчас подкатить к Мак-Гэрри... – снова начал Билл.

– Да брось ты свое «хорошо бы», перестань ныть! – не выдержал Генри. – Изжога у тебя, вот ты и скулишь. Выпей соды – сразу полегчает, и мне с тобою будет веселее.

Утром Генри разбудила отчаянная брань. Он поднялся на локте и увидел, что Билл стоит среди собак у разгорающегося костра и с искаженным от бешенства лицом яростно размахивает руками.

– Эй! – крикнул Генри. – Что случилось?

– Фрог убежал, – услышал он в ответ.

– Быть не может!

– Говорю тебе, убежал.

Генри выскочил из-под одеяла и кинулся к собакам.

Внимательно пересчитав их, он присоединил свой голос к проклятиям, которые его товарищ посылал по адресу всесильной Северной глуши, лишившей их еще одной собаки.

– Фрог был самый сильный во всей упряжке, – закончил свою речь Билл.

– И ведь смышленый! – прибавил Генри.

Такова была вторая эпитафия за эти два дня.

Завтрак прошел невесело; оставшуюся четверку собак запрягли в сани. День этот был точным повторением многих предыдущих дней. Путники молча брели по снежной пустыне. Безмолвие нарушал лишь вой преследователей, которые гнались за ними по пятам, не показываясь на глаза. С наступлением темноты, когда погоня, как и следовало ожидать, приблизилась, вой послышался почти рядом; собаки дрожали от страха, метались и путали постромки, еще больше угнетая этим людей.

– Ну, безмозглые твари, теперь уж никуда не денетесь, – с довольным видом сказал Билл на очередной стоянке.

Генри оставил стряпню и подошел посмотреть. Его товарищ привязал собак по индейскому способу, к палкам. На шею каждой собаки он надел кожаную петлю, к петле привязал толстую длинную палку – вплотную к шее; другой конец палки был прикреплен кожаным ремнем к вбитому в землю колу. Собаки не могли перегрызть ремень около шеи, а палки мешали им достать зубами привязь у кола.

Генри одобрительно кивнул головой:

– Одноухого только таким способом и можно удержать. Ему ничего не стоит перегрызть ремень – все равно что ножом полоснуть. А так к утру все целы будут.

– Ну еще бы! – сказал Билл. – Если хоть одна пропадет, я завтра от кофе откажусь.

– А ведь они знают, что нам нечем их припугнуть, – заметил Генри, укладываясь спать и показывая на мерцающий круг, который окаймлял их стоянку. – Пальнуть бы в них разок-другой – живо бы уважение к нам почувствовали. С каждой ночью все ближе и ближе подбираются. Отведи глаза от огня, вглядись-ка в ту сторону. Ну? Видел вон того?

Оба стали с интересом наблюдать за смутными силуэтами, двигающимися позади костра. Пристально всматриваясь в то место, где в темноте сверкала пара глаз, можно было разглядеть очертания зверя. По временам удавалось даже заметить, как эти звери переходят с места на место.

Возня среди собак привлекла внимание Билла и Генри. Нетерпеливо повизгивая, Одноухий то рвался с привязи в темноту, то, отступая назад, с остервенением грыз палку.

– Смотри, Билл, – прошептал Генри.

В круг, освещенный костром, неслышными шагами, боком, проскользнул зверь, похожий на собаку. Он подходил трусливо и в то же время нагло, устремив все внимание на собак, но не упуская из виду и людей. Одноухий рванулся к пришельцу, насколько позволяла палка, и нетерпеливо заскулил.

– Этот болван, кажется, ни капли не боится, – тихо сказал Билл.

– Волчица, – шепнул Генри. – Теперь я понимаю, что произошло с Фэтти и с Фрогом. Стая выпускает ее как приманку. Она завлекает собак, а остальные набрасываются и сжирают их.

В огне что-то затрещало. Головня откатилась в сторону с громким шипением. Испуганный зверь одним прыжком скрылся в темноте.

– Знаешь, что я думаю, Генри? – сказал Билл.

– Что?

– Это та самая, которую я огрел палкой.

– Можешь не сомневаться, – ответил Генри.

– Я вот что хочу сказать, – продолжал Билл, – видно, она привыкла к кострам, а это весьма подозрительно.

– Она знает больше, чем полагается знать уважающей себя волчице, – согласился Генри. – Волчица, которая является к кормежке собак, – бывалый зверь.

– У старика Виллэна была когда-то собака, и она ушла вместе с волками, – размышлял вслух Билл. – Кому это знать, как не мне? Я подстрелил ее в стае волков на лосином пастбище у Литл-Стика. Старик Виллэн плакал как ребенок. Говорил, что целых три года ее не видел. И все эти три года она бегала с волками.

– Это не волк, а собака, и ей не раз приходилось есть рыбу из рук человека. Ты попал в самую точку, Билл.

– Если мне только удастся, я ее уложу, и она будет не волк и не собака, а просто падаль, – заявил Билл. – Нам больше нельзя собак терять.

– Да ведь у тебя только три патрона, – возразил ему Генри.

– А я буду целиться наверняка, – последовал ответ.

Утром Генри снова разжег костер и занялся приготовлением завтрака под храп товарища.

– Уж больно ты хорошо спал, – сказал он, поднимая его ото сна. – Будить тебя не хотелось.

Еще не проснувшись как следует, Билл принялся за еду. Заметив, что его кружка пуста, он потянулся за кофейником. Но кофейник стоял далеко, возле Генри.

– Слушай, Генри, – сказал он с мягким упреком, – ты ничего не забыл?

Генри внимательно огляделся по сторонам и покачал головой. Билл протянул ему пустую кружку.

– Не будет тебе кофе, – объявил Генри.

– Неужели весь вышел? – испуганно спросил Билл.

– Нет, не вышел.

– Боишься, что у меня желудок испортится?

– Нет, не боюсь.

Краска гнева залила лицо Билла.

– Так в чем же тогда дело, объясни, не томи меня, – сказал он.

– Спэнкер убежал, – ответил Генри.

Медленно, с видом полнейшей покорности судьбе, Билл повернул голову и, не сходя с места, пересчитал собак.

– Как это случилось? – безучастно спросил он.

Генри пожал плечами:

– Не знаю. Должно быть, Одноухий перегрыз ему ремень. Сам-то он, конечно, не мог этого сделать.

– Проклятая тварь! – медленно проговорил Билл, ничем не выдавая кипевшего в нем гнева. – У себя ремень перегрызть не мог, так у Спэнкера перегрыз.

– Ну, для Спэнкера теперь все жизненные тревоги кончились. Волки, наверно, уже переварили его, и теперь он у них в кишках. – Такую эпитафию прочел Генри третьей собаке. – Выпей кофе, Билл.

Но Билл покачал головой.

– Ну выпей, – настаивал Генри, подняв кофейник.

Билл отодвинул свою кружку.

– Будь я проклят, если выпью! Сказал, что не буду, если собака пропадет, – значит, не буду.

– Прекрасный кофе! – соблазнял его Генри.

Но Билл не сдался и позавтракал всухомятку, сдабривая еду нечленораздельными проклятиями по адресу Одноухого, сыгравшего с ними такую скверную шутку.

– Сегодня на ночь привяжу их всех поодиночке, – сказал Билл, когда они тронулись в путь.

Пройдя не больше ста шагов, Генри, шедший впереди, нагнулся и поднял какой-то предмет, попавший ему под лыжи. В темноте он не мог разглядеть, что это такое, но узнал на ощупь и швырнул эту вещь назад, так что она стукнулась о сани и отскочила прямо к лыжам Билла.

– Может быть, тебе это еще понадобится, – сказал Генри.

Билл ахнул. Вот все, что осталось от Спэнкера, – палка, которая была привязана ему к шее.

– Начисто сожрали, – сказал Билл. – И даже ремней на палке не оставили. Здорово же они проголодались, Генри... Чего доброго, еще и до нас с тобой доберутся.

Генри вызывающе рассмеялся.

– Правда, волки никогда за мной не гонялись, но мне приходилось и хуже этого, а все-таки жив остался. Десятка назойливых тварей еще недостаточно, чтобы доконать твоего покорного слугу, Билл!

– Посмотрим, посмотрим... – зловеще пробормотал его товарищ.

– Ну вот, когда будем подъезжать к Мак-Гэрри, тогда и посмотришь.

– Не очень-то я на это надеюсь, – стоял на своем Билл.

– Ты просто не в духе, и больше ничего, – решительно заявил Генри. – Тебе надо хины принять. Вот дай только до Мак-Гэрри добраться, я тебе вкачу хорошую дозу.

Билл проворчал что-то, выражая свое несогласие с таким диагнозом, и погрузился в молчание.

День прошел, как и все предыдущие.

Рассвело в девять часов. В двенадцать горизонт на юге порозовел от невидимого солнца, и наступил хмурый день, который через три часа должна была поглотить ночь.

Как раз в ту минуту, когда солнце сделало слабую попытку выглянуть из-за горизонта, Билл вынул из саней ружье и сказал:

– Ты не останавливайся, Генри. Я пойду взглянуть, что там делается.

– Не отходи от саней! – крикнул ему Генри. – Ведь у тебя всего три патрона. Кто его знает, что может случиться...

– Ага! Теперь ты заскулил? – торжествующе спросил Билл.

Генри промолчал и пошел дальше один, то и дело беспокойно оглядываясь назад в пустынную мглу, где исчез его товарищ.

Час спустя Билл догнал сани, сократив расстояние напрямик.

– Широко разбрелись, – сказал он, – повсюду рыщут, но и от нас не отстают. Видно, уверены, что мы от них не уйдем. Решили потерпеть немного, не хотят упускать ничего съедобного.

– То есть им кажется, что мы не уйдем от них, – подчеркнул Генри.

Но Билл оставил эти слова без внимания.

– Я некоторых видел – тощие! Наверно, давно им ничего не перепадало, если не считать Фэтти, Фрога и Спэнкера. А стая большая, съели и не почувствовали. Здорово отощали. Ребра как стиральная доска, и животы совсем подвело. Одним словом, дошли до крайности. Того и гляди всякий страх забудут, а тогда держи ухо востро!

Через несколько минут Генри, который шел теперь за санями, издал тихий предостерегающий свист.

Билл оглянулся и спокойно остановил собак. За поворотом, который они только что прошли, по их свежим следам бежал поджарый пушистый зверь. Принюхиваясь к снегу, он бежал легкой, скользящей рысцой. Когда люди остановились, остановился и он, вытянув морду и втягивая вздрагивающими ноздрями доносившиеся до него запахи.

– Она. Волчица, – сказал Билл.

Собаки лежали на снегу. Он прошел мимо них к товарищу, стоявшему около саней. Оба стали разглядывать странного зверя, который уже несколько дней преследовал их и уничтожил половину упряжки.

Выждав и осмотревшись, зверь сделал несколько шагов вперед. Он повторял этот маневр до тех пор, пока не подошел к саням ярдов на сто, потом остановился около елей, поднял морду и, поводя носом, стал внимательно следить за наблюдавшими за ним людьми. В этом взгляде было что-то тоскливое, напоминавшее взгляд собаки, но без тени собачьей преданности. Это была тоска, рожденная голодом, жестоким, как волчьи клыки, безжалостным, как стужа.

Для волка зверь был велик, и, несмотря на его худобу, видно было, что он принадлежит к самым крупным представителям своей породы.

– Ростом фута два с половиной, – определил Генри. – И от головы до хвоста наверняка около пяти будет.

– Не совсем обычная масть для волка, – сказал Билл. – Я никогда рыжих не видал. А этот какой-то красновато-коричневый.

Билл ошибался. Шерсть у зверя была настоящая волчья. Преобладал в ней серый волос, но легкий красноватый оттенок, то исчезающий, то появляющийся снова, создавал обманчивое впечатление – шерсть казалась то серой, то вдруг отливала рыжинкой.

– Самая настоящая ездовая лайка, только покрупнее, – сказал Билл. – Того и гляди хвостом завиляет.

– Эй ты, лайка! – крикнул он. – Подойди-ка сюда... Как там тебя зовут!

– Да она ни капельки не боится, – засмеялся Генри.

Его товарищ крикнул громче и погрозил зверю кулаком, однако тот не проявил ни малейшего страха и только еще больше насторожился. Он продолжал смотреть на них все с той же беспощадной голодной тоской. Перед ним было мясо, а он голодал. И если бы у него только хватило смелости, он кинулся бы на людей и сожрал их.

– Слушай, Генри, – сказал Билл, бессознательно понизив голос до шепота. – У нас три патрона. Но ведь ее можно убить наповал. Тут не промахнешься. Трех собак как не бывало, надо же положить этому конец. Что ты скажешь?

Генри кивнул головой в знак согласия.

Билл осторожно вытащил ружье из саней, поднял было его, но так и не донес до плеча. Волчица прыгнула с тропы в сторону и скрылась среди елей. Друзья посмотрели друг на друга. Генри многозначительно засвистел.

– Эх, не сообразил я! – воскликнул Билл, кладя ружье на место. – Как же такой волчице не знать ружья, когда она знает время кормежки собак! Говорю тебе, Генри, во всех наших несчастьях виновата она. Если бы не эта тварь, у нас сейчас было бы шесть собак, а не три. Нет, Генри, я до нее доберусь. На открытом месте ее не убьешь, слишком умна. Но я ее выслежу. Я подстрелю эту тварь из засады.

– Только далеко не отходи, – предупредил его Генри. – Если они на тебя всей стаей набросятся, три патрона тебе помогут как мертвому припарки. Уж очень это зверье проголодалось. Смотри, Билл, попадешься им!

В эту ночь остановка была сделана рано. Три собаки не могли везти сани так быстро и так подолгу, как это делали шесть; они заметно выбились из сил. Билл привязал их подальше друг от друга, чтобы они не перегрызли ремней, и оба путника сразу легли спать. Но волки осмелели и ночью не раз будили их. Они подходили так близко, что собаки начинали беснoваться от страха, и, для того чтобы удерживать осмелевших хищников на расстоянии, приходилось то и дело подкладывать сучья в костер.

– Моряки рассказывают, будто акулы любят плавать за кораблями, – сказал Билл, забираясь под одеяло после одной из таких прогулок к костру. – Так вот, волки – это сухопутные акулы. Они свое дело получше нас с тобой знают и бегут за нами вовсе не для моциона. Попадемся мы им, Генри. Вот увидишь, попадемся.

– Ты, можно считать, уже попался, если столько говоришь об этом, – отрезал его товарищ. – Кто боится порки, тот все равно что выпорот, а ты все равно что у волков на зубах.

– Они приканчивали людей и получше нас с тобой, – ответил Билл.

– Да перестань ты скулить! Сил моих больше нет!

Генри сердито перевернулся на другой бок, удивляясь тому, что Билл промолчал. Это на него не было похоже, потому что резкие слова легко выводили его из себя. Генри долго думал об этом, прежде чем заснуть, но в конце концов веки его начали слипаться, и он погрузился в сон с такой мыслью: «Хандрит Билл. Надо будет растормошить его завтра».

Глава третья. Песнь голода

Поначалу день сулил удачу. За ночь не пропало ни одной собаки, и Генри с Биллом бодро двинулись в путь среди окружающего их безмолвия, мрака и холода. Билл как будто не вспоминал о мрачных предчувствиях, тревоживших его прошлой ночью, и даже изволил подшутить над собаками, когда на одном из поворотов они опрокинули сани. Все смешалось в кучу. Перевернувшись, сани застряли между деревом и громадным валуном, и, чтобы разобраться во всей этой путанице, пришлось распрягать собак. Путники нагнулись над санями, стараясь поднять их, как вдруг Генри увидел, что Одноухий убегает в сторону.

– Назад, Одноухий! – крикнул он, вставая с колен и глядя собаке вслед.

Но Одноухий припустил еще быстрее, волоча по снегу постромки. А там, на только что пройденном ими пути, его поджидала волчица. Подбегая к ней, Одноухий навострил уши, перешел на легкий мелкий шаг, потом остановился. Он глядел на нее внимательно, недоверчиво, но с жадностью. А она скалила зубы, как будто улыбаясь ему вкрадчивой улыбкой, потом сделала несколько игривых прыжков и остановилась. Одноухий пошел к ней все еще с опаской, задрав хвост, навострив уши и высоко подняв голову.

Он хотел было обнюхать ее, но волчица подалась назад, лукаво заигрывая с ним. Каждый раз, как он делал шаг вперед, она отступала назад. И так, шаг за шагом, волчица увлекала Одноухого за собой, все дальше от его надежных защитников – людей. Вдруг как будто неясное опасение остановило Одноухого. Он повернул голову и посмотрел на опрокинутые сани, на своих товарищей по упряжке и на подзывающих его хозяев. Но если что-нибудь подобное и мелькнуло в голове у пса, волчица вмиг рассеяла всю его нерешительность: она подошла к нему, на мгновение коснулась его носом, а потом снова начала, играя, отходить все дальше и дальше.

Тем временем Билл вспомнил о ружье. Но оно лежало под перевернутыми санями, и пока Генри помог ему разобрать поклажу, Одноухий и волчица так близко подошли друг к другу, что стрелять на таком расстоянии было рискованно.

Слишком поздно понял Одноухий свою ошибку. Еще не догадываясь, в чем дело, Билл и Генри увидели, как он повернулся и бросился бежать назад, к ним. А потом они увидели штук двенадцать тощих серых волков, которые мчались под прямым углом к дороге, наперерез Одноухому. В одно мгновение волчица оставила всю свою игривость и лукавство – с рычанием кинулась она на Одноухого. Тот отбросил ее плечом, убедился, что обратный путь отрезан, и, все еще надеясь добежать до саней, бросился к ним по кругу. С каждой минутой волков становилось все больше и больше. Волчица неслась за собакой, держась на расстоянии одного прыжка от нее.

– Куда ты? – вдруг крикнул Генри, схватив товарища за плечо.

Билл стряхнул его руку.

– Довольно! – сказал он. – Больше они ни одной собаки не получат!

С ружьем наперевес он бросился в кустарник, окаймлявший речное русло. Его намерения были совершенно ясны: приняв сани за центр круга, по которому бежала собака, Билл рассчитывал перерезать этот круг в той точке, куда погоня еще не достигла. Среди бела дня, имея в руках ружье, отогнать волков и спасти собаку было вполне возможно.

– Осторожнее, Билл! – крикнул ему вдогонку Генри. – Не рискуй зря!

Генри сел на сани и стал ждать, что будет дальше. Ничего другого ему не оставалось. Билл уже скрылся из виду, но в кустах и среди растущих кучками елей то появлялся, то снова исчезал Одноухий. Генри понял, что положение собаки безнадежно. Она прекрасно сознавала опасность, но ей приходилось бежать по внешнему кругу, тогда как стая волков мчалась по внутреннему, более узкому. Нечего было и думать, что Одноухий сможет настолько опередить своих преследователей, чтобы пересечь их путь и добраться до саней. Обе линии каждую минуту могли сомкнуться. Генри знал, что где-то там, в снегах, заслоненные от него деревьями и кустарником, в одной точке должны сойтись стая волков, Одноухий и Билл.

Все произошло быстро, гораздо быстрее, чем он ожидал. Раздался выстрел, потом еще два – один за другим, и Генри понял, что заряды у Билла вышли. Вслед за тем послышались визги и громкое рычание. Генри различил голос Одноухого, взвывшего от боли и ужаса, и вой раненого, очевидно, волка.

И все. Рычание смолкло. Визг прекратился. Над безлюдным краем снова нависла тишина.

Генри долго сидел на санях. Ему незачем было идти туда: все было ясно, как будто встреча Билла со стаей произошла у него на глазах. Только один раз он вскочил с места и быстро вытащил из саней топор, но потом снова опустился на сани и хмуро уставился прямо перед собой, а две уцелевшие собаки жались к его ногам и дрожали от страха.

Наконец он поднялся – так устало, как будто мускулы его потеряли всякую упругость, – и стал запрягать. Одну постромку он надел себе на плечи и вместе с собаками потащил сани. Но шел он недолго и, как только стало темнеть, сделал остановку и заготовил как можно больше хвороста; потом накормил собак, поужинал и постелил себе около самого костра.

Но ему не суждено было насладиться сном. Не успел он закрыть глаза, как волки подошли чуть ли не вплотную к огню. Чтобы разглядеть их, уже не нужно было напрягать зрение. Тесным кольцом окружили они костер, и Генри совершенно ясно видел, как одни из них лежали, другие сидели, третьи подползали на брюхе поближе к огню или бродили вокруг него. Некоторые даже спали.

Они свертывались на снегу клубочком, по-собачьи, и спали крепким сном, а он сам не мог теперь сомкнуть глаз.

Генри развел большой костер, так как он знал, что только огонь служит преградой между его телом и клыками голодных волков. Обе собаки сидели у ног своего хозяина – одна справа, другая слева – в надежде, что он защитит их; они выли, взвизгивали и принимались исступленно лаять, если какой-нибудь волк подбирался к костру ближе остальных. Заслышав лай, весь круг приходил в движение, волки вскакивали со своих мест и порывались вперед, нетерпеливо воя и рыча, потом снова укладывались на снегу и один за другим погружались в сон.

Круг сжимался все теснее и теснее. Мало-помалу, дюйм за дюймом, то один, то другой волк ползком подвигался вперед, пока все они не оказывались на расстоянии почти одного прыжка от Генри. Тогда он выхватывал из костра головни и швырял ими в стаю. Это вызывало поспешное отступление, сопровождаемое разъяренным воем и испуганным рычанием, если пущенная меткой рукой головня попадала в какого-нибудь слишком смелого волка.

К утру Генри осунулся, глаза у него запали от бессонницы. В темноте он сварил себе завтрак, а в девять часов, когда дневной свет разогнал волков, принялся за дело, которое обдумал в долгие ночные часы. Он срубил несколько молодых елей и, привязав их высоко к деревьям, устроил помост, затем, перекинув через него веревки от саней, с помощью собак поднял гроб и установил его там, наверху.

– До Билла добрались и до меня, может, доберутся, но вас-то, молодой человек, им не достать, – сказал он, обращаясь к мертвецу, погребенному высоко на деревьях.

Покончив с этим, Генри пустился в путь. Порожние сани легко подпрыгивали за собаками, которые прибавили ходу, зная, как и человек, что опасность минует их только тогда, когда они доберутся до форта Мак-Гэрри.

Теперь волки совсем осмелели: спокойной рысцой бежали они позади саней и рядом, высунув языки, поводя тощими боками.

Волки были до того худы – кожа да кости, только мускулы проступали, точно веревки, – что Генри удивлялся, как они держатся на ногах и не валятся в снег.

Он боялся, что темнота застанет его в пути. В полдень солнце не только согрело южную часть неба, но даже бледным золотистым краешком показалось над горизонтом. Генри увидел в этом доброе предзнаменование. Дни становились длиннее. Солнце возвращалось в эти края. Но как только приветливые лучи его померкли, Генри сделал привал. До полной темноты оставалось еще несколько часов серого дневного света и мрачных сумерек, и он употребил их на то, чтобы запасти как можно больше хвороста.

Вместе с темнотой к нему пришел ужас. Волки осмелели, да и проведенная без сна ночь давала себя знать. Закутавшись в одеяло, положив топор между ног, он сидел около костра и никак не мог преодолеть дремоту. Обе собаки жались вплотную к нему. Среди ночи он проснулся и в каких-нибудь двенадцати футах от себя увидел большого серого волка, одного из самых крупных во всей стае. Зверь медленно потянулся, точно разленившийся пес, и всей пастью зевнул Генри прямо в лицо, поглядывая на него, как на свою собственность, как на добычу, которая рано или поздно достанется ему.

Такая уверенность чувствовалась в поведении всей стаи. Генри насчитал штук двадцать волков, смотревших на него голодными глазами или спокойно спавших на снегу. Они напоминали ему детей, которые собрались вокруг накрытого стола и ждут только разрешения, чтобы наброситься на лакомство. И этим лакомством суждено стать ему! «Когда же волки начнут свой пир?» – думал он.

Подкладывая хворост в костер, Генри заметил, что теперь он совершенно по-новому относится к собственному телу. Он наблюдал за работой своих мускулов и с интересом разглядывал хитрый механизм пальцев. При свете костра он несколько раз подряд сгибал их, то поодиночке, то все сразу, то растопыривал, то быстро сжимал в кулак. Он приглядывался к строению ногтей, пощипывал кончики пальцев, то сильнее, то мягче, испытывая чувствительность своей нервной системы. Все это восхищало Генри, и он внезапно проникся нежностью к своему телу, которое работало так легко, так точно и совершенно. Потом он бросал боязливый взгляд на волков, смыкавшихся вокруг костра все теснее, и его, словно громом, поражала вдруг мысль, что это чудесное тело, эта живая плоть есть не что иное, как мясо – предмет вожделения прожорливых зверей, которые разорвут, раздерут его своими клыками, утолят им свой голод так же, как он сам не раз утолял голод мясом лося и зайца.

Он очнулся от дремоты, граничившей с кошмаром, и увидел перед собой рыжую волчицу. Она сидела в каких-нибудь шести футах от костра и тоскливо поглядывала на человека. Обе собаки скулили и рычали у его ног, но волчица словно и не замечала их. Она смотрела на человека, и в течение нескольких минут он отвечал ей тем же. Вид у нее был совсем не свирепый. В глазах ее светилась страшная тоска, но Генри знал, что тоска эта порождена таким же страшным голодом. Он был пищей, и вид этой пищи возбуждал в волчице вкусовые ощущения. Пасть ее была разинута, слюна капала на снег, и она облизывалась, предвкушая поживу.

Безумный страх охватил Генри. Он быстро протянул руку за головней, но не успел дотронуться до нее, как волчица отпрянула назад: видимо, она привыкла к тому, чтобы в нее швыряли чем попало. Волчица огрызнулась, оскалив белые клыки до самых десен, тоска в ее глазах сменилась такой кровожадной злобой, что Генри вздрогнул. Он взглянул на свою руку, заметил, с какой ловкостью пальцы держали головню, как они прилаживались ко всем ее неровностям, охватывая со всех сторон шероховатую поверхность, как мизинец помимо его воли, сам собой, отодвинулся подальше от горячего места, – взглянул и в ту же минуту ясно представил себе, как белые зубы волчицы вонзятся в эти тонкие, нежные пальцы и разорвут их. Никогда еще Генри не любил своего тела так, как теперь, когда существование его было столь непрочно.

Всю ночь Генри отбивался от голодной стаи горящими головнями, засыпал, когда бороться с дремотой не хватало сил, и просыпался от визга и рычания собак. Наступило утро, но на этот раз дневной свет не прогнал волков. Человек напрасно ждал, что его преследователи разбегутся. Они по-прежнему кольцом оцепляли костер и смотрели на Генри с такой наглой уверенностью, что он снова лишился мужества, которое вернулось было к нему вместе с рассветом.

Генри тронулся в путь, но едва он вышел из-под защиты огня, как на него бросился самый смелый волк из стаи; однако прыжок был плохо рассчитан, и волк промахнулся. Генри спасся тем, что отпрыгнул назад, и зубы волка щелкнули в нескольких дюймах от его бедра.

Вся стая кинулась к человеку, заметалась вокруг него, и только горящие головни отогнали ее на почтительное расстояние.

Даже при дневном свете Генри не осмеливался отойти от огня и нарубить хвороста. Шагах в двадцати от саней стояла громадная засохшая ель. Он потратил половину дня, чтобы растянуть до нее цепь костров, все время держа наготове для своих преследователей несколько горящих веток. Добравшись до цели, он огляделся вокруг, высматривая, где больше хвороста, чтобы свалить ель в ту сторону.

Эта ночь была точным повторением предыдущей, с той только разницей, что Генри почти не мог бороться со сном. Он уже не просыпался от рычания собак. К тому же они рычали не переставая, а его усталый, погруженный в дремоту мозг уже не улавливал оттенков в их голосах.

И вдруг он проснулся, будто от толчка. Волчица стояла совсем близко. Машинально он ткнул головней в ее оскаленную пасть. Волчица отпрянула назад, воя от боли, а Генри с наслаждением вдыхал запах паленой шерсти и горелого мяса, глядя, как зверь трясет головой и злобно рычит уже в нескольких шагах от него.

Но на этот раз, прежде чем заснуть, Генри привязал к правой руке тлеющий сосновый сук. Едва он закрывал глаза, как боль от ожога будила его. Так продолжалось несколько часов. Просыпаясь, он отгонял волков горящими головнями, подбрасывал в огонь хвороста и снова привязывал сук к руке. Все шло хорошо; но в одно из таких пробуждений Генри плохо затянул ремень, и, как только глаза его закрылись, сук выпал у него из руки.

Ему снился сон. Форт Мак-Гэрри. Тепло, уютно. Он играет в криббедж с начальником фактории. И ему снится, что волки осаждают форт. Волки воют у самых ворот, и они с начальником по временам отрываются от игры, чтобы прислушаться к вою и посмеяться над тщетными усилиями волков проникнуть внутрь форта. Потом – какой странный сон ему снился! – раздался треск. Дверь распахнулась настежь. Волки ворвались в комнату. Они кинулись на него и на начальника. Как только дверь распахнулась, вой стал оглушительным, он уже не давал ему покоя. Сон принимал какие-то другие очертания, Генри не мог еще понять какие, и понять это ему мешал вой, не прекращающийся ни на минуту.

А потом он проснулся и услышал вой и рычание уже наяву. Волки всей стаей бросились на него. Чьи-то клыки впились ему в руку. Он прыгнул в костер и, прыгая, почувствовал, как острые зубы полоснули его по ноге. И вот началась битва. Толстые рукавицы защищали его руки от огня, он полными горстями расшвыривал во все стороны горящие угли, и костер стал под конец чем-то вроде вулкана.

Но это не могло продолжаться долго. Лицо у Генри покрылось волдырями, брови и ресницы были опалены, ноги уже не терпели жара. Схватив в руки по головне, он прыгнул ближе к краю костра. Волки отступили. Справа и слева – всюду, куда только падали угли, шипел снег, и по отчаянным прыжкам, фырканью и рычанию можно было догадаться, что волки наступали на них.

Расшвыряв головни, человек сбросил с рук тлеющие рукавицы и принялся топать по снегу ногами, чтобы остудить их. Обе собаки исчезли, и он прекрасно знал, что они послужили очередным блюдом на том затянувшемся пиру, который начался с Фэтти и в один из ближайших дней, может быть, закончится им самим.

– А все-таки до меня вы еще не добрались! – крикнул он, бешено погрозив кулаком голодным зверям.

Услышав его голос, стая заметалась, дружно зарычала, а волчица подступила к нему почти вплотную и уставилась на него тоскливыми, голодными глазами.

Генри принялся обдумывать новый план обороны. Разложив костер широким кольцом, он бросил на тающий снег свою постель и сел на ней внутри этого кольца. Как только человек скрылся за огненной оградой, вся стая окружила ее, любопытствуя, куда он девался. До сих пор им не было доступа к огню, а теперь они расселись около него тесным кругом и, как собаки, жмурились, зевали и потягивались в непривычном для них тепле. Потом волчица уселась на задние лапы, подняла голову и завыла. Волки один за другим подтягивали ей, и наконец вся стая, уставившись мордами в звездное небо, затянула песнь голода.

Стало светать, потом наступил день. Костер догорал, хворост подходил к концу, надо было пополнить запас. Человек попытался выйти за пределы огненного кольца, но волки кинулись ему навстречу. Горящие головни заставляли их отскакивать в стороны, но назад они уже не убегали. Тщетно старался человек прогнать их. Убедившись наконец в безнадежности своих попыток, он отступил внутрь горящего кольца, и в это время один из волков прыгнул на него, но промахнулся и всеми четырьмя лапами угодил в огонь. Зверь взвыл от страха, огрызнулся и отполз от костра, стараясь остудить на снегу обожженные лапы.

Человек, сгорбившись, сидел на одеяле. По безвольно опущенным плечам и поникшей голове можно было понять, что у него больше нет сил продолжать борьбу. Время от времени он поднимал голову и смотрел на догорающий костер. Кольцо огня и тлеющих углей кое-где уже разомкнулось, распалось на отдельные костры. Свободный проход между ними все увеличивался, а сами костры уменьшались.

– Ну, теперь вы до меня доберетесь, – пробормотал Генри. – Но мне все равно, я хочу спать...

Проснувшись, он увидел между двумя кострами прямо перед собой волчицу, смотревшую на него пристальным взглядом.

Спустя несколько минут, которые показались ему часами, он снова поднял голову. Произошла какая-то непонятная перемена, настолько непонятная для него, что он сразу очнулся. Что-то случилось. Сначала он не мог понять, что именно. Потом догадался: волки исчезли. Только по вытоптанному кругом снегу можно было судить, как близко они подбирались к нему.

Волна дремоты снова охватила Генри, голова его упала на колени, но вдруг он вздрогнул и проснулся.

Откуда-то доносились людские голоса, скрип полозьев, нетерпеливое повизгивание собак. От реки к стоянке между деревьями подъезжало четверо нарт. Несколько человек окружили Генри, скорчившегося в кольце угасающего огня. Они расталкивали и трясли его, стараясь привести в чувство. Он смотрел на них, как пьяный, и бормотал вялым, сонным голосом:

– Рыжая волчица... приходила к кормежке собак... Сначала сожрала собачий корм... потом собак... А потом Билла...

– Где лорд Альфред? – крикнул ему в ухо один из приехавших, с силой тряхнув его за плечо.

Он медленно покачал головой.

– Его она не тронула... Он там, на деревьях... у последней стоянки.

– Умер?

– Да. В гробу, – ответил Генри.

Он сердито дернул плечом, высвобождаясь от наклонившегося над ним человека.

– Оставьте меня в покое, я не могу... Спокойной ночи...

Веки Генри дрогнули и закрылись, голова упала на грудь. И как только его опустили на одеяло, в морозной тишине раздался громкий храп.

Но к этому храпу примешивались и другие звуки. Издали, еле уловимый на таком расстоянии, доносился вой голодной стаи, погнавшейся за другой добычей, взамен только что оставленного ею человека.

Часть вторая

Глава первая. Битва клыков

Волчица первая услышала звуки человеческих голосов и повизгивание ездовых собак, и она же первая отпрянула от человека, загнанного в круг угасающего огня. Неохотно расставаясь с уже затравленной добычей, стая помедлила несколько минут, прислушиваясь, а потом кинулась следом за волчицей.

Во главе стаи бежал крупный серый волк, один из ее вожаков. Он-то и направил стаю по следам волчицы, предостерегающе огрызаясь на более молодых своих собратьев и отгоняя их ударами клыков, когда они отваживались забегать вперед. И это он прибавил ходу, завидев впереди волчицу, медленной рысцой бежавшую по снегу.

Волчица побежала рядом с ним, как будто место это было предназначено для нее, и уже больше не удалялась от стаи. Вожак не рычал и не огрызался на волчицу, когда случайный скачок выносил ее вперед, – напротив, он, по-видимому, был очень расположен к ней, потому что старался все время бежать рядом. А ей это не нравилось, и она рычала и скалила зубы, не подпуская его к себе. Иногда волчица не останавливалась даже перед тем, чтобы куснуть его за плечо. В таких случаях вожак не выказывал никакой злобы, а только отскакивал в сторону и делал несколько неуклюжих скачков, всем своим видом и поведением напоминая сконфуженного влюбленного простачка.

Это было единственное, что мешало ему управлять стаей. Но волчицу одолевали другие неприятности. Справа от нее бежал тощий старый волк, серая шкура которого носила следы многих битв. Он все время держался справа от волчицы. Объяснялось это тем, что у него был только один глаз, левый. Старый волк то и дело теснил ее, тыкаясь своей покрытой рубцами мордой то в бок ей, то в плечо, то в шею. Она встречала его ухаживания лязганьем зубов, так же как и ухаживание вожака, бежавшего слева, и, когда оба они начинали приставать к ней одновременно, ей приходилось туго: надо было рвануть зубами обоих, в то же время не отставать от стаи и смотреть себе под ноги. В такие минуты оба волка угрожающе рычали и скалили друг на друга зубы. В другое время они бы подрались, но сейчас даже любовь и соперничество уступали место более сильному чувству – чувству голода, терзающего всю стаю.

После каждого такого отпора старый волк отскакивал от строптивого предмета своих вожделений и сталкивался с молодым, трехлетним волком, который бежал справа, со стороны его слепого глаза. Трехлеток был вполне возмужалый и, если принять во внимание слабость и истощенность остальных волков, выделялся из всей стаи своей силой и живостью. И все-таки он бежал так, что голова его была вровень с плечом одноглазого волка. Лишь только он отваживался поравняться с ним (что случалось довольно редко), старик рычал, лязгал зубами и тотчас же осаживал его на прежнее место. Однако время от времени трехлеток отставал и украдкой втискивался между ним и волчицей. Этот маневр встречал двойной, даже тройной отпор. Как только волчица начинала рычать, старый волк делал крутой поворот и набрасывался на трехлетка. Иногда заодно со стариком на него набрасывалась и волчица, а иногда к ним присоединялся и вожак, бежавший слева.

Видя перед собой три свирепые пасти, молодой волк останавливался, оседал на задние лапы и, весь ощетинившись, показывал зубы. Замешательство во главе стаи неизменно сопровождалось замешательством и в задних рядах. Волки натыкались на трехлетка и выражали свое недовольство тем, что злобно кусали его за ляжки и за бока. Его положение было опасно, так как голод и ярость обычно сопутствуют друг другу. Но безграничная самоуверенность молодости толкала его на повторение этих попыток, хотя они не имели ни малейшего успеха и доставляли ему лишь одни неприятности.

Попадись волкам какая-нибудь добыча – любовь и соперничество из-за любви тотчас же завладели бы стаей, и она рассеялась бы. Но положение ее было отчаянное. Волки отощали от длительной голодовки и подвигались вперед гораздо медленнее обычного. В хвосте, прихрамывая, плелись слабые – самые молодые и старики. Сильные шли впереди. Все они походили скорее на скелеты, чем на настоящих волков. И все-таки в их движениях – если не считать тех, кто прихрамывал, – не было заметно ни усталости, ни малейших усилий. Казалось, что в мускулах, выступавших у них на теле, как веревки, таится неиссякаемый запас мощи. За каждым движением стального мускула следовало другое движение, за ним третье, четвертое – и так без конца.

В тот день волки пробежали много миль. Они бежали и ночью. Наступил следующий день, а они все еще бежали. Оледеневшее мертвое пространство. Нигде ни малейших признаков жизни. Только они одни и двигались в этой застывшей пустыне. Только в них была жизнь, и они рыскали в поисках других живых существ, чтобы растерзать их – и жить, жить!

Волкам пришлось пересечь не один водораздел и обрыскать не один ручей в низинах, прежде чем поиски их увенчались успехом. Они встретили лосей. Первой их добычей был крупный лось-самец. Это была жизнь. Это было мясо, и его не защищали ни таинственный костер, ни летающие головни. С раздвоенными копытами и ветвистыми рогами волкам приходилось встречаться не впервые, и они отбросили свое обычное терпение и осторожность. Битва была короткой и жаркой. Лося окружили со всех сторон. Меткими ударами тяжелых копыт он распарывал волкам животы, пробивал черепа, громадными рогами ломал им кости. Лось подминал их под себя, катаясь по снегу, но он был обречен на гибель, и в конце концов ноги у него подломились. Волчица с остервенением впилась ему в горло, а зубы остальных волков рвали его на части – живьем, не дожидаясь, пока он затихнет и перестанет отбиваться.

Еды было вдоволь. Лось весил свыше восьмисот фунтов – по двадцати фунтов на каждую волчью глотку. Если волки с поразительной выдержкой умели поститься, то не менее поразительна была и быстрота, с которой они пожирали пищу, и вскоре от великолепного, полного сил животного, столкнувшегося несколько часов назад со стаей, осталось лишь несколько разбросанных по снегу костей.

Теперь волки подолгу отдыхали и спали. На сытый желудок самцы помоложе начали ссориться и драться, и это продолжалось весь остаток дней, предшествовавших распаду стаи. Голод кончился. Волки дошли до богатых дичью мест; охотились они по-прежнему всей стаей, но действовали уже с большей осторожностью, отрезая от небольших лосиных стад, попадавшихся им на пути, стельных самок или старых больных лосей.

И вот наступил день в этой стране изобилия, когда волчья стая разбилась на две. Волчица, молодой вожак, бежавший слева от нее, и Одноглазый, бежавший справа, повели свою половину стаи на восток, к реке Маккензи, и дальше, к озерам. И эта маленькая стая тоже с каждым днем уменьшалась. Волки разбивались на пары – самец с самкой. Острые зубы соперника то и дело отгоняли прочь какого-нибудь одинокого волка. И наконец волчица, молодой вожак, Одноглазый и дерзкий трехлеток остались вчетвером.

К этому времени характер у волчицы окончательно испортился. Следы ее зубов имелись у всех троих ухажителей. Но волки ни разу не ответили ей тем же, ни разу не попробовали защищаться. Они только подставляли плечи под самые свирепые укусы волчицы, повиливали хвостом и семенили вокруг нее, стараясь умерить ее гнев. Но если к самке волки проявляли кротость, то по отношению друг к другу они были сама злоба. Свирепость трехлетка перешла все границы. В одну из очередных ссор он подлетел к старому волку с той стороны, с которой тот ничего не видел, и на клочки разорвал ему ухо. Но седой одноглазый старик призвал на помощь против молодости и силы всю свою долголетнюю мудрость и весь свой опыт. Его вытекший глаз и исполосованная рубцами морда достаточно красноречиво говорили о том, какого рода был этот опыт. Слишком много битв пришлось ему пережить на своем веку, чтобы хоть на одну минуту задуматься над тем, как следует поступить сейчас.

Битва началась честно, но нечестно кончилась. Трудно было бы заранее судить о ее исходе, если б к старому вожаку не присоединился молодой; вместе они набросились на дерзкого трехлетка. Безжалостные клыки бывших собратьев вонзались в него со всех сторон. Позабыты были те дни, когда волки вместе охотились, добыча, которую они вместе убивали, голод, одинаково терзавший их троих. Все это было делом прошлого. Сейчас ими владела любовь – чувство еще более суровое и жестокое, чем голод.

Тем временем волчица – причина всех раздоров – с довольным видом уселась на снегу и стала следить за битвой. Ей это даже нравилось. Пришел ее час, – что случается редко, – когда шерсть встает дыбом, клык ударяется о клык, рвет, полосует податливое тело, – и все это только ради обладания ею.

И трехлеток, впервые в своей жизни столкнувшийся с любовью, поплатился за нее жизнью. Оба соперника стояли над его телом. Они смотрели на волчицу, которая сидела на снегу и улыбалась им. Но старый волк был мудр – мудр в делах любви не меньше, чем в битвах. Молодой вожак повернул голову зализать рану на плече. Загривок его был обращен к сопернику. Своим единственным глазом старик углядел, какой удобный случай представляется ему. Кинувшись стрелой на молодого волка, он полоснул его клыками по шее, оставив на ней длинную глубокую рану и вспоров вену, и тут же отскочил назад.

Молодой вожак зарычал, но его страшное рычание сразу перешло в судорожный кашель. Истекая кровью, кашляя, он кинулся на старого волка, но жизнь уже покидала его, ноги подкашивались, глаза застилал туман, удары и прыжки становились все слабее и слабее.

А волчица сидела в сторонке и улыбалась. Зрелище битвы вызывало в ней какое-то смутное чувство радости, ибо такова любовь в Северной глуши, а трагедию ее познает лишь тот, кто умирает. Для тех же, кто остается в живых, она уже не трагедия, а торжество осуществившегося желания.

Когда молодой волк вытянулся на снегу, Одноглазый гордой поступью направился к волчице. Впрочем, полному торжеству победителя мешала необходимость быть начеку. Он простодушно ожидал резкого приема и так же простодушно удивился, когда волчица не показала ему зубов, – впервые за все это время его встретили так ласково. Она обнюхалась с ним и даже принялась прыгать и резвиться, совсем как щенок. И Одноглазый, забыв свой почтенный возраст и умудренность опытом, тоже превратился в щенка, пожалуй, даже еще более глупого, чем волчица.

Забыты были и побежденные соперники и повесть о любви, кровью написанная на снегу. Только раз вспомнил об этом Одноглазый, когда остановился на минуту, чтобы зализать раны. И тогда губы его злобно задрожали, шерсть на шее и на плечах поднялась дыбом, когти судорожно впились в снег, тело изогнулось, приготовившись к прыжку. Но в следующую же минуту все было забыто, и он бросился вслед за волчицей, игриво манившей его в лес.

А потом они побежали рядом, как добрые друзья, пришедшие наконец к взаимному соглашению. Дни шли, а они не расставались – вместе гонялись за добычей, вместе убивали ее, вместе съедали. Но потом волчицей овладело беспокойство. Казалось, она ищет что-то и никак не может найти. Ее влекли к себе укромные местечки под упавшими деревьями, и она проводила целые часы, обнюхивая запорошенные снегом расселины в утесах и пещеры под нависшими берегами реки. Старого волка все это нисколько не интересовало, но он покорно следовал за ней, а когда эти поиски затягивались, ложился на снег и ждал ее.

Не задерживаясь подолгу на одном месте, они пробежали до реки Маккензи и уже не спеша отправились вдоль берега, время от времени сворачивая в поисках добычи на небольшие притоки, но неизменно возвращаясь к реке. Иногда им попадались другие волки, бродившие обычно парами; но ни та, ни другая сторона не выказывала ни радости при встрече, ни дружелюбных чувств, ни желания снова собраться в стаю. Встречались на их пути и одинокие волки. Это были самцы, которые охотно присоединились бы к Одноглазому и его подруге. Но Одноглазый не желал этого, и стоило только волчице стать плечо к плечу с ним, ощетиниться и оскалить зубы, как навязчивые чужаки отступали, поворачивали вспять и снова пускались в свой одинокий путь.

Как-то раз, когда они бежали лунной ночью по затихшему лесу, Одноглазый вдруг остановился. Он задрал кверху морду, напружил хвост и, раздув ноздри, стал нюхать воздух. Потом поднял переднюю лапу, как собака на стойке. Что-то встревожило его, и он продолжал принюхиваться, стараясь разгадать несущуюся по воздуху весть. Волчица потянула носом и побежала дальше, подбодряя своего спутника. Все еще не успокоившись, он последовал за ней, но то и дело останавливался, чтобы вникнуть в предостережение, которое нес ему ветер.

Осторожно ступая, волчица вышла из-за деревьев на большую поляну. Несколько минут она стояла там одна. Потом, весь насторожившись, каждым своим волоском излучая безграничное недоверие, к ней подошел Одноглазый. Они стали рядом, продолжая прислушиваться, всматриваться, поводить носом.

До их слуха донеслись звуки собачьей грызни, гортанные голоса мужчин, пронзительная перебранка женщин и даже тонкий, жалобный плач ребенка. С поляны им были видны только большие, обтянутые кожей вигвамы, пламя костров, которое поминутно заслоняли человеческие фигуры, и дым, медленно поднимающийся в спокойном воздухе. Но их ноздри уловили множество запахов индейского поселка, говорящих о вещах, совершенно непонятных Одноглазому и знакомых волчице до мельчайших подробностей.

Волчицу охватило странное беспокойство, и она продолжала принюхиваться все с большим и большим наслаждением. Но Одноглазый все еще сомневался. Он нерешительно тронулся с места и выдал этим свои опасения. Волчица повернулась, ткнула его носом в шею, как бы успокаивая, потом снова стала смотреть на поселок. В ее глазах светилась тоска, но это уже не была тоска, рожденная голодом. Она дрожала от охватившего ее желания бежать туда, подкрасться ближе к кострам, вмешаться в собачью драку, увертываться и отскакивать от неосторожных шагов людей.

Одноглазый нетерпеливо топтался возле нее; но вот прежнее беспокойство вернулось к волчице, она снова почувствовала неодолимую потребность найти то, что так долго искала. Она повернулась и, к большому облегчению Одноглазого, побежала в лес, под прикрытие деревьев.

Бесшумно, как тени, скользя в освещенном луной лесу, они напали на тропинку и сразу уткнулись носом в снег. Следы на тропинке были совсем свежие. Одноглазый осторожно двигался вперед, а его подруга следовала за ним по пятам. Их широкие лапы с толстыми подушками мягко, как бархат, ложились на снег. Но вот Одноглазый увидел что-то белое на такой же белой снежной глади. Скользящая поступь Одноглазого скрадывала быстроту его движений, а теперь он припустил еще быстрее. Впереди него мелькало какое-то неясное белое пятно.

Они с волчицей бежали по узкой прогалине, окаймленной по обеим сторонам зарослью молодых елей и выходившей на залитую луной поляну. Старый волк настигал мелькавшее перед ним пятнышко. Каждый его прыжок сокращал расстояние между ними. Вот оно уже совсем близко. Еще один прыжок – и зубы волка вопьются в него. Но прыжка этого так и не последовало. Белое пятно, оказавшееся зайцем, взлетело высоко в воздух прямо над головой Одноглазого и стало подпрыгивать и раскачиваться там, наверху, не касаясь земли, точно танцуя какой-то фантастический танец.

С испуганным фырканьем Одноглазый отскочил назад и, припав на снег, грозно зарычал на этот страшный и непонятный предмет. Однако волчица преспокойно обошла его, примерилась к прыжку и подскочила, стараясь схватить зайца. Она взвилась высоко, но промахнулась и только лязгнула зубами. За первым прыжком последовали второй и третий.

Медленно поднявшись, Одноглазый наблюдал за волчицей. Наконец ее промахи рассердили его, он подпрыгнул сам и, ухватив зайца зубами, опустился на землю вместе с ним. Но в ту же минуту сбоку послышался какой-то подозрительный шорох, и Одноглазый увидел склонившуюся над ним молодую елку, которая готова была вот-вот ударить его. Челюсти волка разжались; оскалив зубы, он метнулся от этой непонятной опасности назад, в горле его заклокотало рычание, шерсть встала дыбом от ярости и страха. А стройное деревце выпрямилось, и заяц снова заплясал высоко в воздухе.

Волчица рассвирепела. Она укусила Одноглазого в плечо, а он, испуганный этим неожиданным наскоком, с остервенением полоснул ее зубами по морде. Такой отпор, в свою очередь, оказался неожиданностью для волчицы, и она накинулась на Одноглазого, рыча от негодования. Тот уже понял свою ошибку и попытался умилостивить волчицу, но она продолжала кусать его. Тогда, оставив все надежды на примирение, Одноглазый начал увертываться от ее укусов, пряча голову и подставляя под ее зубы то одно плечо, то другое.

Тем временем заяц продолжал плясать в воздухе. Волчица уселась на снегу, и Одноглазый, боясь теперь своей подруги еще больше, чем таинственной елки, снова сделал прыжок. Схватив зайца и опустившись с ним на землю, он уставился своим единственным глазом на деревце. Как и прежде, оно согнулось до самой земли. Волк съежился, ожидая неминуемого удара, шерсть на нем встала дыбом, но зубы не выпускали добычу. Однако удара не последовало. Деревце так и осталось склоненным над ним. Стоило волку двинуться, как елка тоже двигалась, и он ворчал на нее сквозь стиснутые челюсти; когда он стоял спокойно, деревце тоже не шевелилось, и волк решил, что так безопаснее. Но теплая кровь зайца была такая вкусная!

Из этого затруднительного положения Одноглазого вывела волчица. Она взяла у него зайца и, пока елка угрожающе раскачивалась и колыхалась над ней, спокойно отгрызла ему голову. Елка сейчас же выпрямилась и больше не беспокоила их, заняв подобающее ей вертикальное положение, в котором дереву положено расти самой природой. А волчица с Одноглазым поделили между собой добычу, пойманную для них этим таинственным деревцем.

Много попадалось им таких тропинок и прогалин, где зайцы раскачивались высоко в воздухе, и волчья пара обследовала их все. Волчица всегда была первой, а Одноглазый шел за ней следом, наблюдая и учась, как надо обкрадывать западни. И наука эта впоследствии сослужила ему хорошую службу.

Глава вторая. Логовище

Два дня и две ночи бродили волчица и Одноглазый около индейского поселка. Одноглазый беспокоился и трусил, а волчицу поселок чем-то притягивал, и она никак не хотела уходить. Но однажды утром, когда в воздухе, совсем неподалеку от них, раздался выстрел и пуля ударила в дерево всего в нескольких дюймах от головы Одноглазого, волки уже больше не колебались и пустились в путь длинными ровными прыжками, быстро увеличивая расстояние между собой и опасностью.

Они бежали не долго – всего дня три. Волчица все с большей настойчивостью продолжала свои поиски. Она сильно отяжелела за эти дни и не могла быстро бегать. Однажды, погнавшись за зайцем, которого в обычное время ей ничего не стоило бы поймать, она вдруг оставила погоню и прилегла на снег отдохнуть. Одноглазый подошел к ней, но не успел он тихонько коснуться носом ее шеи, как она с такой яростью укусила его, что он упал на спину и, являя собой весьма комическое зрелище, стал отбиваться от ее зубов. Волчица сделалась еще раздражительнее, чем прежде; но Одноглазый был терпелив и заботлив, как никогда.

И вот наконец волчица нашла то, что искала. Нашла в нескольких милях вверх по течению небольшого ручья, летом впадавшего в Маккензи; теперь, промерзнув до каменистого дна, ручей затих, превратившись от истоков до устья в сплошной лед. Волчица усталой рысцой бежала позади Одноглазого, ушедшего далеко вперед, и вдруг приметила, что в одном месте высокий глинистый берег нависает над ручьем. Она свернула в сторону и подбежала туда. Буйные весенние ливни и тающие снега размыли узкую трещину в береге и образовали там небольшую пещеру.

Волчица остановилась у входа в нее и внимательно оглядела наружную стену пещеры, потом обежала ее с обеих сторон до того места, где обрыв переходил в пологий скат. Вернувшись назад, она вошла в пещеру через узкое отверстие. Первые фута три ей пришлось ползти, потом стены раздались вширь и ввысь, и волчица вышла на небольшую круглую площадку футов шести в диаметре. Головой она почти касалась потолка. Внутри было сухо и уютно. Волчица принялась обследовать пещеру, а Одноглазый стоял у входа и терпеливо наблюдал за ней. Опустив голову и почти касаясь носом близко сдвинутых лап, волчица несколько раз перевернулась вокруг себя, не то с усталым вздохом, не то с ворчанием подогнула ноги и растянулась на земле, головой ко входу. Одноглазый, навострив уши, посмеивался над ней, и волчице было видно, как кончик его хвоста добродушно ходит взад и вперед на фоне светлого пятна – входа в пещеру. Она прижала свои острые уши, открыла пасть и высунула язык, всем своим видом выражая полное удовлетворение и спокойствие.

Одноглазому хотелось есть. Он заснул у входа в пещеру, но сон его был тревожен. Он то и дело просыпался и, навострив уши, прислушивался к тому, что говорил ему мир, залитый ярким апрельским солнцем, играющим на снегу. Лишь только Одноглазый начинал дремать, до ушей его доносился еле уловимый шепот невидимых ручейков, и он поднимал голову, напряженно вслушиваясь в эти звуки. Солнце снова появилось на небе, и пробуждающийся Север слал свой призыв волку. Все вокруг оживало. В воздухе чувствовалась весна, под снегом зарождалась жизнь, деревья набухали соком, почки сбрасывали с себя ледяные оковы.

Одноглазый беспокойно поглядывал на свою подругу, но она не выказывала ни малейшего желания подняться с места. Он посмотрел по сторонам, увидел стайку пуночек, вспорхнувших неподалеку от него, приподнялся, но, взглянув еще раз на волчицу, лег и снова задремал. До его слуха донеслось слабое жужжание. Сквозь дремоту он несколько раз обмахнул лапой морду – потом проснулся. У кончика его носа с жужжанием вился комар. Комар был большой, – вероятно, он провел всю зиму в сухом пне, а теперь солнце вывело его из оцепенения. Волк был не в силах противиться зову окружающего мира; кроме того, ему хотелось есть.

Одноглазый подполз к своей подруге и попробовал убедить ее подняться. Но она только огрызнулась на него. Тогда волк решил отправиться один и, выйдя на яркий солнечный свет, увидел, что снег под ногами проваливается и путешествие будет делом нелегким. Он побежал вверх по замерзшему ручью, где снег в тени деревьев был все еще твердый. Побродив часов восемь, Одноглазый вернулся затемно, еще голоднее прежнего. Он не раз видел дичь, но не мог поймать ее. Зайцы легко скакали по таявшему насту, а он проваливался и барахтался в снегу.

Какое-то смутное подозрение заставило Одноглазого остановиться у входа в пещеру. Оттуда доносились странные слабые звуки. Они не были похожи на голос волчицы, но вместе с тем в них чудилось что-то знакомое. Он осторожно вполз внутрь и услышал предостерегающее рычание своей подруги. Это не смутило Одноглазого, но заставило все же держаться в некотором отдалении; его интересовали другие звуки - слабое, приглушенное повизгивание и плач.

Волчица сердито заворчала на него. Одноглазый свернулся клубком у входа в пещеру и заснул. Когда наступило утро и в логовище проник тусклый свет, волк снова стал искать источник этих смутно знакомых звуков. В предостерегающем рычании волчицы появились новые нотки: в нем слышалась ревность, - и это заставляло волка держаться от нее подальше. И все-таки ему удалось разглядеть, что между ногами волчицы, прильнув к ее брюху, копошились пять маленьких живых клубочков; слабые, беспомощные, они тихо повизгивали и не открывали глаз на свет. Волк удивился. Это случалось не в первый раз в его долгой и удачливой жизни, это случалось часто, и все-таки каждый раз он заново удивлялся. Волчица смотрела на него с беспокойством. Время от времени она тихо ворчала, а когда волк, как ей казалось, подходил слишком близко, это ворчание становилось грозным. Инстинкт, опережающий у всех матерей-волчиц опыт, смутно подсказывал ей, что отцы могут съесть свое беспомощное потомство, хотя до сих пор она не знала такой беды. И страх заставлял ее гнать Одноглазого от порожденных им волчат.

Впрочем, волчатам ничто не грозило. Старый волк, в свою очередь, почувствовал веление инстинкта, перешедшего к нему от его отцов. Не задумываясь над ним, не противясь ему, он ощутил это веление всем своим существом и, повернувшись спиной к своему новорожденному потомству, отправился на поиски пищи.

В пяти-шести милях от логовища ручей разветвлялся, и оба его рукава под прямым углом поворачивали к горам. Волк пошел вдоль левого рукава и вскоре наткнулся на чьи-то следы. Обнюхав их и убедившись, что следы совсем свежие, он припал на снег и взглянул в том направлении, куда они вели. Потом не спеша повернулся и побежал вдоль правого рукава. Следы были гораздо крупнее его собственных, - и он знал, что там, куда они приведут, надежды на добычу мало.

Пробежав с полмили вдоль правого рукава, волк уловил своим чутким ухом какой-то скрежещущий звук. Подкравшись ближе, он увидел дикобраза, который, встав на задние лапы, точил зубы о дерево. Одноглазый осторожно подобрался к нему, не надеясь, впрочем, на удачу. Так далеко на севере дикобразы ему не попадались, но он знал этих зверьков, хотя за всю свою жизнь ни разу не попробовал их мяса. Однако опыт научил волка, что бывает в жизни счастье или удача, и он продолжал подбираться к дикобразу. Трудно угадать, чем кончится эта встреча, ведь исхода борьбы с живым существом никогда нельзя знать заранее.

Дикобраз свернулся клубком, растопырив во все стороны свои длинные острые иглы, и нападение стало теперь невозможным. В молодости Одноглазый ткнулся однажды мордой в такой же вот безжизненный с виду клубок игл и неожиданно получил удар хвостом по носу. Одна игла так и осталась торчать у него в носу, причиняя жгучую боль, и вышла из раны только через несколько недель. Он лег, приготовившись к прыжку и держа нос на расстоянии целого фута от хвоста дикобраза. Замерев на месте, он ждал. Кто знает? Все может быть. Вдруг дикобраз развернется. Вдруг представится случай ловким ударом лапы распороть нежное, ничем не защищенное брюхо.

Но через полчаса Одноглазый поднялся, злобно зарычал на неподвижный клубок и побежал дальше. Слишком часто приходилось ему в прошлом караулить дикобразов – вот так же, без всякого толка, чтобы сейчас тратить на это время. И он побежал дальше по правому рукаву ручья. День подходил к концу, а его поиски все еще не увенчались успехом.

Проснувшийся инстинкт отцовства управлял волком. Он знал, что пищу надо найти во что бы то ни стало. В полдень ему попалась белая куропатка. Он выбежал из зарослей кустарника и очутился нос к носу с этой глупой птицей. Она сидела на пне, в каком-нибудь футе от его морды. Они увидели друг друга одновременно. Птица испуганно взмахнула крыльями, но волк ударил ее лапой, сшиб на землю и схватил зубами как раз в тот миг, когда она заметалась по снегу, пытаясь взлететь на воздух. Как только зубы Одноглазого вонзились в нежное мясо, ломая хрупкие кости, челюсти его заработали. Потом он вдруг вспомнил что-то и пустился бежать к пещере, прихватив куропатку с собой.

Пробежав еще с милю своей бесшумной поступью, скользя, словно тень, и внимательно приглядываясь к каждому новому береговому изгибу, он опять наткнулся на следы все тех же больших лап. Следы удалялись в ту сторону, куда лежал и его путь, и он приготовился в любую минуту встретить обладателя этих лап.

Волк осторожно высунул голову из-за скалы в том месте, где ручей круто поворачивал, и его зоркий глаз заприметил нечто такое, что заставило его сейчас же прильнуть к земле. Это был тот самый зверь, который оставил большие следы на снегу, – крупная самка-рысь. Она лежала перед свернувшимся в тугой клубок дикобразом в той же позе, в какой рано утром лежал перед таким же дикобразом и сам волк. Если раньше Одноглазого можно было сравнить со скользящей тенью, то теперь это был призрак той тени, осторожно огибающий с подветренной стороны безмолвную, неподвижную пару – дикобраза и рысь.

Волк лег на снег, положив куропатку рядом с собой, и сквозь иглы низкорослой сосны стал пристально следить за игрой жизни, развертывающейся у него на глазах, – за рысью и дикобразом, которые хоть и притаились, но были полны сил и отстаивали каждый свое существование. Смысл же этой игры заключался в том, что один из ее участников хотел съесть другого, а тот не хотел быть съеденным.

Старый волк тоже принимал участие в этой игре из своего прикрытия, надеясь, а вдруг счастье окажется на его стороне и он добудет пищу, необходимую ему, чтобы жить.

Прошло полчаса, прошел час; все оставалось по-прежнему. Клубок игл сохранял полную неподвижность, и его легко можно было принять за камень; рысь превратилась в мраморное изваяние; а Одноглазый – тот был точно мертвый. Однако все трое жили такой напряженной жизнью, напряженной почти до ощущения физической боли, что вряд ли когда-нибудь им приходилось чувствовать в себе столько сил, сколько они чувствовали сейчас, когда тела их казались окаменелыми.

Одноглазый подался вперед, насторожившись еще больше. Там, за сосной, произошли какие-то перемены. Дикобраз в конце концов решил, что враг его удалился. Медленно, осторожно стал он расправлять свою непроницаемую броню. Его не тревожило ни малейшее подозрение. Колючий клубок медленно-медленно развернулся и начал выпрямляться. Одноглазый почувствовал, что рот у него наполняется слюной при виде живой дичи, лежавшей перед ним, как готовое угощение.

Еще не успев развернуться до конца, дикобраз увидел своего врага. И в это мгновение рысь ударила его.

Удар был быстрый, как молния. Лапа с крепкими когтями, согнутыми, как у хищной птицы, распорола нежное брюхо и тотчас же отдернулась назад. Если бы дикобраз развернулся во всю длину или заметил врага на какую-нибудь десятую долю секунды позже, лапа осталась бы невредимой, но в то мгновение, когда рысь отдернула лапу, дикобраз ударил ее сбоку хвостом и вонзил в нее свои острые иглы.

Все произошло одновременно – удар, ответный удар, предсмертный визг дикобраза и крик огромной кошки, ошеломленной болью. Одноглазый привстал, навострил уши и вытянул хвост, дрожащий от волнения. Рысь дала волю своему нраву. Она с яростью набросилась на зверя, причинившего ей такую боль. Но дикобраз, хрипя, взвизгивая и пытаясь свернуться в клубок, чтобы спрятать вывалившиеся из распоротого брюха внутренности, еще раз ударил хвостом. Большая кошка снова взвыла от боли и с фырканьем отпрянула назад; нос ее, весь утыканный иглами, стал похож на подушку для булавок. Она царапала его лапами, стараясь избавиться от этих жгучих, как огонь, стрел, тыкалась мордой в снег, терлась о ветки и прыгала вперед, назад, направо, налево, не помня себя от безумной боли и страха.

Не переставая фыркать, рысь судорожно дергала своим коротким хвостом, потом мало-помалу затихла. Одноглазый продолжал следить за ней и вдруг вздрогнул и ощетинился: рысь с отчаянным воем взметнулась высоко в воздух и кинулась прочь, сопровождая каждый свой прыжок пронзительным визгом. И только тогда, когда она скрылась и визги ее замерли вдали, Одноглазый решился выйти вперед. Он ступал с такой осторожностью, как будто весь снег был усыпан иглами, готовыми каждую минуту вонзиться в мягкие подушки на его лапах. Дикобраз встретил появление волка яростным визгом и лязганьем зубов. Он ухитрился кое-как свернуться, но это уже не был прежний непроницаемый клубок: порванные мускулы не повиновались ему, он был разорван почти пополам и истекал кровью.

Одноглазый хватал пастью и с наслаждением глотал окровавленный снег. После такой закуски голод его только усилился; но он недаром пожил на свете, – жизнь научила его осторожности. Надо было выждать время. Он лег на снег перед дикобразом, а тот скрежетал зубами, хрипел и тихо повизгивал. Несколько минут спустя Одноглазый заметил, что иглы дикобраза мало-помалу опускаются и по всему его телу пробегает дрожь. Потом дрожь сразу прекратилась. Длинные зубы лязгнули в последний раз, иглы опустились, тело обмякло и больше уже не двигалось.

Робким, боязливым движением лапы Одноглазый растянул дикобраза во всю длину и перевернул его на спину. Все обошлось благополучно. Дикобраз был мертв. После внимательного осмотра волк осторожно взял свою добычу в зубы и побежал вдоль ручья, волоча ее по снегу и повернув голову в сторону, чтобы не наступать на колючие иглы. Но вдруг он вспомнил что-то, бросил дикобраза и вернулся к куропатке. Он не колебался ни минуты, он знал, что надо сделать: надо съесть куропатку. И, съев ее, Одноглазый побежал туда, где лежала его добыча.

Когда он втащил свою ношу в логовище, волчица осмотрела ее, подняла голову и лизнула волка в шею. Но сейчас же вслед за тем она легонько зарычала, отгоняя его от волчат, – правда, на этот раз рычание было не такое уж злобное, в нем слышалось скорее извинение, чем угроза. Инстинктивный страх перед отцом ее потомства постепенно пропадал. Одноглазый вел себя, как и подобало волку-отцу, и не проявлял беззаконного желания сожрать малышей, произведенных ею на свет.

Глава третья. Серый волчонок

Он сильно отличался от своих братьев и сестер. Их шерсть уже принимала рыжеватый оттенок, унаследованный от матери-волчицы, а он пошел весь в Одноглазого. Он был единственным серым волчонком во всем помете. Он родился настоящим волком и очень напоминал отца, с той лишь разницей, что у него было два глаза, а у отца – один.

Глаза у серого волчонка только недавно открылись, а он уже хорошо видел. И даже когда глаза у него были еще закрыты, чувства обоняния, осязания и вкуса уже служили ему. Он прекрасно знал своих двух братьев и двух сестер. Он поднимал с ними неуклюжую возню, подчас уже переходившую в драку, и его горлышко начинало дрожать от хриплых звуков, предвестников рычанья. Задолго до того, как у него открылись глаза, он научился по запаху, осязанию и вкусу узнавать волчицу – источник тепла, пищи и нежности. И когда она своим мягким, ласкающим языком касалась его нежного тельца, он успокаивался, прижимался к ней и мирно засыпал.

Первый месяц его жизни почти весь прошел во сне; но теперь он уже хорошо видел, спал меньше и мало-помалу начинал знакомиться с миром. Мир его был темен, хотя он не подозревал этого, так как не знал никакого другого мира. Волчонка окружала полутьма, но глазам его не приходилось приспосабливаться к иному освещению. Мир его был очень мал, он ограничивался стенами логовища; волчонок не имел никакого понятия о необъятности внешнего мира, и поэтому жизнь в таких тесных пределах не казалась ему тягостной.

Впрочем, он очень скоро обнаружил, что одна из стен его мира отличается от других, – там был выход из пещеры, и оттуда шел свет. Он обнаружил, что эта стена не похожа на другие, еще задолго до того, как у него появились мысли и осознанные желания. Она непреодолимо влекла к себе волчонка еще в ту пору, когда он не мог видеть ее. Свет, идущий оттуда, бил ему в сомкнутые веки, и его зрительные нервы отвечали на эти теплые искорки, вызывавшие такое приятное и вместе с тем странное ощущение. Жизнь его тела, каждой клеточки его тела, жизнь, составляющая самую его сущность и действующая помимо его воли, рвалась к этому свету, влекла его к нему, так же как сложный химический состав растения заставляет его поворачиваться к солнцу.

Еще задолго до того, как в волчонке забрезжило сознание, он то и дело подползал к выходу из пещеры. Сестры и братья не отставали от него. И в эту пору их жизни никто из них не забирался в темные углы у задней стены. Свет привлекал их к себе, как будто они были растениями; химический процесс, называющийся жизнью, требовал света; свет был необходимым условием их существования, и крохотные щенячьи тельца тянулись к нему, точно усики виноградной лозы, не размышляя, повинуясь только инстинкту. Позднее, когда в каждом из них начала проявляться индивидуальность, когда у каждого появились желания и сознательные побуждения, тяга к свету только усилилась. Они непрестанно ползли и тянулись к нему, и матери приходилось то и дело загонять их обратно.

Вот тут-то волчонок узнал и другие особенности своей матери, помимо ее мягкого, ласкающего языка.

Настойчиво порываясь к свету, он убедился, что у матери есть нос, которым она в наказание может отбросить его назад; затем он узнал и лапу, умевшую примять его к земле и быстрым, точно рассчитанным движением перекатить в угол. Так он впервые испытал боль и стал избегать ее, сначала просто не подвергая себя такому риску, а потом научившись увертываться и удирать от наказания. Это уже были сознательные поступки – результат появившейся способности обобщать явления мира. До сих пор он увертывался от боли бессознательно, так же бессознательно, как и лез к свету. Но теперь он увертывался от нее потому, что знал, что такое боль.

Он был очень свирепым волчонком. И такими же были его братья и сестры. Этого и следовало ожидать. Ведь он был хищником и происходил из рода хищников, питавшихся мясом. Молоко, которое он сосал с первого же дня своей едва теплившейся жизни, вырабатывалось из мяса; и теперь, когда ему исполнился месяц и глаза его уже целую неделю были открыты, он тоже начал есть мясо, наполовину пережеванное волчицей для ее пяти подросших детенышей, которым теперь не хватало молока.

С каждым днем серый волчонок становился все злее и злее. Рычание получалось у него более хриплым и громким, чем у братьев и сестер, припадки щенячьей ярости были страшнее. Он первый научился ловким ударом лапы опрокидывать их навзничь. И он же первый схватил другого волчонка за ухо и принялся теребить и таскать его из стороны в сторону, яростно рыча сквозь стиснутые челюсти. И уж конечно, он больше всех других волчат причинял беспокойство матери, старавшейся отогнать свой выводок от выхода из пещеры.

Свет с каждым днем все сильнее и сильнее манил к себе серого волчонка. Он поминутно пускался в странствования по пещере, стремясь к выходу из нее, и так же поминутно его оттаскивали назад. Правда, он не знал, что это был выход. Он не подозревал о существовании разных входов и выходов, которые ведут из одного места в другое. Он вообще не имел понятия о существовании других мест, а о способах добраться туда и подавно. Поэтому выход из пещеры казался ему стеной – стеной света. Чем солнце было для живущих на воле, тем для него была эта стена – солнцем его мира. Она притягивала его к себе, как огонь притягивает бабочку. Он беспрестанно стремился добраться туда. Жизнь, быстро растущая в нем, толкала его к стене света. Жизнь, таившаяся в нем, знала, что это единственный путь в мир – путь, на который ему суждено ступить. Но сам он ничего не знал об этом. Он не знал, что внешний мир существует.

У этой стены света было одно странное свойство. Его отец (а волчонок уже признал в нем одного из обитателей своего мира – похожее на мать существо, которое спит ближе к свету и приносит пищу) – его отец имел обыкновение проходить прямо сквозь далекую светлую стену и исчезать за ней. Серый волчонок не мог понять этого. Мать не позволяла ему приближаться к светлой стене, но он подходил к другим стенам пещеры, и всякий раз его нежный нос натыкался на что-то твердое. Это причиняло боль. И после нескольких таких путешествий обследование стен прекратилось. Не задумываясь, он принял исчезновение отца за его отличительное свойство, так же как молоко и мясная жвачка были отличительными свойствами матери.

В сущности говоря, серый волчонок не умел мыслить, во всяком случае, так, как мыслят люди. Мозг его работал в потемках. И все-таки его выводы были не менее четки и определенны, чем выводы людей. Он принимал вещи такими, как они есть, не утруждая себя вопросом, почему случилось то-то или то-то. Достаточно было знать, что это случилось. Таков был его метод познания окружающего мира. И поэтому, ткнувшись несколько раз подряд носом в стены пещеры, он примирился с тем, что не может проходить сквозь них, не может делать то, что делает отец. Но желания разобраться в разнице между отцом и собой никогда не возникало у него. Логика и физика не принимали участия в формировании его мозга.

Как и большинству обитателей Северной глуши, ему рано пришлось испытать чувство голода. Наступили дни, когда отец перестал приносить мясо, когда даже материнские соски не давали молока. Волчата повизгивали и скулили и большую часть времени проводили во сне; потом на них напало голодное оцепенение. Не было уже возни и драк, никто из них не приходил в ярость, не пробовал рычать; и путешествия к далекой белой стене прекратились. Они спали, а жизнь, чуть теплившаяся в них, мало-помалу гасла.

Одноглазый совсем потерял покой. Он рыскал повсюду и мало спал в логовище, которое стало теперь унылым и безрадостным. Волчица тоже оставила свой выводок и вышла на поиски корма. В первые дни после рождения волчат Одноглазый не раз наведывался к индейскому поселку и обкрадывал заячьи силки, но как только снег растаял и реки вскрылись, индейцы ушли дальше, и этот источник пищи иссяк.

Когда серый волчонок немного окреп и снова стал интересоваться далекой белой стеной, он обнаружил, что население его мира сильно уменьшилось. У него осталась всего лишь одна сестра. Остальные исчезли. Как только силы вернулись к нему, он стал играть, но играть в одиночестве, потому что сестра не могла ни поднять головы, ни шевельнуться. Его маленькое тело округлилось от мяса, которое он ел теперь; а для нее пища пришла слишком поздно. Она все время спала, и искра жизни в ее маленьком тельце, похожем на обтянутый кожей скелет, мерцала все слабее и слабее и наконец угасла.

Потом наступило время, когда Одноглазый перестал появляться сквозь стену и исчезать за ней; место, где он спал у входа в пещеру, опустело. Это случилось в конце второй, менее свирепой голодовки. Волчица знала, почему Одноглазый не вернулся в логовище, но не могла рассказать серому волчонку о том, что ей пришлось увидеть.

Отправившись за добычей вверх по левому рукаву ручья, туда, где жила рысь, она напала на вчерашний след Одноглазого. И там, где следы кончились, она нашла его самого – вернее, то, что от него осталось. Все кругом говорило о недавней схватке и о том, что, выиграв эту схватку, рысь ушла к себе в нору. Волчица отыскала эту нору, но, судя по многим признакам, рысь была там, и волчица не решилась войти к ней.

После этого волчица перестала охотиться на левом рукаве ручья. Она знала, что у рыси в норе есть детеныши и что сама рысь славится своей злобой и неустрашимостью в драках. Трем-четырем волкам ничего не стоит загнать на дерево фыркающую, ощетинившуюся рысь; однако совсем иное дело встретиться с ней с глазу на глаз, особенно когда знаешь, что за спиной у нее голодный выводок.

Но Северная глушь есть Северная глушь, и материнство есть материнство, – оно не останавливается ни перед чем как в Северной глуши, так и вне ее; и неминуемо должен был настать день, когда ради своего серого детеныша волчица отважится пойти по левому рукаву к норе в скалах, навстречу разъяренной рыси.

Глава четвертая. Стена мира

К тому времени, когда мать стала оставлять пещеру и уходить на охоту, волчонок уже постиг закон, согласно которому ему запрещалось приближаться к выходу из логовища. Закон этот много раз внушала ему мать, толкая его то носом, то лапой, да и в нем самом начинал развиваться инстинкт страха. За всю свою короткую жизнь в пещере он ни разу не встретил ничего такого, что могло испугать его, – и все-таки он знал, что такое страх. Страх перешел к волчонку от отдаленных предков, через тысячу тысяч жизней. Это было наследие, полученное им непосредственно от Одноглазого и волчицы; но и к ним, в свою очередь, оно перешло через все поколения волков, бывших до них. Страх – наследие Северной глуши, и ни одному зверю не дано от него избавиться или променять его на чечевичную похлебку!

Итак, серый волчонок знал страх, хотя и не понимал его сущности. Он, вероятно, примирился с ним, как с одной из преград, которые ставит жизнь. А в том, что такие преграды существуют, ему уже пришлось убедиться: он испытал голод и, не имея возможности утолить его, наткнулся на преграду своим желаниям. Плотные стены пещеры, резкие толчки носом, которыми наделяла его мать, сокрушительный удар ее лапы, неутоленный голод выработали в нем уверенность, что не все в мире дозволено, что в жизни существует множество ограничений и запретов. И эти ограничения и запреты были законом. Повиноваться им – значило избегать боли и всяких жизненных осложнений.

Волчонок не размышлял обо всем этом так, как размышляют люди. Он просто разграничил окружающий мир на то, что причиняет боль, и то, что боли не причиняет, и, разграничив, старался избегать всего, причиняющего боль, то есть запретов и преград, и пользоваться только наградами и радостями, которые дает жизнь.

Вот почему, повинуясь закону, внушенному матерью, повинуясь неведомому закону страха, волчонок держался подальше от выхода из пещеры. Выход все еще казался ему светлой белой стеной. Когда матери в пещере не было, он большей частью спал, а просыпаясь, лежал тихо и сдерживал жалобное повизгивание, которое щекотало ему горло и рвалось наружу.

Проснувшись однажды, он услышал у белой стены непривычные звуки. Он не знал, что это была росомаха, которая остановилась у входа в пещеру и, трепеща от собственной дерзости, осторожно принюхивалась к идущим оттуда запахам. Волчонок понимал только одно: звуки были непривычные, странные, а значит, неизвестные и страшные, – ведь неизвестное было одним из основных элементов, из которых складывался страх.

Шерсть на спине у волчонка встала дыбом, но он молчал. Почему он догадался, что в ответ на эти звуки надо ощетиниться? У него не было такого опыта в прошлом, – и все же так проявлялся в нем страх, которому нельзя было найти объяснения в прожитой жизни. Но страх сопровождался еще одним инстинктивным желанием – желанием притаиться, спрятаться. Волчонка охватил ужас, но он лежал без звука, без движения, застыв, окаменев, – лежал, как мертвый. Вернувшись домой и учуяв следы росомахи, его мать зарычала, бросилась в пещеру и с необычной для нее нежностью принялась лизать и ласкать волчонка. И волчонок понял, что ему удалось избежать сильной боли.

Но в нем действовали и другие силы, главной из которых был рост. Инстинкт и закон требовали от него повиновения, а рост требовал неповиновения. Мать и страх заставляли держаться подальше от белой стены, но рост есть жизнь, а жизни положено вечно тянуться к свету, – и никакими преградами нельзя было остановить волны жизни, поднимавшейся в нем, поднимавшейся с каждым съеденным куском мяса, с каждым глотком воздуха. И наконец страх и послушание были отброшены в сторону напором жизни, и в один прекрасный день волчонок неверными, робкими шагами направился к выходу из пещеры.

В противоположность другим стенам, с которыми ему приходилось сталкиваться, эта стена, казалось, отступала все дальше и дальше, по мере того как он приближался к ней. Испытующе вытянув вперед свой маленький нежный нос, он ждал, что натолкнется на твердую поверхность, но стена оказалась такой же прозрачной и проницаемой, как свет. Волчонок вошел в то, что мнилось ему стеной, и погрузился в составляющее ее вещество.

Это сбивало его с толку: ведь он полз сквозь что-то твердое! А свет становился все ярче и ярче. Страх гнал волчонка назад, но крепнущая жизнь заставляла идти дальше. А вот и выход из пещеры. Стена, внутри которой, как ему мнилось, он находился, неожиданно отошла неизмеримо далеко. От яркого света стало больно глазам, он ослеплял волчонка; внезапно раздвинувшееся пространство кружило ему голову. Глаза понемногу привыкали к яркому свету и приноравливались к увеличившемуся расстоянию между предметами. Сначала стена отодвинулась так далеко, что потерялась из виду. Теперь он снова разглядел ее, но она отступила вдаль и выглядела уже совсем по-другому. Стена стала пестрой: в нее входили деревья, окаймляющие ручей, и гора, возвышающаяся позади деревьев, и небо, которое было еще выше горы.

На волчонка напал ужас. Неизвестных и грозных вещей стало еще больше. Он съежился у входа в пещеру и стал смотреть на открывшийся перед ним мир. Как страшно! Все неизвестное казалось ему враждебным. Шерсть у него на спине встала дыбом; он оскалил зубы, пытаясь издать яростное, устрашающее рычание. Крошечный испуганный звереныш бросал вызов и грозил всему миру.

Однако все обошлось благополучно. Волчонок продолжал смотреть и от любопытства даже позабыл, что надо рычать, забыл даже про свой испуг. Жизнь, крепнущая в нем, на время победила страх, и страх уступил место любопытству. Волчонок начал различать то, что было у него перед глазами: открытую часть ручья, сверкающего на солнце, засохшую сосну около откоса и самый откос, поднимающийся прямо к пещере, у входа в которую он примостился.

До сих пор серый волчонок жил на ровной поверхности, ему еще не приходилось испытывать ушибов от падений – да он и не знал, что такое падение, – поэтому он смело шагнул прямо в воздух. Задние ноги у него задержались на выступе у входа в пещеру, так что он упал головой вниз. Земля больно стукнула его по носу, он жалобно тявкнул и тут же вслед за этим покатился кубарем по откосу. На него напал панический страх. Неизвестное наконец овладело им, оно держало его в своей власти и готовилось причинить ему невыносимую боль. Жизнь, крепнущая в нем, снова уступила место страху, и он завизжал, как завизжал бы всякий перепуганный щенок.

Неизвестное грозило ему; он еще не мог понять – чем, и выл и визжал не переставая. Это было куда хуже, чем лежать, замирая от страха, когда неизвестное только промелькнуло мимо него. Теперь оно завладело им целиком. Молчание ничему не поможет. Кроме того, теперь его терзал уже не страх, а ужас.

Но откос становился все более пологим, а у его подножия росла трава. Скорость падения уменьшилась. Остановившись наконец, волчонок отчаянно взвыл, потом заскулил протяжно и жалобно; а вслед за тем как ни в чем не бывало, точно ему уже тысячу раз приходилось заниматься своим туалетом, принялся слизывать приставшую к бокам сухую глину.

Покончив с этим, он сел и осмотрелся по сторонам – так же, как это сделал бы первый человек, попавший с Земли на Марс. Волчонок пробился сквозь стену мира, неизвестное выпустило его из своих объятий, и он остался невредимым. Но первый человек на Марсе встретил бы гораздо меньше необычного для себя, чем волчонок здесь, на Земле. Без всякого предварительного знания, без всякой подготовки он очутился в роли исследователя совершенно незнакомого ему мира.

Теперь, когда страшная неизвестность отпустила волчонка на свободу, он забыл обо всех ее ужасах. Он испытывал лишь любопытство ко всему, что его окружало. Он осмотрел траву под собой, кустик брусники чуть подальше, ствол засохшей сосны, которая стояла на краю полянки, окруженной деревьями. Белка выбежала из-за сосны прямо на волчонка и привела его в ужас. Он припал к земле и зарычал. Но белка перепугалась еще больше; она быстро вскарабкалась на дерево и, очутившись в безопасности, сердито зацокала оттуда.

Это придало волчонку храбрости, и хотя дятел, с которым ему пришлось вслед за тем встретиться, заставил его вздрогнуть, он уверенно продолжал свой путь. Уверенность эта возросла до такой степени, что, когда какая-то дерзкая птица подскочила к волчонку, он, играя, протянул к ней лапу. В ответ на это птица больно клюнула его в нос; он весь сжался и завизжал. Птица испугалась его визга и тут же упорхнула.

Волчонок учился. Его маленький, слабый мозг хоть и бессознательно, но сделал вывод. Вещи бывают живые и неживые. И живых вещей надо остерегаться. Неживые всегда остаются на месте, а живые двигаются, и никогда нельзя знать заранее, что они могут сделать. От них надо ждать всяких неожиданностей, с ними надо быть начеку.

Волчонок шагал неуклюже, он то и дело натыкался на что-нибудь. Ветка, которая, казалось, была так далеко, задевала его по носу или хлестала по бокам; земля была неровная. Он спотыкался, ушибал нос, лапы. Мелкие камни выскальзывали у него из-под ног, лишь только он наступал на них. И наконец волчонок понял, что не все неживые вещи находятся в состоянии устойчивого равновесия, как его пещера, и что маленькие неживые вещи гораздо чаще падают и переворачиваются, чем большие. С каждой своей ошибкой волчонок узнавал все больше и больше. Чем дальше он шел, тем тверже становился его шаг. Он приспосабливался. Он учился рассчитывать свои движения, приноравливаться к своим физическим возможностям, измерять расстояние между различными предметами, а также между ними и собой.

Удача всегда сопутствует новичкам. Рожденный, чтобы стать охотником (хотя сам он и не знал этого), волчонок напал на дичь сразу около пещеры, в первую же свою вылазку на свет божий. Искусно спрятанное гнездо куропатки попалось ему только вследствие его же собственной неловкости: он свалился на него. Он попробовал пройтись по стволу упавшей сосны; гнилая кора подалась под его ногами, и он с отчаянным визгом сорвался с круглого ствола, упал на куст и, пролетев сквозь листву и ветви, очутился прямо в гнезде, где сидели семь птенцов куропатки.

Птенцы запищали, и волчонок сначала испугался; потом, увидев, что они совсем маленькие, он осмелел. Птенцы двигались. Он примял одного лапой, и тот затрепыхался еще сильнее. Волчонку это очень понравилось. Он обнюхал птенца, взял его в рот. Птенец бился и щекотал ему язык. В ту же минуту волчонок почувствовал голод. Челюсти его сомкнулись, птичьи косточки хрустнули, и он почувствовал на языке теплую кровь. Кровь оказалась очень вкусной. В зубах у него была дичь, такая же дичь, какую ему приносила мать, только гораздо вкуснее, потому что она была живая. Волчонок съел птенца и остановился только тогда, когда покончил со всем выводком. Вслед за тем он облизнулся, точно так же, как это делала его мать, и стал выбираться из куста.

Его встретил крылатый вихрь. Стремительный натиск и яростные удары крыльев ослепили, ошеломили волчонка. Он уткнулся головой в лапы и завизжал. Удары посыпались с новой силой. Куропатка-мать была вне себя от ярости. Тогда волчонок разозлился. Он вскочил с рычанием и начал отбиваться лапами, потом запустил свои мелкие зубы в крыло птицы и принялся что есть силы дергать и таскать ее из стороны в сторону. Куропатка рвалась, ударяя его другим крылом. Это была первая схватка волчонка. Он ликовал. Он забыл весь свой страх перед неизвестным и уже ничего не боялся. Он рвал и бил живое существо, которое наносило ему удары. Кроме того, это живое существо было мясо. Волчонком овладела жажда крови. Он только что уничтожил семь маленьких живых существ. Сейчас он уничтожит большое живое существо. Он был слишком поглощен дракой и слишком счастлив, чтобы ощущать свое счастье. Он весь дрожал от возбуждения, которого до сих пор ему никогда не приходилось испытывать.

Он не выпускал крыла и рычал сквозь стиснутые зубы. Куропатка вытащила его из куста. Когда же она попыталась втащить его туда обратно, он выволок ее на открытое место. Птица кричала и била его свободным крылом, а перья ее разлетались по воздуху, как снежные хлопья. Волчонок уже не помнил себя от ярости, воинственная кровь предков поднялась и забушевала в нем. Сам того не ощущая, волчонок жил в эти минуты полной жизнью. Он выполнял предназначенную ему роль, делал то дело, для которого был рожден, – убивал добычу и дрался, прежде чем убить ее. Он оправдывал свое существование, выполняя высшее назначение жизни, потому что жизнь достигает своих вершин в те минуты, когда все ее силы устремляются на осуществление поставленных перед ней целей.

Наконец птица перестала бороться. Волчонок все еще держал ее за крыло. Они лежали на земле и смотрели друг на друга. Он попробовал яростно и угрожающе зарычать. Куропатка клюнула его в нос, и без того болевший. Волчонок вздрогнул, но не выпустил крыла. Птица клюнула его еще и еще раз. Он завизжал и попятился, не сообразив, что вместе с крылом потащит за собой и птицу. Град ударов посыпался на его многострадальный нос. Воинственный пыл волчонка погас. Выпустив добычу, он со всех ног пустился в бесславное бегство на другую сторону поляны и лег там возле кустарника, тяжело дыша, высунув язык и жалобно повизгивая. И вдруг предчувствие неминуемой беды сжало ему сердце. Неизвестное со всеми своими ужасами снова обрушилось на волчонка. Он инстинктивно отпрянул под защиту куста. На него пахнуло ветром, и большое крылатое тело в зловещем молчании пронеслось мимо: ястреб, ринувшийся на волчонка из поднебесья, промахнулся.

Пока волчонок лежал под кустом и, мало-помалу приходя в себя, начинал боязливо выглядывать оттуда, на другой стороне поляны из разоренного гнезда выпорхнула куропатка, – горе утраты заставило ее забыть о крылатой молнии небес. Но волчонок все видел, и это послужило ему предостережением и уроком. Он видел, как ястреб камнем упал вниз, пронесся над землей, почти задевая траву крыльями, вонзил когти в куропатку, пронзительно вскрикнувшую от смертельной боли и ужаса, и взмыл ввысь, унося ее с собой.

Волчонок долго не выходил из своего убежища. Он познал многое. Живые существа – это мясо, они приятны на вкус. Но большие живые существа причиняют боль. Надо есть маленьких – таких как птенцы куропатки, а с большими, как сама куропатка, лучше не связываться. И все же его самолюбие было ущемлено. Ему вдруг захотелось еще раз схватиться с большой птицей, – жаль, что ястреб унес ее. А может быть, найдутся другие куропатки? Надо пойти поискать.

Волчонок спустился по отлогому берегу к ручью. Воды он до сих пор еще не видал. На первый взгляд она была вполне надежная, ровная. Он смело шагнул вперед и, визжа от страха, пошел ко дну, прямо в объятия неизвестного. Стало холодно, у него перехватило дыхание. Вместо воздуха, которым он привык дышать, в легкие хлынула вода. Удушье сдавило ему горло, как смерть. Для волчонка оно было равносильно смерти. Он не знал, что такое смерть, но, как и все жители Северной глуши, боялся ее. Она была для него олицетворением самой страшной боли. В ней таилась самая сущность неизвестного, совокупность всех его ужасов. Это была последняя, непоправимая беда, которой он страшился, хоть и не мог представить ее себе до конца.

Волчонок выбрался на поверхность и всей пастью глотнул свежего воздуха. На этот раз он не пошел ко дну. Он ударил всеми четырьмя лапами, словно это было для него самым привычным делом, и поплыл. Ближний берег находился в каком-нибудь ярде от волчонка, но он вынырнул спиной к нему и, увидев дальний, сейчас же устремился туда. Ручей был узкий, но как раз в этом месте разливался широкой заводью.

На середине волчонка подхватило и понесло вниз по течению, прямо на маленькие пороги, начинавшиеся там, где русло снова суживалось. Плыть здесь было трудно. Спокойная вода вдруг забурлила. Волчонок то выбивался на поверхность, то уходил с головой под воду. Его кидало из стороны в сторону, переворачивало то на бок, то на спину, ударяло о камни. При каждом таком ударе он взвизгивал, и по этим визгам можно было сосчитать, сколько подводных камней попалось ему на пути.

Ниже порогов, где берега снова расширялись, волчонок попал в водоворот, который легонько отнес его к берегу и так же легонько положил на отмель. Он выкарабкался из воды и лег. Его знакомство с внешним миром продолжалось. Вода была неживая и все-таки двигалась! Кроме того, на первый взгляд она казалась твердой, как земля, на самом же деле твердости в ней не было и в помине. И волчонок пришел к выводу, что вещи не всегда таковы, какими кажутся. Страх перед неизвестным, бывший не чем иным, как унаследованным от предков недоверием к окружающему миру, только усилился после столкновения с действительностью. Отныне в нем на всю жизнь укоренится это недоверие к внешнему виду вещей. И, прежде чем довериться им, он постарается узнать, каковы они на самом деле.

В этот день волчонку было суждено испытать еще одно приключение. Он вдруг вспомнил, что у него есть мать, и почувствовал, что она нужна ему больше всего на свете. От всех перенесенных испытаний у него устало не только тело – устал и мозг. За всю предыдущую жизнь мозгу его не приходилось так работать, как за один этот день. К тому же волчонку захотелось спать. И он отправился на поиски пещеры и матери, испытывая гнетущее чувство одиночества и полной беспомощности.

Пробираясь сквозь кустарник, волчонок вдруг услышал пронзительный свирепый крик. Перед глазами у него промелькнуло что-то желтое. Он увидел метнувшуюся в кусты ласку. Ласка была маленькая, и волчонок не испугался ее. Потом у самых своих ног он увидел живое существо, совсем крохотное, – это был детеныш ласки, который, так же как и волчонок, убежал из дому и отправился путешествовать. Крохотная ласка хотела было юркнуть в траву. Волчонок перевернул ее на спину. Ласка пискнула – голос у нее был скрипучий. В ту же минуту перед глазами у волчонка снова пронеслось желтое пятно. Он услышал свирепый крик, что-то сильно ударило его по голове, и острые зубы ласки-матери впились ему в шею.

Пока он с визгом и воем пятился назад, ласка подбежала к своему детенышу и скрылась с ним в кустах. Боль от укуса все еще не проходила, но боль от обиды давала себя чувствовать еще сильнее, и волчонок сел и тихо заскулил. Ведь ласка-мать была такая маленькая, а кусалась так больно! Волчонок еще не знал, что маленькая ласка – один из самых свирепых, мстительных и страшных хищников Северной глуши, но скоро ему предстояло узнать это.

Он еще не перестал скулить, когда ласка-мать снова появилась перед ним. Она не бросилась на него сразу, потому что теперь ее детеныш был в безопасности. Она приближалась осторожно, так что он мог рассмотреть ее тонкое, змеиное тельце и высоко поднятую змеиную головку. В ответ на резкий, угрожающий крик ласки шерсть на спине у волчонка поднялась дыбом, он зарычал. Она подходила все ближе и ближе. И вдруг прыжок, за которым он не мог уследить своим неопытным глазом, – тонкое желтое тело на одну секунду исчезло из его поля зрения, и ласка вцепилась ему в горло, глубоко прокусив шкуру.

Волчонок рычал, отбивался, но он был очень молод, это был его первый выход в мир, и поэтому рычание его перешло в визг, и он уже не дрался, а старался вырваться из зубов ласки и убежать. Но ласка не отпускала волчонка. Продолжая висеть у него на шее, она добиралась до вены, где пульсирует жизнь. Ласка любила кровь и предпочитала сосать ее прямо из горла – средоточия жизни.

Серого волчонка ждала верная гибель, и рассказ о нем остался бы ненаписанным, если бы из-за кустов не выскочила волчица. Ласка выпустила его и метнулась к горлу волчицы, но, промахнувшись, вцепилась ей в челюсть. Волчица взмахнула головой, как бичом, зубы ласки сорвались, и она взлетела высоко в воздух. Не дав тонкому желтому тельцу даже опуститься на землю, волчица подхватила его на лету, и ласка встретила свою смерть на ее острых зубах.

Новый прилив материнской нежности послужил наградой волчонку. Мать радовалась еще больше, чем сын. Она легонько подкидывала его носом, зализывала ему раны. А потом оба они поделили между собой кровопийцу-ласку, съели ее, вернулись в пещеру и легли спать.

Глава пятая. Закон добычи

Волчонок развивался с поразительной быстротой. Два дня он отдыхал, а затем снова отправился путешествовать. В этот свой выход он встретил молодую ласку, мать которой была съедена с его помощью, и позаботился, чтобы детеныш отправился вслед за матерью. Но теперь он уже не плутал и, устав, нашел дорогу к пещере и лег спать. После этого волчонок каждый день отправлялся на прогулку и с каждым разом заходил все дальше и дальше.

Он привык точно соразмерять свою силу и слабость, соображая, когда надо проявить отвагу, а когда – осторожность. Оказалось, что осторожность следует соблюдать всегда, за исключением тех редких случаев, когда уверенность в собственных силах позволяет дать волю злобе и жадности.

При встречах с куропатками волчонок становился сущим дьяволом. Точно так же не упускал он случая ответить злобным рычанием на трескотню белки, которая попалась ему впервые около засохшей сосны. И один только вид птицы, напоминавшей ему ту, что клюнула его в нос, почти неизменно приводил его в бешенство.

Но бывало и так, что волчонок не обращал внимания даже на птиц, и это случалось тогда, когда ему грозило нападение других хищников, которые так же, как он, рыскали в поисках добычи. Волчонок не забыл ястреба и, завидев его тень, скользящую по траве, прятался подальше в кусты. Лапы его больше не разъезжались на ходу в разные стороны, – он уже перенял от матери ее легкую, бесшумную походку, быстрота которой была неприметна для глаза.

Что касается охоты, то удачи его кончились с первым же днем. Семь птенцов куропатки и маленькая ласка – вот и вся добыча волчонка. Но жажда убивать крепла в нем день ото дня, и он лелеял мечту добраться когда-нибудь до белки, которая своей трескотней извещала всех обитателей леса о его приближении. Но белка с такой же легкостью лазала по деревьям, с какой птицы летали по воздуху, и волчонку оставалось только одно: незаметно подкрадываться к ней, пока она была на земле.

Волчонок питал глубокое уважение к своей матери. Она умела добывать мясо и никогда не забывала принести сыну его долю. Больше того – она ничего не боялась. Волчонку не приходило в голову, что это бесстрашие – плод опыта и знания. Он думал, что бесстрашие есть выражение силы. Мать была олицетворением силы; и, подрастая, он ощутил эту силу и в более резких ударах ее лапы и в том, что толчки носом, которыми мать наказывала его прежде, заменились теперь свирепыми укусами. Это тоже внушало волчонку уважение к матери. Она требовала от него покорности, и чем больше он подрастал, тем суровее становилось ее обращение с ним.

Снова наступил голод, и теперь волчонок уже вполне сознательно испытывал его муки. Волчица совсем отощала в поисках пищи. Проводя почти все время на охоте, и большей частью безуспешно, она редко приходила спать в пещеру. На этот раз голодовка была недолгая, но свирепая. Волчонок не мог высосать ни капли молока из материнских сосков, а мяса ему уже давно не перепадало.

Прежде он охотился ради забавы, ради того удовольствия, которое доставляет охота, теперь же принялся за это по-настоящему, и все-таки ему не везло. Но неудачи лишь способствовали развитию волчонка. Он с еще большей старательностью изучал повадки белки и прилагал еще больше усилий к тому, чтобы подкрасться к ней незамеченным. Он выслеживал полевых мышей и учился выкапывать их из норок, узнал много нового о дятлах и других птицах. И вот наступило время, когда волчонок уже не забирался в кусты при виде скользящей по земле тени ястреба. Он стал сильнее, опытнее, чувствовал в себе большую уверенность. Кроме того, голод ожесточил его. Теперь он садился посреди поляны на самом видном месте и ждал, когда ястреб спустится к нему. Там, над ним, в синеве неба летала пища – пища, которой так настойчиво требовал его желудок. Но ястреб отказывался принять бой, и волчонок забирался в чащу, жалобно скуля от разочарования и голода.

Голод кончился. Волчица принесла домой мясо. Мясо было необычное, совсем не похожее на то, которое она приносила раньше. Это был детеныш рыси, уже подросший, но не такой крупный, как волчонок. И все мясо целиком предназначалось волчонку. Мать уже успела утолить свой голод, хотя сын ее и не подозревал, что для этого ей понадобился весь выводок рыси. Не подозревал он и того, какой отчаянный поступок пришлось совершить матери. Волчонок знал только одно: молоденькая рысь с бархатистой шкуркой была мясом; и он ел это мясо, наслаждаясь каждым проглоченным куском.

Полный желудок располагает к покою, и волчонок прилег в пещере рядом с матерью и заснул. Его разбудил ее голос. Никогда еще волчонок не слыхал такого страшного рычания. Возможно, за всю свою жизнь его мать никогда не рычала страшнее. Но для такого рычания повод был, и никто не знал этого лучше, чем сама волчица. Выводок рыси нельзя уничтожить безнаказанно.

В ярких лучах полуденного солнца волчонок увидел самку-рысь, припавшую к земле у входа в пещеру. Шерсть у него на спине поднялась дыбом. Ужас смотрел ему в глаза, – он понял это, не дожидаясь подсказки инстинкта. И если бы даже вид рыси был недостаточно грозен, то ярость, которая послышалась в ее хриплом визге, внезапно сменившем рычание, говорила сама за себя.

Жизнь, крепнущая в волчонке, словно подтолкнула его вперед. Он зарычал и храбро занял место рядом с матерью. Но его позорно оттолкнули назад. Низкий вход не позволял рыси сделать прыжок, она скользнула в пещеру, но волчица ринулась ей навстречу и прижала ее к земле. Мало что удалось волчонку разобрать в этой схватке. Он слышал только рев, фырканье и пронзительный визг. Оба зверя катались по земле; рысь рвала свою противницу зубами и когтями, а волчица могла пускать в ход только зубы.

Волчонок подскочил к рыси и с яростным рычанием вцепился ей в заднюю ногу. Тяжестью своего тела он, сам того не подозревая, мешал ее движениям и помогал матери. Борьба приняла новый оборот: сражающиеся подмяли под себя волчонка, и ему пришлось разжать зубы. Но вот обе матери отскочили друг от друга, и рысь, прежде чем снова сцепиться с волчицей, ударила волчонка своей могучей лапой, разорвала ему плечо до самой кости и отбросила его к стене. Теперь к реву сражающихся прибавился жалобный плач. Но схватка так затянулась, что у волчонка было достаточно времени, чтобы наплакаться вдоволь и испытать новый прилив мужества. И к концу схватки он снова вцепился в заднюю ногу рыси, яростно рыча сквозь сжатые челюсти.

Рысь была мертва. Но и волчица ослабела от полученных ран. Она принялась было ласкать волчонка и лизать ему плечо, но потеря крови лишила ее сил, и весь этот день и всю ночь она пролежала около своего мертвого врага, не двигаясь и еле дыша. Следующую неделю, выходя из пещеры только для того, чтобы напиться, волчица еле передвигала ноги, так как каждое движение причиняло ей боль. А потом, когда рысь была съедена, раны волчицы уже настолько зажили, что она могла снова начать охоту.

Плечо у волчонка все еще болело, и он еще долго ходил прихрамывая. Но за это время его отношение к миру изменилось. Он держался теперь с большей уверенностью, с чувством гордости, незнакомой ему до схватки с рысью. Он убедился, что жизнь сурова; он участвовал в битве; он вонзил зубы в тело врага и остался жив. И это придало ему смелости, в нем появился даже задор, чего раньше не было. Он перестал робеть и уже не боялся мелких зверьков, но неизвестное с его тайнами и ужасами по-прежнему властвовало над ним и не переставало угнетать его.

Волчонок стал сопровождать волчицу на охоту, много раз видел, как она убивает дичь, и сам принимал участие в этом. Он смутно начинал постигать закон *добычи*. В жизни есть две породы: его собственная и чужая. К первой принадлежит он с матерью, ко второй – все остальные существа, обладающие способностью двигаться. Но и они, в свою очередь, не едины. Среди них существуют не хищники и мелкие хищники – те, кого убивают и едят его сородичи; и существуют враги, которые убивают и едят его сородичей или сами попадаются им. Из этого разграничения складывался закон. Цель жизни – добыча. Сущность жизни – добыча. Жизнь питается жизнью. Все живое в мире делится на тех, кто ест, и тех, кого едят. И закон этот говорил: *ешь*, или *съедят тебясамого*. Волчонок не мог ясно и четко сформулировать этот закон и не пытался сделать из него вывод. Он даже не думал о нем, а просто жил согласно его велениям.

Действие этого закона волчонок видел повсюду. Он съел птенцов куропатки. Ястреб съел их мать и хотел съесть самого волчонка. Позднее, когда волчонок подрос, ему захотелось съесть ястреба. Он съел маленькую рысь. Мать-рысь съела бы волчонка, если бы сама не была убита и съедена. Так оно и шло. Все живое вокруг волчонка жило согласно этому закону, крохотной частицей которого являлся и он сам. Он был хищником. Он питался только мясом, живым мясом, которое убегало от него, взлетало на воздух, карабкалось по деревьям, пряталось под землю или вступало с ним в бой, а иногда и обращало его в бегство.

Если бы волчонок умел мыслить, как человек, он, возможно, пришел бы к выводу, что жизнь – это неутомимая жажда насыщения, а мир – арена, где сталкиваются все те, кто, стремясь к насыщению, преследуют друг друга, охотятся друг за другом, поедают друг друга; арена, где льется кровь, где царит жестокость, слепая случайность и хаос без начала и конца.

Но волчонок не умел мыслить, как человек, и не обладал способностью к обобщениям. Поставив себе какую-нибудь одну цель, он только о ней и думал, только ее одной и добивался. Кроме закона добычи, в жизни волчонка было множество других, менее важных законов, которые все же следовало изучить и, изучив, повиноваться им. Мир был полон неожиданностей. Жизнь, играющая в волчонке, силы, управляющие его телом, служили ему неиссякаемым источником счастья. Погоня за добычей заставляла его дрожать от наслаждения. Ярость и битвы приносили с собой одно удовольствие. И даже ужасы и тайны неизвестного помогали ему жить.

Кромс этого, в жизни было много других приятных ощущений. Полный желудок, ленивая дремота на солнышке – все это служило волчонку наградой за его рвение и труды, а рвение и труды сами по себе доставляли ему радость. И волчонок жил в ладу с окружающей его враждебной средой. Он был полон сил, он был счастлив и гордился собой.

Часть третья

Глава первая. Творцы огня

Волчонок наткнулся на это совершенно неожиданно. Все произошло по его вине. Осторожность – вот что было забыто. Он вышел из пещеры и побежал к ручью напиться. Причиной его оплошности, возможно, было еще и то, что ему хотелось спать. (Вся ночь прошла на охоте, и волчонок только что проснулся.) Но ведь дорога к ручью была ему так хорошо знакома! Он столько раз бегал по ней, и до сих пор все сходило благополучно.

Волчонок спустился по тропинке к засохшей сосне, пересек полянку и побежал между деревьями. И вдруг он одновременно увидел и почуял что-то незнакомое. Перед ним молча сидели на корточках пять живых существ, – таких ему еще не приходилось видеть. Это была первая встреча волчонка с людьми. Но люди не вскочили, не оскалили зубов и не зарычали на него. Они не двигались и продолжали сидеть на корточках, храня зловещее молчание.

Не двигался и волчонок. Повинуясь инстинкту, он не раздумывая кинулся бы бежать от них, но впервые за всю его жизнь в нем внезапно возникло другое, совершенно противоположное чувство: волчонка объял трепет. Сознание собственной слабости и ничтожества лишило его способности двигаться. Перед ним были власть и сила, неведомые ему до сих пор.

Волчонок никогда еще не видел человека, но инстинктивно понял все его могущество. Где-то в глубине его сознания возникла уверенность, что это живое существо отвоевало себе право первенства у всех остальных обитателей Северной глуши. На человека сейчас смотрела не одна пара глаз – на него уставились глаза всех предков волчонка, круживших в темноте около бесчисленных зимних стоянок, приглядывавшихся издали, из-за густых зарослей, к странному двуногому существу, которое стало властителем над всеми другими живыми существами. Волчонок очутился в плену у своих предков, в плену благоговейного страха, рожденного вековой борьбой и опытом, накопленным поколениями. Это наследие подавило волка, который был всего-навсего волчонком. Будь он постарше, он бы убежал. Но сейчас он припал к земле, скованный страхом и готовый изъявить ту покорность, с которой его отдаленный предок шел к человеку, чтобы погреться у разведенного им костра.

Один из индейцев встал, подошел к волчонку и нагнулся над ним. Волчонок еще ниже припал к земле. Неизвестное обрело наконец плоть и кровь, приблизилось к нему и протянуло руку, собираясь схватить его. Шерсть у волчонка поднялась дыбом, губы дрогнули, обнажив маленькие клыки. Рука, нависшая над ним, на минуту задержалась, и человек сказал со смехом:

– Вабам вабиска ип пит та! (Смотрите! Какие белые клыки!)

Остальные громко рассмеялись и стали подзадоривать индейца, чтобы он взял волчонка. Рука опускалась все ниже и ниже, а в волчонке бушевали два инстинкта: один внушал, что надо покориться, другой толкал на борьбу. В конце концов волчонок пошел на сделку с самим собой. Он послушался обоих инстинктов: покорялся до тех пор, пока рука не коснулась его, а потом решил бороться и схватил ее зубами. И сейчас же вслед за тем удар по голове свалил его на бок. Всякая охота бороться пропала. Волчонок превратился в покорного щенка, сел на задние лапы и заскулил. Но человек, которого он укусил за руку, рассердился. Волчонок получил второй удар по голове и, поднявшись на ноги, заскулил еще громче прежнего.

Индейцы рассмеялись, и даже тот, с укушенной рукой, присоединился к их смеху. Все еще смеясь, они окружили волчонка, продолжавшего выть от боли и ужаса.

И вдруг он насторожился. Индейцы тоже насторожились. Волчонок узнал этот голос и, издав последний протяжный вопль, в котором звучало скорее торжество, чем горе, смолк и стал ждать появления матери – своей неустрашимой, свирепой матери, которая умела сражаться с противниками, умела убивать их и никогда ни перед кем не трусила. Волчица приближалась с громким рычанием: она услыхала крики своего детеныша и бежала к нему на помощь.

Волчица бросилась к людям. Разъяренная, готовая на все, она являла собой малоприятное зрелище, но волчонка ее спасительный гнев только обрадовал.

Он взвизгнул от счастья и кинулся ей навстречу, а люди быстро отступили на несколько шагов назад. Волчица стала между своим детенышем и людьми. Шерсть на ней поднялась дыбом, в горле клокотало яростное рычание, губы и нос судорожно подергивались.

И вдруг один из индейцев крикнул:

– Кичи!

В этом возгласе слышалось удивление.

Волчонок почувствовал, как мать съежилась при звуке человеческого голоса.

– Кичи! – снова крикнул индеец, на этот раз резко и повелительно.

И тогда волчонок увидел, как волчица, его бесстрашная мать, припала к земле, коснувшись ее брюхом, и завиляла хвостом, повизгивая и прося мира. Волчонок ничего не понял. Его охватил ужас. Он снова затрепетал перед человеком. Инстинкт говорил ему правду. И мать подтвердила это. Она тоже выражала покорность людям.

Человек, сказавший «Кичи», подошел к волчице. Он положил ей руку на голову, и волчица еще ниже припала к земле. Она не укусила его, да и не собиралась этого делать. Те четверо тоже подошли к ней, стали ощупывать и гладить ее, но она не протестовала. Волчонок не сводил глаз с людей. Их рты издавали громкие звуки. В этих звуках не было ничего угрожающего.

Волчонок прижался к матери и решил смириться, но шерсть у него на спине все-таки стояла дыбом.

– Что же тут удивительного? – заговорил один из индейцев. – Отец у нее был волк, а мать собака. Ведь брат мой привязывал ее весной на три ночи в лесу! Значит, отец Кичи был волк.

– С тех пор как Кичи убежала, Серый Бобр, прошел целый год, – сказал другой индеец.

– И тут нет ничего удивительного, Язык Лосося, – ответил Серый Бобр. – Тогда был голод, и собакам не хватало мяса.

– Она жила среди волков, – сказал третий индеец.

– Ты прав, Три Орла, – усмехнулся Серый Бобр, дотронувшись до волчонка, – и вот доказательство твоей правоты.

Почувствовав прикосновение человеческой руки, волчонок глухо зарычал, и рука отдернулась назад, готовясь ударить его. Тогда он спрятал клыки и покорно приник к земле, а рука снова опустилась и стала почесывать у него за ухом и гладить его по спине.

– Вот доказательство твоей правоты, – повторил Серый Бобр. – Кичи – его мать. Но отец у него был волк. Поэтому собачьего в нем мало, а волчьего много. У него белые клыки, и я дам ему кличку Белый Клык. Я сказал. Это моя собака. Разве Кичи не принадлежала моему брату? И разве брат мой не умер?

Волчонок, получивший имя, лежал и слушал. Люди продолжали говорить. Потом Серый Бобр вынул нож из ножен, висевших у него на шее, подошел к кусту и вырезал палку. Белый Клык наблюдал за ним. Серый Бобр сделал на обоих концах палки по зарубке и обвязал вокруг них ремни из сыромятной кожи. Один ремень он надел на шею Кичи, подвел ее к невысокой сосне и привязал второй ремень к дереву.

Белый Клык пошел за матерью и улегся рядом с ней. Язык Лосося протянул к волчонку руку и опрокинул его на спину. Кичи испуганно смотрела на них. Белый Клык почувствовал, как страх снова охватывает его. Он не удержался и зарычал, но кусаться уже не посмел. Рука с растопыренными крючковатыми пальцами стала почесывать ему живот и перекатывать с бока на бок. Лежать на спине с задранными вверх ногами было глупо и унизительно. Кроме того, Белый Клык чувствовал себя совершенно беспомощным, и все его существо восставало против такого унижения. Но что тут поделаешь? Если этот человек захочет причинить ему боль, он в его власти. Разве можно отскочить в сторону, когда все четыре ноги болтаются в воздухе? И все-таки покорность взяла верх над страхом, и Белый Клык ограничился тихим рычанием. Рычания он не смог подавить, но человек не рассердился и не ударил его по голове. И, как это ни странно, Белый Клык испытывал какое-то необъяснимое удовольствие, когда рука человека гладила его по шерсти взад и вперед. Перевернувшись на бок, он перестал рычать. Пальцы начали скрести и почесывать у него за ухом, и от этого приятное ощущение только усилилось. И когда наконец человек погладил его в последний раз и отошел, Белый Клык окончательно приободрился. Ему предстояло еще не один раз испытать страх перед человеком, но дружеские отношения между ними зародились в эти минуты.

Спустя немного Белый Клык услышал приближение каких-то странных звуков. Он быстро догадался, что звуки эти исходят от людей. На тропинку вереницей вышло все индейское племя, перекочевывавшее на новое место. Их было человек сорок – мужчин, женщин, детей, сгибавшихся под тяжестью лагерного скарба. С ними шло много собак; и все собаки, кроме щенят, тоже были нагружены разной поклажей. Каждая собака несла на спине мешок с вещами фунтов в двадцать – тридцать весом.

Белый Клык никогда еще не видал собак, но сразу почувствовал, что они мало чем отличаются от его собственной породы. Учуяв волчонка и его мать, собаки сейчас же доказали, как незначительна эта разница. Началась свалка. Весь ощетинившись, Белый Клык рычал и огрызался на окружившие его со всех сторон разверстые собачьи пасти; собаки повалили волчонка, но он не переставал кусать и рвать их за ноги и за брюхо, чувствуя в то же время, как собачьи зубы впиваются ему в тело. Поднялся оглушительный лай. Волчонок слышал рычание Кичи, рванувшейся ему на подмогу, слышал крики людей, удары палок и визг собак, которым доставались эти удары.

Через несколько секунд волчонок снова был на ногах. Он увидел, что люди отгоняют собак палками и камнями, защищая, спасая его от свирепых клыков этих существ, которые все же чем-то отличались от волчьей породы. И хотя волчонок не мог ясно представить себе такого отвлеченного понятия, как справедливое возмездие, тем не менее он по-своему почувствовал справедливость человека и признал в нем существо, которое устанавливает закон и следит за его выполнением. Оценил он также способ, которым люди заставляют подчиняться своим законам. Они не кусались и не пускали в ход когтей, как все прочие звери, а использовали силы неживых предметов. Неживые предметы подчинялись их воле: камни и палки, брошенные этими странными существами, летали по воздуху, как живые, и наносили собакам чувствительные удары.

Власть эта казалась Белому Клыку необычайной, божественной властью, она выходила за пределы всего мыслимого. Белый Клык по самой природе своей не мог даже подозревать о существовании богов, в лучшем случае он чувствовал, что есть вещи непостижимые. Но благоговение и трепет, которые ему внушали люди, были сродни тому благоговению и трепету, которые ощутил бы человек при виде божества, мечущего с горной вершины молнии на землю.

Но вот последняя собака отбежала в сторону, суматоха улеглась, и Белый Клык принялся зализывать раны, размышляя о своем первом приобщении к стае и о своем первом знакомстве с ее жестокостью. До сих пор ему казалось, что вся их порода состоит из Одноглазого, матери и его самого. Они трое стояли особняком. Но вдруг совершенно внезапно обнаружилось, что есть еще много других существ, принадлежащих, очевидно, к его породе. И где-то в глубине сознания у волчонка появилось чувство обиды на своих собратьев, которые, едва завидев его, воспылали к нему смертельной ненавистью. Кроме того, он негодовал, что мать привязали к палке, хотя это и было сделано руками высшего существа. Тут попахивало капканом, неволей. Но что волчонок мог знать о капкане, о неволе? Свободу бродить, бегать, лежать когда заблагорассудится он унаследовал от предков. Теперь движения волчицы ограничивались длиной палки, и та же самая палка ограничивала и движения волчонка, потому что он еще не мог обойтись без матери.

Волчонку это не нравилось, и когда люди поднялись и отправились в путь, он окончательно остался недоволен такими порядками, потому что какое-то маленькое человеческое существо взяло в руки палку, к которой была привязана Кичи, и повело ее за собой, как пленницу, а за Кичи побрел и Белый Клык, очень смущенный и обеспокоенный всем происходящим.

Они отправились вниз по речной долине, гораздо дальше тех мест, куда заходил в своих скитаниях Белый Клык, и дошли до самого конца ее, где речка впадала в Маккензи. На берегу стояли пироги, поднятые на высокие шесты, лежали решетки для сушки рыбы. Индейцы разбили здесь стоянку. Белый Клык с удивлением осматривался вокруг себя. Могущество людей росло с каждой минутой. Он уже убедился в их власти над свирепыми собаками. Эта власть говорила о силе. Но еще больше изумляла Белого Клыка власть людей над неживыми предметами, их способность изменять лицо мира. Это было самое поразительное. Вот люди установили шесты для вигвамов; тут, собственно, не было ничего примечательного, – это делали те же самые люди, которые умели бросать камни и палки. Однако, когда шесты обтянули кожей и парусиной и они стали вигвамами, Белый Клык окончательно растерялся.

Больше всего его поражали огромные размеры вигвамов. Они росли повсюду с чудовищной быстротой, словно какие-то живые существа. Они занимали почти все поле зрения. Он боялся их. Вигвамы зловеще маячили в вышине, и когда ветер пробегал по стоянке, вздувая на них парусину и кожу, Белый Клык в страхе припадал к земле, не сводя глаз с этих громад и готовясь отскочить в сторону, как только они начнут валиться на него.

Но скоро Белый Клык привык к вигвамам. Он видел, что женщины и дети входят и выходят оттуда без всякого вреда для себя, что собакам тоже хочется проникнуть внутрь, но люди прогоняют их с бранью и швыряют камни им вслед. К концу дня

Белый Клык оставил Кичи и осторожно подполз к ближайшему вигваму. Его подстрекала любознательность – потребность учиться жить, действовать и набираться опыта. Последние несколько шагов, отделявших его от стены вигвама, Белый Клык полз мучительно долго и осторожно. События этого дня уже подготовили его к тому, что неизвестное имеет склонность проявлять себя самым неожиданным, самым невероятным образом. Наконец его нос коснулся парусины. Белый Клык ждал, что будет. Ничего... все обошлось благополучно. Тогда он понюхал это страшное вещество, пропитанное запахом человека, взял его зубами и слегка потянул к себе. Опять все обошлось благополучно, хотя парусиновая стена и дрогнула. Он потянул еще раз. Стена заколыхалась. Ему это очень понравилось. Он тянул все сильнее и сильнее, пока вся стена не пришла в движение. Тогда в вигваме послышался резкий окрик индианки, и Белый Клык опрометью бросился к Кичи. Но с тех пор он перестал бояться высоких вигвамов.

Не прошло и пяти минут, как Белый Клык снова убежал от матери. Она была привязана к колышку, вбитому в землю, и не могла пойти за своим детенышем. К волчонку с воинственным видом приближался щенок гораздо старше и крупнее его. Щенка звали Лип-Лип, как это узнал позднее Белый Клык. Он уже был искушен в боях и слыл большим забиякой среди своих собратьев.

Белый Клык признал в щенке существо своей породы, к тому же на вид совсем неопасное, и, не ожидая от него никаких враждебных действий, приготовился оказать ему дружеский прием. Но как только незнакомец оскалил зубы и весь подобрался, Белый Клык тоже подобрался и тоже оскалил зубы. Ощетинившись и грозно рыча, волчонок и щенок стали кружить друг за другом, готовые ко всему. Это продолжалось довольно долго, и Белому Клыку такая игра начинала нравиться. И вдруг Лип-Лип сделал стремительный прыжок, рванул волчонка зубами и отскочил в сторону. Укус пришелся как раз в то плечо, которое все еще болело у Белого Клыка после схватки с рысью, болело глубоко, около самой кости. Белый Клык взвыл от неожиданности и боли, но тут же с яростью кинулся на Лип-Липа и впился в него зубами.

Но Лип-Лип недаром родился в индейском поселке и недаром участвовал в стольких драках со щенками. Новичку пришлось плохо от его мелких острых зубов, и он с визгом постыдно бежал под защиту матери. Это была первая схватка Белого Клыка с Лип-Липом, и таких схваток им предстояло много, потому что они с первой же встречи почувствовали глубокую врожденную ненависть друг к другу, которая приводила к непрестанным столкновениям.

Кичи ласково облизывала своего детеныша и старалась удержать его около себя, но любопытство Белого Клыка было ненасытно. Несколько минут спустя он снова отправился на разведку и натолкнулся на человека, которого звали Серым Бобром. Присев на корточки, Серый Бобр делал что-то с сухим мохом и палками, разложенными возле него на земле. Белый Клык подошел поближе и стал наблюдать за ним. Серый Бобр издал какие-то звуки, в которых, как показалось Белому Клыку, не было ничего враждебного, и он подошел еще ближе.

Женщины и дети подносили Серому Бобру палки и сучья. По-видимому, готовилось что-то интересное. Любопытство Белого Клыка так разгорелось, что он подошел к Серому Бобру вплотную, забыв, что перед ним находится грозное человеческое существо. И вдруг он увидел, что из-под рук Серого Бобра над сучьями и мохом поднимается что-то странное, похожее на туман. Потом из этого тумана, крутясь и извиваясь, возникло что-то живое, красное, как солнце в небе. Белый Клык не подозревал о существовании огня. Но огонь притягивал его к себе, как когда-то в пещере в дни младенчества его притягивал свет. Он подполз поближе, услышал над собой смех Серого Бобра и понял, что и в этих звуках нет ничего враждебного. Потом Белый Клык коснулся пламени носом и одновременно высунул язык.

В первую секунду он оцепенел. Притаившись среди сучьев и моха, неизвестное вцепилось ему в нос. Белый Клык отпрянул от огня, разразившись отчаянным визгом. Услышав этот визг, Кичи с рычанием рванулась вперед, насколько позволяла палка, и заметалась в бессильной ярости, чувствуя, что не может помочь сыну. Но Серый Бобр смеялся, хлопая себя по бедрам, и рассказывал всем о случившемся, и все тоже громко смеялись. А Белый Клык, усевшись на задние лапы, визжал и визжал и казался таким маленьким и жалким среди окружающих его людей.

Это была самая сильная боль, какую ему пришлось испытать. Живое существо, возникшее под руками Серого Бобра и похожее цветом на солнце, обожгло ему нос и язык. Белый Клык скулил, скулил не переставая, и каждый его вопль люди встречали новым взрывом смеха. Он попробовал лизнуть нос, но прикосновение обожженного языка к обожженному носу только усилило боль, и он завыл еще отчаянней, еще тоскливей.

А потом ему стало стыдно. Он понял, почему люди смеются. Нам не дано знать, каким образом некоторые животные понимают, что такое смех, и догадываются, что мы смеемся над ними. Вот это и произошло с Белым Клыком, и ему стало стыдно, когда люди подняли его на смех. Он повернулся и убежал, но убежать его заставила не боль от ожогов, а смех, потому что смех проникал глубже и ранил сильнее, чем огонь. Белый Клык кинулся к матери, бесновавшейся на привязи, к единственному в мире существу, которое не смеялось над ним.

Наступили сумерки, вслед за ними пришла ночь, а Белый Клык не отходил от Кичи. Нос и язык у него по-прежнему болели, но ему не давало успокоиться другое, еще более сильное чувство. Его охватила тоска. Он ощущал какую-то пустоту в себе, он томился по тишине и миру, царившим у ручья и в родной пещере. Жизнь стала слишком беспокойной. Тут было слишком много человеческих существ – мужчин, женщин, детей, – все они шумели и раздражали его. Собаки непрестанно ссорились, рычали, грызлись. Спокойное одиночество, которое он знал раньше, кончилось. Здесь даже самый воздух был насыщен жизнью. Она жужжала и гудела вокруг Белого Клыка, не умолкая ни на минуту. Новые звуки смущали и тревожили его, заставляя все время ждать новых событий.

Белый Клык наблюдал за людьми, которые ходили между вигвамами, исчезали, снова появлялись. Подобно тому как человек взирает на им же сотворенных богов, Белый Клык взирал на окружающих его людей. Они были для него высшими существами. Он видел во всех их деяниях ту же чудотворную силу, которой человек наделяет бога. Они обладали непостижимым, безграничным могуществом. Они были властелинами живого и неживого мира; они держали в повиновении все, что способно двигаться, и сообщали движение неподвижным вещам; из сухого моха и палок они творили жизнь, которая больно жгла и цветом своим напоминала солнце. Они творили огонь! Они были боги!

Глава вторая. Неволя

Каждый новый день приносил Белому Клыку что-нибудь новое. Пока мать сидела на привязи, он бегал по всему поселку, исследуя, изучая его и набираясь опыта. Он быстро ознакомился с повадками человеческих существ, но такое близкое знакомство не вызвало в нем пренебрежения к ним. Чем больше он узнавал людей, тем больше убеждался в их могуществе.

Человек испытывает душевную боль, когда его богов ниспровергают и когда алтари, воздвигнутые его руками, рушатся, но волку и дикой собаке такая боль неведома. В противоположность человеку, боги которого – это легкая дымка мечты, никогда не обретающая реальности, это призраки, наделенные добротой и силой, это взлеты его «я» в царство духа, – в противоположность человеку волк и дикая собака, пригревшиеся у разведенного человеком костра, видят, что их боги облечены в плоть и кровь, что они осязаемы, занимают определенное место в пространстве и добиваются своих целей, оправдывают свое назначение в жизни, подчиняясь закону времени. Вера в таких богов дается легко, ее ничто не может поколебать. От такого бога никуда не уйдешь. Вот он стоит во весь рост, с палкой в руке – всесильный, гневный и добрый. В нем тайна и могущество, облеченные плотью, которая истекает кровью, когда ее рвут, и которая на вкус ничем не хуже любого другого мяса.

Так было и с Белым Клыком. Человеческие существа казались ему богами, несомненными и вездесущими богами. И он покорился им, так же как покорилась его мать Кичи, едва только она услышала свое имя из их уст. Он уступал им дорогу. Когда они подзывали его – он подходил, когда прогоняли прочь – поспешно убегал, когда грозили – припадал к земле, потому что за каждым их желанием была сила, которая проявлялась при помощи кулака и палки, летающих по воздуху камней и обжигающих болью ударов бича.

Белый Клык принадлежал людям, как принадлежали им все собаки. Его поступки зависели от их велений. Его тело они вольны были искалечить, растоптать или пощадить. Этот урок Белый Клык запомнил быстро, но дался он ему нелегко, – слишком многое в его натуре восставало против того, с чем ему приходилось сталкиваться на каждом шагу. И вместе с тем незаметно для самого себя Белый Клык начинал постигать прелесть новой жизни, хотя привыкать к ней было и трудно и неприятно. Он отдал свою судьбу в чужие руки и снял с себя всякую ответственность за собственное существование. Уже одно это служило ему наградой, потому что опираться на другого всегда легче, чем стоять одному.

Но все это случилось не сразу – за один день нельзя отдаться человеку и душой и телом. Белый Клык не мог отречься от наследия предков, не мог забыть Северную глушь. Бывали дни, когда он выходил на опушку леса и стоял там, прислушиваясь к зовам, влекущим его вдаль. И с таких прогулок он возвращался беспокойный, встревоженный, жалобно и тихо повизгивая, ложился рядом с Кичи и лизал ей морду своим быстрым пытливым язычком.

Белый Клык быстро изучил жизнь индейского поселка. Он узнал, как несправедливы и жадны взрослые собаки при раздаче мяса и рыбы. Убедился, что мужчины справедливы, дети жестоки, а женщины добры и от них скорее, чем от других, можно получить кусок мяса или кость. А после двух или трех стычек с матерями щенят Белый Клык понял, что с этими фуриями лучше не связываться, – чем дальше от них держаться, тем будет спокойнее.

Но больше всех ему отравлял жизнь Лип-Лип. Он был старше и сильнее его. Белый Клык не избегал драк с ним, но всегда терпел поражение. Такой противник был ему не по силам. Лип-Лип преследовал свою жертву всюду. Стоило Белому Клыку отойти от матери, и забияка был тут как тут, ходил за ним по пятам, рычал, привязывался к нему и, если людей поблизости не было, лез в драку. Эти стычки доставляли Лип-Липу громадное удовольствие, потому что он всегда выходил из них победителем. Но то, что было для Лип-Липа самым большим наслаждением в жизни, приносило Белому Клыку лишь одни страдания.

Однако запугать Белого Клыка было не так легко. Он терпел поражение за поражением, но не смирялся. И все-таки эта вечная вражда начинала сказываться на нем. Он стал злобным и угрюмым. Свирепость была свойственна ему как волку, а бесконечные преследования еще больше ожесточали его. То добродушное, веселое, юное, что было в нем, не находило себе выхода. Он никогда не играл и не возился со своими сверстниками: Лип-Лип не допускал этого. Стоило Белому Клыку появиться среди щенят, как Лип-Лип подлетал к нему, затевал ссору и в конце концов прогонял его прочь.

Вскоре почти все щенячье, что было в Белом Клыке, исчезло, и он стал казаться гораздо старше своего возраста. Лишенный возможности давать выход своей энергии в игре, он ушел в себя и стал развиваться умственно. В нем появилась хитрость, а времени, чтобы обдумать свои проделки, у него было достаточно. Так как ему мешали получать свою долю мяса и рыбы во время общей кормежки собак, он сделался ловким вором. Приходилось самому заботиться о себе, и Белый Клык ухитрялся промышлять еду так искусно, что стал настоящим бичом для индианок. Он шнырял по всему поселку, знал, где что происходит, все видел и слышал, применялся к обстоятельствам и всячески избегал встреч со своим заклятым врагом.

Еще в первые дни своей жизни в поселке Белый Клык сыграл злую шутку с Лип-Липом и вкусил сладость мести. Он заманил его прямо в пасть свирепой Кичи примерно тем же способом, каким она когда-то заманивала собак и уводила их от людской стоянки на съедение волкам. Спасаясь от Лип-Липа, Белый Клык побежал не напрямик, а стал кружить между вигвамами. Бегал он хорошо, быстрее любого щенка его возраста и быстрее самого Лип-Липа. Но на этот раз он не особенно торопился и подпустил своего преследователя на расстояние всего только одного прыжка от себя.

Возбужденный погоней и близостью жертвы, Лип-Лип оставил всякую осторожность и забыл, где находится. Когда он вспомнил об этом, было уже поздно. На всем бегу обогнув вигвам, он с размаху налетел прямо на Кичи, лежавшую на привязи. Лип-Лип взвыл от ужаса. Хоть Кичи и была привязана, но отделаться от нее оказалось не так-то легко. Она сбила его с ног, чтобы он не мог убежать, и впилась в него зубами.

Откатившись наконец от волчицы в сторону, Лип-Лип с трудом поднялся, весь взлохмаченный, побитый и телесно и морально. Шерсть на нем торчала клочьями в тех местах, где по ней прошлись зубы Кичи. Он раскрыл пасть и разразился протяжным, душераздирающим щенячьим воем. Но Белый Клык не дал ему даже повыть как следует. Он кинулся на своего врага и рванул его за заднюю ногу. Куда девалась былая воинственность щенка! Лип-Лип пустился наутек, а его жертва гналась за ним по пятам и не отстала до тех пор, пока ее мучитель не добежал до своего вигвама. Тут на выручку Лип-Липу подоспели индианки, и Белый Клык, превратившийся в разъяренного дьявола, отступил только под градом сыпавшихся на него камней.

Настал день, когда Серый Бобр отвязал Кичи, решив, что теперь она уже не убежит. Белый Клык ликовал, видя мать на свободе. Он с радостью отправился бродить с ней по всему поселку, и, пока Кичи была близко, Лип-Лип держался от Белого Клыка на почтительном расстоянии. Белый Клык даже ощетинивался и подходил к нему с воинственным видом, но Лип-Лип не принимал вызова. Он был неглуп и решил подождать с отмщением до тех пор, пока не встретится с Белым Клыком один на один.

В тот же день Кичи и Белый Клык вышли на опушку леса неподалеку от поселка. Белый Клык постепенно, шаг за шагом, уводил туда мать, и, когда она остановилась на опушке, он попробовал завлечь ее дальше. Ручей, логовище и спокойный лес манили к себе Белого Клыка, и ему хотелось, чтобы мать ушла вместе с ним. Он отбежал на несколько шагов, остановился и посмотрел на нее. Она стояла не двигаясь. Белый Клык жалобно заскулил и, играя, стал бегать среди кустов, потом вернулся, лизнул мать в морду и снова отбежал. Но она продолжала стоять на месте. Белый Клык смотрел на нее, и казалось, что настойчивость и нетерпение вселились вдруг в волчонка и затем медленно покинули его, когда Кичи повернула голову и посмотрела на поселок.

Даль звала Белого Клыка. И мать слышала этот зов. Но еще яснее она слышала зов огня и человека, зов, на который из всех зверей откликается только волк – волк и дикая собака, ибо они братья.

Кичи повернулась и медленно, рысцой побежала обратно. Поселок держал ее в своей власти крепче всякой привязи. Невидимыми, таинственными путями боги завладели волчицей и не отпускали ее от себя. Белый Клык сел в тени березы и тихо заскулил. Пахло сосной, нежные лесные ароматы наполняли воздух, напоминая Белому Клыку о прежней вольной жизни, на смену которой пришла неволя. Но Белый Клык был всего-навсего щенком, и зов матери доносился до него яснее, чем зов Северной глуши или человека. Он привык полагаться на нее во всем. Независимость была еще впереди. Белый Клык встал и грустно поплелся в поселок, но по дороге раза два остановился и поскулил, прислушиваясь к зову, который все еще летел из лесной чащи.

В Северной глуши мать и детеныш недолго живут друг подле друга, но люди часто сокращают и этот короткий срок. Так было и с Белым Клыком. Серый Бобр задолжал другому индейцу, которого звали Три Орла. А Три Орла уходил вверх по реке Маккензи на Большое Невольничье озеро. Кусок красной материи, медвежья шкура, двадцать патронов и Кичи пошли в уплату долга. Белый Клык увидел, как Три Орла взял его мать к себе в пирогу, и хотел последовать за ней. Ударом кулака Три Орла отбросил его обратно на берег. Пирога отчалила. Белый Клык прыгнул в воду и поплыл за ней, не обращая внимания на крики Серого Бобра. Белый Клык не внял даже голосу человека – так боялся он разлуки с матерью.

Но боги привыкли, чтобы им повиновались, и разгневанный Серый Бобр, спустив на воду пирогу, поплыл вдогонку за Белым

Клыком. Настигнув беглеца, он вытащил его за загривок из воды и, держа в левой руке, задал ему хорошую трепку. Белому Клыку попало как следует. Рука у индейца была тяжелая, удары были рассчитаны точно и сыпались один за другим.

Под градом этих ударов Белый Клык болтался из стороны в сторону, как испортившийся маятник. Самые разнообразные чувства волновали его. Сначала он удивился, потом на него напал страх, и он начал взвизгивать от каждого удара. Но страх вскоре сменился злобой. Свободолюбивая натура заявила о себе – Белый Клык оскалил зубы и бесстрашно зарычал прямо в лицо разгневанному божеству. Божество разгневалось еще больше. Удары посыпались чаще, стали тяжелее и больнее.

Серый Бобр не переставал бить Белого Клыка, Белый Клык не переставал рычать. Но это не могло продолжаться вечно, кто-то должен был уступить, и уступил Белый Клык. Страх снова овладел им. В первый раз в жизни человек бил его по-настоящему. Случайные удары палкой или камнем казались лаской по сравнению с тем, что ему пришлось испытать сейчас. Белый Клык сдался и начал визжать и выть. Сначала он взвизгивал от каждого удара, но скоро страх его перешел в ужас, и визги сменились непрерывным воем, не совпадающим с ритмом побоев. Наконец Серый Бобр опустил правую руку. Белый Клык продолжал выть, повиснув в воздухе, как тряпка. Хозяин, по-видимому, остался доволен этим и швырнул его на дно пироги. Тем временем пирогу отнесло вниз по течению. Серый Бобр взялся за весло. Белый Клык мешал ему грести. Серый Бобр злобно толкнул его ногой. В этот миг свободолюбие снова дало себя знать в Белом Клыке, и он впился зубами в ногу, обутую в мокасин.

Предыдущая трепка была ничто в сравнении с той, которую ему пришлось вынести. Гнев Серого Бобра был страшен, и Белого Клыка обуял ужас. На этот раз Серый Бобр пустил в ход тяжелое весло, и когда Белый Клык очутился на дне пироги, на всем его маленьком теле не было ни одного живого места. Серый Бобр еще раз ударил его ногой. Белый Клык не бросился на эту ногу. Неволя преподала ему еще один урок: никогда, ни при каких обстоятельствах, нельзя кусать бога – твоего хозяина и повелителя; тело бога священно, и зубы таких, как Белый Клык, не смеют осквернять его. Это считалось, очевидно, самой страшной обидой, самым страшным проступком, за который не было ни пощады, ни снисхождения.

Пирога причалила к берегу, но Белый Клык не шевельнулся и продолжал лежать, повизгивая и дожидаясь, когда Серый Бобр изъявит свою волю. Серый Бобр пожелал, чтобы Белый Клык вышел из пироги, и швырнул его на берег так, что тот со всего размаху ударился боком о землю. Дрожа всем телом, Белый Клык встал и заскулил. Лип-Лип, который наблюдал за происходящим с берега, кинулся, сшиб его с ног и впился в него зубами. Белый Клык был слишком беспомощен и не мог защищаться; и ему бы несдобровать, если бы Серый Бобр не ударил Лип-Липа ногой так, что тот взлетел высоко в воздух и шлепнулся на землю далеко от Белого Клыка.

Такова была человеческая справедливость, и Белый Клык, несмотря на боль и страх, не мог не почувствовать признательности к человеку. Он послушно поплелся за Серым Бобром через весь поселок к его вигваму. И с того дня Белый Клык запомнил, что право наказывать боги оставляют за собой, а животных, подвластных им, этого права лишают.

В ту же ночь, когда в поселке все стихло, Белый Клык вспомнил мать и загрустил. Но грустил он так громко, что разбудил Серого Бобра, и тот прибил его. После этого в присутствии богов он тосковал молча и давал волю своему горю тогда, когда выходил один на опушку леса.

В эти дни Белый Клык мог бы внять голосу прошлого, который звал его обратно к пещере и ручью, но память о матери удерживала его на месте. Может быть, она вернется в поселок, как возвращаются люди после охоты. И Белый Клык оставался в неволе, поджидая Кичи.

Подневольная жизнь не так уж тяготила Белого Клыка. Многое в ней его интересовало. События в поселке следовали одно за другим. Странным поступкам, которые совершали боги, не было конца, а Белый Клык всегда отличался любопытством. Кроме того, он научился ладить с Серым Бобром. Послушание, строгое, неукоснительное послушание требовалось от Белого Клыка; и, усвоив это, он не вызывал гнева у людей и избегал побоев.

А иногда случалось даже, что Серый Бобр сам швырял Белому Клыку кусок мяса и, пока тот ел, не подпускал к нему других собак. И такому куску не было цены. Он один был почему-то дороже, чем десяток кусков, полученных из рук женщин. Серый Бобр ни разу не погладил и не приласкал Белого Клыка. И может быть, его тяжелый кулак, может быть, его справедливость и могущество или все это вместе влияло на Белого Клыка, но в нем начинала зарождаться привязанность к угрюмому хозяину.

Какие-то предательские силы незаметно опутывали Белого Клыка узами неволи, и действовали они так же безошибочно, как палка или удар кулаком. Инстинкт, который издавна гонит волков к костру человека, развивается быстро. Развивался он и в Белом Клыке. И хотя его теперешняя жизнь была полна горестей, поселок становился ему все дороже и дороже. Но сам он не подозревал этого. Он чувствовал только тоску по Кичи, надеялся на ее возвращение и жадно тянулся к прежней свободной жизни.

Глава третья. Отщепенец

Лип-Лип до такой степени отравлял жизнь Белому Клыку, что тот становился злее и свирепее, чем это полагалось ему от природы. Свирепость была свойственна его нраву, но теперь она перешла всякие границы. Он был известен своей злобой даже людям. Каждый раз, когда в поселке слышался лай, собачья грызня или женщины поднимали крик из-за украденного куска мяса, никто не сомневался, что виновником всего этого был Белый Клык. Люди не старались разобраться в причинах такого поведения. Они видели только следствия, и следствия эти были дурные. Белый Клык слыл пронырой, вором и зачинщиком всех драк; разгневанные индианки обзывали его волком, предрекали ему плохой конец, а он, слушая все это, зорко следил за ними и каждую минуту готов был увернуться от удара палкой или камнем.

Белый Клык чувствовал себя отщепенцем среди обитателей поселка. Все молодые собаки следовали примеру Лип-Липа. Между ними и Белым Клыком было какое-то различие. Может быть, собаки чуяли в нем другую породу и питали к нему инстинктивную вражду, которая всегда возникает между домашней собакой и волком. Как бы то ни было, но они присоединились к Лип-Липу. И, объявив Белому Клыку войну, собаки имели достаточно поводов, чтобы не прекращать ее. Все они до одной познакомились с его острыми зубами, и, надо отдать ему справедливость, он воздавал своим врагам сторицей. Многих собак он мог бы одолеть один на один, но такой возможности не представлялось. Начало каждой драки служило сигналом для всех молодых собак, они сбегались со всего поселка и набрасывались на Белого Клыка.

Вражда с собачьей сворой научила его двум важным вещам: отбиваться сразу от всей стаи и, имея дело с одним противником, наносить ему возможно большее количество ран в кратчайший срок. Не упасть, устоять среди осаждающих его со всех сторон врагов – значило сохранить жизнь, и Белый Клык постиг эту науку в совершснстве. Он умел держаться на ногах не хуже кошки. Даже взрослые собаки могли сколько угодно теснить его, – Белый Клык подавался назад, подскакивал, ускользал в сторону, и все же ноги не изменяли ему и твердо стояли на земле.

Перед каждой дракой собаки обычно соблюдают некий ритуал: рычат, прохаживаются друг перед другом, шерсть у них встает дыбом. Белый Клык обходился без этого. Всякая задержка грозила появлением всей собачьей стаи. Дело надо делать быстро, а затем удирать. И Белый Клык не показывал своих намерений. Он кидался в драку без всякого предупреждения и начинал кусать и рвать своего противника, не дожидаясь, пока тот приготовится. Таким образом, он научился наносить собакам тяжелые раны. Кроме того, Белый Клык понял, что важно застать врага врасплох, надо напасть неожиданно, распороть ему плечо, изорвать в клочья ухо, прежде чем он опомнится, – и тогда дело наполовину сделано.

Он убедился, что собаку, застигнутую врасплох, ничего не стоит сбить с ног, а тогда самое уязвимое место у нее на шее будет незащищенным. Белый Клык знал, где находится это место. Знание это досталось ему по наследству от многих поколений волков. И, нападая, он придерживался такой тактики: во-первых, подстерегал собаку, когда она была одна; во-вторых, налетал на нее неожиданно и сбивал с ног; и, в-третьих, вцеплялся ей в горло.

Белый Клык был еще молод, и его неокрепшие челюсти не могли наносить смертельных ударов, но все же не один щенок бегал по поселку со следами его зубов на шее. И как-то раз, поймав одного из своих врагов на опушке леса, он все же ухитрился перекусить ему горло и выпустил из него дух. В тот вечер поселок заволновался. Его проделку заметили, весть о ней дошла до хозяина издохшей собаки, женщины припомнили Белому Клыку все его кражи, и около жилища Серого Бобра собралась толпа народу. Но он решительно закрыл вход в вигвам, где отсиживался преступник, и отказался выдать его своим соплеменникам.

Белого Клыка возненавидели и люди и собаки. Он не знал ни минуты покоя. Каждая собака скалила на него зубы, каждый человек на него замахивался. Сородичи встречали его рычанием, боги – проклятиями и камнями. Он держался все время начеку, каждую минуту был готов напасть, отразить нападение или увернуться от удара. Он действовал стремительно и хладнокровно: сверкнув клыками, кидался на противника или с грозным рычанием отскакивал назад.

Что до рычания, то рычать он умел пострашнее собак – и старых и молодых. Цель рычания – предостеречь или испугать врага; и надо хорошо разбираться в том, когда и при каких обстоятельствах следует пускать в ход такое средство. И Белый Клык знал это. В свое рычание он вкладывал всю ярость и злобу, все, чем только мог устрашить врага. Вздрагивающие ноздри, вставшая дыбом шерсть, язык, красной змейкой извивающийся между зубами, прижатые уши, горящие ненавистью глаза, подергивающиеся губы, оскаленные клыки заставляли призадуматься многих собак. Когда Белого Клыка застигали врасплох, ему было достаточно секунды, чтобы обдумать план действий. Но часто пауза эта затягивалась, противник отказывался от драки, и рычание Белого Клыка сплошь и рядом давало ему возможность отступить с почетом даже при стычках со взрослыми собаками.

Изгнав Белого Клыка из стаи, объявив ему войну, молодые собаки тем самым поставили себя лицом к лицу с его злобой, ловкостью и силой. Дело обернулось так, что теперь враги Белого Клыка и сами ни на шаг не могли отойти от стаи. Он не допускал этого. Молодые собаки каждую минуту ждали его нападения и не решались бегать поодиночке. Всем им, за исключением Лип-Липа, приходилось держаться стаей, чтобы общими усилиями отбиваться от своего грозного противника. Отправляясь в одиночестве к реке, щенок или шел на верную смерть, или оглашал весь поселок пронзительным визгом, улепетывая от выскочившего из засады волчонка.

Но Белый Клык продолжал мстить собакам даже после того, как они запомнили раз и навсегда, что им надо держаться всем вместе. Он нападал на собак, заставая их поодиночке; они нападали на него всей сворой. Стоило собакам завидеть Белого Клыка, как они дружно кидались за ним в погоню, и в таких случаях его спасали только быстрые ноги. Но горе тому псу, который, увлекшись, обгонял своих товарищей! Белый Клык на всем ходу поворачивался к преследователю, несущемуся впереди стаи, и бросался на него. Это случалось часто, потому что возбужденные погоней собаки забывали обо всем на свете, а Белый Клык всегда сохранял хладнокровие. То и дело оглядываясь назад, он готов был в любую минуту сделать на всем бегу крутой поворот и кинуться на слишком рьяного преследователя, отделившегося от своих товарищей.

В молодых собаках живет непреодолимая потребность играть, и враги Белого Клыка удовлетворяли эту потребность, превращая войну с ним в увлекательную забаву. Охота за волчонком стала для них самым любимым развлечением – правда, развлечением не шуточным и подчас смертельно опасным. А Белый Клык, с которым никто из собак не мог сравниться быстротой ног, в свою очередь, не останавливался перед риском. В те дни, когда надежда на возвращение Кичи еще не покидала Белого Клыка, он часто заманивал собачью стаю в соседний лес. Но собакам не удавалось догнать его там. По тявканью и вою Белый Клык определял, где они находятся; сам же он бежал молча, тенью скользя между деревьями, как это делали его отец и мать. Кроме того, связь его с Северной глушью была теснее, чем у собак; он лучше понимал все ее тайны и хитрости. Чаще всего Белый Клык прибегал к такой уловке: переплывал ручей, запутывал свои следы и спокойно отлеживался где-нибудь в лесных зарослях, прислушиваясь к лаю потерявших его преследователей.

Вызывая и у своих собратьев и у людей только одну ненависть и вечно враждуя со всеми, Белый Клык развивался быстро, но односторонне. При такой жизни в нем не могли зародиться ни добрые чувства, ни потребность в ласке. Обо всем этом он не имел ни малейшего понятия. Повинуйся сильному, угнетай слабого – вот закон, который руководил им. Серый Бобр – божество, он наделен силой, поэтому Белый Клык повиновался ему. Но собаки – те, которые моложе и меньше его ростом, слабы, и их надо уничтожать.

В Белом Клыке развивались все те качества, которые помогали ему противостоять опасности, часто грозившей его жизни. Стальные мускулы выступали на его худом, гибком теле, как веревки. В проворстве и хитрости с ним не мог сравниться никто; он бегал быстрее, был беспощаднее в драках, выносливее, злее, ожесточеннее и умнее всех остальных собак. Белый Клык должен был стать таким, иначе он не уцелел бы в той враждебной среде, в которую привела его жизнь.

Глава четвертая. Погоня за богами

Осенью, когда дни стали короче и в воздухе уже чувствовалось приближение холодов, Белому Клыку представился случай вырваться на свободу. Уже несколько дней в поселке царила суматоха. Индейцы разбирали летние вигвамы и готовились выйти на осеннюю охоту. Белый Клык зорко следил за этими приготовлениями, и, когда вигвамы были разобраны, а вещи погружены в пироги, он понял все. Пироги одна за другой начали отчаливать от берега, и часть их уже скрылась из виду.

Белый Клык решил остаться и при первой же возможности улизнул из поселка в лес. Переплыв ручей, который уже затягивался льдом, он запутал свои следы. Потом забрался поглубже в чащу и стал ждать. Время шло. Он успел несколько раз заснуть, проснуться и снова заснуть. Его разбудил голос Серого Бобра. Потом послышались и другие голоса – жены хозяина, принимавшей участие в поисках, и Мит-Са – сына Серого Бобра.

Белый Клык задрожал от страха, услышав свою кличку, но устоял и не вышел из лесу, хотя что-то подстрекало его откликнуться на зов хозяина. Вскоре голоса замерли вдали, и тогда он выбрался из кустарника, довольный, что побег удался. Наступали сумерки. Белый Клык резвился между деревьями, радуясь свободе. И вдруг его охватило чувство одиночества. Он сел, тревожно прислушиваясь к лесной тишине: ни звука, ни движения… Это показалось ему подозрительным, его подстерегала какая-то неведомая опасность. Он всматривался в смутные очертания высоких деревьев, в густые тени между ними, где мог притаиться любой враг.

Потом ему стало холодно. Теплой стены вигвама, около которой он всегда грелся, здесь не было. Он сидел, поочередно поджимая то одну, то другую переднюю лапу, потом прикрыл их своим пушистым хвостом, и в эту минуту перед ним пронеслось видение. В этом не было ничего странного: перед его глазами встали знакомые картины. Он снова увидел поселок, вигвамы, пламя костров. Он услышал пронзительные голоса женщин, грубый бас мужской речи, лай собак. Белый Клык проголодался и вспомнил куски мяса и рыбы, которые ему перепадали от людей. Но сейчас его окружала тишина, сулившая не еду, а опасность.

Неволя изнежила Белого Клыка. Зависимость от людей лишила его части силы. Он разучился добывать себе корм. Над ним спускалась ночь. Его зрение и слух, привыкшие к шуму и движению поселка, к непрерывному чередованию звуков и картин, не находили себе работы. Ему нечего было делать, нечего слушать, не на что смотреть. Он старался уловить хоть малейший шорох или движение. В этом безмолвии и неподвижности природы таилась какая-то страшная опасность.

И вдруг Белый Клык вздрогнул. Что-то громадное и бесформенное пронеслось у него перед глазами. На землю легла тень дерева, освещенного выглянувшей из-за облаков луной. Успокоившись, он тихо заскулил, но, вспомнив, что это может привлечь к нему притаившегося где-нибудь врага, смолк.

Дерево, схваченное ночным морозом, громко скрипнуло у него над головой. Белый Клык взвыл и, не чуя под собой ног от ужаса, опрометью кинулся к поселку. Он чувствовал непреодолимую потребность в людском обществе, в защите, которую оно дает. В его ноздрях стоял запах дыма от костров, в ушах звенели голоса и крики. Он выбежал из лесу на залитую луной поляну, где не было ни теней, ни мрака, но глаза его не увидели знакомого поселка. Он забыл, что люди ушли оттуда.

Белый Клык остановился как вкопанный. Бежать было некуда. Он грустно бродил по опустевшему становищу, обнюхивая кучи мусора и хлама, оставленного богами. Теперь его обрадовал бы даже камень, брошенный какой-нибудь рассерженной женщиной, даже тяжелая рука Серого Бобра, а Лип-Липа и всю рычащую, трусливую свору собак он встретил бы с восторгом.

Он побрел к тому месту, где стоял прежде вигвам Серого Бобра, сел посредине и поднял морду к луне. Спазмы сжимали ему горло; пасть у него раскрылась, и одиночество, страх, тоска по Кичи, все прошлые горести и предчувствие грядущих невзгод и страданий – все это вылилось в протяжном, тоскливом вое. Это был волчий вой, впервые вырвавшийся из груди Белого Клыка.

С наступлением утра его страхи исчезли, но чувство одиночества только усилилось. Вид заброшенного становища, в котором еще так недавно кипела жизнь, наводил на него тоску. Долго раздумывать ему не пришлось: он повернул в лес и побежал вдоль берега реки. Он бежал весь день, не давая себе ни минуты отдыха. Казалось, он может бежать вечно. Его сильное тело не знало утомления. И даже когда утомление все-таки пришло, выносливость, доставшаяся ему от предков, продолжала гнать его все дальше и дальше.

Там, где река протекала между крутыми берегами, Белый Клык бежал в обход, по горам. Ручьи и речки, впадавшие в Маккензи, он переплывал или переходил вброд. Часто ему приходилось бежать по узкой кромке льда, намерзшей около берега; тонкий лед ломался, и, проваливаясь в ледяную воду, Белый Клык не раз бывал на волосок от гибели. И все это время он ждал, что вот-вот нападет на след богов в том месте, где они причалят к берегу и направятся в глубь страны.

По уму Белый Клык превосходил многих своих собратьев, и все-таки мысль о другом береге реки Маккензи не приходила ему в голову. Что, если след богов выйдет на ту сторону? Этого он не мог сообразить. Вероятно, позднее, когда Белый Клык набрался бы опыта в странствиях, повзрослел, научился бы отыскивать следы вдоль речных берегов, он допустил бы и эту возможность. Такая зрелость ждала его в будущем. Сейчас же он бежал наугад, принимая в расчет только один берег Маккензи.

Белый Клык бежал всю ночь, натыкаясь в темноте на препятствия и преграды, которые замедляли его бег, но не отбивали охоты двигаться дальше. К середине второго дня, через тридцать часов, его железные мускулы стали сдавать, поддерживало только напряжение воли. Он ничего не ел почти двое суток и совсем обессилел от голода. Сказывались на нем и непрестанные погружения в ледяную воду. Его великолепная шкура была вся в грязи, широкие подушки на лапах кровоточили. Он начал прихрамывать – сначала слегка, потом все больше и больше. В довершение всего небо нахмурилось и пошел снег – мокрый, тающий снег, который прилипал к его разъезжавшимся лапам, заволакивал все вокруг и скрывал неровности почвы, затрудняя и без того мучительную дорогу.

В эту ночь Серый Бобр решил сделать привал на дальнем берегу реки Маккензи, потому что путь к местам охоты шел в том направлении. Но незадолго до темноты Клу-Куч, жена Серого Бобра, приметила на ближнем берегу лося, который подошел к реке напиться. И вот, не подойди лось к берегу, не сбейся Мит-Са из-за метели с правильного курса, Клу-Куч не заметила бы лося, Серый Бобр не уложил бы его метким выстрелом из ружья и все дальнейшие события сложились бы совершенно по-иному. Серый Бобр не сделал бы привала на ближнем берегу реки Маккензи, а Белый Клык, пробежав мимо, или погиб бы, или попал бы к своим диким сородичам и остался бы волком до конца своих дней.

Наступила ночь. Снег повалил сильнее, и Белый Клык, спотыкаясь, прихрамывая и тихо повизгивая на ходу, напал на свежий след. След был настолько свеж, что Белый Клык сразу узнал его. Заскулив от нетерпения, он повернул от реки и бросился в лес. До ушей его донеслись знакомые звуки. Он увидел пламя костра, Клу-Куч, занятую стряпней, Серого Бобра, присевшего на корточки и жевавшего кусок сырого сала. У людей было свежее мясо!

Белый Клык ожидал расправы. При мысли о ней шерсть у него на спине встала дыбом. Потом он крадучись двинулся вперед. Он боялся ненавистных ему побоев и знал, что их не миновать. Но он знал также, что будет греться около огня, будет пользоваться покровительством богов, встретит общество собак, хоть и враждебное ему, но все же общество, которое способно удовлетворить его потребность в близости к живым существам.

Белый Клык ползком приближался к костру. Серый Бобр увидел его и перестал жевать сало. Белый Клык пополз еще медленнее; чувство унижения и покорности давило его, заставляя пресмыкаться перед человеком. Он полз прямо к Серому Бобру, все замедляя и замедляя движение, как будто ползти ему с каждым дюймом становилось труднее, и наконец лег у ног хозяина, которому предался отныне добровольно душой и телом. По собственному желанию подошел он к костру человека и признал над собой человеческую власть. Белый Клык дрожал, ожидая неминуемого наказания. Рука поднялась над ним. Он весь съежился, готовясь принять удар. Но удара не последовало.

Белый Клык украдкой взглянул вверх. Серый Бобр разорвал сало на две части. Серый Бобр протягивал ему кусок сала! Осторожно и недоверчиво Белый Клык понюхал его, а потом потянул к себе. Серый Бобр велел дать Белому Клыку мяса и, пока он ел, не подпускал к нему других собак. Благодарный и довольный, Белый Клык улегся у ног своего хозяина, глядя на жаркое пламя костра и сонно щурясь. Он знал, что утро застанет его не в мрачном лесу, а на привале, среди богов, которым он отдавал всего себя и от воли которых теперь зависел.

Глава пятая. Договор

В середине декабря Серый Бобр отправился вверх по реке Маккензи. Мит-Са и Клу-Куч поехали вместе с ним. Сани Серого Бобра везли собаки, которых он выменял или взял взаймы у соседей. Во вторые сани, поменьше, были впряжены молодые собаки, и ими правил Мит-Са. Упряжка и сани больше походили на игрушечные, но Мит-Са был в восторге: он чувствовал, что исполняет настоящую мужскую работу. Кроме того, он учился управлять собаками и натаскивать их, и щенки тоже привыкали к упряжи. Сани Мит-Са шли не пустые, а везли около двухсот фунтов всякого скарба и провизии.

Белому Клыку приходилось и раньше видеть ездовых собак, и когда его самого в первый раз запрягли в сани, он не противился этому. На шею ему надели набитый мохом ошейник, от которого шли две лямки к ремню, перекинутому поперек груди и через спину; к этому ремню была привязана длинная веревка, соединявшая его с санями.

Упряжка состояла из семи собак. Всем им исполнилось по девять-десять месяцев, и только одному Белому Клыку было восемь. Каждая собака шла на отдельной веревке. Все веревки были разной длины, и разница между ними измерялась длиной корпуса собаки. Соединялись они в кольце на передке саней. Передок был загнут кверху, чтобы сани – берестяные, без полозьев – не зарывались в мягкий, пушистый снег. Благодаря такому устройству тяжесть самих саней и поклажи распределялась на большую поверхность. С той же целью – как можно более равномерного распределения тяжести – собак привязывали к передку саней веером, и ни одна из них не шла по следу другой.

У веерообразной упряжки было еще одно преимущество: разная длина веревок мешала собакам, бегущим сзади, кидаться на передних, а затевать драку можно было только с той соседкой, которая шла на более короткой веревке. Однако тогда нападающий оказывался нос к носу со своим врагом и, кроме того, подставлял себя под удары бича погонщика. Но самое большое преимущество этой упряжки заключалось в том, что, стараясь напасть на передних собак, задние налегали на постромки, а чем быстрее катились сани, тем быстрее бежала и преследуемая собака. Таким образом, задняя никогда не могла догнать переднюю. Чем быстрее бежала одна, тем быстрее удирала от нее другая и тем быстрее бежали все остальные собаки. В результате всего этого быстрее катились и сани. Вот такими хитрыми уловками человек и укреплял свою власть над животными.

Мит-Са, очень похожий на отца, унаследовал от него и мудрость. Он давно уже заметил, что Лип-Лип не дает проходу Белому Клыку; но тогда у Лип-Липа были свои хозяева, и Мит-Са осмеливался только исподтишка бросать в него камнем. А теперь Лип-Лип принадлежал Мит-Са, и, решив отомстить ему за прошлое, Мит-Са привязал его на самую длинную веревку. Таким образом, Лип-Лип стал вожаком, ему как будто оказали большую честь, – но на самом деле чести в этом было мало, потому что забияку и главаря всей стаи Лип-Липа ненавидели и преследовали теперь все собаки.

Так как Лип-Лип был привязан на самую длинную веревку, собакам казалось, что он удирает от них. Им были видны только его задние ноги и пушистый хвост, а это далеко не так страшно, как вставшая дыбом шерсть и сверкающие клыки. Кроме того, зрелище бегущей собаки вызывает в других собаках уверенность, что она убегает именно от них и что ее надо во что бы то ни стало догнать.

Как только сани тронулись, вся упряжка погналась за Лип-Липом, и эта погоня продолжалась весь день. На первых порах оскорбленный Лип-Лип то и дело порывался кинуться на своих преследователей, но Мит-Са каждый раз хлестал его по голове тридцатифутовым бичом, свитым из вяленых оленьих кишок, и заставлял вернуться на место. Лип-Лип не побоялся бы схватиться со всей упряжкой, однако бич был куда страшнее, – и ему не оставалось ничего другого, как натягивать веревку и уносить свои бока от зубов товарищей.

Ум индейца неистощим на хитрости. Чтобы усилить вражду всей упряжки к Лип-Липу, Мит-Са стал отличать его перед другими собаками, возбуждая в них ревность и ненависть к вожаку. Мит-Са кормил его мясом в присутствии всей своры и никому другому мяса не давал. Собаки приходили в ярость. Они метались вокруг Лип-Липа, пока он ел, но близко подходить не осмеливались, так как Мит-Са стоял возле него с бичом в руке. А когда мяса не было, Мит-Са отгонял упряжку подальше и делал вид, что кормит Лип-Липа.

Белый Клык принялся за работу охотно. Покорившись богам, он в свое время проделал гораздо более длинный путь, чем остальные собаки, и гораздо глубже, чем они, постиг всю тщетность сопротивления воле богов. Кроме того, ненависть, которую питали к нему все собаки, уменьшала их значение в его глазах и увеличивала значение человека. Он не нуждался в обществе своих собратьев: Кичи была почти забыта, и верность богам, власть которых признал над собой Белый Клык, служила ему чуть ли не единственным способом выражать свои чувства. И Белый Клык усердно работал, слушался приказаний и подчинялся дисциплине. Он трудился честно и охотно. Честность в труде присуща всем прирученным волкам и прирученным собакам, а Белый Клык был наделен этим качеством в полной мере.

Белый Клык общался и с собаками, но это общение выражалось во вражде и ненависти. Он никогда не играл с ними. Он умел драться – и дрался, воздавая сторицей за все укусы и притеснения, которые ему пришлось вынести в те дни, когда Лип-Лип был главарем стаи. Теперь Лип-Лип главенствовал над ней лишь тогда, когда бежал на конце длинной веревки впереди своих товарищей и подскакивающих по снегу саней. На стоянках Лип-Лип держался поближе к Мит-Са, Серому Бобру и Клу-Куч, не решаясь отойти от богов, потому что теперь клыки всех собак были направлены против него и он испытал на себе всю горечь вражды, которая приходилась раньше на долю Белого Клыка.

После падения Лип-Липа Белый Клык мог бы сделаться вожаком стаи, но он был слишком угрюм и замкнут для этого. Товарищи по упряжке получали от него только одни укусы, в остальном он словно не замечал их. При встречах с ним они сворачивали в сторону, и ни одна, даже самая смелая, собака не решалась отнять у Белого Клыка его долю мяса. Напротив, они старались как можно скорее проглотить свою долю, боясь, как бы он не отнял ее. Белый Клык хорошо усвоил закон: *притесняй слабого иподчиняйся сильному*. Он торопливо съедал брошенный хозяином кусок, и тогда – горе той собаке, которая еще не кончила есть. Грозное рычание, оскаленные клыки – и ей оставалось только изливать свое негодование равнодушным звездам, пока Белый Клык доканчивал ее долю.

Время от времени то одна, то другая собака поднимала бунт против Белого Клыка, но он быстро усмирял их. Он ревниво оберегал свое обособленное положение в стае и нередко брал его с бою. Но такие схватки бывали непродолжительны. Собаки не могли тягаться с ним. Он наносил раны противнику, не дав ему опомниться, и собака истекала кровью, еще не успев как следует начать драку.

Белый Клык, так же как и боги, поддерживал среди своих собратьев суровую дисциплину. Он не давал им никаких поблажек и требовал безграничного уважения к себе. Между собой собаки могли делать все, что угодно. Это его не касалось. Белый Клык следил только за тем, чтобы собаки не посягали на его обособленность, уступали ему дорогу, когда он появлялся среди стаи, и признавали его господство над собой. Стоило какому-нибудь смельчаку принять воинственный вид, оскалить зубы или ощетиниться, как Белый Клык кидался на него и без всякой жалости доказывал ему ошибочность его поведения.

Он был свирепым тираном, он правил с железной непреклонностью. Слабые не знали пощады от него. Жестокая борьба за существование, которую ему пришлось вести с раннего детства, когда вдвоем с матерью, одни, без всякой помощи, они бились за жизнь, преодолевая враждебность Северной глуши, не прошла бесследно. При встречах с сильнейшим противником Белый Клык вел себя смирно. Он угнетал слабого, но зато уважал сильного. И когда Серый Бобр встречал на своем долгом пути стоянки других людей, Белый Клык ходил между чужими взрослыми собаками тихо и осторожно.

Прошло несколько месяцев, а путешествие Серого Бобра все еще продолжалось. Долгая дорога и усердная работа в упряжке укрепили силы Белого Клыка, и умственное развитие его, видимо, завершилось. Окружающий мир был познан им до конца. И он смотрел на него мрачно, не питая по отношению к нему никаких иллюзий. Мир этот был суров и жесток, в нем не существовало ни тепла, ни ласки, ни привязанностей.

Белый Клык не чувствовал привязанности даже к Серому Бобру. Правда, Серый Бобр был богом, но богом жестоким. Белый Клык охотно признавал его власть над собой, хотя власть эта основывалась на умственном превосходстве и на грубой силе. В натуре Белого Клыка было нечто такое, что шло навстречу этому господству, иначе он не вернулся бы из Северной глуши и не доказал бы этим своей верности богам. В нем таились еще никем не исследованные глубины. Добрым словом или ласковым прикосновением Серый Бобр мог бы проникнуть в эти глубины, но Серый Бобр никогда не ласкал Белого Клыка, не сказал ему ни одного доброго слова. Это было не в его обычае. Превосходство Серого Бобра основывалось на жестокости, и с такой же жестокостью он повелевал, отправляя правосудие при помощи палки, наказуя преступление физической болью и воздавая по заслугам не лаской, а тем, что воздерживался от удара.

И Белый Клык не подозревал о том блаженстве, которым может наградить рука человека. Да он и не любил человеческих рук: в них было что-то подозрительное. Правда, иногда эти руки давали мясо, но чаще всего они причиняли боль. От них надо было держаться подальше: они швыряли камни, размахивали палками, дубинками, бичами, они могли бить и толкать, а если и прикасались, то лишь затем, чтобы ущипнуть, дернуть, вырвать клок шерсти. В чужих поселках он узнал, что детские руки тоже умеют причинять боль. Какой-то малыш однажды чуть не выколол ему глаз. После этого Белый Клык стал относиться к детям с большой подозрительностью. Он просто не выносил их. Когда те подходили и протягивали к нему свои руки, не сулившие добра, он вставал и уходил.

В одном из поселков на берегу Большого Невольничьего озера Белому Клыку довелось уточнить преподанный ему Серым Бобром закон, согласно которому нападение на богов считается непростительным грехом. По обычаю всех собак во всех поселках Белый Клык отправился на поиски пищи. Он увидел мальчика, который разрубал топором мерзлую тушу лося. Кусочки мяса разлетались в разные стороны. Белый Клык остановился и стал подбирать их. Мальчик бросил топор и схватил увесистую дубинку. Белый Клык отскочил назад, еле успев увернуться от удара. Мальчик побежал за ним, и он, незнакомый с поселком, кинулся в проход между вигвамами и очутился в тупике перед высоким земляным валом.

Деваться было некуда. Мальчик загораживал единственный выход из тупика. Подняв дубинку, он сделал шаг вперед. Белый Клык рассвирепел. Его чувство справедливости было возмущено, он весь ощетинился и встретил мальчика грозным рычанием. Белый Клык хорошо знал закон: все остатки мяса, например, кусочки мерзлой туши лося, принадлежат собаке, которая их находит; он не сделал ничего дурного, не нарушил никакого закона, и все-таки мальчик собирался побить его. Белый Клык сам не знал, как это случилось. Он сделал это в припадке бешенства, и все произошло так быстро, что его противник тоже ничего не успел понять. Мальчик вдруг растянулся на снегу, а зубы Белого Клыка прокусили ему руку, державшую дубинку.

Но Белый Клык знал, что закон, установленный богами, нарушен. Вонзивший зубы в священное тело одного из богов должен ждать самого страшного наказания. Он убежал под защиту Серого Бобра и сидел, съежившись, у его ног, когда укушенный мальчик и вся его семья явились требовать возмездия. Но они ушли ни с чем:

Серый Бобр стал на защиту Белого Клыка. То же сделали Мит-Са и Клу-Куч. Прислушиваясь к перебранке людей и наблюдая за тем, как они гневно машут руками, Белый Клык начинал понимать, что для его проступка есть оправдание. И таким образом он узнал, что боги бывают разные: они делятся на его богов и на богов чужих; и это далеко не одно и то же. От своих богов следует принимать все – и справедливость и несправедливость. Но он не обязан сносить несправедливость чужих богов, он вправе мстить за нее зубами. И это также было законом.

В тот же день Белый Клык познакомился с новым законом еще ближе. Собирая хворост в лесу, Мит-Са натолкнулся на компанию мальчиков, среди которых был и потерпевший. Произошла ссора. Мальчики набросились на Мит-Са. Ему приходилось плохо. Удары сыпались на него со всех сторон. Белый Клык сначала просто наблюдал за дракой – это дело богов, это его не касается. Но потом он сообразил, что ведь бьют Мит-Са, одного из его собственных богов. И то, что он сделал вслед за этим, он сделал не рассуждая. Порыв бешеной ярости бросил его в самую середину свалки. Пять минут спустя мальчики разбежались с поля битвы, и многие из них оставили на снегу кровавые следы, говорившие о том, что зубы Белого Клыка не бездействовали. Когда Мит-Са рассказал в поселке о случившемся, Серый Бобр велел дать Белому Клыку мяса. Он велел дать ему много мяса. И Белый Клык, насытившись, лег у костра и заснул, твердо уверенный в том, что понял закон правильно.

Вслед за этим Белый Клык усвоил закон собственности и то, что собственность хозяина надо охранять. От защиты тела бога до защиты его имущества был один шаг, и Белый Клык этот шаг сделал. То, что принадлежало богу, следовало защищать от всего мира, не останавливаясь даже перед нападением на других богов. Но поступок этот, святотатственный сам по себе, всегда сопряжен с большой опасностью. Боги всемогущи, и собаке трудно тягаться с ними; и все-таки Белый Клык научился безбоязненно давать им отпор. Чувство долга побеждало в нем страх, и в конце концов вороватые боги решили оставить имущество Серого Бобра в покое.

Белый Клык скоро понял, что вороватые боги трусливы и, заслышав тревогу, сейчас же убегают. Кроме того (как он убедился на опыте), промежуток времени между поднятой тревогой и появлением Серого Бобра бывал обычно очень короткий. И он понял также, что вор убегает не потому, что боится его, Белого Клыка, а потому, что боится Серого Бобра. Учуяв вора, Белый Клык не поднимал лая – да он и не умел лаять, – он кидался на непрошеного гостя и, если удавалось, впивался в него зубами. Угрюмость и необщительность помогли Белому Клыку стать надежным сторожем при хозяйском добре, и Серый Бобр всячески поощрял его в этом. И в конце концов Белый Клык стал еще злее, еще неукротимее и окончательно замкнулся в себе.

Месяцы шли один за другим, и время все больше и больше скрепляло договор между собакой и человеком. Этот договор еще в незапамятные времена был заключен первым волком, пришедшим из Северной глуши к человеку. И, подобно всем своим предшественникам – волкам и диким собакам, Белый Клык сам выработал условия этого договора. Они были очень просты. За поклонение божеству он отдал свою свободу. От бога Белый Клык получал общение с ним, покровительство, корм и тепло. Взамен он сторожил его имущество, защищал его тело, работал на него и покорялся ему.

Если у тебя есть бог, ему надо служить. И Белый Клык служил своему богу, повинуясь чувству долга и благоговейного страха. Но он не любил его. Он не знал, что такое любовь, и никогда не испытывал этого чувства. Кичи стала далеким воспоминанием. Кроме того, отдавшись человеку, Белый Клык не только порвал с Северной глушью и со своими сородичами, но подчинился и такому условию договора, которое не позволило бы ему покинуть бога и пойти за Кичи, даже если бы он встретил ее. Преданность человеку стала законом для Белого Клыка, и закон этот был сильнее любви к свободе, сильнее кровных уз.

Глава шестая. Голод

Весна была уже не за горами, когда длинное путешествие Серого Бобра кончилось. В один из апрельских дней Белый Клык, которому к этому времени исполнился год, снова вернулся в старый поселок, и там Мит-Са снял с него упряжь. Хотя Белый Клык еще не достиг полной зрелости, все же после Лип-Липа он был самым крупным из годовалых щенков. Унаследовав свой рост и силу от отца-волка и от Кичи, он почти сравнялся со взрослыми собаками, но уступал им в крепости сложения. Тело у него было поджарое и стройное; в драках он брал скорее увертливостью, чем силой; шкура серая, как у волка. И по виду он казался самым настоящим волком. Кровь собаки, перешедшая к нему от Кичи, не оставила следов на его внешнем облике, но характер его складывался не без ее участия.

Белый Клык бродил по поселку, с чувством спокойного удовлетворения узнавая богов, знакомых ему еще до путешествия. Встречал он здесь и щенят, тоже подросших за это время, и взрослых собак, которые теперь уже не казались ему такими большими и страшными. Белый Клык почти перестал бояться их и прогуливался среди своры с непринужденностью, доставлявшей ему на первых порах большое удовольствие.

Был здесь и старый седой Бэсик, которому раньше требовалось только оскалить зубы, чтобы прогнать Белого Клыка за тридевять земель. В прежние дни Бэсик не раз заставлял Белого Клыка убеждаться в собственном ничтожестве, но теперь тот же Бэсик помог ему оценить происшедшие в нем самом перемены. Бэсик старел, дряхлел, а Белый Клык был молод, и сил у него прибывало с каждым днем.

Перемена во взаимоотношениях с собаками стала ясна Белому Клыку вскоре после возвращения в поселок. Люди разделывали тушу только что убитого лося. Он получил копыто с частью берцовой кости, на которой было довольно много мяса. Убежав от дерущихся собак подальше в лес, чтобы его никто не видел, Белый Клык принялся за свою добычу. И вдруг на него налетел Бэсик. Еще не успев как следует сообразить, в чем дело, Белый Клык дважды полоснул старого пса зубами и отскочил в сторону. Остолбенев от такой дерзкой и стремительной атаки, Бэсик бессмысленно уставился на Белого Клыка, а кость со свежим мясом лежала между ними.

Бэсик был стар и уже испытал на себе отвагу той самой молодежи, которую раньше ему ничего не стоило припугнуть. Как это ни было горько, но волей-неволей обиды приходилось глотать, призывая на помощь всю свою мудрость, чтобы не сплоховать перед молодыми собаками. В прежние дни справедливый гнев заставил бы его кинуться на дерзновенного юнца, но теперь убывающие силы не позволяли отважиться на такой поступок. Весь ощетинившись, он грозно поглядывал на Белого Клыка, а тот, вспомнив свой былой страх, съежился, словно маленький щенок, и уже прикидывал мысленно, как бы ему отступить с возможно меньшим позором.

Тут-то Бэсик и совершил ошибку. Удовольствуйся он грозным и свирепым видом – все сошло бы хорошо. Приготовившийся к бегству Белый Клык отступил бы, оставив кость ему. Но Бэсик не захотел ждать. Решив, что победа осталась за ним, он сделал шаг вперед и понюхал кость. Белый Клык слегка ощетинился. Даже сейчас можно было спасти положение. Продолжай Бэсик стоять с высоко поднятой головой, грозно поглядывая на противника, Белый Клык в конце концов удрал бы. Но ноздри Бэсику щекотал запах свежего мяса, и, не удержавшись, он схватил кость.

Этого Белый Клык не смог перенести. Господство над товарищами по упряжке было еще свежо в его памяти, и он уже не мог совладать с собой, глядя, как другая собака пожирает принадлежащее ему мясо. По своему обыкновению, он кинулся на Бэсика, не дав тому опомниться. После первого же укуса правое ухо у старого пса повисло клочьями. Внезапность нападения ошеломила его. Но немедленно вслед за этим и с такой же внезапностью последовали еще более печальные события: Бэсик был сбит с ног, на шее его зияла рана. Не дав старику подняться, молодая собака дважды рванула его за плечо. Стремительность нападения была поистине ошеломляющей. Бэсик кинулся на Белого Клыка, но зубы его только яростно щелкнули в воздухе. В следующую же минуту нос у Бэсика оказался располосованным, и он, шатаясь, отступил прочь.

Положение круто изменилось. Над костью стоял грозно ощетинившийся Белый Клык, а Бэсик держался поодаль, готовясь в любую минуту отступить. Он не осмеливался затеять драку с молодым, быстрым, как молния, противником. И снова, с еще большей горечью, Бэсик почувствовал приближающуюся старость. Его попытка сохранить достоинство была поистине героической. Спокойно повернувшись спиной к молодой собаке и лежавшей на земле кости, как будто и то и другое совершенно не заслуживало внимания, он величественно удалился. И только тогда, когда Белый Клык уже не мог видеть его, Бэсик лег на землю и начал зализывать свои раны.

После этого случая Белый Клык окончательно уверовал в себя и возгордился. Теперь он спокойно расхаживал среди взрослых собак, стал не так уступчив. Не то чтобы он искал поводов для ссоры, далеко нет, – он требовал внимания к себе. Он отстаивал свои права и не хотел отступать перед другими собаками. С ним приходилось считаться, вот и все. Никто не смел пренебрегать им. Это участь щенят, и мириться с такой участью приходилось всей упряжке. Щенки сторонились взрослых собак, уступали им дорогу, а иногда были вынуждены отдавать им свою долю мяса. Но необщительный, одинокий, угрюмый, грозный, чуждающийся всех Белый Клык был принят как равный в среду взрослых собак. Они быстро поняли, что его надо оставить в покое, не объявляли ему войны и не делали попыток завязать с ним дружбу. Белый Клык платил им тем же, и после нескольких стычек собаки убедились, что такое положение дел устраивает всех как нельзя лучше.

В середине лета с Белым Клыком произошел неожиданный случай. Пробегая своей бесшумной рысцой в конец поселка, чтобы обследовать там новый вигвам, поставленный, пока он уходил с индейцами на охоту за лосем, Белый Клык наткнулся на Кичи. Он остановился и посмотрел на нее. Он помнил мать смутно, но все-таки *помнил*, а Кичи забыла сына. Грозно зарычав, она оскалила на него зубы, и Белый Клык вспомнил все. Детство и то, о чем говорило это рычание, предстало перед ним. До встречи с богами Кичи была для Белого Клыка центром вселенной. Старые чувства вернулись и овладели им. Он подскочил к матери, но она встретила его оскаленной пастью и распорола ему скулу до самой кости. Белый Клык не понял, что произошло, и растерянно попятился назад, ошеломленный таким приемом.

Но Кичи была не виновата. Волчицы забывают своих волчат, которым исполнился год или больше года. Так и Кичи забыла Белого Клыка. Он был для нее незнакомцем, чужаком, и выводок, которым она обзавелась за это время, давал ей право враждебно относиться к таким незнакомцам.

Один из ее щенков подполз к Белому Клыку. Сами того не зная, они приходились друг другу сводными братьями. Белый Клык с любопытством обнюхал щенка, за что Кичи еще раз наскочила на него и располосовала ему морду. Белый Клык попятился еще дальше. Все старые воспоминания, воскресшие было в нем, снова умерли и превратились в прах. Он смотрел на Кичи, которая лизала своего детеныша и время от времени поднимала голову и рычала. Теперь Кичи была не нужна Белому Клыку. Он научился обходиться без нее и забыл, чем она была дорога ему. В его мире не осталось места для Кичи, так же как и в ее мире не осталось места для Белого Клыка.

Воспоминаний как не бывало – он стоял растерянный, ошеломленный всем случившимся. И тут Кичи метнулась к нему в третий раз, прогоняя его с глаз долой. Белый Клык покорился. Кичи была самка, а по закону, установленному его породой, самцы не должны драться с самками. Он ничего не знал об этом законе, он постиг его не на основании жизненного опыта, – этот закон был подсказан ему инстинктом, тем самым инстинктом, который заставлял его выть на луну, на ночные звезды, бояться смерти и неизвестного.

Месяцы шли один за другим. Сил у Белого Клыка все прибавлялось, он становился крупнее, шире в плечах, а характер его развивался по тому пути, который предопределяла наследственность и окружающая среда. Белый Клык был создан из материала, мягкого, как глина, и таившего в себе много всяких возможностей. Среда лепила из этой глины все, что ей было угодно, придавая ей любую форму. Так, не подойди Белый Клык на огонь, зажженный человеком, Северная глушь сделала бы из него настоящего волка. Но боги даровали ему другую среду, и из Белого Клыка получилась собака, в которой было много волчьего, и все-таки это была собака, а не волк.

И вот под влиянием окружающей обстановки податливый материал, из которого был сделан Белый Клык, принял определенную форму. Это было неизбежно. Он становился все угрюмее, злее, он сторонился своих собратьев. И они поняли, что с ним лучше жить в мире, чем враждовать, а Серый Бобр день ото дня все больше и больше ценил его.

Но возмужалость не освободила Белого Клыка от одной слабости: он не терпел, когда над ним смеялись. Человеческий смех выводил его из себя. Люди могли смеяться между собой над чем угодно, и он не обращал на это внимания. Но стоило кому-нибудь засмеяться над ним, как он приходил в ярость: степенная, полная достоинства собака неистовствовала до нелепости. Смех так озлоблял ее, что она превращалась в сущего дьявола. И горе тем щенкам, которые попадались Белому Клыку в эти минуты! Он слишком хорошо знал закон, чтобы вымещать злобу на Сером Бобре; Серому Бобру помогали палка и ум, а у щенков не было ничего, кроме открытого пространства, которое и спасало их, когда перед ними появлялся Белый Клык, доведенный смехом до бешенства.

Когда Белому Клыку пошел третий год, индейцев, живших на реке Маккензи, постиг голод. Летом не ловилась рыба. Зимой олени ушли со своих обычных мест. Лоси попадались редко, зайцы почти исчезли. Хищные животные гибли. Изголодавшись, ослабев от голода, они стали пожирать друг друга. Выживали только сильные. Боги Белого Клыка всегда промышляли охотой. Старые и слабые среди них умирали один за другим. В поселке стоял плач. Женщины и дети уступали свою жалкую долю еды отощавшим, осунувшимся охотникам, которые рыскали по лесу в тщетных поисках дичи.

Голод довел богов до такой крайности, что они ели мокасины и рукавицы из сыромятной кожи, а собаки съедали свою упряжь и даже бичи. Кроме того, собаки ели друг друга, а боги ели собак. Сначала покончили с самыми слабыми и менее ценными. Собаки, оставшиеся в живых, видели все это и понимали, что их ждет такая же участь. Те, что были посмелее и поумнее, покинули костры, разведенные человеком, около которых теперь шла бойня, и убежали в лес, где их ждала голодная смерть или волчьи зубы.

В это тяжелое время Белый Клык тоже убежал в лес. Он был более приспособлен к жизни, чем другие собаки, – сказывалась школа, пройденная в детстве. Особенно искусно выслеживал он маленьких зверьков. Он мог часами следить за каждым движением осторожной белки и ждать, когда она решится слезть с дерева на землю; при этом он проявлял такое громадное терпение, которое ни в чем не уступало мучившему его голоду. Белый Клык никогда не торопился. Он выжидал до тех пор, пока можно было действовать наверняка, не боясь, что белка опять удерет на дерево. Тогда, и только тогда, Белый Клык с молниеносной быстротой выскакивал из своей засады, как снаряд, никогда не пролетающий мимо намеченной цели – мимо белки, которую не могли спасти ее быстрые ноги.

Но хотя охота на белок обычно кончалась удачей, одно обстоятельство мешало Белому Клыку наедаться досыта: белки попадались редко, и ему волей-неволей приходилось охотиться на более мелкую дичь. По временам голод так мучил его, что он не останавливался даже перед тем, чтобы выкапывать мышей из норок.

Не погнушался он и вступить в бой с лаской, такой же голодной, как он сам, но в тысячу раз более свирепой.

Когда голод донимал Белого Клыка особенно жестоко, он подкрадывался поближе к кострам богов, но вплотную к ним не подходил. Он бегал по лесу, избегая встреч с богами, и обкрадывал силки, когда в них изредка попадалась дичь. Однажды он даже обворовал силок на зайца, поставленный Серым Бобром, а Серый Бобр в это время шел, пошатываясь, по лесу и то и дело садился отдыхать, еле переводя дух от слабости.

Как-то раз Белый Клык наткнулся на молодого волка, изможденного и еле державшегося на ногах. Если бы Белый Клык не был так голоден, он, вероятно, отправился бы дальше с ним и в конце концов примкнул бы к волчьей стае, но сейчас ему не оставалось ничего другого, как погнаться за волком, задрать и съесть его.

Судьба, казалось, благоприятствовала Белому Клыку. Всякий раз, когда недостаток в пище ощущался особенно остро, он находил какую-нибудь добычу. Счастье не изменило ему даже в те дни, когда сил совсем не стало, – ни разу за это время он не попался на глаза более крупным хищникам. Однажды, подкрепившись рысью, которой хватило на целых два дня, Белый Клык встретился с волчьей стаей. Началась долгая, жестокая погоня, но Белый Клык был крепче волков и в конце концов убежал от них. И не только убежал, а описал большой круг и, вернувшись назад, напал на одного из своих изможденных преследователей.

Вскоре Белый Клык покинул эти места и отправился в долину, на свою родину. Разыскав прежнее логовище, он встретил там Кичи. Кичи тоже покинула негостеприимные костры богов и, как только ей пришла пора щениться, вернулась в пещеру. К тому времени, когда около пещеры появился Белый Клык, из всего выводка Кичи остался лишь один волчонок, но и он доживал последние дни, – молодой жизни трудно было уцелеть в такой голод.

Прием, который Кичи оказала своему взрослому сыну, нельзя было назвать теплым. Но Белый Клык отнесся к этому равнодушно.

Не нуждаясь больше в матери, он невозмутимо отвернулся от нее и побежал вверх по ручью. На левом его рукаве Белый Клык нашел логовище рыси, с которой некогда ему пришлось сразиться вместе с матерью. Здесь, в заброшенной норе, он лег и отдыхал весь день.

Ранним летом, когда голодовка уже подходила к концу, Белый Клык встретил Лип-Липа, который, так же как и он, убежал в лес и влачил там жалкое существование. Белый Клык встретил его совершенно неожиданно. Огибая с противоположных сторон выступ крутого берега, они одновременно выбежали из-за высокой скалы и столкнулись нос к носу. Оба замерли, испуганные такой встречей, и уставились друг на друга.

Белый Клык был в прекрасном состоянии. Всю эту неделю он очень удачно охотился и ел много, а последней своей добычей был сыт до отвала. Но стоило ему только увидеть Лип-Липа, как шерсть у него на спине встала дыбом. Он ощетинился совершенно непроизвольно, – это внешнее проявление злобы в прошлом сопутствовало каждой встрече с забиякой Лип-Липом. Так было и теперь: завидев своего врага, Белый Клык ощетинился и зарычал на него. Ни одна минута не пропала даром. Все было сделано быстро, в одно мгновение. Лип-Лип попятился назад, но Белый Клык сшибся с ним плечо к плечу, сбил его с ног, опрокинул на спину и впился зубами в его жилистую шею. Лип-Лип бился в предсмертных судорогах, а Белый Клык похаживал вокруг, не сводя с него глаз. Затем он снова пустился в путь и исчез за крутым поворотом берега.

Вскоре после этого Белый Клык выбежал на опушку леса и по узкой прогалине спустился к реке Маккензи. Он забегал сюда и раньше, но тогда на этом берегу было пусто, а сейчас тут виднелся поселок. Белый Клык остановился и, не выходя из-за деревьев, стал осматриваться. Звуки и запахи показались ему знакомыми. Это был старый поселок, перебравшийся на другое место, но в его звуках и запахах чувствовалось что-то новое. Не слышно было ни воя, ни плача. Эти звуки говорили о довольстве. И когда Белый Клык услышал сердитый женский голос, он понял, что так сердиться можно только на сытый желудок. В воздухе пахло рыбой – значит, в поселке была пища. Голод кончился. Он смело вышел из лесу и побежал прямо к хозяйскому вигваму. Самого хозяина не было дома, но Клу-Куч встретила Белого Клыка радостными криками, дала ему целую свежую рыбину, и он лег и стал ждать возвращения Серого Бобра.

Часть четвертая

Глава первая. Враг

Если в натуре Белого Клыка была заложена хоть малейшая возможность сблизиться с представителями его породы, то возможность эта безвозвратно погибла после того, как он стал вожаком упряжки. Собаки возненавидели его; возненавидели за то, что Мит-Са подкидывал ему лишний кусок мяса; возненавидели за все те действительные и воображаемые преимущества, которыми он пользовался; возненавидели за то, что он всегда бежал в голове упряжки, доводя их до бешенства одним видом своего пушистого хвоста и быстро мелькающих ног.

И Белый Клык проникся к собакам точно такой же острой ненавистью. Роль вожака не доставляла ему ни малейшего удовольствия. Он через силу мирился с тем, что ему приходится убегать от заливающихся лаем собак, которые в течение трех лет находились под его властью. Но с этим надо было мириться, иначе ему грозила гибель, а жизни, бившей в нем ключом, гибнуть не хотелось. Лишь только Мит-Са трогал с места, вся упряжка с яростным лаем кидалась в погоню за Белым Клыком.

Защищаться он не мог: стоило ему повернуть голову к собакам, как Мит-Са хлестал его по морде бичом. Белому Клыку не оставалось ничего другого, как мчаться вперед. Отражать хвостом и задними ногами нападение всей завывающей своры он не мог, – таким оружием нельзя обороняться против множества безжалостных клыков. И Белый Клык несся вскачь, каждым прыжком насилуя свою природу и унижая свою гордость, а бежать так приходилось целый день.

Такое насилие над собой не проходит безнаказанно. Если волос, выросший на теле, заставить расти в глубь кожи, он будет причинять мучительную боль. То же самое происходило и с Белым Клыком. Всем своим существом он стремился разделаться с собаками, преследующими его по пятам, но волю богов нарушать было нельзя, тем более что воля их подкреплялась ударами тридцатифутового бича, свитого из оленьих кишок. И Белый Клык терпел все это, затаив в себе такую ненависть и злобу, на какую только был способен его свирепый и неукротимый нрав.

Если какое-нибудь живое существо и можно было назвать врагом своих собратьев, то это относилось именно к Белому Клыку. Он никогда не просил пощады и сам никого не щадил. Раны и шрамы не сходили у него с тела, а собаки, в свою очередь, не расставались с отметинами его зубов. В противоположность многим вожакам, кидавшимся под защиту богов, как только собак распрягали, Белый Клык пренебрегал такой защитой. Он безбоязненно разгуливал по стоянке, ночью расправляясь с собаками за все то, что приходилось терпеть от них днем. В те времена, когда Белый Клык еще не был вожаком, его теперешние товарищи по упряжке обычно старались не попадаться ему на дороге. Теперь положение изменилось. Погоня, длившаяся с утра и до вечера, сознание, что весь день Белый Клык убегал от них, находился в их власти, – все это не позволяло собакам отступать перед ним. Стоило ему появиться среди стаи, сейчас же начиналась драка. Его прогулки по стоянке сопровождались рычанием, грызней, визгом. Самый воздух, которым он дышал, был насыщен ненавистью и злобой, и это лишь усиливало ненависть и злобу в нем самом.

Когда Мит-Са приказывал упряжке остановиться, Белый Клык слушался его окрика. На первых порах эта остановка вызывала замешательство среди собак, все они набрасывались на ненавистного вожака. Но тут дело принимало совсем другой оборот: размахивая бичом, на помощь Белому Клыку приходил Мит-Са. И собаки поняли наконец, что, если сани останавливаются по приказанию Мит-Са, вожака лучше не трогать. Но если Белый Клык останавливался самовольно, значит, над ним можно было чинить расправу.

Вскоре Белый Клык перестал останавливаться без приказания. Такие уроки усваиваются быстро. Да Белый Клык и не мог не усваивать их, иначе он не выжил бы в той суровой среде, которую уготовила ему жизнь.

Но для собак эти уроки пропадали даром – они не оставляли его в покое на стоянках. Дневная погоня и яростный лай, в который упряжка вкладывала всю свою ненависть к вожаку, заставляли ее забывать то, что было предыдущей ночью; на следующую ночь урок повторялся, но к утру от него не оставалось и следа. Кроме того, вражду собак к Белому Клыку питало еще одно немаловажное обстоятельство: они чувствовали в нем иную породу, и этого было вполне достаточно, чтобы противопоставить их друг другу.

Так же как и Белый Клык, все они были прирученные волки, но за ними стояло уже несколько прирученных поколений. Многое, чем наделяет волка Северная глушь, было уже утеряно, и для собак в Северной глуши таилась лишь неизвестность, вечная угроза и вечная вражда. Но внешность Белого Клыка, все его повадки и инстинкты говорили о крепкой связи с Северной глушью; он был символом и олицетворением ее. И поэтому, скаля на него зубы, собаки тем самым охраняли себя от гибели, таившейся в сумраке лесов и во тьме, со всех сторон обступавшей костры человека.

Впрочем, один урок собаки заучили твердо: надо держаться вместе. Белый Клык был слишком опасным противником, и никто не решался встретиться с ним один на один. Собаки нападали на него всей сворой, иначе он разделался бы с ними за одну ночь. И Белому Клыку не удавалось разделаться ни с одним из своих врагов. Он сбивал противника с ног, но стая сейчас же набрасывалась на него, не давая ему прокусить собаке горло. При малейшем намеке на ссору вся упряжка дружно ополчалась на своего вожака. Собаки постоянно грызлись между собой, но стоило только кому-нибудь из них затеять драку с Белым Клыком, как все прочие ссоры мигом забывались.

Однако загрызть Белого Клыка они не могли при всем своем старании. Он был слишком подвижен для них, слишком грозен и умен. Он избегал тех мест, где можно было попасть в ловушку, и всегда ускользал, когда свора старалась окружить его кольцом. А о том, чтобы сбить Белого Клыка с ног, не могла помышлять ни одна собака. Ноги его с таким же упорством цеплялись за землю, с каким сам он цеплялся за жизнь. И поэтому в той нескончаемой войне, которую Белый Клык вел со стаей, сохранить жизнь и удержаться на ногах – были для него понятия равнозначные, и никто не знал этого лучше, чем он сам.

Итак, Белый Клык стал непримиримым врагом своих собратьев – врагом волков, которые пригрелись у костра, разведенного человеком, и изнежились под спасительной сенью человеческого могущества. Таким сделала его жизнь. Он объявил кровную месть всем собакам и мстил так жестоко, что даже Серый Бобр, в котором было достаточно ярости и дикости, не мог надивиться злобе Белого Клыка. «Нет другой такой собаки!» – говорил Серый Бобр. И индейцы из чужих поселков подтверждали его слова, вспоминая, как Белый Клык расправлялся с их собаками.

Белому Клыку было около пяти лет, когда Серый Бобр снова взял его с собой в длинное путешествие, и в поселках у Скалистых гор, вдоль рек Маккензи и Поркьюпайн, вплоть до самого Юкона, долго помнили расправы Белого Клыка с собаками. Он упивался своей местью. Чужие собаки не ждали от него ничего плохого, им не приходилось встречаться с противником, который нападал бы так внезапно. Они не знали, что имеют дело с врагом, убивающим, как молния, с одного удара. Собаки в чужих поселках подходили к Белому Клыку с вызывающим видом, а он, не теряя времени на предварительные церемонии, кидался на них стремительно, словно развернувшаяся стальная пружина, хватал за горло и убивал противника, не дав ему опомниться от изумления.

Белый Клык стал опытным бойцом. Он дрался расчетливо, никогда не тратил сил понапрасну, не затягивал борьбы. Он налетал и, если случалось промахнуться, сейчас же отскакивал назад. Как и все волки, Белый Клык избегал длительного соприкосновения с противником. Он не выносил этого. Такое соприкосновение таило в себе опасность и приводило его в бешенство. Он хотел быть свободным, хотел твердо держаться на ногах. Северная глушь не выпускала Белого Клыка из своих цепких объятий и утверждала свою власть над ним. Отчужденность с самого раннего детства от общества ему подобных только усилила в нем это стремление к свободе. Непосредственная близость к противнику таила в себе какую-то угрозу, Белый Клык подозревал здесь ловушку, и страх перед этой ловушкой не покидал его.

Чужие собаки не могли тягаться с ним. Белый Клык увертывался от их клыков; он расправлялся с ними и убегал невредимый. Правда, нет правила без исключения. Бывало и так, что на Белого Клыка налетало сразу несколько противников и он не успевал убежать от них, а иногда ему здорово влетало и от какой-нибудь одной собаки. Но это случалось редко. Белый Клык стал таким искусным бойцом, что выходил с честью почти из всех драк.

Он обладал еще одним достоинством – умением правильно рассчитывать время и расстояние. Делалось это, разумеется, совершенно бессознательно. Просто его никогда не подводило зрение, и весь его организм, слаженный лучше, чем у других собак, работал точно и быстро; координация сил умственных и физических была совершеннее, чем у них. Когда зрительные нервы передавали мозгу Белого Клыка движущееся изображение, его мозг без всякого усилия определял пространство и время, необходимое для того, чтобы это движение завершилось. Таким образом, он мог увернуться от прыжка собаки или от ее клыков и в то же время использовать каждую секунду, чтобы самому броситься на противника. Но воздавать ему хвалы за это не следует, – природа одарила его более щедро, чем других, вот и все.

Было лето, когда Белый Клык попал в форт Юкон. В конце зимы Серый Бобр пересек водораздел между Маккензи и Юконом и всю весну проохотился на западных отрогах Скалистых гор. А когда река Поркьюпайн очистилась ото льда, Серый Бобр сделал пирогу и спустился вниз по ней к месту слияния ее с Юконом, как раз под самым Полярным кругом. Здесь стоял форт Компании Гудзонова залива. В форте было много индейцев, много съестных припасов, повсюду царило небывалое оживление. Было лето 1898 года, и золотоискатели тысячами двигались вверх по Юкону, к Доусону и на Клондайк. До цели путешествия им оставались еще сотни миль, а между тем многие из них находились в пути уже год; меньше пяти тысяч миль не сделал никто, а некоторые приехали сюда с другого конца света.

В форте Юкон Серый Бобр сделал остановку. Слухи о «золотой лихорадке» достигли и его ушей, и он привез с собой несколько тюков с мехами и один тюк с рукавицами и мокасинами. Серый Бобр никогда не отважился бы пуститься в такой далекий путь, если б его не привлекла сюда надежда на большую наживу. Но то, что Серый Бобр увидел здесь, превзошло все его ожидания. В самых своих безудержных мечтах он рассчитывал выручить от продажи мехов сто процентов, а убедился, что можно выручить и тысячу. И, как истинный индеец, Серый Бобр принялся за дело не спеша, решив просидеть здесь хоть до осени, только бы не просчитаться и не продешевить.

В форте Юкон Белый Клык впервые увидел белых людей. Рядом с индейцами они казались ему существами другой породы – богами, власть которых опиралась на еще большее могущество. Эта уверенность пришла к Белому Клыку сама собой; ему не надо было напрягать свои мыслительные способности, чтобы убедиться в могуществе белых богов. Он только чувствовал его, но чувствовал с необычайной силой. Вигвамы, построенные индейцами, казались ему когда-то свидетельством величия человека, а теперь его поражал громадный форт и дома из толстых бревен. Все это говорило о могуществе. Белые боги обладали силой. Власть их простиралась дальше власти прежних богов Белого Клыка, среди которых самым могущественным существом был Серый Бобр. Но и Серый Бобр казался ничтожеством по сравнению с белокожими богами.

Разумеется, Белый Клык только чувствовал все это и не отдавал себе ясного отчета в своих ощущениях. Но животные действуют чаще всего на основании именно таких ощущений; и каждый поступок Белого Клыка объяснялся теперь уверенностью в могуществе белых богов. Он относился к ним с большой опаской. Кто знает, какого неведомого ужаса и какой новой беды можно ждать от них? Белый Клык с любопытством наблюдал за белыми богами, но боялся попадаться им на пути. Первые несколько часов он довольствовался тем, что настороженно следил за ними издали, но потом, увидев, что белые боги не причиняют никакого вреда своим собакам, подошел поближе.

В свою очередь, Белый Клык привлекал к себе всеобщее внимание: его сходство с волком сразу же бросалось в глаза, и люди показывали на него друг другу пальцами. Это заставило Белого Клыка насторожиться. Лишь только кто-нибудь подходил к нему, он скалил зубы и отбегал в сторону. Людям так и не удавалось дотронуться до него рукой, - и хорошо, что не удавалось.

Вскоре Белый Клык узнал, что очень немногие из этих богов - всего человек десять - постоянно живут в форте. Каждые два-три дня к берегу приставал пароход (еще одно великое доказательство всемогущества белых людей) и по нескольку часов стоял у причала. Боги приезжали и снова уезжали на пароходах. Казалось, людям этим нет числа. В первые же два дня Белый Клык увидел их столько, сколько не видел индейцев за всю свою жизнь. И каждый день они приезжали, ходили по форту и снова уезжали вверх по реке.

Но если белые боги были всемогущи, то собаки их ничего не стоили. Белый Клык быстро убедился в этом, столкнувшись с теми, что сходили на берег вместе со своими хозяевами. Все они были не похожи одна на другую. У одних были короткие, слишком короткие ноги; у других - длинные, слишком длинные. Вместо густого меха их покрывала короткая шерсть, а у некоторых и шерсти почти не было. И ни одна из этих собак не умела драться.

Питая ненависть ко всей своей породе, Белый Клык считал себя обязанным вступать в драку и с этими собаками. После нескольких стычек он проникся к ним глубочайшим презрением: они оказались неуклюжими, беспомощными и старались одолеть Белого Клыка одной силой, тогда как он брал сноровкой и хитростью.

Собаки кидались на него с лаем. Белый Клык прыгал в сторону. Они теряли его из виду, и тогда он налетал на них сбоку, сбивал плечом с ног и вцеплялся им в горло.

Часто укус этот бывал смертельным, и его противник бился в грязи под ногами индейских собак, которые только и ждали той минуты, когда можно будет броситься всей стаей и разорвать чужака на куски. Белый Клык был мудр. Он уже давно знал, что боги гневаются, когда кто-нибудь убивает их собак. Белые боги не составляли исключения. Поэтому, свалив противника с ног и прокусив ему горло, он отбегал в сторону и позволял стае доканчивать начатое им дело. В это время белые люди подбегали и обрушивали свой гнев на стаю, а Белый Клык выходил сухим из воды. Обычно он стоял в стороне и наблюдал, как его собратьев бьют камнями, палками, топорами и всем, что только попадалось людям под руку. Белый Клык был мудр.

Но его собратья тоже кое-чему научились: они поняли, что самая потеха начинается в ту минуту, когда пароход пристает к берегу. Вот собаки сбежали с парохода, и две-три из них мгновенно оказались растерзанными. Тогда люди загоняют остальных обратно и принимаются за жестокую расправу. Однажды белый человек, на глазах у которого разорвали его сеттера, выхватил револьвер. Он выстрелил шесть раз подряд, и шесть собак из стаи повалились замертво. Это было еще одно проявление могущества белых людей, надолго запомнившееся Белому Клыку.

Белый Клык упивался всем этим, он не жалел своих собратьев, а сам ухитрялся оставаться в таких стычках невредимым. На первых порах драки с собаками белых людей просто развлекали его, потом он принялся за это по-настоящему. Другого дела у него не было. Серый Бобр занялся торговлей, богател. И Белый Клык слонялся по пристани, поджидая вместе со сворой беспутных индейских собак прибытия пароходов. Как только пароход причаливал к берегу, начиналась потеха. К тому времени, когда белые люди приходили в себя от неожиданности, собачья свора разбегалась в разные стороны и ожидала следующего парохода.

Однако Белого Клыка нельзя было считать членом собачьей своры. Он не смешивался с ней, держался в стороне, никогда не терял своей независимости, и собаки даже побаивались его. Правда, он действовал с ними заодно. Он затевал ссору с чужаком и сбивал его с ног. Тогда собаки кидались и приканчивали чужака, а Белый Клык сейчас же удирал, предоставляя своре получать наказание от разгневанных богов.

Для того чтобы затеять такую ссору, не требовалось большого труда. Белому Клыку стоило только показаться на пристани, когда чужие собаки сходили на берег, – этого было достаточно, они кидались на него. Так повелевал им инстинкт. Собаки чуяли в Белом Клыке Северную глушь, неизвестное, ужас, вечную угрозу; чуяли в нем то, что ходило, крадучись, во мраке, окружающем человеческие костры, когда они, подобравшись к этим кострам, отказывались от своих прежних инстинктов и боялись Северной глуши, покинутой и преданной ими. От поколения к поколению передавался собакам этот страх перед Северной глушью. Северная глушь грозила гибелью, но их повелители дали им право убивать все живое, что приходит оттуда. И, воспользовавшись этим правом, они защищали себя и богов, допустивших их в свое общество.

И поэтому выходцам с Юга, сбегавшим по сходням на берег Юкона, достаточно было увидеть Белого Клыка, чтобы почувствовать непреодолимое желание кинуться и растерзать его. Среди приезжих собак попадались и городские, но инстинктивный страх перед Северной глушью сохранился и в них. На представшего перед ними средь бела дня зверя, похожего на волка, они смотрели не только своими глазами, – они смотрели на Белого Клыка глазами предков, и память, унаследованная от всех предыдущих поколений, подсказывала им, что перед ними стоит волк, к которому порода их питает извечную вражду.

Все это доставляло удовольствие Белому Клыку. Если одним своим видом он заставляет собак кидаться в драку, тем лучше для него и тем хуже для них. Они чуяли в Белом Клыке свою законную добычу, и точно так же относился к ним и он.

Недаром Белый Клык впервые увидел дневной свет в уединенном логовище и в первых же своих битвах имел таких противников, как белая куропатка, ласка и рысь. И недаром его раннее детство было омрачено враждой с Лип-Липом и со всей стаей молодых собак. Сложись его жизнь по-иному – и он сам был бы иным. Не будь в поселке Лип-Липа, Белый Клык подружился бы с другими щенками, был бы больше похож на собаку и с большей терпимостью относился бы к своим собратьям. Будь Серый Бобр мягче и добрее, он сумел бы пробудить в нем чувство привязанности и любви. Но все сложилось по-иному. Жизнь круто обошлась с Белым Клыком, и он стал угрюмым, замкнутым, злобным зверем – врагом своих собратьев.

Глава вторая. Сумасшедший бог

Белых людей в форте Юкон было не много. Все они уже давно жили здесь, называли себя «кислым тестом» и очень гордились этим. Тех, кто приезжал сюда из других мест, старожилы презирали. Люди, сходившие с парохода на берег, были новичками и назывались «чечако». Новички сильно недолюбливали свое прозвище. Они замешивали тесто на сухих дрожжах, и это проводило резкую грань между ними и старожилами, которые ставили хлеб на закваске, потому что дрожжей у них не было.

Но все это – между прочим. Жители форта презирали приезжих и радовались всякий раз, когда у тех случалась какая-нибудь неприятность. Особенное удовольствие доставляли им расправы Белого Клыка и всей бесчинствующей своры с чужими собаками. Как только пароход подходил, старожилы форта спешили на берег, чтобы не прозевать потехи. Они предвкушали развлечение не меньше индейских собак и, конечно, сейчас же оценили ту роль, какую играл в этих драках Белый Клык.

Но был среди старожилов один человек, которому эта забава доставляла особенное удовольствие. Заслышав гудок приближающегося парохода, он со всех ног пускался к берегу, а когда драка заканчивалась и свора собак разбегалась в разные стороны, человек этот медленно уходил с пристани, всем своим видом выражая глубокое сожаление. Часто, когда изнеженная южная собака с предсмертным воем падала на землю и погибала, раздираемая на клочки налетевшей на нее сворой, человек этот кричал и прыгал от восторга. И каждый раз он завистливо поглядывал на Белого Клыка.

Старожилы форта прозвали этого человека Красавчиком. Настоящего его имени никто не знал, и в здешних местах он был известен как Красавчик Смит. Правда, красивого в нем было мало, поэтому, вероятно, ему и дали такое прозвище. Он был на редкость уродлив. Создавая его, природа поскупилась. Он был низкорослый, а на его щуплом теле сидела неправильной формы удлиненная голова. В детстве, еще до того как за ним укрепилось новое прозвище Красавчик, сверстники звали его Гвоздиком.

Затылок у Смита был совершенно приплюснутый, лоб низкий и несуразно широкий. А потом природа вдруг расщедрилась и наделила Красавчика Смита вылупленными глазами, к тому же расставленными так широко, что между ними могла бы поместиться еще одна пара глаз. Чтобы как-нибудь заполнить оставшееся свободное пространство, природа дала ему тяжелую нижнюю челюсть, которая выдавалась вперед и чуть ли не лежала у него на груди, а может быть, это только так казалось, ибо шея у Красавчика Смита была слишком тонка для такой громоздкой ноши.

Нижняя челюсть придавала его лицу выражение свирепой решительности, но в эту решительность как-то не верилось, – возможно, потому, что челюсть была слишком уж велика и массивна. Другими словами, никакой решительности в натуре Красавчика Смита не было и в помине. Он слыл повсюду за презренного, жалкого труса. Для полноты картины следует упомянуть, что зубы у него были длинные и желтые, а оба клыка вылезали наружу из-под тонких губ. На глаза у природы, видимо, не хватило краски, она соскребла для них все остатки со своей палитры – и получилось нечто мутно-желтое. То же самое можно сказать и про жидкие волосы, которые клочьями торчали у него на голове и на скулах, напоминая растрепанный ветром сноп соломы.

Короче говоря, Красавчик Смит был урод, но винить в этом его самого не следует. Таким уж человек появился на свет божий. Он стряпал на жителей форта, мыл посуду и исполнял всякую другую грязную работу. В форте к нему относились терпимо и даже снисходительно, как к существу, которому не повезло в жизни. Кроме того, Красавчика Смита побаивались. От такого злобного труса можно было получить и пулю в спину и стакан кофе с отравой.

Но ведь кому-нибудь нужно было заниматься стряпней, а Красавчик Смит, несмотря на все его недостатки, знал свое дело.

Таков был человек, который восхищался отчаянной удалью Белого Клыка и мечтал завладеть им. Красавчик Смит начал заигрывать с Белым Клыком. Тот не обращал на это никакого внимания. Когда заигрывания стали настойчивее, Белый Клык скалил на Красавчика Смита зубы, ощетинивался и убегал. Этот человек не нравился ему. Белый Клык чуял в нем что-то злое и ненавидел его, боясь его протянутой руки и вкрадчивого голоса.

Добро и зло воспринимаются простым существом очень просто. Добро есть все то, что прекращает боль, что несет с собой свободу и удовлетворение. Поэтому добро приятно. Зло же ненавистно, потому что оно приносит беспокойство, опасность, страдание. Как над гнилым болотом поднимается туман, так и от уродливого тела и грязной душонки Красавчика Смита веяло чем-то дурным, нездоровым. Бессознательно, словно с помощью шестого чувства, Белый Клык угадывал, что этот человек таит в себе зло, грозит гибелью и что его надо ненавидеть.

Белый Клык был дома, когда Красавчик Смит впервые зашел на стоянку Серого Бобра. Еще задолго до появления Красавчика Смита, по одному звуку его шагов, Белый Клык понял, кто идет к ним, и ощетинился. Хоть ему было и очень удобно лежать, но лишь только этот человек подошел ближе, он сейчас же поднялся и бесшумно, как настоящий волк, отбежал в сторону. Белый Клык не знал, о чем шел разговор с этим человеком у Серого Бобра, он видел только, что хозяин разговаривает с ним. Во время беседы Красавчик Смит показал на Белого Клыка пальцем, и тот зарычал, как будто эта рука была не на расстоянии пятидесяти футов от него, а опускалась ему на спину. Красавчик Смит захохотал, и Белый Клык решил скрыться в лес и, убегая, все оглядывался назад, на разговаривавших людей.

Серый Бобр отказался продать собаку. Он разбогател, у него все есть. Кроме того, лучшей ездовой собаки и лучшего вожака нигде не сыщешь – ни на Маккензи, ни на Юконе. Белый Клык мастер драться. Разорвать собаку ему ничего не стоит – все равно что человеку прихлопнуть комара. (Глаза у Красавчика Смита заблестели при этих словах, и он с жадностью облизал свои тонкие губы.) Нет, Серый Бобр ни за какие деньги не продаст Белого Клыка.

Но Красавчик Смит хорошо знал индейцев. Он стал часто наведываться к Серому Бобру и каждый раз приносил за пазухой бутылку. Виски обладает одним могучим свойством – оно возбуждает жажду. И такая жажда появилась у Серого Бобра. Его нутро требовало все больше и больше этой жгучей жидкости, и, потеряв с непривычки к ней власть над собой, он был готов на что угодно, лишь бы раздобыть эту жидкость. Деньги, вырученные от продажи мехов, рукавиц и мокасин, начали таять. Их становилось все меньше и меньше, и чем больше пустел мешок, в котором они хранились у Серого Бобра, тем он становился беспокойнее.

Наконец все ушло – и деньги, и товары, и спокойствие. У Серого Бобра осталась только жажда, которая росла с каждой минутой. И тогда Красавчик Смит снова завел речь о продаже Белого Клыка; но на этот раз цена определялась уже не долларами, а бутылками виски, и Серый Бобр прислушался к предложению более внимательно.

– Сумеешь поймать – собака твоя, – было его последнее слово.

Бутылки перешли к нему, но через два дня Красавчик Смит сам сказал Серому Бобру:

– Поймай собаку.

Вернувшись как-то вечером домой, Белый Клык со вздохом облегчения улегся около вигвама. Страшного белого бога не было. В последние дни он все больше и больше приставал к Белому Клыку, и тот предпочел на это время совсем уйти из дому. Он не знал, какую опасность таят в себе руки этого человека, он только чуял что-то недоброе и решил держаться от них подальше.

Как только Белый Клык улегся, Серый Бобр, пошатываясь, подошел к нему и обвязал ремень вокруг его шеи. Потом Серый Бобр сел рядом с Белым Клыком, держа в одной руке конец ремня. В другой он держал бутылку и то и дело прикладывался к ней, и тогда Белый Клык слышал бульканье.

Так прошел час, и вдруг до ушей Белого Клыка донеслись звуки чьих-то шагов. Он различил их первый и, догадавшись, кто идет, весь ощетинился. Серый Бобр сидел и клевал носом. Белый Клык осторожно потянул ремень из рук хозяина, но ослабевшие пальцы сжались крепче, и Серый Бобр проснулся.

Красавчик Смит подошел к вигваму и остановился рядом с Белым Клыком. Тот глухо зарычал на это страшное существо, не сводя глаз с его рук. Одна рука вытянулась вперед и стала опускаться над его головой. Белый Клык зарычал громче. Рука продолжала медленно опускаться, а Белый Клык, злобно глядя на нее и уже задыхаясь от яростного рычания, все ниже и ниже припадал к земле. И вдруг его зубы сверкнули, как у змеи, и с резким металлическим звуком лязгнули в воздухе. Рука отдернулась вовремя. Красавчик Смит испугался и рассвирепел. Серый Бобр ударил Белого Клыка по голове, и тот снова покорно лег на землю.

Белый Клык следил за каждым движением обоих людей. Он увидел, что Красавчик Смит ушел и вскоре вернулся с увесистой палкой. Серый Бобр передал ему ремень. Красавчик Смит шагнул вперед. Ремень натянулся. Белый Клык все еще лежал. Серый Бобр ударил его несколько раз, заставляя подняться с места. Белый Клык повиновался и прыгнул прямо на чужого человека, который хотел увести его с собой. Тот ждал этого нападения и ударом палки свалил Белого Клыка на землю, остановив его прыжок на полпути. Серый Бобр засмеялся и одобрительно закивал головой. Красавчик Смит снова потянул за ремень, и Белый Клык, оглушенный ударом, с трудом поднялся на ноги.

Он не повторил своего прыжка. Одного такого удара было достаточно, чтобы убедить его, что белый бог не зря держит палку в руках. Белый Клык был мудр и видел всю тщету борьбы с неизбежностью. Поджав хвост и не переставая глухо рычать, он поплелся за Красавчиком Смитом, а тот не спускал с него глаз и держал палку наготове.

Придя в форт, Красавчик Смит крепко привязал Белого Клыка и улегся спать. Белый Клык прождал час, а потом принялся за ремень и через какие-нибудь десять секунд очутился на свободе. Он не тратил времени понапрасну: ремень был перерезан наискось чисто, как ножом. Оглядевшись по сторонам, Белый Клык ощетинился и зарычал. Потом повернулся и побежал к вигваму Серого Бобра. Он не был обязан повиноваться этому чужому и страшному богу. Он отдал всего себя Серому Бобру, и никто другой, кроме Серого Бобра, не мог владеть им.

Все предыдущее повторилось, но с некоторой разницей. Серый Бобр снова привязал его и утром отвел к Красавчику Смиту. Вот тут-то Белый Клык и ощутил эту разницу. Красавчик Смит задал ему трепку. Белому Клыку, крепко привязанному на этот раз, не оставалось ничего другого, как метаться в бессильной ярости и сносить наказание. Красавчик Смит пустил в ход палку и хлыст, и таких побоев Белому Клыку не приходилось испытывать еще ни разу в жизни. Даже та порка, которую когда-то давно ему задал Серый Бобр, была пустяком по сравнению с тем, что пришлось вынести теперь.

Красавчик Смит испытывал наслаждение. Он жадно глядел на свою жертву, и глаза его загорались тусклым огнем, когда Белый Клык выл от боли и рычал после каждого удара палкой или хлыстом. Красавчик Смит был жесток, как бывают жестоки только трусы. Покорно снося от людей удары и брань, он вымещал свою злобу на слабейших существах. Все живое любит власть, и Красавчик Смит не представлял собой исключения: не имея возможности властвовать над равными себе, он пользовался беззащитностью животных. Но Красавчика Смита не следует винить за это. Уродливое тело и низкий интеллект были даны ему от рождения, а жизнь обошлась с ним сурово и не выправила его.

Белый Клык знал, почему его бьют. Когда Серый Бобр надел ремень ему на шею и передал привязь Красавчику Смиту, Белый Клык понял, что его бог приказывает ему идти с этим человеком. И когда Красавчик Смит посадил его на привязь в форте, он понял, что тот приказывает ему остаться здесь. Следовательно, он нарушил волю обоих богов и заслужил наказание. Ему приходилось и раньше видеть, как собак, убежавших от нового хозяина, били так же, как били сейчас его. Белый Клык был мудр, но в нем жили силы, перед которыми отступала и сама мудрость. Одной из этих сил была верность. Белый Клык не любил Серого Бобра – и все же хранил верность ему наперекор его воле, его гневу. Он ничего не мог с собой поделать. Таким он был создан. Верность была достоянием породы Белого Клыка, верность отличала его от всех других животных, верность привела волка и дикую собаку к человеку и позволила им стать его товарищами. После избиения Белого Клыка оттащили обратно в форт, и на этот раз Красавчик Смит привязал его по индейскому способу – с палкой. Но отказываться от своего божества нелегко, и Белый Клык испытал это на себе. Серый Бобр был для него богом, и он продолжал цепляться за Серого Бобра против его воли. Серый Бобр предал и отверг Белого Клыка, но это ничего не значило. Недаром же Белый Клык отдался Серому Бобру душой и телом. Узы, связывающие его с хозяином, было не так легко порвать.

И ночью, когда весь форт спал, Белый Клык принялся грызть палку, к которой его привязали. Палка была сухая и твердая и так близко примыкала к шее, что он с трудом, после мучительного напряжения мускулов, дотянулся до нее зубами, а для того, чтобы перегрызть привязь, ему понадобилось несколько часов терпеливейшей работы. До него ни одна собака не делала ничего подобного, но Белый Клык сделал это и рано утром убежал из форта с болтавшимся на шее огрызком палки.

Белый Клык был мудр. И будь он только мудр, он не пришел бы к Серому Бобру, уже два раза предавшему его. Но мудрость сочеталась в нем с верностью, – он прибежал домой, и хозяин предал его в третий раз. Снова Белый Клык позволил надеть себе ремень на шею, и снова за ним пришел Красавчик Смит. И на этот раз Белому Клыку досталось еще больше. Серый Бобр безучастно смотрел, как белый человек взмахивает хлыстом. Он не пытался защитить собаку. Она уже не принадлежала ему. Когда избиение кончилось, Белый Клык был чуть жив. Изнеженная южная собака не вынесла бы таких побоев, но Белый Клык вынес. Его закалила суровая жизненная школа. Он был слишком жизнеспособен, и его хватка за жизнь была сильнее, чем у других собак. Но сейчас Белый Клык еле дышал. Он не мог даже шевельнуться. Красавчику Смиту пришлось подождать с полчаса, прежде чем вести его домой. А потом Белый Клык встал, пошатываясь, и, ничего перед собой не видя, поплелся за Красавчиком Смитом в форт.

На этот раз его посадили на цепь, которую нельзя было перегрызть. Он старался вырвать скобу, вбитую в бревно, но все его усилия были тщетны. Через несколько дней разорившийся Серый Бобр протрезвился и отправился в долгий путь по реке Поркьюпайн на Маккензи. Белый Клык остался в форте Юкон и перешел в полную собственность к сумасшедшему, потерявшему человеческий облик существу. Но что знает собака о сумасшествии? Для Белого Клыка Красавчик Смит стал богом – страшным, но все же богом. Это был сумасшедший бог, но Белый Клык не знал, что такое сумасшествие; он знал только, что надо подчиняться воле этого человека и исполнять все его прихоти и капризы.

Глава третья. Царство ненависти

В руках сумасшедшего бога Белый Клык превратился в дьявола. Устроив в дальнем конце форта загородку, Красавчик Смит посадил Белого Клыка на цепь и принялся дразнить его и доводить до бешенства мелкими, но мучительными нападками. Он очень скоро обнаружил, что Белый Клык не выносит, когда над ним смеются, и обычно заканчивал свои пытки взрывами оглушительного хохота. Издеваясь над Белым Клыком, бог показывал на него пальцем. В эти минуты собака теряла всякую власть над собой и в припадках ярости, обуревавшей ее, казалась более бешеной, чем Красавчик Смит.

До сих пор Белый Клык чувствовал вражду – правда, свирепую вражду – только к существам одной с ним породы. Теперь он стал врагом всего, что видел вокруг себя. Издевательства Красавчика Смита доводили его до такого озлобления, что он слепо и безрассудно ненавидел всех и вся. Он возненавидел свою цепь, людей, глазевших на него сквозь перекладины загородки, приходивших вместе с людьми собак, на злобное рычание которых он ничем не мог ответить. Белый Клык ненавидел даже доски, из которых была сделана его загородка. Но прежде всего и больше всего он ненавидел Красавчика Смита.

Обращаясь так с Белым Клыком, Красавчик Смит преследовал определенную цель. Однажды около загородки собралось несколько человек. Красавчик Смит вошел к Белому Клыку, держа в руке палку, и снял с него цепь. Как только хозяин вышел, Белый Клык заметался по загородке из угла в угол, стараясь добраться до глазевших на него людей. Белый Клык был великолепен в своей ярости. Полных пяти футов в длину и двух с половиной в вышину, он весил девяносто фунтов – гораздо больше любого взрослого волка. Массивный корпус собаки он унаследовал от матери, причем на теле его не было и следов жира. Мускулы, кости, сухожилия - и ни унции лишнего веса, как и подобает бойцу, который находится в прекрасной форме.

Дверь в загородку снова приоткрылась. Белый Клык остановился. Происходило что-то непонятное. Дверь открылась шире. И вдруг к нему втолкнули большую собаку. Дверь тотчас же захлопнулась. Белый Клык никогда не видел такой породы (это был мастиф), но размеры и свирепый вид незнакомца ничуть не смутили его. Он видел перед собой не дерево, не железо, а живое существо, на котором можно было сорвать злобу. Сверкнув клыками, он прыгнул на мастифа и располосовал ему шею. Мастиф замотал головой и с хриплым рычанием ринулся на Белого Клыка. Но Белый Клык скакал из стороны в сторону, ухитряясь увертываться и ускользать от противника, и в то же время успевал рвать его клыками и снова отпрыгивать назад.

Зрители кричали, аплодировали, а Красавчик Смит, дрожа от восторга, не отрывал жадного взгляда от Белого Клыка, расправлявшегося с противником. Грузный, неповоротливый мастиф был обречен с самого начала, и схватка кончилась тем, что Красавчик Смит палкой отогнал Белого Клыка, а мастифа, полумертвого, выволокли наружу. Затем проигравшие уплатили пари, и в руке Красавчика Смита зазвенели деньги.

С этого дня Белый Клык уже с нетерпением ждал той минуты, когда вокруг его загородки снова соберется толпа. Это предвещало драку, а драка стала теперь для него единственным способом проявлять свою сущность. Сидя взаперти, затравленный, обезумевший от ненависти, он находил исход для этой ненависти только тогда, когда хозяин впускал к нему в загородку собаку. Красавчик Смит, видимо, умел рассчитывать силы Белого Клыка, потому что Белый Клык всегда выходил победителем из таких сражений. Однажды к нему впустили одну за другой трех собак. Потом, через несколько дней, - только что пойманного взрослого волка. А в третий раз ему пришлось драться с двумя собаками сразу.

Из всех его драк эта была самая отчаянная, и хотя он уложил обоих своих противников, но к концу побоища и сам еле дышал.

Осенью, когда выпал первый снег и по реке потянулось сало, Красавчик Смит взял место для себя и для Белого Клыка на пароходе, отправлявшемся вверх по Юкону в Доусон. Слава о Белом Клыке прокатилась повсюду. Он был известен под кличкой «бойцового волка», и поэтому около его клетки на палубе всегда толпились любопытные. Он рычал и кидался на зрителей или же лежал неподвижно и с холодной ненавистью смотрел на них. Разве эти люди не заслуживали его ненависти? Белый Клык никогда не задавал себе такого вопроса. Он знал только одно это чувство и весь отдавался ему. Жизнь стала для него адом. Как и всякий дикий зверь, попавший в руки к человеку, он не мог сидеть взаперти. А ему приходилось терпеть неволю.

Зеваки глазели на Белого Клыка, совали палки сквозь решетку; он рычал, а они смеялись над ним. Эти люди будили в нем такую ярость, какой не предполагала наделить его и сама природа. Однако природа дала ему способность приспособляться. Там, где другое животное погибло бы или смирилось, Белый Клык применялся к обстоятельствам и продолжал жить, не ломая своего упорства. Возможно, что дьяволу в образе Красавчика Смита в конце концов и удалось бы сломить Белого Клыка, но пока что все его старания были тщетны.

Если в Красавчике Смите сидел дьявол, то и Белый Клык не уступал ему в этом, и оба дьявола вели нескончаемую войну друг против друга. Прежде у Белого Клыка хватало благоразумия на то, чтобы покориться человеку, который держит палку в руке; теперь же это благоразумие его оставило. Ему достаточно было увидеть Красавчика Смита, чтобы прийти в бешенство. И когда они сталкивались и палка загоняла Белого Клыка в угол клетки, он и тогда не переставал рычать и скалить зубы. Унять его было невозможно. Красавчик Смит мог бить Белого Клыка как угодно и сколько угодно – тот не сдавался. Лишь только хозяин прекращал избиение и уходил, вслед ему слышался вызывающий рев или же

Белый Клык кидался на прутья клетки и выл от бушевавшей в нем ненависти.

Когда пароход прибыл в Доусон, Белого Клыка свели на берег. Но и в Доусоне он жил по-прежнему на виду у всех, в клетке, постоянно окруженный зеваками. Красавчик Смит выставил напоказ своего «бойцового волка», и люди платили по пятидесяти центов золотым песком, чтобы поглядеть на него. У Белого Клыка не было ни минуты покоя. Если он спал, его будили, поднимали с места палкой. Зрители хотели получить полное удовольствие за свои деньги. А для того чтобы сделать зрелище еще более занимательным, Белого Клыка постоянно держали в состоянии бешенства.

Но хуже всего была та атмосфера, в которой он жил. На него смотрели как на страшного, дикого зверя, и это отношение людей проникало к Белому Клыку сквозь прутья клетки. Каждое их слово, каждое движение убеждало его в том, насколько страшна людям его ярость. Это лишь подливало масла в огонь, и свирепость Белого Клыка росла с каждым днем. Вот еще одно доказательство податливости материала, из которого он был сделан, – доказательство его способности применяться к окружающей среде.

Красавчик Смит не только выставил Белого Клыка напоказ, он сделал из него и профессионального бойца. Когда являлась возможность устроить бой, Белого Клыка выводили из клетки и вели в лес, за несколько миль от города. Обычно это делалось ночью, чтобы избежать столкновения с местной конной полицией. Через несколько часов, на рассвете, появлялись зрители и собака, с которой ему предстояло драться. Белому Клыку приходилось встречать противников всех пород и всех размеров. Он жил в дикой стране, и люди здесь были дикие, а собачьи бои обычно кончались смертью одного из участников.

Но Белый Клык продолжал сражаться, и, следовательно, погибали его противники. Он не знал поражений. Боевая закалка, полученная с детства, когда Белому Клыку приходилось сражаться с Лип-Липом и со всей стаей молодых собак, сослужила ему хорошую службу. Белого Клыка спасала твердость, с которой он держался на ногах. Ни одному противнику не удавалось повалить его. Собаки, в которых еще сохранилась кровь их далеких предков – волков, пускали в ход свой излюбленный боевой прием: кидались на противника прямо или неожиданным броском сбоку, рассчитывая ударить его в плечо и опрокинуть навзничь. Гончие, лайки, овчарки, ньюфаундленды – все испробовали на Белом Клыке этот прием и ничего не добились. Не было случая, чтобы Белый Клык потерял равновесие. Люди рассказывали об этом друг другу и каждый раз надеялись, что его собьют с ног, но он неизменно разочаровывал их.

Белому Клыку помогала его молниеносная быстрота. Она давала ему громадный перевес над противниками. Даже самые опытные из них еще не встречали такого увертливого бойца. Приходилось считаться и с неожиданностью его нападения. Все собаки обычно выполняют перед дракой определенный ритуал – скалят зубы, ощетиниваются, рычат, и все собаки, которым приходилось драться с Белым Клыком, бывали сбиты с ног и прикончены прежде, чем вступали в драку или приходили в себя от неожиданности. Это случалось так часто, что Белого Клыка стали придерживать, чтобы дать его противнику возможность выполнить положенный ритуал и даже первым броситься в драку.

Но самое большое преимущество в боях давал Белому Клыку его опыт. Белый Клык понимал толк в драках, как ни один его противник. Он дрался чаще их всех, умел отразить любое нападение, а его собственные боевые приемы были гораздо разнообразнее и вряд ли нуждались в улучшении.

Время шло, и драться приходилось все реже и реже. Любители собачьих боев уже потеряли надежду подыскать Белому Клыку достойного соперника, и Красавчику Смиту не оставалось ничего другого, как выставлять его против волков. Индейцы ловили их капканами специально для этой цели, и бой Белого Клыка с волком неизменно привлекал толпы зрителей. Однажды удалось раздобыть где-то взрослую самку-рысь, и на этот раз Белому Клыку пришлось отстаивать в бою свою жизнь. Рысь не уступала ему ни в быстроте движений, ни в ярости и пускала в ход и зубы и острые когти, тогда как Белый Клык действовал только зубами.

Но после схватки с рысью бои прекратились. Белому Клыку уже не с кем было драться – никто не мог выпустить на него достойного противника. И он просидел в клетке до весны, а весной в Доусон приехал некто Тим Кинен, по профессии картежный игрок. Кинен привез с собой бульдога – первого бульдога, появившегося на Клондайке. Встреча Белого Клыка с этой собакой была неизбежна, и для некоторых обитателей города предстоящая схватка между ними целую неделю служила главной темой разговоров.

Глава четвертая. Цепкая смерть

Красавчик Смит снял с него цепь и отступил назад.

И впервые Белый Клык кинулся в бой не сразу. Он стоял как вкопанный, навострив уши, и с любопытством всматривался в странное существо, представшее перед ним. Он никогда не видел такой собаки. Тим Кинен подтолкнул бульдога вперед и сказал:

– Взять его!

Приземистый, неуклюжий пес проковылял на середину круга и, моргая глазами, остановился против Белого Клыка.

Из толпы закричали:

– Взять его, Чероки! Всыпь ему как следует! Взять, взять его!

Но Чероки, видимо, не имел ни малейшей охоты драться. Он повернул голову, посмотрел на кричавших людей и добродушно завилял обрубком хвоста. Чероки не боялся Белого Клыка, просто ему было лень начинать драку. Кроме того, он не был уверен, что с собакой, стоявшей перед ним, надо вступать в бой. Чероки не привык встречать таких противников и ждал, когда к нему приведут настоящего бойца.

Тим Кинен вошел в круг и, нагнувшись над бульдогом, стал поглаживать его против шерсти и легонько подталкивать вперед. Эти движения должны были подзадорить Чероки. И они не только подзадорили, но и разозлили его. Послышалось низкое, приглушенное рычание. Движения рук человека точно совпадали с рычанием собаки. Когда руки подталкивали Чероки вперед, он начинал рычать, потом умолкал, но на следующее прикосновение отвечал тем же. Каждое движение рук, поглаживавших Чероки против шерсти, заканчивалось легким толчком, и так же, словно толчком, из горла у него вырывалось рычание.

Белый Клык не мог оставаться равнодушным ко всему этому. Шерсть на загривке и на спине поднялась у него дыбом. Тим Кинен подтолкнул Чероки в последний раз и отступил назад. Пробежав по инерции несколько шагов вперед, бульдог не остановился и, быстро перебирая своими кривыми лапами, выскочил на середину круга. В эту минуту Белый Клык кинулся на него. Зрители восхищенно вскрикнули. Белый Клык с легкостью кошки в один прыжок покрыл все расстояние между собой и противником, с тем же кошачьим проворством рванул его зубами и отскочил в сторону.

На толстой шее бульдога, около самого уха, показалась кровь. Словно не заметив этого, даже не зарычав, Чероки повернулся и побежал за Белым Клыком. Подвижность Белого Клыка и упорство Чероки разожгли страсти толпы. Зрители заключали новые пари, увеличивали ставки. Белый Клык прыгнул на бульдога еще и еще раз, рванул его зубами и отскочил в сторону невредимым, а этот необычный противник продолжал спокойно и как бы деловито бегать за ним, не торопясь, но и не замедляя хода. В поведении Чероки чувствовалась какая-то определенная цель, от которой его ничто не могло отвлечь.

Все его движения, все повадки были проникнуты этой целью. Он сбивал Белого Клыка с толку. Никогда в жизни не встречалась ему такая собака. Шерсть у нее была совсем короткая, кровь показывалась на ее мягком теле от малейшей царапины. И где пушистый мех, который так мешает в драках? Зубы Белого Клыка без всякого труда впивались в податливое тело бульдога, который, судя по всему, совсем не умел защищаться. И почему он не визжит, не лает, как делают все собаки в таких случаях? Если не считать глухого рычания, бульдог терпел укусы молча и ни на минуту не прекращал погони за противником.

Чероки нельзя было упрекнуть в неповоротливости. Он вертелся и сновал из стороны в сторону, но Белый Клык все-таки ускользал от него. Чероки тоже был сбит с толку. Ему еще ни разу не приходилось драться с собакой, которая не подпускала бы его к себе. Желание сцепиться друг с другом до сих пор всегда было обоюдным. Но эта собака все время держалась на расстоянии, прыгала взад и вперед и увертывалась от него. И даже рванув Чероки зубами, она сейчас же разжимала челюсти и отскакивала прочь.

А Белый Клык никак не мог добраться до горла своего противника. Бульдог был слишком мал ростом; кроме того, выдающаяся вперед челюсть служила ему хорошей защитой. Белый Клык бросался на него и отскакивал в сторону, ухитряясь не получить ни одной царапины, а количество ран на теле Чероки все росло и росло. Голова и шея у него были располосованы с обеих сторон, из ран хлестала кровь, но Чероки не проявлял ни малейших признаков беспокойства. Он все так же упорно, так же добросовестно гонялся за Белым Клыком и за все это время остановился всего лишь раз, чтобы недоуменно посмотреть на людей и помахать обрубком хвоста в знак своей готовности продолжать драку.

В эту минуту Белый Клык налетел на Чероки и, рванув его за ухо, и без того изодранное в клочья, отскочил в сторону. Начиная сердиться, Чероки снова пустился в погоню, бегая внутри круга, который описывал Белый Клык, и стараясь вцепиться мертвой хваткой ему в горло. Бульдог промахнулся на самую малость, и Белый Клык, вызвав громкое одобрение толпы, спас себя только тем, что сделал неожиданный прыжок в противоположную сторону.

Время шло. Белый Клык плясал и вертелся около Чероки, то и дело кусая его и сейчас же отскакивая прочь. А бульдог с мрачной настойчивостью продолжал бегать за ним. Рано или поздно, а он добьется своего и, схватив Белого Клыка за горло, решит исход боя. Пока же ему не оставалось ничего другого, как терпеливо переносить все нападения противника. Его короткие уши повисли бахромой, шея и плечи покрылись множеством ран, и даже губы у него были разодраны и залиты кровью, – и все это наделали молниеносные укусы Белого Клыка, которых нельзя было ни предвидеть, ни избежать.

Много раз Белый Клык пытался сбить Чероки с ног, но разница в росте была слишком велика между ними. Чероки был коренастый, приземистый. И на этот раз счастье изменило Белому Клыку. Прыгая и вертясь юлой около Чероки, он улучил минуту, когда противник, не успев сделать крутой поворот, отвел голову в сторону и оставил плечо незащищенным. Белый Клык кинулся вперед, но его собственное плечо пришлось гораздо выше плеча противника, он не смог удержаться и со всего размаху перелетел через его спину. И впервые за всю боевую карьеру Белого Клыка люди стали свидетелями того, как «бойцовый волк» не сумел устоять на ногах. Он извернулся в воздухе, как кошка, и только это помешало ему упасть навзничь. Он грохнулся на бок и в следующее же мгновение опять стоял на ногах, но зубы Чероки уже впились ему в горло.

Хватка была не совсем удачная, она пришлась слишком низко, ближе к груди, но Чероки не разжимал челюстей. Белый Клык заметался из стороны в сторону, пытаясь стряхнуть с себя бульдога. Эта волочащаяся за ним тяжесть доводила его до бешенства. Она связывала его движения, лишала его свободы, как будто он попал в капкан. Его инстинкт восставал против этого. Он не помнил себя. Жажда жизни овладела им. Его тело властно требовало свободы. Мозг, разум не участвовали в этой борьбе, отступив перед слепой тягой к жизни, к движению – прежде всего к движению, ибо в нем и проявляется жизнь.

Не останавливаясь ни на секунду, Белый Клык кружился, прыгал вперед, назад, силясь стряхнуть пятидесятифунтовый груз, повисший у него на шее. А бульдогу было важно только одно: не разжимать челюстей. Изредка, когда ему удавалось на одно мгновение коснуться лапами земли, он пытался сопротивляться Белому Клыку и тут же описывал круг в воздухе, повинуясь каждому движению обезумевшего противника. Чероки поступал так, как велел ему инстинкт. Он знал, что поступает правильно, что разжимать челюсти нельзя, и по временам вздрагивал от удовольствия. В такие минуты он даже закрывал глаза и, не считаясь с болью, позволял Белому Клыку крутить себя то вправо, то влево. Все это не имело значения. Сейчас Чероки важно было одно: не разжимать зубов, и он не разжимал их.

Белый Клык перестал метаться, только окончательно выбившись из сил. Он уже ничего не мог сделать, ничего не мог понять. Ни разу за всю его жизнь ему не приходилось испытывать ничего подобного. Собаки, с которыми он дрался раньше, вели себя совершенно по-другому. С ними надо было действовать так: вцепился, рванул зубами, отскочил, вцепился, рванул зубами, отскочил. Тяжело дыша, Белый Клык полулежал на земле. Не разжимая зубов, Чероки налегал на него всем телом, пытаясь повалить навзничь. Белый Клык сопротивлялся и чувствовал, как челюсти бульдога, словно жуя его шкуру, передвигаются все выше и выше. С каждой минутой они приближались к горлу. Бульдог действовал расчетливо: стараясь не упустить захваченного, он пользовался малейшей возможностью захватить больше. Такая возможность предоставлялась ему, когда Белый Клык лежал спокойно, но лишь только тот начинал рваться, бульдог сразу сжимал челюсти.

Белый Клык мог дотянуться только до загривка Чероки. Он запустил ему зубы повыше плеча, но перебирать ими, как бы жуя шкуру, не смог – этот способ был незнаком ему, да и челюсти его не были приспособлены для такой хватки. Он судорожно рвал Чероки зубами и вдруг почувствовал, что положение их изменилось. Чероки опрокинул его на спину и, все еще не разжимая челюстей, ухитрился встать над ним. Белый Клык согнул задние ноги и, как кошка, начал рвать когтями своего врага. Чероки рисковал остаться с распоротым брюхом и спасся только тем, что прыгнул в сторону, под прямым углом к Белому Клыку.

Высвободиться из его хватки было немыслимо. Она сковывала с неумолимостью судьбы. Зубы Чероки медленно передвигались вверх, вдоль вены. Белого Клыка оберегали от смерти только широкие складки кожи и густой мех на шее. Чероки забил себе всю пасть его шкурой, но это не мешало ему пользоваться малейшей возможностью, чтобы захватить ее еще больше. Он душил Белого

Клыка, и дышать тому с каждой минутой становилось все труднее и труднее.

Борьба, по-видимому, приближалась к концу. Те, кто ставил на Чероки, были вне себя от восторга и предлагали чудовищные пари. Сторонники Белого Клыка приуныли и отказывались поставить десять против одного и двадцать против одного. Но нашелся один человек, который рискнул принять пари в пятьдесят против одного. Это был Красавчик Смит. Он вошел в круг и, показав на Белого Клыка пальцем, стал презрительно смеяться над ним. Это возымело свое действие. Белый Клык обезумел от ярости. Он собрал последние силы и поднялся на ноги. Но стоило ему заметаться по кругу с пятидесятифунтовым грузом, повисшим у него на шее, как эта ярость уступила место ужасу. Жажда жизни снова овладела им, и разум в нем погас, подчиняясь велениям тела. Он бегал по кругу, спотыкаясь, падая и снова поднимаясь, взвивался на дыбы, вскидывал своего врага вверх, и все-таки все его попытки стряхнуть с себя цепкую смерть были тщетны.

Наконец Белый Клык опрокинулся навзничь, и бульдог сразу же перехватил зубами еще выше и, забирая его шкуру пастью, почти не давал ему перевести дух. Гром аплодисментов приветствовал победителя, из толпы кричали: «Чероки! Чероки!» Бульдог рьяно завилял обрубком хвоста. Но аплодисменты не помешали ему. Хвост и массивные челюсти действовали совершенно независимо друг от друга. Хвост ходил из стороны в сторону, а челюсти все сильнее и сильнее сдавливали Белому Клыку горло.

И тут зрители отвлеклись от этой забавы. Вдали послышались крики погонщиков собак, звон колокольчиков. Все, кроме Красавчика Смита, насторожились, решив, что нагрянула полиция. Но на дороге вскоре показались двое мужчин, бежавших рядом с нартами. Они направлялись не из города, а в город, возвращаясь, по всей вероятности, из какой-нибудь разведочной экспедиции. Увидев собравшуюся толпу, незнакомцы остановили собак и подошли узнать, что тут происходит.

Один из них был высокий молодой человек; его гладко выбритое лицо раскраснелось от быстрого движения на морозе. Другой, погонщик, был ниже ростом и с усами.

Белый Клык прекратил борьбу. Время от времени он начинал судорожно биться, но теперь всякое сопротивление было бесцельно. Безжалостные челюсти бульдога все сильнее сдавливали ему горло, воздуха не хватало, дыхание его становилось все прерывистее. Чероки давно прокусил бы ему вену, если бы его зубы с самого начала не пришлись так близко к груди. Он перехватывал ими все выше, подбираясь к горлу, но на это уходило много времени, к тому же пасть его была вся забита толстыми складками шкуры Белого Клыка.

Тем временем зверская жестокость Красавчика Смита вытеснила в нем последние остатки разума. Увидев, что глаза Белого Клыка уже заволакивает пеленой, он понял, что бой проигран. Словно сорвавшись с цепи, он бросился к Белому Клыку и начал яростно бить его ногами. Зрители закричали, послышался свист, но тем дело и ограничилось. Не обращая внимания на эти протесты, Красавчик Смит продолжал бить Белого Клыка. Но вдруг в толпе произошло какое-то движение: высокий молодой человек пробирался вперед, бесцеремонно расталкивая всех направо и налево. Он вошел в круг как раз в ту минуту, когда Красавчик Смит заносил правую ногу для очередного удара; перенеся всю тяжесть на левую, он находился в состоянии неустойчивого равновесия. В это мгновение молодой человек с сокрушительной силой ударил его кулаком по лицу. Красавчик Смит не удержался и, подскочив в воздухе, рухнул на снег.

Молодой человек повернулся к толпе.

– Трусы! – закричал он. – Мерзавцы!

Он не помнил себя от гнева, того гнева, которым загорается только здравомыслящий человек. Его серые глаза сверкали стальным блеском. Красавчик Смит встал и боязливо двинулся к нему. Незнакомец не понял его намерения. Не подозревая, что перед ним отчаянный трус, он решил, что Красавчик Смит хочет драться, и, крикнув: «Мерзавец!», вторично опрокинул его навзничь. Красавчик

Смит сообразил, что лежать на снегу безопаснее, и уже не делал больше попыток подняться на ноги.

– Мэтт, помогите-ка мне! – сказал незнакомец погонщику, который вместе с ним вошел в круг.

Оба они нагнулись над собаками. Мэтт приготовился оттащить Белого Клыка в сторону, как только Чероки ослабит свою мертвую хватку. Молодой человек стал разжимать зубы бульдогу. Но все его усилия были напрасны. Стараясь разомкнуть ему челюсти, он не переставал повторять вполголоса: «Мерзавцы!»

Зрители заволновались, и кое-кто уже начинал протестовать против такого непрошеного вмешательства. Но стоило незнакомцу поднять голову и посмотреть на толпу, как протестующие голоса смолкли.

– Мерзавцы вы этакие! – крикнул он снова и принялся за дело.

– Нечего и стараться, мистер Скотт. Так мы их никогда не растащим, – сказал наконец Мэтт.

Они выпрямились и осмотрели сцепившихся собак.

– Крови вышло не много, – сказал Мэтт, – до горла еще не успел добраться.

– Того и гляди доберется, – ответил Скотт. – Видали? Еще выше перехватил.

Волнение молодого человека и его страх за участь Белого Клыка росли с каждой минутой. Он ударил Чероки по голове – раз, другой. Но это не помогло. Чероки завилял обрубком хвоста в знак того, что, прекрасно понимая смысл этих ударов, он все же исполнит свой долг до конца и не разожмет челюстей.

– Помогите кто-нибудь! – крикнул Скотт, в отчаянии обращаясь к толпе.

Но ни один человек не двинулся с места. Зрители начинали подтрунивать над ним и засыпали его целым градом язвительных советов.

– Всуньте ему что-нибудь в пасть, – посоветовал Мэтт.

Скотт схватился за кобуру, висевшую у него на поясе, вынул револьвер и попробовал просунуть дуло между сжатыми челюстями бульдога. Он старался изо всех сил, слышно было, как сталь скрипит о стиснутые зубы Чероки. Они с погонщиком стояли на коленях, нагнувшись над собаками.

Тим Кинен шагнул в круг. Подойдя к Скотту, он тронул его за плечо и проговорил угрожающим тоном:

– Не сломайте ему зубов, незнакомец.

– Не зубы, так шею сломаю, – ответил Скотт, продолжая всовывать револьверное дуло в пасть Чероки.

– Говорю вам, не сломайте зубов! – еще настойчивее повторил Тим Кинен.

Но если он рассчитывал запугать Скотта, это ему не удалось.

Продолжая орудовать револьвером, Скотт поднял голову и хладнокровно спросил:

– Ваша собака?

Тим Кинен буркнул что-то себе под нос.

– Тогда разожмите ей зубы.

– Вот что, друг любезный, – со злобой заговорил Тим, – это не так просто, как вам кажется. Я не знаю, что тут делать.

– Тогда убирайтесь, – последовал ответ, – и не мешайте мне. Видите, я занят.

Тим Кинен не уходил, но Скотт уже не обращал на него никакого внимания. Он кое-как втиснул бульдогу дуло между зубами и теперь старался просунуть его дальше, чтобы оно вышло с другой стороны.

Добившись этого, Скотт начал осторожно, потихоньку разжимать бульдогу челюсти, а Мэтт тем временем освобождал из его пасти складки шкуры Белого Клыка.

– Держите свою собаку! – скомандовал Скотт Тиму.

Хозяин Чероки послушно нагнулся и обеими руками схватил бульдога.

– Ну! – крикнул Скотт, сделав последнее усилие.

Собак растащили в разные стороны. Бульдог отчаянно сопротивлялся.

– Уведите его, – приказал Скотт, и Тим Кинен увел Чероки в толпу.

Белый Клык попытался встать – раз, другой. Но ослабевшие ноги подогнулись под ним, и он медленно повалился на снег. Его полузакрытые глаза потускнели, нижняя челюсть отвисла, язык вывалился наружу… Задушенная собака. Мэтт осмотрел его.

– Чуть жив, – сказал он, – но дышит все-таки.

Красавчик Смит встал и подошел взглянуть на Белого Клыка.

– Мэтт, сколько стоит хорошая ездовая собака? – спросил Скотт.

Погонщик подумал с минуту и ответил, не поднимаясь с колен:

– Триста долларов.

– Ну а такая, на которой живого места не осталось? – И Скотт ткнул Белого Клыка ногой.

– Половину, – решил погонщик.

Скотт повернулся к Красавчику Смиту:

– Слышали вы, зверь? Я беру у вас собаку и плачу за нее полтораста долларов.

Он открыл бумажник и отсчитал эту сумму. Красавчик Смит заложил руки за спину, отказываясь взять протянутые ему деньги.

– Не продаю, – сказал он.

– Нет, продаете, – заявил Скотт, – потому что я покупаю. Получите деньги. Собака моя.

Все еще держа руки за спиной, Красавчик Смит попятился назад. Скотт шагнул к нему и замахнулся кулаком. Красавчик Смит втянул голову в плечи.

– Собака моя… – начал было он.

– Вы потеряли все права на эту собаку, – перебил Скотт. – Возьмете деньги, или мне ударить вас еще раз?

– Хорошо, хорошо, – испуганно забормотал Красавчик Смит. – Но вы меня принуждаете. Этой собаке цены нет. Я не позволю себя грабить. У каждого человека есть свои права.

– Верно, – ответил Скотт, передавая ему деньги. – У всякого человека есть свои права. Но вы не человек, а зверь.

– Дайте мне только вернуться в Доусон, – пригрозил ему Красавчик Смит, – там я найду на вас управу.

– Посмейте только рот открыть, я вас живо из Доусона выпровожу! Поняли?

Красавчик Смит пробормотал что-то невнятное.

– Поняли? – крикнул Скотт, рассвирепев.

– Да, – буркнул Красавчик Смит, попятившись от него.

– Как?

– Да, сэр, – рявкнул Красавчик Смит.

– Осторожнее! Он кусается! – крикнул кто-то, и в толпе захохотали.

Скотт повернулся к Красавчику Смиту спиной и подошел к погонщику, который все еще возился с Белым Клыком.

Кое-кто из зрителей уже уходил, другие собирались кучками, поглядывая на Скотта и переговариваясь между собой.

К одной из этих групп подошел Тим Кинен.

– Что это за птица? – спросил он.

– Уидон Скотт, – ответил кто-то.

– Какой такой Уидон Скотт?

– Да инженер с приисков. Он среди здешних заправил свой человек. Если не хочешь нажить неприятностей, держись от него подальше. Ему сам начальник приисков друг-приятель.

– Я сразу понял, что это важная персона, – сказал Тим Кинен. – Нет, думаю, с таким лучше не связываться.

Глава пятая. Неукротимый

– Нет! Ничего тут не поделаешь! – безнадежным тоном сказал Уидон Скотт.

Он опустился на ступеньку и посмотрел на погонщика, который так же безнадежно пожал плечами.

Оба перевели взгляд на Белого Клыка. Весь ощетинившись и злобно рыча, он рвался с цепи, стараясь добраться до собак, выпряженных из нарт. Собаки же, получив изрядное количество наставлений от Мэтта, – наставлений, подкрепленных палкой, понимали, что с Белым Клыком лучше не связываться.

Сейчас они лежали в сторонке и, казалось, совершенно забыли о его существовании.

– Да-а, он волк, а волка не приручишь, – сказал Уидон Скотт.

– Кто его знает? – возразил Мэтт. – Может, в нем от собаки больше, чем от волка. Но в чем я уверен, с того меня уж не собьешь.

Погонщик замолчал и с таинственным видом кивнул в сторону Лосиной горы.

– Ну, не заставляйте себя просить, – резко проговорил Скотт, так и не дождавшись продолжения. – Выкладывайте, в чем дело.

Погонщик ткнул большим пальцем через плечо, показывая на Белого Клыка:

– Волк он или собака – это не важно, а только его пробовали приручить.

– Быть того не может!

– Я вам говорю – пробовали. Он и в упряжке ходил. Вы посмотрите поближе. У него стертые места на груди.

– Правильно, Мэтт! До того как попасть к Красавчику Смиту, он ходил в упряжке.

– А почему бы ему не походить в упряжке и у нас?

– А в самом деле! – воскликнул Скотт. Но появившаяся было надежда сейчас же угасла, и он сказал, покачивая головой: – Мы его держим уже две недели, а он, кажется, еще злее стал.

– Давайте спустим его с цепи – посмотрим, что получится, – предложил Мэтт.

Скотт недоверчиво взглянул на него.

– Да, да! – продолжал Мэтт. – Я знаю, что вы это уже пробовали, так попробуйте еще раз, только не забудьте взять палку.

– Хорошо, но теперь я поручу это вам.

Погонщик вооружился палкой и подошел к сидевшему на привязи Белому Клыку. Тот следил за палкой, как лев следит за бичом укротителя.

– Смотрите, как на палку уставился, – сказал Мэтт. – Это хороший признак. Значит, пес не так уж глуп. Не посмеет броситься на меня, пока я с палкой. Не бешеный же он, в конце концов.

Как только рука человека приблизилась к шее Белого Клыка, он ощетинился и с рычанием припал к земле. Не спуская глаз с руки Мэтта, он в то же время следил за палкой, занесенной над его головой. Мэтт быстро отстегнул цепь с ошейника и шагнул назад.

Белому Клыку не верилось, что он очутился на свободе. Многие месяцы прошли с тех пор, как им завладел Красавчик Смит, и за все это время его спускали с цепи только для драк с собаками, а потом опять сажали на привязь.

Что ему было делать со своей свободой? А вдруг боги снова замыслили какую-нибудь дьявольскую штуку?

Белый Клык сделал несколько медленных, осторожных шагов, каждую минуту ожидая нападения. Он не знал, как вести себя, настолько непривычна была эта свобода. На всякий случай лучше держаться подальше от наблюдающих за ним богов и отойти за угол хижины. Так он и сделал, и все обошлось благополучно.

Озадаченный этим, Белый Клык вернулся обратно и, остановившись футах в десяти от людей, настороженно уставился на них.

– А не убежит? – спросил новый хозяин.

Мэтт пожал плечами.

– Рискнем! Риск – благородное дело.

– Бедняга! Больше всего он нуждается в человеческой ласке, – с жалостью пробормотал Скотт и вошел в хижину. Он вынес оттуда кусок мяса и швырнул его Белому Клыку. Тот отскочил в сторону и стал недоверчиво разглядывать кусок издали.

– Назад, Майор! – крикнул Мэтт, но было уже поздно.

Майор кинулся к мясу, и в ту минуту, когда кусок уже был у него в зубах, Белый Клык налетел и сбил его с ног. Мэтт бросился к ним, но Белый Клык сделал свое дело быстро. Майор с трудом привстал, и кровь, хлынувшая у него из горла, красной лужей расползлась по снегу.

– Жалко Майора, но поделом ему, – поспешно сказал Скотт.

Но Мэтт уже занес ногу, чтобы ударить Белого Клыка. Быстро один за другим последовали прыжок, лязг зубов и громкий крик боли.

Свирепо рыча, Белый Клык отполз назад, а Мэтт нагнулся и стал осматривать свою прокушенную ногу.

– Цапнул все-таки, – сказал он, показывая на разорванную штанину и нижнее белье, на котором расплывался кровавый круг.

– Я же говорил вам, что это безнадежно, – упавшим голосом проговорил Скотт. – Я об этой собаке много думал, не выходит она у меня из головы. Ну что ж, ничего другого не остается.

С этими словами он нехотя вынул из кармана револьвер и, осмотрев барабан, убедился, что пули в нем есть.

– Послушайте, мистер Скотт, – взмолился Мэтт, – чего только этой собаке не пришлось испытать! Нельзя же требовать, чтобы она сразу превратилась в ангелочка. Дайте ей срок.

– Полюбуйтесь на Майора, – ответил Скотт.

Погонщик взглянул на искалеченную собаку. Она валялась на снегу в луже крови и была, по-видимому, при последнем издыхании.

– Поделом ему. Вы же сами так сказали, мистер Скотт. Позарился на чужой кусок – значит, спета его песенка. Этого следовало ожидать. Я и гроша ломаного не дам за собаку, которая отдаст свой корм без боя.

– Ну а вы сами, Мэтт? Собаки собаками, но всему должна быть мера.

– И мне поделом, – не сдавался Мэтт. – За что, спрашивается, я его ударил? Вы же сами сказали, что он прав. Значит, не за что было его бить.

– Мы сделаем доброе дело, застрелив эту собаку, – настаивал Скотт. – Нам ее не приручить!

– Послушайте, мистер Скотт. Дадим ему, бедняге, показать себя. Ведь он черт знает что вытерпел, прежде чем попасть к нам. Давайте попробуем. А если он не оправдает нашего доверия, я его сам застрелю.

– Да мне вовсе не хочется его убивать, – ответил Скотт, пряча револьвер. – Пусть побегает на свободе, и посмотрим, чего от него можно добиться добром. Вот я сейчас попробую.

Он подошел к Белому Клыку и заговорил с ним мягким, успокаивающим голосом.

– Возьмите палку на всякий случай! – предостерег его Мэтт.

Скотт отрицательно покачал головой и продолжал говорить, стараясь завоевать доверие Белого Клыка.

Белый Клык насторожился. Ему грозила опасность. Он загрыз собаку этого бога, укусил его товарища. Чего же теперь ждать, кроме сурового наказания? И все-таки он не смирился. Шерсть на нем встала дыбом, все тело напряглось, он оскалил зубы и зорко следил за человеком, приготовившись ко всякой неожиданности. В руках у Скотта не было палки, и Белый Клык подпустил его к себе совсем близко. Рука бога стала опускаться над его головой. Белый Клык съежился и припал к земле. Вот где таится опасность и предательство! Руки богов с их непререкаемой властью и коварством были ему хорошо известны. Кроме того, он по-прежнему не выносил прикосновения к своему телу. Он зарычал еще злее и пригнулся к земле еще ниже, а рука все продолжала опускаться. Он не хотел кусать эту руку и терпеливо переносил опасность, которой она грозила, до тех пор, пока мог бороться с инстинктом – с ненасытной жаждой жизни.

Уидон Скотт был уверен, что всегда успеет вовремя отдернуть руку. Но тут ему довелось испытать на себе, как Белый Клык умеет разить с меткостью и стремительностью змеи, развернувшей свои кольца.

Скотт вскрикнул от неожиданности и схватил прокушенную правую руку левой рукой. Мэтт громко выругался и подскочил к нему. Белый Клык отполз назад, весь ощетинившись, скаля зубы и угрожающе поглядывая на людей. Теперь уж наверное его ждут побои, не менее страшные, чем те, которые приходилось выносить от Красавчика Смита.

– Что вы делаете? – вдруг крикнул Скотт. А Мэтт уже успел сбегать в хижину и появился на пороге с ружьем в руках.

– Ничего особенного, – медленно, с напускным спокойствием проговорил он. – Хочу сдержать свое обещание. Сказал, что застрелю собаку, значит, застрелю.

– Нет, не застрелите.

– Нет, застрелю! Вот смотрите.

Теперь настала очередь Уидона Скотта вступиться за Белого Клыка, как вступился за него несколько минут назад укушенный Мэтт.

– Вы сами предлагали испытать его, так испытайте! Мы же только начали, нельзя сразу бросать дело. Я сам виноват. И... посмотрите-ка на него!

Глядя на них из-за угла хижины, Белый Клык рычал с такой яростью, что кровь стыла в жилах, но ярость его вызывал не Скотт, а погонщик.

– Ну что ты скажешь! – воскликнул Мэтт.

– Видите, какой он понятливый! – торопливо продолжал Скотт. – Он не хуже нас с вами знает, что такое огнестрельное оружие. С такой умной собакой стоит повозиться. Оставьте ружье.

– Ладно. Давайте попробуем. – И Мэтт прислонил ружье к штабелю дров. – Да нет! Вы только полюбуйтесь на него! – воскликнул он в ту же минуту.

Белый Клык успокоился и перестал ворчать.

– Попробуйте еще раз. Следите за ним.

Мэтт взял ружье – и Белый Клык снова зарычал. Мэтт отошел от ружья – Белый Клык спрятал зубы.

– Ну, еще раз. Это просто интересно!

Мэтт взял ружье и стал медленно поднимать его к плечу. Белый Клык сразу же зарычал, и рычание его становилось все громче и громче по мере того, как ружье поднималось кверху. Но не успел Мэтт навести на него дуло, как он отпрыгнул в сторону и скрылся за углом хижины. На прицеле у Мэтта был белый снег, а место, где только что стояла собака, опустело.

Погонщик медленно отставил ружье, повернулся и посмотрел на своего хозяина.

– Правильно, мистер Скотт. Пес слишком умен. Жалко его убивать.

Глава шестая. Новая наука

Увидев приближающегося Уидона Скотта, Белый Клык ощетинился и зарычал, давая этим понять, что не потерпит расправы над собой. С тех пор как он прокусил Скотту руку, которая была теперь забинтована и висела на перевязи, прошли сутки. Белый Клык помнил, что боги иногда откладывают наказание, и сейчас ждал расплаты за свой проступок. Иначе не могло и быть. Он совершил святотатство: впился зубами в священное тело бога, притом белокожего бога. По опыту, который остался у него от общения с богами, Белый Клык знал, какое суровое наказание грозит ему.

Бог сел в нескольких шагах от него. В этом еще не было ничего страшного – обычно они наказывают стоя. Кроме того, у этого бога не было ни палки, ни хлыста, ни ружья, да и сам Белый Клык находился на свободе. Ничто его не удерживало – ни цепь, ни ремень с палкой, и он мог спастись бегством прежде, чем бог успеет встать на ноги. А пока что надо подождать и посмотреть, что будет дальше.

Бог сидел совершенно спокойно, не делая попыток встать с места, и злобный рев Белого Клыка постепенно перешел в глухое ворчание, а потом и ворчание смолкло. Тогда бог заговорил, и при первых же звуках его голоса шерсть на загривке у Белого Клыка поднялась дыбом, в горле снова заклокотало. Но бог продолжал говорить все так же спокойно, не делая никаких резких движений. Белый Клык рычал в унисон с его голосом, и между словами и рычанием установился согласный ритм. Но речь человека лилась без конца. Он говорил так, как еще никто никогда не говорил с Белым Клыком. В мягких, успокаивающих словах слышалась нежность, и эта нежность находила какой-то отклик в Белом Клыке. Невольно, вопреки всем предостережениям инстинкта, он почувствовал доверие к своему новому богу. В нем родилась уверенность в собственной безопасности, – в том, в чем ему столько раз приходилось разубеждаться при общении с людьми.

Бог говорил долго, а потом встал и ушел. Когда же он снова появился на пороге хижины, Белый Клык подозрительно осмотрел его. В руках у него не было ни хлыста, ни палки, ни оружия. И здоровая рука его не пряталась за спину. Он сел на то же самое место в нескольких шагах от Белого Клыка и протянул ему мясо. Навострив уши, Белый Клык недоверчиво оглядел кусок, ухитряясь смотреть одновременно и на него и на бога, и приготовился отскочить в сторону при первом же намеке на опасность.

Но наказание все еще откладывалось. Бог протягивал ему еду – только и всего. Мясо как мясо, ничего страшного в нем не было. Но Белый Клык все еще сомневался и не взял протянутого куска, хотя рука Скотта подвигалась все ближе и ближе к его носу. Боги мудры, – кто знает, какое коварство таится в этой безобидной с виду подачке? По своему прошлому опыту, особенно когда приходилось иметь дело с женщинами, Белый Клык знал, что мясо и наказание сплошь и рядом имели между собой тесную и неприятную связь.

В конце концов бог бросил мясо на снег, к ногам Белого Клыка. Тот тщательно обнюхал подачку, не глядя на нее, – глаза его были устремлены на бога. Ничего плохого не произошло. Тогда он взял кусок в зубы и проглотил его. Но и тут все обошлось благополучно. Бог предлагал ему другой кусок. И во второй раз Белый Клык отказался принять его из рук, и бог снова бросил мясо на снег. Так повторилось несколько раз. Но наступило время, когда бог отказался бросить мясо. Он держал кусок и настойчиво предлагал Белому Клыку взять подачку у него из рук.

Мясо было вкусное, а Белый Клык проголодался. Мало-помалу, с бесконечной осторожностью, он подошел ближе и наконец решился взять кусок из человеческих рук. Не спуская глаз с бога, Белый Клык вытянул шею и прижал уши, шерсть у него на загривке встала дыбом, в горле клокотало глухое рычание, как бы предостерегающее человека, что шутки сейчас неуместны. Белый

Клык съел кусок, и ничего с ним не случилось. И так мало-помалу он съел все мясо, и все-таки с ним ничего не случилось. Значит, наказание откладывалось.

Белый Клык облизнулся и стал ждать, что будет дальше. Бог продолжал говорить. В голосе его слышалась ласка – то, о чем Белый Клык не имел до сих пор никакого понятия. И ласка эта будила в нем неведомые до сих пор ощущения. Он почувствовал странное спокойствие, словно удовлетворялась какая-то его потребность, заполнялась какая-то пустота в его существе. Потом в нем снова проснулся инстинкт, и прошлый опыт снова послал ему предостережение. Боги хитры: трудно угадать, какой путь они выберут, чтобы добиться своих целей.

Так и есть! Коварная рука тянется все дальше и дальше и опускается над его головой. Но бог продолжает говорить. Голос его звучит мягко и успокаивающе. Несмотря на угрозу, которую таит в себе рука, голос внушает доверие. И, несмотря на всю мягкость голоса, рука внушает страх. Противоположные чувства и ощущения боролись в Белом Клыке. Казалось, он упадет замертво, раздираемый на части враждебными силами, ни одна из которых не получала перевеса в этой борьбе только потому, что он прилагал неимоверные усилия, чтобы обуздать их.

И Белый Клык пошел на сделку с самим собой: он рычал, прижимал уши, но не делал попыток ни укусить Скотта, ни убежать от него. Рука опускалась. Расстояние между ней и головой Белого Клыка становилось все меньше и меньше. Вот она коснулась вставшей дыбом шерсти. Белый Клык припал к земле. Рука последовала за ним, прижимаясь плотнее и плотнее. Съежившись, чуть ли не дрожа, он все еще сдерживал себя. Он испытывал муку от прикосновения этой руки, насиловавшей его инстинкты. Он не мог забыть в один день все то зло, которое причинили ему человеческие руки. Но такова была воля бога, и он делал все возможное, чтобы заставить себя подчиниться ей.

Рука поднялась и снова опустилась, лаская и гладя его. Так повторилось несколько раз, но стоило только руке подняться, как поднималась и шерсть на спине у Белого Клыка. И каждый раз, как рука опускалась, уши его прижимались к голове и в горле начинало клокотать рычание. Белый Клык рычал, предупреждая бога, что готов отомстить за боль, которую ему причинят. Кто знает, когда наконец обнаружатся истинные намерения бога! В любую минуту его мягкий, внушающий такое доверие голос может перейти в гневный крик, а эти нежные, ласкающие пальцы сожмутся, как тиски, и лишат Белого Клыка всякой возможности сопротивляться наказанию.

Но слова бога были по-прежнему ласковы, а рука его все так же поднималась и снова касалась Белого Клыка, и в этих прикосновениях не было ничего враждебного. Белый Клык испытывал двойственное чувство. Инстинкт восставал против такого обращения, оно стесняло его, шло наперекор его стремлению к свободе. И все-таки физической боли он не испытывал. Наоборот, эти прикосновения были даже приятны. Мало-помалу рука бога передвинулась к его ушам и стала осторожно почесывать их; приятное ощущение как будто даже усилилось. Но страх не оставлял Белого Клыка; он все так же настораживался, ожидая чего-то недоброго и испытывая попеременно то страдание, то удовольствие, в зависимости от того, какое из этих чувств одерживало в нем верх.

– Ах, черт возьми!

Эти слова вырвались у Мэтта. Он вышел из хижины с засученными рукавами, неся в руках таз с грязной водой, и только хотел выплеснуть ее на снег, как вдруг увидел, что Уидон Скотт ласкает Белого Клыка.

При первых же звуках его голоса Белый Клык отскочил назад и свирепо зарычал.

Мэтт посмотрел на своего хозяина, неодобрительно и сокрушенно покачав головой.

– Вы меня извините, мистер Скотт, но, ей-богу, в вас сидят по крайней мере семнадцать дураков, и каждый орудует на свой лад.

Уидон Скотт улыбнулся с видом превосходства, встал и нагнулся над Белым Клыком. Он ласково заговорил с ним, потом медленно протянул руку и снова начал гладить его по голове. Белый Клык терпеливо сносил это поглаживание, но смотрел он – смотрел во все глаза – не на того, кто его ласкал, а на Мэтта, стоявшего в дверях хижины.

– Может быть, из вас и получился первоклассный инженер, мистер Скотт, – разглагольствовал погонщик, – но, я считаю, вы многое утратили в жизни: вам бы следовало в детстве удрать из дому и поступить в цирк.

Белый Клык зарычал, услышав голос Мэтта, но на этот раз уже не отскочил от руки, ласково гладившей его по голове и по шее.

И это было началом конца прежней жизни, конца прежнего царства ненависти. Для Белого Клыка началась новая, непостижимо прекрасная жизнь. В этом деле от Уидона Скотта требовалось много терпения и ума. А Белый Клык должен был преодолеть веления инстинкта, пойти наперекор собственному опыту, отказаться от всего, чему научила его жизнь.

Прошлое не только не вмещало всего нового, что ему пришлось узнать теперь, но опровергало это новое. Короче говоря, от Белого Клыка требовалось неизмеримо большее умение разбираться в окружающей обстановке, чем то, с которым он пришел из Северной глуши и добровольно подчинился власти Серого Бобра. В то время он был всего-навсего щенком, еще не сложившимся, готовым принять любую форму под руками жизни. Но теперь все шло по-иному. Прошлая жизнь обработала Белого Клыка слишком усердно; она ожесточила его, превратила в свирепого, неукротимого бойцового волка, который никого не любил и не пользовался ничьей любовью. Переродиться – значило для него пройти через полный внутренний переворот, отбросить все прежние навыки, – и это требовалось от него теперь, когда молодость была позади, когда гибкость была утрачена и мягкая ткань приобрела несокрушимую твердость, стала узловатой, неподатливой, как железо, а инстинкты раз и навсегда установили потребности и законы поведения.

И все-таки новая обстановка, в которой очутился Белый Клык, опять взяла его в обработку. Она смягчала в нем ожесточенность, лепила из него иную, более совершенную форму. В сущности говоря, все зависело от Уидона Скотта. Он добрался до самых глубин натуры Белого Клыка и лаской вызвал к жизни все те чувства, которые дремали и уже наполовину заглохли в нем. Так Белый Клык узнал, что такое *любовь*. Она заступила место *склонности*– самого теплого чувства, доступного ему в общении с богами.

Но любовь не может прийти в один день. Возникнув из склонности, она развивалась очень медленно. Белому Клыку нравился его вновь обретенный бог, и он не убегал от него, хотя все время оставался на свободе. Жить у нового бога было несравненно лучше, чем в клетке у Красавчика Смита; кроме того, Белый Клык не мог обойтись без божества. Чувствовать над собой человеческую власть стало для него необходимостью. Печать зависимости от человека осталась на Белом Клыке с тех далеких дней, когда он покинул Северную глушь и подполз к ногам Серого Бобра, покорно ожидая побоев. Эта неизгладимая печать снова была наложена на него, когда он во второй раз вернулся из Северной глуши после голодовки и почувствовал запах рыбы в поселке Серого Бобра.

И Белый Клык остался у своего нового хозяина, потому что он не мог обходиться без божества и потому что Уидон Скотт был лучше Красавчика Смита. В знак преданности он взял на себя обязанности сторожа при хозяйском добре. Он бродил вокруг хижины, когда ездовые собаки уже спали, и первому же запоздалому гостю Скотта пришлось отбиваться от него палкой до тех пор, пока на выручку не прибежал сам хозяин. Но Белый Клык вскоре научился отличать воров от честных людей, понял, как много значат походка и поведение. Человека, который твердой поступью шел прямо к дверям, он не трогал, хотя и не переставал зорко следить за ним, пока дверь не открывалась и благонадежность посетителя не получала подтверждения со стороны хозяина. Но тот, кто пробирался крадучись, окольными путями, стараясь не попасться на глаза, – тот не знал пощады от Белого Клыка и пускался в поспешное и позорное бегство.

Уидон Скотт задался целью вознаградить Белого Клыка за все то, что ему пришлось вынести, вернее – искупить грех, в котором человек был повинен перед ним. Это стало для Скотта делом принципа, делом совести. Он чувствовал, что люди остались в долгу перед Белым Клыком и долг этот надо выплатить, – и поэтому он старался проявлять к Белому Клыку как можно больше нежности. Он взял себе за правило ежедневно и подолгу ласкать и гладить его.

На первых порах эта ласка вызывала у Белого Клыка одни лишь подозрения и враждебность, но мало-помалу он начал находить в ней удовольствие. И все-таки от одной своей привычки Белый Клык никак не мог отучиться: как только рука человека касалась его, он начинал рычать и не умолкал до тех пор, пока Скотт не отходил. Но в этом рычании появились новые нотки. Посторонний не расслышал бы их, для него рычание Белого Клыка оставалось по-прежнему выражением первобытной дикости, от которой у человека кровь стынет в жилах. С той дальней поры, когда Белый Клык жил с матерью в пещере и первые приступы ярости овладевали им, его горло огрубело от рычания, и он уже не мог выразить свои чувства по-иному. Тем не менее чуткое ухо Скотта различало в этом свирепом реве новые нотки, которые только одному ему чуть слышно говорили о том, что собака испытывает удовольствие.

Время шло, и *любовь*, возникшая из *склонности*, все крепла и крепла. Белый Клык сам начал чувствовать это, хотя и бессознательно. Любовь давала знать о себе ощущением пустоты, которая настойчиво, жадно требовала заполнения. Любовь принесла с собой боль и тревогу, которые утихали только от прикосновения руки нового бога. В эти минуты любовь становилась радостью – необузданной радостью, пронизывающей все существо Белого Клыка. Но стоило богу уйти, как боль и тревога возвращались и Белого Клыка снова охватывало ощущение пустоты, ощущение голода, властно требующего утоления.

Белый Клык понемногу находил самого себя. Несмотря на свои зрелые годы, несмотря на жесткость формы, в которую он был отлит жизнью, в характере его возникали все новые и новые черты. В нем зарождались непривычные чувства и побуждения. Теперь Белый Клык вел себя совершенно по-другому. Прежде он ненавидел неудобства и боль и всячески старался избегать их. Теперь все стало иначе: ради нового бога Белый Клык часто терпел неудобства и боль. Так, например, по утрам, вместо того чтобы бродить в поисках пищи или лежать где-нибудь в укромном уголке, он проводил целые часы на холодном крыльце, ожидая появления Скотта. Поздно вечером, когда тот возвращался домой, Белый Клык оставлял теплую нору, вырытую в сугробе, ради того, чтобы почувствовать прикосновение дружеской руки, услышать приветливые слова. Он забывал о еде – даже о еде! – лишь бы побыть около бога, получить от него ласку или отправиться вместе с ним в город.

И вот склонность уступила место любви. Любовь затронула в нем такие глубины, куда никогда не проникала склонность. За любовь Белый Клык платил любовью. Он обрел божество, лучезарное божество, в присутствии которого он расцветал, как растение под лучами солнца. Белый Клык не умел проявлять свои чувства. Он был уже немолод и слишком суров для этого. Постоянное одиночество выработало в нем сдержанность. Его угрюмый нрав был результатом долголетнего опыта. Он не умел лаять и уже не мог научиться приветствовать своего бога лаем. Он никогда не лез ему на глаза, не суетился и не прыгал, чтоб доказать свою любовь, никогда не кидался навстречу, а ждал в сторонке, – но ждал всегда. Любовь эта граничила с немым, молчаливым обожанием. Только глаза, следившие за каждым движением хозяина, выдавали чувства Белого Клыка. Когда же хозяин смотрел на него и заговаривал с ним, он смущался, не зная, как выразить любовь, завладевшую всем его существом.

Белый Клык начинал приспособляться к новой жизни. Так, он понял, что собак хозяина трогать нельзя. Но его властный характер заявлял о себе, и собакам пришлось убедиться на деле в превосходстве своего нового вожака. Признав его власть над собой, они уже не доставляли ему хлопот. Стоило Белому Клыку появиться среди стаи, как собаки уступали ему дорогу и покорялись его воле.

Точно так же он привык и к Мэтту, как к собственности хозяина. Уидон Скотт сам очень редко кормил Белого Клыка, эта обязанность возлагалась на Мэтта, – и Белый Клык понял, что пища, которую он ест, принадлежит хозяину, поручившему Мэтту заботиться о нем. Тот же самый Мэтт попробовал как-то запрячь его в нарты вместе с другими собаками. Но эта попытка потерпела неудачу, и Белый Клык покорился только тогда, когда Уидон Скотт сам надел на него упряжь и сам сел в нарты. Он понял: хозяин хочет, чтобы Мэтт правил им так же, как и другими собаками.

У клондайкских нарт, в отличие от саней, на которых ездят на Маккензи, есть полозья. Способ запряжки здесь тоже совсем другой. Собаки бегут гуськом в двойных постромках, а не расходятся веером. И здесь, на Клондайке, вожак действительно вожак. На первое место ставят самую понятливую и самую сильную собаку, которой боится и слушается вся упряжка. Как и следовало ожидать, Белый Клык вскоре занял это место. После многих хлопот Мэтт понял, что на меньшее тот не согласится. Белый Клык сам выбрал себе это место, и Мэтт, не стесняясь в выражениях, подтвердил правильность его выбора после первой же пробы. Бегая целый день в упряжке, Белый Клык не забывал и о том, что ночью надо сторожить хозяйское добро. Таким образом, он верой и правдой служил Скотту, и у того во всей упряжке не было более ценной собаки, чем Белый Клык.

– Если уж вы разрешите мне высказать свое мнение, – заговорил как-то Мэтт, – то доложу вам, что с вашей стороны было очень умно дать за эту собаку полтораста долларов. Ловко вы провели Красавчика Смита, уж не говоря о том, что и по физиономии ему съездили.

Серые глаза Уидона Скотта снова загорелись гневом, и он сердито пробормотал: «Мерзавец!»

Поздней весной Белого Клыка постигло большое горе: внезапно, без всякого предупреждения, хозяин исчез. Собственно говоря, предупреждение было, но Белый Клык не имел опыта в таких делах и не знал, чего надо ждать от человека, который укладывает свои вещи в чемоданы. Впоследствии он вспомнил, что укладывание вещей предшествовало отъезду хозяина, но тогда у него не зародилось ни малейшего подозрения. Вечером Белый Клык, как всегда, ждал его прихода. В полночь поднялся ветер; он укрылся от холода за хижиной и лежал там, прислушиваясь сквозь дремоту, не раздадутся ли знакомые шаги. Но в два часа ночи беспокойство выгнало его из-за хижины, он свернулся клубком на холодном крыльце и стал ждать дальше.

Хозяин не приходил. Утром дверь отворилась, и на крыльцо вышел Мэтт. Белый Клык тоскливо посмотрел на погонщика: у него не было другого способа спросить о том, что ему так хотелось знать. Дни шли за днями, а хозяин не появлялся. Белый Клык, не знавший до сих пор, что такое болезнь, заболел. Он был плох, настолько плох, что Мэтту пришлось в конце концов взять его в хижину. Кроме того, в своем письме к хозяину Мэтт приписал несколько строк о Белом Клыке.

Получив письмо в Сёркле, Уидон Скотт прочел следующее:

«Проклятый волк отказывается работать. Ничего не ест. Совсем приуныл. Собаки не дают ему проходу. Хочет знать, куда вы девались, а я не умею растолковать ему. Боюсь, как бы не сдох».

Мэтт писал правду. Белый Клык затосковал, перестал есть, не отбивался от налетавших на него собак. Он лежал в комнате на полу около печки, потеряв всякий интерес к еде, к Мэтту, ко всему на свете. Мэтт пробовал говорить с ним ласково, пробовал кричать – ничего не действовало: Белый Клык поднимал на него потускневшие глаза, а потом снова ронял голову на передние лапы.

Но однажды вечером, когда Мэтт сидел за столом и читал, шепотом бормоча слова и шевеля губами, внимание его привлекло тихое повизгиванье Белого Клыка. Белый Клык встал с места, навострил уши, глядя на дверь, и внимательно прислушивался. Минутой позже Мэтт услышал шаги. Дверь отворилась, и вошел

Уидон Скотт. Они поздоровались. Потом Скотт огляделся по сторонам.

– А где волк? – спросил он и увидел его.

Белый Клык стоял около печки. Он не бросился вперед, как это сделала бы всякая другая собака, а стоял и смотрел на своего хозяина.

– Черт возьми! – воскликнул Мэтт. – Да он хвостом виляет!

Уидон Скотт вышел на середину комнаты и подозвал Белого Клыка к себе. Белый Клык не прыгнул к нему навстречу, но сейчас же подошел на зов. Движения его сковывала застенчивость, но в глазах появилось какое-то новое, необычное выражение: чувство глубокой любви засветилось в них.

– На меня небось ни разу так не взглянул, пока вас не было, – сказал Мэтт.

Но Уидон Скотт ничего не слышал. Присев на корточки перед Белым Клыком, он ласкал его – почесывал ему за ушами, гладил шею и плечи, нежно похлопывал по спине. А Белый Клык тихо рычал в ответ, и мягкие нотки слышались в его рычании яснее, чем прежде.

Но это было не все. Каким образом радость помогла найти выход глубокому чувству, рвавшемуся наружу? Белый Клык вдруг вытянул шею и сунул голову хозяину под мышку; и, спрятавшись так, что на виду оставались одни только уши, он уже не рычал больше и прижимался к хозяину все теснее и теснее.

Мужчины переглянулись. У Скотта блестели глаза.

– Вот поди ж ты! – воскликнул пораженный Мэтт. Потом добавил: – Я всегда говорил, что это не волк, а собака. Полюбуйтесь на него!

С возвращением хозяина, научившего его любви, Белый Клык быстро пришел в себя. В хижине он провел еще две ночи и день, а потом вышел на крыльцо. Собаки уже успели забыть его доблести, у них осталось в памяти, что в последнее время Белый Клык был слаб и болен, – и как только он появился на крыльце, они кинулись на него со всех сторон.

– Ну и свалка! – с довольным видом пробормотал Мэтт, наблюдавший эту сцену с порога хижины. – Нечего с ними церемониться, волк! Задай им как следует. Ну, еще, еще!

Белый Клык не нуждался в поощрении. Приезда любимого хозяина было вполне достаточно – чудесная буйная жизнь снова забилась в его жилах. Он дрался, находя в драке единственный выход для своей радости. Конец мог быть только один – собаки разбежались, потерпев поражение, и вернулись обратно лишь с наступлением темноты, униженно и кротко заявляя Белому Клыку о своей покорности.

Научившись прижиматься к хозяину головой, Белый Клык частенько пользовался этим новым способом выражения своих чувств. Это был предел, дальше которого он не мог идти. Голову свою он оберегал больше всего и не выносил, когда до нее дотрагивались. Так велела ему Северная глушь: бойся капкана, бойся всего, что может причинить боль. Инстинкт требовал, чтобы голова оставалась свободной. А теперь, прижимаясь к хозяину, Белый Клык по собственной воле ставил себя в совершенно беспомощное положение. Он выражал этим беспредельную веру, беззаветную покорность хозяину и как бы говорил ему: «Отдаю себя в твои руки. Поступай со мной как знаешь».

Однажды вечером, вскоре после своего возвращения, Скотт играл с Мэттом в криббедж на сон грядущий.

– Пятнадцать и два, пятнадцать и четыре, и еще двойка... – подсчитывал Мэтт, как вдруг снаружи послышались чьи-то крики и рычание.

Переглянувшись, они вскочили из-за стола.

– Волк дерет кого-то! – сказал Мэтт.

Отчаянный вопль заставил их броситься к двери.

– Посветите мне! – крикнул Скотт, выбегая на крыльцо.

Мэтт последовал за ним с лампой, и при свете ее они увидели человека, навзничь лежавшего на снегу. Он закрывал лицо и шею руками, пытаясь защититься от зубов Белого Клыка. И это была не лишняя предосторожность: не помня себя от ярости, Белый Клык старался во что бы то ни стало добраться зубами до горла незнакомца; от рукавов куртки, синей фланелевой блузы и нижней рубашки у того остались одни клочья, а искусанные руки были залиты кровью.

Скотт и погонщик разглядели все это в одну секунду. Скотт схватил Белого Клыка за шею и оттащил назад. Белый Клык рвался с рычанием, но не кусал хозяина и после его резкого окрика быстро успокоился.

Мэтт помог человеку встать на ноги. Поднимаясь, тот отнял руки от лица, и, увидев зверскую физиономию Красавчика Смита, погонщик отскочил назад как ошпаренный. Щурясь на свету, Красавчик Смит огляделся по сторонам. Лицо у него перекосило от ужаса, как только он взглянул на Белого Клыка.

В ту же минуту погонщик увидел, что на снегу что-то лежит. Он поднес лампу поближе и подтолкнул носком сапога стальную цепь и толстую палку.

Уидон Скотт понимающе кивнул головой. Они не произнесли ни слова. Погонщик взял Красавчика Смита за плечо и повернул к себе спиной. Все было понятно. Красавчик Смит припустил во весь дух.

А хозяин гладил Белого Клыка и говорил:

– Хотел увести тебя, да? А ты не позволил? Так, так, значит, просчитался этот молодчик!

– Он небось подумал, что на него вся преисподняя кинулась, – ухмыльнулся Мэтт.

А Белый Клык продолжал рычать; но мало-помалу шерсть у него на спине улеглась, и мягкая нотка, совсем было потонувшая в этом злобном рычании, становилась все слышнее и слышнее.

Часть пятая

Глава первая. В дальний путь

Это носилось в воздухе. Белый Клык почувствовал беду задолго до того, как она дала знать о своем приближении. Весть о грядущей перемене какими-то неведомыми путями дошла до него. Предчувствие зародилось в нем по вине богов, хотя он и не отдавал себе отчета в том, как и почему это случилось. Сами того не подозревая, боги выдали свои намерения собаке, и она уже не покидала крыльца хижины и, не входя в комнату, знала, что люди что-то затевают.

– Послушайте-ка! – сказал как-то за ужином погонщик.

Уидон Скотт прислушался. Из-за двери доносилось тихое тревожное поскуливанье, похожее скорее на сдерживаемый плач. Потом стало слышно, как Белый Клык обнюхивает дверь, желая убедиться в том, что бог его все еще тут, а не исчез таинственным образом, как в прошлый раз.

– Чует, в чем дело, – сказал погонщик.

Уидон Скотт почти умоляюще взглянул на Мэтта, но слова его не соответствовали выражению глаз.

– На кой черт мне волк в Калифорнии? – спросил он.

– Вот и я то же самое говорю, – ответил Мэтт. – На кой черт вам волк в Калифорнии?

Но эти слова не удовлетворили Уидона Скотта; ему показалось, что Мэтт осуждает его.

– Наши собаки с ним не справятся, – продолжал Скотт. – Он их всех перегрызет. И если даже я не разорюсь окончательно на одни штрафы, полиция все равно отберет его у меня и разделается с ним по-своему.

– Настоящий бандит, что и говорить! – подтвердил погонщик.

Уидон Скотт недоверчиво взглянул на него.

– Нет, это невозможно, – сказал он решительно.

– Конечно, невозможно, – согласился Мэтт. – Да вам придется специального человека к нему приставить.

Все колебания Скотта исчезли. Он радостно кивнул. В наступившей тишине стало слышно, как Белый Клык тихо поскуливает, словно сдерживая плач, и обнюхивает дверь.

– А все-таки здорово он к вам привязался, – сказал Мэтт.

Хозяин вдруг вскипел:

– Да ну вас к черту, Мэтт! Я сам знаю, что делать.

– Я не спорю, только…

– Что «только»? – оборвал его Скотт.

– Только… – тихо начал погонщик, но вдруг осмелел и не стал скрывать, что сердится: – Чего вы так взъерошились? Глядя на вас, можно подумать, что вы так-таки и не знаете, что делать.

Минуту Уидон Скотт боролся с самим собой, а потом сказал уже гораздо более мягким тоном:

– Вы правы, Мэтт. Я сам не знаю, что делать. В том-то вся и беда… – И, помолчав, добавил: – Да нет, было бы чистейшим безумием взять собаку с собой.

– Я с вами совершенно согласен, – ответил Мэтт, но его слова и на этот раз не удовлетворили хозяина.

– Каким образом он догадывается, что вы уезжаете, вот чего я не могу понять! – как ни в чем не бывало продолжал Мэтт.

– Я и сам этого не понимаю, – ответил Скотт, грустно покачав головой.

А потом наступил день, когда в открытую дверь хижины Белый Клык увидел, как хозяин укладывает вещи в тот самый проклятый чемодан. Хозяин и Мэтт то и дело уходили и приходили, и мирная жизнь хижины была нарушена. У Белого Клыка не осталось никаких сомнений. Он уже давно чуял беду, а теперь понял, что ему грозит: бог снова готовился к бегству. Уж если он не взял его с собой в первый раз, то, очевидно, не возьмет и теперь.

Этой ночью Белый Клык поднял вой – протяжный волчий вой. Белый Клык выл, подняв морду к безучастным звездам, и изливал им свое горе так же, как в детстве, когда, прибежав из Северной глуши, он не нашел поселка и увидел только кучку мусора на том месте, где стоял прежде вигвам Серого Бобра.

В хижине только что легли спать.

– Он опять перестал есть, – сказал со своей койки Мэтт.

Уидон Скотт пробормотал что-то и заворочался под одеялом.

– В тот раз тосковал, а уж теперь, наверно, сдохнет.

Одеяло на другой койке опять пришло в движение.

– Да замолчите вы! – крикнул в темноте Скотт. – Заладили одно, как старая баба!

– Совершенно справедливо, – ответил погонщик, и у Скотта не было твердой уверенности, что тот не подсмеивается над ним втихомолку.

На следующий день беспокойство и страх Белого Клыка только усилились. Он следовал за хозяином по пятам, а когда Скотт заходил в хижину, торчал на крыльце. В открытую дверь ему были видны вещи, разложенные на полу. К чемодану прибавились два больших саквояжа и ящик. Мэтт складывал одеяла и меховую одежду хозяина в брезентовый мешок. Белый Клык заскулил, глядя на эти приготовления.

Вскоре у хижины появились два индейца. Белый Клык внимательно следил, как они взвалили вещи на плечи и спустились с холма вслед за Мэттом, который нес чемодан и брезентовый мешок. Вскоре Мэтт вернулся. Хозяин вышел на крыльцо и позвал Белого Клыка в хижину.

– Эх ты, бедняга! – ласково сказал он, почесывая ему за ухом и гладя по спине. – Уезжаю, старина. Тебя в такую даль с собой не возьмешь. Ну, порычи на прощанье, порычи, порычи как следует.

Но Белый Клык отказывался рычать. Вместо этого он бросил на хозяина грустный, пытливый взгляд и спрятал голову у него под мышкой.

– Гудок! – крикнул Мэтт.

С Юкона донесся резкий вой пароходной сирены.

– Кончайте прощаться! Да не забудьте захлопнуть переднюю дверь! Я выйду через заднюю. Поторапливайтесь!

Обе двери захлопнулись одновременно, и Скотт подождал на крыльце, пока Мэтт выйдет из-за угла хижины. За дверью слышалось тихое повизгиванье, похожее на плач. Потом Белый Клык стал глубоко, всей грудью втягивать воздух, уткнувшись носом в порог.

– Берегите его, Мэтт, – говорил Скотт, когда они спускались с холма. – Напишите мне, как ему тут живется.

– Обязательно, – ответил погонщик. – Стойте!.. Слышите?

Он остановился. Белый Клык выл, как воют собаки над трупом хозяина. Глубокое горе звучало в этом вое, переходившем то в душераздирающий плач, то в жалобные стоны, то опять взлетавшем вверх в новом порыве отчаяния.

Пароход «Аврора» первый в этом году отправлялся из Клондайка, и палубы его были забиты пассажирами. Тут толпились люди, которым повезло в погоне за золотом, люди, которых золотая лихорадка разорила, – и все они стремились уехать из этой страны, так же как в свое время стремились попасть сюда.

Стоя около сходней, Скотт прощался с Мэттом. Погонщик уже хотел сойти на берег, как вдруг глаза его уставились на что-то в глубине палубы, и он не ответил на рукопожатие Скотта. Тот обернулся: Белый Клык сидел в нескольких шагах от них и тоскливо смотрел на своего хозяина.

Мэтт чертыхнулся вполголоса. Скотт смотрел на собаку в полном недоумении.

– Вы заперли переднюю дверь?

Скотт кивнул головой и спросил:

– А вы, заднюю?

– Конечно, запер! – горячо ответил Мэтт.

Белый Клык с заискивающим видом прижал уши, но продолжал сидеть в сторонке, не пытаясь подойти к ним.

– Придется увести его с собой.

Мэтт сделал два шага по направлению к Белому Клыку; тот метнулся в сторону. Погонщик бросился за ним, но Белый Клык проскользнул между ногами пассажиров. Увертываясь, шныряя из стороны в сторону, он бегал по палубе и не давался Мэтту.

Но стоило хозяину заговорить, как Белый Клык покорно подошел к нему.

– Сколько времени кормил его, а он меня теперь и близко не подпускает! – обиженно пробормотал погонщик. – А вы хоть бы раз покормили с того первого дня! Убейте меня – не знаю, как он догадался, что хозяин – вы.

Скотт, гладивший Белого Клыка, вдруг нагнулся и показал на свежие порезы на его морде и глубокую рану между глазами.

Мэтт провел рукой ему по брюху.

– А про окно-то мы с вами забыли! Глядите, все брюхо изрезано. Должно быть, разбил стекло и выскочил.

Но Уидон Скотт не слушал, он быстро обдумывал что-то. «Аврора» дала последний гудок. Провожающие торопливо сходили на берег. Мэтт снял платок с шеи и хотел взять Белого Клыка на привязь. Скотт схватил его за руку:

– Прощайте, Мэтт! Прощайте, дружище! Вам, пожалуй, не придется писать мне про волка... Я... я...

– Что? – вскрикнул погонщик. – Неужели вы...

– Вот именно. Спрячьте свой платок. Я вам сам про него напишу.

Мэтт задержался на сходнях.

– Он не перенесет климата! Вам придется стричь его в жару!

Сходни втащили на палубу, и «Аврора» отвалила от берега. Уидон Скотт помахал Мэтту на прощанье и повернулся к Белому Клыку, стоявшему рядом с ним.

– Ну, теперь рычи, негодяй, рычи, – сказал он, глядя на доверчиво прильнувшего к его ногам Белого Клыка и почесывая ему за ушами.

Глава вторая. На Юге

Белый Клык сошел с парохода в Сан-Франциско.

Он был потрясен. Представление о могуществе всегда соединялось у него с представлением о божестве. И никогда еще белые люди не казались ему такими чудодеями, как сейчас, когда он шел по скользким тротуарам Сан-Франциско. Вместо знакомых бревенчатых хижин по сторонам высились громадные здания. Улицы были полны всякого рода опасностей – колясок, карет, автомобилей, рослых лошадей, впряженных в огромные фургоны, – а среди них двигались страшные трамваи, непрестанно грозя Белому Клыку пронзительным звоном и дребезгом, напоминавшим визг рыси, с которой ему приходилось встречаться в северных лесах.

Все вокруг говорило о могуществе. За всем этим чувствовалось присутствие властного человека, утвердившего свое господство над миром вещей. Белый Клык был ошеломлен и подавлен этим зрелищем. Ему стало страшно. Сознание собственного ничтожества охватило гордую, полную сил собаку, как будто она снова превратилась в щенка, прибежавшего из Северной глуши к поселку Серого Бобра. А сколько богов здесь было! От них у Белого Клыка рябило в глазах. Уличный грохот оглушал его, он терялся от непрерывного потока и мелькания вещей. Он чувствовал, как никогда, свою зависимость от хозяина и шел за ним по пятам, стараясь не упускать его из виду.

Город пронесся кошмаром, но воспоминание о нем долгое время преследовало Белого Клыка во сне. В тот же день хозяин посадил его на цепь в угол багажного вагона, среди груды чемоданов и сундуков. Здесь всем распоряжался коренастый, очень сильный бог, который с грохотом двигал сундуки и чемоданы, втаскивал их в вагон, громоздил один на другой или же швырял за дверь, где их подхватывали другие боги.

И здесь, в этом кромешном аду, хозяин покинул Белого Клыка, – по крайней мере Белый Клык считал себя покинутым до тех пор, пока не учуял рядом с собой хозяйских вещей и, учуяв, стал на стражу около них.

– Вовремя пожаловали, – проворчал коренастый бог, когда часом позже в дверях появился Уидон Скотт. – Эта собака дотронуться мне не дала до ваших чемоданов.

Белый Клык вышел из вагона. Опять неожиданность! Кошмар кончился. Он принимал вагон за комнату в доме, который со всех сторон был окружен городом. Но за этот час город исчез. Грохот его уже не лез в уши. Перед Белым Клыком расстилалась веселая, залитая солнцем, спокойная страна. Но удивляться этой перемене было некогда. Белый Клык смирился с ней, как смирялся со всеми чудесами, сопутствовавшими каждому шагу богов. Их ожидала коляска. К хозяину подошли мужчина и женщина. Женщина протянула руки и обняла хозяина за шею... Это враг! В следующую же минуту Уидон Скотт вырвался из ее объятий и схватил Белого Клыка, который рычал и бесновался, вне себя от ярости.

– Ничего, мама! – говорил Скотт, не отпуская Белого Клыка и стараясь усмирить его. – Он думал, что вы хотите меня обидеть, а этого делать не разрешается. Ничего, ничего. Он скоро все поймет.

– А до тех пор я смогу выражать свою любовь к сыну только тогда, когда его собаки не будет поблизости, – засмеялась миссис Скотт, хотя лицо ее побелело от страха.

Она смотрела на Белого Клыка, который все еще рычал и, весь ощетинившись, не сводил с нее глаз.

– Он скоро все поймет, вот увидите, – должен понять! – сказал Скотт.

Он начал ласково говорить с Белым Клыком и, окончательно успокоив его, крикнул строгим голосом:

– Лежать! Тебе говорят!

Белому Клыку уже были знакомы эти слова, и он повиновался приказанию, хоть и неохотно.

– Ну, мама!

Скотт протянул руки, не сводя глаз с Белого Клыка.

– Лежать! – крикнул он еще раз.

Белый Клык ощетинился, привстал, но сейчас же опустился на место, не переставая наблюдать за враждебными действиями незнакомых богов. Однако ни женщина, ни мужчина, обнявший вслед за ней хозяина, не сделали ему ничего плохого. Незнакомцы и хозяин уложили вещи в коляску, сели в нее сами, и Белый Клык побежал следом за ней, время от времени подскакивая вплотную к лошадям и словно предупреждая их, что он не позволит причинить никакого вреда богу, которого они так быстро везут по дороге.

Через четверть часа коляска въехала в каменные ворота и покатила по аллее, обсаженной густым, переплетающимся наверху орешником. За аллеей по обе стороны расстилался большой луг с видневшимися на нем кое-где могучими дубами. Подстриженную зелень луга оттеняли золотисто-коричневые, выжженные солнцем поля; еще дальше были холмы с пастбищами на склонах. В конце аллеи, на невысоком пригорке, стоял дом с длинной верандой и множеством окон.

Но Белый Клык не успел как следует рассмотреть все это. Едва только коляска въехала в аллею, как на него с разгоревшимися от негодования и злобы глазами налетела овчарка. Белый Клык оказался отрезанным от хозяина. Весь ощетинившись и, как всегда, молча, он приготовился нанести ей сокрушительный удар, но удара этого так и не последовало. Белый Клык остановился на полдороге как вкопанный и осел на задние лапы, стараясь во что бы то ни стало избежать соприкосновения с собакой, которую минуту тому назад он хотел сбить с ног. Это была самка, а закон его породы охранял ее от таких нападений. Напасть на самку значило бы для Белого Клыка ни больше ни меньше как пойти против велений инстинкта.

Но самке инстинкт говорил совсем другое. Будучи овчаркой, она питала бессознательный страх перед Северной глушью, и особенно перед таким ее обитателем, как волк. Белый Клык был для овчарки волком, исконным врагом, грабившим стада еще в те далекие времена, когда первая овца была поручена заботам ее отдаленных предков. И поэтому, как только Белый Клык остановился, отказавшись от драки, овчарка сама бросилась на него. Он невольно зарычал, почувствовав, как острые зубы впиваются ему в плечо, но все-таки не укусил овчарку, а только смущенно попятился назад, стараясь обежать ее сбоку. Однако все его старания были напрасны – овчарка не давала ему проходу.

– Назад, Колли! – крикнул незнакомец, сидевший в коляске.

Уидон Скотт засмеялся.

– Ничего, отец. Это хороший урок Белому Клыку. Ему ко многому придется привыкать. Пусть начинает сразу. Ничего, обойдется как-нибудь.

Коляска удалялась, а Колли все еще преграждала Белому Клыку путь. Он попробовал обогнать ее и, свернув с дороги, кинулся через лужайку, но овчарка бежала по внутреннему кругу, и Белый Клык всюду натыкался на ее оскаленную пасть. Он повернул назад, к другой лужайке, но она и здесь обогнала его.

А коляска увозила хозяина. Белый Клык видел, как она мало-помалу исчезает за деревьями. Положение было безвыходное. Он попробовал описать еще один круг. Овчарка не отставала. Тогда Белый Клык на всем ходу повернулся к ней. Он решился на свой испытанный боевой прием – ударил ее в плечо и сшиб с ног. Овчарка бежала так быстро, что удар этот не только свалил ее на землю, но заставил по инерции перевернуться несколько раз подряд. Пытаясь остановиться, она загребала когтями землю и громко выла от негодования и оскорбленной гордости.

Белый Клык не стал ждать. Путь был свободен, а ему только это и требовалось. Не переставая тявкать, овчарка бросилась за ним вдогонку. Он взял напрямик, а уж что касается умения бегать, так тут овчарка могла многому поучиться у него. Она мчалась с истерическим лаем, собирая все свои силы для каждого прыжка, а Белый Клык несся вперед молча, без малейшего напряжения и, словно призрак, скользил по траве.

Обогнув дом, Белый Клык увидел, как хозяин выходит из коляски, остановившейся у подъезда. В ту же минуту он понял, что на него готовится новое нападение. К нему неслась шотландская борзая. Белый Клык хотел оказать ей достойный прием, но не смог остановиться сразу, а борзая уже была почти рядом. Она налетела на него сбоку. От такого неожиданного удара Белый Клык со всего размаху кубарем покатился по земле. А когда он вскочил на ноги, вид его был страшен: уши, прижатые вплотную к голове, судорожно подергивающиеся губы и нос, клыки, лязгнувшие в каком-нибудь дюйме от горла борзой.

Хозяин бросился на выручку, но он был слишком далеко от них, и спасителем борзой оказалась овчарка Колли. Подбежав как раз в ту минуту, когда Белый Клык готовился к прыжку, она не позволила ему нанести смертельный удар противнику. Колли налетела как шквал. Чувство оскорбленного достоинства и справедливый гнев только разожгли в овчарке ненависть к этому выходцу из Северной глуши, который ухитрился ловким маневром провести и обогнать ее и вдобавок вывалял в песке. Она кинулась на Белого Клыка под прямым углом в тот миг, когда он метнулся к борзой, и вторично сшибла его с ног.

Подоспевший к этому времени хозяин схватил Белого Клыка, а отец хозяина отозвал собак.

– Нечего сказать, хороший прием здесь оказывают несчастному волку, приехавшему из Арктики, – говорил Скотт, успокаивая Белого Клыка. – За всю свою жизнь он только раз был сбит с ног, а здесь его опрокинули дважды за какие-нибудь полминуты.

Коляска отъехала, а из дому вышли новые незнакомые боги. Некоторые из них остановились на почтительном расстоянии от хозяина, но две женщины подошли и обняли его за шею. Белый Клык начинал понемногу привыкать к этому враждебному жесту. Он не причинял никакого вреда хозяину, а в словах, которые боги произносили при этом, не чувствовалось ни малейшей угрозы. Незнакомцы попытались было подойти к Белому Клыку, но он предостерегающе зарычал, а хозяин подтвердил его предостережение словами. Белый Клык жался к ногам хозяина, и тот успокаивал его, ласково поглаживая по голове.

По команде: «Дик! На место!» – борзая взбежала по ступенькам и легла на веранде, все еще рыча и не спуская глаз с пришельца. Одна из женщин обняла Колли за шею и принялась ласкать и гладить ее. Но Колли никак не могла успокоиться и, возмущенная присутствием волка, скулила, в полной уверенности, что боги совершают ошибку, допуская его в свое общество.

Боги поднялись на веранду. Белый Клык шел за хозяином по пятам. Дик зарычал на него. Белый Клык ощетинился и ответил ему тем же.

– Уведите Колли в дом, а эти двое пусть подерутся, – сказал отец Скотта. – После драки они станут друзьями.

– Тогда, чтобы доказать свою дружбу Дику, Белому Клыку придется выступить в роли главного плакальщика на его похоронах, – засмеялся хозяин.

Отец недоверчиво посмотрел сначала на Белого Клыка, потом на Дика и в конце концов на сына.

– Ты думаешь, что…

Уидон кивнул:

– Вы угадали. Ваш Дик отправится на тот свет через минуту, самое большее – через две.

Он повернулся к Белому Клыку:

– Пойдем, волк. Видно, в дом придется увести не Колли, а тебя.

Белый Клык осторожно поднялся по ступенькам и прошел всю веранду, подняв хвост, не сводя глаз с Дика и в то же время готовясь к любой неожиданности, которая могла встретить его в доме. Но ничего страшного там не было. Войдя в комнаты, он тщательно обследовал все углы, по-прежнему ожидая, что ему грозит опасность. Потом с довольным ворчанием улегся у ног хозяина, не переставая следить за всем, что происходило вокруг, и готовясь каждую минуту вскочить с места и вступить в бой с теми ужасами, которые, как ему казалось, таились в этой западне.

Глава третья. Владения бога

Переезды с места на место заметно развили в Белом Клыке умение приспосабливаться к окружающей среде, дарованное ему от природы, и укрепили в нем сознание необходимости такого приспособления. Он быстро свыкся с жизнью в Сиерра-Висте – так называлось поместье судьи Скотта. Никаких серьезных недоразумений с собаками больше не было. Здесь, на Юге, собаки знали обычаи богов лучше, чем он, и в их глазах существование Белого Клыка уже оправдывалось тем фактом, что боги разрешили ему войти в свое жилище. До сих пор Колли и Дику никогда не приходилось сталкиваться с волком, но раз боги допустили его к себе, им обоим не оставалось ничего другого, как подчиниться.

На первых порах отношение Дика к Белому Клыку не могло не быть несколько настороженным, но вскоре он примирился с ним, как с неотъемлемой принадлежностью Сиерра-Висты. Если бы все зависело от одного Дика, они стали бы друзьями, но Белый Клык не чувствовал необходимости в дружбе. Он требовал, чтобы собаки оставили его в покое. Всю жизнь он держался особняком от своих собратьев и не имел ни малейшего желания нарушать теперь этот порядок вещей. Дик надоедал ему своими приставаниями, и он, рыча, прогонял его прочь. Еще на Севере Белый Клык понял, что хозяйских собак трогать нельзя, и не забывал этого урока и здесь. Но он продолжал настаивать на своей обособленности и замкнутости и до такой степени игнорировал Дика, что этот добродушный пес оставил все попытки завязать дружбу с волком и в конце концов уделял ему внимания не больше, чем коновязи около конюшни.

Но с Колли дело обстояло несколько иначе. Смирившись с тем, что боги разрешили волку жить в доме, она все же не видела в этом достаточных оснований для того, чтобы совсем оставить его в покое.

В памяти у Колли стояли бесчисленные преступления, совершенные волком и его родичами против ее предков. Набеги на овчарни нельзя забыть ни за один день, ни за целое поколение, они взывали о мести. Колли не смела нарушить волю богов, подпустивших к себе Белого Клыка, но это не мешало ей отравлять ему жизнь. Между ними была вековая вражда, и Колли взялась непрестанно напоминать об этом Белому Клыку.

Воспользовавшись преимуществами, которые давал ей пол, она всячески изводила и преследовала его. Инстинкт не позволял ему нападать на Колли, но оставаться равнодушным к ее настойчивым приставаниям было просто невозможно. Когда овчарка кидалась на него, он подставлял под ее острые зубы свое плечо, покрытое густой шерстью, и величественно отходил в сторону; если это не помогало, с терпеливым и скучающим видом начинал ходить кругами, пряча от нее голову. Впрочем, когда она все же ухитрялась вцепиться ему в заднюю ногу, отступать приходилось гораздо поспешнее, уже не думая о величественности. Но в большинстве случаев Белый Клык сохранял достойный и почти торжественный вид. Он не замечал Колли, если только это было возможно, и старался не попадаться ей на глаза, а увидев или заслышав ее поблизости, вставал с места и уходил.

Белый Клык много чему должен был научиться в Сиерра-Висте. Жизнь на Севере была проста по сравнению со здешними сложными делами. Прежде всего ему пришлось познакомиться с семьей хозяина, но это было для него не в новинку. Мит-Са и Клу-Куч принадлежали Серому Бобру, ели добытое им мясо, грелись около его костра и спали под его одеялами; точно так же и все обитатели Сиерра-Висты принадлежали хозяину Белого Клыка.

Но и тут чувствовалась разница, и разница довольно значительная. Сиерра-Виста была куда больше вигвама Серого Бобра. Белому Клыку приходилось сталкиваться здесь с очень многими людьми. В Сиерра-Висте был судья Скотт со своей женой. Потом там были две сестры хозяина – Бэт и Мэри. Была жена хозяина – Элис и, наконец, его дети – Уидон и Мод, двое малышей четырех и шести лет. Никто не мог рассказать Белому Клыку о всех этих людях, а об узах родства и человеческих взаимоотношениях он ничего не знал, да и никогда не смог бы узнать. И все-таки он быстро понял, что все эти люди принадлежат его хозяину. Потом, наблюдая за их поведением, вслушиваясь в их речь и интонацию голосов, он мало-помалу разобрался в степени близости каждого из обитателей Сиерра-Висты к хозяину, почувствовал меру расположения, которым он дарил их. И соответственно всему этому Белый Клык и сам стал относиться к новым богам: то, что ценил хозяин, ценил и он; то, что было дорого хозяину, надлежало всячески охранять и ему самому.

Так обстояло дело с хозяйскими детьми. Всю свою жизнь Белый Клык не терпел детей, боялся и не переносил прикосновения их рук: он не забыл детской жестокости и тирании, с которыми ему приходилось сталкиваться в индейских поселках. И когда Уидон и Мод в первый раз подошли к нему, он предостерегающе зарычал и злобно сверкнул глазами. Удар кулаком и резкий окрик хозяина заставили Белого Клыка подчиниться их ласкам, хотя он не переставал рычать, пока крошечные руки гладили его, и в этом рычании не слышалось ласковой нотки. Позднее, заметив, что мальчик и девочка дороги хозяину, он позволял им гладить себя, уже не дожидаясь удара и резкого окрика.

Все же проявлять свои чувства Белый Клык не умел. Он покорялся детям хозяина с откровенной неохотой и переносил их приставания, как переносят мучительную операцию. Если они уж очень надоедали ему, он вставал и с решительным видом уходил прочь. Но вскоре Уидон и Мод расположили к себе Белого Клыка, хотя он все еще никак не выказывал своего отношения к ним. Он никогда не подходил к детям сам, но уже не убегал от них и ждал, когда они подойдут. А потом взрослые стали замечать, что при виде детей в глазах Белого Клыка появляется довольное выражение, которое уступало место чему-то вроде легкой досады, как только они оставляли его для других игр.

Много нового пришлось постичь Белому Клыку, но на все это потребовалось время. Следующее место после детей Белый Клык отводил судье Скотту. Объяснялось это двумя причинами: во-первых, хозяин, очевидно, очень ценил его, во-вторых, судья Скотт был человек сдержанный. Белый Клык любил лежать у его ног, когда тот читал газету на просторной веранде. Взгляд или слово, изредка брошенные в сторону Белого Клыка, говорили ему, что судья Скотт замечает его присутствие и умеет дать почувствовать это без всякой навязчивости. Но так бывало, когда хозяин куда-нибудь уходил. Стоило только ему показаться, и весь остальной мир переставал существовать для Белого Клыка.

Белый Клык позволял всем членам семьи Скотта гладить и ласкать себя, но ни к кому из них он не относился так, как к хозяину. Никакие ласки не могли вызвать любовных ноток в его рычании. Как ни старались родные Скотта, никому из них не удалось заставить Белого Клыка прижаться к ним головой. Этим выражением безграничного доверия, подчинения и преданности Белый Клык удостаивал одного Уидона Скотта. В сущности говоря, остальные члены семьи были для него не чем иным, как хозяйской собственностью.

Точно так же Белый Клык очень рано почувствовал разницу между членами семьи хозяина и слугами. Слуги боялись его, а он со своей стороны воздерживался от нападений на этих людей только потому, что считал их тоже хозяйской собственностью. Между ними и Белым Клыком поддерживался нейтралитет, и только. Они варили обед для хозяина, мыли посуду и исполняли всякую другую работу, точно так же как на Клондайке все это делал Мэтт. Короче говоря, слуги входили необходимой составной частью в жизненный уклад Сиерра-Висты.

Много нового пришлось узнать Белому Клыку и за пределами поместья. Владения хозяина были широки и обширны, но и они имели свои границы. Около Сиерра-Висты проходило шоссе. За ним начинались общие владения всех богов – дороги и улицы. Личные же их владения стояли за изгородями. Все это управлялось бесчисленным множеством законов, которые диктовали Белому Клыку его поведение, хотя он и не понимал языка богов и мог знакомиться с их законами только на основании собственного опыта. Он действовал сообразно своим инстинктам до тех пор, пока не сталкивался с одним из людских законов. После нескольких таких столкновений Белый Клык постигал закон и больше никогда не нарушал его.

Но сильнее всего действовали на Белого Клыка строгие нотки в голосе хозяина и его наказующая рука. Белый Клык любил своего бога беззаветной любовью, и его строгость причиняла ему такую боль, какой не могли причинить ни Серый Бобр, ни Красавчик Смит. Их побои были ощутимы только для тела, а дух, гордый, неукротимый дух Белого Клыка продолжал бушевать. Удары нового хозяина были чересчур слабы, чтобы причинить боль, и все-таки они проникали глубже. Хозяин выражал свое неодобрение Белому Клыку и этим уязвлял его в самое сердце.

В сущности говоря, Белому Клыку не так уж часто попадало от хозяина. Хозяйского голоса было вполне достаточно; по этому голосу Белый Клык судил, правильно он поступает или нет, к нему приноравливал свое поведение, поступки. Этот голос был для него компасом, по которому он направлял свой путь, компасом, который помогал ему знакомиться с новой страной и новой жизнью.

На Севере единственным прирученным животным была собака. Все остальные жили на воле и являлись законной добычей каждой собаки, если только она могла с ней справиться. Раньше Белому Клыку часто приходилось промышлять охотой, и ему было невдомек, что на Юге дело обстоит по-иному. Убедился он в этом в самом начале своего пребывания в долине Санта-Клара. Гуляя как-то рано утром около дома, он вышел из-за угла и наткнулся на курицу, убежавшую с птичьего двора. Вполне понятно, что ему захотелось съесть ее. Прыжок, сверкнувшие зубы, испуганное кудахтанье – и отважная путешественница встретила свой конец. Курица была хорошо откормленная, жирная и нежная на вкус; Белый Клык облизнулся и решил, что еда попалась неплохая.

В тот же день он набрел около конюшни еще на одну заблудшую курицу. На выручку ей прибежал конюх. Не зная нрава

Белого Клыка, он захватил с собой для устрашения тонкий хлыстик. После первого же удара Белый Клык оставил курицу и бросился на человека. Его можно было бы остановить палкой, но не хлыстом. Второй удар, встретивший его на середине прыжка, он принял молча, не дрогнув от боли. Конюх вскрикнул, шарахнулся назад от прыгнувшей ему на грудь собаки, уронил хлыст, схватился за шею руками. В результате рука его была располосована от локтя вниз до самой кости.

Конюх страшно перепугался. Его ошеломила не столько злоба Белого Клыка, сколько то, что он бросился молча, не залаяв, не зарычав. Все еще не отнимая искусанной и залитой кровью руки от лица и горла, конюх начал отступать к сараю. Не появись на сцене Колли, ему бы несдобровать. Колли спасла конюху жизнь, так же как в свое время она спасла жизнь Дику. Не помня себя от ярости, овчарка кинулась на Белого Клыка. Она оказалась умнее слишком доверчивых богов. Все ее подозрения оправдались: это грабитель! Он снова принялся за свои старые проделки! Он неисправим!

Конюх убежал на конюшню, а Белый Клык начал отступать перед свирепыми зубами Колли, кружась и подставляя под ее укусы то одно, то другое плечо. Но Колли продолжала донимать его, не ограничиваясь на этот раз обычным наказанием. Ее волнение и злоба разгорались с каждой минутой, и в конце концов Белый Клык забыл все свое достоинство и удрал в поле.

– Он не будет охотиться на кур, – сказал хозяин, – но сначала мне нужно застать его на месте преступления.

Случай представился два дня спустя, но хозяин даже не предполагал, каких размеров достигнет это преступление. Белый Клык внимательно следил за птичьим двором и его обитателями. Вечером, когда куры уселись на насест, он взобрался на груду недавно привезенного теса, перепрыгнул оттуда на крышу курятника, перелез через ее гребень и соскочил на землю. Секундой позже в курятнике началось смертоубийство.

Утром, когда хозяин вышел на веранду, глазам его предстало любопытное зрелище: конюх выложил на траве в один ряд пятьдесят зарезанных белых леггорнов. Скотт тихо засвистел, сначала от удивления, потом от восторга. Глазам его предстал также и Белый Клык, который не выказывал ни малейших признаков смущения или сознания собственной вины. Он держался очень горделиво, как будто и в самом деле совершил поступок, достойный всяческих похвал. При мысли о предстоящей ему неприятной задаче хозяин сжал губы; затем он резко заговорил с безмятежно настроенным преступником, и в голосе его – голосе бога – слышался гнев. Больше того: хозяин ткнул Белого Клыка носом в зарезанных кур и ударил его кулаком.

С тех пор Белый Клык уже не совершал налетов на курятник. Куры охранялись законом, и Белый Клык понял это. Вскоре хозяин взял его с собой на птичий двор. Как только живая птица засновала чуть ли не под самым носом у Белого Клыка, он сейчас же приготовился к прыжку. Это было вполне естественное движение, но голос хозяина заставил его остановиться. Они пробыли на птичьем дворе с полчаса. И каждый раз, когда Белый Клык, поддаваясь инстинкту, бросался за птицей, голос хозяина останавливал его. Таким образом он усвоил еще один закон и тут же, не выходя из этого птичьего царства, научился не замечать его обитателей.

– Такие охотники на кур неисправимы, – грустно покачивая головой, проговорил за завтраком судья Скотт, когда сын рассказал ему об уроке, преподанном Белому Клыку. – Стоит им только повадиться на птичий двор и попробовать вкус крови… – И он снова с грустью покачал головой.

Но Уидон Скотт не соглашался с отцом.

– Знаете, что я сделаю? – сказал он наконец. – Я запру Белого Клыка в курятнике на целый день.

– Что же будет с курами! – запротестовал отец.

– Больше того, – продолжал сын, – за каждую задушенную курицу я плачу золотой доллар.

– На папу тоже надо наложить какой-нибудь штраф, – вмешалась Бэт.

Сестра поддержала ее, и все сидевшие за столом хором одобрили это предложение. Судья не стал возражать.

– Хорошо! – Уидон Скотт на минуту задумался. – Если к концу дня Белый Клык не тронет ни одного куренка, за каждые десять минут, проведенные им на птичьем дворе, вы скажете ему совершенно серьезным и торжественным голосом, как в суде во время оглашения приговора: «Белый Клык, ты умнее, чем я думал».

Выбрав такие места, где их не было видно, все члены семьи приготовились наблюдать за событиями. Но им пришлось потерпеть сильное разочарование. Как только хозяин ушел со двора, Белый Клык лег и заснул. Потом проснулся и подошел к корыту напиться. На кур он не обращал ни малейшего внимания – они для него не существовали. В четыре часа он прыгнул с разбега на крышу курятника, соскочил на землю по другую сторону и степенной рысцой побежал к дому. Он усвоил новый закон. И судья Скотт, к великому удовольствию всей семьи, собравшейся на веранде, торжественным голосом сказал шестнадцать раз подряд: «Белый Клык, ты умнее, чем я думал».

Но многообразие законов очень часто сбивало Белого Клыка с толку и повергало его в немилость. В конце концов он твердо уяснил себе, что нельзя трогать и кур, принадлежащих другим богам. То же самое относилось к кошкам, кроликам и индюшкам. Откровенно говоря, после первого ознакомления с этим законом у него создалось впечатление, что все живые существа неприкосновенны. Перепелки вспархивали на лугу из-под самого его носа и улетали невредимыми. Белый Клык дрожал всем телом, но все же смирял в себе инстинктивное желание схватить птицу. Он повиновался воле богов.

Но вот однажды ему пришлось увидеть, как Дик спугнул на лугу зайца. Хозяин тоже видел это, и не только не вмешивался, но даже подстрекал Белого Клыка присоединиться к погоне. Таким образом Белый Клык узнал, что новый закон не распространяется на зайцев, и в конце концов усвоил его целиком. С домашними животными надо жить в мире. Если дружба с ними не ладится, то нейтралитет следует поддерживать во всяком случае. Но другие животные – белки, перепела и зайцы, не порвавшие связи с лесной глушью и не покорившиеся человеку, – законная добыча каждой собаки. Боги защищали только ручных животных и не позволяли им враждовать между собой. Боги были властны в жизни и смерти своих подданных и ревниво оберегали эту власть.

Жизнь в Сиерра-Висте была далеко не так проста, как на Севере. Цивилизация требовала от Белого Клыка прежде всего власти над самим собой и выдержки – той уравновешенности, которая неосязаема, словно паутинка, и в то же время тверже стали. Жизнь здесь была тысячелика, и Белый Клык соприкасался с ней во всем ее многообразии. Так, когда ему приходилось бежать вслед за хозяйской коляской по городу Сан-Хосе или ждать хозяина на улице, жизнь текла мимо него глубоким, необъятным потоком, непрестанно требуя мгновенного приспособления к своим законам и почти всегда заставляя его заглушать в себе все естественные порывы.

В городе он видел мясные лавки, в которых прямо перед носом висело мясо. Но трогать его не разрешалось. В домах, куда заходил хозяин, были кошки, которых тоже следовало оставлять в покое. А собаки встречались повсюду, и драться с ними было нельзя, хоть они и рычали на него. Кроме того, по тротуарам сновало бесчисленное множество людей, чье внимание он привлекал к себе. Люди останавливались, показывали на него друг другу, разглядывали его со всех сторон, заговаривали с ним и, что было хуже всего, трогали его руками. Приходилось терпеливо выносить прикосновение чужих рук, но терпением Белый Клык уже успел запастись. Он сумел даже преодолеть свою неуклюжую застенчивость и с высокомерным видом принимал все знаки внимания, которыми наделяли его незнакомые боги. Они снисходили до него, и он отвечал им тем же. И все же в Белом Клыке было что-то такое, что препятствовало слишком фамильярному обращению с ним. Прохожие гладили его по голове и отправлялись дальше, довольные собственной смелостью.

Но Белому Клыку не всегда удавалось отделываться так легко. Когда хозяйская коляска проезжала предместьями Сан-Хосе, мальчишки, попадавшиеся на пути, встречали его камнями. Белый Клык знал, что догнать их и разделаться с ними как следует нельзя. Приходилось поступать вопреки инстинкту самосохранения, и он, заглушая в себе голос инстинкта, становился мало-помалу совсем ручной, цивилизованной собакой.

И все же такое положение дел не совсем удовлетворяло Белого Клыка, хоть он и не знал, что такое беспристрастие и честность. Но каждое живое существо до известной степени обладает чувством справедливости, и Белому Клыку трудно было примириться с тем, что ему не позволяют защищаться от этих мальчишек. Он забыл, что договор, заключенный между ним и богами, обязывал последних заботиться о нем и охранять его. И вот однажды хозяин выскочил из коляски с хлыстом в руках и как следует проучил сорванцов. После этого они перестали бросаться камнями, и Белый Клык все понял и почувствовал полное удовлетворение.

Вскоре Белому Клыку пришлось испытать другой подобный же случай. Около салуна, мимо которого он пробегал по дороге в город, всегда слонялись три пса, взявшие себе за правило бросаться на него. Зная, чем кончаются все схватки Белого Клыка с собаками, хозяин неустанно втолковывал ему закон, запрещающий драки. Белый Клык хорошо усвоил этот закон и, пробегая мимо салуна на перекрестке, всегда попадал в очень неприятное положение. Его злобное рычание сейчас же отгоняло всех трех собак на приличную дистанцию, но они продолжали свою погоню издали, лаяли, оскорбляли его. Так продолжалось довольно долгое время. Посетители салуна даже поощряли собак и как-то раз совершенно открыто натравили их на Белого Клыка. Тогда хозяин остановил коляску.

– Взять их! – сказал он Белому Клыку.

Белый Клык не поверил собственным ушам. Он посмотрел на хозяина, посмотрел на собак. Потом еще раз бросил на хозяина вопросительный и тревожный взгляд.

Тот кивнул:

– Возьми их, старик! Задай им как следует!

Белый Клык отбросил все колебания. Он повернулся и молча кинулся на врагов. Те не отступили. Началась свалка. Собаки лаяли, рычали, лязгали зубами. Вставшая столбом пыль заслонила поле битвы. Но через несколько минут две собаки уже бились на дороге в предсмертных судорогах, а третья бросилась наутек. Она перепрыгнула канаву, проскочила сквозь изгородь и убежала в поле. Белый Клык мчался за ней совершенно бесшумно, как настоящий волк, не уступая волку и в быстроте, и на середине поля настиг и прикончил ее.

Это тройное убийство положило конец его неладам с чужими собаками. Слух о происшествии разнесся по всей долине, и люди стали следить за тем, чтобы их собаки не приставали к бойцовому волку.

Глава четвертая. Голос крови

Месяцы шли один за другим. Еды на Юге было вдоволь, работы от Белого Клыка не требовали, и он вошел в тело, благоденствовал и был счастлив. Юг стал для Белого Клыка не только географической точкой – он жил на Юге жизни. Человеческая ласка согревала его, как солнце, и он расцветал, словно растение, посаженное в добрую почву.

И все-таки между Белым Клыком и собаками чувствовалась какая-то разница. Он знал все законы даже лучше своих собратьев, которым не приходилось жить в других условиях, и соблюдал их с большей точностью, – и тем не менее свирепость не изменяла ему, как будто Северная глушь все еще держала его в своей власти, как будто волк, живший в нем, только задремал на время.

Белый Клык не дружил с собаками. Он всегда был одиночкой и намеревался держаться в стороне от своих собратьев и впредь. С первых лет своей жизни, омраченных враждой с Лип-Липом и со всей сворой щенков, и за те месяцы, которые ему пришлось провести у Красавчика Смита, Белый Клык возненавидел собак. Жизнь его уклонилась от нормального течения, и он сблизился с человеком, отдалившись от своих сородичей.

Кроме того, на Юге собаки относились к Белому Клыку с большой подозрительностью: он будил в них инстинктивный страх перед Северной глушью, и они встречали его лаем и рычанием, в котором слышалась ненависть. Он же со своей стороны понял, что кусать их совсем не обязательно. Оскаленные клыки и злобно вздрагивающие губы действовали безошибочно и останавливали почти любую разъяренную собаку.

Но жизнь послала Белому Клыку испытание, и этим испытанием была Колли. Она не давала ему ни минуты покоя. Закон не обладал для нее такой же непреложной силой, как для Белого Клыка, и

Колли противилась всем попыткам хозяина заставить их подружиться. Ее злобное, истеричное рычание неотвязно преследовало Белого Клыка: Колли не могла простить ему историю с курами и была твердо уверена в преступности всех его намерений. Она находила вину там, где ее еще и не было. Она отравляла Белому Клыку существование, следуя за ним по пятам, как полисмен, и стоило ему только бросить любопытный взгляд на голубя или курицу, как овчарка поднимала яростный, негодующий лай. Излюбленный способ Белого Клыка отделаться от нее заключался в том, что он ложился на землю, опускал голову на передние лапы и притворялся спящим. В таких случаях она всегда терялась и сразу умолкала.

За исключением неприятностей с Колли, все остальное шло гладко. Белый Клык научился сдерживать себя, твердо усвоил законы. В характере его появились положительность, спокойствие, философское терпение. Среда перестала быть враждебной ему. Предчувствия опасности, угрозы боли и смерти как не бывало. Мало-помалу исчез и ужас перед неизвестным, подстерегавшим его раньше на каждом шагу. Жизнь стала спокойной и легкой. Она текла ровно, не омрачаемая ни страхами, ни враждой.

Ему не хватало снега, но сам он не понимал этого. «Как затянулось лето!» – подумал бы, вероятно, Белый Клык, если бы мог так подумать. Потребность в снеге была смутная, бессознательная. Точно так же в летние дни, когда солнце жгло безжалостно, он испытывал легкие приступы тоски по Северу. Но тоска эта проявлялась только в беспокойстве, причины которого оставались неясными ему самому.

Белый Клык никогда не отличался экспансивностью. Он прижимался головой к хозяину, ласково ворчал и только такими способами выражал свою любовь. Но вскоре ему пришлось узнать и третий способ. Он не мог оставаться равнодушным, когда боги смеялись. Смех приводил его в бешенство, заставлял терять рассудок от ярости. Но на хозяина Белый Клык не мог сердиться, и, когда тот начал однажды добродушно подшучивать и смеяться над ним, он растерялся. Прежняя злоба поднималась в нем, но на этот раз ей приходилось бороться с любовью. Сердиться он не мог, – что же ему было делать? Он старался сохранить величественный вид, но хозяин захохотал громче. Он набрался еще больше величия, а хозяин все хохотал и хохотал. В конце концов Белый Клык сдался. Верхняя губа у него дрогнула, обнажив зубы, и глаза загорелись не то лукавым, не то любовным огоньком. Белый Клык научился смеяться.

Научился он и играть с хозяином: позволял валить себя с ног, опрокидывать на спину, проделывать над собой всякие шутки, а сам притворялся разъяренным, весь ощетинивался, рычал и лязгал зубами, делая вид, что хочет укусить хозяина. Но до этого никогда не доходило: его зубы щелкали в воздухе, не задевая Скотта. И в конце такой возни, когда удары, толчки, лязганье зубами и рычание становились все сильнее и сильнее, человек и собака вдруг отскакивали в разные стороны, останавливались и смотрели друг на друга. А потом так же внезапно – будто солнце вдруг проглянуло над разбушевавшимся морем – они начинали смеяться. Игра обычно заканчивалась тем, что хозяин обнимал Белого Клыка за шею, а тот заводил свою ворчливо-нежную любовную песенку.

Но, кроме хозяина, никто не осмеливался поднимать такую возню с Белым Клыком. Он не допускал этого. Стоило кому-нибудь другому покуситься на его чувство собственного достоинства, как угрожающее рычание и вставшая дыбом шерсть убивали у этого смельчака всякую охоту поиграть с ним. Если Белый Клык разрешал хозяину такие вольности, это вовсе не значило, что он расточает свою любовь направо и налево, как обыкновенная собака, готовая возиться и играть с кем угодно. Он любил только одного человека и отказывался разменивать свою любовь.

Хозяин много ездил верхом, и Белый Клык считал своей первейшей обязанностью сопровождать его в такие прогулки. На Севере он доказывал свою верность людям тем, что ходил в упряжи, но на Юге никто не ездил на нартах, и здешних собак не нагружали тяжестями. Поэтому Белый Клык всегда был при хозяине во время его поездок, найдя в этом новый способ для выражения своей преданности. Ему ничего не стоило бежать так хоть целый день. Он бежал без малейшего напряжения, не чувствуя усталости, ровной волчьей рысью и, проделав миль пятьдесят, все так же резво несся впереди лошади.

Эти поездки хозяина дали Белому Клыку возможность научиться еще одному способу выражения своих чувств, и замечательно то, что он воспользовался им только два раза за всю свою жизнь. Впервые это случилось, когда Уидон Скотт добивался от горячей чистокровной лошади, чтобы она позволяла ему открывать и закрывать калитку, не сходя с седла. Раз за разом он подъезжал к калитке, пытаясь закрыть ее за собой, но лошадь испуганно пятилась назад, шарахалась в сторону. Она горячилась все больше и больше, взвивалась на дыбы, а когда хозяин давал ей шпоры и заставлял опустить передние ноги, начинала бить задом. Белый Клык следил за ними с возрастающим беспокойством и под конец, не имея больше сил сдерживать себя, подскочил к лошади и злобно и угрожающе залаял на нее.

После случая с лошадью он часто пытался лаять, и хозяин поощрял его попытки, но сделать это ему удалось еще только один раз, причем хозяина в то время не было поблизости. Поводом к этому послужили следующие события: хозяин скакал верхом по полю, как вдруг лошадь метнулась в сторону, испугавшись выскочившего из-под самых ее копыт зайца, споткнулась, хозяин вылетел из седла, упал и сломал ногу. Белый Клык рассвирепел и хотел было вцепиться провинившейся лошади в горло, но хозяин остановил его.

– Домой! Ступай домой! – крикнул он, удостоверившись, что нога сломана.

Белый Клык не желал оставлять его одного. Хозяин хотел написать записку, но не нашел в карманах ни карандаша, ни бумаги. Тогда он снова приказал Белому Клыку бежать домой.

Белый Клык тоскливо посмотрел на него, сделал несколько шагов, вернулся и тихо заскулил. Хозяин заговорил с ним ласковым, но серьезным тоном; Белый Клык насторожил уши, с мучительным напряжением вслушиваясь в слова.

– Не смущайся, старик, ступай домой, – говорил Уидон Скотт. – Ступай домой и расскажи там, что случилось. Домой, волк, домой!

Белый Клык знал слово «домой» и, не понимая остального, все же догадался, о чем говорит хозяин. Он повернулся и нехотя побежал по полю. Потом остановился в нерешительности и посмотрел назад.

– Домой! – раздалось строгое приказание, и на этот раз Белый Клык повиновался.

Когда он подбежал к дому, все сидели на веранде, наслаждаясь вечерней прохладой. Белый Клык был весь в пыли и тяжело дышал.

– Уидон вернулся, – сказала мать Скотта.

Дети встретили Белого Клыка радостными криками и кинулись ему навстречу. Он ускользнул от них в дальний конец веранды, но маленький Уидон и Мод загнали его в угол между качалкой и перилами. Он зарычал, пытаясь вырваться на свободу. Жена Скотта испуганно посмотрела в ту сторону.

– Все-таки я в постоянной тревоге за детей, когда они вертятся около Белого Клыка, – сказала она. – Только и ждешь, что в один прекрасный день он бросится на них.

Белый Клык с яростным рычанием выскочил из ловушки, свалив мальчика и девочку с ног. Мать подозвала их к себе и стала утешать и уговаривать оставить Белого Клыка в покое.

– Волк всегда останется волком, – заметил судья Скотт. – На него нельзя полагаться.

– Но он не настоящий волк, – вмешалась Бэт, вставая на сторону отсутствующего брата.

– Ты полагаешься на слова Уидона, – возразил судья. – Он думает, что в Белом Клыке есть собачья кровь, но ведь это только его предположение. А по виду…

Судья не закончил фразы. Белый Клык остановился перед ним и яростно зарычал.

– Пошел на место! На место! – строго проговорил судья Скотт.

Белый Клык повернулся к жене хозяина. Она испуганно вскрикнула, когда он схватил ее зубами за платье и, потянув к себе, разорвал легкую материю.

Тут уж Белый Клык стал центром всеобщего внимания. Он стоял, высоко подняв голову, и вглядывался в лица людей. Горло его подергивалось судорогой, но не издавало ни звука. Он силился как-то выразить то, что рвалось в нем наружу и не находило себе выхода.

– Уж не взбесился ли он? – сказала мать Уидона. – Я говорила Уидону, что северная собака не перенесет теплого климата.

– Он того и гляди заговорит! – воскликнула Бэт.

В эту минуту Белый Клык обрел дар речи и разразился оглушительным лаем.

– Что-то случилось с Уидоном, – с уверенностью сказала жена Скотта.

Все вскочили с места, а Белый Клык бросился вниз по ступенькам, оглядываясь назад и словно приглашая людей следовать за собой. Он лаял второй и последний раз в жизни и добился, что его поняли.

После этого случая обитатели Сиерра-Висты стали лучше относиться к Белому Клыку, и даже конюх с искусанной рукой признал, что Белый Клык умный пес, хоть он и волк. Судья Скотт тоже придерживался этой точки зрения и, к всеобщему неудовольствию, приводил в доказательство своей правоты описания и таблицы, взятые из энциклопедии и различных книг по зоологии.

Дни шли один за другим, щедро заливая долину Санта-Клара солнечными лучами. Но с приближением зимы, второй его зимы на Юге, Белый Клык сделал странное открытие, – зубы Колли перестали быть такими острыми: ее игривые, легкие укусы уже не причиняли боли. Белый Клык забыл, что когда-то овчарка отравляла ему жизнь, и, стараясь отвечать ей такой же игривостью, проделывал это до смешного неуклюже.

Однажды Колли долго носилась по лугу, а потом увлекла Белого Клыка за собой в лес. Хозяин собирался покататься до обеда верхом, и Белый Клык знал об этом: оседланная лошадь стояла у подъезда. Белый Клык колебался. Он чувствовал в себе нечто такое, что было сильнее всех познанных им законов, сильнее всех привычек, сильнее любви к хозяину, сильнее воли к жизни. И когда овчарка куснула его и побежала прочь, он оставил свою нерешительность, повернулся и последовал за ней. В тот день хозяин ездил один, а Белый Клык бегал по лесу бок о бок с Колли, – так же, как много лет назад в безмолвной северной чаще его мать Кичи бегала с Одноглазым.

Глава пятая. Дремлющий волк

Приблизительно в это же время в газетах появились сообщения о смелом побеге из сан-квентинской тюрьмы одного заключенного, славившегося своей свирепостью. Это была натура, исковерканная с самого рождения и не получившая ни малейшей помощи от окружающей среды, натура, являвшая собой поразительный пример того, во что может обратиться человеческий материал, когда он попадает в безжалостные руки общества. Это было животное, – правда, животное в образе человека, но тем не менее иначе как хищником его нельзя было назвать.

В сан-квентинской тюрьме он считался неисправимым. Никакое наказание не могло сломить его упорство. Он был способен бунтовать до последнего издыхания, не помня себя от ярости, но не мог жить побитым, покоренным. Чем яростнее бунтовал он, тем суровее общество обходилось с ним, и эта суровость только разжигала его злобу. Смирительная рубашка, голод, побои не достигали своей цели, а ничего другого Джим Холл не получал от жизни. Так обращались с Джимом Холлом с самого раннего детства, проведенного им в трущобах Сан-Франциско, когда он был мягкой глиной, готовой принять любую форму в руках общества.

В третий раз отбывая срок заключения в тюрьме, Джим Холл встретил там сторожа, который был почти таким же зверем, как и он сам. Сторож всячески преследовал его, оклеветал перед смотрителем, и Джима лишили последних тюремных поблажек. Вся разница между Джимом и сторожем заключалась лишь в том, что сторож носил при себе связку ключей и револьвер, а у Джима Холла были только голые руки да зубы. Но однажды он бросился на сторожа и вцепился зубами ему в горло, как дикий зверь в джунглях.

После этого Джима Холла перевели в одиночную камеру. Он прожил в ней три года. Пол, стены и потолок камеры были обиты железом. За все это время он ни разу не вышел из нее, ни разу не увидел неба и солнца. Вместо дня в камере стояли сумерки, вместо ночи – черное безмолвие. Джим Холл был заживо погребен в железной могиле. Он не видел человеческого лица, не обменялся ни с кем ни словом. Когда ему просовывали пищу, он рычал, как дикий зверь. Он ненавидел весь мир. Он мог выть от ярости день за днем, ночь за ночью, потом замолкал на недели и месяцы, не издавая ни звука в этом черном безмолвии, проникавшем ему в самую душу.

А потом как-то ночью он убежал. Смотритель уверял, что это немыслимо, но тем не менее камера была пуста, а на пороге ее лежал убитый сторож. Еще два трупа отмечали путь преступника через тюрьму к наружной стене, – всех троих Джим Холл убил голыми руками, чтобы ничего не было слышно.

Сняв с убитых сторожей оружие, Джим Холл скрылся в горы. Голову его оценили в крупную сумму золотом. Алчные фермеры гонялись за ним с ружьями. Ценой его крови можно было выкупить закладную или послать сына в колледж. Граждане, воодушевившиеся чувством долга, вышли на Холла с ружьями в руках. Свора ищеек мчалась по его кровавым следам. А ищейки закона, состоявшие на жалованье у общества, звонили по телефону, слали телеграммы, заказывали специальные поезда, ни днем, ни ночью не прекращая своих розысков.

Время от времени Джим Холл попадался на глаза своим преследователям, и тогда люди геройски шли ему навстречу или кидались от него врассыпную, к великому удовольствию всей страны, читавшей об этом в газетах за завтраком. После таких стычек убитых и раненых развозили по больницам, а их места занимали другие любители охоты на человека.

А затем Джим Холл исчез. Ищейки тщетно рыскали по его следам. Вооруженные люди задерживали ни в чем не повинных фермеров и требовали, чтобы те удостоверили свою личность. А жаждавшие получить выкуп за голову Холла десятки раз находили в горах его труп.

Все это время газеты читались и в Сиерра-Висте, но не столько с интересом, сколько с беспокойством. Женщины были перепуганы. Судья Скотт хорохорился и подшучивал над ними, – впрочем, без всяких оснований, так как незадолго до того, как он вышел в отставку, Джим Холл предстал перед ним в суде и выслушал от него свой приговор. И там же, в зале суда, перед всей публикой Джим Холл заявил, что настанет день, когда он отомстит судье, вынесшему этот приговор.

На этот раз Джим Холл был невиновен. Его осудили неправильно. В воровском мире и среди полицейских это называлось «закатать в тюрьму».

Джима Холла «закатали» за преступление, которого он не совершал. Приняв во внимание две прежних судимости Джима Холла, судья Скотт дал ему пятьдесят лет тюрьмы.

Судья Скотт не знал многих обстоятельств дела, не подозревал он и того, что стал невольным соучастником сговора полицейских, что показания были подстроены и извращены, что Джим Холл не был причастен к преступлению. А Джим Холл со своей стороны не знал, что судья Скотт действовал по неведению. Джим Холл был уверен, что судья Скотт прекрасно обо всем осведомлен и, вынося этот чудовищный по своей несправедливости приговор, действует рука об руку с полицией. И поэтому, когда судья Скотт огласил приговор, осуждающий Джима Холла на пятьдесят лет жизни, мало чем отличающейся от смерти, Джим Холл, ненавидевший мир, который так круто обошелся с ним, вскочил со своего места и бесновался от ярости до тех пор, пока его враги, одетые в синие мундиры, не повалили его на пол. Он считал судью Скотта краеугольным камнем обрушившейся на него твердыни несправедливости и грозил ему местью. А потом Джима Холла заживо погребли в тюремной камере… и он убежал оттуда.

Обо всем этом Белый Клык ничего не знал. Но между ним и женой хозяина, Элис, существовала тайна. Каждую ночь, после того как вся Сиерра-Виста отходила ко сну, Элис вставала с постели и впускала Белого Клыка на всю ночь в холл. А так как Белый Клык не был комнатной собакой и ему не полагалось спать в доме, то рано утром, до того как все встанут, Элис тихонько сходила вниз и выпускала его во двор.

В одну такую ночь, когда весь дом покоился во сне, Белый Клык проснулся, но продолжал лежать тихо. И так же тихо он повел носом и сразу поймал несшуюся к нему по воздуху весть о присутствии в доме незнакомого бога. До его слуха доносились звуки шагов. Белый Клык не залаял. Это было не в его обычае. Незнакомый бог ступал очень тихо, но еще тише ступал Белый Клык, потому что на нем не было одежды, которая шуршит, прикасаясь к телу. Он двигался бесшумно. В Северной глуши ему приходилось охотиться за пугливой дичью, и он знал, как важно застать ее врасплох.

Незнакомый бог остановился у лестницы и стал прислушиваться. Белый Клык замер. Он стоял не шевелясь и ждал, что будет дальше. Лестница вела в коридор, где были комнаты хозяина и самых дорогих для него существ. Белый Клык ощетинился, но продолжал ждать молча. Незнакомый бог поставил ногу на нижнюю ступеньку; он стал подниматься вверх по лестнице...

И в эту минуту Белый Клык кинулся. Он сделал это без всякого предупреждения, даже не зарычал. Тело его взвилось в воздух и опустилось прямо на спину незнакомому богу. Белый Клык повис у него на плечах и впился клыками ему в шею. Он повис на незнакомом боге всей своей тяжестью и в одно мгновение опрокинул его навзничь. Оба рухнули на пол. Белый Клык отскочил в сторону, но как только человек попытался встать на ноги, он снова кинулся на него и снова запустил зубы ему в шею.

Обитатели Сиерра-Висты в страхе проснулись. По шуму, доносившемуся с лестницы, можно было подумать, что там сражаются полчища дьяволов. Раздался револьверный выстрел, за ним второй, третий. Кто-то пронзительно вскрикнул от ужаса и боли. Потом послышалось громкое рычание. И все эти звуки сопровождал звон стекла и грохот опрокидываемой мебели.

Но шум замер так же внезапно, как и возник. Все это длилось не больше трех минут. Перепуганные обитатели дома столпились на верхней площадке лестницы. Снизу, из темноты, доносились булькающие звуки, будто воздух выходил пузырьками на поверхность воды. По временам бульканье переходило в шипение, чуть ли не в свист. Но и эти звуки быстро замерли, и во мраке слышалось только тяжелое дыхание, словно кто-то мучительно ловил ртом воздух.

Уидон Скотт повернул выключатель, и потоки света залили лестницу и холл. Потом он и судья Скотт осторожно спустились вниз, держа наготове револьверы. Впрочем, осторожность их оказалась излишней: Белый Клык уже сделал свое дело. Посреди опрокинутой и переломанной мебели лежал на боку человек, лицо его было прикрыто рукой. Уидон Скотт нагнулся, убрал руку и повернул человека лицом вверх. Зияющая на горле рана не оставляла никаких сомнений относительно причины его смерти.

– Джим Холл! – сказал судья Скотт.

Отец и сын многозначительно переглянулись, затем перевели взгляд на Белого Клыка. Он тоже лежал на боку. Глаза у него были закрыты, но, когда люди наклонились над ним, он приподнял веки, силясь взглянуть вверх, и чуть шевельнул хвостом. Уидон Скотт погладил его, и в ответ на эту ласку он тихонько зарычал. Но рычание прозвучало чуть слышно и сейчас же оборвалось. Веки у Белого Клыка дрогнули и закрылись, все тело как-то сразу обмякло, и он вытянулся на полу.

– Кончено твое дело, бедняга, – пробормотал хозяин.

– Ну, это мы еще посмотрим, – заявил судья и пошел к телефону.

– Откровенно говоря, у него один шанс на тысячу, – сказал хирург, полтора часа провозившись около Белого Клыка.

Первые солнечные лучи, глянувшие в окна, побороли электрический свет. Вся семья, кроме детей, собралась около хирурга, чтобы послушать, что он скажет о Белом Клыке.

– Перелом задней ноги, – продолжал тот. – Три сломанных ребра, и по крайней мере одно из них прошло в легкое. Большая потеря крови. Возможно, что имеются и другие внутренние повреждения, так как, по-видимому, его топтали ногами. Я уже не говорю о том, что все три пули прошли навылет. Да нет, один шанс на тысячу – это, пожалуй, слишком оптимистично. У него нет и одного на десять тысяч.

– Но нельзя терять и этого шанса! – воскликнул судья Скотт. – Я заплачу любые деньги! Надо сделать просвечивание – все, что понадобится... Уидон, телеграфируй сейчас же в Сан-Франциско доктору Никольсу. Вы не обижайтесь, доктор, мы вам верим, но для этой собаки надо сделать все, что можно.

– Ну разумеется, разумеется! Я понимаю, собака этого заслуживает. За ней надо ухаживать, как за человеком, как за больным ребенком. И следите за температурой. Я загляну в десять часов.

И за Белым Клыком ухаживали действительно как за человеком. Дочери судьи с негодованием отвергли предложение вызвать сиделку и взялись за это дело сами. И Белый Клык вырвал у жизни тот единственный шанс, в котором ему отказал хирург.

Но не следует осуждать хирурга за его ошибку. До сих пор ему приходилось лечить и оперировать изнеженных цивилизацией людей, потомков многих изнеженных поколений. По сравнению с Белым Клыком все они казались хрупкими и слабыми и не умели цепляться за жизнь. Белый Клык был выходцем из Северной глуши, которая никому не позволяет изнежиться и быстро уничтожает слабых. Ни у его матери, ни у его отца, ни у многих поколений их предков не было и признаков изнеженности. Северная глушь наградила Белого Клыка железным организмом и живучестью, и он цеплялся за жизнь и духом и телом с тем упорством, которое в былые времена было свойственно каждому живому существу.

Прикованный к месту, лишенный возможности даже шевельнуться из-за тугих повязок и гипса, Белый Клык долгие недели боролся со смертью. Он подолгу спал, видел множество снов, и в мозгу его нескончаемой вереницей проносились видения Севера. Прошлое ожило и обступило Белого Клыка со всех сторон. Он снова жил в логовище с Кичи; дрожа всем телом, подползал к ногам Серого Бобра, выражая ему свою покорность; спасался бегством от Лип-Липа и завывающей своры щенков.

Белый Клык снова бегал по безмолвному лесу, охотясь за дичью в дни голода; снова видел себя во главе упряжки; слышал, как Мит-Са и Серый Бобр щелкают бичами и кричат: «Раа! Раа!», когда сани въезжают в ущелье и упряжка сжимается, как веер, на узкой дороге. День за днем прошла перед ним жизнь у Красавчика Смита и бои, в которых он участвовал. В эти минуты он скулил и рычал, и люди, сидевшие около него, говорили, что Белому Клыку снится дурной сон.

Но мучительнее всего был один повторяющийся кошмар: Белому Клыку снились трамваи, которые с грохотом и дребезгом мчались на него, точно громадные, пронзительно воющие рыси. Вот Белый Клык, притаившись, лежит в кустах, поджидая той минуты, когда белка решится наконец спуститься с дерева на землю. Вот он прыгает на свою добычу... Но белка мгновенно превращается в страшный трамвай, который громоздится над ним как гора, угрожающе визжит, грохочет и плюет на него огнем. Так же было и с ястребом. Ястреб камнем падал на него с неба и превращался на лету все в тот же трамвай. Белый Клык видел себя в загородке у Красавчика Смита. Кругом собирается толпа, и он знает, что скоро начнется бой. Он смотрит на дверь, поджидая своего противника. Дверь распахивается, и страшный трамвай летит на него. Такой кошмар повторялся день за днем, ночь за ночью, и каждый раз Белый Клык испытывал ужас во сне.

Наконец в одно прекрасное утро с него сняли последнюю гипсовую повязку, последний бинт. Какое это было торжество! Вся Сиерра-Виста собралась около Белого Клыка. Хозяин почесывал ему за ухом, а он пел свою ворчливо-ласковую песенку. «Бесценный Волк» – назвала его жена хозяина. Это новое прозвище было встречено восторженными криками, и все женщины стали повторять: «Бесценный Волк! Бесценный Волк!»

Он попробовал было подняться на ноги, сделал несколько безуспешных попыток и упал. Выздоровление так затянулось, что мускулы его потеряли упругость и силу. Ему было стыдно своей слабости, как будто он провинился в чем-то перед богами. И, сделав героическое усилие, он встал на все четыре лапы, пошатываясь из стороны в сторону.

– Бесценный Волк! – хором воскликнули женщины.

Судья Скотт бросил на них торжествующий взгляд.

– Вашими устами глаголет истина! – сказал он. – Я твердил об этом все время. Ни одна собака не могла бы сделать того, что сделал Белый Клык. Он – волк.

– Бесценный Волк, – поправила его миссис Скотт.

– Да, Бесценный Волк, – согласился судья. – И отныне я только так и буду называть его.

– Ему придется сызнова учиться ходить, – сказал врач. – Пусть сейчас и начинает. Теперь уже можно. Выведите его во двор.

И Белый Клык вышел во двор, а за ним, словно за августейшей особой, почтительно шли все обитатели Сиерра-Висты. Он был очень слаб и, дойдя до лужайки, лег на траву и несколько минут отдыхал.

Затем процессия двинулась дальше, и мало-помалу, с каждым шагом, мускулы Белого Клыка наливались силой, кровь быстрее и быстрее бежала по жилам. Дошли до конюшни, и там около ворот лежала Колли, а вокруг нее резвились на солнце шестеро упитанных щенков.

Белый Клык посмотрел на них с недоумением. Колли угрожающе зарычала, и он предпочел держаться от нее подальше. Хозяин подтолкнул к нему ногой ползавшего по траве щенка. Белый Клык ощетинился, но хозяин успокоил его. Колли, которую сдерживала Бэт, не спускала с Белого Клыка настороженных глаз и рычанием предупреждала, что успокаиваться еще рано.

Щенок подполз к Белому Клыку. Тот навострил уши и с любопытством оглядел его. Потом они коснулись друг друга носами, и Белый Клык почувствовал, как теплый язычок щенка лизнул его в щеку. Сам не зная, почему так получилось, он тоже высунул язык и облизал щенку мордочку.

Боги встретили это рукоплесканиями и криками восторга. Белый Клык удивился и недоуменно посмотрел на них. Потом его снова охватила слабость; он опустился на землю и, поглядывая на щенка, нагнул голову набок. Остальные щенки тоже подползли к нему, к великому неудовольствию Колли, и Белый Клык с важным видом позволял им карабкаться себе на спину и скатываться на траву.

Рукоплескания смутили его и заставили почувствовать былую неловкость. Но вскоре это прошло. Щенки продолжали свою возню, а Белый Клык лежал на солнышке и, полузакрыв глаза, медленно погружался в дремоту.

МАЛЕНЬКАЯ ХОЗЯЙКА БОЛЬШОГО ДОМА

Глава первая

Он проснулся в темноте; проснулся сразу, легко, не сделав ни одного движения, – просто открыл глаза и увидел, что еще темно. Ему не нужно было, подобно большинству людей, сначала пошарить вокруг себя, прислушаться, ощутить внешний мир, – он сразу нашел свое «я» в определенных условиях пространства и времени и без усилий продолжал повесть своей жизни, прерванную сном. Он сразу осознал себя Диком Форрестом – хозяином огромного поместья, который несколько часов назад, уже в полузабытьи, заложил спичкой страницу книги, выключил настольную лампу и уснул.

Где-то совсем рядом сочно плескался и лепетал фонтан. Издалека донесся звук – такой слабый и смутный, что его могло уловить только очень чуткое ухо; однако Дик Форрест услышал его и улыбнулся: он сразу узнал глухой, хриплый рев Короля Поло, своего лучшего быка из породы шортхорнов, трижды премированного на калифорнийских выставках в Сакраменто. Улыбка долго не сходила с лица Дика Форреста: он рисовал себе те новые победы, которые готовил своему Королю Поло, – в этом году он собирался отправить его на Восток. Он докажет, что бык, рожденный и выращенный в Калифорнии, вполне может соперничать с лучшими, вскормленными кукурузой, быками штата Айова и даже с привезенными из-за моря, с их исконной родины, шортхорнами.

Улыбка погасла, Форрест потянулся в темноте к ряду кнопок над изголовьем и нажал первую. Кнопки шли в три ряда. Скрытый свет, лившийся сквозь стенки большой чаши под потолком, осветил спальню-веранду, с трех сторон затянутую тонкой медной сеткой. Четвертой стороной служила бетонная стена дома с высокими застекленными дверями.

Он надавил вторую кнопку в том же ряду, и яркий свет озарил то место на стене, где висели часы, барометр и два термометра – Фаренгейта и Цельсия. Скользнув по ним взглядом, он сразу прочел их показания: время – 4.30, атмосферное давление – 29,80, нормальное для данной высоты над уровнем моря и для времени года; температура – 36 по Фаренгейту. Другим движением пальца он опять погрузил во мрак измерители времени и температуры.

От нажима на третью кнопку вспыхнула его рабочая лампа, поставленная так, чтобы свет падал сверху и сзади, не ослепляя глаз.

Первая кнопка погасила невидимую лампу под потолком; Форрест достал с ночного столика пачку гранок, закурил сигарету и, вооружившись карандашом, принялся их править.

Вся обстановка спальни говорила о том, что здесь живет человек, привыкший работать. Каждая вещь в ней была целесообразна, вместе с тем на всем лежал отпечаток отнюдь не спартанского комфорта. Серая эмалированная кровать была под цвет серой стены. В ногах кровати, вместо теплого пледа, лежал халат из волчьих шкур с висячими хвостами. Ночные туфли стояли на пушистом ковре из меха горной козы.

На ночном столике высились аккуратные стопки книг, журналы, блокноты и еще оставалось место для спичек, сигарет, пепельницы и термоса. На подвижной, прикрепленной к стене подставке стоял диктофон. Со стены, под барометром и термометрами, из круглой деревянной рамки смотрело смеющееся женское личико. И на той же стене, между рядами электрических кнопок и распределительным щитом, висела открытая кобура, из которой торчала рукоятка автоматического кольта-44.

В шесть часов, минута в минуту, когда серый утренний свет начал просачиваться сквозь проволочную сетку. Дик Форрест, не поднимая глаз от корректуры, протянул правую руку и нажал одну из кнопок во втором ряду. Пять минут спустя на веранду неслышно вошел китаец в мягких туфлях. Он держал в руках начищенный медный подносик, на котором стояли чашка с блюдцем, крошечный серебряный кофейник и такой же молочник.

– С добрым утром, О-Дай, – приветствовал его Дик Форрест, улыбаясь не только губами, но и глазами.

– С добрым утром, хозяин, – ответил О-Дай; он освободил на столе место для подноса, налил в чашку кофе и сливки.

Увидев, что хозяин уже подносит одной рукой чашку к губам, а другой продолжает делать пометки на корректуре, О-Дай поднял с пола обшитый кружевами воздушный розовый чепчик и удалился. Он скрылся беззвучно, исчез, как тень, в открытую застекленную дверь.

В шесть тридцать, минута в минуту, он вернулся с подносом побольше. Дик Форрест отложил гранки, достал книгу, озаглавленную: «Промысловое разведение лягушек», – и приготовился завтракать. Завтрак был простой, но сытный: снова кофе, полгрейпфрута, два яйца всмятку, сбитых в стакане с кусочком масла и очень горячих, и ломтик в меру поджаренного бекона; он знал, что это мясо от его свиньи и притом домашнего копчения.

К этому времени лучи солнца уже хлынули через сетку и залили кровать. С наружной стороны сетки сидело несколько первых весенних мух, ошалевших от ночного холода. Завтракая, Форрест следил за тем, как на них охотятся хищные желтобрюхие осы. Более выносливые и менее чувствительные к заморозкам, чем пчелы, они летали перед сеткой и накидывались на ошалевших мух. Эти воздушные разбойники в желтых камзолах свирепо жужжали и, действуя почти без промаха, схватывали свою жертву и улетали с ней. Последняя муха исчезла раньше, чем Форрест сделал последний глоток кофе и, заложив спичкой книгу о лягушках, принялся опять за корректуру.

Через некоторое время он услышал прозрачную, нежную трель жаворонка – этого первого утреннего певца. Форрест оторвался от работы и взглянул на часы: они показывали семь. Он отложил гранки, взялся за телефон и, нажимая привычной рукой кнопки на распределительном щите, вступил в разговор с целым рядом лиц.

– Алло, О-Пой, – обратился он к первому. – Что мистер Тэйер, встал? Ладно. Не будите. Едва ли он будет завтракать в постели, но вы все-таки справьтесь... Хорошо, и покажите ему, как пускать горячую воду... Может быть, он не знает... Да, да, хорошо... И достаньте как можно скорее еще одного боя. Как только наступает весна, съезжаются гости... Конечно. Словом, на ваше усмотрение. До свидания.

– Мистер Хэнли?.. Да, – начал он вторую беседу с помощью второго контакта, – я думал насчет Бьюкэйской плотины. Мне нужна смета на доставку гравия и камней... Да, вот именно... Я считаю, что ярд гравия обойдется примерно на шесть или десять центов дороже щебня. Ужасно мешает подвозу этот последний крутой склон холма... Разработайте смету... Нет, раньше, чем через две недели, мы начать не сможем... да, да, если новые тракторы подоспеют вовремя, они освободят лошадей от пахоты; но не забудьте, что тракторы придется еще дать на проверку... Нет. Об этом вам придется поговорить с мистером Эверэном. До свидания.

Третья беседа началась так:

– Мистер Досон?.. Ха! Ха!.. У меня на веранде сейчас тридцать шесть градусов. В низинах, наверно, все бело от инея. Но это, пожалуй, последний утренник... Да, поклялись, что тракторы будут доставлены еще два дня назад... Позвоните железнодорожному агенту... Кстати, поговорите за меня и с мистером Хэнли. Я забыл ему сказать, чтобы вместе со второй партией мухоловок он пустил в дело и крысоловки. Да, сейчас же. Сегодня штук двадцать мух грелись на моей сетке... Конечно. Прощайте.

Покончив с разговорами, Форрест быстро встал, сунул ноги в туфли и, как был, в пижаме, вошел в дом через открытую дверь, чтобы принять ванну, уже приготовленную для него китайцем О-Даем. Минут через десять Форрест, вымытый и выбритый, снова лежал в постели, погрузившись в книгу о лягушках, а пунктуальный О-Дай, все исполнявший минута в минуту, массировал ему ноги.

У Дика были сильные, красивые ноги, и сам он был статный и стройный, рост – пять футов десять дюймов, вес – сто восемьдесят фунтов. Эти ноги могли немало порассказать об их владельце: левое бедро пересекал рубец дюймов в десять длиной; поперек левой лодыжки, от икры до пятки, также шло несколько шрамов величиной с монету. Когда О-Дай посильнее разминал левое колено, Форрест невольно морщился. И на правой голени темнело несколько небольших шрамов, а глубокий рубец, как раз под коленом, доходил почти до кости. На бедре виднелся след застарелого ранения шириной в три дюйма, испещренный точками от снятых швов.

Внезапно со двора донеслось веселое ржание. Форрест поспешно заложил спичкой нужную страницу лягушачьей книги, перевернулся на бок и посмотрел в ту сторону, откуда донеслось ржание, в то время как О-Дай надевал хозяину носки и башмаки. Внизу на дороге, среди лиловых кистей ранней сирени, появился живописный ковбой верхом на крупном жеребце; в золотых утренних лучах жеребец казался красновато-коричневым; он шел, роняя клочья белоснежной пены, гордо взмахивая гривой, поводил вокруг блестящими глазами, и трубный звук его любовного призыва разносился по зеленеющей равнине.

Дика Форреста в то же мгновение охватила радость и тревога: радость при виде этого великолепного животного, выступавшего между кустами сирени, – и тревога, как бы его ржание не разбудило ту молодую женщину, чье смеющееся личико глядело на него из деревянной рамки на стене. Он бросил быстрый взгляд через двор шириной в двести футов на выступавшее вперед крыло дома, находившееся еще в тени. Шторы на окнах ее веранды-спальни были спущены. Они не шевельнулись. Жеребец снова заржал, но он спугнул только стайку диких канареек, – они поднялись из цветущих кустов, которыми был обсажен двор, точно брызнул вверх сноп золотисто-зеленых брызг, брошенный восходящим солнцем.

Следя за жеребцом, Дик Форрест рисовал себе его прекрасное и сильное потомство, этих жеребят без малейшего порока. А когда лошадь скрылась среди сирени, Дик, как обычно, сейчас же возвратился к окружавшей его действительности и спросил слугу:

– Ну, как новый бой, О-Дай? Привыкает?

– Мне кажется, он хороший бой, – ответил китаец, – Совсем мальчишка. Все ему ново. Очень медленный. Но ничего, толк выйдет.

– Да? Почему ты так думаешь?

– Я бужу его третье или четвертое утро. Спит, как маленький. Проснулся – улыбается. Совсем как вы. Очень хорошо.

– А разве я улыбаюсь, когда проснусь? – спросил Форрест.

О-Дай усердно закивал.

– Уж сколько раз, сколько лет я бужу вас. И всегда, как глаза откроете, так они уже улыбаются, губы улыбаются, лицо улыбается, весь вы улыбаетесь. Сразу. Это очень хорошо. Если человек так просыпается, значит, ума много. Я знаю. И новый бой – умный. Увидите, скоро-скоро выйдет из него толк. Его зовут Чжоу Гэн. Как вы будете называть его здесь?

– А какие имена у нас уже есть? – спросил он.

– О-Рай, Ой-Ой, Ой-Ли, потом я – О-Дай, – перечислял китаец скороговоркой. – О-Рай говорит, надо назвать нового боя…

Он смолк и лукаво посмотрел на своего хозяина.

Форрест кивнул.

– О-Рай говорит, пусть новый бой будет О-Черт!

– Охо! Здорово! – расхохотался Форрест. – Я вижу, О-Рай шутник! Имя хорошее, только оно не подойдет. А что скажет миссис? Надо придумать что-нибудь другое.

– О-Хо тоже очень хорошее имя.

В ушах у Форреста все еще стояло его собственное восклицание, и он понял, откуда китаец взял это имя.

– Хорошо. Пусть называется О-Хо.

О-Дай наклонил голову, неслышно выскользнул в дверь и тут же вернулся с остальной одеждой своего хозяина, помог ему надеть нижнюю и верхнюю сорочку, набросил на шею галстук, который тот завязывал сам, и, опустившись на колени, затянул краги и нацепил шпоры; затем подал широкополую фетровую шляпу и хлыст.

Хлыст был особый, индейского плетения, – он состоял из узких полосок сыромятной кожи, в его рукоятку было вделано десять унций свинца, и он висел на ременной петле, которую Дик надел на руку.

Однако Форрест еще не мог уйти из своей комнаты: О-Дай протянул ему несколько писем, – их привезли со станции вчера вечером, когда хозяин уже лег. Надорвав правую сторону конвертов, Форрест быстро просмотрел письма и задержался только на одном. Он постоял, насупившись, потом быстро подошел к диктофону, отвел его от стены, нажал кнопку, поворачивавшую цилиндр, и поспешно начал диктовать, не делая никаких пауз, чтобы подыскать нужное слово или точнее выразить свою мысль:

«В ответ на ваше письмо от четырнадцатого марта тысяча девятьсот четырнадцатого года должен сообщить, что я весьма огорчен известием о разразившейся у вас свиной холере. Огорчен я тем, что вы сочли возможным возложить на меня ответственность за это. А также тем, что боров, которого мы прислали вам, околел.

Могу вас заверить, что холеры у нас здесь не наблюдается, эта болезнь не появлялась уже в течение восьми лет, за исключением двух случаев, когда два года тому назад ее завезли к нам с Востока; но, согласно нашему правилу, заболевшие свиньи тут же были изолированы и уничтожены раньше, чем зараза перекинулась на наши стада.

Должен заявить вам, что ни в том, ни в другом случае я не могу возложить на продавцов вину за присылку мне больного скота. Как вам известно, инкубационный период свиной холеры продолжается девять дней; проверив дату их погрузки, я убедился в том, что при отправке они были совершенно здоровы.

Разве вам никогда не приходило в голову, что железные дороги чрезвычайно способствуют распространению холеры? Слыхали вы когда-нибудь об окуривании или дезинфекции вагона, в котором ехал больной скот? Сопоставьте даты: во-первых, дату отправки борова мной; во-вторых, время доставки борова вам; и, в-третьих, дату появления первых признаков болезни. Вы сообщаете, что по случаю весенних размывов боров был в пути пять дней. Первые симптомы появились только на седьмой день после его доставки вам. Следовательно, прошло двенадцать дней после того, как он был мною отправлен.

Нет. Я с вами не согласен: я не могу нести ответственность за бедствие, постигшее ваши стада. Кроме того, можете справиться в ветеринарном управлении штата, есть ли в моем имении холера.

С уважением…»

Глава вторая

Покинув свою спальню-веранду, Форрест прошел через комфортабельную гардеробную с диванами в оконных нишах, большими ларями и огромным камином, возле которого была дверь в ванную, и направился в комнату, служившую конторой и обставленную соответствующим образом: письменные столы, диктофоны, картотеки и книжные шкафы, а также полки, доходящие до самого потолка и разделенные на клетки и отделения.

Подойдя к книжным полкам, Форрест нажал кнопку; несколько полок повернулось, и открылась узенькая винтовая лестница; он стал осторожно спускаться, стараясь не зацепить шпорами за полки, автоматически возвращавшиеся на место позади него.

Под лестницей другая кнопка и поворот других полок открыли перед ним вход в длинную низкую комнату, уставленную книгами от пола до потолка. Форрест прямо направился к одной из полок и сразу опустил руку на корешок книги, которая ему понадобилась. Полистав ее, он тут же отыскал нужное место, удовлетворенно кивнул, как бы найдя то, что подтверждало его мысли, и поставил книгу обратно.

Отсюда дверь вела в крытый ход из квадратных бетонных столбов, соединенных поперечными брусьями из калифорнийской секвойи вперемежку с более тонкими брусьями из того же дерева, покрытыми шероховатой, морщинистой корой, похожей на красноватый бархат.

Судя по тому, что он сделал несколько сот футов, огибая бесконечные стены огромного бетонного дома, было ясно, что путь он выбрал не самый короткий. Под старыми дубами, у длинной изглоданной коновязи, где вытоптанный копытами гравий свидетельствовал о множестве побывавших здесь лошадей, он увидел кобылу гнедой, вернее, золотисто-коричневой масти. В косых лучах солнца, падавших под навес из листьев, ее холеная шерсть отливала атласным блеском. Все ее существо, казалось, было полно огня и жизни. Сложением она напоминала жеребца, а бежавшая вдоль спинного хребта узенькая темная полоска говорила о многих поколениях мустангов.

– Ну, как сегодня настроение у Фурии? – спросил Форрест, снимая с ее шеи уздечку.

Лошадь заложила назад свои ушки, самые маленькие, какие только могут быть у лошади, показывавшие, что она – дитя любви горячих чистокровных жеребцов и диких горных кобылиц, и сердито оскалила зубы, сверкая злыми глазами.

Когда Форрест вскочил в седло, она метнулась в сторону и попыталась сбросить седока, а потом заплясала по усыпанной гравием дорожке. Вероятно, ей удалось бы подняться на дыбы, если бы не мартингал, – этот ремень удерживал лошадь от слишком резких движений и вместе с тем предохранял нос седока от сердитых взмахов ее головы.

Дик настолько привык к этой кобыле, что почти не замечал ее выходок. То чуть прикасаясь поводьями к ее выгнутой шее, то слегка щекоча ей бока шпорами или нажимая шенкелем, он почти бессознательно заставлял ее идти в нужном направлении. Один раз, когда она опять завертелась и заплясала, он на миг увидел Большой дом. Да, дом был велик, но благодаря своей архитектуре казался больше, чем на самом деле. Он вытянулся по фасаду на восемьдесят футов в длину, однако в нем немало места занимали галереи с бетонными стенами и черепичными крышами, соединявшие между собой отдельные части здания. Там были внутренние дворики, крытые ходы и переходы, и вся постройка, со своими стенами, прямоугольными выступами и нишами как бы вырастала из гущи зелени и цветов.

Большой дом, несомненно, носил на себе отпечаток испанского стиля, но не принадлежал к тому испано-калифорнийскому типу зданий, который был занесен сюда через Мексику лет сто тому назад и на основе которого позднейшие архитекторы создали так называемый испано-калифорнийский стиль. Архитектуру Большого дома при всей ее разнородности скорее можно было определить как испано-мавританскую, хотя находились знатоки, горячо возражавшие и против такого определения.

Просторен, но не суров, красив, но не претенциозен – таково было общее впечатление, которое производил Большой дом. Его длинные горизонтальные линии, прерываемые лишь вертикальными линиями выступов и ниш, всегда прямоугольных, придавали ему почти монастырскую простоту; и только ломаная линия крыши оживляла некоторое его однообразие.

Однако эта низкая, словно расползшаяся постройка не казалась приземистой: множество нагроможденных друг на друга квадратных башен и башенок делали ее в достаточной мере высокой, хотя и не устремленной ввысь. Основной чертой Большого дома была прочность. Его хозяева могли не бояться землетрясений. Казалось, он должен выстоять тысячу лет. Добротный бетон его стен был покрыт слоем не менее добротной штукатурки, выкрашенной кремовой краской. Такое однообразие окраски могло быть утомительным для глаз, если бы оно не нарушалось теплыми красными тонами плоских крыш из испанской черепицы.

В тот миг, когда горячая лошадь заплясала под ним и Дик Форрест охватил одним взглядом весь Большой дом, его глаза озабоченно задержались на длинном флигеле по ту сторону двора в двести футов шириной; громоздившиеся друг над другом башенки флигеля казались розовыми в лучах утреннего солнца, а спущенные шторы на окнах спальни под ними показывали, что его жена еще спит.

Вокруг усадьбы с трех сторон тянулись низкие, покатые, мягко очерченные холмы с короткой травой и оградами: там были пастбища. Холмы постепенно переходили в более высокое предгорье с покрытыми лесом склонами, а за ним следовала еще более крутая гряда величественных гор. С четвертой стороны горизонт не заслоняли ни горы, ни холмы. Там, в туманной дали, местность переходила в необозримые низменности, конца краю которым не было видно даже в этом прозрачном и морозном утреннем воздухе.

Фурия под Форрестом захрапела. Он сжал ей шенкелями бока и заставил отойти к самому краю дороги, так как навстречу ему, топоча копытцами по гравию, текла река серебристо поблескивающего шелка. Он сразу узнал стадо своих премированных ангорских коз, у каждой из которых была своя родословная и своя характеристика. Их было около двухсот.

Благодаря тому, что этих породистых коз осенью не стригли, их сверкающая шерсть, ниспадавшая волной даже с самых молодых животных, была тоньше, чем волосы новорожденного дитяти, белее, чем волосы человеческого альбиноса, и длиннее обычных двенадцати дюймов, а шерсть лучших из них, доходившая до двадцати дюймов, красилась в любые цвета и служила преимущественно для женских париков; за нее платили баснословные деньги. Форреста пленяла красота идущего ему навстречу стада. Дорога казалась лентой жидкого серебра, и в нем драгоценными камнями блестели похожие на глаза кошек желтые козьи глаза, следившие с боязливым любопытством за ним и его нервной лошадью. Два пастуха-баска шли за стадом. Это были коренастые, плечистые и смуглые люди с черными глазами и выразительными лицами, на которых лежал отпечаток задумчивой созерцательности. Увидев хозяина, пастухи сняли шапки и поклонились. Форрест поднял правую руку, на которой, покачиваясь, висел хлыст, и прикоснулся к краю своей широкополой фетровой шляпы.

Лошадь опять заплясала и завертелась под ним; он слегка натянул повод и тронул ее шпорами, все еще не в силах оторвать взгляд от этих четвероногих клубков шелка, заливавших дорогу серебристым потоком. Форрест знал, почему они появились возле усадьбы: наступало время окота, когда их уводили с пастбищ и помещали в особые загоны, где их ждали обильный корм и заботливый уход. Глядя на них, Дик представил себе все лучшие турецкие и южноафриканские породы и нашел, что его стадо вполне могло выдержать сравнение с ними. Хорошее, отличное стадо!

Он поехал дальше. Со всех сторон раздавалось жужжание машин, разбрасывающих удобрение. Вдали, на отлогих низких холмах, виднелось множество упряжек, парных и троечных, – это его широкие кобылы пахали и перепахивали плугами зеленый дерн горных склонов, обнажая темно-коричневый, богатый перегноем, жирный чернозем, настолько рыхлый и полный животворных сил, что он как бы сам рассыпался на частицы мелкой, точно просеянной земли, готовой принять в себя семена. Эта земля была предназначена для посева кукурузы и сорго на силос. На других склонах посеянный раньше ячмень уже доходил до колен и виднелись дружные всходы клевера и канадского гороха.

Все эти поля, большие и малые, были обработаны так тщательно и целесообразно, что порадовали бы сердце самого придирчивого знатока. Ограды и заборы были настолько плотны и высоки, что являлись надежной защитой и от свиней и от рогатого скота, а в их тени не росло никаких сорных трав. Низины были засеяны люцерной; на некоторых зеленели озими, другие, согласно требованиям севооборота, готовились под яровые; а на тех, которые лежали ближе к загонам для маток, паслись сытые шропширские и французские мериносы или рылись в земле громадные белые племенные свиньи, при виде которых глаза Дика радостно блеснули.

Он проехал через некоторое подобие деревни, где не было, однако, ни гостиниц, ни лавок. Домики типа бунгало были изящной и прочной стройки и радовали глаз; каждый стоял в саду, где уже цвели ранние цветы и даже розы, презревшие опасность последних утренников. Среди клумб бегали и резвились уже проснувшиеся дети, а иные, заслышав зов матерей, неохотно уходили завтракать.

Огибая Большой дом на расстоянии полумили, Форрест проехал мимо вытянувшихся в ряд мастерских. Он остановился возле первой и заглянул внутрь. Один из кузнецов работал у горна. Другой, склонившись над передней ногой уже немолодой кобылы, весившей тысячу восемьсот фунтов, стачивал наружную сторону копыта, чтобы лучше пригнать подкову. Форрест мельком взглянул на кузнеца и на его работу, поклонился и поехал дальше. Проехав около ста футов, он остановил лошадь, вытащил из заднего кармана записную книжку и что-то в нее занес.

По пути он заглянул еще в несколько мастерских – малярную, слесарную, столярную, в гараж. Когда он стоял возле столярной, мимо него промчалась необычная автомашина – полугрузовик, полулегковая – и, свернув на большую дорогу, понеслась к станции железной дороги, находившейся в восьми милях от имения. Он узнал грузовик, забиравший каждое утро с молочной фермы ее продукцию.

Большой дом являлся как бы душой и центром всего имения. На расстоянии полумили его окружало кольцо хозяйственных построек. Не переставая раскланиваться со своими служащими, Дик Форрест проехал галопом мимо молочной фермы. Это был целый городок с силосными башнями и подвесной дорогой, по которой двигалось множество транспортеров, автоматически выгружавших удобрения на площадки машин. Некоторые служащие, ехавшие кто верхом, кто в повозках, останавливали Форреста, желая посоветоваться с ним; по всему было видно, что это сведущие, деловые люди. То были экономы и управляющие отдельными отраслями хозяйства; говоря с хозяином, они были так же немногоречивы, как и он. Последнего из них, сидевшего на грациозной молодой трехлетке – дикой и прекрасной, как может быть прекрасна еще не вполне объезженная лошадь арабской крови, – и вознамерившегося ограничиться только поклоном, Дик Форрест сам остановил.

– С добрым утром, мистер Хеннесси, – сказал он. – Скоро она будет готова для миссис Форрест?

– Подождите еще недельку, – ответил Хеннесси. – Она теперь объезжена, и именно так, как этого хотелось миссис Форрест; но лошадь утомлена и нервничает, – хорошо бы дать ей несколько дней, чтобы совсем привыкнуть и успокоиться.

Форрест кивнул, и Хеннесси, его ветеринар, продолжал:

– Кстати, у нас есть два возчика, они возят люцерну... Я полагаю, их следует рассчитать.

– А что такое?

– Один из них новый, Хопкинс, демобилизованный солдат; с мулами он, может быть, и умеет обращаться, но в рысаках ничего не смыслит.

Форрест снова кивнул.

– Другой служит у нас уже два года, но он стал пить и похмелье свое вымещает на лошадях…

– Ага, Смит – этакий американец старого типа, бритый, левый глаз косит? – перебил его Форрест.

Ветеринар кивнул.

– Я наблюдал за ним… Сначала он хорошо работал, а теперь почему-то закуролесил… Конечно, пошлите его к черту. И этого тоже, как его… Хопкинса, гоните вон. Кстати, мистер Хеннесси, – Форрест вынул записную книжку и, оторвав недавно исписанный листок, скомкал его, – у вас там новый кузнец. Ну что, как он кует лошадей?

– Он у нас совсем недавно, я еще не успел к нему присмотреться.

– Так вот: гоните его вместе с теми двумя. Он нам не подходит. Я только что видел, как он, чтобы получше пригнать подкову старухе Бесси, соскоблил у нее чуть ли не полдюйма с переднего копыта.

– Нашел способ!

– Так вот. Отправьте его ко всем чертям, – повторил Форрест и, слегка тронув лошадь, пустил ее по дороге; она с места взяла в карьер, закидывая голову и пытаясь сбросить его.

Многое из того, что Форрест видел, нравилось ему. Глядя на жирные пласты земли, он даже пробормотал: «Хороша землица, хороша!» Кое-что ему, однако, не понравилось, и он тотчас же сделал соответствующие пометки в своей записной книжке.

Замыкая круг, центром которого был Большой дом, Форрест проехал еще с полмили до группы стоящих отдельно бараков и загонов. Это была больница для скота – цель его поездки. Здесь он нашел только двух телок с подозрением на туберкулез и великолепного джерсейского борова, чувствовавшего себя как нельзя лучше. Боров весил шестьсот фунтов; ни блеск глаз, ни живость движений, ни лоснящаяся щетина не давали оснований предположить, что он болен. Боров недавно прибыл из штата Айова и должен был, по установленным в имении правилам, выдержать определенный карантин. В списках торгового товарищества он значился как Бургесс Первый, двухлетка, и обошелся Форресту в пятьсот долларов.

Отсюда Форрест свернул на одну из тех дорог, которые расходились радиусами от Большого дома, догнал Креллина, своего свиновода, дал ему в течение пятиминутного разговора инструкции, как содержать в ближайшие месяцы Бургесса Первого, и узнал, что его великолепная первоклассная свиноматка Леди Айлтон, премированная на всех выставках от Сиэтла до Сан-Диего и удостоенная голубой ленты, благополучно разрешилась одиннадцатью поросятами. Креллин рассказал, что просидел возле нее чуть не всю ночь и едет теперь домой, чтобы принять ванну и позавтракать.

– Я слышал, что ваша старшая дочь окончила школу и собирается поступить в Стэнфордский университет? – спросил Форрест, сдержав лошадь, которую он уже хотел пустить галопом.

Креллин, молодой человек лет тридцати пяти, рано созревший оттого, что давно стал отцом, и еще юный благодаря честной жизни и свежему воздуху, был польщен вниманием хозяина; он слегка покраснел под загаром и кивнул.

– Обдумайте это хорошенько, – продолжал Форрест. – Вспомните-ка всех известных вам девушек, окончивших колледж или учительский институт: многие ли работают по своей специальности? А сколько в течение ближайших же двух лет по окончании курса повыходили замуж и обзавелись собственными младенцами?

– Но Елена относится к учению очень серьезно, – возразил Креллин.

– А помните, когда мне удаляли аппендикс, – снова заговорил Форрест, – за мной ухаживала одна умелая сиделка – самая прелестная девушка, какая когда-либо ходила по земле на прелестных ножках. Она всего за шесть месяцев до этого получила свидетельство квалифицированной сиделки. И не прошло и четырех месяцев, как мне пришлось послать ей свадебный подарок. Она вышла замуж за агента автомобильной фирмы. С тех пор она все время кочует по гостиницам и ни разу не имела возможности применить свои знания, тем более что и детей они не завели. Правда, теперь у нее опять появились надежды… Но то ли это будет, то ли нет, а пока она и так совершенно счастлива. К чему же все ее учение?..

Как раз в это время мимо них прошел пустой удобритель, и Креллину пришлось отступить, а Форресту отъехать к самому краю дороги. Форрест с удовольствием оглядел запряженную в удобритель рослую, удивительно пропорционально сложенную кобылу, многочисленные премии которой, так же как и премии ее предков, потребовали бы особого эксперта, чтобы их перечислить и классифицировать.

– Посмотрите на Принцессу Фозрингтонскую, – заметил Форрест, указывая на лошадь, радовавшую его взоры. – Вот настоящая производительница. Только случайно, благодаря селекции во многих поколениях, стала она животным, приспособленным для перевозки тяжестей. Но не это в ней главное: главное то, что она производительница. И для наших женщин в большинстве случаев самое главное – любовь к мужчине и материнство, к которому они предназначены природой. В биологии нет никаких оснований для всей этой современной женской кутерьмы из-за работы и политических прав.

– Но есть основания экономические, – возразил Креллин.

– Несомненно, – согласился Форрест и продолжал: – Наш промышленный строй не дает женщинам возможности выйти замуж и заставляет их работать. Но не забудьте, что промышленные системы приходят и уходят, а законы биологии вечны.

– В наше время одной семейной жизнью молодых женщин не удовлетворишь, – продолжал настаивать Креллин.

Дик Форрест недоверчиво засмеялся.

– Ну не знаю! – сказал он. – Возьмем хотя бы вашу жену: получила диплом, да еще университетский по факультету древних языков! А зачем ей это нужно? У нее два мальчика и три девочки, если не ошибаюсь. А вашей невестой она стала – помните, вы говорили? – еще за полгода до окончания курса…

– Так-то так, но… – настаивал Креллин, хотя в его глазах мелькнуло что-то, показывавшее, что он согласен со своим хозяином, – во-первых, это было пятнадцать лет назад, а во-вторых, мы отчаянно влюбились друг в друга. Чувство было сильнее нас. Тут, я не спорю, вы правы. Она мечтала о великих деяниях, а я мог в лучшем случае рассчитывать на деканство в сельскохозяйственном колледже. И все-таки чувство пересилило, и мы поженились. Но ведь с тех пор прошло целых пятнадцать лет, а за эти годы в жизни, в стремлениях, в идеалах нашей женской молодежи изменилось очень многое.

– Не верьте этому, мистер Креллин, не верьте! Посмотрите статистику. То, о чем вы говорите, случайно и очень относительно. Каждая женщина была и останется женщиной прежде всего. Пока наши девочки будут играть в куклы и любоваться на себя в зеркало, женщина будет тем, чем была всегда: во-первых, матерью, во-вторых, подругой мужчины, женой. Это, повторяю, подтверждается статистикой. Я следил за судьбою женщин, окончивших учительский институт. Не забудьте, что те из них, кто выходит замуж до окончания курса, исключаются из института. Но и те, кто успевает окончить его, преподают в среднем не больше двух лет. А если принять во внимание, что многие из кончающих некрасивы или незадачливы и обречены судьбою оставаться старыми девами и всю жизнь преподавать, то срок работы тех, кто выходит замуж, еще сократится.

– И все-таки женщина, даже девочка, всегда сделает все по-своему, наперекор мужчине, – пробормотал Креллин, пасуя перед цифрами, приведенными Форрестом, и решив на досуге изучить их.

– Значит, ваша дочка поступит в университет, – рассмеялся Форрест, готовясь пустить лошадь галопом, – а вы, и я, и все мужчины до скончания века будут позволять женщинам делать все, что им вздумается?

Провожая взглядом быстро уменьшавшуюся фигуру хозяина и его лошади, Креллин улыбнулся. Он подумал: «А где же ваши собственные ребята, мистер Форрест?» – и решил за утренним кофе рассказать жене об этом разговоре.

Прежде чем вернуться к Большому дому, Дик Форрест остановился еще раз.

Человека, которого он окликнул, звали Менденхоллом; это был управляющий конюшнями и специалист по пастбищам. Про него говорили, что он знает в имении не только каждую травинку с той минуты, как появился росток, но и высоту травинки.

По знаку Форреста Менденхолл остановил пару трехлеток, которых он объезжал в пароконной двуколке.

Окликнул же его Форрест после того, как внимательно вгляделся в северный конец долины Сакраменто: там на много миль тянулась волнистая линия холмов, озаренных солнцем и уже покрытых яркой, свежей зеленью.

Происшедший затем разговор был краток и свелся к немногосложным вопросам и ответам. Они давно научились понимать друг друга. Речь шла о травах, о зимних дождях и возможности поздних весенних дождей. Упоминались речки – Литтл Койот и Лос-Кватос, холмы Йоло и Миримар, а также Биг Бэзин, Раунд Валлей и горные кряжи Сан-Ансельмо и Лос-Банос. Обсуждались теперешние, прошлые и будущие передвижения стад и гуртов, надежды на травы, посеянные на горных пастбищах, производился приблизительный подсчет сена, оставшегося в отдаленных сараях, укрытых в горных долинах, где скот зимовал и кормился.

Под дубами, у коновязи, Форресту не пришлось самому возиться с Фурией. Подбежавший конюх принял ее. Форрест на ходу бросил несколько слов относительно Дадди, выездной лошади, и вскоре его шпоры зазвенели на крыльце дома.

Глава третья

Открыв тяжелую тесовую дверь, обитую железными гвоздями, Форрест вошел в один из флигелей Большого дома. И дверь и помещение за ней, с бетонным полом и многочисленными дверями, напоминали средневековую тюремную башню. Одна из них распахнулась, на пороге показался китаец в белом фартуке и крахмальном колпаке, а за ним следом вырвался глухой гул динамо-машины. Этот гул и отвлек Форреста от его цели. Он остановился и, придержав дверь, заглянул в освещенную электрическими лампами прохладную бетонированную комнату, где стоял длинный стеклянный холодильник со стеклянными полками, соединенный с машиной для изготовления искусственного льда и с динамо. На полу в засаленном рабочем комбинезоне сидел на корточках весь измазанный грязью человечек. Форрест кивнул ему.

– Что-нибудь не ладится, Томсон?

– Не ладилось, – последовал краткий исчерпывающий ответ.

Форрест закрыл дверь и пошел по длинному, словно туннель, коридору. Узкие окна, похожие на бойницы средневекового замка, пропускали скудный свет. Другая дверь привела его в длинную низкую комнату с бревенчатым потолком; камин был так велик, что в нем можно было бы зажарить целого быка. На рдеющих углях ярко пылал толстый пень. В комнате стояли два бильярда, несколько карточных столов, небольшая стойка с напитками, а по углам – кресла и диваны. Два молодых человека, натиравшие мелом свои кии, ответили на приветствие Форреста.

– С добрым утром, мистер Нэйсмит, – весело обратился Форрест к одному из них. – Набрали еще материал для «Газеты скотовода»?

Нэйсмит, молодой человек лет тридцати, в пенсне, смущенно улыбнулся и, подмигнув, указал на своего товарища.

– Да вот Уэйнрайт вызвал меня...

– Другими словами, Льют и Эрнестина продолжают сладко спать! – засмеялся Форрест.

Уэйнрайт хотел ответить на шутку хозяина, но не успел: тот уже отошел от него, на ходу бросив Нэйсмиту через плечо:

– Хотите ехать со мной в половине двенадцатого? Мы с Тэйером отправляемся в машине смотреть шропширов. Ему нужны бараны, десять вагонов; и для вас, наверно, найдется подходящий материал по части вывоза скота в штат Айдахо. Захватите фотоаппарат. Вы с Тэйером нынче утром виделись?

– Он шел завтракать, как раз когда мы уходили из столовой, – вмешался Берт Уэйнрайт.

– Если увидите его, скажите, чтобы он был готов к половине двенадцатого. Тебя, Берт, я не приглашаю... из сострадания: к тому времени девицы наверняка встанут.

– Возьми с собой хоть Риту! – жалобно попросил Берт.

– Боюсь, что не смогу, – ответил Форрест уже в дверях, – мы едем по делам. Да и Риту с Эрнестиной, как тебе известно, водой не разольешь.

– Вот мне и хотелось, чтобы это хоть раз случилось, – усмехнулся Берт.

– Удивительно! Братья почему-то никогда не ценят своих сестер, – заметил Форрест. – Мне всегда казалось, что Рита очень славная сестренка. Чем она тебе не угодила?

Не дожидаясь ответа, он закрыл за собой дверь, и звон его шпор донесся из коридора, а затем с витой лестницы. Поднимаясь по ее широким бетонным ступеням, он услышал наверху звуки рояля и, привлеченный ритмом веселого танца и взрывами смеха, заглянул в светлую комнату, всю залитую солнцем. За роялем сидела молодая девушка в розовом кимоно и утреннем чепчике, а две других, тоже в кимоно, исполняли какой-то фантастический танец: его не изучали ни в каких танцклассах, и он отнюдь не предназначался для мужских глаз.

Девушка, сидевшая за роялем, сразу увидела Форреста, подмигнула ему и продолжала играть. Танцующие заметили его лишь через несколько минут. Они взвизгнули, смеясь, упали друг другу в объятия, и музыка оборвалась. Все трое были сильные, молодые и здоровые, и при виде их в глазах Форреста засветилось такое же удовольствие, какое светилось в них, когда он смотрел на Принцессу Фозрингтонскую.

Начались взаимные насмешки и поддразнивания, как бывает обычно, когда соберется молодежь.

– Я здесь уже пять минут, – уверял их Дик Форрест.

Обе танцовщицы, желая скрыть свое смущение, заявили, что сильно сомневаются в этом, и стали приводить примеры его будто бы общеизвестной лживости. Сидевшая за роялем Эрнестина, сестра его жены, утверждала, наоборот, что уста его, как всегда, глаголют истину, что она видела его с первой же минуты, как он вошел, и что, по ее расчетам, он смотрел на них гораздо дольше, чем пять минут.

– Ну, как бы там ни было, – прервал он их болтовню, – Берт, этот невинный младенец, даже не подозревает, что вы уже встали.

– Встали, да... но не для него! – заявила одна из танцевавших девушек, похожая на веселую юную Венеру. – И не для вас тоже! А потому убирайтесь-ка отсюда, мой мальчик, марш!

– Послушайте, Льют, – сурово начал Форрест. – Хоть я и дряхлый старец, а вам только что исполнилось восемнадцать лет – ровно восемнадцать – и вы случайно приходитесь мне свояченицей, но из этого вовсе не следует, что вам можно надо мной куражиться. Не забудьте, и я должен констатировать этот факт, как сие ни прискорбно для вас, исключительно в интересах Риты, – не забудьте, что за истекшие десять лет мне приходилось награждать вас шлепками гораздо чаще, чем вам теперь хочется признать. Правда, я уже не так молод, как был когда-то, но... – он пощупал мышцы на правой руке и сделал вид, что хочет засучить рукава, – но еще не совсем развалина; и если вы меня доведете...

– Что будет, если доведу? – вызывающе подхватила Льют.

– Если вы меня доведете... – пробормотал он угрожающе. – Если... Кстати, я должен, к моему прискорбию, вам заметить, что у вас чепчик набок. Кроме того, он мне кажется вообще не слишком удачным произведением искусства. Я сшил бы вам чепчик гораздо больше к лицу, даже зажмурившись, даже во сне и даже... если бы у меня была морская болезнь.

Льют задорно качнула белокурой головкой, взглянула на подруг, как бы прося поддержки, и заявила:

– Сомневаюсь!.. Неужели вы воображаете, что мы втроем не справимся с одним пожилым, не в меру тучным и дерзким мужчиной? Как вы думаете, девочки? Давайте-ка возьмемся за него все вместе! Ведь ему не меньше сорока лет, у него аневризм сердца, и – хотя не следует выдавать семейных тайн – в довершение всего меньерова болезнь.

Эрнестина, маленькая, но крепкая восемнадцатилетняя блондинка, выскочила из-за рояля, и все три девушки совершили набег на стоявший в амбразуре диван; захватив каждая по диванной подушке и отойдя друг от друга так, чтобы можно было хорошенько размахнуться, они двинулись на врага.

Форрест приготовился, затем поднял руку для переговоров.

– Трусишка! – насмешливо закричали они вразнобой и повторили хором: – Трусишка!

Он упрямо покачал головой.

– Вот за это и за прочие ваши дерзости вы все три будете наказаны по заслугам. Сейчас передо мной с ослепительной ясностью встают все нанесенные мне в жизни обиды. Через минуту я начну действовать. Но сначала, Льют, как сельский хозяин, со всем смирением, на какое я способен, прошу вас: объясните, ради создателя, что это за штука – меньерова болезнь. Овцы могут заразиться ею?

– Меньерова болезнь – это, – начала Льют, – это... как раз то, что у вас. И единственные живые существа, которых постигает меньерова болезнь, – бараны.

Враги бросились друг на друга и вступили в яростную схватку. Форрест сразу атаковал противника излюбленным в Калифорнии футбольным приемом, который применялся еще до распространения регби; но девушки, пропустив его, ринулись на него с флангов и обстреляли подушками. Он тут же обернулся, раскинул руки и, согнув пальцы, словно крючком, зацепил всех трех сразу. Теперь это уже был смерч, в центре которого вертелся человек со шпорами, а вокруг него крутились полы шелковых кимоно, летели во все стороны туфли, чепчики, шпильки. Слышались глухие удары подушек, рычание атакуемого, писк, визг и восклицания девушек, неудержимый хохот и треск рвущихся шелковых тканей.

Наконец Дик Форрест оказался лежащим на полу, полузадушенный и оглушенный ударами подушек; в руке он сжимал растерзанный голубой шелковый пояс, затканный красными розами.

На пороге одной из дверей стояла Рита, ее лицо пылало; она насторожилась, как лань, готовая бежать. В другой – не менее разгоряченная Эрнестина застыла в гордой позе матери Гракхов; она стыдливо завернулась в остатки своего кимоно и целомудренно придерживала его локтем. Спрятавшаяся было за роялем Льют пыталась бежать оттуда, но ей угрожал Форрест. Он стоял на четвереньках, изо всей силы ударял ладонями о паркет и свирепо вертел головой, подражая реву разъяренного быка.

– И люди все еще верят в доисторический миф, будто это жалкое подобие человека, распростертое здесь во прахе, когда-то помогло команде Беркли победить Стэнфорд! – торжественно провозгласила Эрнестина, которая находилась в большей безопасности, чем остальные.

Она тяжело дышала, и Форрест с удовольствием заметил трепет ее груди под легким блестящим вишневым шелком. Когда он взглянул на других, то увидел, что и они выбились из сил.

Рояль, за которым спряталась Льют, был небольшой, ярко-белый, с золотом, в стиле этой светлой комнаты, предназначенной для утренних часов; он стоял на некотором расстоянии от стены, и Льют могла бежать в обе стороны. Форрест вскочил на ноги и потянулся к ней через широкую плоскую деку инструмента. Он сделал вид, что хочет перепрыгнуть, и Льют воскликнула в ужасе:

– Шпоры, Дик! Ведь на вас шпоры!

– Тогда подождите, я их сниму, – отозвался он.

Только он наклонился, чтобы отстегнуть их, как Льют сделала попытку бежать, но он расставил руки и опять загнал ее за рояль.

– Ну смотрите! – закричал он. – Все падет на вашу голову! Если на крышке рояля будут царапины, я пожалуюсь Паоле.

– А у меня есть свидетельницы, – задыхаясь, крикнула Льют, показывая смеющимися голубыми глазами на подруг, стоявших в дверях.

– Превосходно, милочка! – Форрест отступил назад и вытянул руки. – Сейчас я доберусь до вас.

Он мгновенно выполнил свою угрозу: опершись руками о крышку рояля, боком перекинул через него свое тело, и страшные шпоры пролетели на высоте целого фута над блестящей белой поверхностью. И так же мгновенно Льют нырнула под рояль, намереваясь проползти под ним на четвереньках, но стукнулась головой о его дно и не успела еще опомниться от ушиба, как Форрест оказался уже на той стороне и загнал ее обратно под рояль.

– Вылезайте, вылезайте, нечего! – потребовал он. – И получайте заслуженное возмездие.

– Смилуйтесь, добрый рыцарь, – взмолилась Льют. – Смилуйтесь во имя любви и всех угнетенных прекрасных девушек на свете!

– Я не рыцарь, – заявил Форрест низким басом. – Я людоед, свирепый, неисправимый людоед. Я родился в болоте. Мой отец был людоедом, а мать моя – еще более страшной людоедкой. Я засыпал под вопли пожираемых детей. Я был проклят и обречен. Я питался только кровью девиц из Милльского пансиона. Охотнее всего я ел на деревянном полу, моим любимым кушаньем был бок молодой девицы, кровлей мне служил рояль. Мой отец был не только людоедом, он занимался и конокрадством. А я еще свирепее отца, у меня больше зубов. Помимо людоедства, моя мать была в Неваде агентом по распространению книг и даже подписке на дамские журналы! Подумайте, какой позор! Но я еще хуже моей матери: я торговал безопасными бритвами!

– Неужели ничто не может смягчить и очаровать ваше суровое сердце? – молила Льют, в то же время готовясь при первой возможности к побегу.

– «Только одно, несчастная! Только одно на небе, на земле и в морской пучине».

Эрнестина прервала его легким возгласом негодования – ведь это был плагиат.

– Знаю, знаю, – продолжал Форрест. – Смотри Эрнст Досон, страница двадцать седьмая, жиденькая книжонка с жиденькими стихотворениями для девиц, заключенных в Милльский пансион. Итак, я возвестил, до того как меня прервали: единственное, что способно смягчить и успокоить мое лютое сердце, – это «Молитва девы». Слушайте, несчастные, пока я не отгрыз ваши уши порознь и оптом! Слушайте и вы, глупая, толстая, коротконогая и безобразная женщина – вы там, под роялем! Можете вы исполнить «Молитву девы»?

Ответа не последовало. В это время из обеих дверей раздались восторженные вопли, и Льют крикнула из-под рояля входившему Берту Уэйнрайту:

– На помощь, рыцарь, на помощь!

– Отпусти деву сию! – приказал Берт.

– А ты кто? – вопросил Форрест.

– Я король Джордж, то, есть святой Георгий.

– Ну что ж! В таком случае я твой дракон, – с должным смирением признал Форрест. – Но прошу тебя, пощади эту древнюю, достойную и несравненную голову, ибо другой у меня нет.

– Отрубите ему голову! – скомандовали его три врага.

– Подождите, о девы, молю вас! – продолжал Берт. – Хоть я и ничтожество, но мне страх неведом. Я схвачу дракона за бороду и удушу его же бородой, а пока он будет медленно издыхать, проклиная мою жестокость и беспощадность, вы, прекрасные девы, бегите в горы, чтобы долины не поднялись на вас. Иоло, Петалуме и Западному Сакраменто грозят океанские волны и огромные рыбы.

– Отрубите ему голову! – кричали девушки. – А потом надо его заколоть и зажарить целиком.

– Они не знают пощады. Горе мне! – простонал Форрест. – Я погиб! Вот они, христианские чувства молодых девиц тысяча девятьсот четырнадцатого года! А ведь они в один прекрасный день будут участвовать в голосовании, если еще подрастут и не повыскочат замуж за иностранцев! Бери, святой Георгий, мою голову! Моя песенка спета! Я умираю и останусь навсегда неведом потомству!

Тут Форрест, громко стеная и всхлипывая, лег на пол, начал весьма натурально корчиться и брыкаться, отчаянно звеня шпорами, и наконец испустил дух.

Льют вылезла из-под рояля и исполнила вместе с Ритой и Эрнестиной импровизированный танец – это фурии плясали над телом убитого.

Но мертвец вдруг вскочил. Он сделал Льют тайный знак и крикнул:

– А герой-то! Героя забыли! Увенчайте его цветами!

И Берт был увенчан полуувядшими ранними тюльпанами, которые со вчерашнего дня стояли в вазах. Но когда сильной рукой Льют пучок намокших стеблей был засунут ему за ворот, Берт бежал. Шум погони гулко разнесся по холлу и стал удаляться вниз по лестнице, в сторону бильярдной. А Форрест поднялся, привел себя, насколько мог, в порядок и, улыбаясь и позванивая шпорами, продолжал свой путь по Большому дому.

Он прошел по двум вымощенным кирпичом и крытым испанской черепицей дворикам, которые утопали в ранней зелени цветущих кустарников, и, все еще тяжело дыша от веселой возни, вернулся в свой флигель, где его поджидал секретарь.

– С добрым утром, мистер Блэйк, – приветствовал его Форрест. – Простите, что опоздал. – Он взглянул на свои часы-браслет. – Впрочем, только на четыре минуты. Вырваться раньше я не мог.

Глава четвертая

С девяти до десяти Форрест и его секретарь занимались перепиской со всякими учеными обществами, питомниками и сельскохозяйственными организациями.

У рядового дельца, работающего без секретаря, это отняло бы весь день. Но Дик Форрест поставил себя в центре некоей созданной им системы, которой он втайне очень гордился. Важные письма и бумаги он подписывал собственноручно; на всем остальном мистер Блэйк ставил его штамп. В течение часа секретарь стенографировал подробные ответы на одни письма и готовые формулировки ответов на другие. Мистер Блэйк считал в душе, что он работает гораздо больше своего хозяина и что последний просто феномен по части откапывания работы для своих служащих.

Ровно в десять вошел Питтмен – консультант по выставочному скоту, и Блэйк удалился в свою контору, унося лотки с письмами, пачки бумаг и валики от диктофонов.

С десяти до одиннадцати беспрерывно входили и выходили управляющие и экономы. Все они были вышколены, умели говорить кратко и экономить время. Дик Форрест приучил их к тому, что когда они являются с докладом или предложением – колебаться и размышлять уже поздно: надо думать раньше. В десять часов Бланка сменял помощник секретаря Бонбрайт, садился рядом с хозяином, и его неутомимый карандаш, летая по бумаге, записывал быстрые, как беглый огонь, вопросы и ответы, отчеты, планы и предложения. Эти стенографические записи, которые потом расшифровывались и переписывались на машинке в двух экземплярах, были прямо кошмаром для управляющих и экономов, а иногда играли и роль Немезиды. Форрест и сам обладал удивительной памятью, однако он любил доказывать это, ссылаясь на записи Бонбрайта.

Нередко после пяти- или десятиминутного разговора с хозяином служащий выходил от него весь в поту, вымотанный, разбитый, словно пропущенный через мясорубку. В этот короткий, но чрезвычайно напряженный час Форрест брался за каждого по-хозяйски, вникая во все детали его особой, сложной области. Так, Томпсону, механику, он за четыре быстролетных минуты указал, почему динамо при холодильнике Большого дома работает неправильно, подчеркнув, что виноват сам Томпсон; заставил Бонбрайта записать страницу и главу той книги из библиотеки, которую должен был по этому случаю прочесть Томпсон; сообщил ему, что Паркмен, управляющий молочной фермой, недоволен работой доильных машин и что холодильник на бойне работает с перебоями.

Каждый из его служащих был в своей области специалистом, но Форрест, по общему признанию, знал все. Так, Полсон – агроном, ответственный за пахоту, жаловался Досону – агроному, ответственному за уборку урожая:

– Я служу здесь двенадцать лет и не замечал, чтобы Форрест когда-нибудь прикоснулся к плугу, а вместе с тем он, черт бы его побрал, на этом деле собаку съел! Знаете, он просто гений! Вот такой случай: он был занят чем-то другим и притом ему надо было следить, чтобы Фурия не выкинула какое-нибудь опасное коленце, а на следующий день он в разговоре заметил, будто мимоходом, что поле, мимо которого он проезжал, вспахано на глубину стольких-то дюймов – и притом с точностью до полдюйма – и что пахали его плугом такой-то системы... А возьмите запашку Поппи Мэдоу – знаете, над Литтл Мэдоу, на Лос-Кватос... Я просто не знал, что с ней делать, – мне пришлось вывернуть и подзол. Ну, думаю, как-нибудь сойдет! Когда все было кончено, он проехал мимо. Я глаз с него не спускал, а он даже как будто и не взглянул на поле, но на следующее утро я получил в конторе такой нагоняй!.. Нет, мне не удалось провести его. С тех пор я никогда и не пытаюсь...

Ровно в одиннадцать Уордмен, ученый овцевод, ушел от Форреста, получив приказание отправиться к половине двенадцатого в машине вместе с Тэйером, покупателем из Айдахо, смотреть шропширских овец; удалился и Бонбрайт, чтобы разобраться в сделанных сегодня заметках. Форрест наконец остался один. Из проволочного лотка, где хранились неоконченные дела, – таких лотков было множество, и они были поставлены один на другой по пять штук, – он извлек изданную в штате Айова брошюру о свиной холере и стал ее просматривать.

В свои сорок лет Форрест выглядел весьма внушительно. Высокий рост, большие серые глаза, темные ресницы и брови, прямой, не очень высокий лоб, светло-каштановые волосы, слегка выступающие скулы и под ними обычные для такого строения черепа легкие впадины; челюсти крепкие, но не массивные, тонкие ноздри, нос прямой, не слишком крупный, подбородок не раздвоенный, крутой, но без тяжести; губы почти женственные и мягко очерченные, но чувствуется, что они могут принимать очень твердое выражение. Кожа на лице гладкая, покрытая загаром, и только над бровями – там, куда падала тень широкополой шляпы, – лоб оставался белым.

В уголках рта и глаз таился смех, и самые морщинки вокруг губ казались следом только что исчезнувшей улыбки. Вместе с тем каждая черта в лице этого человека говорила о спокойной силе и уверенности. Да, Дик Форрест был уверен в себе: уверен, что когда он протянет руку к столу за нужной вещью, то безошибочно и мгновенно найдет эту вещь – ни на дюйм правее или левее, а именно там, где ей быть надлежит; уверен, пробегая брошюру о свиной холере, что его ясный и внимательный ум не пропустит ничего существенного; уверен в своем сильном теле, когда, сидя перед письменным столом на вращающемся кресле, он откидывался на его крепкую спинку; уверен в своем сердце и уме, в своей жизни и работе, в самом себе и во всем, что ему принадлежит.

И он имел право на такую уверенность: его тело, мозг и жизненный путь выдержали немало испытаний. Сын богатых родителей, он никогда не мотал отцовских денег. Рожденный и воспитанный в городе, он вернулся к земле и так преуспел, что где бы скотоводы ни встретились, они непременно упоминали его имя. Огромное имение его было свободно от долгов и закладных. Он был владельцем двухсот пятидесяти тысяч акров земли стоимостью от тысячи до ста долларов за акр и от ста долларов до десяти центов, причем была даже такая земля, которая не стоила и пенни. Местное сельское население и не представляло себе, какие суммы он затрачивал на обработку и улучшение этих угодий, на осушку лугов и болот, прокладывание дорог и оросительных каналов, возведение построек и содержание Большого дома.

В его хозяйстве все до последней мелочи было поставлено на широкую ногу и вместе с тем вполне отвечало последнему слову науки. Его управляющие пользовались бесплатными квартирами в домах, стоивших от пяти до десяти тысяч долларов, а жалованье они получали в зависимости от своих качеств; это были лучшие специалисты, собранные со всего материка, от Атлантического до Тихого океана. Если ему нужны были бензиновые тракторы для вспашки низменностей, он покупал сразу большую партию. А если он запруживал воду в горах, то строил огромные плотины, создавал целые озера вместимостью чуть не в миллиард галлонов воды. Если Дик осушал болота, то, вместо того чтобы поручать это специальным предприятиям, он сам выписывал мощные землечерпалки; когда же в его имении не было такой работы, он брал подряды на осушение болотистых земель у соседних крупных фермеров и заключал договоры с земельными компаниями и корпорациями за сотни миль от Большого дома, вверх и вниз по реке Сакраменто.

Он был достаточно умен и понимал, что без чужого ума не обойдешься и что, покупая эти чужие умы, приходится платить самым способным значительно больше обычной рыночной цены, – достаточно умен, чтобы направлять эти купленные им умы на служение его интересам.

И вот ему стукнуло сорок лет; его взгляд был ясен, сердце билось ровно, он чувствовал себя здоровым и в расцвете сил. Однако до тридцати он вел жизнь беспорядочную и сумасбродную. Тринадцати лет он убежал из дома, оставленного ему отцом-миллионером; окончил университет, когда ему еще не было двадцати одного года, а затем решил изведать соблазны всех сказочных гаваней и сказочных морей. С трезвой головой и пылающим сердцем шел он, смеясь, на любой риск, только бы получить желанное, и окунулся в тот бурный мир приключений, который буквально у него на глазах все же вынужден был покориться закону и порядку.

В былые дни имя отца Форреста имело в Сан-Франциско магическую силу. Дом Форрестов на Ноб-Хилле, где жили такие люди, как Флуды, Маккейи, Крокеры и О'Брайены, был одним из первых воздвигнутых здесь дворцов. Ричард Форрест, прозванный «Счастливчиком», отец Дика, прибыл сюда из Новой Англии через Панамский перешеек в поисках почвы для смелых торговых предприятий; перед отъездом он интересовался быстроходными судами и строительством быстроходных судов, в Калифорнии же стал интересоваться земельными участками в районе порта и речными пароходами, потом, конечно, рудниками, а позднее – осушкой Комстока в Неваде и постройкой Южно-Тихоокеанской железной дороги.

Он делал только крупные ставки – крупно проигрывал и крупно выигрывал; но выигрывал он всегда больше, чем проигрывал, – ибо то, что он терял в одной игре, в другой возвращалось ему сторицей. Деньги, нажитые им на осушке Комстока, были спущены целиком в бездонные Даффодилские рудники в округе Эльдорадо. Все, что ему удалось спасти от краха на Бениша-Лайн, он вложил в ртутные месторождения «Напа Консолидейтед», которые принесли ему пять тысяч процентов прибыли. А потерянное в стоктонском буме он вернул с лихвой, скупив земельные участки в Сакраменто и Окленде.

И когда в довершение всех авантюр «Счастливчик» Форрест потерял после целого ряда неудач все свое состояние и дело дошло до того, что в Сан-Франциско уже обсуждали, за какую цену дворец на Ноб-Хилле пойдет с молотка, он снабдил некоего Дела Нелсона всем необходимым для экспедиции в Мексику. О результатах этой экспедиции, даже по трезвым данным истории, известно, что Дел Нелсон открыл такие богатейшие месторождения золота, как

«Группа Харвест» с неистощимыми рудниками Тэттлснейк, Войс, Сити, Дездемона, Буллфрог и Йеллоу-Бой. Ошарашенный этим успехом, Дел Нелсон спился в один год, поглотив целое море дешевого виски; и так как наследства никто не оспаривал, ибо он был совершенно одинок, то его долю в предприятии получил «Счастливчик» – Ричард Форрест.

Дик Форрест был истинный сын своего отца – «Счастливчика» Ричарда, человека неутомимой энергии и предприимчивости. Хотя отец был дважды женат и дважды овдовел, бог не благословил его потомством. В третий раз Ричард женился в 1872 году, когда ему было уже пятьдесят восемь лет, а в 1874 году родился мальчик – здоровяк и крикун, двенадцати фунтов весом, – правда, он стоил жизни своей матери. Новорожденный поступил на попечение десятка кормилиц и нянек, водворившихся во дворце на Ноб-Хилле.

Маленький Дик развился рано. «Счастливчик» Ричард был демократом. Мальчику взяли учителя, и он за год выучился всему тому, на что в школе потратил бы три года, а освободившееся таким образом время посвящал играм на открытом воздухе. Способности Дика и демократизм его отца были причиной того, что старик отдал сына в последний класс обычной народной школы: пусть мальчик потрется там среди детей рабочих и торговцев, доморощенных политиков и трактирщиков.

В школе он был просто учеником среди прочих учеников, и все миллионы отца не могли изменить того факта, что не он, а сын подносчика кирпича Пэтси Хэллорэна показал себя вундеркиндом в математике, а Мона Сангвинетти, мать которой содержала зеленную, была рекордсменкой по части правописания. Не помогли ему также ни отцовские миллионы, ни дворец на Ноб-Хилле, когда он, сбросив куртку, голыми кулаками, без всяких раундов и правил, дрался из последних сил то с Джимми Батсом, то с Джаном Шоияским и другими мальчиками, представителями того мужественного и крепкого поколения, которое могло вырасти только в Сан-Франциско в период его бурной и воинственной, мощной и здоровой юности, – того поколения, из которого вышло затем столько боксеров, рассеявшихся по свету в поисках славы и денег.

Самым умным, что «Счастливчик» Форрест мог сделать для сына, было дать ему эту демократическую закваску. В глубине души Дик никогда не забывал того, что он живет во дворце с десятками слуг и что отец его – могущественный и влиятельный миллионер, но вместе с тем он научился уважать демократию и людей, которые должны рассчитывать только на самих себя и на свои руки. Он научился этому тогда, когда на классном состязании по орфографии победила Мона Сангвинетти, а Берни Миллер обогнал его на состязаниях в беге.

И когда Тим Хэгэн в сотый раз разбил ему нос и губы и после ряда ударов под ложечку повалил его, ослепленного, задыхающегося, и Дик сопел и не мог пошевелить распухшими губами, то никакие дворцы и чековые книжки не могли ему помочь. Он сам, своими кулаками, должен был отстоять себя. Именно тут, весь в поту и в крови, Дик научился упорной борьбе и умению не сдаваться, даже когда битва проиграна. Удары, которые ему наносил Тим, были ужасны, но Дик выдержал. Он крепился до тех пор, пока они не решили, что одному другого не побороть. Но к этому решению они пришли, только когда оба в изнеможении лежали на земле, всхлипывая от боли и тошноты, от бешенства и упрямства. После этого они подружились и вместе верховодили на школьном дворе.

«Счастливчик» Ричард Форрест умер в том же месяце, в каком Дик окончил школу. Дику исполнилось тринадцать лет; у него было двадцать миллионов и ни одного родственника, который бы мог вмешиваться в его жизнь. У него были, кроме того, дворцы, толпа слуг, паровая яхта, конюшни и летняя вилла у моря, на южном конце полуострова, в Мэнло, колонии набобов. Один только стеснительный придаток ко всему этому получил он, – и это были его опекуны.

И вот в летний день в большой библиотеке Дик присутствовал на их первом совещании. Их было трое, все пожилые, богатые, юристы и дельцы; все – бывшие компаньоны его отца. Когда они изложили Дику положение дел, он почувствовал, что, несмотря на их самые благие намерения, у него нет с ними решительно ни одной точки соприкосновения. Ведь их юность была уже так далека от них. Кроме того, ему стало совершенно ясно, что именно его, вот этого мальчика, судьбой которого они так озабочены, эти пожилые мужчины совершенно не понимают. Поэтому Дик с присущей ему категоричностью решил, что только он один в целом мире знает, что для него самое лучшее.

Мистер Крокетт произнес длинную речь, и Дик выслушал ее с подобающим и настороженным вниманием, кивая головой всякий раз, когда говоривший обращался прямо к нему. Мистер Дэвидсон и мистер Слокум также высказали свои соображения, и он отнесся к ним не менее почтительно. Между прочим, Дик узнал из их слов, какой прекрасный и благородный человек был его отец, а также, какую программу выработали его опекуны, чтобы сделать из него столь же прекрасного и благородного человека.

Когда они кончили свои объяснения, слово взял Дик.

– Я все обдумал, – заявил он, – и прежде всего – я отправлюсь путешествовать.

– Путешествия – это потом, мой мальчик, – мягко пояснил мистер Слокум. – Когда... ну... когда вы приготовитесь в университет... вам будет очень полезно – да, да, чрезвычайно полезно... провести годик за границей.

– Разумеется, – торопливо вмешался мистер Дэвидсон, заметив, что в глазах мальчика вспыхнуло недовольство и он с бессознательным упорством сжал губы, – разумеется, можно будет и до этого совершать небольшие поездки, например, во время каникул... Мои коллеги, наверное, согласятся, что подобные поездки – разумеется, при соответствующем руководстве и должном надзоре, – что такие поездки во время каникул могут быть поучительны и даже желательны.

– А сколько, вы сказали, у меня денег? – спросил Дик ни с того ни с сего.

– Двадцать миллионов по самому скромному подсчету… да, примерно эта сумма, – не задумываясь, ответил мистер Крокетт.

– А если я скажу вам, что мне сейчас нужно сто долларов? – продолжал Дик.

– Но… это… гм… – и мистер Слокум вопросительно посмотрел на своих коллег.

– Мы были бы поставлены в необходимость спросить вас, на что вам нужны эти деньги, – ответил мистер Крокетт.

– А что, если я… – очень медленно проговорил Дик, глядя в упор на мистера Крокетта, – если я отвечу вам, что очень сожалею, но объяснять, зачем они мне нужны, не хочу?

– В таком случае вы бы их не получили, – ответил мистер Крокетт весьма решительно, и в его ответе послышалось даже некоторое раздражение и досада.

Дик задумчиво кивнул головой, как бы стараясь запомнить этот ответ.

– Ну, конечно, мой друг, – поспешно вмешался мистер Слокум, – вы же слишком молоды, чтобы распоряжаться своими деньгами, сами понимаете. И пока мы призваны это делать вместо вас.

– Значит, я без вашего разрешения не могу взять ни одного пенни?

– Ни одного! – отрезал мистер Крокетт.

Дик снова задумчиво покачал головой и пробормотал:

– О да, понимаю…

– Конечно, вполне естественно и даже справедливо, чтобы вы получали небольшие карманные деньги на ваши личные траты, – добавил мистер Дэвидсон. – Ну, скажем, доллар или два доллара в неделю. По мере того как вы будете становиться старше, эту сумму можно будет увеличивать. А когда вам минет двадцать один год, вы, без сомнения, окажетесь в состоянии управлять своими делами самостоятельно; разумеется, и мы вам поможем советами…

– И хотя у меня двадцать миллионов, я до двадцати одного года не смогу взять даже сто долларов и истратить их как мне хочется? – спросил Дик очень смиренно.

Мистер Дэвидсон решил было ответить утвердительно, но подбирал выражения помягче; однако Дик заговорил снова:

– Насколько я понимаю, мне можно тратить деньги только после вашего общего решения?

Опекуны закивали.

– И все то, на чем мы согласимся, будет иметь силу?

И опять опекуны кивнули.

– Ну вот, я хотел бы сейчас же получить сто долларов, – заявил Дик.

– А для чего? – осведомился мистер Крокетт.

– Пожалуй, я скажу вам, – ответил мальчик спокойно и серьезно. – Я отправлюсь путешествовать.

– Сегодня вы отправитесь в постель ровно в восемь тридцать, и больше никуда, – резко отчеканил мистер Крокетт. – Никаких ста долларов вы не получите. Дама, о которой мы вам говорили, придет сюда к шести часам. Вы будете ежедневно и ежечасно состоять на ее попечении. В шесть тридцать вы, как обычно, сядете с нею за стол, а потом она позаботится о том, чтобы вы легли в надлежащее время. Мы уже говорили вам, что она должна заменить вам мать и смотреть за вами… Ну… чтобы вы мыли шею и уши…

– И чтобы я по субботам брал ванну, – с глубочайшей кротостью докончил Дик.

– Вот именно.

– Сколько же вы… то есть я буду платить этой даме за ее услуги? – продолжал расспрашивать Дик с той раздражающей непоследовательностью, которая уже входила у него в привычку и выводила из себя учителей и товарищей.

Впервые мистер Крокетт ответил не сразу и сначала откашлялся.

– Ведь это же я плачу ей, не правда ли? – настаивал Дик. – Из моих двадцати миллионов? Верно?

«Вылитый отец», – заметил про себя мистер Слокум.

– Миссис Соммерстон – «эта дама», как вам угодно было выразиться, – будет получать полтораста долларов в месяц, что составит в год ровно тысячу восемьсот долларов, – пояснил мистер Крокетт.

– Выброшенные деньги, – заявил со вздохом Дик. – Да еще считайте стол и квартиру!

Дик поднялся – тринадцатилетний аристократ не по рождению, но потому, что он вырос во дворце на Ноб-Хилле, – и стоял перед опекунами так гордо, что все трое тоже невольно поднялись со своих кожаных кресел. Но он стоял перед ними не так, как стоял, быть может, некогда маленький лорд Фаунтлерой, ибо в Дике жили две стихии. Он знал, что человеческая жизнь многолика и многогранна: недаром Мона Сангвинетти оказалась сильнее его в орфографии и недаром он дрался с Тимом Хэгэном, а потом дружил с ним, деля власть над товарищами.

Он был сыном человека, пережившего золотую лихорадку сорок девятого года. Дома он рос аристократом, а школа воспитала в нем демократа. И его преждевременно развившийся, но еще незрелый ум уже улавливал разницу между привилегированными сословиями и народными массами. Помимо того, в нем жили твердая воля и спокойная уверенность в себе, совершенно непонятная тем трем пожилым джентльменам, в руки которых была отдана его судьба и которые взяли на себя обязанность приумножать его миллионы и сделать из него человека сообразно их собственному идеалу.

– Благодарю вас за вашу любезность, – обратился Дик ко всем трем. – Надеюсь, мы поладим. Конечно, эти двадцать миллионов принадлежат мне, и, конечно, вы должны сохранить их для меня, ведь я в делах ничего не смыслю…

– И поверьте, мой мальчик, что мы ваши миллионы приумножим, бесспорно приумножим, и притом самыми безопасными и испытанными способами, – заявил мистер Слокум.

– Только, пожалуйста, без спекуляций, – предупредил их Дик. – Папе везло, но я часто слышал от него, что теперь другие времена и уже нельзя рисковать так, как прежде рисковали все.

На основании всего этого можно было, пожалуй, решить, что у Дика мелочная и корыстная душонка. Нет! Именно в этим минуты он меньше всего думал о своих двадцати миллионах. Его занимали мечты и планы, столь далекие от всякой корысти и стяжательства, что они скорее роднили его с любым пьяным матросом, который расшвыривает на берегу свое жалованье, заработанное за три года.

– Правда, я только мальчик, – продолжал Дик, – но вы меня еще не очень хорошо знаете. Со временем мы познакомимся ближе, а пока – еще раз спасибо...

Он смолк и отвесил легкий поклон, полный достоинства: к таким поклонам привыкают очень рано все лорды во всех дворцах на Ноб-Хилле. Его молчание говорило о том, что аудиенция кончена. Опекуны это поняли, и они, товарищи его отца, с которыми тот вел крупнейшие дела, удалились сконфуженные и озадаченные.

Спускаясь по широкой каменной лестнице к ожидавшему их экипажу, мистер Дэвидсон и Слокум были готовы дать волю своему гневу, но Крокетт, только что возражавший мальчику так сердито и резко, пробормотал с восхищением:

– Ах, стервец! Ну и стервец!

Экипаж отвез их в старый Тихоокеанский клуб, где они еще с час озабоченно обсуждали будущность Дика Форреста и жаловались на ту трудную задачу, которую на них взвалил «Счастливчик» Ричард Форрест.

А в это время Дик торопливо спускался с горы по слишком крутым для лошадей и экипажей, заросшим травой мощеным улицам. Едва он оставил за собой живописные холмы, виллы и пышные сады миллионеров и спустился вниз, как тут же попал в узкие улички с деревянными лачугами, где жил рабочий люд. В 1887 году Сан-Франциско еще представлял собой такую же беспорядочную смесь дворцов и трущоб, как и любой старый европейский город; и Ноб-Хилл, подобно средневековому замку, вырастал из нищеты и грязи обыденной жизни, которая ютилась у его подножия.

Дик наконец остановился на углу, возле бакалейной лавки, над которой жил Тимоти Хэгэн-старший; Тимоти мог позволить себе эту роскошь – жить над головой своих сограждан, содержавших семью на сорок – пятьдесят долларов в месяц, так как служил в полиции и получал сто.

Но тщетно Дик свистел под открытыми, не защищенными от солнца окнами: Тима Хэгэна-младшего не было дома. Наконец Дик смолк и принялся перебирать в уме все те места неподалеку, где мог находиться его приятель; но в это время тот и сам появился из-за угла, бережно неся жестянку из-под лярда, полную пенящегося пива. Он пробурчал какое-то приветствие, и Дик также грубо буркнул ему что-то в ответ, точно всего час назад не он так смело и надменно отпустил трех некоронованных королей огромного города. Он говорил, как обычный мальчишка, и ничто в его тоне не показывало, что он – будущий владелец двадцати миллионов, а со временем и большего богатства.

– Я не видел тебя после смерти твоего старика, – заметил, поравнявшись с ним, Тим Хэгэн.

– Зато видишь теперь. Верно? – отозвался Дик. – Знаешь, Тим, я к тебе по делу.

– Ладно, подожди, сначала отдам пиво моему старику, – сказал Тим, следя опытным глазом за вздымающейся у краев жестянки пеной. – Раскричится, если подашь без пены.

– А ты встряхни жестянку, вот и будет пена, – посоветовал Дик. – Мне только на минутку. Дело в том, что я нынче ночью удираю. Хочешь со мной?

Голубые ирландские глазки Тима загорелись любопытством.

– А куда? – спросил он.

– Не знаю. Так хочешь? Если да, можно будет обсудить потом, когда будем уже в пути. Ты знаешь все лучше меня. Ну как? Согласен?

– Старик-то с меня шкуру спустит, – пробормотал Тим.

– Да ведь он колотил тебя и раньше, а твоя шкура, кажется, еще цела, – последовал бессердечный ответ. – Только скажи «да», и мы встретимся сегодня вечером в девять часов у перевоза. Ну как? Идет? Словом, в девять я там буду.

– А если я не явлюсь? – спросил Тим.

– Все равно, уеду один. – И Дик отвернулся, делая вид, что собирается уходить; потом приостановился и бросил небрежно: – Лучше, если бы вместе…

Тим встряхнул жестянку с пивом и отвечал так же небрежно:

– Да уж ладно. Приду.

Расставшись с Тимом, Дик принялся разыскивать некоего Марковича, словенца, тоже бывшего школьного товарища; его отец содержал дешевый ресторан, где можно было за двадцать центов получить очень приличный обед. Молодой Маркович взял как-то у Дика в долг два доллара, но Дик поладил с ним на одном долларе сорока центах, остальную же часть долга простил Марковичу.

Затем Дик не без робости и волнения прошелся по Монтгомери-стрит, мимо украшавших эту оживленную улицу многочисленных ломбардов и ссудных касс. С отчаянной решимостью он наконец выбрал одну из них и обменял там на восемь долларов и квитанцию часы, стоившие, как он знал, по меньшей мере пятьдесят.

Обед во дворце на Ноб-Хилле подавался в половине седьмого. Дик явился домой без четверти семь и сразу налетел на миссис Соммерстон. Это была полная пожилая дама, из некогда знаменитой, а теперь обедневшей семьи Портер-Рингтон, финансовый крах которой потряс в семидесятых годах все Тихоокеанское побережье. Несмотря на свой полноту, она страдала, по ее словам, «расстройством нервов».

– Нет, нет, это невозможно, Ричард, – возмущенно изрекла она. – Обед ждет уже целых четверть часа, а вы еще не вымыли лицо и руки.

– Простите, миссис Соммерстон, – извинился Дик. – Я больше никогда не буду опаздывать. Да и вообще не причиню вам впредь никакого беспокойства.

Они обедали вдвоем в огромной столовой, и Дик старался занимать свою воспитательницу, ибо, хотя он и платил ей жалованье, она все-таки была для него гостьей.

– Когда вы устроитесь, вам будет здесь очень хорошо. Это уютный старый дом, да и слуги живут здесь уже много лет.

– Но, Ричард, – возразила она с улыбкой, – ведь не от слуг зависит то, как я буду чувствовать себя здесь, а от вас.

– Я сделаю все, что могу, – любезно ответил он, – и даже сверх того. Я очень сожалею, что сегодня опоздал. Пройдут многие-многие годы, и я ни разу не опоздаю. Я решил совсем не беспокоить вас. Вот увидите. Будет так, словно меня и нет в доме.

Затем он пожелал ей спокойной ночи и, уходя, прибавил, как бы что-то вспомнив:

– Насчет одного я должен вас предупредить: это касается повара, его зовут О-Чай. Он у нас в доме очень давно, я даже не помню, сколько лет, – может быть, двадцать пять, а то и тридцать; он готовил отцу, когда меня еще не было на свете и когда не было этого дома. Он у нас на особом положении и так привык все делать по-своему, что вам придется с ним обращаться довольно осторожно. Но если он вас полюбит, то себя не пожалеет, чтобы вам угодить. Меня он очень любит. Сделайте так, чтобы он и вас полюбил, и вам будет здесь очень хорошо. А я, право же, не причиню вам больше никакого беспокойства. Я сделаю так, будто меня нет в доме.

Глава пятая

В девять часов, минута в минуту, Дик, одетый в свое самое старое платье, встретился с Тимом Хэгэном у перевоза.

– На север идти не стоит, – сказал Тим. – Скоро зима, и спать будет холодно. Хочешь, пойдем на восток, в сторону Невады и пустыни?

– А еще куда можно? – спросил Дик. – Что, если мы выберем юг и пойдем на Лос-Анджелес, Аризону, Новую Мексику и Техас? – предложил он.

– Сколько ты раздобыл денег? – спросил Тим.

– А тебе зачем? – возразил Дик.

– Важно уйти из этих мест как можно скорее, а чтобы двигаться быстро, надо платить. Мне-то наплевать. Вот ты – другое дело. Твои опекуны сейчас же поднимут шум, наймут ораву сыщиков; а те как пойдут по следу – не отвяжешься. Надо скорее смыться.

– Ну что ж, раз иначе нельзя... – отозвался Дик. – Несколько дней мы будем петлять, путать их, скрываться и за все платить, пока не доберемся до Трэйси. А потом платить перестанем и повернем на юг.

Вся эта программа была ими выполнена в точности. Трэйси они проехали в качестве платных пассажиров; через шесть часов после того, как местный шериф перестал обыскивать поезда. Дик из осторожности заплатил еще до станции Модесто, а там платить перестал, и, следуя советам Тима, мальчики продолжали путь «зайцами» в багажных и товарных вагонах, а также на тендерах. Дик покупал газеты и пугал Тима, читая ему трагические описания того, как был похищен юный наследник форрестовских миллионов.

В Сан-Франциско опекуны дали объявление, что нашедшему и доставившему домой их подопечного будет выплачена премия в тридцать тысяч долларов. Тим Хэгэн, читавший эти сообщения, когда мальчики отдыхали на траве у какой-нибудь водокачки, навсегда внушил своему товарищу ту мысль, что честность и честь не являются достоянием какой-нибудь отдельной касты и могут обитать не только во дворце на вершине горы, но и в убогой квартирке над бакалейной лавкой.

– Ах черт! – обратился Тим не столько к Дику, сколько к лежавшему перед ними ландшафту. – Мой старик не стал бы шуметь оттого, что я удрал, если бы я выдал тебя за тридцать тысяч! Даже подумать страшно!

Раз Тим так открыто об этом заговорил, значит, с этой стороны Дику опасаться нечего, – сын полисмена не донесет на него.

Только шесть недель спустя, уже в Аризоне, Дик опять коснулся этого вопроса.

– Понимаешь ли, Тим, – сказал Дик, – я получил кучу денег, и мой капитал все время растет, а я из него не трачу ни одного цента, как ты видишь сам... хотя миссис Соммерстон и выжимает из меня тысячу восемьсот долларов в год, да кроме того, – стол, квартиру и экипаж, а мы с тобой живем, как бродяги, и рады подобрать за каким-нибудь кочегаром его объедки. И все-таки мой капитал растет! Сколько это выходит – десять процентов с двадцати миллионов долларов? Сосчитай!

Тим Хэгэн уставился на струи горячего воздуха, волновавшиеся над пустыней, и попытался решить предложенную ему задачу.

– Ну, сколько будет одна десятая от двадцати миллионов? – нетерпеливо спросил Дик.

– Сколько? Два миллиона, конечно.

– А пять процентов – половина десяти. Сколько же это составит в год, если считать двадцать миллионов из пяти процентов?

Тим нерешительно молчал.

– Да половину, половину двух миллионов! – крикнул Дик. – Значит, я каждый год становлюсь на один миллион богаче. Запомни это и слушай дальше. Когда я соглашусь вернуться домой, – а это будет только через много-много лет, мы с тобой решим когда, – я тебе скажу, и ты напишешь отцу. Он нагрянет в условленное место, заберет меня и доставит куда следует. А потом получит от опекунов обещанные тридцать тысяч, бросит службу в полиции и откроет пивную.

– Тридцать тысяч, это знаешь, сколько денег? – небрежно проговорил Тим, выразив таким образом свою благодарность.

– Только не для меня, – заявил Дик, стараясь умалить свою щедрость. – Тридцать тысяч в миллионе содержится тридцать три раза, а мои деньги за один год приносят миллион.

Однако Тиму не суждено было дожить до тех времен и увидеть, как его отец станет владельцем пивной. Два дня спустя после этого разговора не в меру ретивый кондуктор выставил мальчиков из пустого товарного вагона, когда поезд стоял на мосту, перекинутом через высохший каменистый овраг. Дик взглянул вниз: дно оврага лежало на глубине семидесяти футов, – и он невольно содрогнулся.

– Место здесь есть, – сказал он, – но что, если поезд тронется?

– Не тронется. Удирайте, пока можно, – настаивал кондуктор. – Паровоз на той стороне набирает воду. Он тут всегда набирает.

Но именно в этот раз паровоз не стал брать воду. Следствие потом выяснило, что воды в водокачке не оказалось и машинист решил ехать дальше. Едва мальчики успели соскочить наземь из боковой двери вагона и пройти несколько шагов по узкому пространству между рельсами и обрывом, как поезд начал двигаться. Дик, всегда быстро соображавший и действовавший, стал на четвереньки. Это дало ему возможность крепче уцепиться за мост и удержаться, ибо выступавшие части вагона проходили над его головой, не задевая его.

Но Тим, соображавший гораздо медленнее и еще ослепленный чисто кельтским бешенством, вместо того чтобы лечь на мост, продолжал стоять и крайне образно, в духе своих родичей, выражаться по адресу кондуктора.

– Ложись! Скорее! – крикнул ему Дик.

Но Тим уже пропустил удобную минуту: поезд шел под уклон и быстро ускорял ход. Стоя лицом к бегущим вагонам и чувствуя, что за спиной у него нет опоры, а под ногами – пропасть, Тим наконец решил последовать примеру Дика. Но едва он повернулся, как ударился плечом о бегущие вагоны и чуть не потерял равновесие. Каким-то чудом он все же удержался и продолжал стоять. Поезд шел все быстрее. Лечь было уже нельзя.

Дик следил за всем этим, но не мог двинуться. Поезд набирал скорость. Однако Тим не терял присутствия духа: стоя спиной к пропасти, а лицом к бегущим вагонам и упираясь ногами в узкие доски моста, он качался и балансировал. Чем быстрее шел поезд, тем сильнее Тим качался; наконец, сделав над собой усилие, он нашел устойчивое положение и перестал раскачиваться. Все могло бы еще окончиться благополучно, если бы не последний вагон. Дик понял это и с ужасом следил за его приближением. Это был «усовершенствованный вагон для лошадей» – на шесть дюймов шире, чем все остальные. Дик видел, что и Тим его заметил; видел, как товарищ напряг все силы, чтобы удержаться на том пространстве, которое теперь еще сократилось чуть не на полфута; видел, как Тим откидывается назад все дальше, дальше, до последней возможности, и все же недостаточно далеко. Катастрофа была неизбежна. Если бы вагон оказался у́же всего на один дюйм, Тим устоял бы. Один дюйм – и он упал бы на рельсы позади поезда, а вагон прошел бы мимо. Но именно этот дюйм и погубил его. Вагон толкнул Тима, мальчик несколько раз перевернулся в воздухе и рухнул головой на камни.

Там, внизу, он уже не шевелился. Упав с высоты семидесяти футов, он сломал себе шею и размозжил череп.

Тут Дик впервые познал смерть – не упорядоченную и благопристойную смерть, какой она бывает среди цивилизованных людей, когда и врачи, и сиделки, и наркотики облегчают человеку переход в вечную ночь, а его близкие пытаются пышными обрядами, цветами и торжественными проводами скрасить его путешествие в царство теней, – но смерть внезапную и простую, грубую и неприкрашенную; смерть, подобную смерти быка или жирной свиньи, убитых на бойне.

И еще многое открылось Дику: превратности жизни и судьбы; враждебность вселенной к человеку; необходимость быстро соображать и действовать, быть решительным и уверенным в себе, уметь мгновенно приспособляться к неожиданным переменам в соотношении сил, властвующих над всем живым. И, стоя над изуродованными останками того, кто всего несколько минут назад был его товарищем, Дик понял, что нельзя доверяться иллюзиям – за них всегда приходится расплачиваться, и что только действительность никогда не лжет.

В Новой Мексике Дик случайно попал на одно ранчо под названием Джингл-Боб, расположенное к северу от Росуэлла, в долине Пикос. Дику еще не было четырнадцати лет, но он скоро сделался всеобщим любимцем; это, однако, не помешало ему стать настоящим ковбоем, подобным тем, которые даже в официальных бумагах именовали себя: «Дики Конь», «Вилли-Олень», «Большой Карман», или «Вырви глаз».

Здесь за полгода, проведенных на ранчо, Дик в совершенстве узнал лошадей и, будучи сильным и ловким, сделался отличным наездником, а также узнал людей, как они есть, – и это драгоценное знание сберег на всю жизнь. Но он узнал и многое другое. Вот, например, Джон Чайзом, владелец Джингл-Боба, Bosque grande и еще многих других скотоводческих ферм до самой Черной речки и за ней; Джон Чайзом, «Коровий король», предвидя возникновение мелких фермерских хозяйств, скупил кругом все свободные участки, на которых имелась вода, поставил ограды из колючей проволоки и стал полновластным хозяином над миллионами акров прилегавшей к ним земли, которая без орошения не имела никакой цены. А из бесед у ночного костра, сидя возле фургона с продовольствием, среди ковбоев, получавших в месяц не более сорока долларов (они не предусмотрели того, что предусмотрел их хозяин), Дик отчетливо понял, почему Джон Чайзом сделался «коровьим королем», а сотни его соседей нанимались к нему в качестве сельскохозяйственных рабочих.

Но у Дика был горячий нрав. Его кровь кипела. В нем жила пылкая мужская гордость. Готовый иногда разрыдаться после двадцати часов, проведенных в седле, он сдерживал себя, научился презирать жестокую боль, терзавшую его еще полудетское тело, и молча терпеть, не мечтая о постели, пока закаленные гуртовщики не лягут первыми. С той же терпеливой выдержкой он садился на любую лошадь, какую ему давали, требовал, чтобы и его посылали в ночное, и в развевающемся непромокаемом плаще уверенно мчался наперерез разбегающемуся стаду. Он готов был подвергнуть себя любому риску и любил рисковать, но даже в такие минуты никогда не забывал о трезвой действительности. Дику отлично было известно, что люди – существа весьма хрупкие, они легко гибнут, разбиваясь о камни или затоптанные лошадиными копытами. И если он иной раз отказывался садиться на лошадь, у которой на галопе заплетались ноги, то делал это не из страха, а потому что, как он заявил однажды самому Джону Чайзому, «если уж падать, так хоть за хорошие деньги».

Только отсюда, из этого имения, Дик решил написать своим опекунам. Но и тут был настолько осторожен, что отдал письмо проезжему торговцу скотом из Чикаго и адресовал его на имя повара О-Чай. Хотя Дик и не пользовался своими миллионами, однако всегда о них помнил; опасаясь, как бы его состояние не досталось каким-нибудь отдаленным родственникам, которые могли найтись в Новой Англии, он известил своих опекунов о том, что жив и здоров и через несколько лет непременно вернется домой. Он приказал им также не отпускать миссис Соммерстон и аккуратно выплачивать ей жалованье.

Но ему не сиделось на месте. И наконец он решил, что полгода на ранчо Джингл-Боб – это больше чем достаточно. Тогда Дик стал бродягой и исколесил всю территорию Соединенных Штатов, причем ему довелось познакомиться во время своих скитаний с мировыми судьями, полицейскими чиновниками, законами о бродяжничестве и даже тюрьмами. И он узнал настоящих бродяг, странствующих рабочих и мелких преступников. Кроме того, он знакомился с фермами и фермерами и изучал земледелие, а однажды в штате Нью-Йорк целую неделю работал по сбору ягод у одного фермера-датчанина, который производил эксперименты с первой силосной установкой в Соединенных Штатах. Он учился всему этому не потому, что ставил себе учение как цель: в нем жила огромная, чисто мальчишеская любознательность и интерес решительно ко всему. Благодаря этому он приобрел много сведений о человеческой природе и жизни общества. Эти знания, когда он их впоследствии переварил и систематизировал при помощи книг, сослужили ему неоценимую службу.

Приключения не повредили Дику. Даже когда ему приходилось встречаться с острожниками в их лесных убежищах и узнавать их взгляды на жизнь и нравственность, эти взгляды на него не действовали. Он был точно путешественник среди туземных племен. Уверенный в том, что у него есть двадцать миллионов, он не испытывал желания красть и грабить, – да в этом и не было необходимости. Все на свете интересовало его, но он ни разу не попадал в такое положение или место, в котором хотел бы остаться навсегда. В нем жила жажда видеть все больше, без конца наблюдать действительность.

Прошло три года; ему минуло шестнадцать. Это был крепкий и закаленный подросток, весивший сто тридцать фунтов. Тогда Дик решил, что пора вернуться домой и взяться за книги. Так он совершил свое первое большое морское путешествие, поступив юнгой на судно, которое шло из Делавэра в Сан-Франциско, огибая мыс Горн. Это было трудное плавание, оно продолжалось сто восемьдесят дней, но в результате Дик прибавил десять фунтов.

Когда в один прекрасный день он вошел в комнату и направился к миссис Соммерстон, она вскрикнула и послала за поваром О-Чаем: пусть скажет – действительно ли это Дик. Она вскрикнула во второй раз, когда протянула ему руку и его огрубевшая от канатов мозолистая ладонь сжала ее нежные пальцы.

Во время первой встречи с опекунами, которые спешно собрались, узнав о его приезде, Дик держался застенчиво, почти конфузился. Но это не помешало ему высказаться вполне определенно.

– Вот как обстоит дело, – начал он. – Я не дурак, знаю, чего хочу; и как я захочу – так и будет. Я совсем один на свете, не считая, конечно, таких добрых друзей, как вы; и у меня есть свои взгляды на жизнь и на то, что я в ней намерен делать. Вернулся я домой вовсе не из чувства долга перед кем-то, а потому что пришло время; скорее – из чувства долга перед самим собой. Три года странствий принесли мне большую пользу, и теперь я хочу продолжать образование – я разумею, уже по книгам.

– Белмонтское училище, – подсказал мистер Слокум, – подготовит вас в университет.

Дик решительно покачал головой:

– И отнимет у меня три года, как и любая средняя школа. Нет, я намерен поступить в Калифорнийский университет не позднее чем через год. Конечно, придется поработать. Но мозг у меня вроде кислоты: так и въедается в книги. Я возьму себе преподавателей – десяток преподавателей, если понадобится, – и начну готовиться. Нанимать их я буду сам и выгонять – тоже сам. А для этого мне понадобятся деньги.

– Сто долларов в месяц достаточно? – спросил мистер Крокетт.

Дик покачал головой.

– Я странствовал три года и не истратил ни гроша из своего капитала. Надеюсь, я сумею с толком распорядиться его частью здесь, в Сан-Франциско. Я еще не берусь управлять своими делами, но хочу иметь на руках чековую книжку, и на приличную сумму. Деньги я буду тратить на то, что сочту нужным и как сочту нужным.

Опекуны в ужасе переглянулись.

– Это нелепо, это невозможно, – начал мистер Крокетт возмущенно. – Вы такой же сорвиголова, как и до вашего ухода.

– Уж какой есть, – вздохнул Дик. – И та размолвка вышла у нас из-за денег. А ведь тогда я хотел получить всего-навсего сто долларов.

– Но войдите же в наше положение, Дик, – принялся его увещевать мистер Дэвидсон. – Ведь мы ваши опекуны... Что скажут люди, если мы позволим вам, шестнадцатилетнему мальчику, свободно распоряжаться вашими деньгами?

– А что стоит теперь моя яхта «Фрида»? – неожиданно спросил Дик.

– Думаю, за нее в любое время дадут тысяч двадцать, – отозвался мистер Крокетт.

– Так продайте ее. Она для меня велика и вдобавок с каждым годом теряет в цене. Мне нужна небольшая яхточка, чтобы я мог сам управлять ею и плавать в нашей бухте, и стоить она должна не больше тысячи. А эту продайте и положите деньги на мое имя. Я знаю ведь, чего вы, все трое, боитесь: что я растранжирю свои деньги на кутежи да на лошадей и на певичек. Так я вот что вам предложу: пусть на эти деньги будет иметь право каждый из нас четверых. И в ту минуту, когда кто-либо из вас решит, что я трачу деньги зря, пусть он снимет со счета всю сумму. Могу также вам сообщить, что наряду с преподавателями, которые будут готовить меня в университет, я намерен пригласить специалиста из коммерческого колледжа: пусть научит меня тому, как дельцы ведут дела, пусть вбивает мне в голову всю эту механику.

Дик не стал ждать их согласия и продолжал, как будто это уже было решено:

– А как с лошадьми в Мэнло? Впрочем, я посмотрю их и тогда подумаю, что с ними делать. Миссис Соммерстон останется здесь и будет вести дом и хозяйство. Я и без того буду слишком занят. Вы не раскаетесь, дав мне полную волю в моих личных делах, обещаю. А теперь, если хотите послушать, как я жил эти три года, я вам, пожалуй, расскажу.

Дик Форрест не ошибся, заявив своим опекунам, что его мозг въедается в книги, точно кислота. Никогда еще, кажется, ни один юноша не получал столь необычного образования, – причем он руководил им сам, не отвергая порой и чужих советов. Умению использовать чужие мозги он, видимо, научился у отца и у Джона Чайзома из Джингл-Боба. Там, в степи, он привык подолгу сидеть молча и размышлять, в то время как ковбои вели неторопливую беседу у костра и фургона с продовольствием. Теперь благодаря своему имени и состоянию он легко добивался знакомства и бесед с профессорами, директорами школ, всевозможными специалистами и дельцами; он мог слушать их долгие часы, лишь изредка вставляя слово, почти не спрашивая, а только впитывая в себя то, что они ему рассказывали, – и был доволен, если ему удавалось из этой многочасовой беседы извлечь хотя бы одну мысль, один факт, которые помогли бы ему решить вопрос, какое именно образование ему нужно и как его получить.

Затем он начал выбирать себе преподавателей; и уж тут пошли такие приглашения и увольнения, такие вызовы и отказы, что все только диву давались. Молодой Форрест не стеснялся. С одними Дик занимался месяц, два или три, но с большинством расставался в первый же день или в первую неделю; и неизменно платил в таких случаях за целый месяц вперед, даже если их попытка чему-то научить его продолжалась не больше часа. Он всегда был в этих делах щедр и великодушен, – оттого что имел возможность позволить себе щедрость и великодушие.

Этот мальчик, который не раз подбирал объедки после кочегаров, запивая их водой из колонки, узнал на своей шкуре цену деньгам и что покупать самое лучшее в конце концов выгоднее всего. Для поступления в университет надо было прослушать годичный курс физики и химии. Покончив с алгеброй и геометрией, он обратился к видным профессорам физики и химии при Калифорнийском университете. Вначале профессор Кэйри рассмеялся ему в лицо.

– Мой милый мальчик... – сказал он.

Дик терпеливо дал ему высказаться, затем спокойно заявил:

– Поверьте, профессор, что я не дурак. Ученики средней школы и подготовительного училища – просто младенцы. Они жизни не знают. И еще не знают, чего хотят или почему хотят того, чем их напичкали. Я знаю жизнь. Знаю, чего хочу и почему. Они занимаются физикой два часа в неделю в течение двух полугодий, что составляет вместе с каникулами целый год. Вы лучший преподаватель физики на всем Тихоокеанском побережье. Учебный год как раз кончается. Если вы посвятите мне всю первую неделю каникул, каждую минуту вашего времени, я пройду этот годичный курс физики. Во сколько цените вы такую неделю?

– Вы не купите ее и за тысячу долларов, – отозвался профессор Кэйри и решил, что вопрос исчерпан.

– Я знаю размеры вашего жалованья... – начал Дик.

– Ну, и сколько же я, по-вашему, получаю? – резко спросил профессор.

– Во всяком случае, не тысячу долларов в неделю, – так же резко возразил Дик, – и не пятьсот, и не двести пятьдесят... – Он поднял руку, ибо профессор хотел прервать его. – Вы сейчас сказали, что не можете продать мне свою неделю и за тысячу долларов. А я и не собираюсь покупать ее за эту цену. Я вам предлагаю две тысячи. Господи! Ведь жить-то мне считанные годы!..

– А разве годы жизни можно купить? – насмешливо спросил профессор.

– Безусловно можно. Ради этого я здесь. Я покупаю за год три года, и ваша неделя – часть этого года.

– Но я же еще не дал согласия, – заметил профессор Кэйри.

– Может быть, сумма вам кажется недостаточной? – холодно настаивал Дик. – Скажите, какую вы считаете справедливой?

И профессор Кэйри сдался. Так же сдался профессор Барсдейл – самый видный химик в городе.

Своих преподавателей по алгебре и геометрии Дик уже возил охотиться на болота Сакраменто и Сан-Хоакина и провел с ними там больше месяца. Покончив с физикой и химией, он отправился с историком и преподавателем литературы на охоту в округ Карри, в юго-западной части Орегона. Он следовал примеру своего отца: учился и развлекался, жил на свежем воздухе – и в результате прошел без особого напряжения обычный трехлетний курс средней школы в один год. Он стрелял дичь, ловил рыбу, плавал, тренировался и вместе с тем готовился в университет. И он стоял на верном пути. Он мог его избрать потому, что миллионы отца сделали его хозяином жизни. Деньги были для него всегда только средством. Он не умалял, но и не преувеличивал их значения. Он только покупал на них все, что ему было нужно.

– Странная разновидность мотовства, я ничего подобного не встречал! – заметил мистер Крокетт, показывая остальным опекунам представленный Диком годовой отчет. – Шестнадцать тысяч долларов ушло на учение, причем он сюда включил все расходы: стоимость железнодорожных билетов, чаевых, порох и патроны для преподавателей.

– Ну, экзамены он все-таки выдержал, – сказал мистер Слокум.

– Да, и приготовился за один год, – проворчал мистер Дэвидсон. – А мой внук, в то время как Дик начал готовиться, поступил в Белмонтское училище, и дай бог, если ему через два года удастся добраться до университета.

– Что ж, одно могу сказать, – заявил мистер Крокетт, – отныне, сколько бы мальчик ни потребовал на свои расходы, ему можно доверить какую угодно сумму.

– Теперь я сделаю маленькую передышку, – заявил Дик своим опекунам. – Я опять иду голова в голову со своими сверстниками, а уж насчет знания жизни – им до меня далеко. Я встречал немало мужчин и женщин, я узнал жизнь и видел так много хорошего и дурного, высокого и ничтожного, что сам иногда не верю – неужели это правда? Но я все видел своими глазами.

Отныне я уже не буду спешить. Я догнал других и пойду ровным шагом. Главное – не задерживаясь, переходить с курса на курс. И когда я окончу университет, мне будет всего двадцать один год. На учение денег теперь пойдет гораздо меньше, репетиторы уже не понадобятся, и можно будет тратить больше на развлечения.

Мистер Дэвидсон насторожился:

– А что вы разумеете под словом «развлечения»?..

– О, разные там студенческие общества, футбол… Не отставать же мне от других, сами понимаете. Кроме того, меня очень интересуют моторы, работающие на бензине. Я намерен построить первую в мире океанскую яхту с бензиновым двигателем…

– Еще взорветесь, – покачал головой мистер Крокетт. – Все это вздор, все теперь помешались на бензине.

– Нет, не взорвусь, я приму меры, – ответил Дик, – а для этого нужны эксперименты и деньги, и потому я прошу выдать мне новую чековую книжку, на тех же правах, что и раньше.

Глава шестая

В университете Дик Форрест ничем не выделялся, разве только тем, что пропустил на первом курсе больше лекций, чем другие студенты. Но лекции, которые он пропускал, были ему не нужны, и он знал это. Преподаватели, подготовляя его к вступительным экзаменам, прошли с ним вперед также и большую часть первого курса. Между прочим, он организовал футбольную команду первокурсников, впрочем, такую слабую, что ее побеждали все, кому не лень.

Все же Дик работал, хотя это и не было заметно. Он много читал, и читал с толком; и когда летом он отправился на своей океанской яхте в экскурсию, то пригласил с собой не компанию веселых сверстников, а профессоров литературы, права, истории и философии с их семьями. В университете долго потом вспоминали об этой «ученой» поездке. Профессора, вернувшись, рассказывали, что провели время чрезвычайно приятно. Дик вынес из этого путешествия более широкое представление о ряде научных дисциплин, чем если бы слушал из года в год университетские курсы. А то, что он опять сэкономил на этом время, дало ему возможность по-прежнему пропускать многие лекции и усиленно заниматься в лабораториях.

Не пренебрегал он и чисто студенческими развлечениями. Профессорские вдовы усиленно за ним ухаживали, профессорские дочки влюблялись в него; он был неутомимым танцором, не пропустил ни одного студенческого сборища, ни одной товарищеской пирушки, объехал все побережье с клубом банджо и мандолинистов.

И все-таки он не блистал никакими особыми талантами, ничем среди других не выделялся. Четыре-пять товарищей играли на мандолине и на банджо искуснее его и с десяток танцевали лучше. На втором курсе он помог своей футбольной команде одержать победу, считался хорошим, надежным игроком, но и только. Ему ни разу не удавалось пройти с мячом всю длину поля, хотя он видел, что голубые с золотом лезут из кожи и трибуны неистовствуют. Победу ему удалось одержать лишь в конце мучительно трудного матча, в грязи, под дождем, когда кончился уже второй полутайм, – тогда только голубые с золотом попросили Форреста бить в центр, и бить крепко.

Да, он никогда и ни в чем не достигал совершенства. Верзила Чарли Эверсон всегда мог перепить его. Гаррисон Джексон кидал молот дальше его по меньшей мере на двадцать футов. Каррузерс побеждал его в боксе. Энсон Бардж клал его на обе лопатки два раза из трех – правда, с большим трудом. В английском сочинении пятая часть курса была сильнее его. Эдлин, русский еврей, победил его в диспуте на тему: «Собственность есть кража». Шульц и Дебрэ опередили его и весь курс в высшей математике, а японец Отсуки несравненно лучше усваивал химию.

Но если Дик Форрест ничем не выделялся, то он ни в чем и не отставал от товарищей. Не обладая особой силой, он никогда не выказывал слабости или неуверенности. Однажды Дик заявил своим опекунам, восхищенным его неизменным прилежанием и благонравием и возмечтавшим, что его ждет великое будущее:

– Ничего особенного я не достигну. Буду просто всесторонне образованным человеком. Мне ведь и незачем быть специалистом. Оставив мне деньги, отец освободил меня от этой необходимости. Да я и не мог бы стать специалистом, даже если бы захотел. Это не по мне!

Итак, строй его ума был столь ясен, что определял весь строй его жизни. Он ничем чрезмерно не увлекался. Это был редкий образец среднего, нормального, уравновешенного и всесторонне развитого человека.

Когда мистер Дэвидсон в присутствии своих коллег высказал удовольствие по поводу того, что Дик, вернувшись домой, больше не совершает никаких безрассудств, Дик ответил:

– О, я могу держать себя в руках, если захочу.

– Да, – торжественно отозвался мистер Слокум. – Это вышло очень удачно, что вы так рано перебесились и умеете владеть собой.

Дик хитро посмотрел на него.

– Ну, – сказал он, – это детское приключение не в счет. Я еще и не начинал беситься. Вот увидите, что будет, когда я начну! Знаете вы киплинговскую «Песнь Диего Вальдеса»? Если позволите, я вам кое-что процитирую из нее. Дело в том, что Диего Вальдес получил, как и я, большое наследство. Ему предстояло сделаться верховным адмиралом Испании – и некогда было беситься. Он был силен и молод, но слишком торопился стать взрослым, – безумец воображал, что сила и молодость останутся при нем навсегда и что, лишь сделавшись адмиралом, он получит право наслаждаться радостями жизни. И всегда он потом вспоминал:

… помнятся мне други
Среди чужих морей,
Когда мы торговали
Средь голых дикарей,
Шесть тысяч миль южнее,
И тридцать лет назад
Я был для них не Вальдес,
Но их любимый брат.
Кому вино досталось,
Тот пил среди друзей,
А кто нашел добычу,
Тот говорил о ней
У островов заветных,
Вблизи подводных скал,
Когда, устав с дороги,
Флот мирно отдыхал, —
Там от костров дымились
Прибрежные леса,
Там мы вздымали стяги —
На веслах паруса.
Как блещет быстрый якорь,
Стремя ко дну канат,

Так мчались капитаны
Куда глаза глядят.
Где мы снимали шпаги?
Куда лежал наш путь?
Чья кровля у платанов
Звала нас отдохнуть?
О, чистый ключ в пустыне!
О, криница в степях!
О, ломоть хлеба втайне!
О, чарка второпях!
Познавший негу мальчик,
Вдова, чья жизнь темна,
Невеста в цвете силы
И гордая жена,
Все те, кого снедают
Жестокие огни,
Не так зовут блаженство,
Как я – былые дни!

Вы, трое почтенных людей, поймите его, поймите так, как понял я! Послушайте, что он говорит дальше:

Я думал: будет время,
Мне не изменит пыл,
И, выжидая радость,
Весну я отложил.
И вот сперва в гордыне,
Потом в тоске узнал,
Что я – Диего Вальдес,
Верховный Адмирал!

– Слушайте, опекуны мои! – вскричал Дик, и лицо его запылало. – Не забывайте ни на миг, что жажда моя вовсе не утолена. Нет, я весь горю. Но я сдерживаюсь. Не воображайте, что я ледышка, только потому, что веду себя, как полагается пай-мальчику, пока он учится, я молод. Жизнь во мне кипит. Я полон непочатых сил. Но я не повторю ошибки, которую делают другие. Я держу себя в руках. Я не накинусь на первую попавшуюся приманку. А пока я готовлюсь.

Но своего не упущу. И не расплескаю чаши, а выпью ее до дна. Я не собираюсь, как Диего Вальдес, оплакивать упущенную молодость:

Нет больше волн у моря
И у небес ветров,
Чтобы вернуть наш отдых
У шумных берегов —
И чистый ключ в пустыне,
И криницу в степях,
И ломоть хлеба втайне,
И чарку второпях.[1].

Слушайте, опекуны мои! Знаете вы, каково это – ударить врага, дать ему по челюсти и видеть, как он падает, холодея? Вот каких чувств я хочу. И я хочу любить, и целовать, и безумствовать в избытке молодости и сил. Я хочу изведать счастье и разгул в молодые годы, но не теперь, – я еще слишком юн. А пока я учусь и играю в футбол, готовлюсь к той минуте, когда смогу дать себе волю, – и уж тут я возьму свое! И не промахнусь! О, поверьте мне, я не всегда сплю спокойно по ночам!

– То есть? – испуганно спросил мистер Крокетт.

– Вот именно. Я как раз об этом и говорю. Я еще держу себя в узде, я еще не начал, но если начну, тогда берегитесь...

– А вы «начнете», когда окончите университет?

Странный юноша покачал головой.

– После университета я поступлю по крайней мере на год в сельскохозяйственный институт. У меня, видите ли, появился конек – это сельское хозяйство. Мне хочется... хочется что-нибудь создать. Мой отец наживал, но ничего не создал. И вы все тоже. Вы захватили новую страну и только собирали денежки, как матросы вытряхивают самородки из мха, наткнувшись на девственную россыпь...

– Я, кажется, кое-что смыслю, дружок, в сельском хозяйстве Калифорнии, – обиженным тоном прервал его мистер Крокетт.

---

[1] Перевод А. Оношкович-Яцына.

– Наверное, смыслите, но вы ничего не создали, вы – что поделаешь, факты остаются фактами, – вы... скорее разрушали. Вы были удачливыми фермерами. Ведь как вы действовали? Брали, например, в долине реки Сакраменто сорок тысяч акров лучшей, роскошнейшей земли и сеяли на ней из года в год пшеницу. О многопольной системе вы и понятия не имели. Вы понятия не имели, что такое севооборот. Солому жгли. Чернозем истощали. Вы вспахивали землю на глубину каких-нибудь четырех дюймов и оставляли нетронутым лежащий под ними грунт, жесткий, как камень. Вы истощили этот тонкий слой в четыре дюйма, а теперь не можете даже собрать с него на семена.

Да, вы разрушали. Так делал мой отец, так делали все. А я вот возьму отцовские деньги и буду на них созидать. Накуплю этой истощенной пшеницей земли, – ее можно приобрести за бесценок, – все переворошу и буду в конце концов получать с нее больше, чем получали вы, когда только что взялись за нее!

Приблизилось время окончания курса, и мистер Крокетт вспомнил об испугавшем опекунов намерении Дика начать «беситься».

– Теперь уже скоро, – последовал ответ, – вот только окончу сельскохозяйственный институт; тогда я куплю землю, скот, инвентарь и создам поместье, настоящее поместье. А потом уеду. И уж тут держись!

– А какой величины имение хотите вы приобрести для начала? – спросил мистер Дэвидсон.

– Может быть, в пятьдесят тысяч акров, а может быть, и в пятьсот тысяч, как выйдет. Я хочу добиться максимальной выгоды. Калифорния – это, в сущности, еще не заселенная страна. Земля, которая идет сейчас по десять долларов за акр, будет стоить через пятнадцать лет не меньше пятидесяти, а та, которую я куплю по пятьдесят, будет стоить пятьсот, и я для этого пальцем не пошевельну.

– Но ведь полмиллиона акров по десять долларов – это пять миллионов, – с тревогой заметил мистер Крокетт.

– А по пятьдесят – так и все двадцать пять, – рассмеялся Дик.

Опекуны в душе не верили в его обещанные безумства. Конечно, он может потерять часть своего состояния, вводя все эти сельскохозяйственные новшества, но чтобы он мог закутить после стольких лет воздержания, казалось им просто невероятным.

Дик окончил курс без всякого блеска. Он был двадцать восьмым и ничем не поразил университетский мир. Его главной заслугой оказалась та стойкость, с какой он выдерживал осаду очень многих милых девиц и их мамаш, и та победа, которую он помог одержать футбольной команде своего университета над стэнфордцами, – впервые за пять лет. Это происходило в те времена, когда о высокооплачиваемых инструкторах еще и не слыхали и особенно ценились хорошие игроки. Но для Дика на первом плане стояли интересы всей команды, поэтому в Благодарственный день голубые с золотом торжественно шествовали по всему Сан-Франциско, празднуя свою славную победу над гораздо более сильными стэнфордцами.

В сельскохозяйственном институте Дик совсем не посещал лекций и весь отдался лабораторной работе. Он приглашал преподавателей к себе и истратил пропасть денег на них и на разъезды с ними по Калифорнии.

Жак Рибо, считавшийся одним из мировых авторитетов по агрономической химии и получавший во Франции две тысячи долларов в год, перебрался в Калифорнийский университет, прельстившись окладом в шесть тысяч; потом перешел на службу к владельцам сахарных плантаций на Гавайских островах на десять тысяч; и наконец соблазненный пятнадцатью тысячами, которые ему предложил Дик Форрест, и перспективой жить в более умеренном и приятном климате Калифорнии, заключил с ним контракт на пять лет.

Господа Крокетт, Слокум и Дэвидсон в ужасе воздели руки, решив, что это и есть обещанное Диком безрассудство.

Но это было только своего рода повторение пройденного. Дик переманил к себе с помощью чудовищного оклада лучшего специалиста по скотоводству, состоявшего на службе у правительства, таким же предосудительным способом отнял у университета штата Небраска прославленного специалиста по молочному хозяйству и наконец нанес удар декану сельскохозяйственного института при Калифорнийском университете, отняв у него профессора Нирденхаммера, мага и волшебника в вопросах фермерского хозяйства.

– Дешево, поверьте мне, дешево, – уверял Дик своих опекунов. – Неужели вам было бы приятнее, если бы я вместо профессоров покупал лошадей и актрис? Вся беда в том, что вы, господа, не понимаете, как это выгодно – покупать чужие мозги. А я понимаю. Это моя специальность. И я буду на этом зарабатывать деньги, а главное – у меня вырастет десять колосьев там, где у вас и одного бы не выросло, ибо свою землю вы ограбили.

После этого опекунам, конечно, трудно было поверить, что он пустится во всякие авантюры, будет «рисковать и целовать», а мужчинам давать в зубы.

– Еще год… – предупреждал, он их, погруженный в книги по агрономической химии, почвоведению и сельскому хозяйству и занятый постоянными разъездами по Калифорнии со всей своей свитой высокооплачиваемых экспертов.

Опекуны боялись только, что, когда Дик достигнет совершеннолетия и сам будет распоряжаться своим состоянием, отцовские миллионы быстро начнут таять, уходя на всякие нелепые сельскохозяйственные затеи.

Как раз в день, когда ему исполнился двадцать один год, была совершена купчая на огромное ранчо; оно простиралось к западу от реки Сакраменто вплоть до вершин тянувшейся там горной цепи.

– Невероятно дорого, – сказал мистер Крокетт.

– Наоборот, невероятно дешево, – возразил Дик. – Вы бы видели, какие я получил сведения о качестве почвы! И об источниках! Послушайте, опекуны мои, что я вам спою! Я сам и песня и певец!

И он запел тем своеобразным вибрирующим фальцетом, каким обычно поют североамериканские индейцы, эскимосы и монголы:

Ху-тим йо-ким кой-оди!
Уи-хи йан-нинг кой-о-ди!
Ло-хи йан-нинг кой-о-ди!
Ио-хо най-ни, хал-юдом йо най, йо-хо, най-ним!

– Ну, музыка моего сочинения, – смущенно пробормотал он, – я пою так, как, мне кажется, эта песня должна была звучать. Видите ли, нет ни одного человека, который бы слышал, как ее поют. Нишинамы получили ее от майду, а те от канкау, которые и сочинили ее. Но все эти племена вымерли. А угодья их остались. Вы истощили эти земли, мистер Крокетт, вашей хищнической системой земледелия. Песню эту я нашел в одном этнологическом отчете, помещенном в третьем томе «Обзора географии и геологии Тихоокеанского побережья Соединенных Штатов». Вождь по имени Багряное Облако, сошедший с неба в первое утро мира, спел эту песню звездам и горным цветам. А теперь я спою ее вам по-английски.

Он опять запел фальцетом, подражая индейцам, и голос его был полон весеннего, ликующего торжества; он хлопал себя по бедрам и притопывал в такт песне, Дик пел:

Желуди падают с неба!
Я сажаю маленький желудь в долине!
Я сажаю большой желудь в долине!
Я расту, я – желудь темного дуба, я даю ростки!

Имя Дика Форреста все чаще упоминалось в газетах. Он сразу стал знаменит, ибо первый в Калифорнии заплатил за одного производителя пять тысяч гиней. Его специалист-скотовод, которого ему удалось сманить у правительства, перебил у английских Ротшильдов и приобрел для фермы Форреста великолепное животное, вскоре ставшее известным под именем Каприз Форреста.

– Пусть смеются, – говорил Дик своим опекунам. – Я выписал сорок маток. В первый же год этот бык вернет мне половину своей стоимости. Он станет отцом, дедом и прадедом целого потомства, и калифорнийцы будут отрывать у меня с руками его детей и внуков по три и даже по пять тысяч долларов за голову.

В эти первые месяцы своего совершеннолетия Дик Форрест натворил еще ряд таких же безрассудств. Но самым непостижимым оказалось последнее, когда он, вложив столько миллионов в свои сельскохозяйственные предприятия, вдруг передал все дело специалистам, поручив им вести и развивать его дальше по намеченному плану, установил между ними взаимный надзор, чтобы они не слишком зарывались, а затем купил себе билет на остров Таити и уехал, чтобы пожить как ему вздумается.

Изредка до опекунов доходили вести о нем. Он вдруг оказался владельцем и капитаном четырехмачтового угольщика, который шел под английским флагом и вез уголь из Ньюкасла. Они узнали об этом потому, что им пришлось заплатить за покупку судна, а также потому, что имя Форреста, хозяина судна, было упомянуто в газетах в связи с тем, что он спас жизнь пассажирам с потерпевшего кораблекрушение «Ориона»; кроме того, они же получили страховку, когда судно Форреста погибло почти со всей командой во время свирепого урагана у берегов островов Фиджи. В 1896 году он оказался в Клондайке. В 1897 году – на Камчатке, где заболел цингой. Затем неожиданно появился под американским флагом на Филиппинах. Однажды – они так и не узнали, как и почему, – он стал владельцем обветшавшего пассажирского парохода, давно вычеркнутого из списков Ллойда и теперь плававшего под флагом Сиама.

Время от времени между ними и Форрестом завязывалась деловая переписка, – он писал им из многих сказочных гаваней сказочных морей. Был и такой случай, когда им пришлось ходатайствовать перед правительством штата, чтобы оно оказало давление на Вашингтон и вызволило Дика из какой-то запутанной истории в России; впрочем, о ней в печать не проникло ни одной строчки, но она вызвала злорадное ликование во всех европейских министерствах.

Потом они случайно узнали, что он лежит раненый в Мэйфкинге; потом, что он перенес в Гваякиле желтую лихорадку и что его судили в Нью-Йорке за безжалостное обращение с матросами в открытом море. Газеты трижды печатали извещение о его смерти: один раз он будто бы умер, сражаясь в Мексике, и два раза – казнен в Венесуэле. После всех этих ложных слухов и тревог опекуны решили больше не волноваться; они уже спокойно принимали вести о том, что он будто бы переплыл Желтое море на сампане, и что он умер от бери-бери, и что в числе русских военнопленных взят японцами под Мукденом и теперь находится в японской военной тюрьме...

Только раз еще вызвал он их волнение, когда, верный своему обещанию, нагулявшись по свету, вернулся домой и привез с собой жену. Ему было тогда тридцать лет, он женился на ней, по его словам, несколько лет назад, и, как потом оказалось, все три опекуна знали ее раньше. Ее отец потерял все свое состояние после нашумевшей катастрофы в рудниках Лос-Кокос в Чихуахуа, когда правительство изъяло серебро из обращения. Мистер Слокум тоже потерял тогда восемьсот тысяч. Мистер Дэвидсон выкачал миллион из «Последней заявки» – высохшего русла реки в Амадорском округе, а отец ее – восемь миллионов. Мистер Крокетт еще юношей «выскребал» с ее отцом дно реки Мерсед, был его шафером, когда он женился на ее матери, и в Грантс-Пассе играл в покер с ним и с лейтенантом Грантом: запад знал тогда об этом человеке лишь то, что он успешно сражается с индейцами и очень плохо играет в покер.

А теперь Дик Форрест женился на дочери Филиппа Дестена! Тут нечего было желать ему счастья. Тут можно было, наоборот, только доказывать, что он еще не понимает, какое счастье ему послала судьба. Опекуны простили Дику все его грехи и безрассудства. Женился он удачно и наконец-то поступил вполне благоразумно. Мало того, он поступил гениально. Паола Дестен! Дочь Филиппа Дестена! Кровь Дестенов! Союз Дестенов и Форрестов! Это искупало все! И престарелые товарищи Форреста и Дестена, некогда пережившие с ними, теперь уже ушедшими, золотые дни прошлого, заговорили с Диком даже сурово. Они напомнили ему о высокой ценности доставшегося ему сокровища, об обязательствах, которые на него накладывает такой брак, и обо всех прекрасных традициях и добродетелях Десгенов и Форрестов; они наговорили ему столько, что в конце концов Дик рассмеялся и прервал их, заявив, что они рассуждают, как коннозаводчики или чудаки, помешанные на евгенике. И это была чистейшая правда, хотя им такое заявление и не доставило удовольствия.

Достаточно было того, что он женился на девушке из рода Дестенов, и они одобрили и план Большого дома и все связанные с этим сметы. Благодаря Паоле Дестен они на этот раз признали, что его траты благоразумны и целесообразны. Что же до его сельскохозяйственных затей, то, поскольку рудники «Группы Харвест» процветают, – пусть забавляется! Он имел полное право разрешить себе кое-какие причуды.

Все же мистер Слокум заявил:

– Платить двадцать пять тысяч за рабочего жеребца – это безумие. Потому что рабочая лошадь – это рабочая лошадь. Я еще понимаю, если бы вы купили скакового жеребца…

Глава седьмая

В это время как Дик Форрест просматривал выпущенную штатом Айова брошюру о свиной холере, с дальнего конца двора в открытое окно стали доноситься звуки, говорившие о пробуждении той, которая смеялась в рамке над его постелью и всего лишь несколько часов тому назад оставила на полу его спальни свой розовый кружевной чепчик, подобранный заботливым слугой.

Дик слышал ее голос, ибо просыпалась она с песней, точно птичка. Она пела, и ее звонкие трели вырывались то из одного, то из другого окна и звучали по всему ее длинному флигелю. Он услышал затем ее голос в садике посреди двора, но она вдруг прекратила пение, чтобы побранить своего щенка колли, соблазнившегося мелькавшими в бассейне фонтана японскими оранжевокрасными веерохвостками с пестрыми плавниками.

Форрест обрадовался пробуждению жены; это удовольствие было для него всегда новым, и хотя он сам вставал много раньше. Большой дом казался ему не совсем проснувшимся, пока через двор не доносилась утренняя песнь Паолы.

Но, испытав радость от ее пробуждения, Дик, как обычно, тут же забыл о жене, – его поглотили дела. Он снова погрузился в цифровые данные о вспышке свиной холеры в Айове, и Паола исчезла из его сознания.

– С добрым утром, веселый Дик! – приветствовал его через некоторое время всегда сладостный для его слуха голос, и Паола впорхнула к нему в легком утреннем кимоно, стройная и живая, обвила его шею рукой и уселась на услужливо подставленное им колено. Форрест прижал ее к себе, показывая, что весьма дорожит ее присутствием и близостью, хотя его взгляд еще с полминуты не отрывался от выводов, сделанных профессором Кенили относительно свиной холеры и опытов, произведенных на ферме Саймона Джонса в Вашингтоне, штат Айова.

– Вот вы как! – возмутилась она. – Вам слишком везет, сударь! Вы пресытились счастьем! К вам пришла ваша жена, ваш мальчик, ваша «маленькая гордая луна», а вы ей даже не сказали: «С добрым утром, милый мальчик, был ли ваш сон тих и сладок?»

Дик оторвался от цифр, приведенных профессором Кенили, крепко прижал к себе жену, поцеловал ее, но указательным пальцем правой руки упорно придерживал нужное место в брошюре.

Однако после ее слов он уже не спросил, как хотел раньше, хорошо ли она спала после того, как оставила свой чепчик возле его постели. Он захлопнул брошюру, продолжая придерживать пальцем страницу, и обеими руками обнял Паолу.

– О! О! Послушай! – закричала она вдруг. – Слышишь?

В открытые окна доносились певучие зовы перепелов.

Затрепетав, она прижалась к нему, - ее радовали эти мелодичные звуки.

- Начинается токование, - сказал он.

- Значит, весна! - воскликнула Паола.

- И знак, что будет хорошая погода.

- И любовь!

- Да, и птицы будут вить гнезда, нести яйца, - засмеялся Дик.

- Никогда я так не чувствовал плодородие мира, как сегодня, - продолжал он. - Леди Айлтон принесла одиннадцать поросят. Ангорских коз тоже сегодня пригнали с гор, им пора котиться. Ты бы видела их! И дикие канарейки бог знает сколько времени обсуждают во дворе свои брачные дела: можно подумать, что какой-нибудь поклонник свободной любви пытается разрушить их мирное единобрачие, проповедуя всякие модные теории. Удивительно, как это их диспуты не мешали тебе спать. Вот они начали снова… Что они - выражают сочувствие или бунтуют?

Опять послышалось трепетное, тонкое щебетание канареек, но взволнованное и переходящее в пронзительный писк. Паола и Дик слушали их с восхищением, как вдруг в этот хор крошечных золотистых любовников, с внезапностью судьбы, мгновенно заглушив его и поглотив, ворвался другой звук, не менее дикий, певучий и страстный, но потрясающий своей мощью и широтой.

Мужчина и женщина тотчас устремили жадные взоры через застекленные двери на дорожку, обсаженную сиренью, и, затаив дыхание, ждали, когда на ней появится огромный жеребец, - ибо это он трубил свой любовный призыв. Все еще невидимый, он затрубил вторично, и Дик сказал:

- Я спою тебе песню, моя гордая луна. Не я сложил ее. Это песнь нашего Горца. Это он ее трубит. Слышишь, опять! И вот что он поет: «Внемлите мне! Я - Эрос. Я попираю холмы, моим голосом полны широкие долины. Кобылицы на мирных пастбищах слышат меня и вздрагивают, ибо они знают мой голос. Травы становятся все пышнее и выше, земля жирна, и деревья полны соков. Это весна.

Весна – моя. Я царь в моем царстве весны. Кобылицы помнят мой голос, ведь он жил до них в крови их матерей. Внемлите мне! Я – Эрос. Я попираю холмы; и, словно герольды, долины разносят мое ржание, возвещая мой приход».

Паола теснее прижалась к мужу, и он крепче обнял ее; она коснулась губами его лба. Оба смотрели на дорогу, на которой вдруг, как величественное и прекрасное видение, появился Горец. Сидевший на его спине человек казался до смешного маленьким; глаза Горца, подернутые, как обычно у породистых жеребцов, синеватым блеском, горели страстью; он то опускал голову и, роняя пену, терся вздрагивавшими от волнения губами о шелковистые колени, то закидывал ее и, сотрясая воздух, бросал в небо свой властный призыв.

И, почти как эхо, издалека донеслось в ответ певучее, нежное ржание.

– Это Принцесса, – прошептала Паола.

Снова Горец протрубил свой призыв, и Дик, вторя ему, запел:

– «Внемлите мне! Я – Эрос! Я попираю холмы...»

И вдруг Паола, сжатая кольцом его ласковых рук, ощутила вспышку ревности к великолепному животному, которым он так любовался. Но вспышка тут же погасла, и, чувствуя себя виноватой, она весело воскликнула:

– А теперь, Багряное Облако, спой про желудь!

Дик, уже снова увлеченный брошюрой, рассеянно посмотрел на Паолу, затем опомнился и с тем же веселым азартом запел:

Желуди падают с неба!
Я сажаю маленький желудь в долине!
Я сажаю большой желудь в долине!
Я расту, я – желудь темного дуба, я расту, расту!

Пока он пел, Паола сидела, крепко прижавшись к нему, но, когда он кончил, почувствовала нетерпеливое движение его руки, все еще державшей брошюру о свиньях, и заметила быстрый взгляд, невольно скользнувший по циферблату часов на письменном столе:

они показывали 11.25. И снова она попыталась удержать его, и опять в ее словах невольно прозвучал мягкий упрек.

– Ты странное, удивительное создание, Багряное Облако, – медленно проговорила она. – Иногда мне кажется, что ты в самом деле Багряное Облако – сажаешь свои желуди, а потом славишь первобытную радость труда. А иногда ты представляешься мне ультрасовременным человеком, последним словом в царстве двуногих, мужчиной, для которого статистические таблицы – это целая Троянская война, вооруженным пробирками и шприцами, при помощи которых он, как гладиатор, борется с разными таинственными микроорганизмами. Минутами я готова даже признать, что тебе следовало бы носить очки, обзавестись лысиной и что...

– И что я при своей дряхлости уже не имею права держать в объятиях женщину, – докончил он, обнимая ее еще крепче. – И что я всего-навсего дурацкая ученая обезьяна и не заслужил это «легкое облачко нежно-розовой пыльцы». Слушай, у меня есть план. Через несколько дней...

Но он так и не досказал, в чем состоит его план: за их спиной раздалось сдержанное покашливание, и, повернув одновременно головы, они увидели Бонбрайта, помощника секретаря, с пачкой желтых листков в руке.

– Четыре телеграммы, – сказал он смущенно. – И мистер Блэйк находит, что две из них очень важные. Одна по поводу отправки быков в Чили...

Паола медленно соскользнула с колен мужа и стала на ноги: она почувствовала, что он опять уходит от нее, возвращается к этим статистическим таблицам, накладным, секретарям и управляющим.

– Эй, Паола, – крикнул Дик, когда она была уже в дверях. – Я дал имя новому бою, он будет называться О-Хо. Тебе нравится?

В ее ответе прозвучали нотки уныния, но она тут же улыбнулась:

– Вечно ты играешь именами наших боев… Если продолжать в этом духе, тебе скоро придется называть их: «О-Кот», «О-Конь», «О-Бык».

– Зато я никогда не позволю себе этого по отношению к моему племенному скоту, – ответил он торжественно, хотя лукавый блеск его глаз говорил, что он шутит.

– Я не то хотела сказать, – возразила она. – Но ведь у языка ограниченные возможности. Зря у тебя все начинается с «О».

Они оба весело рассмеялись. Паола исчезла, а через секунду Форрест, вскрыв телеграмму, погрузился в подробности отправки на скотоводческое ранчо в Чили трехсот годовалых племенных быков, по двести пятьдесят долларов каждый, франко-пароход. Все же пение Паолы, уходившей через двор в свой флигель, доставило ему, как всегда, удовольствие, – он и не заметил, что ее голос чуть-чуть менее весел, чем обычно.

Глава восьмая

Ровно через пять минут после того, как ушла Паола, Дик покончил с телеграммами, вышел и сел в машину.

С ним вместе сели Тэйер, покупатель из Айдахо, и Нэйсмит, корреспондент «Газеты скотовода». Уордмен, заведующий овцеводством, присоединился к ним возле большого загона, где было собрано несколько тысяч молодых шропширских баранов, подлежащих осмотру.

Форрест молчал, считая, что разговаривать особенно не о чем, и Тэйер был этим явно огорчен, так как ему казалось, что о покупке десяти вагонов дорогого скота не мешало бы и потолковать.

– Да ведь они сами за себя говорят, – успокоил его Дик и повернулся к Нэйсмиту, чтобы сообщить ему некоторые данные для его статьи о разведении шропширской породы в Калифорнии и на северо-западе.

– Я бы вам не советовал возиться с отбором, – обратился Дик через несколько минут к Тэйеру. – Они все одинаково хороши, даже «самые лучшие». Вы можете целую неделю отбирать свои десять вагонов, и они будут такие же, как если бы выбрали подряд.

Спокойная уверенность Форреста в том, что сделка уже состоялась, и совершенно очевидный для Тэйера факт, что таких баранов он еще не видел, заставили его решиться, и он вместо десяти вагонов заказал двадцать.

Когда они вернулись в дом, Тэйер, доигрывая с Нэйсмитом партию на бильярде, прерванную осмотром баранов, сказал своему партнеру:

– Я первый раз у Форреста. Он волшебник. Я много раз покупал и ввозил скот из Восточных Штатов, но эти бараны пленили меня. Вы заметили, что я удвоил заказ? Мои клиенты в Айдахо прямо с ума сойдут от них. Мне было поручено закупить, говоря по совести, только шесть вагонов и прибавить еще два – по моему усмотрению.

Но если каждый покупатель не удвоит своего заказа, увидев этих баранов, и если за оставшихся не поднимется форменная драка, то я в скоте ничего не понимаю. Они превосходны. И если эти бараны не вызовут переворота в Айдахо, значит, я не купец, а Форрест не скотовод.

Когда, призывая к завтраку, зазвонил большой бронзовый гонг, купленный Форрестом в Корее (в него били, только если было известно, что Паола не спит), Дик вышел в большой внутренний двор и присоединился к молодежи, собравшейся около фонтана с золотыми рыбками. Берт Уэйнрайт, покорно следуя указаниям своей сестры Риты, а также Паолы и ее сестер, Льют и Эрнестины, пытался выловить сачком из бассейна необыкновенно красивую рыбку, похожую на золотистый цветок; ее размеры и цвет, а также плавники и хвост пленили Паолу, и она решила отсадить ее в особый бассейн в своем собственном внутреннем дворике.

Под оживленный смех, визг и споры редкостная рыба была наконец изловлена, посажена в банку и отдана итальянцу садовнику, который ее и унес.

– Ну, что ты можешь сказать в свое оправдание? – задорно спросила Эрнестина, когда Дик подошел к ним.

– Ничего, – ответил он уныло. – Имение пустеет. Завтра триста восхитительных молодых бычков отбывают в Южную Америку, а Тэйер – вы видели его вчера вечером – увозит с собой двадцать вагонов баранов. Одно могу сказать: я поздравляю Айдахо и Чили с таким приобретением.

– Сажай побольше желудей, – рассмеялась Паола; она стояла, обняв своих двух сестер, и все три казались улыбающимися грациями.

– О Дик, спой твою песню про желудь, – попросила Льют.

Он покачал головой:

– Я знаю теперь песню, которая еще лучше. Но только она в божественном плане. Что в сравнении с ней и Багряное Облако и его песня! Слушайте! Маленькая девочка из беднейших кварталов Нью-

Йорка первый раз попадает за город, вместе со своей воскресной школой. Она совсем маленькая. Обратите особое внимание на то, как она картавит:

В плуду иглают жолотые лыбки,
И волобей чиликает на ветке.
Кто научил их плавать и чиликать?
Кто птичкам лазукласил глудь?
Господь, господь – он это сделал!

– Украдено, – заявила Эрнестина, когда смех наконец умолк.

– Конечно, – согласился Дик. – Я нашел ее в «Фермере и скотоводе», а эта газета перепечатала песенку из «Журнала свиновода», который взял ее у «Западного юриста», а «Западный юрист» взял ее из «Голоса общества», «Голос общества», бесспорно, получил ее от самой девочки или, вернее, от учителя воскресной школы. А поэтому, мне кажется, она должна была быть впервые напечатана в журнале «Наши бессловесные животные».

Звуки гонга раздались вторично, и Паола, обняв одной рукой Риту, другой Форреста, направилась в дом, а Берт, шедший позади с Льют и Эрнестиной, показывал им на ходу новые на танго.

– Еще одно, Тэйер, – сказал Дик вполголоса, освободившись от дам, которые, встретив на лестнице в столовую уже поджидавших их Тэйера и Нэйсмита, поспешили вниз. – Прежде чем уехать, взгляните на мериносов. Я действительно могу похвастаться ими, и нашим американским овцеводам придется с ними ознакомиться. Начал я, конечно, с привозным скотом, но теперь добился особого калифорнийского вида. Французы прямо с ума сойдут. Возьмите-ка пяток в свой товарный поезд, и пусть ваши скотоводы полюбуются.

Они сели за стол, который, видимо, можно было раздвигать до бесконечности. Длинная и низкая столовая была точной копией со столовых мексиканских земельных королей старой Калифорнии. Пол состоял из больших коричневых плит, балки потолка и стены были выбелены, а огромный камин без всяких украшений мог служить образцом массивности и простоты. В окна с глубокими амбразурами видны были деревья и цветы, и вся комната производила впечатление строгости, чистоты и свежести.

Стены украшало несколько картин, писанных масляными красками; на почетном месте висела работа Ксавье Мартинеса, в печальных сумеречных тонах: на ней был изображен пеон, проводивший борозду по бесконечной и унылой мексиканской равнине с помощью первобытной деревянной сохи и запряженных в нее двух волов. Здесь же висели и более красочные полотна из прежней мексикано-калифорнийской жизни: пастель Реймерса, с тонущими в сумерках эвкалиптами и далекой, тронутой закатом вершиной, пейзаж «При лунном свете» Петерса и «Летний день» Гриффина, где на первом плане желтело жнивье, а вдали тянулись мягкие, туманные очертания Калифорнийских гор с коричневатыми лесистыми ущельями, подернутыми лиловой дымкой.

– Знаете, что, – вполголоса обратился Тэйер к сидевшему рядом с: ним Нэйсмиту, в то время как Дик острил и шутил с девицами, – вот вам богатый материал, если вы будете писать о Большом доме. Я видел столовую для прислуги. Там за стол садятся, считая садовников, шоферов и поденщиков, не меньше сорока человек. Настоящая гостиница. Чтобы все это наладить, нужна система, нужна голова. Поверьте мне, этот их китаец О-Пой – прямо маг и волшебник; он не то дворецкий, не то домоправитель. И вся жизнь в этом заведении – уж не знаю, как и назвать его, – идет без сучка, без задоринки.

– Маг и волшебник сам Форрест, – сказал Нэйсмит. – Он умеет выбирать людей, у него светлая голова. Он мог бы командовать целой армией, править государством и даже... заведовать цирком с тремя аренами.

– Вот это действительно комплимент! – рассмеялся Тэйер.

– Знаешь, Паола, – обратился Дик через стол к жене, – я сейчас получил известие, что завтра утром здесь будет Грэхем. Скажи О-Пою, пусть поместит его в сторожевой башне. Там просторно, и, может быть, Грэхем выполнит свою угрозу и начнет работать над книгой.

– Грэхем… Грэхем… – стала припоминать Паола. – Я его знаю или нет?

– Ты встретилась с ним раз, два года назад, в Сантьяго, в кафе «Венера». Он тогда обедал с нами.

– А-а, один из этих морских офицеров!

Дик покачал головой.

– Штатский. Неужели ты не помнишь? Такой высокий блондин… Вы еще с ним полчаса говорили о музыке, а нам капитан Джойс изо всех сил доказывал, что Соединенные Штаты должны бронированным кулаком расправиться с Мексикой.

– Теперь, кажется, вспоминаю, – проговорила неуверенно Паола. – Ты с ним познакомился где-то в Южной Африке? Или на Филиппинских островах?..

– Вот, вот! В Южной Африке. Ивэн Грэхем. Вторая наша встреча произошла в Желтом море, на специальном судне «Таймса». А потом раз десять наши пути пересекались, но нам все как-то не удавалось встретиться, – до того вечера в кафе «Венера».

Помню, он отплыл из Бор-Бора на восток за два дня до того, как я там бросил якорь по пути на Самоа. Потом я покинул Апию с письмами для него от американского консула, а он явился туда через день. Затем мы разминулись на три дня в Левуке, – я плавал тогда на «Дикой утке», а он выехал из Сувы в качестве гостя на британском крейсере. Верховный британский комиссар Океании, сэр Эверард Им Турн, дал мне еще несколько писем для Грэхема. Я прозевал его в Порт Резолюшен и в Виле, на Новых Гебридах; они совершали на крейсере увеселительную поездку. Мы с ним все время играли в прятки в архипелаге Санта-Крус. То же самое повторилось на Соломоновых островах. Однажды вечером крейсер обстрелял несколько туземных деревень возле Ланга-Ланга, а утром отплыл. Я же прибыл туда после обеда. Так я тех писем ему из рук –

в руки и не передал и увиделся с ним вторично только два года тому назад, в кафе.

– Но кто он такой и что это за книга, которую он пишет? – спросила Паола.

– Ну, если начать с конца, то прежде всего он разорен, – то есть относительно: он получает несколько тысяч годового дохода, но все, что оставил ему отец, пошло прахом. Нет, не думай, не спустил: к сожалению, он влип во время этой «тихой паники», которая стольких погубила несколько лет тому назад. И потерял все. Но ничего, не жалуется.

Грэхем хорошего старинного рода, чистокровный американец, окончил Йейлский университет. А книга?.. Он думает, что она будет иметь успех. Он описывает в ней свое прошлогоднее путешествие через Южную Америку, от западного побережья к восточному. Это в значительной мере неизведанный край. Бразильское правительство по собственной инициативе предложило ему гонорар в десять тысяч долларов за доставленные им сведения о неисследованных областях страны. О, Грэхем – это человек. Настоящий мужчина. На него можно положиться. Знаешь этот тип: великодушный, сильный, простой, чистый сердцем; везде побывал, все видел, изведал многое – и вместе с тем такой искренний, смотрит прямо в глаза. Ну – мужчина в лучшем смысле слова!

Эрнестина захлопала в ладоши и, бросив дразнящий, вызывающий и победоносный взгляд на Берта Уэйнрайта, воскликнула:

– И он завтра приезжает?

Дик с упреком покачал головой.

– О нет, Эрнестина, тут ничего не выйдет. Многие милые девушки вроде тебя пытались поймать Ивэна Грэхема в свои сети. И – между нами – я их вполне понимаю. Но у него отличные легкие и длинные ноги, и никому еще не удавалось загнать его в угол, где бы он, ошалев и обессилев, наконец машинально пробормотал роковое «да» и опомнился бы только уже в плену, связанный по рукам и ногам, заклейменный и женатый. Забудь о своих намерениях,

Эрнестина! Останься верна золотой молодости, срывай ее золотые яблоки, делая при этом вид, что они тебя нисколько не интересуют. А Грэхема оставь. Он почти одних лет со мной, он, как и я, бродил нехожеными дорогами и видал виды. И он умеет вовремя удрать. Он прошел огонь, и воду, и медные трубы. Он кроток, но неуловим. К тому же молодые девушки его не интересуют. Конечно, вы можете заподозрить его в моральной трусости, но я заверяю вас, что он просто закален жизнью, стар и очень мудр.

Глава девятая

– Где же мой мальчик? – кричал Дик, топая и звеня шпорами по всему Большому дому в поисках его маленькой хозяйки.

Наконец он дошел до двери, которая вела во флигель Паолы.

Это была тяжелая, крытая панелью дверь в такой же крытой панелью стене. У нее не было ручки, но Дик, знавший секрет, нажал пружинку, и дверь распахнулась.

– Где мой мальчик? – крикнул он опять и затопал по длинному коридору.

Он заглянул в ванную с вделанным в пол римским бассейном и мраморными ступеньками, затем в гардеробную и в будуар – но все напрасно. По широким ступеням он поднялся к любимому дивану Паолы в оконной амбразуре ее спальни, прозванной ею «Башней Джульетты», и улыбнулся при виде изящных и воздушных кружевных принадлежностей дамского туалета, которые она, по обыкновению, тут разбросала, ибо их созерцание доставляло ей особое, чувственное удовольствие. На миг он остановился перед мольбертом и посмотрел на этюд. Готовый сорваться с его губ возглас недоумения сменился довольной усмешкой, когда он узнал в беглом наброске очертания неуклюжего голенастого жеребенка, с отчаянием призывающего мать.

– Да где же мой мальчик? – крикнул он уже у двери спальной веранды; там оказалась только китаянка, скромная женщина лет тридцати, которая, приподняв брови, смущенно и растерянно ему улыбнулась.

Это была горничная Паолы, Ой-Ли, названная так Диком много лет назад, потому что она постоянно поднимала тонкие брови и лицо ее всегда казалось удивленным, точно она восклицала: «Ой ли?» Дик взял ее к Паоле почти девочкой из рыбачьей деревушки на берегу Желтого моря, где ее мать, потеряв мужа, едва перебивалась тем, что плела сети для рыбаков и зарабатывала, когда год был удачный, до четырех долларов. Ой-Ли поступила к Паоле, когда та плавала на трехмачтовой шхуне «Все забудь», а О-Пой, еще служивший юнгой, стал выказывать ту сообразительность, благодаря которой сделался через несколько лет дворецким Большого дома.

– Где ваша госпожа, Ой-Ли?

Ой-Ли испуганно отпрянула, охваченная неодолимой застенчивостью.

Дик подождал.

– Может быть, она с молодыми барышнями? Я не знаю, – пролепетала служанка.

Дик из жалости отвернулся и пошел к двери.

– Где мой мальчик? – кричал он, проходя под воротами как раз в ту минуту, когда, огибая кусты сирени, подъехал лимузин.

– Черт меня побери, если я знаю, – ответил сидевший в машине высокий белокурый человек в светлом летнем костюме; и через мгновение Дик Форрест и Ивэн Грэхем пожимали друг другу руки.

О-Дай и О-Хо внесли ручной багаж, и Дик проводил своего гостя в приготовленное для него помещение в так называемой «Башне».

– Вам придется еще попривыкнуть к нашим порядкам, дружище, – говорил Дик. – Жизнь у нас здесь идет по часам, и прислуга образцовая; но себе мы разрешаем всякие вольности. Если бы вы приехали на две минуты позже, вас встретили бы только наши китайские слуги: я намеревался выехать верхом, а Паола – миссис Форрест – уже куда-то исчезла.

Грэхем был почти одного роста с Форрестом, может быть, выше на какой-нибудь дюйм, но зато уже в плечах и груди и волосы светлее; глаза у обоих были почти одинаковые – серые, с голубоватым белком, и лица их покрывал одинаковый здоровый бронзовый загар. Черты лица у Грэхема казались несколько крупнее, чем у Форреста, разрез глаз чуть удлиненнее, что, однако, скрадывалось более тяжелыми веками. И нос его был как будто прямее и крупнее, чем у Дика, и губы алее и точно слегка припухли.

Волосы Форреста были ровного светло-каштанового оттенка, а волосы Грэхема, без сомнения, отливали бы золотом, если бы они так не выгорели на солнце, что казались песочного цвета. Скулы у обоих слегка выступали, но впадины на щеках у Форреста обозначались резче; носы были с широкими нервными ноздрями, рты крупные, по-женски красивые и чисто очерченные; вместе с тем в них чувствовались затаенная сила воли и суровость, так же как и в крепких, крутых подбородках.

Но чуть более высокий рост и менее широкая грудь и плечи придавали фигуре и движениям Грэхема ту стройность и гибкость, которых не хватало Дику Форресту. Благодаря особенностям своей внешности каждый только выигрывал от присутствия другого. Грэхем был светел и легок, в нем таилось неуловимое обаяние, что-то от сказочного принца. Форрест производил впечатление более сильного и сурового человека, чем Грэхем, более опасного для других, более крепкой хватки.

Взгляд Форреста бегло скользнул по циферблату часов на руке. Этот взгляд как бы на лету отметил время.

– Одиннадцать тридцать, – сказал Дик. – Поедемте сейчас со мной, Грэхем, мы ведь завтракаем не раньше половины первого! Я отправляю партию быков, целых триста голов, и, должен сознаться, очень горжусь ими. Вы непременно должны взглянуть на них. Это ничего, что вы не одеты для верховой езды. О-Хо, принеси-ка пару моих краг; а ты, О-Пой, прикажи оседлать Альтадену. Какое седло вы предпочитаете, Грэхем?

– Все равно, дружище!

– Английское? Австралийское? Мексиканское? Шотландское? – настаивал Дик.

– Тогда шотландское, если это не сложно, – сказал Грэхем.

Они стали со своими лошадьми на краю дороги, пропуская мимо себя все стадо, начинавшее далекое путешествие в Чили, и следили за быками, пока те не скрылись за поворотом дороги.

– Я теперь вижу, насколько замечательно то, что вы делаете! – воскликнул Грахем, и глаза его блеснули. – В молодости я и сам, когда был в Аргентине, увлекался скотоводством. Если бы я начал дело с быками таких кровей, я, может быть, и не прогорел бы.

– Но тогда ведь еще не было ни люцерны, ни артезианских колодцев, – сказал Дик, стараясь его утешить. – Шортхорны там не выжили бы. Засуху выдерживает только мелкий скот. Он обладает достаточной силой, но легок на вес. Пароходов с холодильниками тоже еще не существовало. А это изобретение, конечно, вызвало в скотоводстве целую революцию.

– Кроме того, я был еще очень молод, – добавил Грэхем. – Хотя это, конечно, не всегда имеет значение. Одновременно со мной начал дело некий молодой немец, и притом имея приблизительно одну десятую моего капитала. Он выдержал и годы засухи и все неудачи. Теперь он миллионер, его состояние выражается в семизначных числах.

Они повернули к Большому дому, и Дик снова взглянул на часы.

– Времени еще пропасть, – сказал он. – Я рад, что вы видели моих годовалых бычков. А знаете, почему этот немчик выдержал: у него не было другого выхода. А вас ожидали отцовские деньги, и хотелось пошляться по свету, причем ваш главный минус заключается в том, что у вас были средства, чтобы этот зуд унять…

– Вон там, – Дик кивнул вправо, указывая рукой на что-то, еще скрытое зарослями сирени, – там рыбные пруды, и вы можете наловить сколько угодно форели, морских окуней и даже морских котов. У каждой породы свои садки. Видите, какой я скопидом: люблю, чтобы все работало. Пусть вводят восьмичасовой рабочий день, может быть, это и правильно, но вода у меня работает двадцать четыре часа. Вода начинает свою работу уже в горах. Сначала она орошает горные луга, потом сбегает в долину и, пройдя несколько миль, очищается до кристальной чистоты; водопад же, образующийся при ее падении с гор, дает половину всей энергии, нужной для имения, и полностью обеспечивает нас светом. Затем вода разделяется, течет по каналам в пруды и, вытекая оттуда, орошает площадь в несколько миль, засеянную люцерной. И поверьте, если бы она потом не разливалась по долине реки Сакраменто, я бы опять воспользовался ею для орошения.

– Ах, голубчик, голубчик, – смеясь, сказал Грэхем, – да вы могли бы написать целую поэму о чудесах, которые совершает вода. Я встречал огнепоклонников, но теперь я впервые вижу водопоклонника. И живете вы не на песках, а на водах, – простите мне неудачный каламбур…

Грэхему не пришлось досказать свою мысль до конца. Справа, неподалеку от них, раздался звонкий стук копыт, затем оглушительный всплеск воды, возгласы и взрыв женского смеха. Однако смех быстро оборвался, раздались тревожные крики, сопровождаемые таким фырканьем и барахтаньем, точно тонуло какое-то чудовище. Дик наклонил голову и заставил лошадь проскочить сквозь заросли сирени, Грэхем на своей Альтадене последовал за ним. Они выехали на залитую ярким солнцем лужайку, и Грэхему открылось необыкновенное зрелище.

Середину обсаженной деревьями лужайки занимал большой квадратный бетонированный бассейн. Один его конец, служивший водосливом, был широк и отлог, и на нем, мягко поблескивая, плескалась струя. Боковые стены были отвесны. Другой конец был тоже пологий и слегка рифленый для упора. И тут, охваченный ужасом, то приседая, то выпрямляясь, стоял ковбой в кожаных штанах и растерянно восклицал с мольбой и отчаянием: «Господи! Господи!»

Против него, на дальнем конце бассейна, сидели, свесив ноги, три испуганные нимфы в купальных костюмах.

В самом бассейне, как раз посередине, огромный гнедой жеребец, мокрый и блестящий, взвившись на дыбы, бил над водой копытами, и мокрая сталь подков блестела в солнечных лучах. А на его хребте, соскальзывая и едва держась, белела фигура, которую Грэхем в первую минуту принял за прекрасного юношу. И только когда жеребец, вдруг опустившийся в воду, снова вынырнул благодаря мощным ударам своих копыт, Грэхем понял, что на нем сидит женщина в белом шелковом купальном костюме, облегавшем ее так плотно, что она казалась изваянной из мрамора. Мраморной казалась ее спина, и только тонкие крепкие мышцы, натягивая шелк, извивались и двигались при ее усилиях держать голову над водой. Ее стройные руки зарылись в длинные пряди намокшей лошадиной гривы, белые округлые колени скользили по атласному мокрому крупу, а пальцами белых ног она сжимала мягкие бока животного, тщетно стараясь опереться на его ребра.

В одно мгновение – нет, в полмгновения – Грэхем охватил взглядом представившееся, его глазам зрелище, понял, что сказочное существо – женщина, и удивился миниатюрности и нежности всей ее фигурки, делавшей столь героические усилия. Она напомнила ему статуэтку дрезденского фарфора, легкую и хрупкую, попавшую в силу какой-то нелепой случайности на спину тонущего чудовища; в сравнении с огромным жеребцом она казалась крошечным созданием, маленькой феей из волшебной сказки.

Когда она, чтобы не сползти со спины жеребца, прижалась щекой к его выгнутой шее, ее распустившиеся мокрые золотисто-каштановые волосы переплелись и смешались с его черной гривой. Но больше всего поразило Грэхема ее лицо: это было лицо мальчика-подростка – и лицо женщины, серьезное и вместе с тем возбужденное и довольное игрой с опасностью; это было лицо белой женщины, притом очень современной, и все же оно показалось Грэхему языческим. Такие женщины, да и такие положения едва ли встречаются в двадцатом веке. Сцена была словно выхвачена из жизни Древней Греции – и вместе с тем напоминала иллюстрации к сказкам «Тысячи и одной ночи». Казалось, вот-вот из взбаламученных глубин и вынырнут джинны или с голубых небес спустятся на крылатых драконах сказочные принцы, чтобы спасти смелую всадницу.

Жеребец снова поднялся над поверхностью и опять погрузился в воду, едва не перевернувшись на спину. Чудесное животное и чудесная всадница исчезли под водой и через секунду вынырнули опять, жеребец вновь забил в воздухе копытами величиной с тарелку, а всадница все еще сидела на нем, прильнув к гладкой мускулистой спине животного. У Грэхема замерло сердце, когда он на миг представил себе, что случилось бы, если бы жеребец перевернулся. Случайным ударом одного из своих могучих копыт он мог навеки погасить огонь жизни, сверкавший в этой великолепной и легкой, ослепительно белой женщине.

– Пересядь к нему на шею! – крикнул Дик. – Схвати его за холку и ляжь на шею, пока он не выплывет!

Она послушалась: упершись пальцами ног в ускользающие мышцы его шеи, она мгновенным усилием подбросила свое тело, вцепилась одной рукой в гриву, протянула другую между ушами лошади, схватилась за холку и опустилась на его шею; а когда жеребец при перемещении тяжести выпрямился в воде и опустил копыта, она заняла прежнее положение. Все еще держась одной рукой за гриву, она подняла другую и, помахав ею, послала Форресту приветственную улыбку. Эта женщина, как отметил про себя Грэхем, несмотря на грозившую ей опасность, настолько сохраняла хладнокровие, что успела заметить и гостя, чья лошадь стояла рядом с лошадью Форреста. Кроме того, Грэхем почувствовал, что в повороте ее головы и простертой вперед руке, которой она помахивала, было не только бравирование опасностью; чутье художницы подсказало ей, что эта поза и жест – необходимая часть всей картины, а главное, что они – выражение той жизнерадостности и отваги, которые пронизывали все ее существо.

– Немногие женщины способны на такую проделку, – спокойно заметил Дик, следя взглядом за Горцем, который, сохраняя горизонтальное положение, теперь легко подплыл к более низкому краю бассейна и вскарабкался по его рифленой поверхности навстречу растерявшемуся ковбою.

Тот быстро надел на Горца мундштук, но Паола, все еще сидевшая на лошади, властно взяла из рук ковбоя уздечку, круто повернула Горца к Форресту и приветствовала его.

– А теперь вам придется уехать, – крикнула она. – Посторонней публике здесь не место! Остаются одни женщины!

Дик засмеялся, поклонился и опять через заросли сирени выбрался вместе с Грэхемом на дорогу.

– Кто... кто это? – спросил Грэхем.

– Паола, миссис Форрест, женщина-мальчик, вечное дитя и вместе с тем очаровательная женщина, своевольное облачко розовой пыльцы...

– У меня даже дух захватило, – сказал Грэхем. – Здесь часто дают такие представления?

– Эту штуку она затеяла впервые, – отозвался Форрест. – Она сидела на Горце и съехала на нем, как на санках, по спуску в бассейн, но санки-то весят две тысячи двести сорок фунтов.

– Рисковала и себе и ему сломать шею, – заметил Грэхем.

– Да, его шея оценена в тридцать тысяч долларов, – улыбнулся Дик. – Эту сумму мне предлагал в прошлом году некий союз коннозаводчиков, после того как Горец взял на побережье Тихого океана все призы за резвость и красоту. А Паола каждый день рискует сломать себе шею; и если бы это стоило каждый раз тридцать тысяч, она разорила бы меня, – но с ней никогда ничего не случается.

– Однако сейчас опасность была очень велика: ведь Жеребец мог опрокинуться на спину.

– А вот все-таки не опрокинулся, – возразил Дик спокойно. – Паоле всегда везет. Она точно заговоренная. Однажды она угодила со мной под артиллерийский обстрел – и была потом разочарована, что ни один наряд в нее не попал, не убил и даже не ранил. Четыре батареи на расстоянии мили открыли огонь, нам предстояло пройти полмили по гребню холма до ближайшего укрытия. Я даже рассердился, что она, будто нарочно задерживает шаг. И она созналась, что, пожалуй, да – чуточку. Мы женаты уже десять – двенадцать лет, но, как ни странно, мне и теперь кажется, что я совсем ее не знаю, и никто ее не знает, да и она сама себя не знает, – так иногда смотришь на себя в зеркало и думаешь: что за черт, кто это смотрит на тебя? У нас с Паолой есть такая магическая формула:

«Не стой за ценой, коли вещь тебе нравится». И все равно, чем платить – долларами или собственной шкурой. Так мы и живем, это наше правило. И знаете: судьба еще ни разу нас не надула.

Глава десятая

В столовой собрались одни мужчины. Дамы, по словам Форреста, решили завтракать у себя.

– Думаю, что вы не увидите никого из них до четырех часов, – сказал Дик, – а в четыре Эрнестина, одна из сестер моей жены, постарается обыграть меня в теннис; так она по крайней мере мне заявила.

Во время завтрака, на котором присутствовали одни мужчины, Грэхем, участвуя в разговоре о скоте и скотоводстве, узнал много нового, да и сам поделился частицей своего опыта, но никак не мог отогнать неотразимое видение прелестной белой фигурки, прильнувшей к темной мокрой спине плывущего жеребца. И все последующие часы, когда он осматривал премированных мериносов и беркширских поросят, этот образ неотступно продолжал жечь ему веки. Даже когда в четыре часа начался теннис и Грэхем играл против Эрнестины, он мазал не раз, так как летящий мяч вдруг заслоняла все та же картина: белая женская фигура на спине великолепной лошади.

Хотя Грэхем родился не в Калифорнии, он отлично знал ее обычаи, ибо сроднился с ней, – и потому нисколько не удивился, когда за обедом женщины, которых он видел в купальных костюмах, оказались в вечерних туалетах, а мужчины – в своем более или менее обычном виде; он и сам предусмотрительно последовал их примеру и, невзирая на роскошь и элегантность жизни в Большом доме, оделся скромно и просто.

Между первым и вторым зовом гонга все гости перешли в длинную столовую. Сейчас же после второго явился Форрест и потребовал коктейли. Грэхем с нетерпением ожидал появления той, чей образ стоял перед ним с утра. Вместе с тем он приготовился и к возможным разочарованиям: слишком часто видел он, как много теряют атлеты и борцы, скованные обычным платьем; и теперь, когда сказочное существо, пленившее его в белом шелковом трико, должно было появиться в модном туалете современной женщины, он не ждал от этого зрелища ничего особенного.

Но она вошла, и у Грэхема захватило дух. На миг она остановилась под аркой двери, выделяясь на черном фоне, озаренная падавшим на нее спереди мягким светом. От удивления Грэхем невольно раскрыл рот, ошеломленный ее красотой, пораженный превращением этого эльфа, этой маленькой феи в прелестную женщину. Перед ним была теперь не фея, не ребенок и не мальчик верхом на лошади, а светская женщина с той благородной осанкой, какую нередко умеют придать себе именно маленькие женщины.

Она была несколько выше ростом, чем показалась ему в воде, но и в вечернем туалете поражала той же стройностью и пропорциональностью сложения. Он отметил золотисто-каштановый цвет ее высоко зачесанных волос, здоровую белизну упругой чистой кожи, как бы созданную для пения лебединую шею, переходившую в красивую грудь, и наконец ее платье жемчужно-голубого цвета и какого-то средневекового покроя, – оно обтягивало ее стан, широкие рукава спадали свободными складками, отделкой служила кайма из золотой вышивки с драгоценными камнями.

Паола улыбнулась гостям в ответ на их приветствия, и Грэхему эта улыбка напомнила ту, которую он видел на ее лице утром, когда она сидела верхом на жеребце. Она подошла к столу, и он не мог не восхититься той неподражаемой грацией, с какой ее стройные колени приподнимали тяжелые складки платья, – те самые округлые колени, которыми она отчаянно сжимала мускулистые бока Горца. Грэхем заметил, что на ней нет корсета, – да она и не нуждалась в нем. И в то время как она шла через всю комнату к столу, он видел перед собой двух женщин: одну – светскую даму и хозяйку Большого дома, другую – восхитительную статуэтку всадницы, хоть и скрытую под этим голубоватым с золотом платьем, но забыть которую не могли его заставить никакие одежды и покровы.

И вот она была здесь, среди своих домашних и гостей; ее рука на мгновение коснулась его руки, когда Форрест представил его, и она сказала ему свое «добро пожаловать» таким певучим голосом, который мог родиться только в недрах этого горла и этой высокой, несмотря на общую миниатюрность, груди.

Сидя за столом наискось от нее, Грэхем невольно втайне наблюдал за ней. Хотя он участвовал в общем шутливом и веселом разговоре, но его взоры и его мысли были заняты только хозяйкой.

Не часто приходилось Грэхему сидеть за столом в такой странной и пестрой компании. Покупатель овец и корреспондент «Газеты скотовода» все еще находились здесь. Перед самым обедом на трех машинах приехала компания мужчин, дам и девиц – всего четырнадцать человек: они предполагали пробыть до вечера, чтобы возвращаться верхом при луне.

Их имен Грэхем не запомнил, но понял из разговора, что они прикатили за тридцать миль, из городка Уикенберга, расположенного в долине, – по-видимому, какие-то местные банковские служащие, врачи и богатые фермеры. Гости были чрезвычайно веселы, жизнерадостны и сыпали шутками и новейшими анекдотами на самом модном жаргоне.

– В одном я убедился, – сказал Грэхем, обращаясь к Паоле, – если ваш дом всегда служит караван-сараем, то мне и пытаться нечего запомнить имена и лица всех, с кем я знакомлюсь.

– Я вас понимаю, – засмеялась она в ответ. – Но ведь это соседи. Они могут заехать в любое время. Вон та дама, рядом с Диком, миссис Уатсон, принадлежит к старой местной аристократии. Ее дед Уикен перешел через Сьерру в тысяча восемьсот сорок шестом году, и Уикенберг назван по его имени. А хорошенькая черноглазая девушка – ее дочь…

Паола давала ему краткие характеристики гостей, но Грэхем, неотступно занятый тем, чтобы разгадать это обаятельное существо, не слышал и половины того, что она говорила. Сначала он подумал, что основная ее черта – естественность; через минуту решил, что жизнерадостность. Но ни то, ни, другое определение не удовлетворило его, – нет, не в этом дело! И вдруг его осенило: гордость! Основное в ней – гордость. Гордость была в ее глазах, в посадке головы, в нежных завитках волос, в трепете тонко очерченных ноздрей, в подвижных губах, в форме круглого подбородка, в маленьких сильных руках с голубыми жилками, в которых можно было сразу узнать руки пианистки, проводящей много часов за роялем. Да, гордость! В каждой мышце, в каждой линии, в каждом жесте – непоколебимая, настороженная, жгучая гордость.

Паола могла быть радостной и непринужденной, женственно-нежной и мальчишески-задорной, готовой на всякую шалость; но гордость жила в ней всегда – трепетная, неистребимая, неискоренимая гордость, она как бы лежала в основе всего ее существа. Паола была демократкой, открытой, искренней и честной женщиной, прямой, без предрассудков, и ни в каком случае не безвольной игрушкой. Минутами в ней точно вспыхивало что-то подобное блеску стали – драгоценной, чудесной стали. Она производила впечатление силы, но в ее самых изощренных и сдержанных формах! И он связывал образ Паолы с представлением о серебряной струне, о тонкой дорогой коже, о шелковистой сетке из девичьих волос, какие плетут на Маркизских островах, о перламутровой раковине или наконечнике из слоновой кости на дротиках эскимосов.

– Хорошо, Аарон, – донесся сквозь общий говор голос Дика с другого конца стола. – Вот кое-что специально для вас, поразмыслите-ка. Филипп Брукс говорит: «Истинно великий человек всегда в какой-то мере чувствует, что его жизнь принадлежит его народу и что все данное ему богом дано не только ему, но через него всему человечеству».

– С каких это пор вы верите в бога? – отозвался с добродушной насмешкой тот, кого Форрест назвал Аароном. Это был стройный, узколицый, смуглый человек с блестящими глазами и черной, как уголь, длинной бородой.

– Не знаю, хоть убейте, – отозвался Дик. – Все равно, берите мои слова иносказательно, называйте это, как хотите, – Моралью, Добром, Эволюцией.

– Чтобы быть великим, вовсе не нужно мыслить по законам логики, – вмешался в разговор тихий длиннолицый ирландец с потертыми рукавами, – наоборот, очень многие люди, мыслившие весьма логично о жизни и о вселенной, так и не стали великими.

– Браво, Терренс! – похлопал ему Дик.

– Все дело в том, какой смысл мы вкладываем в это понятие, – медленно проговорил еще один из гостей, несомненно индус, крошивший хлеб маленькими, необычайно изящными руками, – что мы разумеем под словом «великий».

– Не сказать ли вместо «бога» «красота»? – нервно и застенчиво спросил юноша с трагическим выражением лица и растрепанной шевелюрой.

Вдруг Эрнестина поднялась со своего места, оперлась руками о стол и, приняв позу оратора, наклонилась вперед и с притворной горячностью воскликнула:

– Ну вот, опять! Опять в тысячный раз вывернут вселенную наизнанку! Теодор, – обратилась она к юному поэту, – что же вы, язык проглотили? Примите участие в споре. Оседлайте своего конька Эона, может быть, он довезет вас скорее других.

Раздался взрыв смеха, и бедный, смущенный поэт стушевался и спрятался в свою раковину.

Эрнестина повернулась к чернобородому.

– Нет, Аарон, сегодня он не в форме. Начните вы. Вы уж знаете, что надо. «Как остроумно выразился Бергсон, с присущей ему точностью и меткостью философских определений, соединенных с обширным интеллектуальным кругозором…»

Раздался новый взрыв смеха, заглушивший и конец речи Эрнестины и шутливый ответ чернобородого.

– Нашим философам сегодня не удастся сразиться, – сказала вполголоса Паола Грэхему.

– Философам? – удивился он. – Разве они не из уикенбергской компании? Кто же и что они? Я ничего не понимаю.

– Они... – начала Паола нерешительно. – Они здесь живут и называют себя «лесными птицами». В нескольких милях отсюда у них в лесу свой лагерь, там они только и делают, что читают и спорят. Держу пари, что вы найдете у них штук пятьдесят книг из библиотеки Дика, которые еще не успели попасть в каталог. Они ведают нашей библиотекой и снуют туда и сюда днем и ночью с охапками книг, а также с последними номерами журналов. Дик уверяет, что благодаря им у него теперь самое полное собрание современной философской литературы на Тихоокеанском побережье. Они как бы переваривают для него весь этот материал... Это очень его занимает, да и время ему экономит. Он ведь, знаете, ужасно много работает...

– Насколько я понимаю, они... то есть Дик содержит их? – спросил Грэхем, с тайным удовольствием глядя прямо в эти голубые глаза, с такой прямотой смотревшие ему в глаза.

Слушая ее ответы, он заметил легчайший бронзовый отблеск (может быть, игра света) на ее длинных темных ресницах. Затем невольно перевел взгляд на брови, тоже темные, точно нарисованные; оказалось, что и в них есть бронзовые отливы. А в ее высоко зачесанных золотисто-каштановых волосах бронза поблескивала уже совершенно явственно. Каждый раз, когда милая улыбка оживляла ее лицо, и вспыхивали глаза и зубы, они ослепляли его, рождая особое волнение. Это не была та сдержанная и загадочная усмешка, которую он видел у стольких женщин. Когда улыбалась Паола, то улыбалась совершенно свободно, щедро, радостно, вкладывая в эту улыбку все богатство своей натуры и все те мысли, которые жили в ее хорошенькой головке.

– Да, – продолжала она. – Пока они здесь, им нечего заботиться о куске хлеба. Дик очень великодушен; это почти безнравственно – поощрять праздность такого рода людей. Если вы не разберетесь во всем и до конца не поймете нас, вам многое будет казаться здесь очень чудным. А они… они вроде придатка какого-то и уж, конечно, останутся с нами, пока мы их не похороним или они нас. Время от времени один из них исчезает. Как кошки, знаете. И Дику стоит иногда больших денег и трудов разыскать беглеца и вернуть его. Вот, например, Терренс Мак-Фейн, он анархист-эпикуреец, если вы знаете, что это такое. Он мухи не убьет. У него есть кошка – я ему подарила – чистейшей персидской породы, совсем голубая, и он старательно вылавливает у нее блох, но так, чтобы, боже сохрани, не причинить им вреда, потом сажает их в склянку и выпускает в лесу во время своих долгих прогулок, когда он устает от людей и уходит общаться с природой.

В прошлом году у него вдруг появился пунктик: происхождение азбуки. И он отправился в Египет, конечно, без гроша в кармане, чтобы докопаться до истоков алфавита на самой его родине и таким образом найти формулу, объясняющую космос. Добрался пешком до Денвера, вмешался в уличную демонстрацию ИРМ, требовавшую свободы слова или чего-то в этом роде, и попал в тюрьму. Дику пришлось нанимать адвоката, платить всякие штрафы – словом, приложить очень много усилий, чтобы вызволить его и вернуть домой.

А бородатый – это Аарон Хэнкок. Как и Терренс, он ни за что не станет работать. Он южанин и говорит, что у них в роду никто не работал, а на свете всегда найдется достаточно крестьян и дураков, которых от работы не оторвешь. Поэтому он и бороду носит. Бриться, по его мнению, совершенно лишнее занятие, а значит – и безнравственное. Помню, как он свалился на нас с Диком в Мельбурне… какой-то неистовый бронзовый человек прямо из австралийских зарослей. Он будто бы производил там какие-то самостоятельные исследования не то по антропологии, не то по фольклору. Дик знавал Аарона в Париже и заверил его, что, если он вернется в Америку, пища и кров будут ему обеспечены. И вот он здесь.

– А поэт? – спросил Грэхем, радуясь возможности продолжить с ней разговор и следить за играющей на ее лице улыбкой.

– А-а… Тео, или Теодор Мэлкен, хотя мы все зовем его Лео. Он тоже отрицает труд. Он из старинной калифорнийской семьи, его родные страшно богаты; но они отреклись от него, а он от них, когда ему было лет пятнадцать. Они считают его сумасшедшим, он же уверяет, что они могут свести с ума кого угодно. Он и в самом деле пишет замечательные стихи – когда пишет; но он предпочитает мечтать и жить в лесу с Терренсом и Аароном. Он давал уроки приезжим евреям в Сан-Франциско, откуда Терренс и Аарон и вызволили его, или забрали в плен, – уж не знаю, что вернее. Он у нас два года и, как ни странно, очень поправился за это время. Дик щедр до нелепости и посылает им много припасов; однако они предпочитают разговаривать, читать или грезить, чем стряпать. Они только и обедают по-настоящему, когда сваливаются на нас, как сегодня.

– А тот индус кто?

– Это Дар-Хиал, их гость. Они пригласили его, так же как вначале Аарон пригласил Терренса, а потом оба пригласили Лео. Дик рассчитывает на то, что со временем должны появиться еще трое, и тогда у него будут свои «семь мудрецов» из «Мадроньевой рощи». Дело в том, что их лагерь расположен в роще земляничных деревьев. Это очень красивое место – каньон, где множество родников… Да, я ведь вам начала рассказывать про индуса. Он своего рода революционер. Учился и в наших университетах, и в Швейцарии, Италии, Франции; был в Индии политическим деятелем и бежал оттуда, а теперь у него два пунктика: первый – новая синтетическая философия, второй – освобождение Индии от тирании англичан. Он проповедует индивидуальный террор и восстание масс. Вот почему здесь, в Калифорнии, запретили его газету «Кадар», или «Бадар», не знаю, и чуть не выслали его из штата; и вот почему он сейчас посвятил себя целиком философии и ищет формулировок для своей системы.

Они с Аароном отчаянно спорят, – впрочем, только на философские темы. Ну вот, – Паола вздохнула и тотчас улыбнулась своей прелестной улыбкой, – теперь я вам, кажется, все рассказала, и вы со всеми знакомы. Да, на случай, если вы сойдетесь поближе с нашими «мудрецами», особенно если встретитесь с ними в их холостой компании, имейте в виду, что Дар-Хиал – абсолютный трезвенник; Теодор Мэлкен иногда в поэтическом экстазе напивается, причем пьянеет от одного коктейля; Аарон Хэнкок – большой знаток по части спиртного, а Терренс Мак-Фейн, наоборот, в винах ничего не смыслит, но в тех случаях, когда девяносто девять мужчин из ста свалятся под стол, он будет все так же ясно и последовательно излагать свой эпикурейский анархизм.

В течение обеда Грэхем заметил, что «мудрецы» называют хозяина по имени, Паолу же неизменно «миссис Форрест», хотя она и звала их по именам. И это казалось вполне естественным. Эти люди, почитавшие в мире весьма немногое – они не уважали даже труд, – бессознательно чувствовали в жене Форреста какое-то превосходство, и называть ее просто по имени было для них невозможно. Грэхем вскоре убедился, что у Паолы действительно особая манера держаться и что самый непринужденный демократизм сочетается в ней с не менее естественной недосягаемостью принцессы.

То же он заметил и после обеда, когда общество сошлось в большой комнате, заменявшей гостиную. Паола позволяла себе смелые выходки, и никто не удивлялся, словно так и быть должно. Пока общество размещалось и усаживалось, ей сразу удалось всех оживить и превзойти своей веселостью. То здесь, то там звенел ее смех. И этот смех очаровывал Грэхема. В нем была особая трепетная певучесть, которая отличала его от смеха всех других женщин, он никогда такого не слышал. Из-за этого смеха он вдруг потерял нить разговора с молодым мистером Уомболдом, утверждавшим, что Калифорния нуждается не в законе об изгнании японцев, а в законе о ввозе по крайней мере двухсот тысяч японских кули и в отмене восьмичасового рабочего дня для сельскохозяйственных рабочих.

Молодой Уомболд был, насколько понял Грэхем, потомственным крупным землевладельцем в Уикенбергском округе и хвастался тем, что он не поддается духу времени и не превращается в помещика только по названию. Возле рояля, вокруг Эдди Мэзон, столпилась молодежь, оттуда доносилась синкопированная музыка и обрывки модных песенок. Терренс Мак-Фейн и Аарон Хэнкок завели яростный спор о футуристической музыке. Грэхема избавил от японского вопроса Дар-Хиал, провозгласивший, что «Азия для азиатов, а Калифорния для калифорнийцев».

Вдруг Паола, шаловливо подобрав юбки, пробежала по комнате, спасаясь от Дика, и была настигнута им в ту минуту, когда пыталась спрятаться за группу гостей, собравшихся вокруг Уомболда.

– Вот злюка! – упрекнул ее Дик с притворным гневом; а через минуту уже вместе с ней упрашивал индуса, чтобы тот протанцевал танго.

И Дар-Хиал наконец уступил, забыв Азию и азиатов, и исполнил, вывертывая руки и ноги, пародию на танго, назвав эту импровизацию «циническим апофеозом современных танцев».

– А теперь, Багряное Облако, спой мистеру Грэхему свою песенку про желудь, – приказала Паола.

Форрест, все еще обнимавший Паолу за талию, чтобы предупредить наказание, которое ему угрожало, мрачно покачал головой.

– Песнь о желуде! – крикнула Эрнестина из-за рояля; и ее требование подхватили Эдди Мэзон и остальные девушки.

– Ну, пожалуйста, Дик, спой, – настаивала Паола, – мистер Грэхем ведь еще не слышал ее.

Дик опять покачал головой.

– Тогда спой ему песню о золотой рыбке.

– Я спою ему песнь нашего Горца, – упрямо заявил Дик, и в глазах его блеснуло лукавство; он затопал ногами, сделал вид, что встает на дыбы, заржал, довольно удачно подражая жеребцу, потряс воображаемой гривой и начал: – «Внемлите! Я – Эрос! Я попираю холмы!..»

– Нет. Песнь о желуде! – тут же спокойно прервала его Паола, причем в звуке ее голоса чуть зазвенела сталь.

Дик послушно прекратил песнь Горца, но все же замотал головой, как упрямый ребенок.

– Ну хорошо, я знаю новую песню, – заявил он торжественно. – Она о нас с тобой, Паола. Меня научили ей нишинамы.

– Нишинамы – это вымершие первобытные племена Калифорнии, – быстро проговорила, обернувшись к Грэхему, Паола.

Дик сделал несколько па, не сгибая колен, как танцуют индейцы, хлопнул себя ладонями по бедрам и, не отпуская жену, начал новую песню.

– «Я – Ай-Кут, первый человек из племени нишинамов. Ай-Кут – сокращенное Адам. Отцом мне был койот, матерью – луна. А это Йо-то-то-ви, моя жена, первая женщина из племени нишинамов. Отцом ей был кузнечик, а матерью – мексиканская дикая кошка. После моих они были самыми лучшими родителями. Койот очень мудр, а луна очень стара: но никто не слышал ничего хорошего про кузнечика и дикую кошку. Нишинамы правы всегда. Должно быть, матерью всех женщин была дикая кошка – маленькая, мудрая, грустная и хитрая кошка с полосатым хвостом».

На этом песня о первых мужчине и женщине прервалась, так как женщины возмутились, а мужчины шумно выразили свое одобрение.

– «Йо-то-то-ви – сокращенное Ева, – запел Дик опять, грубо прижав к себе Паолу и изображая дикаря. – Йо-то-то-ви у меня невелика. Но не браните ее за это. Виноваты кузнечик и дикая кошка. Я – Ай-Кут, первый человек, не браните меня за мой дурной вкус. Я был первым мужчиной и увидел ее – первую женщину. Когда выбора нет, берешь то, что есть. Так было с Адамом, – он выбрал Еву! Йо-то-то-ви была для меня единственной женщиной на свете, – и я выбрал Йо-тото-ви».

Ивэн Грэхем, прислушиваясь к этой песне и не сводя глаз с руки Форреста, властно обнимавшей Паолу, почувствовал какую-то боль и обиду; у него даже мелькнула мысль, которую он тотчас с негодованием подавил: «Дику Форресту везет, слишком везет».

– «Я – Ай-Кут, – распевал Дик. – Это моя жена, моя росинка, моя медвяная роса. Я вам солгал. Ее отец и мать не кузнечик и не кошка. Это были заря Сьерры и летний восточный ветер с гор. Они любили друг друга и пили всю сладость земля и воздуха, пока из мглы, в которой они любили, на листья вечнозеленого кустарника и мансаниты не упали капли медвяной росы.

Йо-то-то-ви – моя медвяная роса. Внемлите мне! Я – Ай-Кут. Йо-то-то-ви – моя жена, моя перепелка, моя лань, пьяная теплым дождем и соками плодоносной земли. Она родилась из нежного света звезд и первых лучей зари».

И вот, – добавил Форрест, заканчивая свою импровизацию и возвращаясь к обычному тону, – если вы еще воображаете, что старый, милый, синеокий Соломон лучше меня сочинил «Песнь Песней», подпишитесь немедленно на издание моей.

Глава одиннадцатая

Миссис Мэзон одна из первых попросила Паолу сыграть. Тогда Терренс Мак-Фейн и Аарон Хэнкок разогнали веселую группу у рояля, а смущенный Теодор Мэлкен был послан пригласить Паолу.

– Прошу вас сыграть для просвещения этого язычника «Размышления на воде», – услышал Грэхем голос Терренса.

– А потом, пожалуйста, «Девушку с льняными косами», – попросил Хэнкок, которого назвали язычником. – Сейчас моя точка зрения блестяще подтвердится. Этот дикий кельт проповедует идиотскую теорию музыки пещерного человека и настолько туп, что еще считает себя сверхсовременным.

– А-а, Дебюсси! – засмеялась Паола. – Все еще спорите о нем? Да? Хорошо, я доберусь и до него, только не знаю, с чего начать.

Дар-Хиал присоединился к трем мудрецам, усаживавшим Паолу за большой концертный рояль, не казавшийся, впрочем, слишком большим в этой огромной комнате. Но едва она уселась, как три мудреца скользнули прочь и заняли, видимо, свои любимые места. Молодой поэт растянулся на пушистой медвежьей шкуре, шагах в сорока от рояля, и запустил обе руки в волосы. Терренс и Аарон уютно, устроились на подушках широкого дивана под окном, впрочем, так, чтобы иметь возможность подталкивать друг друга локтем, когда тот или другой находил в исполнении Паолы оттенки, подтверждавшие именно его понимание.

Девушки расположились живописными группами, по две и по три, на широких диванах и в глубоких креслах из дерева коа, кое-кто даже на ручках.

Ивэн Грэхем хотел было подойти к роялю, чтобы иметь честь перевертывать Паоле ноты, но вовремя заметил, что Дар-Хиал предупредил его. Неторопливо и с любопытством окинул он взглядом комнату. Концертный рояль стоял на возвышении в самом дальнем ее конце; низкая арка придавала ему вид сцены. Шутки и смех сразу прекратились: видимо, маленькая хозяйка Большого дома требовала, чтобы к ней относились, как к настоящей, серьезной пианистке. Грэхем решил заранее, что ничего исключительного не услышит.

Эрнестина, сидевшая рядом, наклонилась к нему и прошептала:

– Когда она хочет, она может всего добиться. А ведь она почти не работает... Вы знаете, она училась у Лешетицкого и у мадам Карреньо, и у нее до сих пор остался их стиль игры. И она играет совсем не по-женски. Вот послушайте!

Грэхем продолжал относиться скептически к ее игре, даже когда уверенные руки Паолы забегали по клавишам и зазвучали пассажи и аккорды, против чистоты которых он ничего не мог возразить; как часто слышал он их у пианистов, обладавших блестящей техникой и совершенно лишенных музыкальной выразительности! Он ждал услышать от нее все что угодно, но не мужественную прелюдию Рахманинова, которую, по мнению Грэхема, мог хорошо исполнять только мужчина.

С первых же двух тактов Паола уверенно, по-мужски, овладела роялем; она словно поднимала его клавиатуру и поющие струны обеими руками, вкладывая в свою игру зрелую силу и твердость. А затем, как это делали только мужчины, соскользнула, или перекинулась – он не мог найти более точного определения для этого перехода – в уверенно-чистое, несказанно нежное анданте.

Она продолжала играть со спокойствием и силой, которых меньше всего можно было ожидать от такой маленькой, хрупкой женщины; и он с удивлением смотрел сквозь полузакрытые веки на нее и на огромный рояль, которым она владела так же, как владела собой и замыслом композитора. Прислушиваясь к замирающим аккордам прелюдии, в которых еще жила, как далекое эхо, только что прозвучавшая мощь, Грэхем вынужден был признать, что удар у Паолы точен, чист и тверд.

В то время как Терренс и Аарон взволнованно спорили шепотом на своем подоконнике, а Дар-Хиал искал для Паолы ноты, она взглянула на Дика, и он начал один за другим гасить свет в матовых шарах под потолком, так что в конце концов одна Паола осталась как бы среди оазиса мягкого света, в котором особенно заметно поблескивало золото ее волос и золотое шитье на платье.

Грэхем наблюдал, как высокая комната становится от набегающих теней как будто еще выше. Она была длиной в восемьдесят футов и высотой в два с половиной этажа. Точно хоры под потолком была перекинута галерея, с которой свешивались шкуры диких зверей, домотканые покрывала, привезенные из Окасаки и Эквадора, циновки с острова Океании, сплетенные женщинами и выкрашенные растительными красками. И Грэхем понял, что напоминает ему эта комната: праздничный зал в средневековом замке; и он вдруг пожалел, что в ней нет длинного стола с оловянной посудой, солью в серебряной солонке и огромных собак, дерущихся тут же из-за брошенных им костей.

Позднее, когда Паола сыграла Дебюсси, чтобы дать Терренсу и Аарону материал для новых споров, Грэхему удалось в течение нескольких волнующих минут поговорить с ней о музыке. И она обнаружила такое понимание философии музыки, что Грэхем, сам того не замечая, принялся излагать, ей свою любимую теорию.

– Итак, – закончил он, – понадобилось почти три тысячи лет, чтобы музыка оказала свое истинное воздействие на душу западного человека. Дебюсси больше чем кто-либо из его предшественников достиг той высокой созерцательной ясности, порождающей великие идеи, которая предощущалась, скажем, во времена Пифагора…

Тут Паола прервала его, подозвав сражавшихся у окна Терренса и Аарона.

– Ну и что же? – продолжал Терренс, когда оба подошли. – Попробуйте, Аарон, попробуйте найти у Бергсона суждение о музыке более ясное, чем в его «Философии смеха», которая тоже, как известно, ясностью не отличается.

– О, послушайте! – воскликнула Паола, и глаза ее заблестели. – У нас появился новый пророк – мистер Грэхем. Он стоит вашей шпаги, обеих ваших шпаг. Он согласен с вами, что музыка – это отдых от железа, крови и будничной прозы. Что слабые, чувствительные и возвышенные души бегут от тяжелой и грубой земной жизни в сверхчувственный мир ритмов и звучаний…

– Атавизм! – фыркнул Аарон Хэнкок. – Пещерные люди, полуобезьяны и все гнусные предки Терренса делали то же самое.

– Позвольте, – остановила его Паола. – Но ведь к этим выводам мистер Грэхем пришел на основании собственных переживаний и умозаключений. А кроме того, он коренным образом расходится с вашей точкой зрения, Аарон. Он опирается на положение Патера: «Все искусства тяготеют к музыке…»

– Все это относится к предыстории, к химии микроорганизма, – опять вмешался Аарон. – Все эти народные песни и синкопированные ритмы – простое реагирование клетки на световые волны солнечного луча. Терренс попадает в заколдованный круг и сам сводит на нет свои заумные рассуждения. А теперь послушайте, что я вам скажу…

– Да подождите же! – остановила его Паола. – Мистер Грэхем говорит, что английский пуританизм сковал музыку – настоящую музыку – на многие века…

– Верно… – согласился Терренс.

– И что Англия вернулась к эстетическому наслаждению музыкой только через ритмы Мильтона и Шелли…

– Который был метафизиком, – прервал ее Аарон.

– Лирическим метафизиком, – тотчас же ввернул Терренс. – Это-то уж вы должны признать, Аарон.

– А Суинберн? – спросил Аарон, очевидно, возвращаясь еще к одной теме из давнишних споров.

– Аарон уверяет, что Оффенбах – предшественник Артура Сюлливена, – вызывающе воскликнула Паола, – и что Обер – предшественник Оффенбаха. А относительно Вагнера… Нет, спросите-ка его, спросите, что он думает о Вагнере…

Она ускользнула, предоставив Грэхема его судьбе. А он не спускал с нее глаз, любуясь пластичными движениями ее стройных колен, приподнимавших тяжелые складки платья, когда она шла через всю комнату к миссис Мэзон, чтобы устроить для нее партию в бридж; он едва мог заставить себя вслушаться в то, что опять бубнил Терренс.

– Установлено, что все искусства Греции родились из духа музыки…

Много позднее, когда оба мудреца самозабвенно углубились в жаркий спор о том, кто выказал в своих произведениях более возвышенный интеллект – Берлиоз или Бетховен, Грэхему удалось улизнуть. Ему опять хотелось побеседовать с хозяйкой. Но она подсела к двум девушкам, забравшимся в большое кресло, и шаловливо шепталась с ними; большая часть гостей была погружена в бридж, и Грэхем попал в группу, состоявшую из Дика Форреста, мистера Уомболда, Дар-Хиала и корреспондента «Газеты скотовода».

– Жаль, что вы не можете съездить туда со мной, – говорил Дик корреспонденту. – Это задержало бы вас только на один день. Я завтра же и повез бы вас.

– Очень сожалею, – ответил тот. – Но я должен быть в Санта-Роса. Бербанк обещал посвятить мне целое утро, а вы понимаете, что это значит. С другой стороны, для нашей газеты было бы очень важно получить материал о вашем опыте. Вы не могли бы изложить его… кратко… ну совсем кратко? Вот и мистера Грэхема, я думаю, это заинтересует.

– Опять что-то по части орошения? – осведомился Грэхем.

– Нет, нелепая попытка превратить безнадежно бедных фермеров в богатых, – отвечал Уомболд за Форреста. – А я утверждаю, что если фермеру не хватает земли, то это доказывает, что он плохой фермер.

– Наоборот, – возразил Дар-Хиал, взмахнув для большей убедительности своими прекрасными азиатскими руками. – Как раз наоборот. Времена изменились. Успех больше не зависит от капитала. Попытка Дика – замечательная, героическая попытка. И вы увидите, что она удастся.

– А в чем дело, Дик? – спросил Грэхем. – Расскажите нам.

– Да ничего особенного. Так, одна затейка, – ответил Дик небрежно. – Может быть, из этого ничего и не выйдет, хотя я все же надеюсь…

– Затейка! – воскликнул Уомболд. – Пять тысяч акров лучшей земли в плодороднейшей долине! И он хочет посадить на нее кучу неудачников – пожалуйста, хозяйничайте! – платить им да еще питать.

– Только тем хлебом, который вырастет на этой же земле, – поправил его Форрест. – Придется объяснить вам всем, в чем дело. Я выделил пять тысяч акров между усадьбой и долиной реки Сакраменто…

– Подумайте, сколько там может вырасти люцерны, которая вам так нужна… – прервал его опять Уомболд.

– Мои машины осушили в прошлом году вдвое большую площадь, – продолжал Дик. – Я, видите ли, убежден, что наш Запад, да и весь мир, должен стать на путь интенсивного хозяйства, и я хочу быть одним из первых, прокладывающих дорогу. Я разделил эти пять тысяч акров на участки по двадцати акров и считаю, что каждый такой участок может не только свободно прокормить одно семейство, но и приносить по меньшей мере шесть процентов чистого дохода.

– Это значит, – высчитывал корреспондент, – что, когда участки будут розданы, землю получат двести пятьдесят семейств, или, считая в среднем по пять человек на семью, тысяча двести пятьдесят душ.

– Не совсем так, – возразил Дик. – Все участки уже заняты, а у нас только около тысячи ста человек. Но надежды на будущее… надежды на будущее большие, – добродушно улыбнулся он. – Несколько урожайных лет – и в каждой семье окажется в среднем по шесть человек.

– А кто это «мы»? Почему «у нас»? – спросил Грэхем.

– У меня есть комитет, состоящий из сельскохозяйственных экспертов, – все свои же служащие, кроме профессора Либа, которого мне уступило на время федеральное правительство. Дело в том, что фермеры будут хозяйничать на свой страх и риск, пользуясь передовыми методами, рекомендованными в наших инструкциях. Земля на всех участках совершенно одинаковая. Эти участки, как горошины в стручке, один к одному. И плоды работы на каждом участке через некоторое время должны сказаться. А когда мы сравним между собой результаты, полученные на двухстах пятидесяти участках, то фермер, отстающий от среднего уровня из-за тупости или лени, должен будет уйти.

Условия созданы вполне благоприятные. Фермер, взяв такой участок, ничем не рискует. Кроме того, что он соберет со своей земли и что пойдет на пищу ему и его семье, он получит еще тысячу долларов в год деньгами; поэтому все равно – умен он или глуп, урожайный год или неурожайный – около ста долларов в месяц ему обеспечено. Лентяи и глупцы будут естественным образом вытеснены теми, кто умен и трудолюбив. Вот и все. И это послужит особенно очевидным доказательством всех преимуществ интенсивного хозяйства. Впрочем, этим людям обеспечено не только жалованье. После его выплаты мне как владельцу должно очиститься еще шесть процентов. А если доход окажется больше, то фермеру поступает и весь излишек.

– И поэтому, – сказал корреспондент, – каждый сколько-нибудь дельный фермер будет работать день и ночь – это понятно. Сто долларов на улице не валяются. В Соединенных Штатах средний фермер на собственной земле не вырабатывает и пятидесяти, в особенности если вычесть плату за надзор и за его личный труд. Конечно, способные люди уцепятся руками и ногами за такое предложение и постараются, чтобы так же поступили и члены их семьи.

– У меня есть возражение, – заявил Терренс Мак-Фейн, подходя к ним. – Везде и всюду только и слышишь: работа, труд... А меня просто зло берет, когда я представлю себе, что каждый такой фермер на своих двадцати акрах весь день с утра до вечера будет гнуть спину, и ради чего? Неужели кусок хлеба да мяса и, может быть, немного джема – это и есть смысл жизни, цель нашего существования? Ведь человек этот все равно умрет, как рабочая кляча, которая только и знала, что трудиться! Что же сделано таким человеком? Он обеспечил себя хлебом и мясом? Чтобы брюхо было сыто и крыша была над головой? А потом его тело будет гнить в темной, сырой могиле!

– Но ведь и вы, Терренс, умрете, – заметил Дик.

– Зато я живу волшебной жизнью бродяги, – последовал быстрый ответ. – Эти часы наедине со звездами и цветами, под сенью деревьев, с легким ветром и шорохом трав! А мои книги! Мои любимые философы и их думы! А красота, музыка, радости всех искусств! Когда я сойду в могилу, я буду знать по крайней мере, что пожил и взял от жизни все, что она могла мне дать. А эти ваши двуногие вьючные животные на своих двадцати акрах так и будут ковырять весь день землю, пока рубашка на спине не взмокнет от пота, а потом присохнет коркой, – ради одного сознания, что живот набит хлебом и мясом и крыша не протекает; народят выводок сыновей, которые тоже будут жить, как рабочий скот, набивать желудок хлебом и мясом, гнуть спины в заскорузлых от пота рубашках – и наконец уйдут в небытие, только и получив от жизни, что хлеб да мясо и, может быть, немного джема?..

– Но ведь кто-то должен же работать, чтобы вы могли лодырничать? – с негодованием возразил Уомболд.

– Да, это верно. Печально, но верно, – мрачно согласился Терренс; затем его лицо вдруг просияло. – И я благодарю господа за то, что есть на свете рабочий скот, – одни таскают плуг по полям, другие – незримые кроты – проводят жизнь в шахтах, добывая уголь и золото; благодарю за то, что есть дураки крестьяне, – иначе разве у меня были бы такие мягкие руки; и за то, что такой славный парень, как Дик, улыбается мне и делится со мной своим добром, покупает мне новые книги и дает местечко у своего стола, заставленного пищей, добытой двуногим рабочим скотом, и у своего очага, построенного тем же рабочим скотом, и хижину в лесу под земляничными деревьями, куда труд не смеет сунуть свое чудовищное рыло...

Ивэн Грэхем долго не ложился в тот вечер. Большой дом и его маленькая хозяйка невольно взволновали его. Сидя на краю кровати, полураздетый, и куря трубку, он видел в своем воображении Паолу в разных обличьях и настроениях – такой, какой она прошла перед ним в течение этого первого дня. То она говорила с ним о музыке и восхищала его своим исполнением, чтобы затем, втянув в спор «мудрецов», ускользнуть и заняться устройством бриджа; то сидела, свернувшись калачиком, в кресле, такая же юная и шаловливая, как примостившиеся рядом с нею девушки; то со стальными нотками в голосе укрощала мужа, когда он непременно хотел спеть песнь Горца, или бесстрашно правила тонущим жеребцом, – а несколько часов спустя выходила в столовую, к гостям своего мужа, напоминая платьем и осанкой принцессу из сказки.

Паола Форрест занимала его воображение не меньше, чем Большой дом со всеми его чудесами и диковинками. Все вновь и вновь мелькали перед Грэхемом выразительные руки Дар-Хиала, черные бакенбарды Аарона Хэнкока, вещавшего об откровениях Бергсона, потертая куртка Терренса Мак-Фейна, благодарившего бога за то, что двуногий рабочий скот дает ему возможность бездельничать, сидеть за столом у Дика Форреста и мечтать под его земляничными деревьями.

Грэхем наконец вытряхнул трубку, еще раз окинул взглядом эту странную комнату, обставленную со всем возможным комфортом, погасил свет и вытянулся между прохладными простынями. Однако сон не приходил к нему. Опять он слышал смех Паолы; опять у него возникало впечатление серебра, стали и силы; опять он видел в темноте, как ее стройное колено неподражаемо пластичным движением приподнимает тяжелые складки платья. От этого образа Грэхем никак не мог отделаться: он преследовал его неотступно, точно наваждение. Образ этот, сотканный из света и красок, как бы горел перед ним, неизменно возвращаясь, и хотя Грэхем сознавал его иллюзорность, видение все вновь и вновь вставало перед ним в своей обманчивой реальности.

И опять видел он коня и всадницу, которые то погружались в воду, то снова выплывали на поверхность; видел мелькающие среди пены копыта лошади; видел лицо женщины: она смеялась, а пряди ее золотистых волос переплетались с темной гривой животного.

Снова слышал он первые аккорды прелюдии, и те же руки, которые правили жеребцом, теперь извлекали из инструмента всю полноту хрустальных и блистательных рахманиновских гармоний.

Когда он наконец стал засыпать, его последняя мысль была о том, каковы те чудесные и загадочные законы развития, которые могли из первоначального ила и праха создать на вершине эволюции сияющее и торжествующее женское тело и женскую душу.

Глава двенадцатая

На следующее утро Грэхем продолжал знакомиться с порядками Большого дома. О-Дай многое сообщил ему еще накануне и узнал от гостя, что тот, выпив при пробуждении чашку кофе, предпочитает завтракать не в постели, а за общим столом. О-Дай предупредил Грэхема, что для этой трапезы нет установленного времени и что завтракают от семи до десяти, кто когда желает; а если ему понадобится лошадь, или автомобиль, или он захочет купаться, то достаточно сказать об этом.

Войдя в столовую в половине восьмого, Грэхем застал там корреспондента и покупателя из Айдахо, которые только что позавтракали и спешили поймать здешнюю машину, чтобы попасть в Эльдорадо к утреннему поезду в Сан-Франциско. Грэхем простился с ними и сел за стол один. Безукоризненно вежливый слуга-китаец предложил ему заказать завтрак по своему вкусу и тотчас исполнил его желание, подав ледяной грейпфрут в хересе, причем с гордостью пояснил, что это «свой», из «имения». Отклонив предложенные ему различные блюда – каши и овощи, Грэхем попросил дать ему яйца всмятку и ветчину; и только что принялся за еду, как вошел Берт Уэйнрайт с рассеянным видом, который, однако, не обманул Грэхема. И действительно, не прошло и пяти минут, как появилась Эрнестина Дестен в очаровательном халатике и утреннем чепчике и очень удивилась, найдя в столовой столько любителей раннего вставания.

Позднее, когда все трое уже поднимались из-за стола, пришли Льют Дестен и Рита Уэйнрайт. За бильярдом Грэхем узнал от Берта, что Дик Форрест никогда не завтракает со всеми, а просыпается чуть свет, работает в постели, пьет в шесть часов кофе и только в исключительных случаях появляется среди гостей раньше второго завтрака, который бывает в половине первого.

Что касается Паолы, продолжал Берт, то спит она плохо, встает поздно, а живет в той части дома, куда ведет дверь без ручки; это огромный флигель с собственным внутренним двориком, в котором даже он был всего только раз; она тоже приходит лишь ко второму завтраку, да и то не всегда.

– Паола на редкость здоровая и сильная женщина, – сказал он, – но бессонница у нее врожденная. Ей всегда не спалось, даже когда она была совсем маленькая. И это ей не во вред, так как у нее большая сила воли и она изумительно владеет собой. У нее нервы всегда напряжены, но, вместо того чтобы приходить в отчаяние и метаться, когда сон не идет к ней, она приказывает себе отдыхать – и отдыхает. Она называет это своими «белыми ночами». Иногда она засыпает только на заре или даже в девять-десять часов утра, и тогда спит чуть не двенадцать часов подряд, и выходит к обеду свежая и бодрая.

– Должно быть, это действительно врожденное, – заметил Грэхем.

Берт кивнул.

– Из ста девяносто девять женщин совсем бы раскисли, а она держит себя в руках. Если ей не спится ночью, она спит днем и наверстывает потерянное.

Еще многое рассказывал Берт о хозяйке дома, и Грэхем скоро догадывался, что молодой человек, несмотря на долгое знакомство, все же ее побаивается.

– Она с кем угодно справится, стоит ей только захотеть, – заметил Берт. – Мужчина, женщина, слуга – все равно, какого бы возраста, пола и положения они ни были, – стоит ей только заговорить своим повелительным тоном, и результат всегда один. Я не понимаю, чем она этого достигает. Может быть, в глазах ее вспыхивает что-то, может быть, губы складываются как-то по-особенному, не знаю, но только все ее слушаются и ей подчиняются.

– Да, – согласился Грэхем, – в ней есть что-то особенное.

– Вот именно! – обрадовался Берт. – Что-то особенное! Достаточно ей захотеть! Даже почему-то жутко становится. Может быть, она так научилась владеть собой во время бессонных ночей, когда она постоянно напрягает волю, чтобы оставаться спокойной и бодрой. Вот и сегодня – она, верно, глаз не сомкнула после всех вчерашних событий: понимаете – волнение, люди, тонущая лошадь и все прочее. Хотя Дик говорит, что то, от чего другие женщины потеряли бы сон, действует на нее совсем наоборот: она может спать, как младенец, в городе, который бомбардируют, или на тонущем корабле. Несомненно, она – чудо. Поиграйте-ка с ней на бильярде, тогда увидите.

Немного позднее Грэхем и Берт встретились с девушками в той комнате, где те обычно проводили утро, но, несмотря на пение модных песенок, танцы и болтовню, Грэхема все время не покидало чувство одиночества, какая-то тоска и томительное желание, чтобы к ним вошла Паола в каком-нибудь новом, неожиданном обличье и настроении.

Затем Грэхем на Альтадене и Берт на великолепной чистокровной кобыле Молли два часа разъезжали по имению, осматривали молочное хозяйство и едва поспели вовремя на теннисную площадку, где их поджидала Эрнестина.

Грэхему не терпелось пойти завтракать – конечно, не только из-за вызванного прогулкой аппетита, – но его постигло большое разочарование: Паола не явилась.

– Опять «белая ночь», – сказал Дик, обращаясь к другу, и прибавил несколько слов к тому, что рассказывал Берт относительно неспособности Паолы спать нормально. – Представьте, мы были женаты уже несколько лет, когда я впервые увидел ее спящей. Я знал, что в какие-то часы она спит, но никогда не видел. Однажды она, к моему ужасу, трое суток провела без сна, притом все время оставалась ласковой и веселой, и уснула наконец от изнеможения. Это случилось, когда наша яхта стала на мель возле Каролинских островов и все население помогало нам спихнуть ее. Дело было не в опасности – никакая опасность нам не угрожала, – а в непрерывном шуме, возбуждении. Паола переживала это приключение слишком непосредственно. А когда все кончилось, она впервые у меня на глазах заснула.

Утром приехал новый гость, некто Доналд Уэйр. Грэхем встретился с ним за завтраком. Уэйр был, видимо, хорошо знаком со всеми и часто посещал Большой дом; Грэхем понял также из разговоров, что, несмотря на крайнюю молодость, это скрипач, известный по всему побережью.

– Он до безумия влюблен в Паолу, – сообщила Эрнестина Грэхему, когда они выходили из столовой.

Грэхем удивленно поднял брови.

– Да, но она не обращает на него внимания, – рассмеялась Эрнестина. – Это случается с каждым мужчиной, который приезжает сюда. Она привыкла. У нее ужасно милая манера не замечать их страсти; она с удовольствием проводит время в обществе этих людей, а потом смеется над ними. Дика это забавляет. Не пройдет и недели, как с вами случится то же самое. А нет, так все будут очень удивлены. Да и Дик еще, пожалуй, обидится. Он считает, что это неизбежно. Если любящий муж гордится своей женой и привык к тому, что в нее влюбляются, он может прямо оскорбиться и решить, что его жену не оценили.

– Ну что ж, – вздохнул Грэхем, – если у вас так принято, придется, видно, и мне влюбиться. Правда, ужасно не хочется вести себя, как все, – именно потому, что это все; но раз таков обычай, ничего не поделаешь. Хотя это чертовски трудно, когда кругом так много милых девушек.

В его удлиненных серых глазах блеснуло лукавство, и этот взгляд так подействовал на Эрнестину, что она удивленно уставилась на него и, только поймав себя на этом, опустила взор и вспыхнула.

– Знаете, маленький Лео – молодой поэт, которого вы видели вчера вечером, – затараторила она, пытаясь скрыть свое смущение, – он тоже до безумия влюблен в Паолу. Я слышала, как Аарон Хэнкок дразнил его по поводу какого-то цикла сонетов, и, конечно, нетрудно догадаться, кто его вдохновил. Терренс, ирландец, тоже влюблен в нее, хоть и не так отчаянно. Они ничего не могут поделать с собой, вот и все. Разве их можно винить за это?

– Конечно, она вполне заслуживает поклонения, – пробормотал Грэхем, втайне задетый тем, что ирландец, этот пустоголовый, одержимый алфавитом маньяк, этот анархист-эпикуреец, хвастающий тем, что он лодырь и приживальщик, осмелился влюбиться – хоть и не так отчаянно – в маленькую хозяйку.

– Она ведь моя сводная сестра, – сообщила Эрнестина, – но никто бы не сказал, что в нас есть хоть одна капля той же крови. Паола совсем другая. Она не похожа ни на кого из Дестенов, да и вообще ни на кого из моих подруг, ни на одну девушку, которую я знала. Хотя она гораздо старше моих подруг, ведь ей уже тридцать восемь…

– Ах, кис-кис! – прошептал Грэхем.

Хорошенькая блондинка оторопело взглянула на него, удивленная его, казалось бы, необъяснимым восклицанием.

– Кошечка, – повторил он с насмешливым упреком.

– О! – воскликнула она. – Я сказала совсем не в том смысле… Мы здесь привыкли ничего не скрывать. Все отлично знают, сколько Паоле лет. Она и сама говорит. А мне восемнадцать. Вот. Теперь скажите-ка, в наказание за вашу подозрительность, сколько вам лет?

– Столько же, сколько и Дику, – ответил Грэхем без запинки.

– А ему сорок, – торжествующе рассмеялась она. – Вы будете купаться? Вода, наверное, ужасно холодная.

Грэхем покачал головой:

– Я поеду с Диком верхом.

Эрнестина огорчилась со всей непосредственностью своих восемнадцати лет.

– Ну, конечно! Опять он будет показывать свои вечнозеленые пастбища, или пашни на горных склонах, или какие-нибудь оросительные фокусы…

– Он говорил что-то относительно купания в пять.

Ее лицо просияло.

– Ну хорошо, тогда встретимся у бассейна. Наверно, они условились. Паола тоже хотела идти купаться в пять.

Они расстались под аркадой. Грэхем отправился было к себе в башню, чтобы переодеться для верховой езды, но Эрнестина вдруг окликнула его:

– Мистер Грэхем!

Он послушно обернулся.

– Знаете, вы вовсе не обязаны влюбляться в Паолу, это я только так сказала.

– Я буду очень, очень остерегаться этого, – вполне серьезно ответил он, хотя глаза его насмешливо блеснули.

Однако, идя в свою комнату, он не мог не признаться, что очарование Паолы Форрест, словно волшебные щупальца, уже коснулось его и обвивалось вокруг сердца. И он знал, что с гораздо большим удовольствием поехал бы кататься с ней, чем со своим давним другом Форрестом.

Направляясь к длинной коновязи под старыми дубами, он жадным взором искал Паолу, но здесь были только Дик и конюх; однако несколько стоявших в тени оседланных лошадей вернули ему надежду. Все же они уехали с Диком одни. Дик только показал ему лошадь жены, – это был резвый породистый гнедой жеребец под небольшим австралийским седлом со стальными стременами, с двойной уздечкой и мундштуком.

– Я не знаю ее планов, – сказал Дик. – Она еще не выходила, но купаться, во всяком случае, будет. Тогда и встретимся.

Грэхему поездка доставила большое удовольствие, хотя он не раз ловил себя на том, что поглядывает на часы-браслет – долго ли еще до пяти.

Приближалось время окота. Дик и Грэхем проезжали луг за лугом, где паслись овцы; то один, то другой слезал с лошади, чтобы поставить на ноги великолепную овцу из породы шропширов или мериносов-рамбулье: повалившись на широкие спины и подняв к небу все четыре ноги, эти бедные жертвы отбора были уже не в силах подняться без посторонней помощи.

– Да, я действительно потрудился над тем, чтобы создать американских мериносов, – говорил Дик. – У этой породы теперь сильные ноги, широкая спина, крепкие ребра и большая выносливость. Вывезенным из Европы породам не хватает выносливости: они слишком холеные и изнеженные.

– О, вы делаете большое дело, большое дело, – заявил Грэхем. – Подумайте, вы же отправляете баранов в Айдахо! Это говорит само за себя.

Глаза Дика заблестели, когда он ответил:

– Не только в Айдахо! Хотя это и кажется невероятным, теперешние огромные стада Мичигана и Огайо являются – простите за хвастовство – потомками моих калифорнийских рамбулье. А возьмите Австралию! Двенадцать лет назад я продал одному тамошнему поселенцу трех баранов по триста долларов за голову. Когда он их туда привез и показал, то сейчас же перепродал, взяв по три тысячи за каждого, и заказал мне целый транспорт. И я, кажется, принес Австралии не вред, а пользу. Там говорят, что благодаря люцерне, артезианским колодцам, судам-холодильникам и баранам Форреста овцеводство и добывание шерсти увеличились втрое.

Возвращаясь, они встретили Менденхолла, заведующего конным заводом, и тот потащил их куда-то в сторону, на обширный выгон с лесистыми оврагами и группами дубов, чтобы показать табун жеребят-однолеток широкой породы, которых отправляли на следующий день на горные пастбища Миримар-Хиллс. Их было около двухсот – ширококостные, мохнатые и очень крупные для своего возраста; они начинали линять.

– Мы не то что откармливаем их, – пояснил Форрест, – но мистер Менденхолл следит за тем, чтобы они получали питательный корм. Там, в горах, куда они пойдут, им будут давать, кроме трав, еще зерно; это заставит их каждый вечер собираться для кормежки, и, таким образом, можно будет делать поверку без особого труда. За последние пять лет я ежегодно отправляю в один только Орегон до пятидесяти жеребцов-двухлеток. Они все более или менее стандартны. Их покупают не глядя, потому что знают мой товар.

– У вас, должно быть, строгий отбор? – спросил Грэхем.

– Да. Бракованных вы можете увидеть на улицах Сан-Франциско, – ответил Дик, – это ломовые лошади.

– И на улицах Денвера тоже, – добавил Менденхолл, – и на улицах Лос-Анджелеса; а два года тому назад, во время падежа лошадей, мы отправили двадцать вагонов четырехлетних меринов даже в Чикаго и получили в среднем по тысяче семьсот долларов за каждого. За тех, что помельче, мы брали по тысяче шестьсот, но были и по тысяче девятьсот. Боже мой, какие цены на лошадей стояли в тот год!

Едва Менденхолл отъехал, как показался всадник верхом на стройной, взмахивавшей гривой Паломине. Дик представил его Грэхему как мистера Хеннесси, ветеринара.

– Я услышал, что миссис Форрест осматривает жеребят, – пояснил он Дику, – и приехал, чтобы показать ей Лань: не пройдет и недели, как она будет ходить под седлом. А какую лошадь миссис Форрест взяла сегодня?

– Да Франта, – ответил Дик; и было ясно, что он предвидел, как Хеннесси отнесется к этому известию: ветеринар неодобрительно покачал головой.

– Никто не убедит меня, что женщинам следует ездить на жеребцах, – пробормотал он. – И потом, Франт опасен. Больше того – при всем уважении к его резвости, должен сказать, что он хитер и коварен. Миссис Форрест следовало бы ездить на нем не иначе, как надев на него намордник; но он любит и брыкаться, а к его копытам ведь не привяжешь подушек…

– Пустяки, – ответил Дик, – он на мундштуке, да еще на каком мундштуке; и она умеет обращаться с ним.

– Да, если он в один прекрасный день не подомнет ее под себя, – проворчал Хеннесси. – Во всяком случае, я бы вздохнул спокойнее, если бы ей понравилась Лань. Вот это настоящая дамская лошадь!

Сколько огня, и никакого коварства. Чудесная кобылка, чудесная! А что шалунья – это не беда, угомонится! Но она всегда останется веселой и капризной, не превратится в манежную клячу.

– Поедем смотреть жеребят, – предложил Дик. – Паоле придется помучиться с Франтом, если она въедет на нем в кучу молодежи. Ведь это ее царство, – повернулся он к Грэхему. – Все выездные и верховые лошади в ее ведении. И она достигает замечательных результатов. Как она добивается их, я и сам не понимаю. Будто маленькая девочка забралась в лабораторию взрывчатых веществ, начала наугад смешивать их – и получила гораздо более мощные соединения, чем те, которые составлялись седобородыми химиками.

Они свернули с главной дороги на боковую, проехали полмили, обогнули лесок в ущелье, по которому бежал, подскакивая, ручей, и выехали на покатый склон, где зеленело широкое пастбище. Первое, что увидел Грэхем вдали, – это множество однолеток и двухлеток, с любопытством столпившихся вокруг золотисто-коричневого чистокровного жеребца Франта, который, поднявшись на дыбы, бил в воздухе копытами и пронзительно ржал.

Всадники остановили своих лошадей и ждали, что будет дальше.

– Он еще сбросит ее, – сердито пробормотал ветеринар. – Разве на него можно положиться!

Но в эту минуту Паола, не замечая подъехавших зрителей, резко и повелительно выкрикнула какой-то приказ, с уверенностью настоящего кавалериста всадила шпоры в шелковистые бока Франта, и тот опустил передние ноги и беспокойно заплясал на месте.

– Стоит ли так рисковать? – мягко упрекнул Форрест жену, подъезжая к ней со своими спутниками.

– О, я умею справляться с ним… – пробормотала она сквозь стиснутые зубы, в то время как Франт, прижав уши и злобно сверкая глазами, оскалился и, наверное, укусил бы Грэхема за ногу, если бы Паола вовремя не дернула за повод, опять вонзив ему шпоры в бока.

Франт вздрогнул, визгливо заржал и на минуту смирился.

– Старая игра – игра белого человека! – засмеялся Дик. – Она не боится жеребца, и он это знает; он хитрит, неистовствует, она – вдвое; он беснуется, а она ему показывает, что такое настоящая свирепость.

Три раза, пока они были здесь, готовые в любую минуту повернуть своих лошадей и броситься на помощь, если Паола потеряет власть над жеребцом, Франт пытался встать на дыбы, и каждый раз Паола решительно, осторожно и твердо удерживала его с помощью мундштука и шпор, – и он наконец замер на месте, укрощенный и трепещущий, весь в поту и мыле.

– Так белые поступали всегда, – продолжал Дик, в то время как Грэхем весь отдался волнующему до жути восхищению перед маленькой укротительницей. – Белый, борясь с дикарем, превосходил его своей свирепостью. Он превзошел его в упорстве, в разбоях, в скальпировании, в пытках, в людоедстве. В сущности, белые съели гораздо больше людей, чем людоеды.

– Добрый день, – приветствовала Паола гостя, мужа и ветеринара. – Франт, кажется, наконец усмирен. Давайте взглянем на жеребят. Остерегайтесь, мистер Грэхем, его зубов: он ужасный кусака. Держитесь от него подальше: ваши ноги вам еще пригодятся.

Когда представление с Франтом кончилось, жеребята мгновенно разбежались, словно чем-то напуганные, и, резвясь, понеслись галопом по зеленому лугу; но скоро, привлеченные неудержимым любопытством, вернулись и, столпившись возле всадников, внимательно разглядывали их; под предводительством одной, особенно шаловливой гнедой кобылки они образовали полукруг и насторожили ушки.

Вначале Грэхем едва ли видел жеребят: он смотрел только на хозяйку в ее новой роли. «Неужели ее изменчивости нет пределов?» – спрашивал он себя, глядя на великолепное, потное, покоренное ею животное. Даже Горец, несмотря на свою массивность, казался кротким и ручным рядом с Франтом, который то и дело становился на дыбы и кусался, силясь сбросить всадницу с присущим ему утонченным коварством норовистого жеребца чистых кровей.

– Взгляни на нее, – прошептала Паола Дику, чтобы не спугнуть кобылки. – Какая прелесть! Вот чего я добивалась. – Затем она обернулась к Ивэну. – Всегда в них найдется какой-нибудь недостаток, порок, совершенство почти невозможно. Но она – совершенство. Посмотрите на нее. Лучшего мне едва ли удастся добиться. Ее отец – Великий Вождь, если вы знаете наших призовых рысаков. Его продали за шестьдесят тысяч, когда он был уже стариком. Мы получили его на время. Она – единственный его приплод за сезон. Но посмотрите! У нее его грудь и легкие! У меня был богатый выбор кобыл, подходивших по все статьям, а матка как будто не подходила, но я взяла ее. Упрямая старая дева. Но она была прямо создана для него. Это ее первый жеребенок; ей было восемнадцать лет, когда он родился. Я знала, что будет хорошо. Достаточно было взглянуть на обоих – прямо как по заказу!

– Матка была только полукровкой, – пояснил Дик.

– Зато у нее было много предков морганов, – тотчас же пояснила Паола, – и у нее полоса вдоль спины, как у мустангов. Эту мы назовем «Нимфой», хоть она и не войдет в племенные книги. Это будет моя первая безупречная верховая лошадь, я уверена; и моя мечта наконец осуществится.

– У этой мечты четыре ноги, – глубокомысленно заметил Хеннесси.

– И от пяти до семи разных аллюров, – весело подхватил Грэхем.

– А все же не нравятся мне эти кентуккийские лошади с их разнообразными аллюрами, – быстро возразила Паола, – они годятся только для ровной местности. Для Калифорнии, с ее ужасными дорогами, горными тропками и всем прочим, мне нужна только быстрая рысь, короткая или длинная, смотря по характеру почвы, и сокращенный галоп. Я даже не скажу, что это особый аллюр, а просто легкий, спокойный скок, но только в условиях трудной дороги.

– Красавица! – восхищался Дик, следя блестящими глазами за гнедой кобылкой, которая, осмелев, подошла совсем близко к укрощенному Франту и обнюхивала его морду с трепещущими и раздувающимися ноздрями.

– Я предпочитаю, чтобы мои лошади были почти чистокровками, а не вполне, – горячо заявила Паола. – Беговая лошадь хороша на ипподроме, но для наших ежедневных нужд она слишком специализирована.

– Вот результат удачной комбинации, – заметил Хеннесси, указывая на Нимфу. – Корпус достаточно короток для рыси и достаточно длинен для крупного шага. Должен сознаться, я не верил в это сочетание, но вам все-таки удалось получить замечательный экземпляр.

– Когда я была молодой девушкой, у меня не было лошадей, – обратилась Паола к Грэхему, – а теперь я могу не только иметь их сколько угодно, но и скрещивать их и создавать по своему желанию новые типы. Это так хорошо, что иногда мне не верится; и я скачу сюда, чтобы посмотреть на них и убедиться, что это не сон.

Она повернулась к Форресту и бросила ему благодарный взгляд. Грэхем видел, как они долго, не отрываясь, смотрели друг другу в глаза. Ему стало ясно, какую радость доставляет Дику радость жены, ее юношеский энтузиазм и горячность. «Вот счастливец!..» – подумал Грэхем, но не потому, что у Дика было богатое имение и что дела его шли успешно, а потому, что Форресту принадлежала эта чудесная женщина, которая, не таясь, смотрит на него сейчас таким открытым и благодарным взглядом. И он с недоверием вспомнил заявление Эрнестины, будто Паоле тридцать восемь лет.

– Посмотри на его круп, Дик, – сказала она, концом хлыста показывая на какого-то черного жеребенка, жевавшего весеннюю траву. – Посмотри на его ноги и бабки. – И, обращаясь к Грэхему, добавила: – У Нимфы стати совсем другие и бабки гораздо длиннее, но я такого жеребенка и добивалась. – Она с легкой досадой усмехнулась. – Мать его необычной светло-гнедой масти, прямо новенькая двадцатидолларовая монета, и мне очень хотелось иметь лошадь ей в пару для моего выезда. Не скажу, чтобы результат оказался такой, какого я хотела, хоть и получился превосходный рысак. Зато вон моя награда, видите – вороной; когда мы подъедем к маткам, я покажу вам его родного брата, но он не вороной, а караковый. Я ужасно огорчена.

Затем она указала на двух караковых жеребят, пасшихся рядом.

– Эти двое от Гыо-Диллона, знаете, – брата Лоу-Диллона. Они от разных маток и чуть-чуть разные по цвету, но, правда, великолепная пара? У них та же рубашка, что и у отца.

Она повернула свою укрощенную лошадь и стала тихонько объезжать табун, чтобы не распугать жеребят; часть все же бросилась врассыпную.

– Посмотрите на них! – воскликнула она. – Пятеро совсем непородистые. Видите, как они поднимают передние ноги на бегу.

– Я совершенно убежден, что ты сделаешь из них призовых рысаков, – сказал Дик и снова заслужил благодарный взгляд, опять задевший Грэхема.

– Двое от более крупных маток, – вот тот в середине и затем крайний слева; а те трое – от средних, да одного можно подобрать из остальных. Один отец, пять разных матерей – и оттенки гнедой масти немного разные. Но в общем из пяти получится недурная четверка, и притом все того же года. Правда, удачно?

– Я уже сейчас вижу среди двухлеток отличных лошадок, которых мы сможем продать для игры в поло. Намечайте, – обратилась она к Хеннесси.

– Если мистер Менденхолл не получит за чалого полторы тысячи, то лишь потому, что поло выходит из моды! – с увлечением воскликнул Хеннесси. – Я следил за этими жеребятами... А вот взгляните на того светло-гнедого. Ведь какой был плохонький! Дайте ему еще годик – и посмотрите, что из него выйдет! Похож на корову? Ничуть! А что за родители! Еще годик, и можно прямо на выставку – настоящий серебряный доллар. Помните, с первой же минуты я поверил в него. Он, несомненно, затмит всякую эту бэрлингеймскую дрянь. Когда он подрастет, отправляйте его сразу же на Восток.

Паола кивала, внимательно слушая Хеннесси, в ее устремленном на него взгляде светилась нежность, вызванная созерцанием этих молодых животных и всей полноты играющей в них жизни, за которую она была ответственна.

– Ужасно грустно, – призналась она Грэхему, – когда продаешь таких красавцев и знаешь, что их сейчас же заставят работать.

Ее внимание было целиком поглощено животными, она говорила совершенно просто, без всякой рисовки и аффектации. Дик не удержался, чтобы не похвалить ее Ивэну.

– Я могу перерыть целую библиотеку по коннозаводству и до одурения изучать менделистские законы – и все-таки я остаюсь идиотом, а она понимает все сразу. Ей незачем вникать во всякие руководства. Она обходится и без них и действует по какой-то интуиции, точно она колдунья. Ей достаточно взглянуть на табун маток, немного освоиться с ними – и она уже знает, что им нужно. Паоле почти всегда удается получить тот результат, к которому она стремится... Кроме цвета, – правда, Поли? – поддразнил он ее.

Она тоже засмеялась, и зубы ее блеснули. Хеннесси присоединился к их смеху, и Дик продолжал:

– Посмотрите на того жеребенка! Мы все знаем, что Паола ошиблась; но посмотрите на него! Она скрестила старую чистокровную кобылу, которую мы считали уже ни на что не годной, с призовым жеребцом – получила жеребенка. Опять скрестила с чистокровкой; его дочь скрестила с тем же призовым жеребцом, опрокинула все наши теории и получила, – нет, вы взгляните на него, – замечательное пони для поло. В одном приходится перед ней преклониться; она не вносит в это никаких бабьих сантиментов. О, она весьма решительна! С твердостью мужчины, без всяких угрызений, она отбрасывает все неполноценное и отбирает то, что ей нужно. Но вот тайной масти она еще не овладела. Здесь гений ей изменяет. Верно, Поли? Ты еще немало повозишься, пока получишь свою выездную пару, а тем временем придется тебе удовольствоваться Дадди и Фадди. Кстати, как теперь Дадди?

– Поправляется, благодаря заботам мистера Хеннесси, – отвечала Паола.

– Ничего серьезного, – заметил ветеринар. – Одно время дело с питанием разладилось. А новый конюх перепугался и поднял шум.

Глава тринадцатая

В течение всего пути от пастбища и до бассейна Грэхем беседовал с маленькой хозяйкой и держался настолько близко к ней, насколько позволяло коварство Франта. Дик и Хеннесси, ехавшие впереди, были погружены в деловые разговоры.

– Бессонница мучила меня всю жизнь, – говорила Паола, слегка щекоча шпорой Франта, чтобы предупредить новое поползновение к бунту. – Но я рано научилась не давать ей влиять на мои нервы и на мое настроение. Я еще в ранней молодости научилась извлекать из нее пользу и даже развлечение. Это было единственным средством преодолеть врага, который, я знала, будет преследовать меня всю жизнь. Вам, наверное, приходилось одолевать высокую волну, ныряя под нее?

– Да, не борясь и отдаваясь в ее власть, – ответил Грэхем, глядя на ее порозовевшее лицо и выступившие на нем от неустанной борьбы с беспокойной лошадью мелкие, как бисер, капельки пота. Тридцать восемь? Неужели Эрнестина соврала? Паоле Форрест нельзя было дать и двадцати восьми. Кожа у нее была как у совсем юной девушки, – такая же гладкая, упругая и прозрачная.

– Вот именно, – продолжала она, – не борясь. Опускаешься и поднимаешься, точно поплавок, следуя ритму волны, чтобы опять набрать воздуху. Дик показал мне, как это делается. Так же и с бессонницей. Если я не могу заснуть оттого, что возбуждена какими-то недавно пережитыми событиями, я отдаюсь этим впечатлениям и тогда скорее выплываю из их бурного потока, и мною овладевает забытье. Я заставляю себя переживать все вновь и вновь, с разных сторон, волнующие меня картины, которые не дают мне забыться.

Например, вчерашняя история с Горцем. Я ночью пережила ее сызнова – как действующее лицо; затем – как посторонний зритель: как девушки, вы, ковбой, а главное – мой муж. Потом я как бы написала с нее картину, много картин, со всяких точек зрения, и развесила их, а потом принялась рассматривать, точно увидела впервые. И я ставила себя на место разных зрителей: то старой девы, то педанта, то маленькой школьницы, то греческого юноши, жившего несколько тысяч лет назад. Затем я положила ее на музыку, сыграла на рояле и представила себе, как она должна звучать в большом оркестре или на духовых инструментах. Я спела ее, продекламировала как балладу, элегию, сатиру и среди всего этого наконец заснула. Я поняла, что спала, только проснувшись сегодня в полдень. В последний раз я слышала, как часы били шесть. Шесть часов непрерывного сна – это для меня большая удача.

Когда она кончила свой рассказ, Хеннесси свернул на боковую дорогу, а Форрест подождал жену и поехал рядом с ней с другой стороны.

– Хотите держать пари, Ивэн? – спросил он.

– На что, хотел бы я знать прежде всего, – отозвался тот.

– На сигары… а пари, что вам не догнать Паолы в бассейне в течение десяти минут, – впрочем, нет – пяти; вы, насколько я помню, прекрасный пловец.

– О, дай ему, Дик, больше шансов для победы! – великодушно отозвалась Паола. – Десять минут – это много, он устанет.

– Но ведь ты не знаешь его как пловца, – возразил Дик. – И ни во что не ставишь мои сигары. Он замечательно плавает. Он побеждал канаков, а ты понимаешь, что это значит!

– Ну что ж, может быть, я еще и передумаю с ним состязаться. А вдруг он сразит меня, прежде чем я успею опомниться? Расскажи мне о нем и о его победах.

– Я тебе расскажу только одну историю. О ней до сих пор вспоминают на Маркизских островах. Это было в памятный ураган тысяча восемьсот девяносто второго года. Ивэн проплыл сорок миль за сорок пять часов; и только он да еще один человек добрались до берега. Остальные были канаки, он один белый среди них, – однако он продержался дольше них, они все утонули…

– Но ведь ты как будто сказал, что спасся еще кто-то? – прервала его Паола.

– Это была женщина, – отвечал Дик. – Канаки утонули.

– Значит, женщина была белая? – настаивала Паола.

Грэхем бросил на нее быстрый взгляд. Хотя Паола обратила свой вопрос к мужу, она повернула голову в его сторону, и ее вопрошающие глаза, смотревшие прямо, в упор, встретились с его глазами.

Грэхем выдержал ее взгляд и так же прямо и твердо ответил:

– Она была канака.

– Да еще королева, не угодно ли! – добавил Дик. – Королева из древнейшего рода туземных вождей. Королева острова Хуахоа.

– Что же, королевская кровь помогла ей не утонуть, когда все канаки утонули, или вы? – спросила Паола.

– Я думаю, что мы оба помогали друг другу, особенно в конце, – отозвался Грэхем. – Мы временами уже теряли сознание – то она, то я. Только на закате мы добрались до земли, вернее, до неприступной стены, о которую разбивались гигантские волны прибоя. Она схватила меня в воде и стала трясти, чтобы как-нибудь образумить. Дело в том, что я намеревался здесь вылезть, а это означало конец.

Она дала мне понять, что знает, где мы находимся, что течение идет вдоль берега в западном направлении, и часа через два оно прибьет нас к тому месту, где можно будет выбраться на берег. Клянусь, я в течение этих двух часов или спал, или был без памяти. А когда я временами приходил в себя и не слышал больше ревущего прибоя, я видел, что она в таком же состоянии, в каком был сам перед тем. И тогда я, в свою очередь, начинал трясти ее и тормошить, чтобы привести в чувство. Прошло еще три часа, пока мы наконец очутились на песке. Мы заснули там же, где вышли из воды. На другое утро нас разбудили жгучие лучи солнца; мы уползли под дикие бананы, росшие невдалеке, нашли там пресную воду, напились и опять заснули. Когда я проснулся во второй раз, была ночь. Я снова напился воды, уснул и проспал до утра. Она все еще спала, когда нас нашла партия канаков, охотившихся в соседней долине на диких коз.

– Держу пари, что если уж утонула целая куча канаков, то скорее вы ей помогали, а не она вам, – заметил Дик.

– Она должна быть вам навеки благодарна, – сказала Паола, с вызовом глядя на Грэхема, – и не уверяйте меня, что она не была молода и красива, вероятно, настоящая золотисто-смуглая богиня.

– Ее мать была королевой Хуахоа, – отвечал Грэхем. – А отец – англичанин, из хорошей семьи, ученый эллинист. К тому времени они уже умерли, и Номаре стала королевой. Она действительно была молода и красива, красивее всех женщин на свете. Благодаря отцу цвет ее тела был не золотисто-коричневый, а бледно-золотой. Но вы, наверное, слышали уже эту историю...

Он вопросительно посмотрел на Дика, но тот покачал головой.

Из-за группы деревьев донеслись крики, смех и плеск, – они приближались к бассейну.

– Вы должны как-нибудь досказать ее, – заявила Паола.

– Дик ее отлично знает. Не понимаю, почему он скрыл ее от вас.

Она пожала плечами:

– Может быть, ему было некогда или не представлялось случая.

– Увы, эта история получила широкую огласку, – засмеялся Грэхем. – Ибо, – да будет вам известно, – я был одно время морганатическим – или как это называется – королем каннибальских островов, во всяком случае, одного райски прекрасного полинезийского острова, «где под шепот тропических рощ лиловый прибой набегал на опаловый берег», – замурлыкал он небрежно и соскочил с лошади.

– «И ночной мотылек трепетал на лозе, и пчела опускалась на клевер...» – подхватила Паола и внезапно всадила шпоры в бока Франта, который чуть не вонзил зубы ей в ногу. Затем она повернулась к Форресту, прося, чтобы он помог ей слезть и привязать лошадь.

– Сигары?! Я тоже участвую!.. Вам ее не поймать! – крикнул Берт Уэйнрайт с вышки в сорок футов. – Подождите минутку! Я иду к вам!

И он действительно присоединился к ним, прыгнув в воду ласточкой с почти профессиональной ловкостью и вызвав громкие рукоплескания девиц.

– Отличный прыжок! Мастерский! – похвалил его Грэхем, когда Берт вылез из бассейна.

Берт, сделав вид, что равнодушен к этой похвале, сразу же заговорил о пари.

– Я не знаю, какой вы пловец, Грэхем, – сказал он, – но я вместе с Диком держу пари на сигары.

– И я, и я тоже, – закричали хором Эрнестина, Льют и Рита.

– На конфеты, перчатки – словом, на все, чем вы готовы рискнуть, – добавила Эрнестина.

– Но ведь я тоже не знаю рекордов, миссис Форрест, – возразил Грэхем, записывая пари. – Однако если в течение пяти минут…

– Десяти, – поправила его Паола, – и стартовать от противоположных концов бассейна. Идет? Если вы только коснетесь меня, значит, поймали.

Грэхем с тайным восхищением оглядел Паолу. Она была не в белом шелковом трико, которое, видимо, надевала только в женском обществе, а в кокетливом, модном купальном костюме из переливчатого синевато-зеленого шелка – под цвет воды в бассейне; короткая юбка не доходила до колен, нежную округлость которых он тотчас же узнал. На ногах ее были длинные чулки того же цвета и маленькие туфельки, привязанные перекрещивающимися ленточками. На голове – задорная купальная шапочка: такая же задорная, как и сама Паола, когда она назначала десять минут вместо пяти.

Рита Уэйнрайт взяла в руки часы, а Грэхем направился к дальнему концу обширного бассейна в сто пятьдесят футов длиной.

– Смотри, Паола, – предупредил ее Дик, – действуй только наверняка, не то он тебя поймает. Ивэн Грэхем не человек, а рыба.

– А я уверен, что Паола возьмет верх, – заявил преданный Берт. – Я убежден, что и ныряет она лучше.

– Напрасно ты так думаешь, – ответил Дик. – Я видел скалу, с которой Ивэн прыгал в Хуахоа. Это было уже после того, как он там жил, и после смерти королевы Номаре. Ему было всего двадцать два года, совсем мальчик, – и он не мог уклониться от этого прыжка с вершины Пау-Ви Рок высотой в сто двадцать восемь футов. К тому же нельзя было прыгать по всем правилам, так как под ним находилось еще два выступа. Верхний выступ и был пределом для самых ловких канаков, а с более высокого места никто из них не прыгал с тех пор, как они себя помнили. Ну что ж, он прыгнул. И поставил новый рекорд. Память об этом рекорде будет жить, пока на Хуахоа останется хоть один канак... Приготовься, Рита! Как только кончится эта минута...

– А по-моему, стыдно пускаться на хитрость с таким пловцом, – заявила Паола, глядя на гостя, стоявшего на том конце бассейна в ожидании сигнала.

– Как бы он не поймал тебя раньше, чем ты залезешь в трубу, – сказал Дик и затем с легкой тревогой в голосе обратился к Берту: – Что, там все в порядке? Если нет, Паоле придется пережить несколько неприятных секунд, пока она оттуда выберется.

– Все в порядке, – заверил его Берт. – Я сам все проверил. Труба прекрасно работает и полна воздуха.

– Готово! – закричала Рита. – Начали!

Грэхем стремглав бросился к вышке, на которую вбегала Паола. Она была уже наверху, а он еще на нижних ступеньках. Когда он достиг половины лестницы, она пригрозила, что сейчас же прыгнет, и предложила ему не лезть дальше, а выйти на площадку на высоте двадцати футов и бросаться в воду оттуда. Потом рассмеялась, глядя на него сверху, но все еще не прыгая.

– «Время бежит, драгоценные миги уходят», – продекламировала Эрнестина.

Когда он полез дальше, Паола опять предложила ему ограничиться нижней площадкой и сделала вид, что намерена прыгнуть. Но Грэхем не терял времени. Он уже поднимался на следующую площадку, а Паола, заняв позицию, не могла больше оглядываться. Он быстро поднялся, надеясь достигнуть следующей площадки раньше, чем она нырнет, а она знала, что ей уже медлить нельзя, и прыгнула, откинув голову, согнув локти, прижав руки к груди, вытянув и сжав ноги, причем тело ее, падая вперед и вниз, приняло горизонтальное положение.

– Ну прямо Аннета Келлерман! – раздался восторженный возглас Берта Уэйнрайта.

Грэхем на мгновение остановился, чтобы полюбоваться прыжком Паолы, и увидел, как в нескольких футах от воды она наклонила голову, вытянула руки, затем сомкнула их над головой и, изменив положение тела, погрузилась под обычным углом.

В ту минуту, когда она скрылась под водой, он взбежал на площадку в тридцать футов и стал ждать. Отсюда он ясно видел ее тело, быстро плывущее под водой прямо к противоположному концу бассейна. Тогда прыгнул и он. Грэхем был уверен, что нагонит Паолу, и его энергичный прыжок вдаль позволил ему погрузиться в воду футов на двадцать впереди того места, куда прыгнула она.

Но в то мгновение, когда он коснулся воды, Дик опустил в воду два плоских камня и стукнул их друг о друга. По этому сигналу Паола должна была повернуть. Грэхем услышал стук и удивился. Он вынырнул на поверхность и поплыл кролем к отдаленному концу бассейна, развивая бешеную скорость. Доплыв, он высунулся из воды и огляделся. Взрыв рукоплесканий с той стороны, где сидели девицы, заставил его взглянуть на другой конец бассейна, где Паола благополучно выходила из воды.

Он снова обогнул бегом бассейн, и снова она поднялась на вышку. Но теперь он благодаря выносливости и тренированному дыханию опередил ее и заставил нырять с двадцатифутовой площадки. Не задерживаясь ни на секунду, чтобы принять исходное положение и нырнуть ласточкой, она прыгнула и поплыла к западной стороне бассейна. Оба повисли в воздухе почти одновременно. И на поверхности и под водой он чувствовал, что Паола плывет где-то рядом, но она погрузилась в глубокую тень, ибо солнце уже стояло низко и вода была так темна, что в ней трудно было что-нибудь разглядеть.

Коснувшись стены бассейна, он поднялся. Паолы нигде не было видно. Он вылез, задыхаясь, готовый нырнуть опять, как только она покажется. Но ее и след простыл.

– Семь минут! – крикнула Рита. – С половиной!.. Восемь!.. С половиной!

Паола не появлялась на поверхности. Грэхем подавил тревогу, ибо не замечал на лицах зрителей никакого волнения.

– Я проигрываю, – заявил он Рите в ответ на ее возглас: «Девять минут!» – Паола под водой уже больше двух минут, но вы слишком спокойны, чтоб я стал тревожиться. Впрочем, у меня есть еще минута, может быть, я и не проиграю… – быстро добавил он и на этот раз просто вошел в бассейн.

Опустившись довольно глубоко, он перевернулся на спину и стал ощупывать руками стены бассейна. И вот на самой середине, футах в десяти от поверхности воды, его руки натолкнулись на отверстие в стене. Он ощупал его края и, убедившись, что оно не закрыто сеткой, смело поплыл в него и тотчас же почувствовал, что можно подняться; но он поднимался медленно и, вынырнув в непроглядном мраке, стал шарить вокруг себя руками, избегая малейшего плеска.

Вдруг его рука коснулась чьей-то прохладной нежной руки, рука вздрогнула, и ее обладательница испуганно вскрикнула. Он крепко сжал эту руку и рассмеялся; Паола тоже засмеялась. А в его сознании вспыхнули слова: «Услыхав ее смех во мраке, я горячо полюбил ее».

– Как вы меня испугали, – сказала она. – Вы подплыли так бесшумно, а я была за тысячу миль отсюда и грезила…

– О чем? – спросил Грэхем.

– Говоря по правде, мне пришел в голову фасон одного платья – такой мягкий шелковистый бархат винного цвета, строгие прямые линии, золотая кайма, шнур и все такое. И к нему одна-единственная драгоценность – кольцо с огромным кровавым рубином; Дик мне подарил его много лет назад, когда мы плыли на его яхте, «Все забудь».

– Есть что-нибудь на свете, чего бы вы не умели? – спросил он смеясь.

Она тоже засмеялась, и этот смех родил странные отзвуки в окружающем их гулком и пустом мраке.

– Кто вам сказал про трубу? – спросила она немного спустя.

– Никто. Но когда прошло две минуты и вы не показывались, я догадался, что тут какой-то фокус, и стал искать.

– Это Дик придумал, он уже потом вмонтировал трубу в бассейн. Он так любит всякие проделки. Ему страшно нравилось доводить старых дам до истерики: отправится с их сыновьями или внуками купаться – и спрячется с ними здесь. Но после того как одна или две чуть не умерли от испуга, он решил, поручая это дело мне, выбирать для надувательства более крепких людей, и ну вот как, например, сегодня вас… С ним случилась еще вот какая история: к нам приехала подруга Эрнестины, мисс Коглан, студентка. Он ухитрился поставить ее у выхода из трубы, а сам прыгнул с вышки и приплыл сюда от того конца трубы. Через несколько минут, когда она была чуть не в обмороке, уверенная, что он утонул, он заговорил с ней в трубу ужасным, замогильным голосом. Тут она в самом деле потеряла сознание.

– Должно быть, слабонервная девица, – заметил Грэхем, борясь с неудержимым желанием посостязаться с Паолой, чтобы видеть, как она выбивается из сил, стараясь не отстать.

– Ну, ее особенно винить нельзя, – возразила Паола. – Совсем девочка – восемнадцать лет, не больше, – и, как водится, влюбилась в Дика. Все они так. Ведь знаете, когда Дик разойдется, он становится прямо мальчишкой, и им не верится, что перед ними многоопытный, зрелый, много поработавший пожилой джентльмен. Самое неловкое было то, что, когда бедную девочку привели в чувство, она, не успев еще опомниться, сразу выдала тайну своего сердца. У Дика сделалось такое лицо, когда она пролепетала...

– Вы что там, ночевать собираетесь? – раздался в трубу голос Берта, причем казалось, что он кричит в мегафон.

– Господи! – воскликнул Грэхем, успокаиваясь и выпуская руку Паолы, которую он в первую минуту невольно схватил. – Теперь и я испугался. Ваша девочка отомщена: досталось и мне от вашей трубы.

– А нам пора вернуться в мир, – заметила Паола. – Нельзя сказать, что это самое уютное местечко для болтовни. Кому отправляться первым? Мне?

– Разумеется, а я поплыву за вами: очень жаль, что вода не фосфоресцирует. Тогда я мог бы следовать за вашей ступней, как тот малый, – помните, у Байрона?

Он услышал в темноте ее одобрительный смешок и затем слова:

– Ну, я поплыла.

Хотя вокруг не было ни малейшего проблеска света, Грэхем догадался по легкому плеску, что Паола нырнула головой вниз, он почти видел внутренним взором, как красиво она это сделала, хотя обычно плавающие женщины очень неграциозны.

– Кто-нибудь вам проболтался, – заявил Берт, как только Грэхем появился на поверхности и вылез из бассейна.

– А вы тот разбойник, который стучал камнями под водой? – упрекнул его, в свою очередь, Грэхем. – Если бы я проиграл, я опротестовал бы пари. Это была нечистая игра, заговор, и эксперты, наверное, признали бы ее шулерством. Я мог бы предъявить иск...

– Но ведь вы же выиграли! – воскликнула Эрнестина.

– Бесспорно, и потому я не подам в суд ни на вас, ни на вашу банду жуликов, если вы расплатитесь немедленно. Постойте, вы должны мне ящик сигар...

– Одну сигару, сэр!

– Нет, ящик! Ящик!

– В пятнашки! Давайте играть в пятнашки! – крикнула Паола. – В пятнашки! Я вас запятнала!

Немедленно перейдя от слов к делу, она хлопнула Грэхема по плечу и нырнула в воду. Не успел он кинуться за ней, как Берт обхватил его и стал вертеть, был запятнан сам и запятнал Дика, не дав ему удрать. Дик погнался через весь бассейн за женой, Берт и Грэхем пытались плыть ему наперерез, а девушки взбежали на вышку и выстроились там пленительным отрядом.

Глава четырнадцатая

Доналд Уэйр, весьма посредственный пловец, не принимал участия в этом состязании, но зато после обеда он, к досаде Грэхема, завладел хозяйкой и не отпускал ее от рояля. Как это бывало обычно в Большом доме, нежданно нагрянули новые гости: адвокат Адольф Вейл, которому надо было переговорить с Диком об одном крупном иске относительно прав на воду; Джереми Брэкстон, только что приехавший из Мексики старший директор принадлежащих Дику золотых рудников «Группа Харвест», которые, как уверял Брэкстон, были по-прежнему неистощимы; Эдвин О'Хэй – рыжеволосый ирландец, музыкальный и театральный критик, и Чонси Бишоп – издатель и владелец газеты «Новости Сан-Франциско», университетский товарищ Дика, как узнал потом Грэхем.

Дик засадил часть гостей за игру в карты, которую он называл «роковой пятеркой»; игроками овладел страшный азарт, хотя их высший проигрыш был не выше десяти центов, а банкомет мог в крайнем случае за десять минут проиграть или выиграть девяносто центов.

Играли за большим столом в дальнем конце комнаты, и оттуда то и дело доносились шумные возгласы: одни просили одолжить им мелких денег, другие – разменять крупные.

В игре участвовало девять человек, и за столом было тесно, поэтому Грэхем не столько играл сам, сколько ставил на карты Эрнестины, все время поглядывая в другой конец длинной комнаты, где Паола Форрест и скрипач занялись сонатами Бетховена и балетами Делиба. Брэкстон просил повысить максимальный выигрыш до двадцати центов, а Дик, которому отчаянно не везло, – он уверял, что ухитрился проиграть целых четыре доллара шестьдесят центов, – жалобно молил кого-нибудь сорвать банк, чтобы было чем заплатить завтра утром за освещение и уборку комнаты. Грэхем, проиграв с глубоким вздохом свою последнюю мелочь, заявил Эрнестине, что пройдется по комнате «для перемены счастья».

– Я же вам предсказывала… – вполголоса заметила Эрнестина.

– Что? – спросил он.

Она бросила многозначительный взгляд в сторону Паолы.

– В таком случае я тем более пойду туда, – ответил он.

– Не можете отказаться от вызова? – подтрунила она.

– Если бы это был вызов, я бы не посмел принять его.

– В таком случае считайте это вызовом! – заявила она.

Он покачал головой.

– Я еще раньше решил пойти туда и столкнуть его с беговой дорожки. Ваш вызов уже не может удержать меня. Кроме того, мистер О'Хэй ждет вашей ставки.

Эрнестина спешно поставила десять центов и даже не заметила, проиграла она или выиграла, с таким волнением следила она за Грэхемом, когда он шел в другой конец комнаты, хотя отлично видела, что Берт Уэйнрайт перехватил ее взгляд и, в свою очередь, следит за ней. Однако ни она, ни Берт, да и никто из играющих не заметил, что и от Дика, который, весело блестя глазами, нес всякий вздор и вызывал непрерывный смех гостей, не укрылась ни одна деталь этой сцены.

Эрнестина, чуть выше ростом, чем Паола, но обещавшая в будущем располнеть, была цветущей светлой блондинкой с тонкой кожей, окрашенной нежным румянцем, какой бывает только у восемнадцатилетних девушек. Бледно-розовая кожа на пальцах, ладонях, запястьях, на шее и щеках казалась прозрачной. И Дик не мог не заметить, что, когда девушка смотрела на пробиравшегося в конец комнаты Грэхема, она вдруг залилась жарким румянцем. Дик заметил, что в ней словно вспыхнула какая-то мечта, но какая именно, он догадаться не мог.

А Эрнестина, глядя на то, как этот высокий, стройный человек с гордо откинутой головой и небрежно зачесанными, выжженными солнцем золотисто-песочными волосами идет по комнате, как ей казалось, поступью принца, – впервые почувствовала нестерпимое до боли желание ласкать шелковистые пряди его волос.

Но и Паола, спорившая со скрипачом и упорно возражавшая против недавно появившейся в печати оценки Гарольда Бауэра, не спускала глаз с идущего к ней Грэхема. Она тоже с радостью отметила особое изящество его движений, гордую посадку головы, волнистые волосы, нежный бронзовый загар щек, великолепный лоб и удлиненные серые глаза, чуть прикрытые веками и по-мальчишески сердитые, причем это выражение тут же растаяло, когда он, улыбаясь, приветствовал ее. С тех пор как они встретились, она не раз замечала эту улыбку: в ней было какое-то неотразимое очарование, – дружеская, приветливая, она отражалась особым блеском в его глазах, а в уголках рта появлялись веселые добрые морщинки. На эту улыбку нельзя было не ответить, и Паола молча улыбнулась ему, продолжая излагать Уэйру свои возражения против слишком снисходительной рецензии О'Хэя на музыку Бауэра. Затем, исполняя, по-видимому, просьбу Уэйра, она заиграла венгерские танцы, снова вызвав восхищение Грэхема, усевшегося с папиросой в амбразуре окна.

Он дивился ее многоликости, восхищался этими тонкими пальчиками, которые то укрощали Франта, то рассекали подводные глубины, то летели по воздуху, как лебеди, с сорокаметровой высоты, смыкаясь уже у самой водной поверхности над головой купальщицы, чтобы защитить ее от удара о воду.

Из приличия он только несколько минут посидел около Паолы, затем возвратился к гостям и вызвал их шумный восторг, непрерывно проигрывая пятаки счастливому и гордому директору из Мексики, превосходно при этом имитируя жадность и отчаяние скряги-еврея.

Позднее, когда игра кончилась, Берт и Льют испортили Паоле адажио из «Патетической сонаты» Бетховена, иллюстрируя его каким-то гротескным фокстротом, который Дик тут же назвал «Любовь на буксире», и довели Паолу до того, что и она наконец расхохоталась и бросила играть.

Составились новые группы, Вейл, Рита, Бишоп и Дик засели за бридж. Доналду Уэйру пришлось уступить свою монополию на Паолу молодежи, явившейся к ней под предводительством Джереми Брэкстона. Грэхем и О'Хэй уселись в оконной нише и затеяли разговор о критике.

Молодежь хором спела гавайские песни под аккомпанемент Паолы, потом стала петь Паола, под собственный аккомпанемент. Она исполнила несколько немецких романсов. Пела она, видимо, только для окружавшей ее молодежи, а не для всего общества, и Грэхем почти с радостью решил, что, кажется, наконец-то отыскал в ней несовершенство: пусть она замечательная пианистка, прекрасная наездница, отлично ныряет и плавает, но, – невзирая на свою лебединую шею, она не бог весть какая певица. Однако ему скоро пришлось изменить свое мнение. Она все-таки оказалась певицей, настоящей певицей. Правда, в голосе у нее не было мощи и блеска, но он был нежен и гибок, с тем же теплым трепетом, который пленял и в ее смехе. И если ему не хватало силы, то это искупалось точностью звука, выразительностью и пониманием, художественным мастерством.

Да, голос небольшой. А вот прелестью тембра он захватывает, тут ничего не скажешь. Это был голос настоящей женщины, он звучал всей полнотой страсти, всем зноем пылкого темперамента, хотя и укрощенного непреклонной волей. Восхитило его также умение певицы, хорошо понимающей особенности своего голоса, искусно пользоваться им, не напрягая его, – тут она выказала настоящее мастерство.

И в то время как Грэхем рассеянно кивал О'Хэю, читавшему целую лекцию о состоянии современной оперы, он спрашивал себя: владеет ли Паола и в сфере более глубоких чувств и страстей своим темпераментом с таким же совершенством, как в искусстве? Этот вопрос занимал его «из любопытства», как он твердил себе, – но здесь говорило не одно любопытство: в Грэхеме было затронуто нечто большее, чем любопытство, нечто более стихийное, заложенное с незапамятных времен в существе мужчины.

Внезапное желание получить ответ на свой вопрос заставило его задуматься и окинуть взглядом эту длинную комнату с высоким потолком из огромных балок, висячую галерею, украшенную трофеями, собранными со всех концов света, и наконец самого Дика Форреста – хозяина всех этих материальных благ, мужа этой женщины, который сейчас играл так же, как он работал, – от всего сердца, и весело смеялся над Ритой, пойманной в плутовстве: она не сдала карту в масть, – ведь Грэхем никогда не закрывал глаза на суровую правду. А за всеми этими вопросами и абстрактными рассуждениями стояла живая женщина – Паола Форрест, блестящая, прелестная, необыкновенная, воплощение подлинной женственности. С той минуты, когда он увидел Паолу впервые и был поражен образом всадницы на тонущем жеребце, она словно заворожила его мужское воображение. Ведь он меньше всего был новичком в отношении женщин и обычно держал себя, как человек, утомленный их убогим однообразием. Встретить незаурядную женщину было все равно, что найти великолепную жемчужину в лагуне, опустошенной многими поколениями искателей жемчуга.

– Рада видеть, что вы еще живы, – засмеялась Паола, через некоторое время обратившись к нему.

Она и Льют уходили спать. Между тем составился новый бридж: Эрнестина, Берт, Джереми Брэкстон и Грэхем, а О'Хэй и Бишоп уже склонились над шашками.

– Наш ирландец в самом деле очарователен, только ему нельзя садиться на своего конька, – продолжала Паола.

– А конек, видимо, музыка? – спросил Грэхем.

– Когда дело касается музыки, он становится несносным, – заметила Льют. – Это единственное, в чем он действительно ничего не понимает. Он может прямо с ума свести...

– Успокойся, – засмеялась Паола грудным смехом, – вы все будете отомщены. Дик сейчас шепнул мне, чтобы я на завтрашний вечер позвала философов. А вы знаете, как они любят поговорить о музыке! Музыкальный критик – это их законная добыча.

– Терренс сказал как-то, что на эту дичь охота разрешена в любое время года, – добавила Льют.

– Терренс и Аарон доведут его до того, что он запьет, – смеясь, продолжала Паола, – не говоря уже о Дар-Хиале с его цинической теорией искусства, которую он, конечно, в опровержение всего, что будет сказано, ухитрится применить к музыке. Сам-то он не верит ни на грош в свою циническую теорию и относится к ней так же несерьезно, как – помните? – к своему танцу. Просто это его манера веселиться. Он такой глубокомысленный философ, что надо же ему когда-нибудь и пошутить.

– Но если О'Хэй опять сцепится с Терренсом, – зловещим тоном провозгласила Льют, – я уже заранее вижу, как Терренс берет его под руку, спускается с ним в бильярдную и там подкрепляет свои аргументы самой невообразимой смесью напитков.

– В результате чего О'Хэй будет на другой день совсем болен, – подхватила, посмеиваясь, Паола.

– Я ему непременно скажу, чтобы он так и сделал! – воскликнула Льют.

– Вы не думайте, мы вовсе не такие дурные, – обратилась Паола к Грэхему. – Просто у нас в доме уж такой дух. Дику шалости нравятся, он сам постоянно придумывает всякие шутки. Это его способ отдыхать... Именно он шепнул Льют насчет того, чтобы Терренс потащил О'Хэя в бар, я уверена.

– Что ж, я скрывать не буду, – ответила Льют глубокомысленно. – Да, идея принадлежит не мне одной.

В эту минуту к ним подошла Эрнестина и сказала Грэхему:

– Мы все ждем вас. Карты уже сняли, вы мой партнер. Да и Паола собирается спать. Пожелайте ей спокойной ночи, и пусть уходит.

Паола удалилась в десять часов. Бридж кончился в час. Дик, по-братски обняв Эрнестину, дошел с Грэхемом до поворота в его сторожевую башню и, пожелав ему спокойной ночи, решил проводить свою юную сестренку.

– Минутку, Эрнестина, – сказал он при прощании, открыто и ласково глядя на нее смеющимися серыми глазами; но голос его звучал серьезно и предостерегающе.

– Ну, что я еще натворила? – шутливо проворчала она.

– Ничего… пока. Но лучше и не начинай, иначе твое сердечко будет разбито. Ведь ты еще девочка – что такое восемнадцать лет!.. Милая, прелестная девочка, на которую всякий мужчина обратит внимание. Но Ивэн Грэхем – не «всякий».

– О, пожалуйста… Нечего меня опекать, я не маленькая! – вспыхнув, возразила она.

– А все-таки выслушай меня. В жизни каждой молодой девушки наступает такое время, когда пчела любви начинает очень громко жужжать в ее хорошенькой головке. Тут-то и нужно удержаться от ошибки и не полюбить кого не следует. Пока ты в Ивэна Грэхема еще не влюблена, твоя единственная задача – не влюбиться и в дальнейшем. Он тебе не пара, да и вообще не пара молоденькой девушке. Грэхем уже не юноша, он много пережил и, конечно, давно и думать забыл о романтической любви и о юных птенчиках, – тебе и за десять жизней не узнать того, что для него уже давно не новость. И если он опять когда-нибудь женится…

– Опять? – прервала его Эрнестина.

– Он, милая, больше пятнадцати лет как овдовел.

– Ну так что же? – задорно спросила она.

– А то, – спокойно продолжал Дик, – что он уже пережил свой юношеский роман, и какой волшебный роман!.. И раз он за эти пятнадцать лет не женился вторично, значит…

– Он не может забыть своей утраты? – снова прервала его Эрнестина. – Но это еще не доказывает…

– Значит, он пережил юношеский период увлечений, – настойчиво продолжал Дик. – Вглядись в него попристальнее, и ты поймешь, что у него, конечно, не было недостатка в подходящих случаях и что, наверное, не раз по-настоящему обаятельные, умные и опытные женщины пытались вскружить ему голову и сломить его упорство. Но до сих пор ни одна не поймала его. Что же касается молоденьких девушек, то ты сама знаешь: за таким человеком они гоняются целыми стаями. Обдумай все это и побереги себя. Если ты не дашь своему сердцу воспламениться, ты спасешь его в будущем от ощущений мучительного холода.

Он взял ее руку, обнял за плечи и ласково привлек к себе.

Наступило молчание; Дик старался угадать, о чем думает Эрнестина.

– Знаешь, мы искушенные, многоопытные старцы... – начал он шутливым и виноватым тоном.

Но она резко передернула плечами и воскликнула:

– Только такие и стоят внимания! Молодые люди, наши сверстники, – просто мальчишки и ничуть не интересны. Они вроде жеребят: только бы им скакать, шуметь, веселиться. В них нет ни капли серьезности, среди них не встретишь сложных натур... они... в них девушки не чувствуют ни умудренности, ни силы... – словом, настоящей мужественности.

– Это-то я понимаю, – пробормотал Дик. – Но не забудь, пожалуйста, взглянуть на дело и с другой стороны: ведь и вы, пылкие молодые создания, должны производить на мужчин нашего возраста такое же впечатление. Они видят в таких, как вы, игрушку, развлечение, прелестного мотылька, с которым можно мило резвиться, но не подругу, не равную себе, с кем можно делить и радость и горе. Жизнь надо узнать. И зрелые женщины ее узнали... некоторые, во всяком случае. Но такой птенец, как ты, Эрнестина, – что ты успела узнать?

– Слушай, – вдруг остановила она Дика нетерпеливо, почти мрачно, – расскажи мне про этот его странный юношеский роман, – тогда, пятнадцать лет назад.

– Пятнадцать? – быстро ответил Дик, что-то соображая. – Нет, не пятнадцать, – восемнадцать. Поженились они за три года до ее смерти. Они были обвенчаны английским пастором и стали уже супругами, когда ты, плача, еще только вступила в этот мир. Вот и считай...

– Да, да... ну, а потом? – нервно торопила она его. – Какая она была?

– Ослепительная красавица, золотисто-смуглая, или матово-золотая, полинезийская королева смешанной крови. Ее мать царствовала до нее, а отец был английский джентльмен и настоящий ученый, получивший образование в Оксфорде. Звали ее Номаре; она была королевой острова Хуахоа, дикарка. А Грэхем был настолько молод, что ему ничего не стоило обратиться в такого же дикаря, как и она, если не в большего. Но в их браке не было ничего низменного. Ведь Грэхем не какой-нибудь голодранец, авантюрист. Она принесла ему в приданое свой остров и сорок тысяч подданных. А он принес ей свое весьма значительное состояние и построил дворец, какого никогда не было и не будет на островах Южных морей. Настоящая туземная постройка из цельных, слегка обтесанных стволов, связанных канатами из кокосового волокна, с травяной кровлей и всем прочим в том же роде. Казалось, будто дворец вырос, как деревья, из той же земли, что он пустил в нее корни, что он неотделимая часть этого острова, хотя его и создал архитектор Хопкинс, которого Грэхем выписал из Нью-Йорка.

А как они жили! У них была собственная королевская яхта, дача в горах, плавучая дача – тоже целый дворец. Я был в нем. Там устраивались роскошные пиры... впрочем, уже позднее. Номаре умерла, Грэхем исчез неведомо куда, и островком правил родственник Номаре по боковой линии.

Я говорил тебе, что Грэхем сделался еще большим дикарем, чем она. Они ели на золоте... Да разве все перескажешь! Он был тогда совсем мальчик. Она – тоже дитя, наполовину англичанка, наполовину полинезийка – и настоящая королева. Два прекрасных цветка двух народов, двое чудесных детей из волшебной сказки... И... видишь ли, Эрнестина, годы-то ведь прошли, и для Ивэна Грэхема царство молодости давно осталось позади... Чтобы теперь покорить его, нужна совершенно особенная женщина. Кроме того, он, в сущности, разорен, хотя и не промотал свое состояние. Такая уж у него несчастная судьба.

– Паола больше в его духе, – задумчиво проговорила Эрнестина.

– Да, конечно, – согласился Дик. – Паола или другая женщина вроде нее для него в тысячу раз привлекательнее, чем все прелестные молодые девушки, вместе взятые. У нас, старшего поколения, знаешь ли, свои идеалы.

– А мне что ж, прикажешь довольствоваться юнцами? – вздохнула Эрнестина.

– Пока да, – усмехнулся он. – Но не забывай, что и ты со временем вырастешь и можешь стать замечательной зрелой женщиной, способной победить в любовном состязании даже такого человека, как Ивэн.

– Но ведь я тогда давно буду замужем, – огорченно протянула она.

– И это будет для тебя очень хорошо, дорогая. А теперь – спокойной ночи. И не сердись на меня. Ладно?

Она улыбнулась жалкой улыбкой, покачала головой, протянула ему губы для поцелуя. На прощанье она сказала:

– Я не буду сердиться, но при условии, чтобы ты показал мне дорогу, по которой я когда-нибудь смогу добраться до сердца таких стариков, как ты и Грэхем.

Дик, гася на пути электричество, направился в библиотеку и, отбирая справочники по механике и физике, улыбнулся довольной улыбкой, вспоминая свой разговор со свояченицей. Он был уверен, что предупредил ее относительно Грэхема как раз вовремя. Но, поднимаясь по скрытой за книгами потайной лестнице в свой рабочий кабинет, он вдруг вспомнил одно замечание Эрнестины и сразу остановился, прислонившись плечом к стене. «Паола больше в его духе…»

– Осел! – рассмеялся он вслух и пошел дальше. – А еще двенадцать лет женат!

Он не вспоминал о словах Эрнестины до той минуты, пока не лег в постель и, прежде чем заняться интересовавшим его вопросом о практическом применении электричества, не посмотрел на барометр и термометры. Затем он устремил взгляд на темный флигель по ту сторону двора, чтобы узнать, спит ли Паола, и ему опять вспомнилось восклицание Эрнестины. Он еще раз назвал себя ослом и стал, как обычно, пробегать оглавления отобранных им книг, закладывая нужные страницы спичками.

Глава пятнадцатая

Десять часов давно пробило, когда Грэхем, скитаясь по дому и гадая о том, бывает ли, что Паола выходит из своего флигеля раньше середины дня, забрел в музыкальную комнату. Хотя он жил у Форрестов уже несколько дней, но дом был так огромен, что сюда Грэхем, оказывается, еще не заглядывал. Это был чудесный зал, тридцать пять на шестьдесят футов, с высоким потолком, между балками которого были вставлены желтые стекла, благодаря чему комната была залита мягким золотистым светом. В окраске стен и мебели было много красных тонов, и всюду, казалось, жили сладостные отзвуки музыки.

Грэхем рассеянно смотрел на картину Кейта с обычными для этого художника контрастами пронизанного солнцем воздуха и тонущих в сумеречной тени овец, как вдруг уголком глаза заметил, что в дальнюю дверь вошла Паола. И опять при виде нее у него слегка захватило дыхание. Она была вся в белом и казалась совсем юной и даже выше ростом благодаря свободным складкам холоку – этой изысканно-простой и как будто бесформенной одежды. Грэхем видел холоку на ее родине, Гавайях, где она придавала прелесть даже некрасивым женщинам, а красивых делала вдвое пленительнее.

Они улыбнулись друг другу через всю комнату, и он отметил в движениях ее тела, в повороте головы, в открытом, приветливом взгляде что-то товарищеское, дружелюбное, словно она хотела сказать: «Мы друзья». Так по крайней мере казалось Грэхему, когда она подходила к нему.

– У этой комнаты есть один недостаток, – серьезно сказал он.

– Ну что вы! Какой же?

– Ей следовало быть гораздо длиннее, в два раза длиннее.

– Почему? – спросила она, недоуменно покачивая головой, а он любовался нежным девическим румянцем ее щек, который никак не вязался с ее тридцатью восемью годами.

– А потому, – отвечал он, – что вам тогда пришлось бы пройти вдвое больше и я бы мог дольше вами любоваться. Я всегда говорил, что холоку – самая прелестная одежда, когда-либо изобретенная для женщин.

– Значит, дело не во мне, а в моем холоку, – отозвалась она. – Я вижу, вы совсем как Дик: у вас комплименты всегда на веревочке, – едва мы, бедняжки, им поверим, как вы потянете за веревочку – и нет комплимента. А теперь давайте я покажу вам комнату, – быстро продолжала она, словно желая предупредить его возражения. – Дик ее отдал мне. И здесь все по моему выбору, даже пропорции.

– А картины?

– Я их выбрала сама, все до единой, и каждую из них люблю, хотя Дик и спорил со мной относительно Верещагина. Он очень одобрил обоих Милле, вон того Коро, а также Изабе; он допускает, что в музыкальной комнате может висеть какое-нибудь полотно Верещагина, но только не это. Он предпочитает местных художников иностранцам, – хочет, чтобы наших висело больше, чем чужих, и чтобы мы научились ценить своих мастеров.

– Я недостаточно знаю художников Тихоокеанского побережья, – сказал Грахем. – Мне хотелось бы услышать о них... Покажите мне... Да, несомненно, там висит Кейт... А кто рядом с ним? Чудесная вещь.

– Некто Мак-Комас, – отозвалась Паола.

Грэхем только что собрался провести полчасика в приятной беседе о живописи, как в комнату вошел Доналд Уэйр; на лице его было написано беспокойство, но при виде маленькой хозяйки глаза радостно заблестели.

Держа под мышкой скрипку, он с деловитым видом направился прямо к роялю и начал расставлять ноты.

– Мы будем до завтрака работать, – обернулась Паола к Грэхему. – Доналд уверяет, что я ужасно отстала, и, думаю, он отчасти прав. Увидимся за завтраком. Если хотите, можете, конечно, здесь остаться, но предупреждаю, что будет настоящая работа. А перед вечером пойдем купаться. Дик назначил встречу возле бассейна в четыре. Он говорит, у него есть новая песня и он непременно ее исполнит... Который час, мистер Уайр?

– Без десяти одиннадцать, – ответил скрипач с некоторым раздражением.

– Вы пришли слишком рано: мы условились на одиннадцать. Поэтому, сударь, вам придется подождать до одиннадцати. Я должна сначала поздороваться с Диком. Я с ним еще не виделась сегодня.

Паола знала точно, как распределено время мужа. Последний листок ее записной книжки, всегда лежавший на ночном столике, был исчерчен какими-то иероглифами, напоминавшими ей о том, что в шесть тридцать он пьет кофе; что если он не поехал верхом, его можно иногда застать до восьми сорока пяти в постели за просмотром книг или корректур; от девяти до десяти к нему нельзя, ибо он диктует письма Блэйку; от десяти до одиннадцати к нему тоже нельзя – он совещается со своими экономами и управляющими, в то время как Бонбрайт, секретарь, с быстротой репортера записывает эти молниеносные интервью.

В одиннадцать, если не было срочных телеграмм или неотложных дел, она могла застать мужа одного, хотя и тут он всегда был чем-нибудь занят. Проходя мимо конторы, она услышала стук пишущей машинки и поняла, что Дик уже один. В библиотеке она встретила Бонбрайта, искавшего какую-то книгу для Мэнсона, скотовода, ведающего шотхорнами, – это означало, что Дик покончил и с делами по имению.

Она нажала кнопку, и ряд полок с книгами повернулся перед ней, открыв витую стальную лесенку, которая вела в рабочий кабинет Дика. Наверху, послушные скрытой пружине, полки опять повернулись, и она бесшумно вошла.

Но тут она услышала голос Джереми Брэкстона, и по ее лицу пробежала тень досады. Еще никого не видя и сама никем не замеченная, Паола в нерешительности остановилась.

– Затопить так затопить, – говорил директор рудников Харвест. – Конечно, воду можно будет потом выкачать, хотя для этого потребуется целое состояние, да и как-то стыдно затоплять старые рудники.

– Но ведь отчеты за последний год показали, что мы работаем положительно себе в убыток, – услышала Паола голос Дика. – Нас грабят все: любой головорез из банды Уэрты, любой пеон-конокрад. А тут еще чрезвычайные налоги, бандиты, повстанцы, федералисты. Можно было бы уж как-нибудь потерпеть, если бы предвиделся всему этому конец, но у нас нет никаких гарантий, что беспорядки не продлятся еще десять – двадцать лет.

– И все-таки – подумайте! Топить жалко! – опять возразил управляющий.

– А вы не забывайте о Вилье, – возразил, в свою очередь, Дик с язвительным смехом, горечь которого не ускользнула от Паолы. – Он ведь заявил, что если победит, то раздаст всю землю пеонам; следующий неизбежный шаг – рудники. Как вы думаете, сколько мы переплатили за минувший год конституционалистам?

– Свыше ста двадцати тысяч, – быстро ответил Брэкстон, – не считая пятидесяти тысяч золотыми слитками, данных Торенасу перед его отступлением. Он бросил свою армию в Гваимаса да и махнул с добычей в Европу… Я вам обо всем писал…

– А если мы будем продолжать работы, Джереми, они будут доить нас, доить без конца. Нет, хватит! По-моему, все-таки лучше затопить… Если мы умеем создавать богатства успешнее, чем эти бездельники, то покажем им, что мы умеем так же легко и разрушать их.

– Это самое я им и говорю. А они только ухмыляются и повторяют, что ввиду крайней необходимости такие-то и такие-то добровольные пожертвования были бы весьма приятны вождям повстанцев – то есть им самим. Их главные вожди, конечно, не возьмут себе ни одного песо. Господи, боже мой! Я им напомнил все, что мы сделали: дали постоянную работу пяти тысячам пеонов; повысили жалованье с десяти до ста десяти сентаво в день. Я показал им пеонов, которые получали, когда мы их наняли, десять сентаво, а теперь они получают пять песо. Куда там! Только улыбаются и заняты одним: как бы выжать добровольное пожертвование на святое дело революции. Ей-богу, старик Диас хоть был и разбойник, но приличный разбойник. Я сказал этому Аррансо: «Если мы свернем работу, пять тысяч мексиканцев окажутся на улице. Куда вы их денете?» Аррансо усмехнулся и говорит: «Куда денем? Что ж, дадим им ружья и поведем их на Мехико».

Паола ясно представила себе, как Дик презрительно пожимает плечами, отвечая своему собеседнику:

– Беда в том, что там еще есть золото и мы одни можем его извлечь. У мексиканцев на это мозгов не хватит. Они умеют только палить из ружей, а уж из нас выкачивают все до последнего. Остается одно, Джереми: позабыть примерно на год о всякой прибыли, распустить рабочих, оставив только техников, и выкачивать воду.

– Я все это старался внушить Аррансо, – пробасил Джереми Брэкстон. – А что он мне ответил? Если-де мы распустим рабочих, они заставят уйти техников – и пусть нашу шахту затопит ко всем чертям. Нет, последнего он, впрочем, не говорил, но так улыбался, что все было ясно. Я бы с удовольствием свернул ему его желтую шею, но ведь я знаю, что на следующий день явится другой и будет требовать еще больше. Так вот, Аррансо получил, что хотел, но в довершение всего он, прежде чем присоединиться к своим повстанцам под Хуаресом, приказал угнать триста наших мулов. Это убыток в тридцать тысяч долларов, и главное – после того, как я его подмазал! Вот желтая каналья!

– Кто сейчас вождь повстанцев на приисках? – услышала затем Паола вопрос Дика, причем в его тоне была та отрывистость и резкость, которые, как она знала, показывали, что он, собрав воедино все нити какого-нибудь запутанного дела, решил действовать.

– Рауль Бена.

– Чин?

– Полковник. Под его началом около семидесяти человек всяких оборванцев.

– Чем занимался раньше?

– Пас овец.

– Отлично, – продолжал Дик все так же отрывисто и твердо. – Вам придется разыграть роль: изобразите из себя патриота. Возвращайтесь на место как можно скорее. Ублажайте этого Рауля Бена. Вашу игру он раскусит, или он не мексиканец. А вы все-таки его ублажайте и посулите, что сделаете его генералом, вторым Вильей.

– Господи, ну как, как я это сделаю?

– Поставьте его во главе армии в пять тысяч человек. Наших людей распустите, – пусть он создаст из них войско волонтеров. Так как у Уэрты дела плохи, то нам ничего не грозит. Заверьте его, что вы истинный патриот. Дайте людям винтовки. Мы раскошелимся в последний раз, и вы докажете ему ваш патриотизм. Обещайте каждому, что он после войны вернется на прежнюю работу. Пусть, с вашего благословения, уходят с этим Раулем. Оставьте людей столько, сколько нужно, чтобы выкачивать воду. И если мы на год или на два откажемся от прибылей, то не потерпим и убытков. А может быть, и затоплять не придется.

Тихонько возвращаясь по винтовой лестнице в музыкальную комнату, Паола про себя улыбалась: как Дик все это ловко придумал! Она была огорчена не положением дел в компании Харвест, – с тех пор, как она стала женою Дика, в полученных ею от отца рудниках постоянно происходили беспорядки, – она была огорчена тем, что не состоялось их утреннее свидание. Но когда она опять встретилась с Грэхемом, который задержался у рояля и, увидев ее, хотел удалиться, ее дурное настроение рассеялось.

– Не убегайте, – остановила она его. – Останьтесь и посмотрите, как люди работают; может быть, это вас наконец заставит приняться за вашу книгу. Дик говорил мне о ней.

Глава шестнадцатая

Во время завтрака на лице Дика не было и следа озабоченности, как будто Брэкстон привез ему весть о том, что рудники «Группа Харвест» неизменно процветают. Вейл уже уехал с утренним поездом – он, видимо, успел обсудить с Диком свое дело в какие-то сверхранние часы, но Грэхем увидел за столом еще более многочисленное общество, чем обычно. Кроме некоей миссис Тюлли, пожилой полной светской дамы в очках, – Грэхему не сказали, кто она, – он увидел трех новых гостей: мистера Гэлхасса – правительственного ветеринара, мистера Дикона – довольно известного на побережье портретиста и Лестера – капитана тихоокеанского парохода, служившего лет двадцать назад шкипером на яхте Дика и обучавшего его искусству навигации.

Завтрак уже кончался, и Брэкстон начал посматривать на часы, когда Дик, обращаясь к нему, сказал:

– Джереми, я хочу вам кое-что показать. Мы сейчас же и отправимся. Вы успеете к поезду.

– Да, да, поедемте и мы всей компанией, – предложила Паола. – Я сама сгораю от любопытства, потому что Дик держал это в секрете.

Дик кивнул, и она распорядилась, чтобы поскорее подали автомобили и седлали лошадей.

– Что это такое? – спросил Грэхем, когда она отдала все нужные распоряжения.

– Ах, один из коньков Дика. Он ведь всегда чем-нибудь увлекается. Одно изобретение. Он клянется, что оно вызовет целую революцию в земледелии, особенно в мелких хозяйствах. Я знаю, в чем основная идея, однако еще не видела ее осуществленной. Все было готово уже неделю назад, задержка произошла из-за какого-то троса или чего-то в этом роде.

– Мое изобретение может дать биллионы, если дело пойдет на лад, – улыбнулся Дик, сидевший по другую сторону стола. –

Биллионы для фермеров всего мира и кое-какой процент для меня… если, повторяю, дело наладится.

– Но что же это? – спросил О'Хэй. – Музыка в коровьих хлевах, чтобы коровы охотнее давали молоко?

– Каждому фермеру останется только спокойно посиживать на своем крылечке, – пояснил Дик. – Добывание сельскохозяйственных продуктов будет требовать не больше труда, чем лабораторное изготовление пищи. Впрочем, подождите – сами увидите. Если дело удастся, вся моя работа по коневодству полетит к чертям, ибо это изобретение заменит работу одной лошади в любом десятиакровом хозяйстве.

Вся компания, кто в машине, кто верхом, отъехала на милю от Большого дома и остановилась возле огороженного поля, в котором, по словам Дика, было ровно десять акров.

– Вот эта ферма, – сказал Дик, – здесь только один человек, он сидит на своем крыльце, и у него нет лошади. Пожалуйста, представьте себе и его и крыльцо.

Посреди поля возвышалась массивная стальная мачта футов двадцать в вышину, укрепленная оттяжками над самой землей. От барабана на верхушке шеста к самому краю поля тянулся тонкий трос, прикрепленный к рулевому механизму маленького бензинового трактора. Возле трактора суетились два механика. По знаку Форреста они включили мотор.

– Вот здесь крылечко, – сказал Дик. – Представьте себе, что мы – тот будущий фермер, который сидит в тени и читает газету, а плуг работает себе и работает и не нуждается ни в лошади, ни в человеке.

Барабан сам, без управления, начал накручивать кабель; машина, описывая окружность, или, вернее, спираль, радиусом которой являлась длина троса, соединявшего ее с барабаном на стальной мачте, пошла, оставляя за собой глубокую борозду.

– Как видите, не нужно ничего – ни лошади, ни кучера, ни пахаря: просто фермер заводит трактор и пускает его в ход, – снова начал Дик, в то время как машина продолжала перевертывать пласты коричневой земли, описывая все меньшие окружности. – Можно пахать, боронить, сеять, удобрять, жать, сидя на пороге своего дома. А там, где ток будет давать электростанция, фермеру или его жене останется только нажать кнопку, и он может вернуться к своей газете, а она к своим пирогам.

– Вам надо теперь сделать окно, чтобы его окончательно усовершенствовать, – сказал Грэхем, – это превратит окружность, которую он описывает, в квадрат.

– Да, – согласился Гэлхасс, – при такой системе часть земли на квадратном поле пропадает.

Грэхем, видимо, производил в уме какие-то вычисления, потом сказал:

– Теряется примерно три акра на каждые десять.

– Не меньше, – согласился Дик. – Но ведь у фермера должно же быть где-нибудь на этих десяти акрах его крылечко – то есть дом, сарай, птичник и все хозяйственные постройки. Так вот, чем действовать по старинке, ставить все это непременно где-нибудь посередине своих десяти акров, пусть разместит постройки на оставшихся трех акрах. Пусть сажает по краям поля плодовые деревья и ягодные кусты. Если подумать, то старый обычай ставить свой дом посреди поля имеет большие минусы: пахать приходится на площади, представляющей собой ряд неправильных прямоугольников.

Мистер Гэлхасс усердно закивал:

– Бесспорно. Да считайте дорогу от дома до шоссе. А если еще есть и проезжая дорога – тоже часть земли пропадает... Все это дробит поле на ряд небольших прямоугольников и очень невыгодно.

– Вот если бы навигация могла быть такой же автоматической, – заметил капитан Лестер.

– Или писание портретов, – засмеялась Рита Уэйнрайт, бросив на Дикона лукавый взгляд.

– Или музыкальная критика, – добавила Льют, ни на кого не глядя.

А О'Хэй тут же добавил:

– Или искусство быть очаровательной женщиной.

– Сколько стоит сделать такую машину? – спросил Джереми Брэкстон.

– Сейчас она нам обходится – и с выгодой для нас – в пятьсот долларов. А если бы она вошла в употребление и началось ее серийное производство, то можно считать – триста. Но допустим даже, что пятьсот. При пятнадцати процентах погашения она обходилась бы фермеру семьдесят долларов в год. А какой же фермер, имея десять акров двухсотдолларовой земли, может на семьдесят долларов в год содержать лошадь? Кроме того, трактор сберегает ему труд, свой или наемный; даже по самой нищенской оплате это все-таки дает двести долларов в год.

– Но что же направляет его? – спросила Рита.

– А вот этот самый барабан на мачте. Механизм барабана рассчитан на все изменения радиуса. Представляете себе, какие тут понадобились сложные вычисления? Он вращается вокруг своей оси, трос накручивается на барабан и подтягивает трактор к центру.

– Даже мелкие фермеры приводят множество возражений против того, чтобы был введен такой плуг, – сказал Гэлхасс.

Дик кивнул.

– Я записал до сорока таких возражений и распределил их по рубрикам. Столько же высказано по адресу самой машины. Если это даже и удачное изобретение, то понадобится еще долгое время, чтобы усовершенствовать его и ввести в общее употребление.

Внимание Грэхема раздваивалось: он то смотрел на работающий трактор, то украдкой поглядывал на Паолу, которая вместе со своей лошадью являла собой прелестную картину. Она впервые села на Лань, которую для нее объездил Хеннесси. Грэхем улыбался, втайне одобряя тонкость ее женского чутья: заранее ли Паола приготовила себе костюм, подходивший именно для этой лошади, или она надела просто наиболее соответствующий из имевшихся под рукой, но результат получился блестящий.

День стоял жаркий, и на ней вместо обычной амазонки была рыжевато-красная блуза с белым отложным воротничком. Короткая, удобная для верховой езды юбка доходила до колен, от колен же до маленьких светлых сапожков со шпорами ноги ее были обтянуты рейтузами. Юбка и рейтузы были из золотисто-рыжего бархата. Мягкие белые перчатки спорили с белизной воротничка. Паола была без шляпы, волосы зачесаны на уши и собраны на затылке в пышный узел.

– Я не понимаю, как вы ухитряетесь сохранять белизну кожи при таком палящем солнце, – отважился заметить Грэхем.

– А я и не подставляю ее солнцу, – улыбнулась Паола, блеснув зубами. – Только несколько раз в году. Мне очень нравится, когда волосы слегка выгорают, они становятся золотыми, но сильного загара я опасаюсь.

Лошадь зашалила; легким порывом ветра отнесло в сторону юбку Паолы, и открылось круглое колено, туго обтянутое узкими рейтузами. Глядя на это колено, которое крепко прижалось к новому английскому седлу из светлой свиной кожи, под цвет лошади и костюма всадницы, Грэхем опять увидел в своем воображении, как белое круглое колено прижимается к шелковистому боку тонущего Горца.

Когда магнето трактора стало работать с перебоями и механики опять засуетились посреди полувспаханного поля, вся компания, оставив Дика с его изобретением, решила по пути к бассейну осмотреть под предводительством Паолы скотные дворы. Креллин, свиновод, продемонстрировал им Леди Айлтон и ее одиннадцать невообразимо жирных поросят, вызвавших горячие похвалы, причем сам он с умилением повторял: «И ведь все как один! Все!»

После этого они осмотрели еще множество великолепных свиноматок самых лучших пород – беркширов и дюрок-джерсеев, пока у них в глазах не зарябило, а также новорожденных козлят и толстеньких ярок. Паола заранее предупредила скотоводов по телефону. Мистер Мэнсо наконец мог похвастаться знаменитым быком Королем Поло; гости полюбовались также его короткорогим, широкобоким гаремом и гаремами других быков, лишь в немногом уступавших Королю Поло. Паркмен и его помощники, ведавшие джерсейским скотом, показали Дракона, Золотого Джолли, Версаля, Оксфордца – все это были основатели и потомки премированных родов, – а также их подруг: Королеву роз, Матрону, Подругу Джолли, Гордость Ольги и Герти из Мейтлендса. Затем коневод повел их смотреть табун великолепных жеребцов во главе с Горцем и множество кобыл во главе с Принцессой Фозрингтонской, которая особенно выделялась своим серебристым ржанием. Была выведена даже старушка Бесси – ее мать, – которую брали теперь только для легких работ, – чтобы гости могли оценить столь знатную особу, как Принцесса.

Около четырех часов Доналд Уэйр, не интересовавшийся купанием, вернулся с одной из машин в усадьбу, а Гэлхасс остался с Менденхоллом – потолковать о различных породах лошадей. Дик ждал всех у бассейна, и девицы немедленно потребовали, чтобы он исполнил новую песню.

– Это не совсем новая песнь, – пояснил Дик, и его серые глаза лукаво блеснули, – и уж никак не моя. Ее пели в Японии, когда меня еще не было на свете, и, бесспорно, задолго до открытия Америки. Это дуэт, а кроме того, игра в фанты. Паоле придется петь со мной. Я сейчас вас всех научу. Ты садись здесь, вот так. А вы все образуйте круг и тоже садитесь.

Паола, как была, в своем костюме для верховой езды, села против Дика, в центре круга. По его указанию она, подражая его движениям, сперва хлопнула себя ладонями по коленям, потом ладонь о ладонь, потом ладонями о его ладони, как в детской игре. Тогда он запел песню, очень коротенькую, и Паола тотчас подхватила и продолжала петь с ним вместе, хлопая в такт в ладоши. Мотив песни звучал по-восточному – тягучий и монотонный, но что-то было в нем зажигательное, невольно увлекавшее слушателей:

Чонг-Кина, Чонг-Кина,
Чонг-Чонг, Кина-Кина,
Йо-ко-гам-а, Наг-а-сак-и,

Ко-бе-мар-о – Хой!

Последний слог – «Хой» – Форрест выкрикивал внезапно на целую октаву выше, и одновременно с этим восклицанием Паола и Дик должны были выбросить друг другу навстречу руки, сжатые в кулак или раскрытые. Суть игры заключалась в том, чтобы руки Паолы мгновенно повторяли жест Дика; в первый раз это ей удалось, и руки обоих оказались сжатыми в кулак; Дик снял шляпу и бросил ее на колени к Льют.

– Мой фант, – объяснил он. – Давай, Поли, попробуем еще раз.

И опять они запели, хлопая в ладоши:

Чонг-Кина, Чонг-Кина,
Чонг-Чонг, Кина-Кина,
Йо-ко-гам-а, Наг-а-сак-и,
Ко-бе-мар-о – Хой!

На этот раз, однако, при восклицании «Хой» ее руки оказались сжатыми в кулак, а его – раскрытыми.

– Фант! Фант! – закричали девицы.

Паола смущенно окинула взглядом свой костюм.

– Что же мне дать?

– Шпильку, – посоветовал Дик; и на колени к Льют полетела черепаховая шпилька.

– Вот досада! – воскликнула Паола, проиграв седьмой раз и бросая Льют последнюю шпильку. – Не понимаю, почему я такая неловкая и глупая. А ты, Дик, слишком уж хитер. Я никак не могу угадать, что ты хочешь сделать.

И опять они запели. Она снова проиграла и в ответ на укоризненный возглас миссис Тюлли: «Паола!» – отдала одну шпору и обещала снять сапог, если проиграет вторую. Дик проиграл три раза подряд и отдал свои часы и шпоры. Затем и Паола проиграла свои часы и вторую шпору.

– Чонг-Кина, Чонг-Кина… – начали они опять, несмотря на увещевания миссис Тюлли.

– Довольно, Паола, брось это! А вам, Дик, как не стыдно!

Но Дик, издав торжествующее «Хой!», снова выиграл и при общем смехе снял с Паолы один из ее сапожков и бросил в общую кучу вещей, лежавших на коленях у Льют.

– Все в порядке, тетя Марта, – успокаивала Паола миссис Тюлли. – Мистера Уэйра здесь нет, а он – единственный, кого это могло бы шокировать. Ну, давай, Дик! Не можешь же ты вечно выигрывать!

– Чонг-Кина, Чонг-Кина, – запела она, вторя мужу.

Начав медленно, они стремительно ускоряли темп и под конец бормотали слова с такой быстротой, что почти захлебывались, а хлопанье в ладоши казалось непрерывным. От солнца, движения и азарта смеющееся лицо Паолы было залито розовым румянцем.

Ивэн Грэхем, молча созерцавший все это, был возмущен и задет. Он видел в былые годы, как играют в эту игру гейши в чайных домиках Ниппона, и, хотя в Большом доме не знали предрассудков, его коробило, что Паола принимает участие в такой игре. Ему не приходило в голову, что если бы на ее месте оказались Льют, Рита или Эрнестина, он только бы следил с любопытством, до чего может дойти азарт играющих. Лишь позднее Грэхем понял, что был возмущен именно потому, что в игре принимала участие Паола и что она, видимо, занимает больше места в его душе, чем он допускал.

А тем временем к куче фантов прибавились портсигар и спичечница Дика, а также другой сапожок Паолы, пояс, булавка и обручальное кольцо. Лицо миссис Тюлли выражало стоическую покорность, она молчала.

– Чонг-Кина, Чонг-Кина, – весело продолжала петь Паола.

И Грэхем слышал, как Эрнестина, фыркнув, шепнула Берту:

– Не представляю, что еще она может отдать.

– Ну, вы же знаете ее, – услышал он ответ Берта. – Она на все способна, если разойдется, а сейчас она, как видно, разошлась.

– Хой! – крикнули вместе Дик и Паола, выбрасывая руки.

Но руки Дика были сжаты, а ее – раскрыты. Грэхем видел, что Паола оглядывается, тщетно ища, что бы еще отдать как фант.

– Ну, леди Година? – властно заявил Дик. – Попели, поплясали, а теперь расплачивайтесь.

«Что он, спятил? – подумал Грэхем. – Как это можно, да еще с такой женой?»

– Что ж, – вздохнула Паола, перебирая пальцами пуговицы блузки, – надо, так надо.

Едва сдерживая бешенство, Грэхем отвернулся, стараясь не смотреть. Наступило молчание: видимо, каждый гадал, что же будет дальше. Вдруг Эрнестина фыркнула, раздался общий взрыв хохота и восклицание Берта: «Вы сговорились!» Все это заставило Грэхема наконец обернуться. Он бросил быстрый взгляд на Паолу. Блузки на ней уже не было, но под ней оказался купальный костюм. Она, без сомнения, надела его под платье, перед тем как ехать верхом.

– Теперь твоя очередь. Льют, иди, – заявил Дик.

Но Льют, не приготовившаяся к игре «Чонг-Кина», смутилась и увела девиц в кабину.

Грэхем опять с восхищением следил за тем, как Паола, поднявшись на площадку в сорок футов высотой, с неподражаемым изяществом и мастерством нырнула ласточкой; опять услышал восторженное восклицание Берта: «Ну прямо Аннетта Келлерман!» – и, все еще рассерженный сыгранной с ним шуткой, снова задумался о маленькой хозяйке Большого дома, об этой удивительной женщине и о том, почему она такая удивительная! И когда он, не закрывая глаз, медленно поплыл под водой на ту сторону бассейна, ему пришло в голову, что он, в сущности, ничего о ней не знает. Жена Дика Форреста, вот и все, что ему известно. Где она родилась, как жила, каково было ее прошлое – обо всем этом он мог только гадать. Эрнестина сказала ему, что она и Льют – сводные сестры Паолы; это, конечно, кое-что.

Заметив, что дно стало светлеть – знак того, что он приближается к краю бассейна, – Грэхем увидел сплетенные ноги Дика и Берта, которые боролись в воде, повернул обратно и проплыл еще несколько футов, не поднимаясь на поверхность.

И тут он стал думать об этой миссис Тюлли, которую Паола зовет тетя Марта. Действительно ли она ей тетка или Паола зовет ее так только из вежливости? Быть может, она сестра матери Льют и Эрнестины?

Он вынырнул на поверхность, и его сейчас же позвали играть в кошки-мышки. Во время этой оживленной игры, продолжавшейся около получаса, он не раз имел случай восхищаться той легкостью, ловкостью и сообразительностью, которую выказывала Паола. Наконец круг играющих распался, они, запыхавшись, переплыли бассейн, вылезли на берег и уселись на солнце возле миссис Тюлли.

Вскоре опять начались шутки и шалости. Паола упрямо заспорила с миссис Тюлли, утверждая явные нелепости.

– Нет, тетя Марта, вы говорите это только потому, что не умеете плавать. А я настоящий пловец и уверяю вас, что вот – хотите? – нырну в бассейн и пробуду под водой десять минут.

– Глупости, дитя мое, – возразила миссис Тюлли. – Твой отец, когда он был молод – гораздо моложе, чем ты теперь, – мог пробыть под водой дольше любого пловца, и все-таки его рекорд был, насколько – мне известно, три минуты сорок секунд; я знаю это очень хорошо, так как сама следила по часам, когда он держал пари с Гарри Селби и выиграл.

– О, я знаю, что за человек был мой отец, – отозвалась Паола, – но времена изменились. Если бы милый папочка был сейчас в расцвете своих юношеских сил и попытался пробыть под водой столько же времени, сколько я, он не выдержал бы. Десять минут? Конечно, я могу пробыть десять минут. И пробуду. А вы, тетя Марта, возьмите часы и следите. Это так же легко, как…

– Ловить рыбу в садке, – подсказал Дик.

Паола взобралась на самую вышку.

– Заметь время, когда я прыгну, – сказала она.

– Сделай полтора оборота, – крикнул ей Дик.

Она кивнула, улыбнулась и притворилась, что изо всех сил набирает в легкие воздух. Грэхем следил за ней с восторгом. Он сам был великолепным пловцом, но ему редко приходилось видеть, чтобы женщина, не профессионалка, решилась на полтора оборота. Намокший зеленовато-голубой шелковый костюм плотно обтягивал ее тело, подчеркивая все его стройные линии и безупречное сложение. Сделав вид, что она до последнего кубического дюйма наполнила свои легкие воздухом, Паола ринулась вниз. Сжав ноги и выпрямившись, она оттолкнулась от самого края трамплина, уже в воздухе собрала тело в комок, перевернулась, затем снова вытянулась и, приняв прежнее идеально правильное положение, почти беззвучно врезалась в воду. «Стальной клинок вошел бы с большим шумом», – подумал Грэхем.

– Если бы я умела так нырять! – пробормотала со вздохом Эрнестина. – Но этого никогда не будет. Дик говорит, что тут дело в ритме, в согласованности всех движений, вот почему Паола ныряет так замечательно. Она удивительно ритмична…

– Дело не только в ритме, но и в свободной отдаче себя движению, – сказал Грахем.

– В сознательной отдаче, – заметил Дик.

– И в умении расслаблять мышцы, – добавил Грэхем. – Я не видел, чтобы даже профессиональный пловец так выполнял полтора оборота.

– А я горжусь этим больше, чем она сама, – заявил Дик. – Дело в том, что я ее учил нырять, хотя, должен сознаться, она очень способная ученица. У нее замечательная координация движений. И это в соединении с волей и чувством времени… одним словом, ее первая же попытка оказалась более чем удачной.

– Паола – молодчина, – сказала с гордостью миссис Тюлли, переводя глаза с секундной стрелки часов на спокойную поверхность бассейна. – Женщины плавают обычно хуже мужчин. Паола исключение… Три минуты сорок секунд… Она превзошла своего отца.

– Но пяти минут она не выдержит, а тем более десяти… – мрачно заявил Дик. – Она задохнется.

Когда прошло четыре минуты, миссис Тюлли, видимо, начала тревожиться, и взоры ее озабоченно скользили по лицам присутствующих. Капитан Лестер, не посвященный в тайну бассейна, с проклятием вскочил на ноги и нырнул в воду.

– Что-то с ней случилось, – сказала миссис Тюлли с деланным спокойствием. – Может быть, она ушиблась, ныряя? Ищите ее – вы мужчины…

Грэхем, Берт и Дик, встретившись под водой, засмеялись и пожали друг другу руки. Дик сделал им знак и поплыл в затененную часть бассейна, к нише, где они нашли Паолу, стоявшую в воде; некоторое время все четверо перешептывались и посмеивались.

– Мы хотели убедиться, что с тобой ничего не случилось, – пояснил Дик. – А теперь пора назад… Сначала вы, Берт, а я за Ивэном.

Один за другим они нырнули в темную воду и показались на поверхности бассейна.

Миссис Тюлли была уже на ногах и стояла на краю бассейна.

– Если это опять одна из ваших шуток, Дик… – начала она.

Но Дик, не обращая никакого внимания на ее слова, заговорил неестественно спокойным тоном и достаточно громко, чтобы она слышала.

– Мы должны это сделать обстоятельно, друзья, – обратился он к своим спутникам. – Вы, Берт, и вы, Ивэн, следите за мной. Начнем с этого конца бассейна, поплывем все вместе, на расстоянии пяти футов друг от друга, и будем обследовать дно. А потом повернем обратно и повторим то же самое еще раз.

– Не утруждайте себя, джентльмены, – крикнула им миссис Тюлли, вдруг рассмеявшись. – А вы, Дик, вылезайте-ка. Я надеру вам уши.

– Займитесь ею, девочки, – закричал Дик, – у нее истерика.

– Пока еще нет, но будет, – продолжала она, смеясь.

– Черт побери, сударыня, тут не над чем смеяться! – Капитан Лестер вынырнул, задыхаясь, он намеревался опять нырнуть, чтобы продолжать поиски.

– Вы знаете, в чем дело, тетя Марта? Знаете? – спросил Дик, когда храбрый капитан скрылся под водой.

Миссис Тюлли кивнула.

– Только молчите, Дик. Одного мы все-таки провели. Я-то знаю об этом от матери Элси Коглан; мы с нею встретились на Гонолулу в прошлом году.

Лишь по истечении одиннадцати минут улыбающееся лицо Паолы показалось на поверхности. Делая вид, будто она совсем выбилась из сил, она с трудом выползла на берег и в изнеможении опустилась возле тетки. Капитан Лестер, действительно измученный бесплодными поисками, внимательно посмотрел на Паолу, потом подошел к соседнему столбу и три раза стукнулся об него головой.

– Боюсь, что десяти минут еще не прошло, – сказала Паола. – Но ведь я пробыла под водой приблизительно это время? Правда, тетя Марта?

– Ну, ты под водой почти и не была, – последовал ответ, – если хочешь знать мое мнение! Я даже удивлена, что ты мокрая. Да, да, дыши естественно, дитя мое. Нечего разыгрывать комедию. Помню, когда я была молодой девушкой и путешествовала по Индии, я видела там факиров особой секты, они ныряли на дно глубоких колодцев и оставались там гораздо дольше, чем ты, право же, гораздо дольше.

– Вы знали! – воскликнула Паола.

– Но ты не знала, что я знаю, – возразила тетка. – И твое поведение прямо-таки преступно при моем возрасте и моем сердце.

– И при вашем удивительном простодушии и недогадливости. Не правда ли? – добавила Паола.

– Честное слово, мне хочется выдрать тебя за уши.

– А мне обнять вас, хоть я и мокрая, – засмеялась Паола в ответ. – Во всяком случае, мы надули капитана Лестера... Ведь правда, капитан?

– Не обращайтесь ко мне, – угрюмо пробормотал доблестный моряк. – Я занят, я должен обдумать свою месть... Что касается вас, мистер Форрест, то я еще не знаю, на чем остановиться: взорвать ваш скотный двор или подрезать поджилки у вашего Горца. Может быть, я сделаю и то и другое. А пока я пойду и лягну ту кобылу, на которой вы приехали.

Дик на Капризнице и Паола на Лани ехали домой бок о бок.

– Ну, как тебе нравится Грэхем? – спросил он.

– Он великолепен, – отвечала Паола. – Это человек твоего типа, Дик. Он так же универсален, как ты, на нем печать тех же скитаний по всем морям, та же любовь к книгам и все прочее! Кроме того, он художник, да и вообще все в нем хорошо. Славный малый, любит шутку. А ты заметил его улыбку? Она обаятельна. Хочется улыбнуться ему в ответ.

– Да, но есть у него и глубокие шрамы и морщины... – заметил Дик.

– Особенно в уголках глаз, когда он улыбается. Это следы, оставленные не то чтобы усталостью, а скорее вечно неразрешимыми вопросами: «Почему? Зачем? Стоит ли? Ради чего все это?»

Эрнестина и Грэхем, замыкавшие кавалькаду, тоже беседовали.

– Дик вовсе не прост, – говорила она. – Вы плохо знаете его. Он очень не прост. Я немного знаю его. Паола-то знает его хорошо. Но в душу к нему могут проникнуть немногие. Он истинный философ и владеет собой, как стоик или англичанин. А уж такой актер, что может весь свет обмануть.

У длинной коновязи под дубами, где, сойдя с лошадей, собралось все общество, Паола хохотала до слез.

– Ну, ну, продолжай, – поощряла она Дика, – еще, еще!..

– Она уверяет, что скоро у меня не хватит слов, если я буду и впредь давать имена слугам по моей системе, – пояснил он.

– А он за полторы минуты предложил сорок имен... Ну, еще, Дик, еще!..

– Итак, – продолжал Дик нараспев, – у нас может быть О-Плюнь и О-Дунь, О-Пей, О-Лей и О-Вей, О-Кис и О-Брысь, О-Пинг и О-Понг, О-Да и О-Нет...

И Дик направился к дому, все еще варьируя на все лады эти странные словосочетания.

Глава семнадцатая

Всю следующую неделю Грэхем был всем недоволен и не находил себе места. Его раздирали самые противоречивые чувства: с одной стороны, он сознавал, что необходимо покинуть Большой дом, уехать первым поездом, с другой стороны, ему хотелось видеть Паолу все чаще и быть с ней все больше. А между тем он не уезжал и в обществе ее бывал куда реже, чем в первое время после приезда.

Начать с того, что все пять дней своего пребывания в имении молодой скрипач не отходил от нее. Грэхем нередко посещал музыкальную комнату и мрачно просиживал там целых полчаса, слушая, как они «работают».

Они забивали о его присутствии, поглощенные и захваченные своей страстью к музыке, а в краткие минуты отдыха, вытирая потные лбы, болтали и смеялись, как добрые товарищи. Молодой музыкант любил Паолу с почти болезненной пылкостью, Грэхему это было ясно, – но его больно задевали взгляды, полные почти благоговейного восторга, которые Паола иногда дарила Уэйру после особенно удачного исполнения какой-нибудь пьесы. Напрасно Грэхем убеждал себя, что с ее стороны все это чисто умственное увлечение – просто она восхищается мастерством молодого музыканта. Грэхем был истинным мужчиной, и их дружба причиняла ему до того сильную боль, что в конце концов он вынужден был уходить из музыкальной комнаты.

Но вот он наконец застал Паолу одну. Они на прощание исполнили песню Шумана, и скрипач уехал. Паола сидела у рояля, на лице ее было отсутствующее, мечтательное выражение. Она посмотрела на Грэхема, словно не узнавая, потом машинально овладела собой, рассеянно пробормотала несколько ничего не значащих слов и удалилась. Несмотря на обиду и боль, Грэхем старался приписать ее настроение влиянию музыки, отклики которой еще жили в ее душе. Правда, женщины – странные создания, рассуждал он, и способны на самые неожиданные и необъяснимые увлечения. Разве не могло случиться, что этот юноша именно своей музыкой и увлек ее как женщину?

С отъездом Уэйра Паола замкнулась в своем флигеле, за дверью без ручки, и почти не выходила оттуда. Но никто в доме не удивлялся, и Грэхем понял, что в этом нет ничего необычного.

– На Паолу иногда находит, она чувствует себя прекрасно и в одиночестве, – пояснила Эрнестина, – у нее бывают довольно часто периоды затворничества, и тогда с ней видится только Дик.

– Что не очень лестно для остальной компании, – улыбаясь, заметил Грэхем.

– Но тем она приятнее в обществе, когда возвращается, – заметила Эрнестина.

Прилив гостей в Большой дом шел на убыль. Правда, еще кое-кто приезжал просто повидаться или по делу, но в общем народу становилось все меньше. Благодаря О-Пою и его китайской команде жизнь в доме была налажена безукоризненно, во всем царил порядок, и хозяевам не приходилось тратить много времени на то, чтобы развлекать гостей. Гости по большей части сами занимали себя и друг друга. До завтрака Дик почти не появлялся, а Паола, выполняя свой обет затворничества, выходила только к обеду.

– Лечение отдыхом, – смеясь, сказал однажды Дик, предлагая Грэхему бокс, поединок на палках или рапирах.

– А теперь самое время приняться за вашу книгу, – заявил он во время передышки между раундами. – Я один из многих, кто с нетерпением ждет ее, и я твердо надеюсь, что она появится. Вчера я получил письмо от Хэвли: он спрашивает, много ли вы уже написали.

И вот Грэхем засел у себя в башне, разобрал свои заметки и снимки, составил план и погрузился в работу над первыми главами. Это настолько захватило его, что, быть может, увлечение Паолой и угасло бы, если бы он не встречался с ней каждый вечер за обедом. Кроме того, пока Эрнестина и Льют не уехали в Санта-Барбара, продолжались совместные купания, поездки верхом и в автомобилях на горные миримарские пастбища и к вершинам Ансельмо.

Предпринимались и другие прогулки, иногда с участием Дика. Ездили смотреть работы по осушению земель, производившиеся им в долине реки Сакраменто, постройку плотин на Литтл Койот и в ущельях Лос-Кватос, основанную им колонию фермеров на участках в двадцать акров, где Дик пытался дать двумстам пятидесяти фермерам с семьями возможность обосноваться.

Грэхем знал, что Паола часто совершает в одиночестве долгие прогулки верхом, и однажды застал ее у коновязи: она только что спешилась.

– Вы не думаете, что ваша Лань совсем отвыкнет от поездок в компании? – спросил он, улыбаясь.

Паола рассмеялась и покачала головой.

– Ну, тогда просто разрешите как-нибудь сопровождать вас, мне очень хочется, – честно признался он.

– Но ведь есть Эрнестина, Льют, Берт, да мало ли кто.

– Мне эти места незнакомы, – продолжал он настаивать. – Лучше всего узнаешь край через тех, кто его сам хорошо знает. Я уже видел его глазами Льют, Эрнестины и всех остальных; но есть еще многое, чего я не видел и могу увидеть только вашими глазами.

– Занятная теория, – уклончиво ответила она. – Нечто вроде географического вампиризма…

– Но без зловредных последствий вампиризма, – торопливо возразил он.

Она ответила не сразу, при этом прямо и честно посмотрела ему в глаза; и он понял, что она взвешивает и обдумывает каждое слово.

– Это еще вопрос! – произнесла она наконец; и его воображение вцепилось в эти три слова, стараясь разгадать их скрытое значение.

– Есть очень многое, что мы могли бы сказать друг другу, – продолжал он настаивать. – Многое, что… мы должны были бы сказать…

– Я понимаю, – ответила она спокойно и опять взглянула на него своим прямым, открытым взглядом.

«Понимает?» – подумал он; и эта мысль обожгла его огнем. Он не нашелся, что ответить, и не смог предотвратить холодный, вызывающий смешок, с которым она отвернулась и ушла в дом.

Большой дом продолжал пустеть. Тетка Паолы, миссис Тюлли, к досаде Грэхема (он надеялся узнать от нее многое о Паоле), уехала, погостив всего несколько дней. Говорили, что она, может быть, приедет опять, на более продолжительное время. Но она только что вернулась из Европы, и ей, по ее словам, необходимо было сделать сначала множество обязательных визитов, а затем уже думать о собственных удовольствиях.

Критик О'Хэй намеревался пробыть еще с неделю, чтобы оправиться от поражения, нанесенного ему во время атаки философов. Вся эта история была задумана и подстроена Диком. Битва началась ранним вечером: как будто случайное замечание Эрнестины дало повод Аарону Хэнкоку бросить первую бомбу в чащу глубочайших убеждений О'Хэя. Дар-Хиал, его горячий и нетерпеливый союзник, обошел его с фланга своей цинической теорией музыки и открыл по критику огонь с тыла. Бой продолжался до тех пор, пока вспыльчивый ирландец, вне себя от наносимых ему искусными спорщиками словесных ударов, не принял, облегченно вздохнув, предложение Терренса Мак-Фейна отдохнуть и спуститься с ним в бильярдную – тихий приют, где они были бы вдали от этих варваров подкрепить себя смесью соответствующих напитков и в самом деле поговорить по душам о музыке. В два часа утра неуязвимый для вина и все еще шествующий твердой поступью Терренс уложил совершенно пьяного и осоловевшего О'Хэя в постель.

– Ничего, – сказала на другой день Эрнестина О'Хэю с задорным блеском в глазах, выдававшим ее участие в заговоре. – Этого следовало ожидать: от наших горе-философов и святой запьет!

– Я думал, что с Терренсом вы в полной безопасности, – насмешливо добавил Дик. – Вы же оба ирландцы. Я и забыл, что Терренса ничем не проймешь. Знаете, простившись с вами, он еще забрел ко мне поболтать. И – ни в одном глазу. Так, мимоходом, он упомянул о том, что вы оба опрокинули по стаканчику. И я... мне в голову не могло прийти... что он... так вас подвел...

Когда Льют и Эрнестина уехали в Санта-Барбара, Берт и Рита тоже вспомнили свой давно забытый очаг в Сакраменто. Правда, в тот же день прибыло несколько художников, которым покровительствовала Паола. Но их почти не было видно, ибо они проводили целые дни в горах, разъезжая в маленьком экипаже с кучером, или курили длинные трубки в бильярдной.

Жизнь в Большом доме, чуждая условностям, текла своим чередом. Дик работал. Грэхем работал. Паола продолжала уединяться в своем флигеле. Мудрецы из «Мадроньевой рощи» приходили пообедать и поговорить и, если Паола не играла, порой разглагольствовали целый вечер. По-прежнему сваливались как снег на голову гости из Сакраменто, Уикенберга и других городов, расположенных в долине, но О-Чай и остальные слуги не терялись, и Грэхем был не раз свидетелем того, как целую толпу нежданных гостей через двадцать минут после их приезда уже угощали превосходным обедом. Все же случалось – правда, редко, – что за стол садились только Дик с Паолой и Грэхем; и когда после обеда мужчины болтали часок перед ранним отходом ко сну, она играла для себя мягкую и тихую музыку и исчезала раньше, чем они.

Но однажды в лунный вечер неожиданно нагрянули и Уатсоны, и Мэзоны, и Уомболды, и составилось несколько партий в бридж. Грэхем как-то не попал ни в одну. Пасла сидела у рояля. Когда он приблизился к ней, то уловил в ее глазах мгновенно вспыхнувшее выражение радости, но оно так же быстро исчезло. Она сделала легкое движение, точно желая встать ему навстречу, – это так же не ускользнуло от него, как и мгновенное усилие воли, которым она заставила себя спокойно остаться на месте.

И вот она опять такая же, какой он привык ее видеть. «Хотя, в сущности, много ли я ее видел?» – думал Грэхем, болтая всякий вздор и роясь вместе с ней в куче нот. Он пробовал с ней то один, то другой романс, и его высокий баритон сливался с ее мягким сопрано, и притом так удачно, что игравшие в бридж не раз кричали им «бис».

– Да, – сказала она в перерыве между двумя романсами, – меня прямо тоска берет, так мне хочется опять побродить с Диком по свету. Если б можно было уехать завтра же! Но Дику пока нельзя. Он слишком связан своими опытами и изобретениями. Как вы думаете, чем он занят теперь? Ему мало всех этих затей. Он еще намерен совершить переворот в торговле – по крайней мере здесь, в Калифорнии и на Тихоокеанском побережье – и заставить закупщиков приезжать к нему в имение.

– Они уже и так приезжают, – сказал Грэхем. – Первый, кого я здесь встретил, был покупатель из Айдахо.

– Да, но Дик хочет, чтобы это вошло в обычай: пусть покупатели являются сюда скопом, в определенное время, и пусть это будут не просто торги – хотя для возбуждения интереса он устроит и торги, – а настоящая ежегодная ярмарка, которая должна продолжаться три дня и на которой будут продаваться только его товары. Он теперь чуть не все утра просиживает с мистером Эгером и мистером Питтсом. Это его торговый агент и агент по выставкам скота.

Паола вздохнула, и ее пальцы пробежали по клавишам.

– Ах, если бы только можно было уехать – в Тимбукту, Мокпхо, на край света!

– Не уверяйте меня, что вы побывали в Мокпхо, – смеясь, заметил Грэхем.

Она кивнула головой.

– Честное слово, были. Провалиться мне на этом самом месте! С Диком, на его яхте, давным-давно. Мы, можно сказать, провели в Мокпхо наш медовый месяц.

Грэхем, беседуя с нею о Мокпхо, старался отгадать: умышленно она то и дело упоминает о муже или нет?

– Мне казалось, что вы считаете эту усадьбу прямо раем.

– Конечно, конечно! – поспешила она его заверить. – Но не знаю, что на меня нашло за последнее время. Я чувствую, что мне почему-то непременно надо уехать. Может быть, весна действует... Колдуют боги краснокожих... Если бы только Дик не работал до потери сознания и не связывался с этими проектами! Знаете, за все время, что мы женаты, моей единственной серьезной соперницей была земля, сельское хозяйство. Дик очень постоянен, а имение действительно его первая любовь. Он все здесь создал и наладил задолго до того, как мы встретились, когда он и не подозревал о моем существовании.

– Давайте попробуем этот дуэт, – вдруг сказал Грэхем, ставя перед ней на пюпитр какие-то ноты.

– О нет, – запротестовала она, – ведь эта песня называется «Тропою цыган», она меня еще больше расстроит. – И Паола стала напевать первую строфу:

За паттераном цыган плывем,
Где зори гаснут – туда...
Пусть ветер шумит, пусть джонка летит —
Не все ли равно куда?

– Кстати, что такое цыганский паттеран? – спросила она, вдруг оборвав песню. – Я всегда думала, что это особое наречие, цыганское наречие – ну, вроде французского patoi[1]; и мне казалось нелепым, как можно следовать по миру за наречием, точно это филологическая экскурсия.

– В известном смысле паттеран и есть наречие, – ответил он. – Но оно значит всегда одно и то же: «Я здесь проходил». Паттеран – это два прутика, перекрещенные особым образом и оставленные на дороге; но оба прутика непременно должны быть взяты у деревьев или кустарников разной породы. Здесь, в имении, паттеран можно было бы сделать из веток мансаниты и мадроньо, дуба и сосны, бука и ольхи, лавра и ели, черники и сирени. Это знак, который цыгане оставляют друг другу: товарищ – товарищу, возлюбленный – возлюбленной. – И он, в свою очередь, стал напевать:

И опять, опять дорогой морей,

---

[1] Патуа – местное, наречие, говор (фр.).

Знакомой тропой плывем —
Тропою цыган, за тобой, паттеран,
Весь шар земной обойдем.

Паола качала в такт головой, потом ее затуманенный взгляд скользнул по комнате и задержался на играющих; но она сейчас же стряхнула с себя мечтательную рассеянность и поспешно сказала:

– Одному богу известно, сколько в иных из нас этой цыганской стихии. Во мне ее хоть отбавляй. Несмотря на свои буколические наклонности, Дик – прирожденный цыган. Судя по тому, что он мне о вас рассказывал, и в вас это сидит очень крепко.

– В сущности, – заметил Грэхем, – настоящий цыган – именно белый человек; он, так сказать, цыганский король. Он был всегда гораздо более отважным и неугомонным кочевником, и снаряжение у него было хуже, чем у любого цыгана. Цыгане шли по его следам, а не он по их. Давайте попробуем спеть...

И в то время как они пели смелые слова беззаботно-веселой песенки, Грэхем смотрел на Паолу и дивился – дивился и ей и себе. Разве ему место здесь, подле этой женщины, под крышей ее мужа? И все-таки он здесь, хотя должен был бы уже давно уехать. После стольких лет он, оказывается, не знал себя. Это какое-то наваждение, безумие. Нужно немедленно вырваться отсюда. Он и раньше испытывал такие состояния, словно он околдован, обезумел, и всегда ему удавалось вырваться на свободу. «Неужели я с годами размяк?» – спрашивал себя Грэхем. Или это безумие сильнее и глубже всего, что было до сих пор? Ведь это же посягательство на его святыни, столь дорогие ему, столь ревниво и благоговейно оберегаемые в тайниках души: он еще ни разу не изменял им.

Однако он не вырвался из плена. Он стоял рядом с ней и смотрел на венец ее каштановых волос, где вспыхивали золотисто-бронзовые искры, на прелестные завитки возле ушей. Пел вместе с нею песню, воспламеняющую его и, наверное, ее, – иначе и быть не могло при ее натуре и тех проблесках чувства, которое она нечаянно и невольно ему выдала.

«Она – чародейка, и голос – одно из ее очарований», – думал он, слушая, как этот голос, такой женственный и выразительный и такой непохожий на голоса всех других женщин на свете, льется ему в душу. Да, он чувствовал, он был глубоко уверен, что частица его безумия передалась и ей; что они оба испытывают одно и то же; что это – встреча мужчины и женщины.

Не только он, оба они пели с тайным волнением – да, несомненно; и эта мысль еще сильнее опьяняла его. А когда они дошли до последних строк и их голоса, сливаясь, затрепетали, в его голосе прозвучало особое тепло и страсть:

Дикому соколу – ветер да небо,
Чащи оленю даны,
А сердце мужчины – женскому сердцу,
Как в стародавние дни.
А сердце мужчины – женскому сердцу…
В шатрах моих свет погас, —
Но у края земли занимается утро,
И весь мир ожидает нас![1]

Когда замер последний звук, Грэхем посмотрел на Паолу, ища ее взгляда, но она сидела несколько мгновений неподвижно, опустив глаза на клавиши, и когда затем повернула к нему голову, он увидел обычное лицо маленькой хозяйки Большого дома, шаловливое и улыбающееся, с лукавым взором. И она сказала:

– Пойдем подразним Дика, он проигрывает. Я никогда не видела, чтобы за картами он выходил из себя, но он ужасно нелепо скисает, если ему долго не везет. А играть любит, – продолжала она, идя впереди Грэхема к карточным столам. – Это один из его способов отдыхать. И он отдыхает. Раз или два в год он садится за покер и может играть всю ночь напролет и доиграться до чертиков.

---

[1] Песня «Тропою цыган» дана в переводе В.О. Станевич.

Глава восемнадцатая

После того дня, когда они спели вместе цыганскую песню, Паола вышла из своего затворничества, и Грэхему стало нелегко сидеть в башне и выполнять намеченную работу. В течение всего утра до него доносились то обрывки песен и оперных арий, которые она распевала в своем флигеле, то ее смех и возня с собаками на большом дворе, то приглушенные звуки рояля в музыкальной комнате, где Паола теперь проводила долгие часы. Однако Грэхем, по примеру Дика, посвящал утренние часы работе и редко встречался с Паолой раньше второго завтрака.

Она заявила, что период бессонницы у нее прошел и она готова на все развлечения и прогулки, какие только Дик может предложить ей, пригрозив, что, если он не будет сам участвовать в этих развлечениях, она созовет кучу гостей и покажет ему, как надо веселиться. В это время в Большой дом возвратилась на несколько дней тетя Марта, иначе говоря – миссис Тюлли, и Паола снова принялась объезжать Дадди и Фадди в своей высокой двуколке. Лошадки эти были довольно капризного нрава, но миссис Тюлли, несмотря на свой возраст и тучность, не боялась ездить на них, если правила Паола.

– Такого доверия я не оказываю ни одной женщине, – объяснила она Грэхему. – Паола – единственная, с кем я могу ездить: она замечательно умеет обходиться с лошадьми. Когда Паола была ребенком, она прямо обожала лошадей. Удивительно, как это она еще не стала цирковой наездницей!

И еще многое, многое узнал Грэхем о Паоле, болтая с ее теткой. О Филиппе Дестене, своем брате и отце Паолы, миссис Тюлли могла рассказывать без конца. Он был гораздо старше ее и представлялся ей в детстве каким-то сказочным принцем. Филипп обладал благородной и широкой натурой, его поступки и образ жизни казались заурядным людям не совсем нормальными. Он на каждом шагу совершал безрассудства и немало делал людям добра.

Благодаря этим чертам характера Филипп не раз наживал целые состояния и так же легко терял их, особенно в эпоху знаменитой золотой горячки сорок девятого года. Сам он был из семьи первых колонистов

Новой Англии, однако прадед его был француз, подобранный у Мейнского побережья после кораблекрушения; тут он и поселился среди матросов-фермеров.

– Раз, только раз, в каждом поколении возрождается в каком-нибудь из своих потомков француз Дестей, – убежденно говорила Грэхему миссис Тюлли. – Филипп был именно этим единственным в своем поколении, а в следующем – Паола. Она унаследовала всю его самобытность. Хотя Эрнестина и Льют приходятся ей сводными сестрами, трудно поверить, что в них есть хотя бы капля той же крови. Вот почему Паола не поступила в цирк и ее неудержимо потянуло во Францию: кровь прадеда звала ее туда.

О жизни Паолы во Франции Грэхем также узнал немало. Филипп Дестен умер как раз вовремя, ибо колесо его счастья повернулось. Эрнестину и Льют, тогда еще крошек, взяли тетки; они не доставляли им особых хлопот. А вот с Паолой, попавшей к тете Марте, было нелегко, – и все из-за того француза.

– О, она настоящая дочь Новой Англии, – уверяла миссис Тюлли, – во всем, что касается чести, прямоты, надежности, верности. Еще девочкой она позволяла себе солгать только в тех случаях, когда надо было выручить других; тогда все ее новоанглийские предки смолкали и она лгала так же блестяще, вдохновенно, как ее отец. У него была та же обаятельность, та же смелость, заразительный смех, живость. Но, помимо веселости и задора, он умел быть еще каким-то особенно снисходительным. Никто не мог оставаться к нему равнодушным.

Или люди становились его преданнейшими друзьями, или начинали его ненавидеть. Общение с ним всегда вызывало любовь или ненависть. В этом отношении Паола на него не похожа, вероятно, потому, что она женщина и не имеет склонности, подобно мужчинам, сражаться с ветряными мельницами. Я не знаю, есть ли у нее на свете хоть один враг. Все любят ее, разве только какие-нибудь женщины-хищницы завидуют, что у нее такой хороший муж.

В это время в открытое окно донесся голос Паолы, распевавшей под аркадами, и Грэхему слышался в нем тот теплый трепет, которого он уже не мог забыть. Затем Паола рассмеялась, миссис Тюлли тоже улыбнулась и закивала головой.

– Смеется в точности, как Филипп Дестен, – пробормотала она, – и как бабки и прабабки того француза, которого после крушения привезли в Пенобскот, одели в домотканое платье и отправили на молитвенное собрание. Вы заметили, что, когда Паола смеется, каждому хочется взглянуть на нее и тоже улыбнуться? Смех Филиппа производил на людей такое же впечатление.

Паола всегда горячо любила музыку, живопись, рисование. Когда она была маленькой, она повсюду оставляла всякие рисунки и фигурки. Рисовала на бумаге, на земле, на досках, а фигурки лепила из чего придется – из глины, из песка.

Она любила все и вся, и все ее любили, – продолжала миссис Тюлли. – Она никогда не боялась животных и относилась к ним даже с каким-то благоговением; это у нее врожденное – все прекрасное вызывает в ней благоговение. Она всегда была склонна возводить людей на пьедестал, приписывать им необычайную красоту или моральные достоинства. Во всем, что она видит, она прежде всего ценит красоту – чудесный ли это рояль, замечательная картина, породистая лошадь или чарующий пейзаж.

Ей хотелось и самой творить, создавать прекрасное. Но она все никак не могла решить, что выбрать – музыку или живопись. В самом разгаре занятий музыкой в Бостоне – Паола училась у лучших преподавателей – она вдруг вернулась к живописи. А от мольберта ее тянуло к глине.

И вот, чувствуя в себе эту любовь ко всему прекрасному, она металась, не зная, в какой области она больше одарена, да и есть ли у нее к чему-нибудь настоящее призвание. Тогда я настояла на полном отдыхе от всякой работы и увезла ее на год за границу. Тут у нее открылись необычайные способности к танцам. Но все-таки она постоянно возвращалась к музыке и живописи. Нет, это не легкомыслие. Вся беда в том, что она слишком одарена...

– Слишком разносторонне одарена, – добавил Грэхем.

– Да, пожалуй, – согласилась миссис Тюлли. – Но ведь от одаренности до настоящего таланта еще очень далеко. И я все еще, хоть убей, не знаю, есть ли у нее к чему-нибудь призвание. Она ведь не создала ничего крупного ни в одной области.

– Она создала себя, – заметил Грэхем.

– Да, она сама – поистине прекрасное произведение искусства, – с восхищением отозвалась миссис Тюлли. – Она замечательная, необыкновенная женщина, и притом совершенно неиспорченная, естественная. В конце концов к чему оно ей, это творчество! Мне какая-нибудь ее сумасшедшая проделка... – о да, я слышала об этой истории с купанием верхом... – гораздо дороже, чем все ее картины, как бы удачны они ни были. Признаться, я долго не могла понять Паолу. Дик называет ее «вечной девчонкой». На боже мой, когда надо, какой она умеет быть величавой! Я, наоборот, называю ее взрослым ребенком. Встреча с Диком была для нее счастьем. Казалось, она тогда действительно нашла себя. Вот как это случилось...

В тот год они, по словам миссис Тюлли, путешествовали по Европе. Паола занималась в Париже живописью и в конце концов пришла к выводу, что успех достигается только борьбой и что деньги тетки мешают ей.

– И она настояла на своем, – вздохнула миссис Тюлли. – Она... ну, она просто выставила меня, отправила домой. Содержание она согласилась получать только самое ничтожное и поселилась совершенно самостоятельно в Латинском квартале с двумя американскими девушками. Тут-то она и встретилась с Диком... Таких, как он, ведь тоже поискать надо. Вы ни за что не угадаете, чем он тогда занимался. Он содержал кабачок, – не такой, как эти модные кабачки, а настоящий, студенческий. В своем роде это был даже изысканный кабачок. Там собирались всякие чудаки. Дик только что вернулся после своих сумасбродств и приключений на краю света, и, как он тогда выражался, ему хотелось некоторое время не столько жить, сколько рассуждать о жизни.

Паола однажды повела меня в этот кабачок. Не подумайте чего-нибудь: они стали накануне женихом и невестой, и он сделал мне визит, – словом, все, как полагается. Я знавала отца Дика, «Счастливчика» Форреста, слышала многое и о сыне. Лучшей партии Паола и сделать не могла. Кроме того, это был настоящий роман. Паола впервые увидела его во главе команды Калифорнийского университета, когда та победила команду Стэнфорда. А в следующий раз она с ним встретилась в студии, которую снимала с двумя американками. Она не знала, миллионер ли Дик или содержит кабачок потому, что его дела плохи; да ее это и не интересовало. Она всегда подчинялась только велениям своего сердца. Представьте себе положение: Дика никто не мог поймать в свои сети, а Паола никогда не флиртовала. Должно быть, они сразу же бросились в объятия друг другу, ибо через неделю все было уже решено. Но Дик все-таки спросил у меня согласия на брак, как будто мое слово могло тут иметь какой-нибудь вес.

Так вот, возвращаюсь к его кабачку. Это был кабачок философов, маленькая комнатка с одним столом в каком-то подвале, в самом сердце Латинского квартала. Представляете себе, что это было за учреждение! А стол! Большой круглый дощатый стол, даже без клеенки, весь покрытый бесчисленными винными пятнами, так как философы стучали по нему стаканами и проливали вино. За него свободно усаживалось тридцать человек. Женщины не допускались. Для меня и для Паолы сделали исключение. Вы видели здесь Аарона Хэнкока? Он был в числе тех самых философов и до сих пор хвастается, что остался Дику должен по счету больше остальных завсегдатаев. В кабачке они обыкновенно и встречались, эти шалые молодые умники, стучали по столу и говорили о философии на всех европейских языках. У Дика всегда была склонность к философии.

Но Паола испортила им все удовольствие. Как только они поженились, Дик снарядил свою шхуну «Все забудь», и эта милая парочка отплыла на ней, решив провести свой медовый месяц между Бордо и Гонконгом.

– А кабачок закрылся, и философы остались без пристанища и диспутов... – заметил Грэхем.

Миссис Тюлли добродушно рассмеялась и покачала головой.

– Да нет... Дик обеспечил существование кабачка, – сказала она, стараясь отдышаться и прижимая руку к сердцу. – Навсегда или на время – не скажу вам. Но через месяц полиция его закрыла, заподозрив, что там на самом деле клуб анархистов.

Хоть Грэхем и знал, как разносторонни интересы и дарования Паолы, он все же удивился, найдя ее однажды одиноко сидящей на диване в оконной нише и поглощенной каким-то вышиванием.

– Я очень это люблю, – пояснила она. – И не сравню никакие дорогие вышивки из магазинов с моими собственными работами по моим собственным рисункам. Дика одно время возмущало, что я вышиваю. Ведь он требует, чтобы во всем была целесообразность, чтобы люди не тратили понапрасну свои силы. Он считал, что мне браться за иглу – пустая трата времени: крестьянки отлично могут за гроши делать то же самое. Но мне наконец удалось убедить его, что я права.

Это все равно, что игра на рояле. Конечно, я могу купить музыку лучше моей, но сесть самой за инструмент и самой исполнить вещи – какое это наслаждение! Соревнуешься ли с другим, принимая его толкование, или вкладываешь что-то свое – неважно: и то и другое дает душе творческую радость.

Возьмите хотя бы эту узенькую кайму из лилий на оборке – второй такой вы не найдете нигде. Здесь все мое: и идея, и исполнение, и удовольствие от того, что я даю этой идее форму и жизнь. Конечно, бывают в магазинах замыслы интереснее и мастерство выше, но это не то. Здесь все мое. Я увидела узор в своем воображении и воспроизвела его. Кто посмеет утверждать после этого, что вышивание не искусство?

Она умолкла, глядя на него смеющимися глазами.

– Не говоря уже о том, что украшение прекрасной женщины – самое достойное и вместе с тем самое увлекательное искусство, – подхватил Грэхем.

– Я отношусь с большим уважением к хорошей модистке или портнихе, – серьезно ответила Паола. – Это настоящие художницы. Дик сказал бы, что они занимают чрезвычайно важное место в мировой экономике.

В другой раз, отыскивая в библиотеке какие-то справки об Андах, Грэхем натолкнулся на Паолу, грациозно склонившуюся над листом плотной бумаги, прикрепленным кнопками к столу; вокруг были разложены огромные папки, набитые архитектурными проектами: она чертила план деревянного бунгало для мудрецов из «Мадроньевой рощи».

– Очень трудно, – вздохнула она. – Дик уверяет, что если уж строить, так надо строить на семерых. Пока у нас четверо, но ему хочется, чтобы непременно было семь. Он говорит, что нечего заботиться о душах, ваннах и других удобствах, – разве философы купаются? И он пресерьезно настаивает на том, чтобы поставить семь плит и сделать семь кухонь: будто бы именно из-за столь низменных предметов они вечно ссорятся.

– Кажется, Вольтер ссорился с королем из-за свечных огарков? – спросил Грэхем, любуясь ее грациозной и непринужденной позой. Тридцать восемь лет? Невероятно! Она казалась просто школьницей, раскрасневшейся над трудной задачей. Затем ему вспомнилось замечание миссис Тюлли о том, что Паола – взрослое дитя.

И он изумлялся: неужели это она тогда, у коновязи под дубами, показала двумя фразами, что отлично понимает, насколько грозно создавшееся положение? «Я понимаю», – сказала она. Что она понимала? Может быть, она сказала это случайно, не придавая своим словам особого значения? Но ведь она же вся трепетала и тянулась к нему, когда они пели вместе цыганскую песню. Уж это-то он знал наверняка. А с другой стороны, разве он не видел, с каким увлечением она слушала игру Доналда Уэйра? Однако сердце тут же подсказало ему, что со скрипачом было совсем другое. При этой мысли он невольно улыбнулся.

– Чему вы смеетесь? – спросила Паола. – Конечно, я знаю, что я не архитектор! Но хотела бы я видеть, как вы построите дом для семи философов и выполните все нелепые требования Дика!

Вернувшись в свою башню и положив перед собой, не раскрывая их, книги об Андах, Грэхем, покусывая губы, предался размышлениям. Нет, это не женщина, это все-таки дитя... Или... она притворяется наивной? Понимает ли она действительно, в чем дело? Должна бы понимать. Как же иначе? Ведь она знает людей, знает жизнь. И она очень мудра. Каждый взгляд ее серых глаз говорит о самообладании и силе. Вот именно – о внутренней силе! Он вспомнил первый вечер, когда в ней время от времени словно вспыхивали отблески стали, драгоценной, чудесной стали. И он вспомнил, как сравнивал тогда ее силу со слоновой костью, резной перламутровой раковиной, с плетеной сеткой из девичьих волос...

А теперь, после короткого разговора у коновязи и цыганской песни, всякий раз, как их взоры встречаются, оба они читают в глазах друг друга невысказанную тайну.

Тщетно перелистывал он лежавшие перед ним книги в поисках нужных ему сведений, потом сделал попытку продолжать без них, но не мог написать ни слова... Нестерпимое беспокойство овладело им. Грэхем схватил расписание, ища подходящий поезд, отшвырнул его, схватил трубку внутреннего телефона и позвонил в конюшни, прося оседлать Альтадену.

Стояло чудесное утро; калифорнийское лето только начиналось. Над дремлющими полями не проносилось ни дуновения; раздавались лишь крики перепелов и звонкие трели жаворонков. Воздух был напоен благоуханием сирени, и, когда Грэхем проезжал сквозь ее душистые заросли, он услышал гортанный призыв Горца и ответное серебристое ржание Принцессы Фозрингтонской.

Почему он здесь и под ним лошадь Дика Форреста, спрашивал себя Грэхем, почему он все еще не едет на станцию, чтобы сесть в первый же поезд, найденный им сегодня в расписании? И он ответил себе с горечью, что эти колебания, эта странная нерешительность в мыслях и поступках – для него новость. А впрочем, – и тут он весь как бы загорелся, – ему дана одна только жизнь, и есть одна только такая женщина на свете!

Он отъехал в сторону, чтобы пропустить стадо ангорских коз. Здесь были самки, несколько сот; пастухи-баски медленно гнали их перед собой и часто давали им отдыхать, ибо рядом с каждой самкой бежал козленок. За оградой загона он увидел маток с новорожденными жеребятами, а услышав предостерегающий возглас, мгновенно свернул на боковую дорожку, чтобы не столкнуться с табуном из тридцати годовалых жеребят, которых куда-то перегоняли. Их возбуждением заразились все обитатели этой части имения, воздух наполнился пронзительным ржанием, призывным и ответным. Взбешенный присутствием и голосами стольких соперников, Горец носился взад и вперед по загону и все вновь издавал свой трубный призыв, словно желая всех убедить, что он самый сильный и замечательный жеребец, когда-либо существовавший на земле.

К Грэхему неожиданно подъехал Дик Форрест на Капризнице. Он сиял от восторга, что среди подвластных ему созданий разыгралась такая буря.

– Природа зовет! Природа, – проговорил он нараспев, здороваясь с Грэхемом, и остановил свою лошадь, хотя это едва ли можно было назвать остановкой: золотисто-рыжая красавица кобыла, не переставая, плясала под ним, тянулась зубами то к его ноге, то к ноге Грэхема и, разгневанная неудачей, бешено рыла копытом землю и брыкалась – раз, два раза, десять раз.

– Эта молодежь, конечно, ужасно злит Горца, – сказал Дик, смеясь. – Вы знаете его песню? «Внемлите мне! Я – Эрос. Я попираю холмы. Моим зовом полны широкие долины. Кобылицы слышат меня на мирных пастбищах и вздрагивают, ибо они знают меня. Земля жирна, и соков полны деревья. Это весна. Весна – моя. Я царь в моем царстве весны. Кобылицы помнят мой голос, – он жил в крови их матерей. Внемлите! Я – Эрос. Я попираю холмы, и, словно герольды, долины разносят мой голос, возвещая о моем приближении».

Глава девятнадцатая

После отъезда тетки Паола исполнила свою угрозу, и дом наводнили гости. Казалось, она вспомнила обо всех, кто давно ожидал приглашения, и лимузин, встречавший гостей на станции за восемь миль от усадьбы, редко возвращался пустым. Среди приехавших были певцы, музыканты и всякая артистическая публика, а также стайка молодых девушек с неизбежной свитой молодых людей; все комнаты и коридоры Большого дома были набиты мамашами, тетками и пожилыми трезвенниками, а на прогулках они занимали несколько машин.

Грэхем спрашивал себя: не нарочно ли Паола окружает себя всей этой толпой? Сам он окончательно забросил свою книгу, купался с самыми ретивыми купальщиками перед завтраком, принимал участие в прогулках верхом по окрестностям и во всех прочих развлечениях, которые затевались и в доме и вне дома.

Вставали рано и ложились поздно. Дик, который обычно не изменял своему правилу появляться среди гостей не раньше полудня, просидел однажды целую ночь напролет за покером в бильярдной. Грэхем тоже участвовал в игре и был вознагражден за бессонную ночь, когда на рассвете к ним неожиданно вошла Паола – тоже после «белой ночи», как она выразилась, хотя бессонница ничуть не повлияла ни на ее цвет лица, и на самочувствие. И Грэхему приходилось держать себя в руках, чтобы не смотреть на нее слишком часто, когда она составляла золотистые шипучие смеси для подкрепления усталых игроков с ввалившимися, посоловелыми глазами. Она заставляла их бросать карты и посылала выкупаться перед работой или новыми развлечениями.

Никогда теперь Паола не бывала одна, и Грэхему оставалось только примкнуть к окружавшей ее компании. Хотя в Большом доме беспрестанно танцевали танго и фокстрот, она танцевала редко и всегда с молодежью. Впрочем, один раз она пригласила Грэхема на старомодный вальс, причем насмешливо объявила расступившимся перед ними молодым людям:

– Смотрите, вот ваши предки исполняют допотопный танец.

После первого же тура они вполне приноровились друг к другу. Паола, с той особой чуткостью, которая делала из нее такую исключительную аккомпаниаторшу и наездницу, подчинялась властным движениям своего кавалера, и скоро зрителям стало казаться, что оба они только части единого слаженного механизма. Через несколько туров, когда Грэхем почувствовал, что Паола вся отдается танцу и их ритмы в совершенстве согласованы, он решил испробовать разные фигуры и ритмические паузы. Хотя их ноги не отрывались от пола, эта вальсирующая пара казалась парящей. Дик воскликнул:

– Смотрите! Плывут! Летят!

Они танцевали под «Вальс Саломеи» и вместе с медленно затихающими звуками наконец замерли.

Слова были излишни. Молча, не глядя друг на друга, вернулись они к остальным и услышали, как Дик заявил:

– Эй, вы, желторотые юнцы, цыплята и всякая мелюзга! Видели, как мы, старики, танцуем? Я не возражаю против новых танцев, имейте это в виду, – они красивы и изящны; но я думаю, что вам не вредно было бы научиться и вальсировать. А то когда вы начинаете, получается один позор. Мы, старики, тоже кое-что умеем, что и вам бы уметь не мешало.

– Например? – спросила одна из девиц.

– Хорошо, я сейчас скажу. Пусть от молодого поколения несет бензином, это еще ничего…

Взрыв протеста на миг заглушил голос Дика.

– Я знаю, что и от меня несет, – продолжал он. – Но вы все изменили добрым старым способам передвижения. Среди вас нет ни одной девицы, которая могла бы состязаться с Паолой в ходьбе, а мы с Грэхемом так загоняем любого юношу, что он без ног останется. О, я знаю, вы мастера управлять всякими машинами, но среди вас нет ни одного, кто умел бы сидеть как следует на настоящей лошади. А править парой настоящих рысаков – куда уж вам! Да и многие ли из вас, столь успешно маневрирующих на ваших моторных лодках в укрытой бухте, сумели бы взяться за руль старомодной шхуны или шлюпа и благополучно вывести судно в открытое море?

– А все-таки мы попадаем, куда нам надо, – возразила та же девица.

– Не отрицаю, – отвечал Дик. – Но вы не всегда делаете это красиво. А вот вам ситуация, которая для вас совершенно недоступна: представьте себе Паолу, которая правит четверкой взмыленных коней и, держа ногу на тормозе, несется по горной дороге.

В одно жаркое утро под прохладными аркадами большого двора, возле Грэхема, читавшего журнал, собралось несколько человек; среди них была и Паола. Поговорив с ними, он через некоторое время снова взялся за чтение и так увлекся, что совсем забыл об окружающих, пока у него не возникло ощущение наступившей вокруг тишины. Он поднял глаза. Осталась только Паола. Все остальные разбрелись, он слышал их смех, доносившийся с той стороны двора. Но что с Паолой? Его поразило выражение ее лица и глаз. Она смотрела на него не отрываясь; в ее взгляде было сомнение, раздумье, почти страх; и все же в этот краткий миг он успел заметить, что ее глубокий взор как бы вопрошал о чем-то, – так вопрошал бы взор человека открывшуюся перед ним книгу судьбы. Затем ее ресницы дрогнули и опустились, а щеки порозовели, – в этом не могло быть сомнения. Дважды ее губы дрогнули, она как бы силилась что-то сказать, но, застигнутая врасплох, не могла собрать свои мысли.

Грэхем вывел ее из этого тягостного состояния, спокойно заметив:

– А знаете, я только что читал де Врие, как он превозносит Лютера Бербанка за его работы; и мне кажется, что Дик в мире домашних животных играет такую же роль, как Бербанк в растительном мире. Вы тут прямо творите жизнь, создавая из живого вещества новые, полезные и прекрасные формы.

Паола, успевшая тем временем овладеть собой, рассмеялась, с удовольствием принимая эту похвалу.

– И когда я смотрю на все, что здесь вами достигнуто, – продолжал Грэхем с мягкой серьезностью, – мне остается пожалеть о даром истраченной юности. Почему я так ничего и не создал в жизни? Я ужасно завидую вам обоим.

– Мы действительно ответственны за появление на свет множества существ, – сказала Паола, – сердце замирает, когда подумаешь об этой ответственности.

– Да, у вас тут положительно царство плодородия, – улыбнулся Грэхем, – цветение и плодоношение жизни никогда еще так не поражали меня. Здесь все благоденствует и множится.

– Знаете, – прервала его Паола, увлеченная вдруг блеснувшей мыслью, – я вам покажу моих золотых рыбок. Я развожу их, и представьте – с коммерческой целью. Снабжаю торговцев в Сан-Франциско самыми редкими породами и даже отправляю их в Нью-Йорк. Главное – это дает мне доход, как видно по книгам Дика, а он очень строгий счетовод. В доме нет ни одного молотка, который бы не был внесен в инвентарь, ни одного гвоздя, который бы он не учел. Вот почему у него такая куча бухгалтеров и счетоводов. Он дошел до того, что при расчетах принимает во внимание даже легкое недомогание или хромоту у лошади. Таким образом, на основе устрашающего ряда цифр он вывел стоимость рабочего часа ломовой лошади с точностью до одной тысячной цента.

– Да, ну а ваши золотые рыбки? – напомнил Грэхем, раздраженный этими постоянными напоминаниями о муже.

– Так вот, Дик заставляет своих бухгалтеров с такой же точностью учитывать и моих золотых рыбок. На каждый рабочий час, который затрачивается на них у нас в доме или в имений, составляется счет по всей форме, включая расходы на почтовые марки и письменные принадлежности. Я плачу проценты за помещение и инвентарь. Дик даже за воду берет с меня, точно я домовладелец, а он водопроводная компания. И все-таки мне остается десять процентов прибыли, а иногда и тридцать. Но он смеется надо мною и уверяет, что если вычесть содержание управляющего, то есть мое, то окажется, что я зарабатываю очень мало, а может быть, даже работаю себе в убыток, потому что мне на мой доход не нанять такого хорошего управляющего. Вот почему Дику удаются все его предприятия! Опыты, конечно, не в счет, но обычно он никогда ничего не предпринимает, пока не уяснит себе совершенно точно, до мельчайших подробностей, во что это ему обойдется.

– Дик очень в себе уверен, – заметил Грэхем.

– Я не видела человека, до такой степени в себе уверенного, – горячо подхватила Паола. – Но и не видела никого, кто бы имел на это больше прав, чем Дик. Я ведь знаю его. Он гений, хоть и не в обычном смысле этого слова, потому что такая уравновешенность, близость к норме, как у него, ни с какой гениальностью несовместимы. Подобные люди встречаются реже, чем настоящие гении, и они выше. Таким же был, по-моему, Авраам Линкольн.

– Должен признаться, я не совсем вас понимаю, – заметил Грэхем.

– О, я вовсе не хочу сказать, что Дик так же велик, как Элвис Линкольн, – поспешно возразила она. – Разве тут может быть сравнение! Дик молодчина, но это, конечно, не то. Я хочу сказать, что их роднит исключительная уравновешенность и близость к норме. Вот я, с позволения сказать, – гений, потому что делаю все, не зная, как я это делаю. Просто делаю. Так же вот я добиваюсь каких-то результатов и в музыке. Хоть убейте меня, а я вам не смогу объяснить, почему все это у меня выходит, – как я ныряю, или прыгаю в воду, или делаю полтора оборота.

Дик же, напротив, ничего не начнет, пока не уяснит себе, как он это будет делать. Он все делает обдуманно и хладнокровно. Он весь, во всех отношениях – чудо, хотя ни в какой отдельной области ничего чудесного не совершил. О, я знаю его. Никогда не был он чемпионом какого-либо атлетического спорта, никаких рекордов не ставил; но и посредственностью не был. Он таков в любой области – интеллектуальной и духовной. Он – как цепь с совершенно одинаковыми звеньями: нет ни одного слишком тяжелого или слишком легкого.

– Боюсь, что я скорее похож на вас, – отозвался Грэхем, – я тоже принадлежу к более обычной и неполноценной категории гениев. Я тоже загораюсь, совершаю самые неожиданные поступки и готов иной раз склониться перед тайной.

– А Дик ненавидит все таинственное или по крайней мере делает вид, что ненавидит. И ему недостаточно знать – как, он всегда доискивается еще и почему именно так, а не иначе. Загадки раздражают его. Они действуют на него, как красный лоскут на быка. Ему хочется сорвать покров с неведомого, обнажить самое сердце тайны, узнать – как и почему, и чтобы тайна была уже не тайной, а фактом, который можно обобщить и объяснить научно.

Положение трех основных действующих лиц становилось все сложнее, но многое было еще скрыто от каждого из них. Грэхем не знал, какие отчаянные усилия делала Паола, чтобы сохранить близость с мужем, а тот, со своей стороны, занятый по горло бесчисленными опытами и проектами, бывал все реже среди гостей. Он неизменно появлялся за вторым завтраком, но очень редко участвовал в прогулках. Паола догадывалась по множеству приходивших из Мексики шифрованных телеграмм, что дело с рудниками «Группа Харвест» осложнилось. Она видела также, что к Дику спешно приезжают, и притом в самое неожиданное время, агенты и представители иностранного капитала в Мексике, чтобы с ним посовещаться. Он жаловался, что они ему дохнуть не дают, но ни разу ни словом не обмолвился о причинах этих приездов.

– Неужели ты не можешь выкроить себе хоть чуточку свободного времени? – вздохнув, сказала Паола как-то утром, когда ей наконец удалось застать Дика в одиннадцать часов одного. Она сидела у него на коленях и ласково прижималась к нему.

Правда, он диктовал в диктофон какое-то письмо и она помешала ему своим приходом; вздохнула же она потому, что услышала деликатное покашливание Бонбрайта, который вошел с пачками последних телеграмм.

– Хочешь, я покатаю тебя сегодня на Дадди и Фадди? Поедем вдвоем, только ты да я, – продолжала она просящим тоном.

Дик покачал головой и улыбнулся.

– Ты увидишь за завтраком прелюбопытное сборище, – заявил он. – Другим этого знать незачем, но тебе я скажу. – Он понизил голос, а Бонбрайт скромно потупился и занялся картотекой. – Будет прежде всего много народу с нефтяных промыслов «Тэмпико»; директор «Насиско» Сэмюэл собственной персоной; потом Уишаар – душа Пирсон-Брукской компании, – помнишь, тот малый, который организовал покупку железных дорог на Восточном побережье и Тиуана-Сентрал, когда они пытались бороться с «Насиско»; будет и Матьюссон, «Великий вождь», главный представитель интересов Палмерстона по эту сторону Атлантического океана, – знаешь, той английской фирмы, которая так свирепо боролась с «Насиско» и Пирсон-Бруксами; ну и еще кое-кто. Отсюда ты должна понять, насколько в Мексике неблагополучно, если все эти господа готовы забыть о своей грызне и совещаются друг с другом.

У них, видишь ли, нефть, а я тоже кой-что значу, поэтому они хотят, чтобы я сочетал свои интересы с их интересами – рудники с нефтью. Да, чувствуется, что назревают какие-то события, и нам действительно надо объединиться и что-то предпринять или убираться из Мексики. Признаюсь, после того как они три года назад, во время той передряги, подвели меня, я наплевал на них и засел у себя; быть может, они поэтому теперь сами ко мне и явились.

Дик был нежен с Паолой и называл ее своей любимой, но она все же перехватила нетерпеливый взгляд, который он бросил на диктофон с неоконченным письмом.

– Итак, – закончил он, прижимая ее к себе и как бы давая этим понять, что время истекло и ей пора уходить, – днем я буду занят с ними. Но обедать никто не останется, все уедут раньше.

Паола соскользнула с его колен и высвободилась из его объятий с необычайной резкостью; она встала перед ним, выпрямившись; ее глаза сверкали, лицо побледнело, и у нее было такое выражение, словно она вот-вот сорвется и скажет ему что-то очень важное. Но раздался мягкий звон, и он потянулся к телефону. Паола опустила голову, неслышно вздохнула и, выходя из комнаты, услышала, как Бонбрайт торопливо подошел к столу с телеграммами в руках, а Дик заговорил по телефону:

– Нет! Это невозможно! Пусть все выполнит, иначе ему не поздоровится. Все эти джентльменские устные соглашения – вздор. Будь только такой устный договор, не пришлось бы и спорить. Но у меня есть весьма интересная переписка, о которой он, видимо, забыл... да, да... любой суд признает. Я вам пришлю всю пачку сегодня же около пяти. И скажите ему, что если он вздумает вытворять всякие фокусы, так я его в бараний рог согну, сам заделаюсь судовладельцем, стану его конкурентом, и через год его пароходы будут в руках судебного исполнителя... Алло! Вы слушаете?.. И особенно обратите внимание на тот пункт, о котором я вам говорил... Я уверен, что в Междуштатном торговом комитете на него уже имеются два дела...

Ни Грэхем, ни даже Паола не предполагали, что Дик, с его умом и наблюдательностью, а также особым даром угадывать будущее по едва уловимым признакам и намекам и на их основании строить догадки и гипотезы, которые потом нередко оправдывались, – что Дик уже почуял то, чего еще не случилось, но что могло случиться. Он не слышал кратких и знаменательных слов Паолы под дубами у коновязи, не видел ее вопрошающего взора, устремленного на Грэхема, когда они встретились под аркадами, – Дик ничего не слышал, видел очень немногое, но многое чувствовал; и даже то, что переживала Паола, он смутно уловил раньше, чем она сама.

Единственное, что могло встревожить его, был тот вечер, когда он, хотя и поглощенный бриджем, все же заметил, как поспешно они отошли от рояля после своего дуэта. Дику почудилось что-то необычное в задорном и веселом лице Паолы, когда она, улыбаясь, принялась дразнить его тем, что он проиграл. Отвечая ей в том же веселом тоне, он смеющимися глазами скользнул по лицу Грэхема, стоявшего рядом с Паолой, и заметил у него тоже какое-то странное выражение. «Он очень взволнован, – подумал Дик в ту минуту. – Но почему? Есть ли какая-нибудь связь между его волнением и тем, что Паола внезапно отошла от рояля?» Эти вопросы неотступно вертелись у него в мозгу, но он смеялся шуткам гостей, тасовал и сдавал карты и даже выиграл партию.

Однако он продолжал убеждать себя в нелепости и несообразности того, что ему почудилось. Вздорное предположение, шальная, ни на чем не основанная мысль, говорил он себе. Просто и его жена и его друг – обаятельные люди. Все же он не мог запретить этим мыслям в иные минуты всплывать в его сознании. Почему они все-таки в тот вечер так внезапно оборвали пение? И отчего ему почудилось, что произошло нечто необычайное? Отчего Грэхем был взволнован?

Не догадался и Бонбрайт, записывая как-то утром текст телеграммы, что его хозяин не случайно то и дело подходил к окну при каждом стуке копыт на дороге. Уже не первое утро за эти дни подбегал он к окну и бросал внешне рассеянный взгляд на кавалькаду, подъезжавшую к коновязи. И сегодня он опять говорил себе, что знает наперед, кого сейчас увидит.

– «Брэкстон в полной безопасности, – продолжал он диктовать, с теми же спокойными интонациями, глядя туда, где должны были появиться всадники, – если что-нибудь произойдет, он может перебраться через горы в Аризону. Немедленно повидайте Коннорса. Брэксон оставил ему все инструкции. Коннорс будет завтра в Вашингтоне. Узнайте и сообщите мне подробности обо всех событиях. Подпись».

На дороге показались Лань и Альтадена. Они скакали голова в голову. Дик не ошибся: он увидел именно то, что ожидал. Донесшиеся до него веселые восклицания, смех и топот копыт показывали, что за двумя первыми всадниками непосредственно следует вся остальная компания.

– Вторую телеграмму, мистер Бонбрайт, составьте, пожалуйста, нашим кодом, – спокойно продолжал Дик, глядя в то же время в окно и размышляя о том, что Грэхем ездит верхом неплохо, но отнюдь не блестяще и что ему нужно будет дать лошадь потяжелее. – Отправьте эту телеграмму Джереми Брэкстону. Отправьте ее сразу по обеим линиям. Хотя бы по одной, может быть, дойдет…

Глава двадцатая

В пять гости схлынули, и завтракать и обедать зачастую садились только втроем – хозяева и Грэхем. Но в те вечера, когда мужчинам еще хотелось поболтать часок перед сном, Паола уже не играла мягкую и задумчивую музыку, а подсаживалась к ним с каким-нибудь изысканным вышиванием и слушала их беседу.

У обоих друзей было много общего – и молодость они провели во многом одинаково и на жизнь у них были сходные взгляды; их жизненная философия скорее отличалась суровостью, чем сентиментальностью, они были реалистами.

– Ну, конечно, – смеясь, говорила Паола обоим. – Я понимаю, почему вы такие. Вы оба удались – физически удались, хочу я сказать. Здоровы. Выносливы. Выжили там, где более слабые погибли. Даже африканской лихорадке не удалось вас сломить, а товарищей вы хоронили. Этот бедняга на Криппл-Крике схватил воспаление легких и умер так быстро, что вы не успели даже спустить его в долину. Почему же вы не заболели? Оттого, что были лучше? Или вели более воздержанную жизнь? Или соблюдали осторожность и меньше рисковали? – Она покачала головой. – Нет. Не поэтому. А потому, что вам больше везло: везло и в смысле среды, в которой вы родились, и в смысле здоровья, сопротивляемости организма и всего прочего. Почему Дик похоронил в Гваякиле трех штурманов и двух машинистов? Их погубила желтая лихорадка. А почему желтая лихорадка не распространилась дальше и не погубила Дика? То же самое можно сказать и относительно вас, широкоплечий и крепкогрудый мистер Грэхем. Ведь во время вашей последней поездки утонули в болоте не вы, а ваш фотограф? Почему же? Говорите! Признавайтесь! Сколько он весил? Какой ширины были у него плечи? Какие легкие? Какие ноздри? Какая сила?

– Он весил сто тридцать пять фунтов, – жалобно отвечал Грэхем, – но казался здоровым и крепким. Я, вероятно, удивился больше него, когда он утонул. – Грэхем покачал головой. – И он утонул вовсе не потому, что был мал и хил. Маленькие люди всегда гораздо выносливее при прочих равных условиях. Но вы все же верно указали главную причину: у него не было выдержки, не было сопротивляемости. Понимаете, Дик, что я под этим разумею?

– Это какое-то особое свойство мышц и сердца, дающее, например, иным боксерам возможность выдерживать подряд двадцать, тридцать, сорок раундов, – заметил Дик. – Как раз сейчас в Сан-Франциско несколько сот юношей мечтают о победах на ринге. Я следил за тем, как они испытывали свои силы. Все они были прекрасно сложены, молоды, здоровы, все упорно стремились к победе – и почти никто не мог выдержать десяти раундов. Не то чтобы они были побиты, но они просто не могли выдержать. Видимо, их мышцы и сердце сделаны не из первосортного материала и при таких стремительных и напряженных движениях их не хватает на десять раундов. Многие выдыхались на четвертом или пятом раунде. И ни один из сорока не выстоял двадцать раундов, принимая и возвращая удары в течение часа, при одной минуте отдыха и трех минутах борьбы. Парень, способный выдержать сорок раундов, такой, как, например, Нелсон, Ганс и Волгаст, едва ли найдется один на десять тысяч.

– Ты понимаешь, что я хочу сказать? – продолжала Паола. – Вот вас здесь двое. Вам обоим за сорок. Оба вы неисправимые грешники. Оба прошли огонь и воду. Рядом с вами другие падали и гибли, – вы же побродили по свету, пожили в свое удовольствие…

– Было дело… – рассмеялся Грэхем.

– И здорово пьянствовали, – добавила Паола. – Но даже алкоголь не сжег вас! Такие уж вы крепыши! Другие валились под стол, кончали больницей или мертвецкой, а вы, напевая, продолжали свой путь, свой славный путь; вы оставались целы и невредимы, и даже голова с похмелья у вас не болела! Такие уж вы удались! Ваши мышцы – это мышцы, богатые кровью, и ваше сердце и легкие – тоже. Оттого у вас и философия «полнокровная» и стальная хватка, и вы проповедуете реализм – практический реализм, и идете по головам более слабых и менее удачливых, которые не смеют дать сдачи и падают в первой схватке, как те молодые люди, о которых говорил Дик: они не выстояли бы и одного раунда, если бы померились с вами силами.

Дик насмешливо свистнул.

– Вот почему вы проповедуете евангелие сильных, – продолжала Паола. – Будь вы слабы, вы бы проповедовали евангелие слабых и подставляли бы другую щеку. Но вы оба – силачи-великаны, и если вас ударят, другой щеки вы не подставите…

– Нет, – спокойно прервал ее Дик. – Мы немедленно заревем: «Отрубить ему голову!» – и отрубим. Она здорово нас поймала, Ивэн. Философия человека, как и его религия, – это сам человек, он создает ее по своему образу и подобию.

Мужчины продолжали беседовать, а Паола – вышивать, но перед ней неотступно стояли образы этих двух рослых мужчин; она восхищалась ими, дивилась им, но не находила в себе их самоуверенности и чувствовала, как их взгляды и убеждения, с которыми она так долго соглашалась, что они стали как бы ее собственными, – вдруг точно меркнут, теряют свою убедительность.

Через несколько дней, однажды вечером, она высказала свои сомнения.

– Самое странное во всем этом то, – сказала она в ответ на только что сделанное Диком замечание, – что чем больше люди философствуют о жизни, тем меньше они достигают. Постоянное философствование сбивает их с толку, особенно женщин, если они постоянно находятся в этой атмосфере. Когда слышишь очень много рассуждений, то начинаешь во всем сомневаться. Взять, например, жену Менденхолла: она лютеранка, и у нее нет никаких сомнений. Для нее все ясно, все стоит на своих местах, все нерушимо. Она ничего не знает ни о звездных дождях, ни о ледниковых периодах, а если бы и знала – это ни на йоту не изменило бы ее точки зрения на то, как должны себя вести мужчины и женщины – и на этом свете и на том!

А у нас здесь вы проповедуете свой трезвый реализм, Терренс исполняет какой-то анархо-эпикурейский танец в античном духе, Хэнкок помахивает мерцающими вуалями бергсоновской метафизики, Лео молится перед алтарем Красоты, а Дар-Хиал без конца жонглирует своими парадоксами, и вы его одобряете. Разве вы не видите, что в результате не остается ни одного суждения, на которое можно было бы опереться? Нет ничего правильного, все ложно. Чувствуешь, что плывешь по морю идей без руля, без паруса, без карты. Как поступить? Удержаться или дать себе волю? Хорошо это или плохо? У миссис Менденхолл есть на все готовые ответы. Ну, а у философов? – Паола покачала головой. – А у них нет. Все, что у них есть, – это идеи. И прежде всего начинают говорить о них, говорить, говорить и, несмотря на всю свою эрудицию, никогда не приходят ни к каким выводам. И я такая же. Я слушаю, слушаю и говорю, говорю без конца, как, например, сейчас, а убеждений у меня все-таки нет никаких. И нет никакого мерила…

– Неправда, мерило есть, – возразил Дик. – Старое, вечное мерило: истинно то, что оправдывает себя в жизни.

– Ну, теперь ты опять начнешь развивать свои любимые теории насчет фактов, – улыбнулась Паола. – А Дар-Хиал с помощью нескольких жестов и словесных вывертов докажет тебе, что всякий факт – иллюзия; а Терренс – что целесообразность есть нечто лишнее, несущественное и непонятное; а Хэнкок – что пресловутое небо Бергсона вымощено тем же булыжником целесообразности, но он гораздо совершеннее, чем у тебя; а Лео – что в мире существует только одно – Красота, и вовсе это не булыжник, а золото…

– Поедем сегодня верхом, Багряное Облако, – обратилась Паола к мужу. – Выбрось из головы свои заботы, забудь о юристах, рудниках и овцах!

– Мне тоже очень хочется, Поли, – ответил он. – Но я не могу. Нужно мчаться в Бьюкэй. Уорд приехал перед самым завтраком. У них что-то там стряслось с плотиной: наверное, переложили динамиту, и нижний слой дал трещину. А какой толк от плотины, если дно резервуара не будет держать воду?

Когда Дик три часа спустя возвращался из Бьюкэя, он увидел, что Грэхем и Паола в первый раз поехали кататься вдвоем.

Уэйнрайты и Когланы решили отправиться в двух машинах к берегам Рашен-Ривер и пожить там с недельку. По пути они остановились на день в Большом доме. Паола, не долго думая, посадила всю компанию в коляску, запряженную четверкой, и повезла ее в горы Лос-Банос. Так как они выехали утром, то Дик не мог отправиться с ними, хотя и оторвался от работы с Блэйком, чтобы выйти их проводить. Он проверил упряжку и экипаж, нашел все в полном порядке, но пересадил всех по-своему, настаивая, чтобы Грэхем занял место на козлах рядом с Паолой.

– Пусть у нее будет про запас мужская сила, – пояснил он. – Мне не раз приходилось видеть, как тормоз портится на самой середине спуска, и это доставляет пассажирам немало неприятностей. Бывают и жертвы. А теперь для вашего успокоения, чтобы вы знали, что такое Паола, я спою вам песенку.

Наша девочка-плутовка
Правит парой очень ловко,
Но она себя прославит
Тем, что и четверкой правит.

Все рассмеялись. Паола сделала конюхам знак, чтобы они отпустили лошадей, и покрепче забрала в руки и выровняла вожжи.

Среди смеха и шуток отъезжающие простились с Диком, и никто из них не заметил ничего, кроме ясного утра, обещавшего не менее чудесный день, и приветливого хозяина, желавшего им счастливого пути. Но Паола, вместо радостного возбуждения, которое охватило бы ее в другое время оттого, что она правит четверкой таких лошадей, почувствовала смутную печаль, – и одной из причин было то, что Дик с ними не едет. А Грэхему при виде улыбающегося Дика стало стыдно: вместо того, чтобы сидеть рядом с этой несравненной женщиной, ему следовало бы сейчас мчаться в поезде или на пароходе на край света.

Но веселое выражение исчезло с лица Дика, как только он повернулся и направился к дому. Было самое начало одиннадцатого, когда он кончил диктовать и Блэйк встал, намереваясь уйти. Однако он не ушел, а, замявшись, пробормотал слегка виноватым тоном:

– Вы меня просили, мистер Форрест, напомнить относительно корректуры вашей книги о шортхорнах. Вчера от издателей пришла вторая телеграмма: они просят вас скорее вернуть ее.

– Я сам уже не успею, – ответил Дик. – Будьте добры, выправьте типографские ошибки, а затем дайте мистеру Мэнсону для фактических поправок, – пусть особенно тщательно проверит родословную Короля Дэвона, – и пошлите.

До одиннадцати Дик принимал управляющих и экономов. Только в четверть двенадцатого ему удалось отделаться от организатора выставок, мистера Питтса, показывавшего ему макет каталога для впервые организуемой в его имении годичной распродажи скота его собственных заводов. А тут появился Бонбрайт, принес телеграммы для хозяина, и они не успели еще покончить со всеми делами, как подоспело время завтрака.

Оставшись наконец один, – в первый раз после того, как он проводил гостей, – Дик удалился на свою спальню-веранду и подошел к висевшим на стене термометрам и барометру. Но смотрел он не на них, а на смеющееся женское личико в круглой деревянной рамке.

– Паола, Паола, – проговорил он вслух. – Неужели ты через столько лет удивишь и себя и меня? Неужели ты потеряешь голову – ты, скромная и уже немолодая женщина?

Он надел краги и шпоры для поездки верхом после завтрака и опять задумчиво обратился к портрету.

– Что ж, я за честную игру, – пробормотал он; и после паузы, уже повернувшись, чтобы уходить, добавил: – В открытом поле… и на равных условиях… на равных условиях…

– Знаете, если я скоро не уеду отсюда, – шутливо сказал Грэхем Дику в тот же день, – придется мне стать вашим пансионером и присоединиться к философам из «Мадроньевой рощи».

Они пили втроем коктейли перед обедом: никто из возвратившихся с прогулки гостей еще не показывался.

– Если бы наши философы написали все вместе хоть одну книгу! – вздохнул Дик. – Боже мой, голубчик, но должны же вы кончить здесь свою работу! Я вас заставил начать ее, и я должен позаботиться о том, чтобы вы ее завершили.

Стереотипные вежливо-равнодушные фразы, которыми Паола уговаривала Грэхема остаться, показались Дику сладостной музыкой. Его сердце дрогнуло от радости: может быть, он, несмотря на все, ошибся? Неужели два таких человека, как Грэхем и Паола, зрелых, умных и уже немолодых, способны так нелепо и легкомысленно потерять голову?

– За книгу! – поднял Дик свой бокал; а затем добавил, обернувшись к Паоле: – Прекрасный коктейль, Поли! Ты превзошла себя в этом искусстве, а О-Чая все не можешь научить, – его коктейли всегда хуже твоих. Да, еще коктейль, пожалуйста…

Глава двадцать первая

Грэхем ехал по лесистым ущельям среди гор, окружавших имение, и знакомился со своей новой верховой лошадью Селимом – рослым, массивным вороным мерином, которого Дик дал ему вместо более легкой Альтадены. Изучая характер коня, добродушного, смирного и все же лукавого, Грэхем мурлыкал слова цыганской песни, которую пел с Паолой, и отдавался своим мыслям. Вспомнив о буколических любовниках, вырезавших свои инициалы на деревьях в лесу, он небрежно, скорее ради шутки, отломил ветку лавра и ветку сосны, затем, привстав на стременах, наклонился, сорвал длинный стебель папоротника с пятипальчатым листком и накрест связал им ветки. Когда паттеран был готов, он бросил его впереди себя на дорогу и заметил, что Селим переступил через него, не задев. Уже отъехав, Грэхем обернулся и упорно старался не терять из виду свой паттеран до следующего поворота дороги. «Лошадь на него не наступила: хорошее предзнаменование», – подумал он.

Вокруг него повсюду рос папоротник, ветки лавров и сосен задевали его по лицу, как бы приглашая продолжать начатую забаву. И он связывал паттераны и один за другим бросал их на дорогу.

Спустя час он доехал до поворота, откуда, как ему было известно, начиналась дорога через перевал, крутая и трудная, – и Грэхем повернул обратно.

Селим тихонько заржал. Совсем близко раздалось ответное ржание. Тропа в этом месте была удобной и широкой, Грэхем пустил Селима рысью и, описав широкую дугу, нагнал Паолу, ехавшую на Лани.

– Алло! – закричал он. – Алло! Алло!

Она придержала лошадь, и он поравнялся с ней.

– Я только что повернула обратно, – сказала она. – А вы почему повернули? Я думала, вы едете через перевал в Литтл Гризли.

– А вы знали, что я еду впереди вас? – спросил он, любуясь мальчишески-прямым и правдивым взглядом, каким она смотрела ему прямо в глаза.

– Как же не знать? После второго паттерана я уже не сомневалась.

– О, я и забыл про них, – виновато засмеялся он. – Но почему вы повернули обратно?

Она подождала, чтобы Лань и Селим переступили через лежавшую поперек дороги ольху, взглянула ему в глаза и ответила:

– Потому что не хотела ехать по вашему следу; да и ни по чьим следам, – быстро поправилась она. – И вот после второго паттерана я повернула обратно.

Он сразу не нашелся, что ответить, и наступило неловкое молчание; оба ощущали эту неловкость, вызванную тем, что оба они знали и о чем говорить не могли.

– А вы имеете обыкновение бросать паттерамы? – спросила Паола.

– Это первый раз в моей жизни, – покачал он головой. – Но кругом такая пропасть подходящего материала, что трудно было удержаться, да и цыганская песня преследовала меня.

– Меня она преследовала сегодня с утра, как только я проснулась, – сказала Паола, откинув голову, чтобы ветка дикого винограда не задела ее щеку.

А Грэхем, глядя на ее профиль, на венец ее золотисто-каштановых волос, на ее прекрасную шею, снова ощутил знакомую томительную боль и желание. Ее близость дразнила его. Золотистая амазонка Паолы вызывала в нем мучительные видения ее тела, когда она сидела на тонущем Горце, когда прыгала в воду с высоты сорока футов или шла по комнате в своем жемчужно-голубом платье средневекового покроя и сводившим его с ума стройным движением колена приподнимала тяжелые складки.

– Все это вздор, – заметила она, отрывая Грэхема от этих видений.

Он быстро ответил:

– Слава богу, что вы ни разу не вспомнили про Дика.

– Вы разве его не любите?

– Будьте честны, – твердо и почти сурово заявил он. – Все дело именно в том, что я люблю его. Иначе...

– Что? – спросила она.

Голос ее звучал решительно, но она смотрела не на него, а прямо перед собой, на острые ушки Лани.

– Не понимаю, отчего я все еще здесь. Мне следовало давным-давно уехать.

– Почему? – спросила она, не сводя глаз с ушей Лани.

– Говорю вам, будьте честны, – повторил он предостерегающим тоном. – Я думаю, мы и без слов понимаем друг друга.

Щеки Паолы вспыхнули, она вдруг повернулась к нему и молча посмотрела на него в упор, затем быстро подняла руку, державшую хлыст, словно желая прижать ее к своей груди, но рука нерешительно замерла в воздухе и опять опустилась. Все же он видел, что глаза ее сияют радостным испугом. Да, ошибки быть не могло: в них были испуг и радость. И он, следуя особому чутью, которым одарены некоторые мужчины, переложил повод в другую руку, подъехал к ней вплотную, обнял ее, и, прижавшись коленом к ее колену, привлек к себе так близко, что лошади покачнулись, и поцеловал ее в губы со всей силой своего желания. Ошибки быть не могло. В этом жарком объятии, когда их дыхание смешалось, он с невыразимым волнением почувствовал на своих губах ответный трепет ее губ.

Но через миг она вырвалась. Краска сбежала с ее щек. Глаза сверкали. Она подняла хлыст как бы для того, чтобы ударить, но опустила его на удивленную Лань и тут же так неожиданно и стремительно вонзила шпоры в бока лошади, что та застонала и шарахнулась в сторону.

Он прислушивался к замиравшему на лесной дороге стуку копыт, чувствуя, что голова у него кружится и кровь стучит в висках. Когда замолкли последние отзвуки дальнего топота, он не то соскользнул, не то упал с седла и сел на мшистый камень. Грэхем был глубоко потрясен – гораздо сильнее, чем считал это возможным до той минуты, когда она очутилась в его объятиях. Что же! Жребий брошен! Он вскочил и выпрямился так порывисто, что Селим в испуге отпрянул от него и, натянув повод, громко захрапел.

То, что произошло, произошло совершенно неожиданно. Но это было неизбежно. Это не могло не случиться. Грэхем действовал не по заранее обдуманному плану, хоть теперь и понимал, что при своей пассивности и промедлениях с отъездом должен был все это предвидеть. А теперь отъезд уже не поможет. Теперь все его терзания, его безумие и счастье состояли в том, что сомнений уже быть не могло. Зачем слова, когда его губы еще дрожали от воспоминания о том, что она сказала ему прикосновением своих губ? Он вновь и вновь возвращался к этому поцелую, на который она ответила, и тонул в море блаженных воспоминаний.

Он бережно тронул свое колено, которого коснулось ее колено, преисполненный смиренной благодарности, понятной лишь тому, кто истинно любит. Чудесным казалось ему, что такая удивительная женщина могла его полюбить. Это ведь не девчонка. Это зрелая женщина, опытная и отдающая себе отчет в своих желаниях. И ее дыхание прерывалось, когда она была в его объятиях, и ее уста ожили для его уст. Он получил от нее то, что ей отдал, – а ему даже не снилось, чтобы, он после стольких лет мог дать так много.

Грэхем встал, сделал было движение, чтобы сесть на Селима, который обнюхивал его плечо, но остановился, задумавшись.

Теперь дело уже не в отъезде. Относительно этого вопрос ясен. Правда, у Дика свои права. Но права есть и у Паолы. Да и смеет ли он уехать после того, что произошло? Разве только если она… уедет вместе с ним. Уехать теперь – это все равно, что поцеловать тайком и убежать. Если уж так вышло, что двое мужчин любят одну и ту же женщину, – а в такой треугольник неизбежно закрадывается предательство, – то, конечно, предать женщину постыднее, чем предать мужчину.

«Мы живем в реальном мире, – говорил он себе, медленно направляя лошадь к дому, – и Паола, и Дик, и я живые люди; и мы реалисты – мы привыкли прямо смотреть в лицо жизненным фактам. Ни церковь, ни законы, никакие мудрствования и установления здесь ни при чем. Мы трое должны все решить сами. Конечно, кому-нибудь будет больно. Но вся жизнь – страдание. Умение жить состоит в том, чтобы свести страдание до минимума. К счастью, Дик и сам держится таких же взглядов. Ничто не ново под луной. Бесчисленные треугольники бесчисленных поколений всегда как-то разрешались, значит, будет разрешен и этот. Все человеческие дела в конце концов как-нибудь да разрешаются…»

Он отбросил трезвые мысли и опять отдался блаженству воспоминаний, снова прикоснулся рукой к колену и ощутил на губах дыхание Паолы. Он даже остановил Селима, чтобы посмотреть на сгиб своего локтя, о который опирался ее стан.

Грэхем увидел Паолу только за обедом, и она была такой же, как всегда. Даже его жадный взор не мог отыскать в ней никаких следов сегодняшнего великого события и того гнева, от которого побледнело ее лицо и загорелись глаза, когда она подняла хлыст, чтобы ударить его. Она была та же, что и всегда, – маленькая хозяйка Большого дома. Даже когда их взоры случайно встретились, ее глаза были ясны, спокойны, без тени смущения, без всякого намека на тайну. Положение еще облегчалось тем, что приехали новые гости, приятельницы ее и Дика, которые должны были остаться на несколько дней.

На другое утро он встретился с ними и Паолой в музыкальной комнате у рояля.

– А вы, мистер Грэхем, не поете? – спросила некая миссис Гофман.

Как узнал Грэхем, она была редактором одного женского журнала в Сан-Франциско.

– О, восхитительно! – шутливо отозвался он. – Верно, миссис Форрест?

– Совершенно верно, – улыбнулась Паола. – Хотя бы уже потому, что великодушно сдерживаете свой голос, чтобы окончательно не заглушить мой.

– Вам ничего больше не остается, как доказать истинность ваших слов, – заявил он. – На днях мы пели один дуэт, – он вопросительно взглянул на улыбавшуюся Паолу, – который мне особенно по голосу. – Грэхем опять взглянул на нее вскользь, но не получил никакого ответа: хочет она петь или нет. – Я сейчас пойду принесу ноты, они в другой комнате.

– Эта песня называется «Тропою цыган», – услышал он голос Паолы, когда выходил. – Очень яркая, увлекательная вещь.

Они пели гораздо сдержаннее, чем в первый раз, и голоса их звучали далеко не с тем жаром и трепетом; но они спели дуэт звучнее и шире, больше в духе самого композитора и меньше давая места личному толкованию. Грэхем во время пения думал об одном и был уверен, что о том же думает и Паола: их сердца поют другой дуэт, о котором даже не подозревают эти аплодирующие дамы.

– Держу пари, что вы никогда лучше не пели, – сказал он Паоле.

В ее голосе он услышал новые нотки, – он звучал теперь полнее, щедрее, с той именно богатой звучностью, какой можно было ожидать от прекрасных форм ее шеи.

– А теперь, так как вы наверняка не знаете, что такое паттеран, я вам расскажу… – начала она.

Глава двадцать вторая

– Дик, дорогой юноша, вы же стоите прямо на карлейлевских позициях, – говорил Терренс Мак-Фейн отеческим тоном.

В этот день в Большом доме обедали только мудрецы из «Мадроньевой рощи», и вместе с Паолой, Диком и Грэхемом за столом сидело всего семь человек.

– Определить чью-либо позицию – еще не значит опровергнуть ее, – возразил Дик. – Я знаю, что моя точка зрения совпадает с Карлейлем, но это ничего не доказывает. Культ героев прекрасная вещь. Я говорю не как сухой схоластик, а как скотовод-практик, которому постоянно приходится иметь дело с методами Менделя.

– И я должен, по-вашему, согласиться с тем, что готтентот ничуть не хуже белого! – вмешался Хэнкок.

– Ну, это в вас говорит Юг, Аарон, – заметил Дик, улыбаясь. – Эти предрассудки – я имею в виду не врожденные, но привитые еще в раннем детстве окружающей средой – слишком сильны; и сколько бы вы ни философствовали, вам с ними не справиться. Они так же неискоренимы, как влияние манчестерской школы на Спенсера.

– Что же, вы Спенсера ставите на одну доску с готтентотами?

Дик покачал головой.

– Дайте мне сказать, Хиал. Кажется, я могу объяснить свою мысль. Средний готтентот или средний меланезиец, в сущности, мало чем отличается от среднего белого. Разница в том, что таких готтентотов и негров гораздо больше, чем белых, среди которых есть значительный процент людей, превосходящих обычный средний уровень. Я их называю первой шеренгой, они увлекают за собой своих соотечественников, средних людей. Заметьте, что первая шеренга не меняет самой природы среднего человека и не развивает его интеллекта, но она лучше оснащает его для жизненной борьбы, открывает перед ним больше возможностей, облегчает движение вперед всей массе.

Дайте индейцу вместо лука и стрел современную винтовку, и он будет добывать гораздо больше дичи. По своей сути индейский охотник нисколько не изменился. Но его раса породила так мало людей, превышающих средний уровень, что все они за десять тысяч поколений не могли дать ему в руки винтовку.

– Ну-ну, Дик, развивайте вашу идею, – поощрял его Терренс. – Я, кажется, понимаю, куда вы клоните, и вы скоро припрете Аарона к стене с его расовыми предрассудками и дурацкой уверенностью в превосходстве одних народов перед другими.

– Люди, стоящие выше среднего уровня, – продолжал Дик, – те, кто составляет первую шеренгу, – изобретатели, исследователи, конструкторы, – это носители так называемых доминирующих признаков. Расу, в которой таких людей немного, называют низшей, неполноценной. Она все еще пользуется луком и стрелами. Она не вооружена для жизни. Возьмем среднего человека белой расы. Он совершенно так же туп, жаден, инертен, он такой же косный и отсталый, как и средний дикарь. Но средний белый движется быстрее, потому что большее число выдающихся людей вооружает его для жизни, дает ему организацию и закон.

Какого великого человека, какого героя – героя в том смысле, в каком я только что говорил, – породили, например, готтентоты? У гавайцев был только один: Камехамеха. У американских негров только два – Букер Вашингтон и Дюбуа, да и те с примесью белой крови…

Паола делала вид, что живо интересуется разговором и ей ничуть не скучно. Но Грэхему, сочувственно следившему за ней, стало ясно, что она вся как-то внутренне поникла. Под шум спора, завязавшегося между Терренсом и Хэнкоком, она сказала Грэхему вполголоса:

– Слова, слова, слова! Так много, так бесконечно много слов! Вероятно, Дик прав, – он почти всегда бывает прав; но я, признаюсь, никогда не умела и не умею применять все эти слова, все эти потоки слов к жизни, к моей собственной жизни, чтобы понять, как мне надо жить, что я должна и чего не должна делать. – Она, не отрываясь, смотрела ему в глаза, и у него не могло быть никакого сомнения относительно скрытого смысла ее слов. – Я не вижу, какое отношение теория о доминирующих признаках и о первой шеренге может иметь к моей жизни, – продолжала она. – Все это нисколько не уясняет мне, что хорошо и что дурно и по какой дороге надо идти. А они опять начали и теперь проговорят весь вечер…

– Нет, я понимаю, в чем их спор… – поспешно добавила Паола, – но для меня все это звук пустой. Слова, слова, слова! А я хочу знать, что мне делать с собой, как мне быть с вами, с Диком…

Но Диком овладел в этот вечер демон красноречия; и не успел Грэхем ответить Паоле, как Дик потребовал у него каких-то данных относительно южноамериканских племен, с которыми он некогда встречался во время своих путешествий. Слушая Дика и глядя на него, всякий решил бы, что это счастливый, беззаботный человек и притом всецело поглощенный спором. Ни Грэхем, ни даже Паола, прожившая с ним двенадцать лет, не поверили бы, что от его небрежных и как бы случайных взглядов не ускользнуло ни одно движение руки, ни одна перемена позы, ни один оттенок в выражении их лиц.

«Что бы это значило? – спрашивал себя Дик. – Паола сама не своя. Она явно нервничает, ее, видимо, раздражает этот спор. Грэхем бледен. У него какая-то растерянность в мыслях. Он думает не о том, о чем говорит. О чем он думает?»

А демон красноречия, помогавший ему скрывать свои мысли, увлекал его все дальше и дальше по пути ученой невнятицы.

– В первый раз я, кажется, готова возненавидеть наших мудрецов, – вполголоса сказала Паола, когда Грэхем смолк, сообщив Дику нужные сведения.

Дик хладнокровно продолжал развивать свои тезисы. Поглощенный как будто темой разговора, он все же заметил, как Паола что-то шепнула Грэхему, и хотя не расслышал ни одного слова, но уловил ее все растущую тревогу и безмолвное сочувствие Грэхема и старался угадать: что же такое она могла ему шепнуть? Вместе с тем, обращаясь к сидящим за столом, он говорил:

– ...И Фишер и Шпейзер – оба согласны в том, что в сравнении с передовыми расами, например, с французами, англичанами, немцами, у низших рас можно встретить чрезвычайно мало выдающихся особей.

Никто из гостей не заметил, что Дик нарочно перевел спор в другое русло. Не догадался об этом и Лео; и когда поэт спросил, какое место в этой первой шеренге занимают женщины, и тем дал беседе новое направление, он и не подозревал, что это не его вопрос, а что он искусно подсказан ему Диком.

– Лео, мой мальчик, женщины не являются носителями доминирующих признаков, – ответил ему Терренс, подмигнув соседям. – Женщины консервативны. Они сохраняют устойчивость типа. Закрепив его, они воспроизводят его дальше, – поэтому они главный тормоз прогресса. Если бы не женщины, каждый из нас стал бы носителем доминирующих признаков. Я сошлюсь на нашего славного менделиста, опытнейшего скотовода, – он сегодня с нами и может подтвердить мои легковесные замечания.

– Прежде всего, – подхватил Дик, – давайте вернемся к основному и выясним, о чем, собственно, мы спорим. Что такое женщина? – спросил он с напускной серьезностью.

– Древние греки считали, – заметил Дар-Хиал, и легкая сардоническая улыбка изогнула его насмешливые губы, – что женщина – это неудавшийся мужчина.

Лео был оскорблен. Его лицо вспыхнуло. В глазах появилось выражение боли, губы задрожали. Он взглянул на Дика, ища поддержки.

– Да, она – ни то ни се, – вмешался Хэнкок. – Точно господь бог, создавая женщину, прервал свою работу, не докончив ее, и женщина так и осталась с половинкой души, с недозревшей душой.

– Нет! Нет! – воскликнул юноша. – Вы не смеете так говорить! Дик, вы же знаете! Скажите, им, скажите!

– К сожалению, не могу, – ответил Дик. – Этот спор о душах столь же туманен, как и сами души. Кто же не знает, что мы часто блуждаем и теряемся в потемках, особенно когда мним, будто нам известно, кто мы и что нас окружает. А что такое сумасшедший? Он только немного или намного безумнее нас. Что такое слабоумный? Идиот? Дефективный ребенок? Лошадь? Собака? Комар? Жаба? Древоточец? Улитка? И что такое ваша собственная личность, Лео, когда вы, например, спите? Когда у вас морская болезнь? Когда вы пьяны? Влюблены? Когда у вас живот болит? Судорога в ноге? Когда вами вдруг овладевает страх смерти? Когда вы в гневе? Или когда переживаете восторг перед красотой мира и думаете, что вы думаете о несказанных, невыразимых вещах?

Я говорю: *думаете, что вы думаете*, – нарочно. Если бы вы думали на самом деле, то красота мира не казалась бы вам несказанной и невоплотимой в словах. Вы бы видели ее ясно, четко и определенно нашли бы для нее слова. И ваша личность была бы такой же ясной, четкой и определенной, как ваши мысли и слова. Итак, когда вы воображаете, Лео, что стоите на вершинах бытия, вы на самом деле отдаетесь оргии ваших ощущений, следуете их буйной пляске, их трепету и вибрациям, не понимая ни одного движения в этой пляске и не догадываясь о смысле этой оргии. Вы сами себя не знаете. В такие минуты ваша душа, ваша личность – это нечто смутное, неуловимое. Может быть, у какого-нибудь жабы-самца, который вылез на берег пруда и посылает в темноту хриплое кваканье, призывая свою бородавчатую самку, – может быть, в эту минуту в нем тоже просыпается что-то вроде личности? Нет, Лео, личность, душа – это слишком неопределенные понятия, и не нашим «личностям» их уловить. Есть люди, имеющие облик мужчины, но с женской душой. Иногда в одном человеке живет как бы несколько душ. И есть такие двуногие, о которых хочется сказать: ни рыба ни мясо. Мы – как личности, как души – подобны плывущим клочьям тумана или отдаленным вспышкам в ночном мраке. Все здесь туман и мгла, и мы словно бродим ощупью впотьмах, когда хотим разгадать эту мистику.

– Может быть, это мистификация, а не мистика; придуманная человеком мистификация, – сказала Паола.

– И это говорит истинная женщина, а еще Лео уверяет, что у нее полноценная душа, – заметил Дик. – Суть в том, Лео, что душа и пол тесно сплетены друг с другом, и мы очень мало знаем о том и о другом…

– Но женщины прекрасны, – пробормотал юноша.

– Ого, – вмешался Хэнкок, и его черные глаза коварно блеснули. – Значит, вы, Лео, отождествляете женщину и красоту?

Губы молодого поэта шевельнулись, но он только кивнул.

– Отлично, давайте посмотрим, что говорит живопись за последнюю тысячу лет, рассматривая ее как отражение экономических условий и политических институтов, и тогда мы увидим, как мужчина воплощал в образе женщины свои идеалы и как женщина разрешала ему…

– Перестаньте изводить Лео, – вмешалась Паола, – будьте все правдивы, говорите только о том, что вы знаете или во что верите.

– О, женщины – это священная тема! – торжественно возгласил Дар-Хиал.

– Вот, например, мадонна, – вмешался Грэхем, чтобы поддержать Паолу.

– Или синий чулок, – добавил Терренс.

Дар-Хиал одобрительно кивнул ему.

– Не все сразу, – предложил Хэнкок. – Прежде всего рассмотрим, что такое поклонение мадонне в отличие от современного поклонения всякой женщине, под которым готов подписаться и Лео. Мужчина – ленивый и грубый дикарь. Он не любит, чтобы ему надоедали. Он любит покой и отдых. И с тех пор как существует человеческий род, он видит, что связан с беспокойным, нервным, раздражительным и истерическим спутником; имя этому спутнику – женщина. У нее всякие там настроения, слезы, обиды, тщеславные желания и полная нравственная безответственность. Но он не мог ее уничтожить, она была ему необходима, хоть и отравляла ему жизнь. Что же ему оставалось?

– Ему оставалось одно: хитро и ловко ее обмануть, – вмешался Терренс.

– И он создал ее небесный образ, – продолжал Хэнкок. – Он идеализировал ее положительные стороны и этим отодвинул от себя отрицательные, чтобы они не могли действовать ему на нервы, мешать мирно и лениво курить трубку и созерцать звезды. А когда обыкновенная женщина пыталась надоедать ему, он изгонял ее из своих мыслей и обращался к образу небесной и совершенной женщины, носительницы жизни и хранительницы бессмертия. Но тут пришла Реформация, и поклонение мадонне прекратилось. Однако мужчина по-прежнему был связан с нарушительницей его покоя. Что же он сделал тогда?

– Ах, мошенник! – фыркнул Терренс.

– Он сказал: «Я превращу тебя в сон, в иллюзию» – и превратил. Мадонна была для него небесной женщиной, высшей концепцией женщины вообще. И вот он перенес все ее идеальные черты на земную женщину и так себе заморочил голову, что поверил в их реальность, и притом до такой степени… как… ну, как Лео.

– Для холостяка вы удивительно осведомлены обо всех зловредных свойствах женщины, – заметил Дик. – Или это все одни теории?

Терренс рассмеялся.

– Дик, милый, да ведь Аарон только что прочел Лауру Мархольм. Он может процитировать главу и страницу, где об этом говорится.

– И все-таки, сколько бы мы здесь ни спорили о женщине, мы не коснулись, в сущности, и края ее одежды, – вмешался Грэхем и получил от Паолы и Лео благодарный взгляд.

– Ведь есть еще любовь, – порывисто заявил Лео, – о любви никто не сказал ни слова.

– И о брачных законах, о разводе, полигамии, моногамии и о свободной любви, – бойко продолжал Хэнкок.

– А скажите, Лео, почему в любви всегда охотится и преследует женщина? – спросил Дар-Хиал.

– Да ничего подобного, – уверенно отозвался юноша. – Это еще одна из глупостей вашего Бернарда Шоу.

– Браво, Лео! – одобрила его Паола.

– Значит, Уайльд ошибался, говоря, что нападение женщины состоит в неожиданных и непонятных уступках? – спросил Дар-Хиал.

– Послушать вас, так женщина – это какое-то чудовище, хищница! – запротестовал Лео, повертываясь к Дику и бросая на Паолу быстрый взгляд, в котором светилась вся глубина его любви. – Она вот разве хищница, Дик?

– Нет, – задумчиво ответил Дик, покачав головой, и, щадя то, что увидел в глазах юноши, мягко продолжал: – Я не скажу, что женщина – хищница или что она добыча для хищника. Не скажу также, что она неиссякающий источник радости для мужчины. Она создание, дающее мужчине много радости…

– Но и заставляющее его делать много глупостей, – добавил Хэнкок.

– Я хочу задать Лео один вопрос, – заявил Дар-Хиал. – Скажите, Лео, почему женщина любит того мужчину, который ее бьет?

– И не любит того, кто ее не бьет, вы так полагаете? – язвительно спросил Лео.

– Вот именно.

– Что ж, Дар, отчасти вы правы, но в гораздо большей мере не правы. Я у вас, господа, немало наслушался насчет точности определений. Так вот, вы очень ловко обошли ее в этих ваших двух положениях. Давайте я сделаю это за вас. Итак, мужчина, способный бить любимую женщину, – это мужчина низшего типа. И женщина, любящая такого мужчину, – тоже существо низшего типа. Никогда мужчина высшего типа не будет бить женщину, которую он любит. И ни одна женщина высшего типа, – при этом глаза Лео невольно обратились в сторону Паолы, – не могла бы любить человека, который ее бьет.

– Нет, Лео, уверяю вас, я никогда, никогда не бил Паолу, – сказал Дик.

– Видите, Дар, – продолжал Лео, густо покраснев, – вот вы и ошиблись: Паола любит Дика, а он ее не бьет.

Дик повернул явно смеющееся и довольное лицо к Паоле, как бы ожидая найти в ней безмолвное подтверждение словам юноши; на самом деле он хотел увидеть, какое они произвели на нее впечатление при том ее душевном состоянии, о котором он догадывался. В ее глазах действительно мелькнуло что-то неуловимое; что – он не понял. Лицо Грэхема оставалось неизменным, на нем было только выражение интереса, с которым он все время прислушивался к спору.

– Сегодня женщина, безусловно, нашла своего рыцаря, своего святого Георгия, – обратился Грэхем к Лео. – Вы меня пристыдили, Лео. Я здесь сижу преспокойно, а вы сражаетесь с тремя драконами.

– И какими! – вмешалась Паола. – Если они довели О'Хэя до запоя, то что они сделают с вами, Лео?

– Истинного рыцаря любви не устрашат никакие драконы в мире, – сказал Дик. – А лучше всего то, что в данном случае драконы более правы, чем вы думаете, и все-таки вы, Лео, еще более правы, чем они.

– Здесь есть и добрый дракон, милый Лео, – начал Терренс. – Дракон этот готов отступиться от своих недостойных товарищей, перейти на вашу сторону и стать святым Теренцием. И вот святой Теренций хотел бы задать вам один преинтересный вопрос.

– Дайте сперва прорычать еще одному дракону, – перебил его Хэнкок. – Лео, ради всего, что есть в любви нежного и прекрасного, прошу вас, скажите: почему мужчина так часто убивает из ревности женщину, которую любит?

– Потому что ему больно, потому что он с ума сходит, – последовал ответ, – потому что он имел несчастье полюбить женщину столь низменного типа, что она могла дать повод к ревности.

– Однако, Лео, – отвечал Дик, – любви свойственно заблуждаться. Дайте более исчерпывающий ответ.

– Дик прав, – поддержал его Терренс. – В любви ошибаются и люди самого высшего типа, и тогда появляется на сцене «чудовище с зелеными глазами». Представьте себе, что самая совершенная женщина, какую только может нарисовать вам ваше воображение, перестает любить того, кто ее не бьет, и начинает любить другого, который ее тоже не бьет. Что тогда? И не забывайте, что все трое принадлежат к высшему типу. Ну-ка, берите меч и разите дракона.

– Первый ее не убьет и ничем не обидит, – решительно заявил Лео. – Иначе он не был бы тем человеком, каким вы его изображаете. Он принадлежал бы не к высшему, а к низменному типу.

– Вы хотите сказать, что он должен устраниться? – спросил Дик, закуривая сигару и ни на кого не глядя.

Лео с серьезным видом кивнул.

– Он не только устранится, но облегчит ей ее положение и будет с ней очень нежен и бережен.

– Давайте говорить конкретнее, – предложил Хэнкок. – Допустим, что вы влюбились в миссис Форрест, и она влюбилась в вас, и вы оба удираете в большом лимузине…

– О, я никогда бы этого не сделал! – воскликнул юноша, щеки его пылали.

– Ну, знаете, Лео, это не очень лестно для меня, – поддразнила его Паола.

– Да ведь это только предположение, Лео, – успокоил его Хэнкок.

На юношу было жалко смотреть, голос его дрожал; однако он смело повернулся к Дику и заявил:

– На это должен ответить Дик.

– Я и отвечу, – сказал Дик. – Паолу я бы не убил. И вас тоже, Лео. Это было бы нечестной игрой. Как бы мне ни было больно, я бы сказал: «Благословляю вас, дети мои!» Но все же… – Он остановился, смех, заигравший в уголках его губ, предвещал какую-то шутку. – Я бы все же подумал про себя, что Лео совершает серьезную ошибку: дело в том, что он Паолы совсем не знает.

– Она бы помешала ему созерцать звезды, – улыбнулся Терренс.

– Нет, нет, Лео! Никогда, обещаю вам! – воскликнула Паола.

– Ну, вы сами себя обманываете, миссис Форрест, – заявил Терренс. – Во-первых, вы не могли бы от этого удержаться; кроме того, это была бы ваша прямая обязанность. А в заключение разрешите мне сказать вот что – я имею на это некоторое право, – когда я был молод, безумен и влюблен и мое сердце тянулось к женщине, а глаза к звездам, для меня было самым большим счастьем, если возлюбленная моего сердца своею любовью отрывала меня от звезд.

– Терренс, не говорите таких восхитительных вещей, иначе я удеру в лимузине и с Лео и с вами! – воскликнула Паола.

– Назначьте день, – галантно ответил Терренс. – Только оставьте среди ваших тряпок место для нескольких книг о звездах, чтобы мы могли вместе с Лео изучать их в свободные минуты.

Завязавшийся вокруг Лео спор постепенно затих, и Дар-Хиал с Аароном атаковали Дика.

– Что вы имели в виду, сказав: «Это было бы нечестной игрой»? – спросил Дар-Хиал.

– Вот именно то, что сказал и Лео, – ответил Дик; он почувствовал, что тревога и беспокойство Паолы исчезли и она с жадным любопытством прислушивается к их разговору. – При моих взглядах и моем характере, – продолжал он, – я не мог бы целовать женщину, которая бы только терпела мои поцелуи, – это было бы для меня самой большой душевной мукой.

– А допустите, что она притворялась бы – ради прошлого или из жалости к вам, из боязни огорчить вас? – настаивал Хэнкок.

– Я счел бы такое притворство непростительным грехом с ее стороны, – возразил Дик. – Тут нечестную игру вела бы она. Нечестно и несправедливо удерживать возле себя любимую женщину хоть на минуту дольше, чем ей хочется. К тому же это не доставило бы мне ни малейшей радости. Лео прав. Какому-нибудь пьяному ремесленнику, может быть, и удастся пробудить и удержать с помощью кулаков привязанность своей глупой подруги, но мужчины с более утонченной природой и хотя бы намеком на интеллект и духовность не могут прикасаться к любви грубыми руками. Я, как и Лео, всячески облегчил бы женщине ее положение и обращался бы с ней очень бережно.

– Куда же денется тогда инстинкт единобрачия, которым так гордится западная цивилизация? – спросил Дар-Хиал.

А Хэнкок добавил:

– Вы, значит, защищаете свободную любовь?

– Я могу, к сожалению, ответить только избитой формулой: несвободной любви быть не может. Прошу вас при этом иметь в виду, что мы все время разумеем людей высшего типа. И пусть это послужит вам ответом, Дар. Огромное большинство, должно быть в интересах законности и труда, связано с институтом единобрачия или какой-нибудь иной суровой и негибкой формой брака. Оно не дозрело ни до свободы в браке, ни до свободной любви. Для него свобода в любви стала бы просто распущенностью. Только те нации не погибли и достигли высокого уровня развития, где религия и государство обуздывали и сдерживали инстинкты народа.

– Значит, для себя самого вы брачных законов не признаете? – спросил Дар-Хиал. – Вы их допускаете только для других?

– Я признаю их для всех. Дети, семья, карьера, общество, государство – все это делает брак – законный брак – необходимым. Но потому же я признаю и развод. Мужчины – решительно все – и женщины тоже способны любить в своей жизни больше одного раза; в каждом старая любовь может умереть и новая родиться. Государство не властно над любовью так же, как не властны над ней ни мужчина, ни женщина. Если человек влюбился, он знает только, что влюбился, и больше ничего: вот она – трепетная, вздыхающая, поющая, взволнованная любовь! Но с распущенностью государство бороться может.

– Ну, вы защищаете весьма сложную свободную любовь, – покачал головой Хэнкок.

– Верно. Но ведь и живущий в обществе человек – существо в высшей степени сложное.

– Однако есть же мужчины, есть любовники, которые умерли бы, потеряв свою возлюбленную, – заявил Лео с неожиданной смелостью. – Они умерли бы, если бы ее не стало, и... тем более... если бы она осталась жить, но полюбила другого.

– Что ж, пусть такие и умирают, как умирали всегда, – хмуро ответил Дик. – Винить в их смерти никого не приходится. Уж так мы созданы, что наши сердца иной раз сбиваются с пути.

– Мое сердце никогда бы не сбилось, – заявил Лео с гордостью, не подозревая, что его тайна известна решительно каждому из сидевших за столом. – Я знаю твердо, что дважды полюбить бы не мог.

– Верю, мой мальчик, – мягко отвечал Терренс. – Вашим голосом говорят все истинно любящие. Радость любви именно в ее абсолютности... Как это у Шелли... или у Китса: «Вся – чудо и беспредельное счастье». Каким жалким, флегматичным любовником оказался бы тот, кто мог бы допустить, что на свете есть женщина, хоть на одну сотую доли такая же сладостная, восхитительная, блестящая и чудесная, как его дама сердца, и что он может когда-нибудь полюбить другую!

Выходя из столовой и продолжая разговор с Дар-Хиалом, Дик старался угадать: поцелует его Паола на сон грядущий или, кончив играть на рояле, тихонько ускользнет к себе? А Паола, беседуя с Лео по поводу его последнего сонета, который он ей показал, спрашивала себя: поцеловать ли ей Дика? И вдруг, неведомо почему, ей страшно захотелось это сделать.

Глава двадцать третья

В тот вечер было мало разговоров. Паола пела, сидя за роялем, а Терренс вдруг прервал на полуслове свои рассуждения о любви и стал прислушиваться к ее голосу, в котором звучало что-то новое; затем тихонько пробрался на другой конец комнаты и растянулся на медвежьей шкуре, рядом с Лео. Дар-Хиал и Хэнкок также перестали спорить, и каждый уселся в глубокое кресло, Грэхем, видимо, менее заинтересованный, погрузился в последний номер какого-то журнала; но Дик заметил, что он так и не перевернул ни одной страницы. Уловил Дик и новую глубину в голосе жены и стал искать ей объяснение.

Когда она кончила, все три мудреца устремились к ней и заявили, что наконец-то она отдалась пению всем своим существом и пела как никогда; они были уверены, что рано или поздно такая минута настанет. Лео лежал молча и неподвижно, подперев голову ладонями. Лицо его преобразилось.

– Это все наделали ваши разговоры, – отозвалась, смеясь, Паола, – и те замечательные мысли о любви, которые мне внушили Лео, Терренс и… Дик.

Терренс потряс своей сильно поседевшей львиной гривой.

– Это не мысли, а скорее чувства, – поправил он ее. – Сегодня вашим голосом пела сама любовь. И впервые, сударыня, я слышал всю его силу. Никогда впредь не жалуйтесь, что у вас маленький голос. Нет, он густой и округлый, как канат, большой золотой канат, которым крепят корабли аргонавтов в гаванях блаженных островов.

– За это я вам сейчас спою «Хвалу», – ответила Паола, – отпразднуем смерть дракона, убитого святым Львом, святым Теренцием… и, конечно, святым Ричардом.

Дик, не пропустивший ни одного слова из этого разговора, отошел, не желая в нем участвовать, к стенному шкафу и налил себе шотландского виски с содовой.

Пока Паола пела «Хвалу», он сидел на одном из диванов, потягивал виски и вспоминал. Два раза она пела так, как сегодня: один раз в Париже, во время его краткого жениховства, и затем на яхте – тут же после свадьбы, во время медового месяца.

Немного погодя он предложил выпить и Грэхему, налил виски ему и себе; а когда Паола кончила, потребовал, чтобы они вдвоем спели «Тропой цыган».

Она покачала головой и запела «Траву забвенья».

– Разве это женщина? – воскликнул Лео, когда она смолкла. – Это ужасная женщина! А он настоящий любовник. Она разбила ему сердце, а он продолжал ее любить. И он не в силах полюбить вновь, оттого что не может забыть свою любовь к ней.

– А теперь, Багряное Облако, «Песня о желуде», – сказала Паола, с улыбкой обращаясь к мужу. – Поставь свой стакан, будь милым и спой свою песню о желуде.

Дик лениво поднялся с дивана, потряс головой, точно взмахивая гривой, и затопал ногами, подражая Горцу.

– Пусть Лео знает, что не он один здесь рыцарь любви и поэт. Послушайте вы, Терренс, и прочие песню Горца, полную буйного ликования. Горец не вздыхает о любимой – отнюдь нет. Он воплощение любви. Слушайте его.

И Дик, топая ногами и словно взмахивая гривой, на всю комнату заржал радостно, буйно.

– «Я – Эрос. Я попираю холмы. Моим зовом полны широкие долины. Кобылицы на мирных пастбищах слышат мой зов и вздрагивают – они знают меня. Земля полна сил и деревья – соков. Это весна. Весна – моя. Я царь в моем весеннем царстве. Кобылицы помнят мой голос, ведь он жил в крови их матерей. Внемлите! Я – Эрос! Я попираю холмы, и, словно герольды, долины разносят мой голос, возвещая о моем приближении».

Мудрецы в первый раз слышали эту песню Дика и громко зааплодировали. Хэнкок решил, что это прекрасный повод для нового спора, и уже хотел было развить, опираясь на Бергсона, новую биологическую теорию любви, но его остановил Терренс, заметив, как по лицу Лео пробежало выражение боли.

– Продолжайте, пожалуйста, сударыня, – попросил Терренс, – и пойте о любви, только о любви; вы представить себе не можете, как звуки женского голоса помогают нам размышлять о звездах.

Немного спустя в комнату вошел О-Пой и, подождав, пока Паола кончит петь, неслышно приблизился к Грэхему и подал ему телеграмму. Дик недовольно покосился на слугу.

– Кажется, очень важная, – пояснил китаец.

– Кто принял ее? – спросил Дик.

– Я принял, – ответил слуга. – Дежурный позвонил из Эльдорадо по телефону. Сказал – очень важная. Я принял.

– Да, важная, – повторил за ним Грэхем, складывая телеграмму. – Скажите, Дик, сегодня есть еще поезд на Сан-Франциско?

– О-Пой, вернись на минутку, – позвал Дик слугу, взглянув на часы. – Какой ближайший поезд на Сан-Франциско останавливается в Эльдорадо?

– В одиннадцать десять, – тут же последовал ответ. – Времени достаточно. Но и не так много. Позвать шофера?

Дик кивнул.

– Вам действительно нужно мчаться непременно сегодня? – спросил он Грэхема.

– Действительно. Очень нужно. Успею я уложиться?

– Как раз успеете сунуть в чемодан самое необходимое. – Он обернулся к О-Пою: – О-Дай еще не лег?

– Нет, сэр.

– Пошли его, он поможет мистеру Грэхему. И уведомьте меня, как только будет готова машина. Пусть Сондерс возьмет гоночную.

– Какой чудесный малый... статный, сильный, – вполголоса заметил Терренс, когда Грэхем вышел.

Все оставшиеся собрались вокруг Дика. Только Паола продолжала сидеть у рояля и слушать.

– Один из тех немногих, с кем я бы отправился к черту на рога, рискнул бы на самое безнадежное дело, – сказал Дик. – Он был на судне «Недермэре», когда оно село на мель у Панго во время урагана девяносто седьмого года. Панго – это просто необитаемый песчаный остров; он поднят футов на двенадцать над уровнем моря, и там увидишь только заросли кокосовых пальм. Среди пассажиров находилось сорок женщин, главным образом жены английских офицеров. А у Грэхема болела рука, раздулась толщиной с ногу: змея укусила.

Море безумствовало, лодки не могли быть спущены.

Две уже разбились в щепки, их команды погибли.

Четыре матроса вызвались донести конец линя до берега, и каждого из них мертвым втащили обратно на судно. Когда отвязали последнего, Грэхем, несмотря на опухшую руку, разделся и взялся за канат. И ведь добрался до берега, хотя волна его так швырнула, что он в довершение всего сломал себе больную руку и три ребра, но все же успел прикрепить линь, прежде чем потерял сознание. Еще шестеро, держась за линь, потащили трос. Четверо достигли берега, и из всех сорока женщин умерла только одна, и то от испуга. У нее сердце не выдержало.

Я как-то стал расспрашивать его об этом случае. Но он молчал с упрямством чистопробного англичанина. Все, чего я от него добился, – это, что он быстро поправляется и нет никаких осложнений. Он полагал, что необходимость усиленно двигаться и перелом кости послужили хорошим противоядием.

В эту минуту в комнату с двух сторон вошли О-Пой и Грэхем. И Дик увидел, что Грэхем прежде всего бросил Паоле вопрошающий взгляд.

– Все готово, сэр, – доложил О-Пой.

Дик намерен был проводить гостя до машины, Паола же, видимо, решила остаться в доме.

Грэхем подошел к ней и пробормотал несколько банальных слов прощания и сожаления.

А она, еще согретая всем, что Дик только что про него рассказывал, залюбовалась им: легкой, гордой постановкой головы, небрежно откинутыми золотистыми волосами, всей его фигурой – стройной, гибкой, юношеской, несмотря на рост и ширину плеч. Когда он к ней подошел, ее взгляд уже не отрывался от его удлиненных серых глаз с несколько тяжелыми веками, придававшими лицу мальчишески-упрямое выражение. И она ждала, чтобы это выражение исчезло, уступив место улыбке, которую она так хорошо знала.

Он простился с нею обыденными словами. Она так же высказала общепринятые сожаления. Но в его глазах, когда он держал ее руку, было то особенное, чего она бессознательно ждала и на что ответила взглядом.

Она почувствовала это и в быстром пожатии его руки. И невольно ответила таким же пожатием. Да, он прав, между ними слова не нужны.

В то мгновение, когда их руки расстались, она украдкой посмотрела на Дика, потому что за двенадцать лет их супружеской жизни убедилась в том, что у него бывают вспышки молниеносной проницательности и какой-то почти пугающей сверхъестественной способности отгадывать факты на основании едва уловимых признаков и делать выводы, нередко поражавшие ее своей меткостью и прозорливостью. Но Дик стоял к ней боком и смеялся какому-то замечанию Хэнкока; он обратил к жене свой смеющийся взор, только когда собрался проводить Грэхема.

Нет, подумала она, наверно, Дик не заметил того, что они сейчас сказали друг другу без слов. Ведь это продолжалось одну секунду, это была только искра, вспыхнувшая в их глазах, мгновенный трепет их пальцев... Как мог Дик его почувствовать или увидеть? Нет, он не мог видеть их глаз, ни рук, ведь Грэхем стоял к Дику спиной и заслонял Паолу.

И все-таки она пожалела, что бросила на Дика этот взгляд. Когда они уходили – оба рослые, белокурые, – в ней возникло смутное чувство вины. «Но в чем же я виновата? – спрашивала она себя. – Отчего мне надо что-то скрывать?» – И все же Паола была слишком честна, чтобы бояться правды, и тут же призналась себе без всяких отговорок: да, у нее есть что скрывать. Она густо покраснела при мысли, что невольно дошла до обмана.

– Я пробуду там дня два-три… – говорил между тем Грэхем, стоя у дверцы машины и прощаясь с Диком.

Дик видел устремленный на него прямой и честный взгляд Ивэна и ощутил сердечность его пожатия. Грэхем хотел еще что-то, прибавить, но удержался (Дик это почувствовал) и сказал тихо:

– Когда я вернусь, мне, вероятно, надо будет уже по-настоящему собираться в путь-дорогу.

– А как же книга? – отозвался Дик, внутренне проклиная себя за ту вспышку радости, которую в нем вызвали слова Грэхема.

– Вот именно из-за нее, – ответил Грэхем. – Должен же я ее кончить. Я, видно, не способен работать так, как вы. У вас тут слишком хорошо. Сижу над ней, сижу, а в ушах звенят эти злодеи жаворонки, я вижу поля, лесистые ущелья. Селима… Просижу так без толку час – и звоню, чтобы седлали. А если не это, так есть тысяча других соблазнов. – Он поставил ногу на подножку пыхтящей машины и сказал: – Ну, пока, до свидания, дружище.

– Возвращайтесь и возьмите себя в руки, – отозвался Дик. – Раз иначе нельзя, мы составим твердое расписание, и я буду с утра запирать вас, пока вы не отработаете свою порцию. И если за весь день ничего не сделаете, просидите весь день взаперти. Я вас заставлю работать. Сигареты есть? А спички?

– Все в порядке.

– Ну, поехали, Сондерс, – приказал Дик шоферу.

И машина из-под ярко освещенных ворот нырнула в темноту.

Когда Дик вернулся, Паола играла для мудрецов.

Дик лег на кушетку и снова начал гадать: поцелует она его или нет, когда будет прощаться на ночь? Не то, чтобы у них вошло в обыкновение целоваться на ночь, вовсе нет. Очень и очень часто он виделся с ней только днем в присутствии посторонних. Очень и очень часто она раньше других уходила к себе, никого не беспокоя и не прощаясь с мужем, ибо это могло бы показаться гостям намеком, что пора расходиться и им.

Нет, решил Дик, поцелует она его или нет нынче вечером, это не имеет решительно никакого значения. И все-таки он ждал.

Она продолжала то петь, то играть, пока он наконец не заснул. Когда Дик проснулся, он был в комнате один. Паола и мудрецы тихонько ушли. Дик взглянул на часы: они показывали час. Она просидела за роялем очень долго. Он знал, он чувствовал, что она ушла только сейчас. Именно то, что музыка прекратилась и в комнате стало тихо, и разбудило его.

И все-таки он продолжал удивляться. Дику случалось и раньше задремать под ее музыку, и всегда, кончив играть, она будила его поцелуем и отправляла в постель. Сегодня она этого не сделала. Может быть, она еще вернется? Он опять лег и, подремывая, стал ждать. Когда он снова взглянул на часы, было два. Она не вернулась.

По пути к себе в спальню он всюду гасил электричество, а в голове его тысячи пустяков и мелочей связывались между собой и будили сомнения, наталкивая на невольные выводы.

Придя к себе на веранду, он остановился перед стеной с барометром и термометрами, и портрет Паолы в круглой рамке приковал к себе его взоры. Он даже наклонился к нему и долго изучал ее лицо.

– Ну что ж... – Дик накрылся одеялом, заложил за спину подушки и протянул руку к пачке корректур. – Что бы ни было, придется все принять, – пробормотал он и покосился на портрет.

– А все-таки, маленькая женщина, лучше не надо, – вздохнул он на прощание.

Глава двадцать четвертая

Как нарочно, за исключением нескольких случайных гостей, приезжавших к завтраку или к обеду, в Большом доме никого из чужих не было. Но напрасно в первый и второй день Дик старался так распределить свою работу, чтобы быть свободным на случай, если Паола предложит купание или прогулку.

Он заметил, что она теперь всячески избегает поцелуя. Она посылает ему обычное «спокойной ночи» со своей спальни-веранды через широкий двор. В первый день утром он приготовился к ее одиннадцатичасовому визиту. Мистера Эгера и мистера Питтса, которые явились к нему с очень важными и еще не выясненными вопросами относительно предстоящей ярмарки, он проводил ровно в одиннадцать. Паола уже встала, он слышал ее пение. И вот Дик сидел за своим столом, ждал и ничего не делал, хотя перед ним стоял поднос с грудой писем, которые надо было подписать. Ему вспомнилось, что утренние посещения ввела она и упорно соблюдала этот обычай. Какими чарующими казались ему теперь ее возглас «С добрым утром, веселый Дик» и ее фигурка в кимоно, когда она усаживалась к нему на колени.

Ему вспомнилось, что он часто сокращал этот и без того короткий визит, давая ей понять даже в минуту ласки, что он очень занят; тогда на ее лицо набегала тень печали и она ускользала из комнаты.

Было уже четверть двенадцатого, а она не приходила.

Он снял трубку телефона и, соединившись с молочной фермой, услышал гул женских голосов, в котором различил и голос Паолы, говорившей:

– ...да бросьте вы вашего мистера Уэйда; берите ребят и приезжайте хоть на несколько дней...

Такое приглашение со стороны Паолы показалось ему очень странным. Она всегда так радовалась отсутствию гостей и возможности побыть хоть день или два с ним вдвоем. А теперь она уговаривает миссис Уэйд приехать сюда из Сакраменто. Можно подумать, что она не хочет оставаться с ним наедине и ради этого окружает себя гостями.

Он улыбнулся при мысли, что именно теперь, когда она уже не дарит ему утреннего поцелуя, этот поцелуй стал ему особенно желанен. Дику пришло в голову, что хорошо бы увезти ее в какое-нибудь интересное путешествие. Может быть, это помогло бы разрешить трудный вопрос: они будут все время вместе, что очень сблизит их. Почему бы не отправиться на Аляску поохотиться? Ей давно хочется туда поехать. Или в Южные моря, – как в те дни, когда они плавали на своей яхте? Пароходы курсируют между Сан-Франциско и Таити. Через двенадцать дней они бы высадились в Папеэте. Интересно, все еще держит ли Лавиния свой пансион? И мгновенно он представил себе Паолу и самого себя завтракающими на веранде этого пансиона, под тенью манговых деревьев.

Дик стукнул кулаком по столу. Нет, черт возьми, не будет он, как трус, убегать с женой от другого мужчины! Да и благородно ли увозить ее от того, к кому, быть может, ее влечет? Правда, он еще не знает, действительно ли ее влечет к Грэхему и как далеко они зашли в своем увлечении. Может быть, это только весенний хмель, который исчезнет вместе с весной? Правда, за все двенадцать лет их брака он ни разу не замечал в ней никаких хмельных весенних настроений. Она никогда не давала поводов в ней сомневаться. Паола очень нравилась мужчинам, встречалась с очень многими, принимала их поклонение и даже ухаживание, но всегда оставалась спокойной и верной себе: женой Дика Форреста...

– С добрым утром, веселый Дик!

Она выглянула из-за двери в холл, непринужденно и весело улыбаясь ему глазами и губами, и послала кончиками пальцев воздушный поцелуй.

И он отозвался так же непринужденно:

– С добрым утром, моя гордая луна!

Вот она сейчас войдет, подумал он, и он сожмет ее в своих объятиях и подвергнет ее испытанию поцелуем.

Он простер к ней руки, но она не вошла. Вместо этого она зажала на груди кимоно, подобрала юбку, словно собираясь бежать, и тревожно посмотрела в глубину холла. Однако его ухо не уловило никаких звуков. Она же снова улыбнулась ему, послала еще один поцелуй и исчезла. Когда через десять минут вошел Бонбрайт с телеграммами, Дик не слышал, что говорит ему секретарь, он все еще сидел неподвижно за своим столом, как сидел десять минут назад…

Но Паола, видимо, чувствовала себя счастливой. И Дик, слишком хорошо знавший и жену и ее способы выражать свои душевные состояния, не мог не понимать, почему ее пение раздается по всему дому, и под аркадами, и во дворе. До завтрака он не выходил из своего рабочего кабинета, а она не зашла за ним, как заходила иногда по пути в столовую.

Когда раздался звук гонга, Дик услышал через двор ее голос, что-то напевавший; голос удалялся по направлению к столовой.

За завтраком был случайный гость, некий Гаррисон Стоддард, полковник Национальной гвардии, удалившийся от дел коммерсант, помешанный на вопросе о рабочих беспорядках и соотношении сил в промышленности и сельском хозяйстве. Однако Паола выбрала минутку и сообщила Дику, что собирается под вечер проехаться в Уикенберг – навестить Мэзонов.

– Я, конечно, не могу сказать, когда вернусь. Ты ведь знаешь Мэзонов. Не решаюсь звать тебя, хотя мне очень хотелось бы, чтобы и ты поехал.

Дик покачал головой.

– Итак, – продолжала она, – если тебе Сондерс не нужен…

Дик кивнул.

– Я возьму сегодня Каллахана, – сказал он, тут же составляя свой план на день, независимо от Паолы, раз она уезжала. – Никак не пойму, Поли, почему ты предпочитаешь Сондерса? Каллахан искуснее и, уж конечно, надежнее.

– Может быть, именно поэтому, – сказала она, улыбнувшись. – Чем тише, тем безопаснее.

– Все же на гонках я бы держал за Каллахана против Сондерса, – заявил Дик.

– А ты куда поедешь? – спросила она.

– Я хочу показать полковнику Стоддарду мою образцовую ферму с одним работником и без единой лошади и мой фокус с автоматической запашкой участка в десять акров. У нас много усовершенствований, я вот уже целую неделю собираюсь снова испробовать это изобретение, но все не было времени. А потом я хочу свозить Стоддарда в колонию. Как ты думаешь? За последние дни там прибавилось пятеро.

– А я думала, что комплект уже заполнен, – сказала Паола.

– Так оно и есть, – ответил Дик с сияющим лицом. – Это новорожденные. У самого безнадежного семейства родилась сразу двойня.

– Многие маловеры качают головой по поводу вашего опыта, и я, признаюсь, пока воздерживаюсь от всякого суждения. Вы должны доказать мне все это по вашим счетным книгам, – отозвался полковник Стоддард, весьма довольный предложением хозяина.

Но Дик едва слушал его, поглощенный потоком нахлынувших мыслей. Паола ничего не сказала ему, приедет ли миссис Уэйд с детьми, или нет, не сообщила даже, что она ее пригласила. Но он успокаивал себя тем, что и ей и ему нередко случалось принимать гостей, о приезде которых хозяева узнавали, только увидев их.

Было, впрочем, ясно, что сегодня миссис Уэйд не приедет, иначе Паола не бежала бы за тридцать миль. Да, она хотела бежать, этого не скроешь, бежать именно от него. Она боялась остаться с ним с глазу на глаз, боялась опасностей, к которым ведет интимная близость; и то обстоятельство, что это казалось ей опасностью, подтверждало самые мрачные предположения Дика. Кроме того, она подумала и о вечере. К обеду она вернуться не успеет и вскоре после обеда тоже, разве только если привезет с собой всю уикенбергскую компанию. Она вернется с таким расчетом, чтобы застать его уже в постели. «Ну, что поделаешь, пусть», – угрюмо решил он про себя, а в то же время говорил полковнику Стоддарду:

– На бумаге этот опыт обещает прекрасные результаты, причем сделана достаточная скидка и на человеческие слабости. Тут-то, в человеческих слабостях, и кроются возможные опасности, они-то и вызывают сомнения. Единственно правильный путь – испробовать на практике, рискнуть, что я и делаю.

– А Дик не в первый раз рискует, – заметила Паола.

– Но ведь здесь на карту поставлены пять тысяч акров, весь подъемный капитал для двухсот пятидесяти фермеров и жалованье каждому по тысяче долларов в год, – возразил полковник Стоддард. – Несколько таких неудач – и это вытянет все соки из рудников Харвест.

– Осушка им как раз не помешает, – шутливо отозвался Дик.

Полковник Стоддард был ошеломлен.

– Ну да, – продолжал Дик. – Нужен дренаж. Рудники затоплены из-за политической ситуации в Мексике.

Утром, на второй день после отъезда Грэхема, то есть в день его предполагаемого возвращения, Дик в одиннадцать часов уехал верхом на прогулку, чтобы избежать утреннего приветствия Паолы: «Доброе утро, веселый Дик», – брошенного с порога.

Возвращаясь к себе, он встретил в холле А-Ха с целым снопом только что срезанной сирени.

– Куда это ты несешь? – спросил Дик.

– В комнату мистера Грэхема, он нынче возвращается.

«Интересно, кто это придумал? – размышлял Дик. – А-Ха, О-Пой или Паола?» Он вспомнил, как Грэхем не раз говорил, что ему особенно нравится их сирень.

Дик не пошел в библиотеку, как намеревался, а свернул во двор и направился к кустам сирени, росшим вокруг башни. Из комнаты

Грэхема он услышал в открытое окно голос Паолы, что-то радостно напевавшей. Дик до боли прикусил губу и двинулся дальше.

Сколько в этой комнате перебывало замечательных мужчин и женщин! Но ни для одного из гостей Паола не украшала ее цветами, думал Дик. Этим обыкновенно занимался О-Пой, большой мастер по части букетов, он расставлял их сам или поручал это им же обученным китайским слугам.

Среди телеграмм, принесенных Бонбрайтом, была и телеграмма от Грэхема. Дик прочел ее дважды, хотя Грэхем в ней просто извещал о том, что его возвращение откладывается.

Против обыкновения, Дик не стал ждать второго звонка к завтраку, а при первом же отправился в столовую, он испытывал сильную потребность в одном из тех коктейлей, которые столь мастерски приготовлял О-Пой; ему нужно было чем-нибудь подбодрить себя, прежде чем встретиться с Паолой после истории с сиренью. Но она его опередила: он вошел в ту минуту, когда она, пившая так редко и никогда не пившая в одиночестве, ставила обратно на поднос пустой бокал.

«Значит, ей тоже нелегко приходится», – подумал Дик и сделал О-Пою знак, подняв указательный палец.

– Вот я и поймал тебя на месте преступления, – весело упрекнул он Паолу. – Пьянствуешь тайком? Плохой признак. Не думал я в тот день, когда с тобою повенчался, что женюсь на безнадежной алкоголичке.

Она не успела ответить, так как в комнату поспешно вошел молодой человек, которого хозяин назвал Уинтерсом. Дик предложил Уинтерсу коктейль. Нет, это ему только показалось, что Паола при виде гостя испытала чувство облегчения. Никогда еще не приветствовала она его с таким радушием, хотя он бывал у них довольно часто. Во всяком случае, обедать они будут втроем.

Уинтерс окончил сельскохозяйственный колледж и состоял сотрудником «Тихоокеанской сельской прессы», где писал статьи по своей специальности. Он приехал, чтобы собрать здесь материал для очерков о калифорнийских рыбных прудах, и Дик, слегка покровительствовавший ему, мысленно уже составил для него программу дня.

– Получил телеграмму от Ивэна, – сказал он Паоле. – Вернется только послезавтра с четырехчасовым.

– И это после всех моих трудов! – воскликнула она. – Теперь вся сирень завянет!

Дик почувствовал, как в нем поднялась теплая волна радости. Он узнал в этом свою прямодушную, честную Паолу. Чего бы игра ни стоила и чем бы она ни кончилась, он был уверен, что Паола будет вести ее в открытую, без низких уловок. Она всегда была такая: слишком прозрачная и чистая, чтобы прибегать к обману.

Все же он хорошо играл свою роль и бросил ей довольно равнодушный вопрошающий взгляд.

– Да я про комнату Грэхема, – пояснила она. – Я велела принести туда целую охапку сирени и сама расставила. Он ведь так ее любит.

До конца завтрака она ни словом не обмолвилась о миссис Уэйд, и Дик уже решил, что та сегодня, видимо, не приедет, но Паола вдруг спросила, будто невзначай:

– Ты ждешь кого-нибудь?

Он отрицательно покачал головой и спросил в ответ:

– А у тебя есть какие-нибудь планы на сегодня?

– Пока никаких... А на тебя мне нечего и рассчитывать: ты же будешь выкладывать мистеру Уинтерсу все свои познания о рыбах.

– Нет, – возразил Дик, – я его подброшу мистеру Хэнли, он сосчитал каждую форель и каждую икринку в запруде и зовет по имени каждого окуня. Послушай... – Он остановился как бы в раздумье; вдруг лицо его просияло, словно от внезапной мысли: – День сегодня такой, что располагает к безделью. Давай возьмем ружья и поедем стрелять белок. Я заметил на днях, что их очень много развелось на холмах над Литтл Мэдоу.

Он успел заметить быстро промелькнувшую тень испуга в ее глазах; но тень так же быстро исчезла, Паола захлопала в ладоши и совершенно естественным тоном сказала:

– Только для меня ружья не бери…

– Если тебе не хочется ехать… – осторожно начал он.

– О нет, я хочу ехать, но не стрелять. Я возьму новую книжку Ле Галльена – мы только что получили ее – и буду читать тебе вслух. Помнишь, когда мы в последний раз ездили охотиться на белок, я читала тебе его «Золотокудрую деву».

Глава двадцать пятая

Паола на Лани и Дик на Капризнице выехали из ворот Большого дома; лошади шли настолько близко друг к другу, насколько это допускало злобное лукавство Капризницы. Коварная кобыла давала возможность беседовать лишь урывками. Прижав маленькие уши и оскалив зубы, она ежеминутно делала попытки взбунтоваться, не слушалась и все норовила укусить ногу Паолы или атласный круп Лани; но так как это ей не удавалось, то глаза ее мгновенно наливались кровью, и она то встряхивала гривой и старалась встать на дыбы (чему препятствовал мартингал), то начинала вертеться, шла боком, плясала на месте.

– Последний год держу ее, – сказал Дик. – Она неукротима. Два года я возился с ней без всякого результата. Она знает меня, знает мои привычки, знает, что должна подчиняться, – и все-таки бунтует. Она упорно надеется, что настанет минута, когда я зазеваюсь; и из боязни пропустить эту минуту кобыла всегда начеку.

– Как бы она и в самом деле не захватила тебя врасплох, – сказала Паола.

– Вот потому-то я и решил расстаться с ней. Не скажу, чтобы она утомляла меня, но по теории вероятности рано или поздно она меня все-таки сбросит. Пусть на это один шанс из миллиона, но бог знает, когда и при каких обстоятельствах мне может выпасть роковой номер...

– Ты удивительный человек, Багряное Облако, – улыбнулась Паола.

– Почему?

– Ты мыслишь статистическими данными и процентами, средними и приближенными числами. Когда мы с тобой встретились впервые, – интересно, под какую формулу ты подвел меня?

– Об этом я тогда, черт побери, не думал, – рассмеялся он в ответ. – Ты ни под какую статистическую рубрику не подходила. Тут всякие цифры спасовали бы. Я просто сказал себе, что встретил удивительнейшее двуногое создание женского пола и что хочу завладеть им так, как никогда ничего не хотел в жизни…

– И завладел, – докончила за него Паола. – Но с тех пор, Багряное Облако, с тех пор ты, наверно, немало построил на мне статистических выкладок?

– Кое-что – да… – признался он. – Но надеюсь никогда не дойти до последней…

Он остановился на полуслове, услышав характерное ржание Горца. Показался жеребец, на нем сидел ковбой, и Дик на миг залюбовался безупречной крупной и свободной рысью великолепного животного.

– Ну, надо удирать, – сказал он, ибо Горец, завидев их, перешел на галоп.

Они одновременно пришпорили кобыл и поскакали прочь, слыша за собой успокаивающие восклицания ковбоя, стук тяжелых копыт по дороге и веселое властное ржание. Капризница на него тотчас откликнулась, ее примеру последовала и Лань. Смятение лошадей показывало, что Горец начинает горячиться.

Они свернули на боковой проселок и, проскакав по нему метров пятьсот, остановились в ожидании, пока опасность минует.

– От него еще никто серьезно не пострадал, – сказала Паола, когда они возвращались на дорогу.

– Кроме того раза, когда он наступил Каули на ногу. Помнишь, Каули лежал потом целый месяц в постели, – ответил Дик, выравнивая ход снова зашалившей Капризницы. Покосившись на Паолу, он увидел, что она смотрит на него странным взглядом.

В этом взгляде он прочел и вопрос, и любовь, и страх – да, страх или граничащую со страхом тревогу, а главное – вопрос, что-то ищущее, испытующее. «Должно быть, она неспроста сказала, что я мыслю статистическими данными», – подумал Дик.

Но он притворился, что ничего не заметил, достал блокнот и, взглянув с интересом на водосток, мимо которого они проезжали, что-то записал.

– Наверно, забыли, – сказал он. – Ремонт следовало сделать еще месяц назад.

– А какая судьба постигла всех этих невадских мустангов? – спросила Паола.

Речь шла о транспорте мустангов, которые были куплены Диком за гроши, когда на пастбищах Невады не уродились травы и это грозило лошадям голодной смертью. Он отослал табун на запад, где на высокогорных пастбищах были хорошие корма.

– Их пора объезжать, – ответил он. – Я думаю устроить на следующей неделе состязание ковбоев, как в старину. Что ты скажешь на это? Подадим жареную свиную тушу и все, что полагается, и созовем окрестных жителей.

– А потом сам не явишься, – возразила Паола.

– Я на день отложу дела. Идет?

Она кивнула, и они отъехали к обочине дороги, чтобы пропустить три трактора с дисковыми культиваторами.

– Переправляем их в Роллинг Мэдоус, – пояснил Дик. – На соответствующей почве они гораздо выгоднее лошадей.

Паола и Дик выехали из долины, где стоял Большой дом, пересекли засеянные поля и рощицы и стали подниматься по дороге, по которой множество повозок возили булыжник для мостовой; издали доносились грохот и скрип дробильной машины.

– Ее нужно больше утомлять, – заметил Дик, вздергивая голову своей лошади – ее оскаленное зубы оказались в угрожающей близости от крупа Лани.

– Я прямо-таки постыдно обращалась с Дадди и Фадди, – сказала Паола. – Очень плохо кормила их, а они все такие же беспокойные,

Дик не придал значения этим словам, но не далее как через сорок восемь часов ему пришлось с болью вспомнить их.

Скоро скрежет дробилки затих. Они продолжали подниматься, въехали в лесистую полосу, перебрались через невысокий перевал. Росшие здесь мансаниты казались пурпурными в лучах заката, а мадроньо – розовыми. Через насаждения молодых эвкалиптов всадники спустились на дорогу к Литтл Мэдоу, но не доехав, спешились и привязали лошадей. Дик вынул из чехла автоматическое ружье; они тихонько подошли к рощице секвой на краю лужайки и расположились в тени деревьев, устремив взгляд на крутой склон холма, который поднимался в каких-нибудь ста пятидесяти футах от них, по ту сторону лужайки.

– Смотри, вон они… три… четыре… – прошептала Паола; ее дальнозоркие глаза обнаружили в зеленях несколько белок.

Это были умудренные жизнью старики, научившиеся особой осторожности, отлично умевшие распознавать отравленное зерно и избегать капканов, которые Дик ставил вредителям. Они пережили многих, менее осторожных родичей и могли заселить эти горные склоны новыми поколениями.

Дик зарядил ружье самыми мелкими патронами, осмотрел глушитель, лег, вытянувшись во весь рост, оперся на локти и прицелился. Шума от выстрела не последовало, только щелкнул механизм, когда вылетела пуля, затем выпал пустой патрон, в обойму скользнул новый, и автоматически взвелся курок. Большая бурая белка подпрыгнула, перевернулась в воздухе и исчезла в хлебах. Дик ждал; его взгляд скользнул вдоль дула, к нескольким норам, вокруг которых голая земля говорила о том, что зерно здесь съедено. Снова показалась раненая белка, она ползла по голой земле, стараясь уйти в нору. Ружье опять щелкнуло, белка повалилась набок и осталась лежать неподвижно.

При первом же звуке все белки, кроме подстреленной, попрятались в свои норы. Оставалось только ждать, пока их любопытство пересилит страх. На эту передышку Дик и рассчитывал. Лежа на земле и следя за тем, не появятся ли опять на склоне любопытные мордочки, он спрашивал себя, скажет ему Паола чтонибудь или не скажет. В ней чувствуется какая-то тревога, но захочет ли она с ним поделиться? Раньше она всегда ему все говорила. Рано или поздно она неизменно делилась с ним всем, что ее угнетало. Правда, размышлял он дальше, у нее никогда не бывало горестей такого рода. И то, что ее смущает теперь, она меньше всего могла бы обсуждать с ним. С другой стороны, в ней есть врожденная и неизменная прямота. Все годы их совместной жизни он восхищался этой чертой ее характера. Неужели Паола на этот раз изменит ей?

Так размышлял он, лежа в траве. Паола молчала. Она не шевелилась, он не слышал ни малейшего шороха. Когда он взглянул в ее сторону, то увидел, что она лежит на спине, закрыв глаза и раскинув руки, словно от усталости.

Наконец маленькая головка цвета сухой земли выглянула из норки. Прошли долгие минуты, и обладательница серой головки, убедившись, что ей не грозит никакая опасность, села на задние лапки и стала оглядываться, ища причины поразившего ее щелканья. Опять последовал выстрел.

– Попал? – спросила Паола, не открывая глаз.

– Да, и какая жирная, – ответил Дик. – Я пресек в корне жизнь целого поколения.

Прошел час. Солнце пекло, но в тени было прохладно. Время от времени легкий ветерок лениво пробегал по молодым хлебам и чуть покачивал над ними ветви деревьев. Дик подстрелил третью белку. Книга Паолы лежала рядом с ней, но она не предложила ему почитать.

– Тебе нездоровится? – решился он наконец спросить.

– Нет, ничего; просто болит голова, отчаянная невралгическая боль возле глаз, вот и все.

– Наверное, слишком много вышивала, – пошутил он.

– Нет. В этом не грешна… – последовал ответ.

Все это казалось совершенно естественным, но Дик, наблюдая за вылезшей из норы особенно крупной белкой и давая ей прокрасться по открытому месту в сторону хлебов, говорил себе: «Нет, видно, сегодня никакого разговора не выйдет. И мы не будем, как раньше, целовать и ласкать друг друга, лежа в траве».

В это время намеченная им жертва оказалась уже у края поля. Он спустил курок. Зверек упал, но, полежав с минуту, вскочил, неловко переваливаясь, торопливо побежал к норе. Щелк, щелк, – продолжал трещать механизм, поднимая облачка пыли рядом с бегущей белкой и показывая, как близко попадал Дик. Он стрелял так быстро, что его палец едва успевал спускать курок, и казалось, из дула льется непрерывная струя свинца.

Он израсходовал почти все патроны, когда Паола сказала:

– Господи! Какая пальба… точно целая армия. Попал?

– Да, это настоящий патриарх среди белок, пожиратель корма, предназначенного для молодых телят. Но тратить девять бездымных патронов на одну, даже такую, белку – невыгодно. Надо взять себя в руки.

Солнце садилось. Ветерок стих. Дик подстрелил еще одну белку и уныло следил за склоном холма. Он сделал все, чтобы вызвать Паолу на откровенность, выбрал для этого и время и необходимую обстановку. Видимо, положение было именно таким, как он опасался. Может быть, даже хуже, ибо он чувствовал, что привычный мир вокруг него рушится. Он сбился с пути, растерян, потрясен. Будь это другая женщина… но Паола! Он был в ней так уверен! Двенадцать лет совместной жизни укрепили в нем эту уверенность…

– Пять часов, солнце пошло вниз, – сказал он, поднявшись с земли и собираясь помочь ей встать.

– Я так довольна, что мне удалось отдохнуть, – сказала она, когда они направились к лошадям. – И глазам гораздо лучше. Хорошо, что я не пыталась читать тебе вслух.

– Не будь свинкой и дальше, – с шутливой легкостью, словно между ними ничего не было, заметил Дик. – Не смей даже уголком глаза заглянуть в Ле Галльена. Мы его позднее прочтем вместе. Давай руку!.. Честное слово? Да, Поли?..

– Честное слово, – сказала она послушно.

– Или пусть ослы пляшут на могиле твоей бабушки…

– Или пусть ослы пляшут на могиле моей бабушки, – повторила она торжественно.

На третье утро после отъезда Грэхема Дик позаботился о том, чтобы, когда Паола нанесет ему в одиннадцать часов свой обычный визит и бросит с порога свое «Доброе утро, веселый Дик», он уже сидел с управляющим молочной фермой. Затем приехала в нескольких машинах семья Мэзонов со всей своей шумливой молодежью, и Паола была занята весь день. Дик заметил, что она подумала и о вечере, удержав гостей на бридж и танцы.

Однако на четвертый день, когда должен был вернуться Грэхем, Дик был в одиннадцать часов один. Склонившись над столом и подписывая письма, он услышал, как Паола на цыпочках вошла в комнату. Он не поднял головы, но, продолжая писать, взволнованно прислушивался к шелковистому шуршанию ее кимоно. Он почувствовал, что она склонилась над ним, и затаил дыхание. Но когда она тихонько поцеловала его волосы, сказав свое обычное «Доброе утро, веселый Дик», и он жадно хотел обнять ее, она уклонилась от его рук и, смеясь, выбежала из комнаты. Выражение счастья, которое он подметил на ее лице, поразило его не меньше, чем только что испытанное разочарование. Она не умела скрывать своих чувств, и теперь ее глаза сияли радостно и жадно, как у ребенка. И так как именно сегодня вечером должен был вернуться Грэхем, Дик не мог не объяснить именно этим ее радость.

Во время завтрака, за которым присутствовали трое студентов из сельскохозяйственного колледжа в Дэвисе, Дик не стал проверять, поставила ли она свежую сирень в башне, или нет. Он экспромтом придумал себе ряд неотложных дел, так как Паола заявила, что хочет сама поехать за Грэхемом на станцию.

– На чем? – спросил Дик.

– На Дадди и Фадди, – ответила она. – Они совсем застоялись, им, да и мне, необходимо промяться. Конечно, если и ты не прочь прокатиться, мы поедем, куда ты захочешь, а за Грэхемом пошлем машину.

Дик постарался не заметить того беспокойства, с каким она ждала, примет он ее предложение или нет.

– Бедняжкам Дадди и Фадди, пожалуй, не поздоровилось бы, если бы они пробежали столько, сколько мне надо сегодня проехать, – сказал он, смеясь, и тут же сообщил придуманный им план: – До обеда мне предстоит отмахать около ста двадцати миль. Я возьму гоночную машину и, наверное, буду весь в пыли и грязи, так как придется проезжать через болото. Да и трясти будет отчаянно. Нет, я не решаюсь звать тебя с собой. А ты поезжай на Дадди и Фадди.

Паола вздохнула. Но она была плохой актрисой: несмотря на ее желание выразить этим вздохом сожаление, Дик почувствовал, что ей стало легко на душе.

– А ты далеко едешь? – спросила она весело; и он опять не мог не заметить, что ее щеки пылают румянцем и глаза блестят от счастья.

– Я помчусь к низовьям реки, где мы ведем осушительные работы – Карлсон требует от меня указаний, – а затем в Сакраменто и через Тил-Слоу, чтобы повидаться с Уинг-Фо-Уонгом.

– Это еще что за Уинг-Фо-Уонг? – спросила она, улыбаясь. – И почему ты ради него должен мчаться в такую даль?

– Весьма важная особа, он стоит два миллиона, которые нажил на картошке и спарже, огородничая в низинах дельты. Я отдаю ему в аренду триста акров в Тил-Слоу. – Затем, обратившись к студентам-сельскохозяйственникам, Дик пояснил: – Эта местность лежит немного в сторону от Сакраменто, на западном берегу реки. Вот вам хороший пример того, что скоро не будет хватать земли. Когда я купил, ее, там было сплошное болото, и все старожилы надо мной потешались. И еще пришлось выкупить с десяток охотничьих заповедников. Земля обошлась мне в среднем по восемнадцать долларов за акр, и притом не так давно.

Вы знаете эти болота, они только и годятся для разведения уток да под заливные луга. Привести их в порядок стоило мне, если принять во внимание осушку и устройство плотин, больше, чем по триста долларов за акр. А как вы думаете, по какой цене я сдаю ее на десять лет в аренду старому Уинг-Фо-Уонгу? По две тысячи за акр. Я бы не выручил больше, если бы сам ее эксплуатировал. Эти китайцы по части огородничества – прямо волшебники, а как до работы жадны!.. Тут уж не восьмичасовой рабочий день, а восемнадцатичасовой. Дело в том, что у них самый последний кули имеет хотя бы микроскопическую долю в предприятии, – вот каким образом Уинг-Фо-Уонгу удается обойти закон о восьмичасовом рабочем дне.

Два раза в течение дня Дика задерживали за превышение скорости, а в третий раз даже записали. Он был в машине один и, хотя ехал очень быстро, сохранял полное спокойствие. Возможности несчастья по собственной вине Дик не допускал, и с ним никогда не бывало несчастий. С той же уверенностью и точностью, с какой Дик брался за ручку двери или за карандаш, выполнял он и более сложные действия, – в данном случае, например, правил машиной с чрезвычайно сильным мотором, причем машина эта шла на большой скорости по оживленным сельским дорогам.

Но как он ни гнал машину и с какой сосредоточенностью ни вел переговоры с Карлсоном и Уинг-Фо-Уонгом, в его сознании, не угасая, жила мысль о том, что Паола, вопреки всем своим обычаям, поехала встречать Грэхема и будет с ним вдвоем всю дорогу от Эльдорадо до имения, все эти долгие мили.

– Ну и ну… – пробормотал Дик, ускоряя ход машины с сорока пяти до семидесяти миль в час, и, уже ни о чем не думая, обогнул с левой стороны ехавший в одном с ним направлении легкий одноконный экипаж, и ловко повернул снова на правую сторону дороги, под самым носом у маленькой машины, несшейся ему навстречу; затем убавил ход до пятидесяти миль и вернулся к прерванным мыслям:

«Ну и ну! Воображаю, что бы подумала моя маленькая Паола, если бы я вздумал прокатиться вдвоем с какой-нибудь прелестной девицей!»

Он невольно рассмеялся, представив себе эту картину, ибо в первые годы их супружества не раз имел случай убедиться, что Паола молча ревнует его. Сцен она ему никогда не делала, не позволяла себе ни замечаний, ни намеков, ни вопросов, но едва он начинал уделять внимание другой женщине, недвусмысленно давала ему понять, что она обижена.

Усмехаясь, вспомнил он миссис Дехэмени, хорошенькую вдову-брюнетку, приятельницу Паолы, как-то гостившую в Большом доме. Однажды Паола заявила, что она верхом не поедет, но услышала за завтраком, как он и миссис Дехэмени сговариваются отправиться вдвоем в лесистые ущелья, лежащие за рощей философов. И что же – не успели они выехать из имения, как Паола догнала их и всю прогулку ни на минуту не оставляла наедине. Он тогда улыбался про себя, ибо эта ревность была ему, в сущности, приятна: ведь ни самой миссис Дехэмени, ни их прогулке он не придавал значения.

Зная эту черту Паолы, он с самого начала их совместной жизни старался не оказывать посторонним женщинам слишком большого внимания и был в этом смысле гораздо осмотрительнее Паолы. Напротив, ей он предоставлял полную свободу и даже поощрял ее поклонников, гордился, что она привлекает к себе незаурядных людей, и радовался, что она находит удовольствие в беседах с ними и их ухаживаниях. И правильно делал: ведь он был так спокоен, так уверен в ней; гораздо больше, чем она в нем, – Дик не мог этого не признать. Двенадцать лет брака настолько укрепили его уверенность, что он столь же мало сомневался в супружеских добродетелях Паолы, как в ежедневном вращении Земли вокруг своей оси. «И вдруг оказывается, что на вращение Земли не очень-то можно полагаться, – подумал он, в душе подсмеиваясь над собой, – и, может быть, Земля вдруг окажется плоской, как представляли себе древние».

Он отвернул перчатку и взглянул на часы. Через пять минут Грэхем сойдет с поезда в Эльдорадо. Дик мчался теперь домой со стороны Сакраменто, и дорога горела под ним. Через четверть часа он увидел вдали поезд, с которым должен был приехать Грэхем. Дик нагнал Дадди и Фадди, уже миновав Эльдорадо. Грэхем сидел рядом с Паолой, которая правила.

Проезжая мимо них, Дик замедлил ход, приветствовал Грэхема и, опять пустив машину на полную скорость, весело крикнул ему:

– Простите, Ивэн, что заставляю вас глотать пыль. Я хочу еще до обеда обыграть вас на бильярде, если вы когда-нибудь доплететесь.

Глава двадцать шестая

– Так не может больше продолжаться. Мы должны что-то предпринять немедленно.

Они были в музыкальной комнате. Паола сидела за роялем, подняв лицо к Грэхему, склонившемуся над ней.

– Вы должны решить, – настаивал Грэхем.

Теперь, когда они обсуждали, как им быть, на их лицах не было выражения счастья по случаю великого чувства, посланного им судьбой.

– Но я не хочу, чтобы вы уезжали, – говорила Паола. – Я сама не знаю, чего я хочу. Не сердитесь на меня. Я думаю не о себе. Я последнее дело. Но я должна думать о Дике и должна думать о вас. Я… я так не привыкла быть в подобном положении, – добавила она с вымученной улыбкой.

– Это положение нужно выяснить, любовь моя. Дик ведь не слепой.

– А что он мог увидеть? Разве было что-нибудь? – спросила она. – Ничего, кроме того единственного поцелуя в ущелье, а этого он видеть не мог. Ну, припомните еще что-нибудь!

– Очень хотел бы, но… увы!.. – отвечал он, подхватывая ее шутливый тон, и затем, сразу сдержавшись, продолжал: – Я с ума схожу от любви к вам. Вот и все. И я не знаю, насколько вы сходите с ума, да и сходите ли…

При этом он как бы случайно опустил руку на ее пальцы, лежавшие на клавишах, но она тихонько потянула руку.

– Вот видите, – сказал он жалобно, – а хотели, чтобы я вернулся.

– Да, хотела, чтобы вы вернулись, – произнесла она, глядя ему прямо в глаза своим открытым взглядом.

– Да, я хотела, чтобы вы вернулись, – повторила она тише, точно говоря сама с собой.

– Но я вовсе не уверен, – воскликнул он нетерпеливо, – что вы любите меня!

– Да, я люблю вас, Ивэн, но… – Она смолкла, как бы обдумывая то, что хотела сказать.

– Что «но»? – настойчиво допрашивал он. – Говорите же!

– Но я люблю и Дика. Правда, нелепо?

Он не ответил на ее улыбку, и она залюбовалась вспыхнувшим в его глазах мальчишеским упрямством. Слова так и просились с его языка, но он промолчал, а она старалась угадать их и огорчилась, что он их не сказал.

– Как-нибудь все уладится, – убежденно заявила она. – Должно уладиться. Дик говорит, что все в конце концов улаживается. Все меняется. То, что стоит на месте, мертво, а ведь никто из нас еще не мертв. Верно?

– Я не упрекаю вас за то, что вы любите… продолжаете любить Дика, – нетерпеливо ответил Ивэн. – Я вообще не понимаю, что вы могли найти во мне по сравнению с ним. Я говорю это совершенно искренне. По-моему, он замечательный человек. Большое сердце…

Она вознаградила его улыбкой и кивком.

– Но если вы продолжаете любить Дика, при чем же тут я?

– Так вас я ведь тоже люблю!

– Этого не может быть! – воскликнул он, быстро отошел от рояля и, сделав несколько шагов по комнате, остановился перед картиной Кейта на противоположной стене, как будто никогда ее не видел.

Она ждала, спокойно улыбаясь и с радостью наблюдая его волнение.

– Вы не можете любить двух мужчин одновременно, – бросил он ей с другого конца комнаты.

– А все-таки это так, Ивэн. Вот я и стараюсь во всем этом разобраться. Я только не могу понять, кого люблю больше. Дика я знаю давно, а вы… вы…

– А я – случайный знакомый, – гневно прервал он ее, возвращаясь к ней тем же быстрым шагом.

– Нет, нет, Ивэн, совсем не то! Вы мне открыли меня самое. Я люблю вас не меньше Дика. Я люблю вас сильнее. Я… я не знаю…

Она опустила голову и закрыла лицо руками. Он с нежностью коснулся ее плеча. Она не противилась.

– Видите, мне очень нелегко, – продолжала она. – Тут так все переплетено, так переплетено, что я ничего не понимаю. Вы говорите, что вы теряетесь. Но подумайте обо мне! Я совсем запуталась и не знаю, что делать. Вы… да что говорить! Вы мужчина, с мужским жизненным опытом и мужским характером. Для вас все это очень просто: она любит меня… она не любит меня. А я запуталась и никак не разберусь. Я, конечно, тоже не девочка, но у меня нет никакого опыта во всех этих сложностях любви. У меня никогда не было романов. Я любила в жизни только одного человека, а теперь вот… вас… Вы и эта любовь к вам нарушили идеальный брак, Ивэн…

– Я знаю… – сказал он.

– А вот я ничего не знаю, – продолжала она. – И нужно время, чтобы во всем разобраться, или ждать, когда все само собой уладится. Если бы только не Дик… – Ее голос задрожал и оборвался.

Ивэн невольно прижал ее к себе.

– Нет, нет, не теперь, – мягко сказала она, снимая его руку и на минуту ласково задерживая ее в своей. – Когда вы ко мне прикасаетесь, я не могу думать… Ну – не могу…

– В таком случае я должен уехать, – произнес он с угрозой, хотя вовсе не хотел угрожать ей.

Она сделала протестующий жест.

– Такое положение, как сейчас, невозможно, недопустимо. Я чувствую себя подлецом, а вместе с тем знаю, что я не подлец. Я ненавижу обман. Я могу лгать лжецу, но не такому человеку, как Дик. Обманывать Большое сердце! Я гораздо охотнее пошел бы прямо к нему и сказал: «Дик, я люблю вашу жену, она любит меня. Что вы думаете делать?»

– Ну что ж, идите! – вдруг загорелась Паола.

Грэхем выпрямился решительным движением.

– Я пойду. И сейчас же.

– Нет, нет! – вскликнула она, охваченная внезапным ужасом. – Вы должны уехать. – Затем ее голос опять упал. – Но я не могу вас отпустить…

Если Дик до сих пор еще сомневался в чувствах Паолы к Грэхему, то теперь все его сомнения исчезли. Он не нуждался больше ни в каких доказательствах, достаточно было взглянуть на Паолу. Она была в приподнятом настроении, она расцвела, как пышная весна вокруг нее, ее смех звучал счастливее, голос богаче и выразительнее, в ней била горячим ключом неутомимая энергия и жажда деятельности. Она вставала рано и ложилась поздно. Казалось, она решила больше себя не щадить и с упоением пила искристое вино своих чувств. И Дик иногда недоумевал: может быть, она нарочно отдается этому хмелю, – оттого, что у нее нет мужества задуматься о том, что с ней происходит?

Паола явно худела, и он должен был признать, что она становилась от этого еще красивее, ибо нежные и яркие краски ее лица приобрели какую-то прозрачность и одухотворенность.

А в Большом доме жизнь текла по-прежнему – налажено, весело и беспечно. Дик иногда спрашивал себя: долго ли это может продолжаться? И пугался, представляя себе, что будет, когда все изменится. Он был уверен, что никто, кроме него, ни о чем не догадывается. Сколько же еще это может тянуться? Недолго, конечно. Паола слишком неумелая актриса. И если бы даже она ухитрялась скрывать какие-то пошлые и низменные детали, то такой расцвет новых чувств не в силах скрыть ни одна женщина.

Он знал, как проницательны его азиатские слуги; проницательны и тактичны, – должен был он признать. Но дамы!..

Эти коварные кошки! Самая лучшая из них будет в восторге, узнав, что блистательная, безупречная Паола – такая же дочь Евы, как и все они. Любая женщина, попавшая в дом на один день, на один вечер, может сразу догадаться о переживаниях Паолы. Разгадать Грэхема труднее. Но уж женщина женщину всегда раскусит.

Однако Паола и в этом другая, чем все. Он никогда не замечал в ней чисто женского коварства, желания подстеречь других женщин, вывести их на чистую воду, за исключением тех случаев, когда это касалось его, Дика. И он опять усмехнулся, вспоминая «роман» с миссис Дехэмени, который был «романом» только в воображении Паолы.

Размышляя обо всем этом, Дик спрашивал себя: знает ли Паола, что он догадался?

А Паола спрашивала себя, догадался ли Дик, и долго не могла решить. Она не замечала никакой перемены ни в нем, ни в его обычном отношении к ней. Он, как всегда, невероятно много работал, шутил, пел свои песни, у него был все тот же вид счастливого и веселого малого. Ей даже чудилось порою, что он стал с нею нежнее, но она уверяла себя, что это только плод ее воображения. Однако скоро неопределенность кончилась. Иногда в толпе гостей за столом или вечером в гостиной за картами она наблюдала за ним из-под полуопущенных ресниц, когда он этого не подозревал, и наконец по его глазам и лицу поняла, что он знает. Грэхему она даже не намекнула на свое открытие. Кому от этого станет легче? Он может немедленно уехать, а она – Паола честно признавалась себе в этом – меньше всего хотела его отъезда.

Но, придя к убеждению, что Дик знает или догадывается, она словно ожесточилась и стала нарочно играть с огнем. Если Дик знает, рассуждала она, – а он знает, – то почему же он молчит? Он, такой прямой и искренний! Она и желала объяснения – и боялась; но потом страх исчез, и осталось только желание, чтобы он наконец заговорил. Дик был человеком действия и поступал решительно, чем бы это ни грозило. Она всегда предоставляла инициативу ему. Грэхем назвал создавшееся положение треугольником. Пусть Дик и разрешит эту задачу. Он может разрешить любую задачу. Почему же он медлит?

Вместе с тем она продолжала жить не оглядываясь, стараясь заглушить голос совести, обвинявшей ее в двуличии, не желая слишком углубляться во все это. Ей чудилось, что она поднялась на вершину своей жизни и пьет эту жизнь жадными глотками.

Временами она просто ни о чем не думала и только с гордостью говорила себе, что у ее ног лежат такие два человека. Гордость в ней всегда была преобладающей чертой: она гордилась своими разнообразными талантами, своей внешностью, мастерством в музыке и плавании. Все возвышало ее над другими: восхитительно ли она танцевала, носила ли с непередаваемым изяществом красивую и изысканную одежду, или плавала грациозно и смело – редкая женщина будет так отважно нырять, – или, сидя на спине мощного жеребца, спускалась по скату в бассейн и уверенно его переплывала.

Она испытывала чувство гордости, когда видела их вместе, этих сероглазых белокурых великанов, ибо она была той же породы. Паолу не оставляло лихорадочное возбуждение, однако дело было тут не в нервах. Она даже ловила себя на том, что с холодным любопытством сравнивает обоих, сама не зная, для которого из них она старается быть как можно красивее и обаятельнее. Грэхема она уже держала в руках, а Дика не хотела выпускать.

Была даже какая-то жестокость и в горделивом сознании, что из-за нее и ради нее страдают два таких незаурядных человека; она нисколько от себя не скрывала, что если Дик знает, – вернее, с тех пор, как он знает, – он тоже должен страдать. Паола уверяла себя, что она женщина с воображением, искушенная в любовных делах, и что главная причина ее любви к Грэхему вовсе не в новизне и свежести, не в том, что он другой, чем Дик. Она не хотела признаться себе, какую решающую роль здесь играет страсть.

Где-то в самой глубине души она не могла не понимать, что это безрассудство, безумие: ведь все могло кончиться очень страшно для одного из них, а может быть, и для всех. Но ей нравилось порхать над пропастью, уверяя себя, что никакой пропасти нет. Когда она оставалась одна, то не раз, глядя в зеркало, с насмешливым укором покачивала головой и восклицала: «Эх ты, хищница, хищница!» А когда она позволяла себе размышлять об этом более серьезно, то готова была согласиться с тем, что Шоу и мудрецы из «Мадроньевой рощи» правы, обличая хищные инстинкты женщин.

Она, конечно, не могла согласиться с Дар-Хиалом, будто женщина – это неудавшийся мужчина; но все вновь вспоминались ей слова Уайльда: «Женщина побеждает, неожиданно сдаваясь». Не этим ли она покорила Грэхема, спрашивала себя Паола. Как это ни странно, но на уступки она уже пошла. Пойдет ли на дальнейшие?.. Он хотел уехать. С ней или без нее – все равно уехать. Но она удерживала его. Какими способами? Давала ли она ему молчаливые обещания, что уступит окончательно? Паола со смехом отгоняла всякие предположения относительно будущего, довольствуясь мимолетными радостями настоящего, стараясь сделать свое тело еще прекраснее, свое обаяние еще неотразимее, излучать сияние счастья, – и ощущала при этом такую полноту и трепетность жизни, какие ей были еще неведомы.

Глава двадцать седьмая

Но когда мужчина и женщина влюблены и живут так близко друг от друга, им не дано сохранить расстояние между собой неизменным. Паола и Грэхем незаметно сближались. От долгих взглядов и прикосновений руки к руке они постепенно перешли к другим дозволенным ласкам, и кончилось тем, что однажды она опять очутилась у него в объятиях и их губы снова слились в продолжительном поцелуе.

На этот раз Паола не вспыхнула гневом, а только властно заявила:

– Я вас не отпущу.

– Я не могу остаться, – повторил Грэхем в сотый раз. – Мне, конечно, приходилось не раз и целоваться за дверью и делать всякие глупости, – продолжал он пренебрежительно, – но тут другое – тут вы и Дик.

– Уверяю вас, Ивэн, все как-нибудь уладится.

– Тогда уезжайте со мной, и мы сами все уладим. Поедем!

Она отступила.

– Вспомните, – настаивал Грэхем, – что заявил Дик в тот вечер, когда Лео сражался с драконами. Он заявил: если бы даже Паола, его жена, от него с кем-нибудь сбежала, он сказал бы: «Благословляю вас, дети мои».

– Да, потому-то так и трудно, Ивэн. Он действительно Большое сердце. Вы удачно выразились. Слушайте! Понаблюдайте за ним! Он особенно мягок и бережен, как и обещал в тот вечер, – мягок со мной, я хочу сказать. А кроме того… Вы не заметили…

– Он знает?.. Он вам что-нибудь говорил? – прервал ее Грэхем.

– Ничего не говорил, но я уверена, что он знает или, во всяком случае, догадывается. Понаблюдайте за ним. Он не хочет соперничать с вами…

– Соперничать?

– Ну да. Не хочет. Вспомните вчерашний день. Когда наша компания приехала, он объезжал мустангов, но, увидев вас, больше не сел в седло. Он превосходный объездчик. Вы тоже попробовали. У вас выходило, правда, недурно, хотя, конечно, до него далеко. Но он не желал показывать свое превосходство. Одно это убедило меня, что он догадывается.

И еще: вы не обратили внимания на то, что он теперь никогда не расспрашивает вас, что вы делаете, где проводите время, как он расспрашивает любого гостя? Он играет с вами на бильярде, – потому что вы играете лучше него, да еще бьется на рапирах и палках – тут вы тоже равны. Но он не вызывает вас ни на бокс, ни на борьбу.

– Да, в этом он действительно может победить меня, – пробормотал Грэхем.

– Понаблюдайте, и вы увидите, что я права. А ко мне он относится, как к норовистому жеребенку, – пусть, дескать, куролесит сколько душе угодно. Ни за что на свете не вмешается он в мои дела. О, поверьте, я его знаю. Он живет по своим собственным правилам и мог бы научить философов тому, что такое практическая философия.

– Нет, нет, слушайте! – торопливо продолжала она, видя, что Грэхем хочет ее прервать. – Я скажу вам больше. Из библиотеки в рабочую комнату Дика ведет потайная лестница, ею пользуются только я, он да его секретарь. Когда вы поднимаетесь по этой лестнице, то попадаете прямо в его комнату и оказываетесь среди книжных шкафов и полок. Я сейчас оттуда. Я шла к нему, но услышала голоса и решила, что, как обычно, идет разговор о делах имения и что он скоро освободится. Поэтому я осталась ждать. Это были действительно разговоры о делах, но такие интересные, такие, как сказал бы Хэнкок, «проливающие свет», что я не могла не подслушать. Эти разговоры «проливали свет» на характер самого Дика, хочу я сказать.

Он беседовал с женой одного из рабочих. Она пришла с жалобой… Такие вещи не редкость в рабочих поселках. Если бы я эту женщину встретила, я бы ее не узнала и не вспомнила бы даже ее имени. Она все жаловалась, но Дик остановил ее. «Это не важно, – сказал он, – мне важно знать, сами-то вы поощряли Смита или нет?»

Его зовут не Смитом – я не помню как, но это не имеет значения, – он служит у нас вот уже восемь лет, работает мастером.

«О нет, сэр, – услышала я ее ответ. – Он все время мне проходу не давал. Я, конечно, старалась избегать его. Да и у моего мужа характер бешеный, а я больше всего боюсь, как бы он не потерял место. Он почти год служит здесь и, кажется, ни в чем не замечен. Правда? До этого у него бывали только случайные заработки, и нам приходилось очень туго. Не его это вина, он не пьет, и всегда...»

«Ладно, – перебил ее Дик. – Ни его работа, ни его поведение тут ни при чем. Значит, вы утверждаете, что никогда не давали Смиту никаких оснований для ухаживания?»

Нет, она на этом настаивала и целых десять минут подробно рассказывала о его приставаниях. У нее очень приятный голосок – знаете, бывают такие робкие и мягкие женские голоса; и, наверно, она очень мила.

Я едва удержалась, чтобы не заглянуть в кабинет. Мне так хотелось посмотреть на нее.

«Значит, это произошло вчера утром? – спросил Дик. – А другие слышали? Я хочу сказать: кроме вас, мистера Смита и вашего мужа, – ну хотя бы соседи знали об этом?»

«Да, сэр. Видите ли, он не имел никакого права входить ко мне в кухню. Мой муж не его подчиненный. Он обнял меня и старался поцеловать, а тут как раз вошел мой муж. Хоть он и с характером, но не так чтобы очень силен. Смит вдвое выше. Муж вытащил нож, а мистер Смит схватил его за обе руки, они сцепились и стали кататься по всей кухне. Я испугалась, как бы до смертоубийства не дошло, выбежала и начала звать на помощь. Но соседи уже услышали, что у нас скандал. Муж и Смит в драке разбили окно, своротили печку, вся кухня была полна дыма и золы, их насилу растащили. А меня опозорили. За что? Вы же знаете, сэр, как теперь все бабы будут трепать языком...»

Дик снова остановил ее, но еще минут пять никак не мог от нее отделаться. Больше всего она боялась, как бы ее муж не лишился места. Я ждала, что Дик ей скажет; но он, видимо, не принял еще никакого определенного решения, и я была уверена, что он теперь вызовет мастера. И тот действительно явился. Я многое дала бы, чтобы его увидеть, но я слышала только разговор.

Дик сразу перешел к делу, описал весь скандал и драку, – и Смит признался, что действительно шум получился основательный.

«Она говорит, что никогда и ничем не поощряла ваших ухаживаний», – заявил Дик.

«Ну, это она врет, – ответил Смит. – Она так поглядывает на вас, будто сама приглашает поухаживать... Она с первого же дня так на меня смотрела. А зашел я к ней вчера на кухню потому, что она же меня и зазвала. Мы не ждали, что муж придет так скоро. Но когда она его увидела, то давай бороться и вырываться. А если она врет, будто не заманивала меня...»

«Бросьте, – остановил его Дик, – все это пустяки, дело не в этом».

«Как же пустяки, мистер Форрест, должен же я оправдаться», – настаивал Смит.

«Нет, это несущественно для того, в чем вы оправдаться не можете», – ответил Дик, и я услышала в его голосе знакомые мне жесткие, холодные и решительные нотки. Смит все еще не понимал. Тогда Дик объяснил ему свою точку зрения: «Вы виноваты, мистер Смит, в том, что произошел скандал, безобразие и бесчинство, в том, что вы дали пищу бабьим языкам, в том, что вы нарушили порядок и дисциплину, – а это все ведет к одному очень важному обстоятельству: вы внесли дезорганизацию в нашу работу».

Но Смит все еще не понимал. Он решил, что его обвиняют в нарушении общественной нравственности, так как он преследовал замужнюю женщину, и всячески старался умилостивить Дика ссылками на то, что ведь она с ним заигрывала, и просьбами о снисхождении. «В конце концов, – сказал он, – мужчина, мистер Форрест, это мужчина; согласен, она заморочила мне голову, и я вел себя, как дурак».

«Мистер Смит, – сказал Дик, – вы у меня работаете восемь лет, из них шесть в качестве мастера. На вашу работу я пожаловаться не могу. Работать вы, конечно, умеете. До вашей нравственности мне дела нет. Будьте хоть мормоном или турком. Ваша частная жизнь меня не касается, пока она не мешает вашей работе в имении. Любой из моих возчиков может напиваться по субботам до потери сознания, хоть каждую субботу, – это его дело. Но если в понедельник вдруг окажется, что он еще не протрезвился и это отзывается на моих лошадях – он груб с ними, бьет их и может повредить им, или если это хоть сколько-нибудь снижает качество или количество его понедельничной работы, – с этой минуты его пьянство становится уже моим делом, и возчик может отправляться ко всем чертям».

«Вы... вы же не хотите сказать, мистер Форрест, – заикаясь, пробормотал Смит, – что... что я тоже могу отправляться ко всем чертям?»

«Именно это я и хочу сказать, мистер Смит. И я не потому рассчитываю вас, что вы посягнули на чужую собственность – это дело ваше и ее мужа, – а потому, что вы оказались причиной беспорядка в моем имении».

– И знаете, Ивэн, – сказала Паола, прерывая свой рассказ, – по голым цифровым данным Дик угадывает гораздо больше жизненных драм, чем любой писатель, погрузившись в водоворот большого города. Возьмите хотя бы отчеты молочных ферм – ведомости каждого доильщика в отдельности: столько-то литров молока утром и вечером от такой-то коровы и столько-то от такой-то. Дику не нужно знать человека. Но вот удой понизился. «Мистер Паркмен, – спрашивает он управляющего молочной фермой, – что, Барчи Launa Ператта женат?» – «Да, сэр». – «У них что, с женой нелады?» – «Да, сэр».

Или: «Мистер Паркмен, Симпкинс был очень долго нашим лучшим доильщиком, а теперь отстает от других, в чем дело?» Паркмен не знает. «Разузнайте, – говорит Дик. – Что-то у него есть на душе. Потолкуйте-ка с ним по-отечески и спросите. Надо снять с него то, что его гнетет». И мистер Паркмен дознается, в чем дело. Оказывается, сын Симпкинса, студент Стэнфордского университета, вдруг бросил учение, начал кутить и теперь сидит в тюрьме и ждет суда за подлог. Дик передал дело своим адвокатам, они замяли эту историю, добились того, что юношу выпустили на поруки, – и ведомости Симпкинса стали прежними. А лучше всего то, что юноша исправился – Дик взял его под наблюдение, – окончил инженерное училище и теперь служит у нас, работает на осушке болот и получает полтораста долларов в месяц, женился, и его будущность обеспечена, а отец продолжает доить коров.

– Вы правы, – задумчиво и сочувственно пробормотал Грэхем, – недаром я назвал Дика Большим сердцем.

– Я называю его моей нерушимой скалой, – сказала Паола с чувством. – Он такой надежный. Нет, вы еще не знаете его. Никакая буря его не сломит. Ничто не согнет. Он ни разу не споткнулся. Точно бог улыбается ему, всегда улыбается. Никогда жизнь не ставила его на колени… пока. И… я… я… не хотела бы быть свидетельницей этого. Это разбило бы мне сердце. – Рука Паолы потянулась к его руке, в легком прикосновении были и просьба и ласка. – Я теперь боюсь за него. Вот почему я не знаю, как мне поступить. Ведь не ради себя же я медлю, колеблюсь… Если бы я могла упрекнуть его в требовательности, ограниченности, слабости или малейшей пошлости, если бы жизнь била его и раньше, я бы давным-давно уехала с вами, мой милый, милый…

Ее глаза внезапно стали влажными. Она успокоила Грэхема пожатием руки и, чтобы овладеть собой, вернулась к своему рассказу:

– «Ее супруг, мистер Смит, вашего мизинца не стоит, – продолжал Дик. – Ну что о нем можно сказать? Усерден, старается угодить, но не умен, не силен, в лучшем случае – работник из средних. А все-таки приходится рассчитывать вас, а не его; и я об этом очень, очень сожалею».

Конечно, он говорил и многое другое, но я рассказала вам самое существенное. Отсюда вы можете судить о его правилах. А он всегда следует им. Дик предоставляет личности полную свободу. Что бы человек ни делал, пока он не нарушает интересов той группы людей, в которой живет, это никого не касается. По мнению Дика, Смит вправе любить женщину и быть любимым ею, раз уж так случилось. Он всегда говорил, что любовь не навяжешь и не удержишь насильно. Если бы я на самом деле ушла с вами, он сказал бы: «Благословляю вас, дети мои». Чего бы это ему ни стоило, он так сказал бы, ибо считает, что былую любовь не воротишь. Каждый час любви, говорит он, окупается полностью, обе стороны получают свое. В этом деле не может быть ни предъявления счетов, ни претензий: требовать любви просто смешно.

– Я с ним совершенно согласен, – сказал Грэхем. – «Ты обещал, или обещала, любить меня до конца жизни», – заявляет обиженная сторона, словно это вексель на столько-то долларов и его можно предъявить ко взысканию. Доллары остаются долларами, а любовь жива или умирает. А если она умерла, то откуда ее взять? В этом вопросе мы все сходимся, и все ясно. Мы любим друг друга, и довольно. Зачем же ждать хотя бы одну лишнюю минуту?

Его рука скользнула вдоль ее пальцев, лежавших на клавишах, он наклонился к Паоле, сначала поцеловал ее волосы, потом медленно повернул к себе ее лицо и поцеловал в раскрытые покорные губы.

– Дик любит меня не так, как вы, – сказала она, – не так безумно, хочу я сказать. Я ведь с ним давно – и стала для него чем-то вроде привычки. До того как я встретилась с вами, я часто-часто думала об этом и старалась отгадать: что он любит больше – меня или свое имение?..

– Но ведь все это так просто, – сказал Грэхем. – Надо только быть честным! Уедем!

Он поднял ее и поставил на ноги, как бы собираясь тотчас же увезти. Но она вдруг отстранилась от него, села и опять закрыла руками вспыхнувшее лицо.

– Вы не понимаете, Ивэн... Я люблю Дика. Я буду всегда любить его.

– А меня? – ревниво спросил Грэхем.

– Конечно, – улыбнулась она. – Вы единственный, кроме Дика, кто меня так... целовал и кого я так целовала. Но я ни на что не могу решиться. Треугольник, как вы называете наши отношения, должен быть разрешен не мной. Сама я не в силах. Я все сравниваю вас обоих, оцениваю, взвешиваю. Мне представляются все годы, прожитые с Диком. И потом я спрашиваю свое сердце... И я не знаю. Не знаю... Вы большой человек и любите меня большой любовью. Но Дик больше вас. Вы ближе к земле, вы... – как бы это выразиться? – вы человечнее, что ли. И вот почему я люблю вас сильнее – или по крайней мере мне кажется, что сильнее.

Подождите, – продолжала она, удерживая его жадно тянувшиеся к ней руки, – я еще не все сказала. Я вспоминаю все наше прошлое с Диком, представляю себе, какой он сегодня и какой будет завтра... И я не могу вынести мысли, что кто-то пожалеет моего мужа... что вы пожалеете его, – а вы не можете не жалеть его, когда я говорю вам, что люблю вас больше. Вот почему я ни в чем не уверена, вот почему я так быстро беру назад все, что скажу... и ничего не знаю...

Я бы умерла со стыда, если бы из-за меня кто-нибудь стал жалеть Дика! Честное слово! Я не могу представить себе ничего ужаснее! Это унизит его. Никто никогда не жалел его. Он всегда был наверху, веселый, радостный, уверенный, непобедимый. Больше того: он и не заслуживал, чтобы его жалели. И вот по моей и... вашей вине, Ивэн...

Она резко оттолкнула руку Ивэна.

– ...Все, что мы делаем, каждое ваше прикосновение – уже повод для жалости. Неужели вы не понимаете, насколько я во всем этом запуталась? А потом... ведь у меня есть гордость. Вы видите, что я поступаю нечестно по отношению к нему... даже в таких мелочах, – она опять поймала его руку и стала ласкать ее легкими касаниями пальцев, – и это оскорбляет мою любовь к вам, унижает, не может не унижать меня в ваших глазах. Я содрогаюсь при мысли, что вот хотя бы это, – она приложила его руку к своей щеке, – дает вам право жалеть его, а меня осуждать.

Она сдерживала нетерпение этой лежавшей на ее щеке руки, потом почти машинально перевернула ее, долго разглядывала и медленно целовала в ладонь. Через мгновение он рванул ее к себе, и она была в его объятиях.

– Ну, вот... – укоризненно сказала она, высвобождаясь.

– Почему вы мне все это про Дика рассказываете? – спросил ее Грэхем в другой раз, во время прогулки, когда их лошади шли рядом. – Чтобы держать меня на расстоянии? Чтобы защититься от меня?

Паола кивнула, потом сказала:

– Нет, не совсем так. Вы же знаете, что я не хочу держать вас на расстоянии... слишком далеком. Я говорю об этом потому, что Дик постоянно занимает мои мысли. Ведь двенадцать лет он один занимал их. А еще потому, вероятно, что я думаю о нем. Вы поймите, какое создалось положение! Вы разрушили идеальное супружество!

– Знаю, – отозвался он. – Моя роль разрушителя мне совсем не по душе. Это вы заставляете меня играть ее, вместо того чтобы со мной уйти. Что же мне делать? Я всячески стараюсь забыться, не думать о вас. Сегодня утром я написал полглавы, но знаю, что ничего не вышло, придется все переделывать, – потому что я не могу не думать о вас. Что такое Южная Америка и ее этнография в сравнении с вами? А когда я подле вас – мои руки обнимают вас, прежде чем я успеваю отдать себе отчет в том, что делаю. И, видит бог, вы хотите этого, вы тоже хотите этого, не отрицайте!

Паола собрала поводья, намереваясь пустить лошадь галопом, но прежде с лукавой улыбкой произнесла:

– Да, я хочу этого, милый разрушитель.

Она и сдавалась и боролась.

– Я люблю мужа, не забывайте этого, – предупреждала она Грэхема, а через минуту он уже сжимал ее в объятиях.

– Слава богу, мы сегодня только втроем! – воскликнула однажды Паола и, схватив за руки Дика и Грэхема, потащила их к любимому дивану Дика в большой комнате. – Давайте сядем и будем рассказывать друг другу печальные истории о смерти королей. Идите сюда, милорды и знатные джентльмены, поговорим об Армагеддоновой битве; когда закатится солнце последнего дня.

Она была очень весела, и Дик с изумлением увидел, что она закурила сигарету. За все двенадцать лет их брака он мог сосчитать по пальцам, сколько сигарет она выкурила, – и то она делала это только из вежливости, чтобы составить компанию какой-нибудь курящей гостье. Позднее, когда Дик налил себе и Грэхему виски с содовой, она удивила его своей просьбой дать и ей стаканчик.

– Смотри, это с шотландским виски, – предупредил он.

– Ничего, совсем малюсенький, – настаивала она, – и тогда мы будем как три старых добрых товарища и поговорим обо всем на свете. А когда наговоримся, я спою вам «Песнь Валькирии».

Она говорила больше, чем обычно, и всячески старалась заставить мужа показать себя во всем блеске. Дик это заметил, но решил исполнить ее желание и выступил с импровизацией на тему о белокурых солнечных героях.

«Она хочет, чтобы Дик показал себя», – подумал Грэхем.

Но едва ли Паола могла сейчас желать, чтобы они состязались, – она просто с восхищением смотрела на этих двух представителей человеческой породы: они были прекрасны и оба принадлежали ей.

«Они говорят об охоте на крупную дичь, – подумала она, – но разве когда-нибудь маленькой женщине удавалось поймать такую дичь, как эти двое?»

Паола сидела на диване, поджав ноги, и ей был виден то Грэхем, удобно расположившийся в глубоком кресле, то Дик: опираясь на локоть, он лежал подле нее среди подушек. Она переводила взгляд с одного на другого, и когда мужчины заговорили о жизненных схватках и борьбе – как реалисты, трезво и холодно, – ее мысли устремились по тому же руслу, и она уже могла хладнокровно смотреть на Дика, без той мучительной жалости, которая все эти дни сжимала ей сердце.

Она гордилась им, – да и какая женщина не стала бы гордиться таким статным, красивым мужчиной, – но она его уже не жалела. Они правы. Жизнь – игра. В ней побеждают самые ловкие, самые сильные. Разве они оба много раз не участвовали в такой борьбе, в таких состязаниях? Почему же нельзя и ей? И по мере того как она смотрела на них и слушала их, этот вопрос вставал перед ней все с большей настойчивостью.

Они отнюдь не были анахоретами, эти двое, и, наверное, разрешали себе многое в том прошлом, из которого, как загадки, вошли в ее жизнь. Они знавали такие дни и такие ночи, в которых женщинам – по крайней мере женщинам, подобным Паоле, – отказано. Что касается Дика, то в его скитаниях по свету он, бесспорно, – она сама слышала всякие разговоры на этот счет, – сближался со многими женщинами. Мужчина всегда остается мужчиной, особенно такие, как эти двое! И ее обожгла ревность к их случайным, неведомым подругам, и ее сердце ожесточилось. «Они пожили всласть и ни в чем не знали отказа», – вспомнилась ей строчка из Киплинга.

Жалость? А почему она должна жалеть их больше, чем они жалеют ее? Все это слишком огромно, слишком стихийно, здесь нет места жалости. Втроем они участвуют в крупной игре, и кто-нибудь должен проиграть. Увлекшись своими мыслями, она уже рисовала себе возможный исход игры. Обычно она боялась таких размышлений, но стаканчик виски придал ей смелости. И вдруг ей представилось, что конец будет страшен; она видела его как бы сквозь мглу, но он был страшен.

Ее привел в себя Дик, он водил рукой перед ее глазами, как бы отстраняя какое-то видение.

– Померещилось что-нибудь? – поддразнил он ее, стараясь поймать ее взгляд.

Его глаза смеялись, но она уловила в них что-то, заставившее ее невольно опустить длинные ресницы. Он знал. В этом уже нельзя было сомневаться. Он знал. Именно это она прочла в его взгляде и потому опустила глаза.

– «Цинтия, Цинтия, мне показалось!..» – весело стала она напевать; и когда он опять заговорил, она потянулась к его недопитому стакану и сделала глоток.

Пусть будет что будет, сказала она себе, а игру она доиграет. Хоть это и безумие, но это жизнь, она живет. Так полно она еще никогда не жила. И эта игра стоила свеч, какова бы ни была потом расплата. Любовь? Разве она когда-нибудь по-настоящему любила Дика той любовью, на какую была способна теперь? Не принимала ли она все эти годы нежность и привычку за любовь? Ее взор потеплел, когда она взглянула на Грэхема: да, вот Грэхем захватил ее, как никогда не захватывал Дик.

Она не привыкла к столь крепким напиткам, ее сердце учащенно билось, и Дик, как бы случайно на нее посматривая, отлично понимал, почему так ярко блестят ее глаза и пылают щеки и губы.

Он говорил все меньше, и беседа, точно по общему уговору, затихла.

Наконец он взглянул на часы, встал, зевнул, потянулся и заявил:

– Пора и на боковую. Белому человеку осталось мало спать. Выпьем, что ли, на ночь, Иван?

Грэхем кивнул; оба чувствовали потребность подкрепиться.

– А ты? – спросил Дик жену.

Но Паола покачала головой, подошла к роялю и принялась убирать ноты; мужчины приготовили себе напитки.

Грэхем опустил крышку рояля, а Дик ждал уже в дверях, и когда все они вышли из комнаты, он оказался на несколько шагов впереди.

Паола попросила Грэхема тушить свет во всех комнатах, через которые они проходили.

В том месте, где Грэхему надо было сворачивать к себе в башню, Дик остановился.

Грэхем погасил последнюю лампочку.

– Да не эту… глупый, – услышал Дик голос Паолы. – Эта горит всю ночь.

Дик не слышал больше ничего, но кровь бросилась ему в голову. Он проклинал себя, он вспомнил, что когда-то сам целовался, пользуясь темнотой. И теперь он совершенно точно представлял себе, что произошло в этой темноте, длившейся мгновение, пока лампочка не вспыхнула снова.

У него не хватило духа взглянуть им в лицо, когда они нагнали его. Не желал он также видеть, как честные глаза Паолы спрячутся за опущенными ресницами; он медлил и мял сигару, тщетно подыскивая слова для непринужденного прощания.

– Как идет ваша книга? Какую главу вы пишете? – наконец крикнул он вслед удалявшемуся Грэхему и почувствовал, что Паола коснулась его руки.

Держась за его руку, она раскачивала ее и шла рядом с ним, болтая и подпрыгивая, словно расшалившаяся девочка. Он же печально размышлял о том, какую еще она изобретет хитрость, чтобы сегодня уклониться от обычного поцелуя на ночь, от которого уже так давно уклонялась.

Видимо, она так и не успела ничего придумать; а они уже дошли до того места, где им надо было разойтись в разные стороны. Поэтому, все еще раскачивая его руку и оживленно болтая всякий вздор, она проводила Дика до его рабочего кабинета. И тут он сдался. У него не хватило ни сил, ни упорства, чтобы ждать новой уловки. Сделав вид, будто вспомнил что-то, он довел ее до своего письменного стола и взял с него случайно попавшее под руку письмо.

– Я дал себе слово отправить завтра утром ответ с первой же машиной, – сказал он, нажимая кнопку диктофона, и принялся диктовать.

Она еще с минуту не выпускала его руки. Затем он почувствовал прощальное пожатие ее пальцев, и она прошептала:

– Спокойной ночи!

– Спокойной ночи, детка, – ответил он машинально, продолжая диктовать и как бы не замечая ее ухода.

И продолжал до тех пор, пока ее шаги не стихли в отдалении.

Глава двадцать восьмая

На следующее утро Дик, диктуя Блэйку ответы на письма, не раз готов был все это бросить.

– Позвоните Хеннесси и Менденхоллу, – сказал он, когда Блэйк собрал свои бумаги и поднялся, чтобы уйти. – Поймайте их в конюшнях для молодняка и скажите: пусть сегодня не приходят, лучше завтра утром.

Но тут появился Бонбрайт и приготовился, как обычно, стенографировать в течение часа разговоры Дика с его управляющими.

– И вот еще что, – крикнул Дик вслед Блэйку, – спросите Хеннесси, как чувствует себя старуха Бесси. Она была вчера вечером очень плоха, – пояснил он Бонбрайту.

– Мистеру Хэнли нужно переговорить с вами немедленно, мистер Форрест, – сказал Бонбрайт и прибавил, увидев, как его патрон с досадой и удивлением поднял брови. – Это насчет Бьюкэйской плотины. Что-то там не выходит по плану... допущена, видимо, крупная ошибка...

Дик уступил и целый час совещался со своими управляющими.

Во время жаркого спора с Уордменом о дезинфекционном составе для купания овец он встал из-за стола и подошел к окну, привлеченный голосами, топотом лошадей и смехом Паолы.

– Воспользуйтесь отчетом Монтаны, я вам сегодня же пришлю с него копию, – продолжал он, глядя в окно. – Там выяснили, что это средство не годится. Оно действует скорее успокаивающе, но не убивает паразитов. Оно недостаточно эффективно.

Мимо окна проскакала кавалькада из четырех человек. Паола ехала между двумя друзьями Форреста, художником Мартинесом и скульптором Фрейлигом, только что прибывшим с утренним поездом. Она оживленно беседовала с обоими. Четвертым был

Грэхем на Селиме: он отстал от них, но было совершенно ясно, что очень скоро эти четверо всадников разделятся на две пары.

Едва пробило одиннадцать, как Дик, не находивший себе места, нахмурясь, вышел с папиросой на большой двор; угадав по многим признакам, что Паола совсем забросила своих золотых рыбок, Дик горько усмехнулся. Глядя на них, он вспомнил о ее собственном внутреннем дворике, где тоже был бассейн, – она держала в нем самые редкие и красивые экземпляры. Он решил заглянуть туда и пустился в путь, открывая своим ключом двери без ручек и выбирая ходы и переходы, известные, кроме него, только Паоле да слугам.

Внутренний дворик Паолы был одним из самых замечательных подарков, сделанных Диком своей молодой жене. Эта затея, подсказанная щедростью любящего, могла быть осуществлена только при таких королевских доходах. Он предоставил Паоле полную возможность устроить дворик по своему вкусу и настаивал на том, чтобы она не останавливалась перед самыми сумасбродными тратами. Ему доставляло особенное удовольствие дразнить своих бывших опекунов сногсшибательными суммами в ее чековой книжке. Дворик никак не был связан с общим планом Большого дома. Глубоко скрытый в недрах этой огромной постройки, он не мог нарушить его очертаний и красот. И редко кто видел этот прелестнейший уголок. Кроме сестер Паолы да какого-нибудь приезжего художника, туда никто не допускался, и никто не мог им полюбоваться. Грэхем слышал о существовании дворика, но даже ему не предложили посмотреть его.

Дворик был круглый и настолько маленький, что в нем не чувствовался холод пустого пространства, как в большинстве дворов. Дом был построен из бетона, здесь же глаз отдыхал на мраморе удивительно мягких тонов. Окружающие дворик аркады были из резного белого мрамора с чуть зеленоватым оттенком, смягчавшим ослепительные отблески полуденного солнца. Бледно-алые розы обвивались вокруг стройных колонн и перекидывались на плоскую низкую крышу, украшенную не уродливыми химерами, а смеющимися, шаловливыми младенцами. Дик брел неторопливо по розовому мраморному полу под аркадами, и в его душу постепенно проникала красота этого дворика, смягчая и успокаивая его.

Сердцем и центром дворика был фонтан: он состоял из трех сообщающихся между собой, расположенных на разной высоте бассейнов из белого мрамора, прозрачного, как раковины. Вокруг бассейна резвились дети, изваянные из розового мрамора, в натуральную величину. Некоторые из них заглядывали, перегнувшись через борт, в нижние бассейны; один жадно тянулся ручонками к золотым рыбкам; другой, лежа на спине, улыбался небу; еще один малыш, широко расставив толстенькие ножки, потягивался; иные стояли в воде, иные играли среди белых и красных роз, – но все были так или иначе связаны с фонтаном и в какой-нибудь точке с ним соприкасались. Мрамор был выбран так удачно и скульптура так хороша, что возникала полная иллюзия жизни. Это были не херувимы, а живые, теплые человеческие детеныши.

Дик с улыбкой смотрел на их веселую компанию. Он докурил папиросу и все еще стоял перед ними, держа в руках окурок. «Вот что ей нужно было, – думал он, – ребята, малыши. Она же страстно любит их! И если б у нее были дети...» Он вздохнул и, пораженный новой мыслью, посмотрел на любимое местечко Паолы, зная заранее, что не увидит брошенного там в красивом беспорядке начатого ею шитья: все эти дни она не шила.

Он не зашел в маленькую галерею за аркадами, где были собраны картины и гравюры, а также мраморные и бронзовые копии с ее любимейших скульптур, находящихся в музеях Европы. Он поднялся по лестнице, прошел мимо великолепной Ники, стоявшей на площадке в том месте, где лестница разделялась, и еще выше – в жилые комнаты, занимавшие весь верхний этаж флигеля. Но возле Ники он на миг остановился и посмотрел вниз, на дворик. Сверху он был похож на прекрасную драгоценную гемму, совершенную по форме и по краскам. И Дик должен был сознаться, что хотя средства для воплощения этого замысла предоставил он, но замысел целиком принадлежал Паоле, – эта красота была ее созданием. Паола долго мечтала о таком дворике, и Дик дал ей возможность осуществить свою мечту. А теперь, размышлял он, она забыла и о дворике. Паола не была своекорыстной, – он отлично знал это, – и если он, сам по себе, не в силах удержать ее, то всем этим игрушкам никогда не заглушить зов ее сердца.

Дик бесцельно бродил по ее комнатам, почти не видя отдельных обступивших его предметов, но все охватывая любящим взглядом. Каждая вещь здесь красноречиво говорила о своеобразии хозяйки. Но когда он заглянул в ванную с ее низким римским бассейном, он все-таки не мог не заметить, что кран чуточку подтекает, и решил сегодня же сказать об этом водопроводчику.

Взглянул Дик, конечно, и на ее мольберт, отнюдь не ожидая увидеть новую работу, но обманулся – перед ним стоял его собственный портрет. Он знал ее прием – брать позу и основные контуры с фотографии, а затем дополнять этот контур по воспоминаниям. В данном случае она воспользовалась очень удачным моментальным снимком, когда он сидел в седле. Один-единственный раз и на один миг Дику удалось заставить Капризницу стоять смирно; он был изображен с шляпой в руке, волосы в живописном беспорядке, выражение лица естественное – он не знал, что его снимают, глаза прямо смотрят в камеру. Никакой фотограф не мог бы лучше уловить сходство. Паола отдала увеличить снимок и писала теперь с него. Но портрет уже перестал быть фотографией. Дик узнавал характерную для Паолы манеру.

Вдруг он вздрогнул и вгляделся пристальнее. Разве это его выражение глаз да и всего лица? Опять он посмотрел на фотографию, – там этого не было. Он подошел к одному из зеркал и, придав себе равнодушный вид, начал думать о Паоле и Грэхеме. И постепенно на его лице и в глазах появилось то самое выражение. Не удовольствовавшись этим, он вернулся к мольберту и еще раз взглянул на портрет, чтобы проверить свое впечатление. Паола знала! Паола знала, что он знает! Она вырвала у него тайну, подстерегла в одну из тех минут, когда новое выражение без его ведома проступило у него на лице, и перенесла на холст.

Из гардеробной появилась горничная Паолы, китаянка Ой-Ли; она не заметила Дика и шла к нему навстречу в глубокой задумчивости, опустив глаза. Лицо ее было печально, и она уже не поднимала брови – привычка, послужившая поводом для ее прозвища. На лице не было обычного удивления, китаянка казалась подавленной.

«Кажется, все наши лица начали выдавать свои тайны», – подумал он.

– С добрым утром, Ой-Ли, – окликнул ее Дик.

Она ответила на его приветствие; в ее глазах он прочел сострадание. Ой-Ли знает – первая из посторонних. Что ж, на то она и женщина! Впрочем, служанка так много бывала с Паолой, когда та сидела у себя, что, конечно, не могла не разгадать тайну своей хозяйки.

Вдруг ее губы задрожали, она стиснула руки и пыталась заговорить.

– Мистер Форрест, – начала она, задыхаясь. – Может быть, вы подумаете, я с ума сошла, но я хочу кое-что сказать вам. Вы очень добрый хозяин. Вы очень добры к моей старой матери. Вы всегда, всегда были добры ко мне…

Она запнулась, облизнула пересохшие губы, потом заставила себя поднять на него глаза и продолжала:

– Миссис Форрест, мне кажется, она… она…

Но лицо Дика стало вдруг таким строгим, что она смутилась, умолкла и покраснела; и Дик подумал: она стыдится того, что собиралась сказать.

– Хорошую картину пишет миссис Форрест, правда? – заметил он, чтобы дать ей прийти в себя.

Китаянка вздохнула, и, когда обратила взор на портрет Дика, в ее глазах опять мелькнуло сострадание.

Она снова вздохнула, но он не мог не заметить внезапной холодности ее тона, когда она ответила:

– Да, миссис Форрест рисует очень хорошую картину.

Она вдруг взглянула на него проницательным и пристальным взглядом, как бы изучая его лицо, затем опять повернулась к портрету и, показывая на его глаза, сказала:

– Нехорошо.

Ее голос звучал резко и сердито.

– Нехорошо, – бросила она опять через плечо, еще громче, еще резче, и скрылась в спальне Паолы.

Дик невольно выпрямился, как бы готовясь мужественно встретить то, что должно было скоро обрушиться на него. Что ж, это начало конца. Ой-Ли знает. Скоро узнают и другие, узнают все. В известном смысле он был даже рад этому, – рад, что мука ожидания продлится теперь недолго.

Все же, уходя из комнаты, он уже насвистывал веселый мотив, давая понять китаянке, что с его точки зрения все пока обстоит благополучно.

В тот же день, пользуясь тем, что Дик уехал на прогулку с Фрейлигом, Мартинесом и Грэхемом, Паола, в свою очередь, предприняла тайное паломничество на половину мужа. Выйдя на веранду, служившую Дику спальней, она окинула взглядом кнопки, телефон над постелью, соединявший Дика с его служащими и почти со всей Калифорнией, диктофон на вращающейся подставке, аккуратно разложенные книги, журналы и сельскохозяйственные бюллетени, ожидавшие просмотра, пепельницу, папиросы, блокноты, термос.

Внимание Паолы привлекла ее собственная фотография – единственное украшение этой комнаты. Фотография висела над барометром и термометрами, которые, как она знала, всего чаще привлекали взор Дика. По какой-то странной фантазии она перевернула смеющийся портрет лицом к стене, увидела пустой прямоугольник рамки, перевела взгляд на постель и снова на стену – и вдруг, точно испугавшись, торопливо повесила смеющийся портрет опять лицом к комнате. «Да, он тут на месте, – подумала Паола. – На месте».

Потом ее глаза остановились на большом автоматическом револьвере в кобуре, висевшем так близко от постели Дика, что достаточно было протянуть руку, чтобы вытащить его. Она взялась за рукоятку. Да, как и следовало ожидать, курок не на предохранителе, таков уж у Дика обычай: как бы долго револьвер ни оставался без употребления, он не дает ему залеживаться в кобуре.

Вернувшись в рабочий кабинет, Паола медленно обошла его, задумчиво разглядывая огромные картотеки, шкафы с картами и чертежами на синьке, вращающиеся полки со справочниками и длинные ряды тщательно переплетенных племенных реестров. В конце концов она дошла и до библиотеки, – там было множество брошюр, переплетенных журнальных статей и с десяток каких-то толстых научных книг. Она добросовестно прочла заглавия: «Кукуруза в Калифорнии», «Силосование кормов», «Организация фермы», «Курс сельскохозяйственного счетоводства», «Широы в Америке», «Истощение чернозема», «Люцерна в Калифорнии», «Почвообразование», «Высокие урожаи в Калифорнии», «Американские шортхорны». Прочтя последнее название, она ласково улыбнулась, вспомнив ту оживленную полемику, которую Дик вел, отстаивая необходимость делать различие между дойной коровой и убойной, против тех, кто доказывал, что надо выращивать коров, отвечающих одновременно обоим назначениям.

Она погладила ладонью корешки книг, прижалась к ним щекой и закрыла глаза. О Дик! Какая-то мысль зародилась в ней и тут же угасла, оставив в сердце смутную печаль, ибо Паола не решилась додумать ее до конца.

Как этот письменный стол типичен для Дика! Никакого беспорядка, никаких следов неоконченной работы. Только проволочный лоток с отстуканными на пишущей машинке, ожидающими его подписи письмами да непривычно большая стопка желтых телеграмм, принятых по телефону из Эльдорадо и перепечатанных секретарями на бланки. Она рассеянно скользнула взглядом по первым строкам лежавшей сверху телеграммы и наткнулась на чрезвычайно заинтересовавшее ее сообщение. Паола, сдвинув брови, вчиталась в него, затем начала рыться в куче телеграмм, пока не нашла подтверждения поразившего ее известия. Погиб Джереми Брэкстон – этот рослый, веселый и добрый человек. Шайка пьяных мексиканских пеонов убила его в горах, когда он хотел бежать с рудников Харвест в Аризону. Телеграмма пришла два дня тому назад, и Дик знал об этом уже в течение двух дней, но не говорил, чтобы ее не расстраивать. Был в этом и другой смысл: смерть Брэкстона знаменовала большие денежные потери: дела на рудниках Харвест идут, видимо, все хуже. Да, таков Дик!

Итак, Брэкстон погиб. Ей показалось, что в комнате вдруг стало холоднее. Она почувствовала озноб. Такова жизнь – в конце пути каждого из нас ждет смерть. И опять ее охватил тот же смутный страх и ужас. Впереди ей рисовалась гибель. Но чья? Она не искала разгадки. Достаточно того, что это была гибель. Ужас придавил ей душу, и самый воздух в этой спокойной комнате показался ей гнетущим. Она медленно вышла.

Глава двадцать девятая

– Наша маленькая хозяйка чувствительна, как птичка, – говорил Терренс, беря с подноса коктейль, которым А-Ха обносил присутствующих.

Время было предобеденное, и Грэхем, Лео и Терренс Мак-Фейн случайно сошлись в бильярдной.

– Нет, Лео, – остановил ирландец молодого поэта. – Хватит с вас одного. У вас и так горят щеки. Еще коктейль – и вас совсем развезет. В вашей юной голове идеи о красоте не должны затуманиваться винными парами. Пусть пьют старшие. Чтобы пить, требуется особый талант. У вас его нет. Что же касается меня…

Он опорожнил свой стакан и замолчал, смакуя коктейль.

– Бабье питье, – презрительно покачал он головой. – Не нравится. Не жжет. И букета никакого. Ни черта. А-Ха, мой друг, – подозвал он китайца, – устройка мне смесь из виски с содовой в таком длинном-длинном бокале и, знаешь, настоящую – вот столько. – Он вытянул горизонтально четыре пальца, показывая, сколько ему надо налить виски; и, когда А-Ха спросил, какого виски он желает, Терренс ответил: – Шотландского или ирландского, бурбонского или ржаного – все равно, какой под руку попадется.

Грэхем только кивнул китайцу и, смеясь, обратился к ирландцу:

– Меня, Терренс, вам ни за что не напоить. Я не забыл, каких хлопот вы наделали О'Хэю.

– Ну что вы! Что вы! Это была чистейшая случайность, – ответил тот. – Говорят, что если у человека скверно на душе, так его может свалить с ног одна капля.

– А с вами это бывает? – спросил Грэхем.

– Никогда этого со мной не случалось. Мой жизненный опыт весьма ограничен.

– Вы начали, Терренс, насчет... миссис Форрест, – просящим тоном напомнил Лео. – И как будто хотели сказать что-то очень хорошее...

– Разве о ней можно сказать что-нибудь другое, – возразил Терренс. – Я сказал, что у нее чувствительность птички, но не чувствительность трясогузки или томно воркующей горлицы, а как у веселых птиц, например, у диких канареек, которые купаются в здешних фонтанах, разбрасывая солнечные брызги, всегда поют и щебечут, и их сердечко точно пылает на золотой грудке. Вот и маленькая хозяйка такая же. Я много за ней наблюдал.

Все, что на земле, под землей и на небе, радует ее и украшает ее жизнь: цветок ли мирта, который не по праву нарядился в пурпур, когда ему нельзя быть красочнее бледной лаванды; или яркая роза – знаете, этакая роскошная роза «Дюшес»: ее чуть покачивает ветер, а она только что распустилась под жаркими лучами солнца... Про такую розу Паола мне сказала однажды: «У нее цвет зари, Терренс, и форма поцелуя». Для маленькой хозяйки все радость: серебристое ржание Принцессы, звон колокольчиков в морозное утро, прелестные шелковистые ангорские козы, которые бродят живописными группами по горным склонам, багряные лучины вдоль изгородей, высокая жаркая трава на склонах и вдоль дороги или выжженные летним зноем бурые горы, похожие на львов, приготовившихся к прыжку. А с каким почти чувственным наслаждением она подставляет шею и руки лучам благодатного солнца!

– Она душа красоты, – пролепетал Лео. – За такую женщину можно умереть; я это вполне понимаю.

– Но можно и жить для них и любить эти восхитительные создания, – добавил Терренс. – Послушайте-ка, мистер Грэхем, я открою вам один секрет. Мы, философы из «Мадроньевой рощи», люди, потерпевшие крушение в житейском море, заброшенные сюда, в эту тихую заводь, где мы живем щедротами Дика, мы составляем братство влюбленных. И у всех у нас одна дама сердца – маленькая хозяйка. Мы беспечно теряем дни в мечтах и беседах, мы не признаем ни бога, ни черта, ни родины, но мы все – рыцари маленькой хозяйки и дали обет верности ей.

– Мы готовы умереть за нее, – подтвердил Лео, медленно склоняя голову.

– Нет, мальчик, мы готовы жить для нее и сражаться за нее. Умереть – дело несложное.

Грэхем не пропустил ни слова из этого разговора. Юноша, конечно, ничего не понимал, но по глазам кельта, пристально смотревшим на Грэхема из-под копны седых волос, он понял, что тот все знает.

На лестнице раздались мужские голоса и шаги; в ту минуту, как входили Мартинес и Дар-Хиал, Терренс сказал:

– Говорят, что в Каталине отличная погода и тунец ловится превосходно.

А-Ха опять принес коктейли; у него было много дела, так как в это время подошли и Хэнкок с Фрейлигом.

Терренс пил смеси, которые китаец с неподвижным лицом подавал ему по своему выбору, пил и в то же время распространялся о вреде и мерзости пьянства, убеждая Лео не пить.

Вошел О-Дай, держа в руках записку и озираясь, кому бы ее отдать.

– Сюда, крылатый сын неба, – поманил его к себе Терренс.

– Это просьба, адресованная нам и составленная в подобающих случаю выражениях, – провозгласил он, заглянув в записку. – Дело в том, что приехали Льют и Эрнестина, и вот о чем они просят. Слушайте! – И он прочел: – «О благородные и славные олени! Две бедных смиренных и кротких лани одиноко блуждают в лесу и просят разрешения на самое короткое время посетить перед обедом стадо оленей на их пастбище».

– Метафоры допущены здесь самые разнородные, – сказал Терренс, – но все же девицы поступили совершенно правильно. Они знают закон Дика – и это хороший закон, – что никакие юбки в бильярдную не допускаются, разве только с единодушного согласия мужчин. Ну что ж, как думает ответить стадо оленей? Все, кто согласен, пусть скажут «да». Кто против? Принято. Беги, быстроногий О-Дай, и веди сюда этих дам.

– «В сандальях коронованных царей...» – начал Лео, выговаривая слова с благоговением и любовной бережностью.

– «Он будет попирать их ночи алтари», – подхватил Терренс. – Человек, написавший эти строки, – великий человек. Он друг Лео и друг Дика, я горжусь тем, что он и мой друг.

– А как хорош вот этот стих, – продолжал Лео, обращаясь к Грэхему, – из того же сонета! Послушайте, как это звучит: «Внемлите песне утренней звезды...» И дальше. – Голосом, замирающим от любви к прекрасному слову, юноша прочел: – «С умершей красотою на руках как он мечты грядущему вернет?»

Он смолк, ибо в комнату входили сестры Паолы, и робко поднялся, чтобы с ними поздороваться.

Обед в тот день прошел так же, как все обеды, на которых присутствовали мудрецы. Дик, по своему обычаю, яростно спорил, сцепившись с Аароном Хэнкоком из-за Бергсона, нападая на его метафизику с меткостью и беспощадностью реалиста.

– Ваш Бергсон не философ, а шарлатан, Аарон, – заключил Дик. – У него за спиной все тот же старый мешок колдуна, набитый всякими метафизическими штучками, только разукрашены они оборочками из новейших научных данных.

– Это верно, – согласился Терренс. – Бергсон – шарлатан мысли. Вот почему он так популярен...

– Я отрицаю... – прервал его Хэнкок. – Подождите минутку, Аарон. У меня мелькнула одна мысль. Дайте мне ее удержать, пока она, подобно бабочке, не улетела в голубое небо. Дик поймал Бергсона с поличным, этот философ украл немало сокровищ из хранилища науки. Даже свою здоровую уверенность, он стащил у Дарвина – из его учения о том, что выживают самые приспособленные. А что он из этого сделал? Слегка обновил эту теорию прагматизмом Джемса, подсластил не гаснущей в сердце человека надеждой на то, что всякому суждено жить снова, и разукрасил идеей Ницше о том, что чаще всего к успеху ведет чрезмерность...

– Идеей Уайльда, хотите вы сказать, – поправила его Эрнестина.

– Видит бог, я выдал бы ее за свою, если бы не ваше присутствие, – вздохнул Терренс с поклоном в ее сторону. – Когда-нибудь антиквары мысли точно установят автора. Я лично нахожу, что эта идея отдает Мафусаилом. Но до того, как меня любезно прервали, я говорил...

– А кто грешит более задорной самоуверенностью, чем Дик? – вопрошал Аарон несколько позже; Паола кинула Грэхему многозначительный взгляд.

– Я только вчера смотрел табун годовалых жеребят; у меня и сейчас перед глазами эта прекрасная картина. И вот я спрашиваю: а кто делает настоящее дело?

– Возражение Хэнкока вполне основательно, – нерешительно заметил Мартинес. – Без элемента тайны мир был бы плоским и неинтересным. А Дик не признает никаких тайн.

– Ну уж нет, – возразил Терренс, заступаясь за Дика. – Я хорошо его знаю. Дик признает, что в мире есть тайны, но не такие, какими пугают детей. Для него не существует ни страшных бук, ни всей этой фантасмагории, с которой обычно носитесь вы, романтики.

– Терренс понимает меня, – подтвердил Дик. – Мир всегда останется загадкой! Для меня человеческая совесть не бóльшая загадка, чем химическая реакция, благодаря которой возникает обыкновенная вода. Согласитесь, что это тайна, и тогда все более сложные явления природы потеряют свою таинственность. Эта простая химическая реакция – вроде тех основных аксиом, на которых строится все здание геометрии. Материя и сила – вот вечные загадки вселенной, и они проявляют себя в загадке пространства и времени. Проявления не загадка; загадочны только их основы – материя и сила, да еще арена этих проявлений – пространство и время.

Дик замолчал и рассеянно посмотрел на бесстрастные лица А-Ха и О-Дая, стоявших с блюдами в руках как раз против него. «Их лица совершенно бесстрастны, – подумал он, – хотя я готов держать пари, что и они осведомлены о том, что так потрясло Ой-Ли».

– Вот видите, – торжествующе закончил Терренс. – Самое лучшее – то, что он никогда не становится вверх тормашками и не теряет равновесия. Он твердо стоит на крепкой земле, опираясь на законы и факты, и защищен от всяких заоблачных фантазий и нелепых бредней...

Никому в тот вечер – и за обедом и после – не пришло бы в голову, что Дик чем-то расстроен. Казалось, ему непременно хочется отпраздновать приезд Льют и Эрнестины; он не поддерживал тяжеловесного спора философов и изощрялся во всевозможных каверзах и шутках. Паола заразилась его настроением и всячески помогала ему в его проделках.

Самой интересной оказалась игра в приветственный поцелуй. Все мужчины должны были подвергнуться ему. Грэхему была оказана честь – пройти испытание первому, и он мог потом наблюдать злоключения всех остальных, которых Дик по одному вводил со двора.

Хэнкок – Дик держал его за руку – дошел до середины комнаты, где Паола и ее две сестры стояли на стульях, подозрительно оглядел их и заявил, что хочет обойти стулья кругом. Однако он не заметил ничего особенного, кроме того, что на каждой была мужская фетровая шляпа.

– Ну что ж, по-моему, ничего, – заявил Хэнкок, остановившись перед ними и рассматривая их.

– Конечно, ничего, – уверил его Дик. – Так как эти женщины воплощают все самое прекрасное в нашем имении, то и должны подарить вам приветственный поцелуй. Выбирайте, Аарон.

Аарон, сделав крутой поворот, словно чуя какую-то каверзу за спиной, спросил:

– Все три должны поцеловать меня?

– Нет, вам полагается выбрать ту, которая вас поцелует.

– А те две, которых я не выберу, не сочтут это дискриминацией? – допытывался Аарон.

– И усы не послужат препятствием? – был его следующий вопрос.

– Нисколько, – заверила его Льют. – Мне по крайней мере всегда хотелось знать, какое ощущение испытываешь, целуя черные усы.

– Спешите, спешите, сегодня здесь целуют философов, – заявила Эрнестина, – но только, пожалуйста, поторопитесь, остальные ждут. Меня тоже должно сегодня поцеловать целое поле усатых колосьев.

– Ну, кого же вы выбираете? – настаивал Дик.

– Какой же может быть выбор! – бойко отозвался Хэнкок. – Конечно, я поцелую свою даму сердца, маленькую хозяйку.

Он поднял голову и вытянул губы, она наклонилась, и в тот же миг с полей ее шляпы хлынула ему в лицо ловко направленная струя воды.

Когда очередь дошла до Лео, он храбро выбрал Паолу и чуть не испортил игру, благоговейно преклонив колено и поцеловав край ее платья.

– Это не годится, – заявила Эрнестина. – Поцелуй должен быть самый настоящий. Поднимите голову, чтобы вас могли поцеловать.

– Пусть последняя будет первой, поцелуйте меня, Лео, – попросила Льют, чтобы помочь ему в его замешательстве.

Он с благодарностью взглянул на нее и потянулся к ней, но недостаточно откинул голову, и струя воды полилась ему за воротник.

– А меня пусть поцелуют все три, – заявил Терренс; ему казалось, что он нашел выход из затруднительного положения. – И я трижды вкушу райское блаженство.

В благодарность за его любезность он получил на голову три струи воды.

Азарт и веселость Дика все возрастали. Всякий, глядя на то, как он ставит к створке двери Фрейлига и Мартинеса, чтобы измерить их рост и разрешить спор о том, кто выше, сказал бы, что нет сейчас на свете человека беззаботнее и спокойнее его.

– Колени вместе! Ноги прямо! Головы назад! – командовал он.

Когда их головы коснулись двери, с другой стороны раздался громовой удар, от которого они вздрогнули. Дверь распахнулась, и появилась Эрнестина, вооруженная палкой, которой бьют в гонг.

Затем Дик, держа в руке атласную туфельку на высоком каблуке и накрывшись с Терренсом простыней, учил его, к бурному восторгу остальных, игре в «Братца Боба». В это время появились еще Мэзоны и Уатсоны со всей своей уикенбергской свитой.

Дик немедленно потребовал, чтобы все вновь прибывшие молодые люди тоже получили приветственный поцелуй. Несмотря на восклицания и шум, который подняли полтора десятка здоровающихся людей, он ясно расслышал слова Лотти Мэзон: «О мистер Грэхем! А я думала, вы давно уехали».

И Дик, среди суеты, неизбежной при появлении такого множестватостей, продолжав изображать из себя человека, которому ужасно весело, зорко ловил те настороженные взгляды, какими женщины смотрят только на женщин. Спустя несколько минут он увидел, как Лотти Мэзон бросила украдкой именно такой вопрошающий взгляд на Паолу в ту минуту, когда та, стоя перед Грэхемом, что-то говорила ему.

«Нет еще, – решил Дик, – Лотти пока не знает. Но подозрение уже зародилось; и ничто, конечно, так не порадует ее женскую душу, как открытие, что безупречная, гордая Паола – такая же, как и все другие женщины, и у нее те же слабости».

Лотти Мэзон была высокая эффектная брюнетка лет двадцати пяти, бесспорно, красивая и, как Дику пришлось убедиться, бесспорно, очень смелая. В недалеком прошлом Дик, увлеченный и, надо признаться, ловко поощряемый ею, затеял с ней легкий флирт, в котором, впрочем, не зашел так далеко, как ей того хотелось. С его стороны ничего серьезного не было. Не дал он развиться и в ней серьезному чувству. Но, памятуя этот флирт, Дик был настороже, предполагая, что именно Лотти будет особенно следить за Паолой и что именно у нее, скорее чем у других дам, могут возникнуть кое-какие подозрения.

– О да, Грэхем превосходно танцует, – услышал Дик спустя полчаса голос Лотти Мэзон, говорившей с маленькой мисс Максуэлл. – Верно, Дик? – обратилась она к нему, глядя на него по-детски невинными глазами, но – он чувствовал это – в то же время внимательно наблюдая за ним.

– Кто? Грэхем? Ну еще бы! – ответил Дик спокойно и открыто. – Да, превосходно. А как вы думаете, не устроить ли нам танцы? Тогда мисс Максуэлл убедится на деле. Хотя здесь есть только одна дама ему под пару, с ней он может показать свое мастерство.

– Это, конечно, Паола? – сказала Лотти.

– Конечно, Паола. Ведь вы, молодежь, не умеете вальсировать. Да вам и научиться негде было.

Лотти вздернула хорошенький носик.

– Впрочем, может быть, вы и учились чуть-чуть, еще до того, как вошли в моду новые танцы, – извинился он. – Давайте я уговорю Ивэна и Паолу, а мы пойдем с вами, и я ручаюсь, что других пар не будет.

Вальсируя, он вдруг остановился и сказал:

– Пусть они танцуют одни. На них стоит полюбоваться.

Сияя от удовольствия, смотрел он, как Грэхем и его жена заканчивают танец, и чувствовал, что Лотти поглядывает на него сбоку и что ее подозрения рассеиваются.

Танцевать захотелось всем, и так как вечер был очень теплый. Дик приказал открыть настежь большие двери во двор. То одна, то другая пара, танцуя, выплывала из комнаты, и танец продолжался под залитыми лунным светом аркадами; под конец туда перешли все пары.

– Он еще совсем мальчишка, – говорила Паола Грэхему, слушая, как Дик расхваливает всем и каждому достоинства своего нового фотоаппарата, снимающего при ночном освещении. – Аарон во время обеда укорял его за самоуверенность, и Терренс встал на его защиту. Дик за всю свою жизнь не пережил ни одной трагедии. Он ни разу не был в положении побежденного. Его самоуверенность всегда была оправдана. Как сказал Терренс, он всегда делал настоящее дело. Ведь он знает, бесспорно, знает – и все-таки совершенно уверен и в себе и во мне.

Когда Грэхем пошел танцевать с мисс Максуэлл, Паола продолжала размышлять о том же. В конце концов Дик не так уж страдает. Да этого и следовало ожидать. Ведь у него трезвый ум, он философ. Потеряв ее, он отнесся бы к этому так же безучастно, как к потере Горца, к смерти Джереми Брэкстона или к затоплению рудников. «Довольно трудно, – говорила она себе с улыбкой, – испытывать горячее влечение к Грэхему и быть замужем за таким философом, который палец о палец не ударит, чтобы удержать тебя». И она снова должна была признать, что Грэхем тем и обаятелен, что он так пылок, так человечен. Это сближало их. Даже в расцвете их романа с Диком в Париже он не вызывал в ней такого пламенного чувства. Правда, он был замечательным возлюбленным – с его даром находить для любви особые слова, с его любовными песнями, приводившими ее в такое восхищение, – но это было все же не то, что она теперь испытывала к Грэхему и что Грэхем, наверное, испытывал к ней. Кроме того, в те давние времена, когда Дик так внезапно завладел ее сердцем, она была еще молода и неопытна в вопросах любви.

От этих мыслей все более ожесточалось ее сердце по отношению к мужу и разгоралась страсть к Грэхему. Толпа гостей, веселье, возбуждение, близость и нежные касания при танцах, теплота летнего вечера, лунный свет и запах ночных цветов волновали ее все глубже и сильнее, и она жаждала протанцевать хотя бы еще один танец с Грэхемом.

– Нет, магний не нужен, – говорил Дик. – Это – немецкое изобретение. Достаточно выдержки в полминуты при обычном освещении. Самое удобное то, что можно сейчас же проявить пластинку. А недостаток тот, что нельзя печатать прямо с пластинки.

– Но если снимок удачен, можно с этой пластинки переснять на обычную и с нее печатать, – заметила Эрнестина.

Она уже видела эту свернувшуюся в камере огромную змею в двадцать футов, которая при нажиме на баллончик тотчас выскакивала, словно чертик из ящика. Многие из присутствующих тоже видели аппарат и просили Дика сходить за ним и сделать опыт.

Он отсутствовал дольше, чем предполагал, так как Бонбрайт оставил на его столе несколько телеграмм, касающихся положения в Мексике, и на них нужно было немедленно ответить. Наконец, взяв аппарат, Дик вернулся к гостям кратчайшей дорогой, через дом и двор. Танцующие под аркадами пары постепенно скрывались в зале, и, прислонившись к одной из колонн, Дик смотрел, как они проходят мимо него. Последними были Паола и Ивэн, они прошли так близко, что он мог бы, протянув руку, до них дотронуться. Но, хотя свет месяца и падал прямо на него, они его не видели. Они не отрываясь смотрели друг на друга.

Предпоследняя пара была уже в доме, и музыка смолкла. Паола и Грэхем остановились, и он только хотел предложить ей руку и тоже отвести в комнаты, как она вдруг прижалась к нему в неудержимом порыве. Из чисто мужской осторожности он сначала слегка отклонился, но она обхватила его шею рукой и притянула к себе для поцелуя. Это была внезапная и неудержимая вспышка страсти. Через мгновение Паола, взяв его под руку, уже входила в дом, и до Дика донесся ее веселый и непринужденный смех.

Дик ухватился за колонну, держась за нее, скользнул вниз и сел на каменные плиты. Он задыхался. Сердце стучало, словно хотело выскочить из груди, он ловил губами воздух. А проклятое сердце металось, билось в горле, душило его. Ему казалось, что оно уже во рту, он жует его и глотает вместе с освежающим воздухом. Вдруг он почувствовал озноб, а затем весь покрылся потом.

– Слыхано ли, чтобы у кого-нибудь из Форрестов были болезни сердца? – пробормотал он, все еще сидя на земле, прислонясь к колонне и вытирая мокрое от пота лицо. Его рука дрожала, болезненный трепет сердца вызывал легкую тошноту.

Если бы Грэхем поцеловал ее, это еще куда ни шло, размышлял он. Но Паола сама поцеловала Грэхема. Значит – любовь, страсть. Он сам теперь убедился; и когда эта картина вновь встала перед его глазами, сердце опять сжалось и удушье подступило к горлу. Сделав огромное усилие, он наконец овладел собой и встал на ноги.

«Честное слово, оно было у меня во рту, и я жевал его, – подумал он о своем сердце. – Да, жевал».

Возвращаясь в обход через двор, он с веселым лицом – так ему казалось – вошел в ярко освещенную комнату, держа в руках аппарат, и был очень удивлен тем, как его встретили.

– Что с вами? Вас напугало привидение? – спросила Льют.

– Вы больны? Что случилось? – засыпали его вопросами остальные.

– Да в чем дело? – удивился он в свою очередь.

– Ваше лицо… на вас лица нет! – воскликнула Эрнестина. – Что случилось?

Озираясь с удивлением, он тут же заметил, что Лотти Мэзон бросила быстрый взгляд на Грэхема и Паолу и что Эрнестина перехватила этот взгляд и, последовав за ним, сама украдкой посмотрела на обоих.

– Да, – солгал он. – Я получил тяжелую весть. Только что. Джереми Брэкстон умер. Убит. Мексиканцы поймали его, когда он хотел бежать в Аризону.

– Старик Джереми! Царство ему небесное! Какой был хороший человек! – сказал Терренс, взяв Дика под руку. – Пойдемте, дружок, вам необходимо подкрепиться, я вас провожу.

– Да нет, теперь все прошло, – улыбнулся Дик, тряхнув плечами, и решительно выпрямился. – В первую минуту это меня действительно сразило. Я не сомневался, что Джереми так или иначе выпутается из всей этой истории. Но пеоны поймали его и двух инженеров. Они оказали отчаянное сопротивление. Засели под скалой и целые сутки отстреливались от отряда в пятьсот человек. Тогда мексиканцы забросали их сверху динамитными шашками. Да, всякая плоть – только трава, и прошлогодняя трава не оживает. Ваше предложение, Терренс, мудрое предложение. Ведите меня.

Сделав несколько шагов, он обернулся и сказал через плечо:

– Пусть это не расстраивает веселья. Я сейчас вернусь и сниму всю группу. А ты, Эрнестина, пока рассади их и дай самый сильный свет.

На другом конце комнаты Терренс открыл вделанный в стену поставец и вынул стаканы. Дик зажег стенную лампочку и принялся рассматривать свое лицо в зеркальце, вделанное в одну из дверок поставца.

– По-моему, теперь ничего, – сказал он. – Все в порядке. Лицо как лицо.

– Это только так, мимолетная тень набежала, – согласился с ним Терренс, наливая виски в стаканы. – Имеет же человек право расстроиться, потеряв старого друга.

Они чокнулись и выпили в молчании.

– Еще, – сказал Дик, протягивая стакан.

– Скажите, когда хватит. – И ирландец стал спокойно следить, как поднимается в стакане уровень жидкости.

Дик ждал, пока она дойдет до половины.

Они снова чокнулись и снова выпили, глядя друг другу в глаза, и Дик почувствовал горячую благодарность к Терренсу за ту беззаветную преданность, которую прочел в его взгляде.

А в это время посреди холла Эрнестина рассаживала группу для съемки и старалась угадать по лицам Паолы, Грэхема и Лотти хоть что-нибудь из того, что она бессознательно чуяла. «Почему Лотти так пристально посмотрела на Паолу и Грэхема? – спрашивала себя Эрнестина. – Да и с Паолой происходит что-то необычное. Она, видимо, расстроена, встревожена, но весть о смерти Брэкстона тут как будто ни при чем».

По лицу Грэхема нельзя было ничего узнать. Он держался как всегда и ужасно смешил мисс Максуэлл и миссис Уатсон.

Да, Паола была расстроена: что случилось? Почему Дик солгал? Он же знал о смерти Джереми Брэкстона еще два дня назад. И никогда известие о чьей-либо смерти так не потрясало его! Уж не выпил ли он лишнее? За время их супружества она несколько раз видела его пьяным. Но алкоголь на него не действовал; вино только придавало блеск его глазам, развязывало язык, он с увлечением придумывал всякие проказы и импровизировал песни. Может быть, он успел напиться с этим несокрушимым Терренсом в бильярдной? Она застала их там всех перед обедом. Истинная причина его волнения не приходила ей в голову просто потому, что всякое шпионство было ему чуждо.

Дик вернулся. Смеясь от души какой-то шутке Терренса, он подозвал Грэхема и заставил «мудреца» повторить ее. Когда все трое всласть посмеялись, Дик приготовился снимать группу. Камера, раздвигаясь, точно выстрелила, женщины испуганно вскрикнули, и все это окончательно рассеяло остатки мрачного настроения, особенно когда хозяин дома предложил игру в земляные орехи. Игра состояла в том, кто за пять минут на конце столового ножа, от стула к столу, поставленных на расстоянии двенадцати ярдов, перенесет больше земляных орехов. Показав, как это делается, Дик выбрал своим партнером Паолу и вызвал на состязание решительно всех, не исключая уикенбержцев и обитателей «Мадроньевой рощи». Много коробок конфет было выиграно и проиграно! В конце концов Дик и Паола взяли верх над Грэхемом и Эрнестиной – парой, занявшей второе место. От Дика стали требовать, чтобы он произнес речь; нет, лучше пусть споет песню о земляном орехе. Дик тут же стал импровизировать в чисто индейской манере, при этом он отбивал такт, подпрыгивая на несгибающихся ногах и хлопая себя по бедрам.

– Я – Дик Форрест, сын «Счастливчика» Ричарда, сына Джонатана Пуританина, сына Джона, моряка-скитальца, каким был и его отец Альберт, сын Мортимера, пирата и кандальника, умершего без отпущения грехов.

Я последний из рода Форрестов и первый из носящих земляные орехи. Немврод и Сэндау предо мной ничто. Я ношу земляные орехи на конце ножа, серебряного ножа. В земляных орехах сидит сам дьявол. Я ношу орехи легко и грациозно. Я ношу их очень много. Еще не вырос тот орех, который бы победил меня.

Орехи катятся. Орехи катятся. Но я, как Атлас, поддерживающий мир, не даю им упасть. Не каждый может носить земляные орехи. У меня талант от бога. Это большое искусство. Орехи катятся. Орехи катятся, и я вечно буду носить их.

Аарон – философ, где ему носить орехи! Эрнестина – блондинка. Блондинки не могут носить земляные орехи. Ивэн – спортсмен. Он их роняет. Паола – мой партнер, она их не может удержать. Только я, я один, милостью божьей и силой собственной мудрости, могу носить земляные орехи.

Если кому надоела моя песнь, бросьте в меня тяжелым предметом. Я горд. Я неутомим. Я могу петь до скончания века. И я буду петь до скончания века.

Здесь начинается вторая песнь: если я умру, похороните меня в куче земляных орехов. Но пока я жив…

На Дика, как и следовало ожидать, обрушилась груда диванных подушек и прервала его песнь, но не укротила его буйной веселости; минуту спустя он уже шептался в углу с Лотти Мэзон и Паолой, затевая с ними тайный заговор против Терренса.

Так, среди танцев, смеха и шуток, проходил этот вечер. В полночь подали ужин, и уикенбергские гости начали прощаться только около двух часов утра. Пока они собирались, Паола предложила совершить на следующий день поездку к реке Сакраменто, чтобы осмотреть посадки риса на опытном поле Дика.

– Я имел в виду другое, – сказал Дик. – Ты знаешь горные пастбища над Сайкамор-Крик? За последние десять дней там зарезаны три ярки.

– Пумы? – воскликнула Паола.

– Их по меньшей мере две... Наверное, забрели с севера, – обратился он к Грэхему. – С ними это иногда бывает. Мы трех убили лет пять тому назад. Мосс и Хартли будут ждать нас там с собаками. Они выследили двух. Что вы скажете, если отправиться туда всем вместе? Выедем сейчас же после завтрака.

– Можно мне взять Молли? – спросила Льют.

– А ты возьмешь Альтадену, – сказала Паола Эрнестине.

Лошади были быстро распределены. Фрейлиг и Мартинес также согласились принять участие в охоте, заявив, впрочем, что ездят верхом они очень плохо и еще хуже стреляют.

Все вышли проводить уинкенбержцев и, когда машины укатили, постояли немного на дворе, сговариваясь относительно завтрашней охоты.

– Ну, спокойной ночи, – сказал Дик, когда все вошли в дом. – Прежде чем ложиться, я пойду еще взгляну на старуху Бесси. Хеннесси сидит при ней. Помните же, девочки, являться к завтраку в амазонках и ни в коем случае не опаздывать.

Престарелая мать Принцессы была очень плоха, но в другое время Дик, конечно, не пошел бы навещать ее в столь поздний час, – ему хотелось побыть одному, и он боялся остаться с глазу на глаз с Паолой после того, чему он так недавно был свидетелем.

Легкие шаги по гравию заставили его обернуться. Эрнестина догнала его и взяла под руку.

– Бедная старушка Бесси, – сказала она. – Мне тоже хотелось бы проведать ее.

Дик, продолжая взятую на себя роль, начал припоминать всякие смешные случаи, происходившие в тот вечер, смеялся, шутил и казался очень веселым.

– Дик, – сказала Эрнестина, когда он наконец замолчал. – У вас какое-то горе. – Она почувствовала, что он вдруг замкнулся, и торопливо продолжала: – Я очень хочу вам помочь! Вы же знаете, что можете на меня положиться. Скажите мне.

– Да, я скажу, – отвечал он. – Но скажу только одно. – Она благодарно сжала его локоть. – Завтра вы получите телеграмму, срочную; ничего слишком серьезного. Но ты и Льют соберетесь и укатите как можно скорее.

– И все? – спросила она разочарованно.

– Вы мне сделаете этим большое одолжение.

– Вы даже поговорить со мной не хотите? – возмутилась она, огорченная его отказом.

– Телеграмма придет в такое время, что застанет вас еще в постели. А теперь нечего тебе ходить к Бесси. Беги домой. Спокойной ночи.

Он поцеловал ее, ласково толкнул в сторону дома и пошел своей дорогой.

Глава тридцатая

Возвращаясь от больной кобылы, Дик остановился и прислушался: в конюшне для жеребцов беспокойно переступали с ноги на ногу Горец и другие лошади. Среди тишины откуда-то с гор, где пасся скот, донеслось одинокое позванивание колокольчика. Легкий ветерок внезапно дохнул Дику в лицо струей благовонного тепла. Ночь была напоена легким душистым запахом зреющих хлебов и сена. Жеребцы опять затопали, и Дик, глубоко вздохнув, почувствовал, что никогда, кажется, еще так не любил всего этого; он поднял глаза и обвел взором весь звездный горизонт, местами заслоненный горными вершинами.

– Нет, Катон, – произнес он вслух. – С тобой нельзя согласиться. Человек не уходит из жизни, как из харчевни. Он уходит из нее, как из своего дома – единственного, который ему принадлежит. Он уходит… в никуда. Спокойной ночи! Перед ним бесшумно встает Безносая – и все.

Он хотел идти дальше, но снова топотание жеребцов задержало его, а в горах опять зазвенел колокольчик. Расширив ноздри, Дик глубоко вдохнул душистый воздух и почувствовал, что любит и этот воздух, и усадьбу, и пашни, ибо все это создание его рук.

– «Я смотрел в глубину времен и там себя не находил, – процитировал он и затем, улыбнувшись, добавил: – Она мне подарила девять сыновей, а остальные девять были дочери».

Подойдя к дому, он постоял с минуту, любуясь его широкими, смелыми очертаниями. Войдя, Дик тоже не сразу отправился на свою половину, – вместо этого он пошел бродить по пустым тихим комнатам, дворам и длинным, чуть освещенным галереям. Дик чувствовал себя, как человек, отправляющийся в дальнее путешествие. Он зажег свет в волшебном дворике Паолы, уселся в римское мраморное кресло и, обдумывая свои планы, выкурил сигарету.

О, он сделает все очень ловко. На охоте может произойти такой «несчастный случай», который обманет решительно всех. Уж он не промахнется, нет! Пусть это произойдет завтра в лесах над Сайкамор-Крик. Дедушка Джонатан Форрест, суровый пуританин, погиб же на охоте от несчастного случая… Впервые на Дика нашло сомнение. Но, если это не было случайностью, старик, надо отдать ему справедливость, подстроил все очень ловко. В семье никогда даже и разговора не было о том, что здесь могло быть нечто большее, чем несчастный случай.

Коснувшись пальцем выключателя, Дик помедлил еще с минуту, чтобы в последний раз взглянуть на мраморных младенцев, игравших в воде фонтана и среди роз.

– Вы, вечно юные, прощайте, – тихо сказал он, обращаясь к ним. – Только вас я и породил.

Со своей спальной веранды он посмотрел на спальню Паолы, по ту сторону широкого двора. Там было темно. Может быть, она спала.

Он опомнился от своих мыслей и увидел себя сидящим на краю кровати в одном расшнурованном ботинке; улыбнувшись своей рассеянности, он опять зашнуровал его. Зачем ему ложиться спать? Уже четыре часа утра. По крайней мере он в последний раз полюбуется солнечным восходом. Теперь многое будет у него в последний раз. Вот он и оделся в последний раз. И вчерашняя утренняя ванна была последней. Разве чистая вода может остановить посмертное тление? Но побриться все-таки придется. Последняя дань земной суетности. Ведь после смерти волосы продолжают некоторое время расти.

Он вынул из вделанного в стену несгораемого шкафа свое завещание, положил перед собой на стол и внимательно прочел. Ему пришли в голову разные мелкие дополнения, и он вписал их от руки, предусмотрительно поставив дату на полгода раньше. Последняя приписка обеспечивала общину мудрецов в составе семи человек.

Он просмотрел свои страховые полисы и в каждом с особым вниманием прочел параграфы о дозволенном самоубийстве. Подписал письма, ожидавшие его с прошлого утра, и продиктовал в диктофон письмо своему издателю. Очистив стол, он наскоро подсчитал актив и пассив, сбросив с актива затопленные рудники; этот баланс он тут же заменил другим, максимально увеличив расходы и до смешного сократив доходы. Все же результат получился удовлетворительный.

Затем он разорвал исписанные цифрами листки и набросал план того, какую следует, по его мнению, вести линию в отношении мексиканских рудников. Он набросал этот план небрежно, в общих чертах, чтобы, когда записку найдут среди бумаг, она не возбудила подозрений. Таким же образом он составил на несколько лет вперед программу улучшения породы широв, а также внутрипородного скрещивания для Горца, Принцессы и лучших экземпляров их потомства.

Когда в шесть часов О-Дай принес кофе, Дик излагал последний пункт своего проекта рисовых плантаций:

«Хотя итальянский рис и вырастает скорее и поэтому особенно подходит для опытов, – писал он, – я буду некоторое время засевать поля в одинаковых пропорциях сортами моти, йоко и уотерибюн; ввиду того, что они созревают в разное время, это даст возможность при тех же рабочих, машинах и тех же накладных расходах обрабатывать большую площадь, чем при посадке одного сорта».

О-Дай поставил кофе на стол, ничем не выразив своего удивления – даже после того, как взглянул на явно не тронутую постель. И Дик не мог не восхититься его выдержкой.

В шесть тридцать зазвонил телефон, и он услышал утомленный голос Хеннесси, говорившего:

– Я знаю, что вы уже встали, и хочу сообщить вам радостную весть: старуха Бесси выживет. Хотя ей было здорово плохо. Пойду теперь сосну.

Побрившись, Дик постоял перед душем, и лицо его омрачилось: «На кой черт, все равно только потеря времени!» Однако он переобулся, надев более тяжелые ботинки с высокой шнуровкой, – они были удобнее для охоты.

Он опять сидел за столом и просматривал свои заметки в блокнотах, готовясь к утренней работе, когда услышал шаги Паолы. Она не приветствовала его обычным: «С добрым утром, веселый Дик», но подошла совсем близко и мягко проговорила:

– Сеятель желудей! Всегда неутомимое, всегда бодрое Багряное Облако!

Вставая и стараясь к ней не прикоснуться, он заметил темные тени у нее под глазами. Она тоже избегала прикосновений.

– Опять «белая ночь»? – спросил он, придвигая ей стул.

– Да, «белая ночь», – отозвалась Паола. – Ни одной минуты сна; а уж как я старалась!

Обоим было трудно говорить, и вместе с тем они не могли отвести глаз друг от друга.

– Ты… выглядишь неважно.

– Да, лицо у меня не того… – кивнул он. – Я смотрел на себя, когда брился, это вчерашнее выражение с него не сходит.

– Что-то с тобой вчера вечером случилось, – робко сказала она, и Дик ясно прочел в ее глазах то же страдание, какое он видел в глазах Ой-Ли. – Все обратили внимание на твое лицо. Что с тобой?

Он пожал плечами.

– Это выражение появилось уже с некоторых пор, – уклонился он от ответа, вспоминая, что первый намек он заметил на портрете, который писала Паола. – Ты тоже заметила? – спросил он.

Она кивнула. Вдруг ей пришла в голову новая мысль. Он прочел эту мысль на ее лице, прежде чем Паола успела выговорить ее вслух:

– Дик, может быть, ты влюбился? Это был бы выход. Это разрешило бы все недоразумения.

На лице ее отразилась надежда.

Он медленно покачал головой и улыбнулся: он видел, как она разочарована.

– Впрочем, да, – сказал он. – Да! Влюбился!

– Влюбился? – Паола обрадовалась, когда он ответил: «Влюбился».

Она не ожидала того, что за этим последует. Он встал, резким движением пододвинул к ней свой стул – так близко, что коснулся коленями ее колен, и, наклонившись к ней, быстро, но бережно взял ее руки в свои.

– Не пугайся, моя птичка, – ответил он. – Я не буду тебя целовать. Я уже давно тебя не целовал. Я просто хочу рассказать тебе об этой влюбленности. Но раньше я хочу сказать, как я горд, как я горжусь собой. Горжусь тем, что я влюблен. В мои годы – и влюблен! Это невероятно, удивительно. И как люблю! Какой я странный, необыкновенный и вместе с тем замечательный любовник! Я живое опровержение всех книг и всех биологических теорий. Оказывается, я однолюб. И я люблю одну-единственную женщину. После двенадцати лет обладания – люблю ее безумно, нежно и безумно!

Руки Паолы невольно выразили ее разочарование, она сделала легкое движение, чтобы освободить их; но он сжал их еще крепче.

– Я знаю все ее слабости – и люблю ее всю, со всеми слабостями и совершенствами, люблю так же безумно, как в первые дни, как в те сумасшедшие мгновения, когда впервые держал ее в своих объятиях.

Ее руки все настойчивее старались вырваться из плена, она бессознательно тянула их к себе и выдергивала, чтобы наконец освободить. В ее взоре появился страх. Он знал ее щепетильность и догадывался, что после того, как к ее губам так недавно прижимались губы другого, она не могла не бояться с его стороны еще более пылких проявлений любви.

– Пожалуйста, прошу тебя, не пугайся, робкая, прелестная, гордая птичка. Смотри – я отпускаю тебя на волю. Знай, что я горячо люблю тебя и что все это время считаюсь с тобой не меньше, чем с собой, и даже гораздо больше.

Он отодвинул свой стул, откинулся на его спинку и увидел, что ее взгляд стал доверчивее.

– Я открою тебе все мое сердце, – продолжал он, – и хочу, чтобы и ты открыла мне свое.

– Эта любовь ко мне что-то совсем новое? – спросила она. – Рецидив?

– И так и не так!

– Я думала, что давно уж стала для тебя только привычкой…

– Я любил тебя все время.

– Но не безумно.

– Нет, – сознался он, – но с уверенностью. Я был так уверен в тебе, в себе. Это было для меня нечто постоянное и раз навсегда решенное. И тут я виноват. Но когда уверенность пошатнулась, вся моя любовь к тебе вспыхнула сызнова. Она жила в течение всего нашего брака, но это было ровное, постоянное пламя.

– А как же я? – спросила она.

– Сейчас дойдем и до тебя. Я знаю, что тебя тревожит и сейчас и несколько минут назад. Ты глубоко правдива и честна, и одна мысль о том, чтобы делить себя между двумя мужчинами, для тебя ужасна. Я понял тебя. Ты уже давно не позволяешь мне ни одного любовного прикосновения. – Он пожал плечами. – И я с того времени не стремился к ним.

– Значит, ты все-таки знал? С первой минуты? – поспешно спросила она.

Дик кивнул.

– Может быть, – произнес он, словно взвешивая свои слова, – может быть, я уже ощущал то, что надвигалось, даже раньше, чем ты сама поняла. Но не будем вдаваться в это…

– И ты видел… – решилась она спросить и смолкла от стыда при мысли, что муж мог быть свидетелем их ласк.

– Не будем унижать себя подробностями, Паола. Кроме того, ничего дурного в этом не было и нет. Да мне и видеть было незачем. Я сам помню поцелуи, украденные тайком в короткие миги темноты, помимо прощаний на глазах у всех. Когда все признаки созревшего чувства налицо, нежные оттенки и любовные нотки в голосе не могут быть скрыты, так же как бессознательная ласка встретившихся взглядов, непроизвольная мягкость интонаций, перехваченное волнением дыхание… и тогда совершенно не нужно видеть поцелуй перед прощанием на ночь. Он неизбежен. И помни на будущее, моя любимая, что я тебя во всем оправдываю.

– Но… но ведь было… все-таки очень немногое, – пробормотала она.

– Я крайне удивился бы, если бы было больше. Ты не такая. Я удивляюсь и немногому. После двенадцати лет… разве можно было ожидать…

– Дик, – прервала его Паола, наклонясь к нему и пытливо глядя на него. Она приостановилась, ища слов, затем решительно продолжала: – Скажи, неужели за эти двенадцать лет у тебя не было большего?

– Я уже сказал тебе, что во всем тебя оправдываю, – уклонился он от прямого ответа.

– Но ты не ответил на мой вопрос, – настаивала она. – О, я имею в виду не мимолетный флирт или легкое ухаживание. Я имею в виду неверность в самом точном смысле слова. Ведь это в прошлом было?

– В прошлом – было, но очень редко и очень-очень давно.

– Я много раз думала об этом, – заметила она.

– Я же сказал тебе, что во всем тебя оправдываю, – повторил Дик. – И теперь ты знаешь, почему.

– Значит, и я имела право на то же… Впрочем, нет, нет, Дик, не имела, – поспешно добавила она. – Во всяком случае, ты всегда проповедовал равенство мужчины и женщины.

– Увы, больше не проповедую, – улыбнулся он. – Воображение человека – это такая сила! И я за последнее время принужден был изменить свои взгляды.

– Значит, ты хочешь, чтобы я была тебе верна?

Он кивнул и сказал:

– Пока ты живешь со мной.

– Но где же тут равенство?

– Никакого равенства нет, – покачал он головой. – О, да, про меня можно сказать, что я сам не знаю, чего хочу. Но только теперь – увы, слишком поздно – я открыл ту древнюю истину, что женщины – иные, чем мы, мужчины. Все, чему меня научили книги и теории, рассыпается в прах перед тем вечным фактом, что женщина – мать наших детей... Я... я, видишь ли, до сих пор надеялся, что у нас с тобой будут дети... Но теперь, конечно, не о чем и говорить. Вопрос теперь в том, каковы твои чувства. Свое сердце я открыл тебе. А потом уже будем решать, что нам делать.

– О Дик, – едва проговорила она, когда молчание стало слишком тягостным. – Но я же люблю тебя, я всегда буду любить тебя. Ты мое Багряное Облако. Знаешь, еще вчера я была на твоей веранде и повернула свою карточку лицом к стене. Это было ужасно. И что-то в этом было недоброе. И я опять скорей-скорей перевернула ее.

Он закурил сигарету и ждал.

– Но ты не открыла мне свое сердце, ты не все сказала, – заметил он наконец с мягким упреком.

– Я люблю тебя, – повторила она.

– А Ивэна?

– Это совсем другое. Ужасно, что приходится так с тобой говорить. Кроме того, я даже не знаю! Я никак не могу понять своих чувств...

– Что же это – любовь? Или только любовный эпизод? Одно из двух.

Паола покачала головой.

– Пойми же, – продолжала она, – что я сама себя не понимаю! Видишь ли, я женщина. Мне не пришлось «перебеситься», как вы, мужчины, выражаетесь. А теперь, когда это случилось, я не знаю, что мне делать. Должно быть, Шоу и другие правы! Женщина – хищница. А вы оба – крупная дичь. Я ничего не могла с собой поделать. Во мне проснулся какой-то задор. Я сама для себя загадка.

То, что со мной произошло, не вяжется с моими взглядами и убеждениями. Мне нужен ты и нужен Ивэн – нужны вы оба. О, поверь мне, это не любовный эпизод. А если даже так, то я этого не сознаю! Нет, нет, это не то! Я знаю, что не то.

– Значит, любовь?

– Но я люблю тебя, Багряное Облако! Тебя!

– А говоришь, что любишь его. Ты не можешь любить нас обоих.

– Оказывается, могу. И люблю. Я люблю вас обоих. Ведь я говорю с тобой по-честному и хочу, чтобы все было ясно. Нужно найти выход… я надеялась, ты поможешь мне. Ради этого я к тебе и пришла. Должен же быть какой-то выход…

Она посмотрела на него умоляюще. Он сказал:

– Одно из двух – или он, или я. Другого выхода я не вижу.

– И он то же самое говорит. А я не могу согласиться. Он хотел непременно идти сразу к тебе, но я ему не позволила. Он хотел уехать, а я все удерживала его здесь, как ни тяжело это для вас обоих: я хотела видеть вас вместе, хотела сравнить и оценить вас в своем сердце. Это ни к чему не привело. Вы мне нужны оба. Я не могу отказаться ни от тебя, ни от него.

– К сожалению, как ты сама видишь, – начал Дик, и в глазах его невольно блеснула усмешка, – если у тебя, может быть, и есть склонность к многомужеству, то мы, глупые мужчины, не можем примириться с таким решением.

– Не будь жестоким, Дик, – запротестовала она.

– Прости. Я не хотел этого. Просто мне очень больно, и это своего рода неудачная попытка нести свое горе с философским мужеством.

– Я говорила ему, что из всех мужчин, каких я встречала, он один равен моему мужу, но мой муж все же больше его.

– Что ж, ты хотела быть лояльной по отношению ко мне и к себе самой, – сказал Дик. – Ты была моей до той минуты, как я перестал быть для тебя самым замечательным человеком на свете. Тогда он стал самым замечательным.

Она покачала головой.

– Хочешь, я помогу тебе все это распутать! – продолжал он. – Ты не знаешь ни себя, ни своих желаний? И ты не можешь выбрать между нами, потому что тебе нужны оба?

– Да, – прошептала она. – Но вы нужны мне по-разному.

– В таком случае, все ясно, – отрезал он.

– Что ты хочешь сказать?

– А вот что, Паола. Я проиграл, Грэхем выиграл. Разве ты не видишь? Ты сама говоришь, что наши шансы равны, равны и не больше, хотя у меня, казалось бы, есть преимущество перед ним, это преимущество – двенадцать лет нашей любви, наши узы, наши чувства и воспоминания. Боже мой! Если бы все это положить на его чашу весов, разве ты сомневалась бы хоть минуту! Первый раз в жизни любовь тебя так захватила, и произошло это довольно поздно, вот почему тебе трудно разобраться.

– Но, Дик, ведь и чувство к тебе захватило меня.

Он покачал головой.

– Мне всегда хотелось так думать, иногда я даже этому верил, но никогда не верил вполне. Со мной ты никогда не теряла голову, даже вначале, когда нас обоих крутил какой-то вихрь. Может быть, ты и была очарована, но разве ты безумствовала, как я, разве пылала страстью? Я первый полюбил тебя…

– И как ты умел любить меня…

– Я полюбил тебя, Паола; и хотя ты отвечала мне, твое чувство было иным, чем мое: ты никогда не теряла голову. А с Ивэном, видно, теряешь.

– Как мне хотелось бы знать наверное, – задумчиво проговорила она. – Иногда мне кажется, что так оно и есть, а потом я опять сомневаюсь. То и другое несовместимо. Может быть, ни один мужчина не способен полностью захватить меня… а ты ни чуточки не хочешь мне помочь!

– Только ты, ты одна можешь все разрешить, Паола, – сказал он строго.

– Но помоги мне, ну хоть немного! Ты даже не стараешься удержать меня! – настаивала она.

– Я бессилен. У меня руки связаны. Я не могу сделать ни одного движения, чтобы удержать тебя. Ты не можешь делить себя между двоими. Ты была в его объятиях... – Он движением руки остановил ее возражения. – Пожалуйста, прошу тебя, любимая, не надо... Ты была в его объятиях – и ты трепещешь, как испуганная птичка, при одной мысли, что я могу приласкать тебя. Разве ты не видишь? Твои поступки решают вопрос не в мою пользу. Тело твое избрало другого. Его объятия ты переносишь. А одна мысль о моих тебя отталкивает.

Она медленно, но убежденно покачала головой.

– И все-таки я не знаю, не могу решить, – настаивала она.

– Но ты должна! Создавшееся положение нестерпимо, и надо что-то предпринять, потому что Ивэну пора ехать. Понимаешь? Или уезжай ты. Вы оба здесь оставаться не можете. Не спеши. Обдумай все. Отошли Ивэна. Или поезжай, скажем, на некоторое время погостить к тете Марте. Вдали от нас обоих тебе, может быть, все станет яснее. Не отменить ли сегодняшнюю охоту? Я отправлюсь один, а ты оставайся и поговори с Ивэном. Или поезжай и переговори с ним по дороге. Так или иначе – я вернусь домой очень поздно. Может быть, я переночую в хижине у одного из гуртовщиков. Но когда я вернусь, пусть Ивэна уже здесь не будет. Уедешь ты с ним или нет – это тоже должно быть решено к моему возвращению.

– А если бы я уехала? – спросила она.

Он пожал плечами, встал и посмотрел на свои часы.

– Я послал сказать Блэйку, чтобы он сегодня явился пораньше, – пояснил Дик, делая шаг к двери и как бы приглашая ее удалиться.

На пороге она остановилась и прижалась к нему.

– Поцелуй меня, Дик, – сказала она и добавила: – Это не то, не любовный поцелуй... – Ее голос вдруг упал. – На случай, если бы я... решила уехать...

Секретарь уже шел по коридору, но Паола медлила.

– С добрым утром, мистер Блэйк, – приветствовал его Дик. – Очень жалею, что пришлось вас потревожить так рано. Прежде всего, будьте добры, протелефонируйте мистеру Эгеру и мистеру Питтсу: я не могу повидаться с ними сегодня утром. И всех остальных перенесите на завтра. Мистеру Хэнли скажите, что я вполне одобряю его план относительно Быокэйской плотины, – пусть действует решительно. С мистером Менденхоллом и мистером Мэнсоном я все-таки повидаюсь сегодня. Скажите, что я жду их в девять тридцать.

– Еще одно, Дик... – прервала его Паола. – Не забудь, что это я заставила его остаться. Он остался не по своей вине, не по своей воле. Это я его не отпускала.

– Ивэн действительно потерял голову, – улыбнулся Дик. – Судя по тому, что я о нем знаю, трудно было понять, как это он тут же не уехал при подобных обстоятельствах. Но раз ты не отпускала его, а он потерял голову, как только может потерять голову человек от такой женщины, как ты, то мне все понятно. Он больше, чем просто порядочный человек. Таких не часто встретишь. И он даст тебе счастье...

Она подняла руку, как бы желая остановить его.

– Не знаю, могу ли я еще быть счастлива в жизни, Багряное Облако. Когда я вижу, какое у тебя стало лицо... И потом – ведь я же была счастлива и довольна все эти двенадцать лет... Этого мне никогда не забыть. Вот почему я не в состоянии сделать выбор. Но ты прав. Настало время, когда мне пора разрешить этот... – она запнулась, он угадывал, что она не может заставить себя произнести слово «треугольник», – распутать этот узел, – докончила она, и голос ее дрогнул. – Мы все поедем на охоту. А дорогой я поговорю с ним и попрошу его уехать, независимо от того, как сама поступлю потом.

– Я бы на твоем месте не торопился с решением, – сказал Дик. – Ты знаешь, я равнодушен к морали и признаю ее, только когда она полезна. Но в данном случае она может быть очень полезна. У вас могут быть дети... Нет, нет, пожалуйста, не возражай, – остановил он ее. – А в таких случаях всякие пересуды, даже о прошлом, едва ли желательны. Развод в обычном порядке – слишком большая канитель. Я все так устрою, чтобы дать тебе свободу на вполне законном основании, и ты сбережешь по крайней мере год.

– Если я на это решусь, – заметила она с бледной улыбкой.

Он кивнул.

– Но ведь я могу решить и иначе. Я еще сама не знаю. Может быть, все это только сон, и я скоро проснусь, и войдет Ой-Ли и скажет мне, что я спала долго и крепко...

Она неохотно отошла, но, сделав несколько шагов, вдруг опять остановилась.

– Дик, – окликнула она его, – ты мне раскрыл свое сердце, но не сказал, что у тебя на уме. Не делай никаких глупостей. Вспомни Дэнни Хольбрука! Смотри, чтобы на охоте не было никаких несчастных случаев!

Он покачал головой и насмешливо прищурился, делая вид, что находит такое подозрение очень забавным, в то же время удивляясь, как верно она отгадала его намерения.

– И бросить все это на произвол судьбы? – солгал он, делая широкий жест, которым он точно хотел охватить и имение и все свои планы. – И мою книгу о внутрипородном скрещивании? И мою первую распродажу на месте?

– Конечно, это было бы глупо, – согласилась она с посветлевшим лицом. – Но, Дик, будь уверен – пожалуйста, прошу тебя, – что моя нерешительность никак не связана с... – Она запнулась, подыскивая слово, затем, повторив его жест, тоже показала вокруг себя, как бы охватывая весь Большой дом со всеми его сокровищами. – Все это не играет никакой роли. Правда.

– Как будто я не знаю, – успокоил он ее. – Из всех бескорыстных женщин ты самая...

– И знаешь, Дик, – прервала она его под влиянием новой мысли, – если бы я так уж безумно любила Ивэна, мне было бы все равно, и я в конце концов примирилась бы даже с «несчастным случаем», раз уж нет иного выхода... Но видишь – для меня это невозможно. Вот тебе трудная задача. Реши-ка ее.

Она неохотно сделала еще несколько шагов, затем, повернув голову, сказала полушепотом:

– Багряное Облако, мне ужасно, ужасно жаль, и... я так рада, что ты меня еще любишь...

До возвращения Блэйка Дик успел рассмотреть в зеркало свое лицо: выражение, столь поразившее накануне его гостей, словно запечатлелось навек. Его уже не сотрешь ничем. «Ну что ж, – сказал себе Дик, – нельзя жевать собственное сердце и думать, что не останется никакого следа!»

Он вышел на свою веранду и посмотрел на фотографию Паолы под барометром. Повернул ее лицом к стене и, сев на кровать, некоторое время смотрел на пустой прямоугольник рамки. Затем опять повернул лицом.

– Бедная девочка! – прошептал он. – Нелегко проснуться так поздно!

Но когда он смотрел на ее карточку, перед ним вдруг встала картина: Паола, залитая лунным светом, прижимается к Грэхему и тянется к его губам.

Дик быстро вскочил и тряхнул головой, чтобы отогнать мучительное видение.

В половине десятого он покончил с письмами и прибрал стол, на котором оставил только материалы для беседы со своими управляющими о шортхорнах и ширах.

Он стоял у окна и, прощаясь, махал рукой Льют и Эрнестине, которые садились в лимузин, когда вошел Менденхолл, а за ним вскоре и Мэнсон; Дик в кратком разговоре ухитрился сообщить им, как бы мимоходом, самые основы своих планов на будущее.

– Мы должны очень внимательно следить за мужским потомством Короля Поло, – сказал он Мэнсону. – Все говорит за то, что, если взять Красотку, или Деву Альберту, или Нелли Сигнэл, мы получим от него еще лучшие экземпляры. Мы не сделали этого нынче, но я думаю, что на будущий год или самое позднее через год Король Поло станет отцом какого-нибудь выдающегося быка-производителя.

В дальнейшей беседе как с Мэнсоном, так и с Менденхоллом Дику удалось незаметно подсказать им те практические формы, в которых должно проходить в его имении создание новых пород.

Когда они ушли, Дик позвал О-Поя по внутреннему телефону и отдал приказ проводить Грэхема в кабинет – пусть выберет себе винтовку и все что полагается.

Пробило одиннадцать. Он не знал, что Паола поднялась из библиотеки по скрытой в стене лестнице и теперь, стоя за книжными полками, прислушивается. Она хотела войти, но ее удержал его голос. Она слышала, как он беседует по телефону с Хэнли относительно водосливов Бьюкэйской плотины.

– Кстати, – говорил Дик, – вы ознакомились с донесениями о Большом Мирамаре?.. Очень хорошо… Не верьте им. Я с ними в корне не согласен. Вода есть. Я не сомневаюсь, что там много подпочвенных вод. Пошлите туда бурильные машины, пусть продолжают разведку. Земля там невероятно плодородна; и если мы за пять ближайших лет не повысим в десять раз доходность этой пустоши…

Паола вздохнула и опять спустилась по лестнице в библиотеку.

«Багряное Облако неисправим – он все сажает свои желуди! Его любовь рушится, а он спокойно толкует о плотинах и колодцах, чтобы можно было в будущем посадить побольше желудей!»

Дик так и не узнал, что Паола приходила к нему со своей тоской и неслышно удалилась. Он опять вышел на веранду, но не бесцельно, а чтобы в последний раз просмотреть записную книжку, лежавшую на столике возле кровати. Теперь в его доме порядок. Осталось только подписать то, что он утром продиктовал, и ответить на несколько телеграмм; потом будет завтрак, потом охота на Сайкаморских холмах… О, он сделает это чисто. Виновницей окажется Капризница. У него будет даже свидетель – Фрейлиг или Мартинес. Но не оба. Одного вполне достаточно, чтобы увидеть, как лопнет мартингал, а кобыла взовьется на дыбы и повалится на бок среди кустов, подмяв его под себя. И тогда из чащи раздастся выстрел, который мгновенно превратит несчастье в катастрофу.

Мартинес впечатлительнее скульптора, он более подходящий свидетель, подумал Дик. Надо сделать так, чтобы именно Мартинес оказался рядом, когда Дик свернет на узкую дорогу, где Капризница должна его сбросить. Мартинес ничего в лошадях не понимает. Тем лучше. Хорошо было бы, подумал Дик, минуты за две до катастрофы заставить Капризницу хорошенько взбеситься. Это придаст дальнейшему больше правдоподобия. Кроме того, это взволнует лошадь Мартинеса, а также и самого Мартинеса, и он ничего не успеет как следует разглядеть.

Вдруг Дик стиснул руки, охваченный внезапной болью. Маленькая хозяйка, наверное, с ума сошла, – иначе разве можно было совершить такую жестокость, думал он, слушая, как в открытое окно музыкальной комнаты льются голоса Паолы и Грэхема, поющих песню «Тропою цыган».

Пока они пели, он не разжимал стиснутых рук. А они допели всю эту удалую, беспечную песню до ее бесшабашного конца. Дик все еще стоял, погруженный в свои мысли, – а Паола беспечно смеялась, уходя от Грэхема, смеялась на широком дворе, смеялась на своей половине, упрекая О-Дая за какие-то провинности.

Затем издали донесся едва различимый, но характерный зов Горца. Властно заревел Король Поло. Им ответили гаремы кобыл и коров. Дик прислушался к этому любовному реву, ржанью, мычанью и, вздохнув, сказал:

– Ну, как бы там ни было, а стране я принес пользу. С этой мыслью можно спокойно уснуть.

Глава тридцать первая

Раздавшийся над его кроватью телефонный звонок заставил Дика подняться и взять трубку. Слушая, он смотрел через двор на флигель Паолы. Бонбрайт сообщил ему, что с ним хотел бы повидаться Чонси Бишоп, он приехал на автомашине в Эльдорадо. Бишоп был владельцем и редактором газеты «Новости Сан-Франциско» и старинным другом Дика.

– Вы поспеете прямо к завтраку, – говорил Дик Бишопу. – И знаете – почему бы вам у нас не переночевать?.. Бог с ними, с вашими специальными корреспондентами! Мы едем сегодня охотиться на пум, и добыча будет наверняка... Уже выслежены! Корреспондентка? О чем ей писать?.. Пусть погуляет по усадьбе и наберет материал на десяток столбцов, а корреспондент поедет с нами и может описать охоту. Ну, еще бы, конечно... Я посажу его на самую смирную лошадь, с ней справится и ребенок.

«Чем больше будет народу, тем занятнее, особенно если поедут эти газетчики, – ухмыльнулся Дик про себя. – Сам дедушка Джонатан Форрест не сумел бы так инсценировать свой финал!»

«Как у Паолы могло хватить жестокости спеть „Тропою цыган“ тут же после нашего разговора?» – спрашивал себя Дик; он не клал трубки и слышал далекий голос Бишопа, убеждавшего своего корреспондента ехать на охоту.

– Отлично. Но поторопитесь, – сказал Дик, заканчивая свой разговор с Бишопом. – Я сейчас велю седлать лошадей, и вы получите того же гнедого, на котором ездили в прошлый раз.

Едва он успел повесить трубку, как телефон зазвонил опять. Теперь это была Паола.

– Багряное Облако, милое Багряное Облако, – сказала она. – Все твои рассуждения – ошибка. По-моему, я тебя люблю больше. Я вот сейчас решаю вопрос – и, кажется, в твою пользу. А чтобы мне помочь, чтобы я еще раз могла проверить себя... повтори то, что говорил сегодня, ну знаешь... «Я люблю одну, одну-единственную женщину... После двенадцати лет обладания я люблю ее безумно, нежно и безумно...» Повтори мне это еще раз, Багряное Облако.

– Я действительно люблю одну, одну-единственную женщину, – начал Дик. – После двенадцати лет обладания я люблю ее безумно, нежно и безумно...

Когда он кончил, наступила пауза, и он, ожидая ответа, боялся нарушить ее.

– И еще я вот что хотела сказать тебе, – начала она очень тихо, очень мягко и очень внятно. – Я люблю тебя. Никогда я так сильно не любила тебя, как вот в эти минуты. После двенадцати лет я наконец теряю голову. И так было с первой же минуты, только я не понимала этого. Сейчас я решила, раз и навсегда.

Она резко повесила трубку.

А Дик сказал себе, что теперь он знает, как чувствует себя человек, получивший помилование за час до казни. Он сел и долго сидел задумавшись, держа в руке трубку, и пришел в себя, только когда из конторы вышел Бонбрайт.

– Сейчас звонил мистер Бишоп, – доложил Бонбрайт. – У его машины ось лопнула. Я взял на себя смелость послать ему одну из наших машин.

– Пусть наши люди исправят поломку, – сказал Дик.

Оставшись опять один, он встал, потянулся и зашагал по комнате.

– Ну, Мартинес, дружище, – проговорил он вслух, – вы никогда не узнаете, при какой замечательной драматической инсценировке вы могли бы сегодня присутствовать.

Он позвонил Паоле.

Ответила Ой-Ли и тотчас же позвала свою госпожу.

– У меня есть песенка, которую я хотел бы тебе спеть, Поли. – И Дик запел старинную духовную песнь негров:

За себя, за себя,

За себя, за себя
Каждая душа несет ответ,
За себя…

Я хочу, чтобы ты повторила мне те слова, которые только что сказала – от себя, от себя…

Она рассмеялась таким воркующим смехом, что его сердце дрогнуло от радости.

– Багряное Облако, я тебя люблю. Я решила: у меня никогда не будет никого на свете, кроме тебя. А теперь, милый, дай мне одеться. И так уже пора бежать завтракать.

– Можно мне прийти к тебе?.. На минутку? – попросил он.

– Не сейчас еще, нетерпеливый. Через десять минут. Дай мне сначала покончить с Ой-Ли. Тогда я буду готова ехать на охоту. Я надену свой охотничий костюм: знаешь, зеленый с рыжими обшлагами и длинным пером… как у Робин Гуда. И я возьму с собой мое ружье тридцать-тридцать. Оно достаточно тяжелое для пум.

– Ты подарила мне большое счастье, – сказал Дик.

– А я из-за тебя опаздываю. Повесь трубку, Багряное Облако, в эту минуту я люблю тебя больше…

Он слышал, как она повесила трубку, и, к своему удивлению, заметил, что почему-то не чувствует того счастья, которое должен был бы испытывать. Казалось, она и Грэхем все еще самозабвенно поют страстную цыганскую песню.

Неужели она играла Ивэном? Или играла им, Диком? Нет, это было бы с ее стороны просто невозможно, непостижимо. Размышляя об этом, он снова увидел ее в лунном свете: она прижимается к Грэхему, ее губы ищут его губ…

Дик в недоумении покачал головой и взглянул на часы. Во всяком случае, через десять минут – нет, меньше, чем через десять… – он будет держать ее в своих объятиях и тогда узнает наверное…

Таким долгим показался ему этот краткий срок, что он, не ожидая, медленно пошел к Паоле, остановился, чтобы закурить сигарету, бросил ее после первой затяжки и опять остановился, прислушиваясь к стуку машинок в конторе.

Ему оставалось еще две минуты, но, зная, что достаточно и одной, чтобы дойти до заветной двери без ручки, он постоял еще во дворе, любуясь на диких канареек, купавшихся в бассейне.

В тот миг, когда птички испуганно вспорхнули трепетным золотисто-алмазным облачком, Дик вздрогнул: на половине Паолы раздался выстрел, и он узнал по звуку, что выстрелило ее ружье 30–30. Он бросился туда через двор... «Она опередила меня», – тут же подумал он. И то, что за минуту перед тем казалось ему непонятным, стало беспощадно ясным, как этот выстрел.

И пока он бежал через двор и по лестницам, оставляя за собой распахнутые двери, в его мозгу стучало: «Она опередила меня. Она опередила меня».

Паола лежала, скорчившись и вздрагивая, в полном охотничьем костюме, кроме маленьких бронзовых шпор, которые держала в руках перепуганная, растерявшаяся китаянка.

Дик мгновенно осмотрел Паолу: она дышала, хотя была без сознания. Пуля прошла насквозь с левой стороны. Он бросился к телефону. Ожидая, пока домашняя станция соединит его с кем нужно, он молил провидение о том, чтобы Хеннесси оказался в конюшнях. К телефону подошел конюх, и пока он бегал за ветеринаром, Дик приказал О-Пою не отходить от коммутатора и сейчас же послать к нему О-Дая.

Уголком глаза он видел Грэхема: тот ворвался в комнату и бросился к Паоле.

– Хеннесси, – распоряжался Дик, – я жду вас как можно скорее. Захватите все для оказания первой помощи. Ружье миссис Паолы выстрелило... пуля прошла через сердце или через легкое, а может быть, через то и другое. Идите прямо в спальню миссис Форрест. Только скорее!

– Не прикасайтесь к ней, – резко бросил он Грэхему. – Это может повредить ей... вызвать сильное кровоизлияние.

Затем он опять кинулся к О-Пою:

– Отправьте Каллахана на гоночной машине в Эльдорадо. Скажите ему, что он встретит по пути доктора Робинсона, пусть посадит его и как можно скорей доставит сюда. Пусть едет как дьявол. Скажите, что миссис Форрест ранена и от него может зависеть ее жизнь.

Не кладя трубки, он повернулся, чтобы взглянуть на Паолу.

Грэхем стоял, склонившись над ней, но не прикасаясь; взгляды их встретились.

– Форрест, – начал он, – если это вы…

Но Дик остановил его, показав глазами на китаянку, все еще растерянно и безмолвно державшую в руках бронзовые шпоры.

– Об этом поговорим потом, – отрезал он и снова поднес трубку к губам: – Доктор Робинсон?.. У миссис Форрест прострелено легкое или сердце, может быть, то и другое. Каллахан выехал на гоночной машине, поезжайте ему навстречу, гоните во весь дух!

Когда Дик, опустившись на колени, опять склонился над Паолой и принялся ее осматривать, Грэхем отошел.

Осмотр был очень короток. Дик взглянул на Грэхема и покачал головой:

– Трогать ее слишком рискованно.

Затем обратился к китаянке:

– Положите куда-нибудь эти шпоры и принесите подушки. А вы, Ивэн, помогите с другой стороны. Приподнимайте ее понемногу, не торопясь. Ой-Ли, подсуньте подушку… осторожнее… осторожнее…

Подняв глаза, он увидел О-Дая, безмолвно ожидавшего приказаний.

– Попросите мистера Бонбрайта сменить О-Поя у коммутатора, а О-Пой пусть стоит тут и все исполняет немедленно. И пусть О-Пой соберет всех слуг, они могут в любую минуту понадобиться. Как только Сондерс возвратится с мистером Бишопом и остальными, пусть сейчас же едет в Эльдорадо навстречу Каллахану, на тот случай, если машина поломается. Скажите О-Пою, чтобы он разыскал мистера Мэнсона, и мистера Питтса, и всех управляющих, у кого есть машина, пусть они все приедут сюда и ждут здесь вместе с машинами. И пусть О-Пой примет и устроит Бишопа и его спутников как полагается. А вы возвращайтесь сюда, чтобы в любую минуту быть под рукой.

Дик опять повернулся к горничной:

– А теперь расскажите, как это случилось.

Ой-Ли качала головой и ломала руки.

– Где вы были, когда ружье выстрелило?

Китаянка проглотила слезы и указала на дверь гардеробной.

– Ну, говорите же! – приказал Дик.

– Миссис Форрест велела мне приготовить шпоры… Я про них забыла… Я скорей пошла. Слышу выстрел. Я иду скорей назад, бегу… и…

– Но что было с ружьем?

– Непорядок. Может, сломалось. Четыре минуты не стреляло… пять минут… Миссис Форрест старалась, чтобы стреляло.

– Она уже начала возиться с ружьем, когда вы пошли за шпорами?

Ой-Ли кивнула.

– Я перед тем ей сказала: «Может, О-Пой исправит?» Миссис Форрест сказала: «Не стоит». Она сказала, вы исправите. Положила ружье вот так. Опять взялась чинить. Потом послала за шпорами. А потом… ружье и выстрелило.

Приезд Хеннесси прервал этот разговор. Он осматривал Паолу немногим дольше Дика, затем поднялся. Лицо его было мрачно.

– Я не решаюсь тревожить ее, мистер Форрест. Наружное кровоизлияние прекратилось, но кровь, видимо, скопляется внутри. Вы послали за врачом?

– За Робинсоном. К счастью, успел захватить, когда он только что начал прием. Хороший молодой хирург, – обратился Дик к Грэхему, – с выдержкой и смелый. Я верю ему больше, чем многим прославленным старым врачам. Как вы думаете, мистер Хеннесси? Есть надежда?

– По-моему, дело плохо, хоть я тут и не судья, – ведь я только коновал. Робинсон разберется. А пока остается только ждать...

Дик кивнул и вышел на веранду Паолы, чтобы послушать, не приближается ли гоночная машина, на которой ехал Каллахан. Мягко подошел и ушел лимузин. Грэхем тоже появился на веранде.

– Форрест, я прошу вас меня простить, – сказал Грэхем. – Я просто себя не помнил в первую минуту. Увидел вас здесь и решил, что это при вас случилось. Должно быть, несчастный случай...

– Да, бедная детка... – подтвердил Дик. – А она еще хвасталась, что всегда очень осторожна с огнестрельным оружием.

– Я осмотрел ружье, – сказал Грэхем, – и ничего не нашел, все в порядке.

– Потому-то беда и случилась: непорядок Паола исправила, но ружье при этом выстрелило.

И пока Дик говорил, придумывая объяснение, которое могло бы обмануть даже Грэхема, он мысленно удивлялся, как искусно Паола все это разыграла. Последний дуэт с Грэхемом был прощанием – и вместе с тем средством отвести подозрение. Так же Паола поступила с ним, Диком. Она простилась и с ним, и последние сказанные ею по телефону слова были обещанием, что никогда не будет у нее другого мужчины, кроме Дика.

Он отошел от Грэхема на дальний конец веранды.

– И у нее хватило сил, хватило сил! – бормотал он про себя дрожащими губами. – Бедная детка! Она так и не могла выбрать между нами двумя – и вот как разрешила вопрос.

Шум подъехавшей машины заставил его и Грэхема подойти друг к другу, и они вместе вернулись в комнату Паолы, чтобы встретить врача. Грэхем волновался, он не мог уйти – и чувствовал, что должен уйти.

– Прошу вас, Ивэн, останьтесь, – обратился к нему Дик. – Она очень хорошо к вам относилась и если откроет глаза, то будет рада вас увидеть.

В то время, как Робинсон осматривал Паолу, оба отошли в сторону. Когда врач с решительным видом поднялся, Дик вопросительно взглянул на него. Робинсон покачал головой.

– Ничего не поделаешь, – сказал он. – Это вопрос нескольких часов, может быть, даже минут… – Он помолчал, вглядываясь в лицо Дика, затем добавил: – Можно облегчить конец, если вы согласны. А то очнется и еще некоторое время будет мучиться…

Дик прошел взад и вперед по комнате, а когда заговорил, то обратился к Грэхему:

– Почему бы не дать ей пожить хотя бы самый короткий срок? Боль – это ведь не существенно. Успокоение наступит скоро и неизбежно. И я желал бы этого, да и вы, наверное, тоже. Она так любила жизнь, каждый ее миг… Зачем нам лишать ее тех немногих минут, которые ей остались?

Грэхем кивнул, соглашаясь, и Дик повернулся к врачу:

– Вы можете дать ей возбуждающее и привести в сознание? Ну так сделайте это. А если она будет очень страдать, вы поможете ей успокоиться.

Когда Паола открыла трепетные веки, Дик кивнул Грэхему, чтобы тот стал рядом с ним. Сначала на лице ее была только растерянность, затем взгляд остановился сначала на Дике, потом на Грэхеме, и жалкая улыбка тронула губы.

– Я… я думала, что уже умерла, – сказала она.

Но тут ею овладела другая мысль, и Дик угадал эту мысль, когда ее глаза испытующе устремились на него: Паола как бы спрашивала, догадывается ли он, что это не просто «несчастный случай»? Но он ничем себя не выдал. Она хотела его обмануть, – пусть умрет, думая, что он ей поверил.

– Как… как… это я… ухитрилась… – сказала она. Паола говорила вполголоса, медленно, видимо, собираясь с силами после каждого слова. – Я всегда была так осторожна... и совершенно уверена, что... со мной никогда... ничего... не случится. А вот что натворила!

– Да, да, прямо стыдно, – сочувственно поддержал ее Дик. – А что там было? Заело спуск?

Она кивнула и опять улыбнулась жалкой улыбкой, которой тщетно старалась придать себе бодрость.

– О Дик, пойди позови соседей, пусть посмотрят, что натворила маленькая Паола!.. А это серьезно? – продолжала она. – Будь честен, Багряное Облако, скажи правду... ты же знаешь меня, – добавила она нетерпеливо, так как Дик ничего не ответил.

Он опустил голову.

– А долго это будет тянуться?

– Нет, недолго, – наконец проговорил он. – Это может случиться... в любую минуту.

– То есть?.. – Она вопросительно посмотрела на врача, затем на Дика. Дик кивнул.

– Я ничего другого от тебя и не ожидала, Багряное Облако, – прошептала она благодарно. – А доктор Робинсон согласен?

Доктор подошел ближе, чтобы она видела его, и наклонил голову.

– Спасибо, доктор. И помните, я сама скажу когда.

– Тебе очень больно? – спросил Дик.

Глаза Паолы расширились, она хотела храбро пересилить себя, но в них появилось выражение страха, когда она ответила задрожавшими губами:

– Не очень, а все-таки – ужасно, ужасно! Я не хочу долго мучиться. Я скажу когда.

Опять на ее губах появилась слабая улыбка.

– Странная вещь жизнь, очень странная, правда? И, знаете, мне бы хотелось уйти под звуки песен о любви. Сначала вы, Ивэн, спойте «Тропою цыган»! Подумайте! Часу не прошло, как мы с вами ее пели! Помните? Пожалуйста, Ивэн, прошу вас!

Грэхем посмотрел на Дика, спрашивая взглядом разрешения, и Дик молчаливо дал его...

– И спойте ее смело, радостно, с упоением, как спел бы настоящий влюбленный цыган, – настаивала она. – Отойдите вон туда, я хочу вас видеть...

И Грэхем пропел всю песню, закончив словами:

А сердцу мужчины – женское сердце...
Пусть в шатрах моих свет погас, —
Но у края земли занимается утро,
И весь мир – ожидает нас.

В дверях, ожидая приказаний, неподвижный, как статуя, замер О-Дай. Ой-Ли, пораженная скорбью, стояла у изголовья своей хозяйки; она уже не ломала рук, но так стиснула их, что концы пальцев и ногти побелели. Позади, у туалетного столика Паолы, доктор Робинсон бесшумно распускал в стакане таблетки наркотика и набирал шприцем раствор.

Когда Грэхем умолк, Паола взглядом поблагодарила его, закрыла глаза и полежала некоторое время не двигаясь.

– А теперь, Багряное Облако, – сказала она, снова открывая глаза, – твоя очередь спеть мне про Ай-Кута, и женщину-росинку, и женщину-хмель. Стань там, где стоял Ивэн, я хочу тебя видеть.

– «Я – Ай-Кут, первый человек из племени нишинамов. Ай-Кут – сокращенное Адам. Отцом мне был койот, матерью – луна. А это Йо-то-то-ви, моя жена, Йо-то-то-ви: это сокращенное Ева. Она первая женщина из племени нишинамов.

Я – Ай-Кут. Это моя жена, моя росинка, моя медвяная роса. Ее мать – заря Невады, а отец – горячий летний восточный ветер с гор. Они любили друг друга и пили всю сладость земли и воздуха, пока из мглы, в которой они любили, на листья вечнозеленого кустарника и мансаниты не упали капли медвяной росы.

Я – Ай-Кут. Йо-то-то-ви – моя жена, моя перепелка, мой хмель, моя лань, пьяная теплым дождем и соками плодоносной земли. Она родилась из нежного света звезд и первых проблесков зари в первое утро мира, – и она моя жена, одна-единственная для меня женщина на свете».

Паола опять закрыла глаза и лежала молча. Она попыталась сделать более глубокий вздох и слегка закашлялась.

– Старайся не кашлять, – сказал Дик.

В горле у нее першило, и она сдвинула брови, силясь удержать приступ кашля, который мог ускорить конец.

– Ой-Ли, подойди сюда и стань так, чтобы я могла тебя видеть, – сказала она, открыв глаза.

Китаянка повиновалась. Она двигалась, точно слепая. Доктор Робинсон положил ей руку на плечо и поставил так, как хотела Паола.

– Прощай, Ой-Ли. Ты всегда была ко мне очень добра. А я, может быть, не всегда. Прости меня. Помни, что мистер Форрест будет тебе отцом и матерью... И возьми себе все мои украшения из агата...

Она закрыла глаза – в знак того, что ее прощание с китаянкой окончено.

Опять ее стал беспокоить кашель, все более мучительный и настойчивый.

– Пора, Дик, – сказала она едва слышно, не открывая глаз. – Я хочу, чтобы меня убаюкали. Что, доктор, готово? Подойди поближе. Держи мою руку, как тогда... Помнишь? Во время... моей малой смерти.

Она устремила взгляд на Грэхема, и Дик отвернулся: он знал, что этот последний взгляд будет полон любви, как будет полон любви и тот, которым она скажет ему последнее прости.

– Однажды, – пояснила она Грэхему, – мне пришлось лечь на операцию, и я заставила Дика пойти со мной в операционную и держать мою руку все время, пока не начал действовать наркоз и я уснула. Ты помнишь, Хэнли назвал тогда эту полную потерю сознания «малой смертью»? А мне было очень хорошо.

Она долго и молча смотрела на Грэхема, потом повернулась лицом к Дику, который стоял возле нее на коленях и держал ее руку.

– Багряное Облако, – прошептала она. – Я люблю тебя больше. И я горда тем, что была твоей так долго, долго. – Она сжала его руку и притянула его к себе еще ближе. – Мне очень жалко, что у нас не было детей, Багряное Облако…

Потом разжала руку и слегка отстранила его от себя, чтобы видеть обоих.

– Оба хорошие, оба хорошие… Прощайте, мои хорошие. Прощай, Багряное Облако.

Они молча ждали, пока доктор подготовлял ее руку для укола.

– Спать, спать, – тихо щебетала она, как засыпающая птичка. – Я готова, доктор. Но сначала хорошенько натяните кожу. Вы знаете, я не люблю, чтобы мне делали больно. Держи меня крепче, Дик!

Робинсон, подчиняясь взгляду Дика, легко и быстро вонзил иглу в туго натянутую кожу, твердой рукой нажал на поршень, тихонько растер пальцем уколотое место, чтобы морфий скорее всосался.

– Спать, спать, хочу спать… – опять, словно задремывая, прошептала она.

В полусознании она повернулась на бок, положила голову на согнутую руку и свернулась клубочком в той позе, в которой, Дик знал, она любила засыпать.

Прошло немало времени, пока она еще раз чуть вздохнула… и отошла так легко, что они даже не заметили, как ее не стало.

Царившее в комнате молчание нарушалось только щебетом купавшихся в воде фонтана диких канареек; издалека доносился, подобный трубному звуку, призыв Горца, и Принцесса отвечала ему серебристым ржанием.

Примечания

Белый клык

Криббедж – карточная игра.

Эпитафия – надгробная надпись.

Ярд – единица длины в английской системе мер, равная 91,44 см.

Пуночка – небольшая северная птица семейства овсянковых.

Росомаха – хищное млекопитающее семейства куньих.

Ласка – небольшое полевое хищное животное семейства куньих.

Сыромятная кожа – недубленая кожа.

Парусина – грубая полотняная или пеньковая ткань.

Вигвам – хижина, покрытая кожей, корой, ветвями.

Пирога – лодка, представляющая собой деревянный каркас, обтянутый шкурами животных или корой деревьев. Также пирогой называют лодку, выдолбленную из цельного древесного ствола.

Отрог – ответвление основной горной цепи.

Форт – отдельное долговременное укрепление в системе крепостных сооружений.

Леггорн – порода домашних кур.

ОГЛАВЛЕНИЕ

www.ingramcontent.com/pod-product-compliance
Lightning Source LLC
Chambersburg PA
CBHW070611310726
48982CB00001B/48

* 9 7 8 1 7 6 3 8 4 7 6 4 4 *